HEYNE BÜCHER

W0416616

SCIENCE FICTION

Herausgegeben
von Wolfgang Jeschke

Von Kim Stanley Robinson erschien in der Reihe
HEYNE SCIENCE FICTION & FANTASY:

DIE MARS-ROMANE:

*Roter Mars* · 06/5361
*Grüner Mars* · 06/5362
*Blauer Mars* · 06/5363
*Die Marsianer* · (in Vorb.)

*Antarktika* · 06/8307

*Kim Stanley*
*Robinson*

# ANTARKTIKA

*Roman*

Aus dem Amerikanischen von
PETER ROBERT

Deutsche Erstausgabe

WILHELM HEYNE VERLAG
MÜNCHEN

HEYNE SCIENCE FICTION & FANTASY
Band 06/8307

Titel der amerikanischen Originalausgabe
ANTARCTICA
Deutsche Übersetzung von Peter Robert
Das Umschlagbild ist von Arndt Drechsler

*Umwelthinweis:*
Dieses Buch wurde auf chlor- und
säurefreiem Papier gedruckt

Redaktion: Wolfgang Jeschke

Erstausgabe by
*Voyager,* An Imprint of
HarperCollins*Publishers*, London
Mit freundlicher Genehmigung des Autors
und Paul & Peter Fritz, Literarische Agentur, Zürich
(# 56818)

http://www.heyne.de
Deutsche Erstausgabe 8/2001
Printed in Germany 6/2001
Umschlaggestaltung: Nele Schütz Design, München
Technische Betreuung: M. Spinola
Satz: Schaber, Satz- und Datentechnik, Wels
Druck und Bindung: Bercker, Kaevelar

ISBN 3-453-18779-2

*Das Land sieht wie ein Märchen aus.*

Roald Amundsen

# INHALT

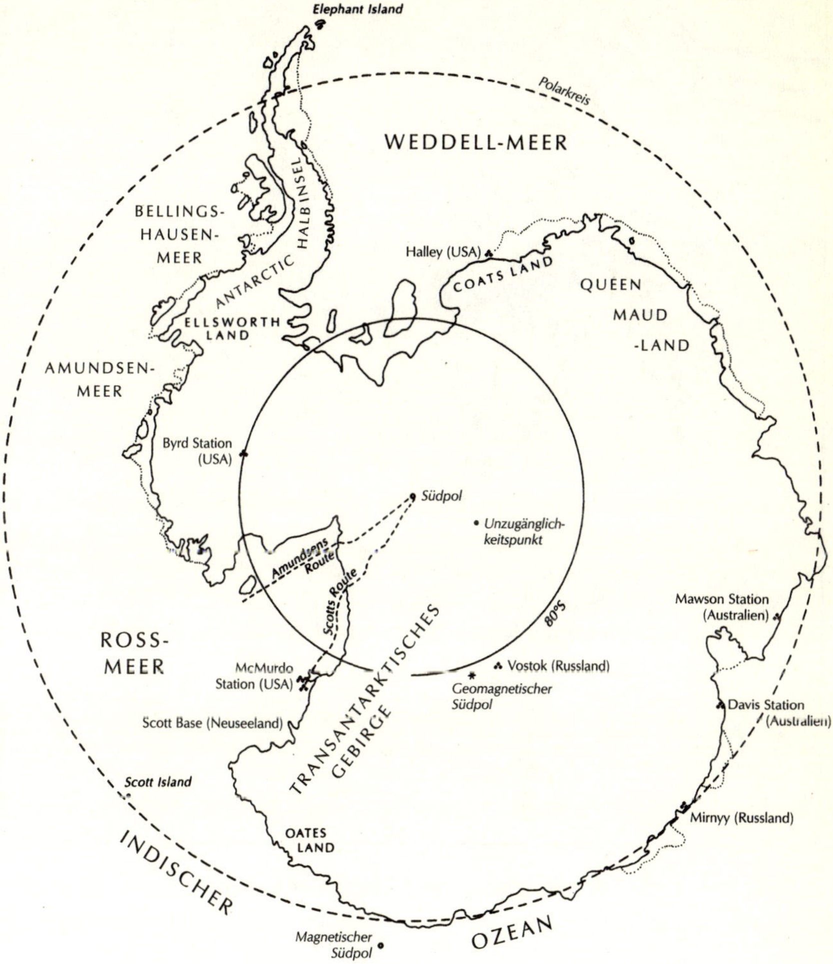
Elephant Island
Polarkreis
WEDDELL-MEER
BELLINGS-
HAUSEN-
MEER
ANTARCTIC HALBINSEL
ELLSWORTH LAND
AMUNDSEN-
MEER
Halley (USA)
COATS LAND
QUEEN
MAUD
-LAND
Byrd Station (USA)
Südpol
Unzugänglich-
keitspunkt
Amundsens Route
Scotts Route
ROSS-
MEER
TRANSANTARKTISCHES GEBIRGE
80°S
Mawson Station (Australien)
McMurdo Station (USA)
Vostok (Russland)
Geomagnetischer Südpol
Davis Station (Australien)
Scott Base (Neuseeland)
Scott Island
OATES LAND
Mirnyy (Russland)
INDISCHER
OZEAN
Magnetischer Südpol

# Antarktis

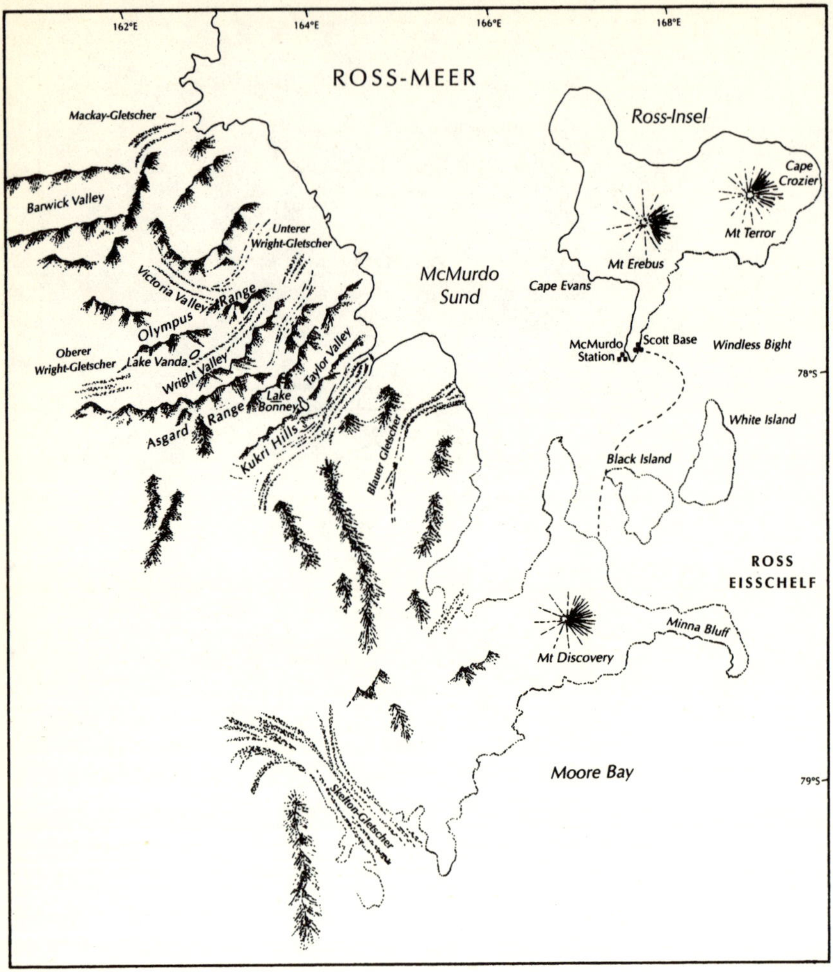


Ross-Insel und Trockentäler

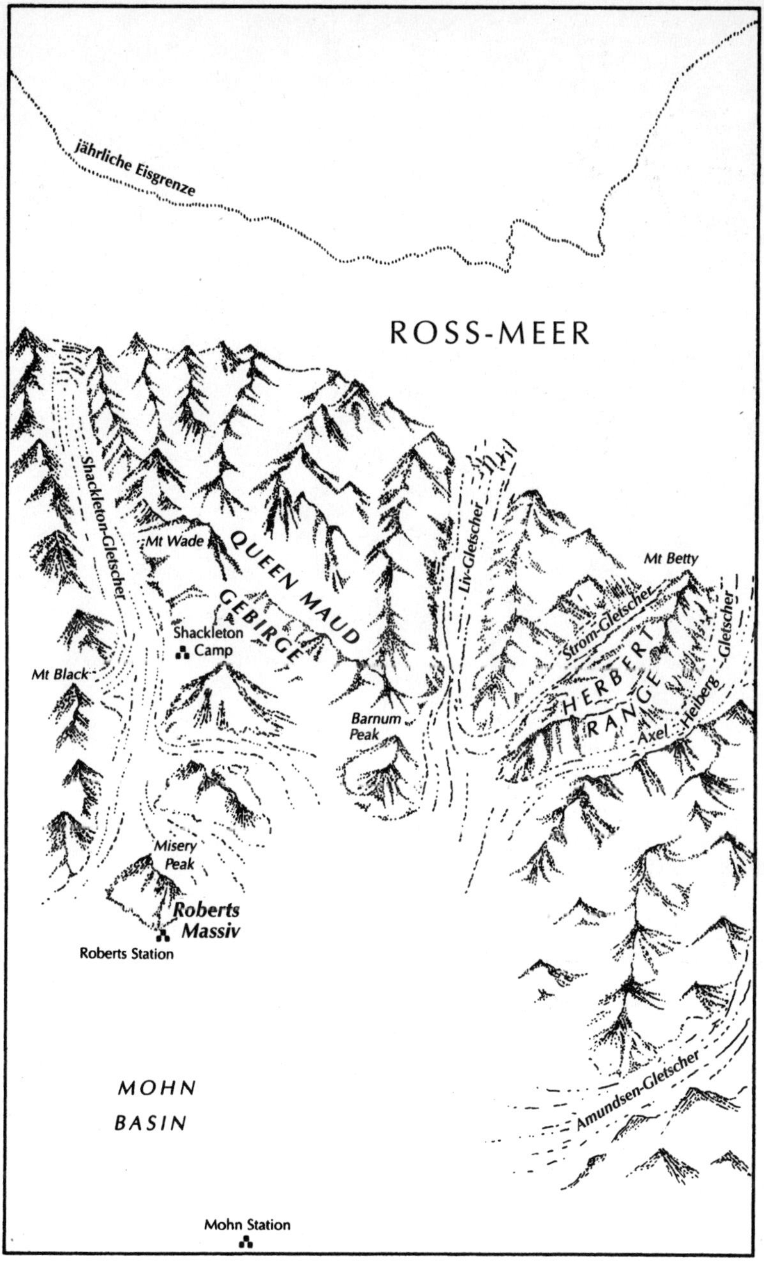


Das Queen Maud-Gebirge

ERSTES KAPITEL

# Eisplanet

**Erst verliebt man sich in die Antarktis,** und dann bricht sie einem das Herz.

Bricht es einem natürlich zunächst mal auf die ganz alltägliche, traurige Art, wie das immer geschieht - zum Beispiel, wenn man ins Eis geht, um etwas Ungewöhnliches, Aufregendes und Romantisches zu tun, und dann feststellen muß, daß der Job dort in Wahrheit öder ist als alles, was man jemals zuvor gemacht hat, in den besten Momenten eine Art Hausmeistertätigkeit, aber für gewöhnlich weitaus uninteressanter. Oder wenn man entdeckt, daß McMurdo, der Ort, an den man durch das überaus strenge Reglement des Unternehmens gebunden ist, etwas von einer Raststätte an der Abfahrt einer längst aufgegebenen Autobahn hat. Oder noch schlimmer, wenn man eine Frau kennenlernt und etwas mit ihr anfängt, im Urlaub mit ihr nach Neuseeland fliegt und auf der Südinsel herumreist, die erste Frau, die man jemals wirklich geliebt hat; und dann nach kurzer Abwesenheit außerhalb der Saison nach McMurdo und zu ihr zurückkommt und gleich bei der Ankunft von ihr abserviert wird, als hätte es die Kiwi-Idylle niemals gegeben. Oder wenn man sie kurz darauf mit den Cracks im Ort rumziehen sieht; oder wenn man mitkriegt, daß man von manchen Leuten ›Sandwich‹ genannt wird, nach dem alten Scherz der Eisfrauen, einen Freund in die Antarktis mitzubringen sei das gleiche, als würde man ein Sandwich zu einem kalten Buffet mitnehmen. Tja, das alles bricht einem das Herz.

Darüber hinaus gibt es aber auch noch die spezifisch antarktischen Herzensbrecher, Dinge, die unpersönlicher sind als die weltlichen, sauberer, reiner und kälter. Zum Beispiel, wenn man sich im Spätwinter auf dem Polarplateau befindet, weil man ein Angebot angenommen hat, aus der Stadt rauszukommen, ohne es sich zweimal zu überlegen, ohne sich um die Warnungen zu scheren, wie langweilig der Job sei, denn wie schlimm konnte der schon sein im Vergleich zu der Tätigkeit als General Field Assistant? Also hockt man nun in der hermetisch abgeschlossenen Kabine eines riesigen Transportfahrzeugs und denkt immer noch an diese Frau, dreitausend Meter über dem Meeresspiegel, in der Dunkelheit der langen Nacht; und während man dort sitzt und aus den Kabinenfenstern schaut, hellt sich der Himmel allmählich zu der einen Dämmerstunde am Tag auf, verwandelt sich unmerklich aus einem schwarzen Teich voller Sterne in eine niedrige Kuppel aus leuchtendem Indigo; und in diesem reinen, transparenten Indigo hängt der dünnste Neumond, den man sich vorstellen kann, nur der Hauch einer Sichel, erhellt aber dennoch den gewaltigen Ozean aus Eis, der sich in allen Richtungen bis zum Horizont erstreckt - der Schnee glitzert im Mondschein, das Eis strahlt, und alles im selben leuchtenden Indigoblau wie der Himmel; alles ist still und reglos; ein Licht von solcher Klarheit, wie man es noch nie gesehen hat, geradezu unirdisch, und man ist ganz allein, der einzige, der es sieht, scheinbar der einzige Bewohner des Planeten; und die unheimliche Schönheit dieses Anblicks steigt in einem hoch und schnürt einem die Brust zu, und dann bricht das Herz einfach deshalb, weil es derart zusammengepreßt wird, weil die Welt so weit und rein und schön ist und weil Augenblicke wie dieser so flüchtig sind - man kann sie sich vorher nicht vorstellen und sich hinterher nicht an sie erinnern, und es gibt keine Rückkehr zu ihnen, niemals. Auch das bricht einem das Herz, ja - und zwar im selben Moment, in dem man merkt, daß man sich trotz allem in diese Welt verliebt hat.

So jedenfalls ging es dem jungen Mann, der aus den Fenstern des Fahrzeugs an der Spitze der diesjährigen South Pole Overland Traverse-Frühlingskolonne schaute - dem Sandwich, wie er in den letzten paar Wochen genannt worden war, oder auch Graf Sandwich, der Graf, Graf Prinzgemahl und so weiter; und der, als ihnen die Variationen allmählich ausgingen - und auch, weil sie einen wunden Punkt zu treffen schienen -, schließlich wieder mit den Spitznamen angeredet wurde, die er im Vorjahr in der Antarktis bekommen hatte: Extra Large, jene Größenbezeichnung, die deutlich sichtbar vorn an seiner hellbraunen Carhartt-Latzhose prangte; dann natürlich Extra; und dann einfach nur noch X. »Hey X, du sollst Schnee vom Dach der Funkbude schippen, geh mal rüber!«

Nach den Sandwich-Variationen war er sehr froh über die Rückkehr zu diesem früheren Namen gewesen, der seine Stimmung und seine Lage immerhin auf korrekte Weise zum Ausdruck zu bringen schien - der entfremdete, anonyme General Field Assistant, der durchaus Analphabet sein und mit einem Kreuzchen unterschreiben konnte, der GFA - ›Gut Für Alles‹ -, der Mann ohne Namen. Er benutzte ihn sogar selbst - »Hey Ron, hier ist X, bin auf dem Dach der Funkbude, der Schnee ist weg. Was jetzt? Over.« - und gab sich damit im klassischen Erik-Erikson-Stil einen neuen Namen, mit dem er anzeigte, daß er wiedergeboren war und sein Schicksal in die eigenen Hände genommen hatte. Und so kam X wieder allgemein in Gebrauch und wurde erneut zu seinem einzigen Namen. Nennt mich X. Er war X.

Die SPOT-Kolonne rollte majestätisch über die Polkappe, eine Schlange von zehn Fahrzeugen, die mit einer Geschwindigkeit von etwa zwanzig Stundenkilometern unterwegs waren - nicht schlecht in Anbetracht des Terrains. Das Fahrzeug von X an der Spitze fuhr zügig dahin und knirschte über die Spuren früherer SPOT-Kolonnen hinweg, Spuren, die manchmal höher waren als der Schnee drum herum, weil der Wind die weicheren Schneewehen wegradiert hatte. Im kleinen Heckfenster der hochgelegenen Kabine waren die anderen Schlepper teilweise zu sehen; sie ähnelten Flachbaggern, die von der Bauweise her tatsächlich ihre Vorväter gewesen waren. Abgesehen davon nichts als das Polarplateau selbst. Eine kreisrunde, weiße Fläche, wohin man auch schaute; die diversen ausgedehnten Wellen waren im Sternenlicht unsichtbar und nur in der Bahn des reflektierten Mondlichts zu erkennen.

Die warnenden Stimmen hatten recht gehabt: Es gab für ihn nichts zu tun. Die Fahrzeugkolonne fuhr auf Autopilot und navigierte per GPS, und es war kaum anzunehmen, daß es irgendwelche Defekte geben würde. Falls doch, sollte X nichts unternehmen; die anderen Schlepper würden das liegengebliebene Fahrzeug umfahren, und später würde ein Mechanikerteam herfliegen und sich darum kümmern. Nein – X war zu dem Schluß gekommen, daß er hier war, weil jemand draußen in der Welt das unbestimmte Gefühl gehabt hatte, daß ein menschliches Wesen dabeisein sollte, wenn eine Schlepperkolonne von McMurdo zum Südpol fuhr. Einen triftigeren Grund gab es nicht. Eigentlich war er eine Art Maskottchen; er war die Kaninchenpfote, die am Rückspiegel hing. Was hirnrissig war. Aber in seinen zwei Sommern auf dem Eis hatte X eine Menge hirnrissige Tätigkeiten ausgeführt, und er begriff allmählich, daß die Anwesenheit von Menschen in der Antarktis überhaupt nur sehr wenig mit Vernunft zu tun hatte. Die Vernunftgründe waren alle nur Rationalisierungen einer tieferliegenden Irrationalität, nämlich des Wunsches, *hier zu sein*. Und woher rührte dieser Wunsch? Das war die Frage, das war das Rätsel. X vermutete mittlerweile, daß bei allen, die hier waren, ein unterschiedliches Gemenge von Motiven vorlag – zu forschen, Neuland zu erobern, zu fliehen, zu verschwinden –, und darunter vielleicht noch etwas anderes, etwas Grundlegendes und bei allen weitgehend Identisches – wie Mallorys Erklärung, warum er den Mount Everest bestiegen hatte: weil er da ist. Weil er da ist! Das ist Grund genug!

Und darum war er nun hier auf dem antarktischen Polarplateau und fuhr ganz allein über eine drei Kilometer dicke Eistorte mit dem Umfang eines Kontinents, die unter anderem fünfundneunzig Prozent der weltweiten Süßwasservorräte enthielt. Natürlich hatte es aufregend geklungen, als man ihm zum ersten Mal davon erzählt hatte, ungeachtet der Warnungen. Jetzt, wo er hier war, begriff er, was die Leute damit gemeint hatten, es sei langweilig, aber auch interessant - auf interessante Weise langweilig, sozusagen. Als ob man einen Lastenaufzug bedienen würde, den kein Mensch benutzte, oder in einem Kino eingesperrt wäre, in dem eine lichtschwache Kopie von *Scotts letzte Fahrt* in einer Endlosschleife lief. Es gab nicht einmal schlechtes Wetter; X war unter den fremdartigen Sternbildern des Südens unterwegs, ohne daß jemals eine Wolke zu sehen war. Die Dämmerstunde, die jeden Tag um etliche Minuten länger wurde, brachte nur selten Winde zum Vorschein, Winde, von denen in der Kabine nichts zu hören oder zu spüren war und die X nur als über den weißen Boden fließende Schneeverlagerungen wahrnahm.

Ein paarmal erwog er, sich anzuziehen, nach draußen zu gehen und auf Skiern neben dem Schlepper herzulaufen. Offiziell war das zwar verboten, aber man hatte ihm gesagt, es sei ein Lieblingszeitvertreib der SPOT-Kolonnenführer. In sportlicher Hinsicht war X jedoch eine absolute Niete; bei seinem letzten Entwicklungsschub war er auf über zwei Meter aufgeschossen und hatte dabei jede Koordination eingebüßt. Er hatte versucht, auf den vorgeschriebenen Routen um McMurdo herum Skilanglauf zu lernen, und auch durchaus einige Fortschritte gemacht; und manchmal war es eine verlockende Idee, die Monotonie zu durchbrechen; aber dann dachte er daran, daß er hinfallen und sich den Fuß verstauchen oder betäubt liegenbleiben könnte, und daß die SPOT-Schlepper dann hirnlos weiterfahren und ihn zurücklassen würden, während er sicher vergeblich versuchen würde, sie einzuholen.

Also beschloß er, lieber nicht hinauszugehen. Die Monotonie war nicht gar so schlimm. Außerdem würden sie ein paar Spaltenfelder überwinden müssen, sogar hier oben auf dem Plateau, wo das Eis oft auf Kilometer hinaus glatt und fest war. Obwohl es stimmte, daß das Pioniercorps der Army alle Spalten ausgeglichen hatte, die sie nicht großartig hatten umfahren wollen, was hieß, daß sie das Eis drum herum in tausend Stücke gesprengt und dann mit Bulldozern riesige Dämme über die so entstandenen Eiswürfelfelder gezogen hatten. Auf diese Weise waren ein paar dramatische Passagen auf dem Skelton-Gletscher entstanden, der auf einer Strecke von weniger als dreißig Kilometern vom Ross-Meer zum Polarplateau anstieg und daher an manchen Stellen in einem solchen Ausmaß von Spalten durchzogen war, daß der Skelton nicht die erste Wahl für die SPOT-Route gewesen war; die ersten Kolonnen hatten das Ross-Schelfeis überquert und waren den Leverett-Gletscher hochgefahren, eine sanftere Steigung viel weiter südlich. Doch kurz nachdem SPOT den Betrieb aufgenommen hatte - und für die Errichtung der neuen Polstation rasch unverzichtbar geworden war -, hatte das Ross-Schelfeis abzubrechen und fortzutreiben begonnen, außer dort, wo es zwischen Ross-Insel und Festland verankert war. Für die Skelton-Route konnte man dieses restliche Stück des Schelfs benutzen, und so richtete das Pioniercorps sie jedes Jahr wieder her, und nun fuhren sie eben dort entlang. X's nächtliche Fahrt auf den Skelton zwischen den spektakulären Gipfeln der Royal Society Range hindurch war der bei weitem aufregendste Teil seiner Reise gewesen; knirschend waren sie einen Damm aus zerstampftem Eisbeton nach dem anderen hochgefahren, während Eiszackenfelder wie undeutliche, in Trümmern liegende Manhattans rechts und links an ihnen vorbeizogen.

Aber das lag schon viele Tage zurück, und seit sie das Polarplateau erreicht hatten, war so gut wie nichts Aufregendes mehr passiert. Die Treibstoffdepots, an denen sie unterwegs vorbeikamen, waren vollautomatische, robotergesteuerte Anlagen; die Fahrzeuge hielten der Reihe nach neben kompakten grünen Blasen, wurden betankt und fuhren dann weiter. Falls sich seit der letzten Passage einer Kolonne irgendwelche neuen Spalten auf der Piste aufgetan hatten, würde das Pulsradar des Fahrzeugs an der Spitze sie entdecken, und das Navigationssystem würde entsprechende Maßnahmen ergreifen; es würde die Problemzone entweder umfahren oder anhalten und auf Anweisungen warten. Nichts dergleichen war jedoch bisher geschehen.

Aber man hatte ihn gewarnt, daß es so sein würde, und er war darauf vorbereitet. Außerdem unterschied es sich nicht sonderlich von all den anderen geistlosen Tätigkeiten, die Ron seinen GFAs so gern aufs Auge drückte; und hier war X Ron los. Und er würde auch sonst auf niemanden stoßen, den er nicht treffen wollte. Daher war er zufrieden. Er schlief viel. Er frühstückte ausgiebig und aß reichlich zu Mittag und zu Abend. Er sah sich Spielfilme an. Er las Bücher; er war eine richtige Leseratte, und nun konnte er vor dem Monitor sitzen, ein Buch nach dem anderen ganz oder stückweise lesen und Verweise durch den Äther verfolgen wie jeder andere besessene Jungakademiker, der in der Welt herumstreunte. Er achtete darauf, daß er in den täglich länger und heller werdenden Stunden des Zwielichts vor und nach der Mittagszeit zu lesen aufhörte und aus den Fenstern auf die gewaltige Eisfläche hinausschaute. Obwohl er nicht noch einmal etwas so Überwältigendes erlebte wie das indigofarbene Zwielicht der Mondsichel, war der Himmel vor der einsetzenden Dämmerung oftmals wunderschön. Er konnte sich einfach nicht an das Licht während dieser Stunden gewöhnen; es war unbeschreiblich pulsierend und samtig, voll und transparent, und es erinnerte ihn ständig daran, daß er sich auf der Polkappe eines großen Planeten befand.

Dann geriet er eines Nachts doch in ein Unwetter. Im Süden waren keine Sterne zu sehen, der zunehmende Mond ging nicht planmäßig auf, obwohl er natürlich da hätte sein müssen, die Wolken zweifellos von oben beschien und, jawohl, sie ein bißchen zum Leuchten brachte, so daß er sie jetzt nordwärts über sich hinwegjagen sehen konnte, als würde eine Decke über die Welt gezogen; und dann hörte er durch die dicke Isolierung der Kabine zum ersten Mal den Wind, der über seinen Schlepper hinweg, darunter hindurch und um ihn herum fegte. Er spürte sogar, wie der Schlepper auf seinen massiven Stoßdämpfern ein bißchen schaukelte. Ein Sturm! Vielleicht sogar ein Supersturm!

Dann tauchte der Mond - fast schon ein Halbmond jetzt, geheimnisvoll und unheildräuend - kurz in einer Lücke auf, flog schnell über die Wolken hinweg und war schon wieder verschwunden. Schwarze Gebilde schossen wie Fledermäuse durch die Wolken. X blinzelte und rieb sich die Augen. Er sah bestimmt nur Gespenster.

Ein leiser, dumpfer Laut kam vom Dach seines Fahrzeugs. »Was ist denn nun los?« krächzte X. Er hatte beinahe vergessen, wie man sprach.

Dann wurde seine Windschutzscheibe mit etwas verhängt, das wie eine schwarze Plastikplane aussah. Seitenfenster und Heckfenster ebenfalls. X sah behandschuhte Finger von oben herunterlangen und an den Rändern der Plastikplane herumfummeln, um sie festzukleben. Dann sah er nur noch das Innere seiner Kabine, sonst nichts.

»Das gibt's doch wohl nicht!« rief er und lief zur Tür, die vom Aussehen und der Funktion her einer Kühlraumtür ähnelte. Er drehte den großen Griff und drückte. Sie rührte sich nicht. Keinen Millimeter. Es gab keine Schlösser an diesen Schleppertüren, aber sie ging trotzdem nicht auf.

»Das *gibt's* doch wohl nicht!« wiederholte X. Sein Herz klopfte. »HEY!« rief er zum Dach des Fahrzeugs hinauf. »Laßt mich raus!« Aber wegen der Isolierung des Fahrzeugs konnte man ihn draußen unmöglich hören. Außerdem, selbst wenn man ihn hörte...

Er lief die schmale, niedrige Treppe von der Kabine in den Laderaum des Fahrzeugs hinunter. An einer Seite des geräumigen Abteils befand sich eine große Ladetür mit zwei nach außen aufgehenden Flügeln, aber als er die Verriegelung öffnete, die Griffe drehte und drückte, blieb auch diese Tür stur geschlossen. Sie war nicht so gut isoliert wie die Kabinentüren, und als er heftig dagegendrückte, erschien ein langer Spalt windiger Dunkelheit zwischen den Flügeln. Er legte ein Auge an den dünnen Spalt und spürte sofort die eisige Kälte: fünfundvierzig Grad unter Null da draußen, und starker Wind. Knapp unter Augenhöhe lief eine Kunststoffstange quer über die Lücke; zweifellos war sie irgendwie fest mit den Türflügeln verbunden und hielt sie geschlossen. »Hey!« brüllte er durch den Spalt. »Laßt mich raus! Was soll das!«

Keine Antwort. Sein Gesicht war eiskalt. Er wich zurück, kniff die Augen zusammen und starrte auf den Spalt. Die Stange war angeschweißt oder angeklebt oder sonstwie an den Türflügeln befestigt, so daß sich diese nicht mehr bewegen ließen. Bei der Kabinentür oben war es zweifelsohne genauso.

Ihm fiel der Notausstieg im Kabinendach ein, der für den Fall vorgesehen war, daß das Fahrzeug durchs Meereseis brach oder in einer Spalte steckenblieb, so daß die Insassen nur nach oben entkommen konnten. X hatte das für eine ziemlich alberne Sicherheitsvorrichtung gehalten, aber jetzt lief er zurück, entriegelte die Ausstiegsluke mit dem äußerst schwergängigen Handgriff und drückte nach oben. Das Ding rührte sich nicht. Es klemmte. Man hatte ihn im Schlepper eingesperrt und die Windschutzscheibe sowie die Fenster der Kabine abgedeckt. Alles binnen ungefähr zwei Minuten. Grotesk, aber wahr.

Er überdachte die Lage, während er in die diversen Schichten seiner Schutzkleidung schlüpfte: die dicke Hose und Jacke aus Smartfabric - intelligentem Gewebe -, die isolierte Carhartt-Überhose, einen schweren Parka, Fingerhandschuhe und Fäustlinge. Draußen würde er das alles brauchen, falls er hinauskam, aber hier drin wurde ihm jetzt schon mörderisch heiß in den Sachen. Schwitzend schaltete er das Funkgerät ein und schaltete auf die McMurdo-Frequenz. »Hallo, McMurdo, McMurdo, hier ist

SPOT Nummer 103, SPOT ruft Mac Town, hört ihr mich? Over. Over.« Während er auf eine Antwort wartete, ging er zu einem der Schränke in der Kabine und holte eine brandneue Metallsäge aus einem Werkzeugkasten.

»SPOT 103, durch das Wunder der Funktechnik hast du wieder mal unsichtbare Schwingungen im Äther manipuliert und die Funkzentrale von Mac erreicht, hey, X, wie geht's dir da draußen? Over.«

»Nicht gut, Randi. Ich glaube, ich werde gerade entführt!«

»Sag das noch mal, X, ich hab das letzte nicht mitgekriegt. Over.«

»Ich hab gesagt, ich werde gerade *entführt*. Over!«

»Hey, X, gibt 'ne Menge atmosphärische Störungen hier, klang so, als hättest du gesagt, du würdest gerade verführt, erklär mir, was das heißen soll, falls du das gesagt hast. Over.«

»*ENT*-führt! Jemand hat mich in der Kabine eingesperrt und die Fenster zugeklebt! Over!«

»X, hast du ›entführt‹ gesagt? Erklär mir, was du mit ›entführt‹ meinst. Over.«

»Ich meine, daß ich hier oben in einem Sturm stecke und daß gerade eben irgendein... irgendwer auf meinem Dach gelandet ist und meine Fenster draußen mit schwarzer Plastikfolie verklebt hat, und meine Türen gehen alle nicht auf, die haben draußen irgendwas damit angestellt! Ich geh gleich mal nach hinten und versuche, eine Stange durchzusägen, die die Hintertür zuhält, aber ich wollte mich vorsichtshalber zuerst mal bei euch melden, um euch zu sagen, was los ist! Und um zu fragen, ob ihr auf Satellitenfotos was Ungewöhnliches an meiner Kolonne sehen könnt, falls ihr welche habt! Over!«

»Das mit den Satellitenfotos müssen wir checken, X, ich weiß nicht, wer die kriegt, wenn überhaupt jemand. Bleib einfach, wo du bist. Wir werden sehen, was wir tun können. Tu nichts Unbesonnenes, over.«

»Ja, ja, ja«, murmelte X und drückte auf die Sendetaste: »Hör zu, Randi, ich gehe jetzt zur hinteren Tür. Mal sehen, ob ich sie aufkriege. Bin gleich wieder da und sag dir, ob's geklappt hat, over!«

Er ging wieder nach hinten und stemmte sich gegen die Türflügel. Sie ließen sich immer noch nicht weiter öffnen, aber diesmal steckte er die Metallsäge durch den Spalt über der Stange und begann, wie ein Wilder zu sägen. Offenbar irgendein gehärteter Kunststoff, und die Türflügel behinderten die Säge. Als er die Stange endlich durchgesägt hatte und die Türflügel aufstieß, schwitzte er heftig, und die Luft brach wie eine Woge aus flüssigem Stickstoff über ihn herein. »Au!« sagte er. Jeder Atemzug fühlte sich an, als hätte er Eis im Hals. Er setzte die Kapuze seines Parkas auf, hielt sich an der Tür fest und beugte sich in den Wind hinaus. Seine Augen füllten sich mit Wasser, so daß er kaum noch etwas sehen konnte.

Aber er hatte eine Tür aufgekriegt. Er war nicht mehr gefangen. Er beugte sich weiter hinaus und sah sich um. Das nächste Fahrzeug in der Schlange fuhr hinter seinem her, als ob nichts geschehen wäre. Er kam sich vor wie in einer Kolonne mechanischer Elefanten. Niemand in Sicht, nichts zu sehen. Ratternde Motoren, das Knarren und Krachen riesiger Schlepperräder auf dem trockenen Schnee, das Pfeifen und Kreischen des Windes; sonst nichts; aber eine jähe Furcht durchfuhr ihn wie ein Windstoß, und er erschauerte krampfhaft. Er mußte sich wärmer anziehen. Oben in der Kabine setzte sich Randis Stimme mit ihrem klaren Mittelwestlerinnenakzent locker gegen die atmosphärischen Störungen durch: »Mac Coms ruft SPOT 103, melde dich, X, was ist da draußen los? Der Wetterdienst sagt, du steckst da draußen in einem Sturm der Stufe eins, also sei vorsichtig! Sie haben auch gesagt, ihre Satellitenkameras kommen nicht durch die Wolkenschicht, jedenfalls nicht so, daß du was mit den Fotos anfangen könntest. Bitte melde dich, X, over!«

Statt dessen stieg er die Stufen hinunter und sprang auf den festen Schnee neben dem Fahrzeug, der unter seinen Füßen quietschte. »Scheiße.« Er lief nach vorn und sprang auf die Leitersprossen, die unten in die Außenwand der Kabine eingelassen waren. Jawohl, schwarzes Plastik vor den Fenstern. »Scheiße!« Er zerrte daran, und der eisige Wind half ihm, die Plane vom Metall und vom Kunststoff abzureißen. Er hielt sie mit aller Kraft fest, damit er einen Beweis dafür hatte, daß der ganze Vorfall kein Hirngespinst gewesen war. Dann zögerte er, weil er irrationale Angst davor hatte, irgendwie falsch abzuspringen und Mist zu bauen, wie in seiner Skiphantasie. Doch in seiner gegenwärtigen Verfassung konnte er garantiert viel schneller laufen, als die Schlepper fuhren; und es war zu kalt, um dort zu bleiben, wo er war, der Wind pfiff durch seine Kleider und sein Fleisch und ließ seine Knochen wie Kastagnetten klappern. Deshalb sprang er ab und landete sicher, und während sein Schlepper schwerfällig an ihm vorbeirumpelte, lief er aus der Bahn der Radspuren hinaus, um bis zum Schwanzende der Kolonne schauen zu können. Sie kam ihm zu kurz vor. Er zählte nach, um sich zu vergewissern, zeigte mit dem Finger auf einen Schlepper nach dem anderen; währenddessen gewann sein Fahrzeug einen kleinen Vorsprung, und als er das bemerkte, rannte er wie ein Irrer hinterher, sprang auf und stieg ein, heftig keuchend, voller Angst, bis ins Mark durchgefroren. Es waren nur noch neun Fahrzeuge.

**Ihr Spaltendetektor gab ein hohes, rasches Piepen von sich.** Valerie Kenning bremste ab und stützte sich auf ihre Skistöcke. Sie war dem Rest ihrer Gruppe ein gutes Stück voraus, und nachdem sie sich mit einem Blick über die Schulter vergewissert hatte, daß die anderen einigermaßen nachkamen, stieß sie ihre Stöcke tiefer in den trockenen Schnee der Windless Bight, womit sie einen letzten kleinen Wärmeschub in den Griffen auslöste, nahm die Pulsradarkonsole aus ihrer Parkatasche, schaute auf den Schirm und drückte ein paar Tasten, um vollständige Angaben über das Terrain zu bekommen. Ein *Pieppieppiep*; vor ihr lag eine ziemlich große Spalte. Sie kamen in die Druckzone, wo sich das Ross-Schelfeis früher einmal um die Spitze von Cape Crozier herumgeschoben hatte, und obwohl es diesen Druck nun nicht mehr gab, wirkten immer noch Kräfte auf das Eis ein, die es verformten und viele Spalten erzeugten.

Sie näherte sich langsam derjenigen vor ihr und sah sie nun auch mit bloßem Auge: eine leichte, linienförmige Einbuchtung im Schnee. Diese Spalte hätte sie bemerkt, aber es gab viele andere, die man nicht sehen konnte. Deshalb liebte sie den Spaltendetektor so heiß und innig wie ein Baseball-Catcher seine Maske. Jetzt benutzte sie ihn, um die Spalte nach einer tragfähigen Schneebrücke abzusuchen. Die Pieptonmusik stieg an und sank ab – höher und schneller bei dünnem Schnee, tiefer und langsamer bei den dickeren Stellen. In einem breiten Bereich zu ihrer Linken füllte der Schnee die Spalte so dick und dicht, daß er auch einen Hägglunds getragen hätte. Val löste sich also aus ihrem Schlittengeschirr, zog die Stöcke aus dem Schnee und fuhr auf ihren Skiern langsam hinüber, wobei sie mit einem Stock vor sich im Boden stocherte – der altmodische Test, der eigentlich nur noch Glück bringen sollte; mittlerweile vertraute sie dem Radar ebensosehr wie allen anderen Geräten, die sie benutzte.

Sie überquerte die Brücke noch einmal in die Gegenrichtung, legte das Geschirr wieder an, zog den Schlitten über die Spalte und blieb stehen, um auf die anderen zu warten, wobei sie ein wenig abkühlte. Während sie wartete, warf sie einen Blick auf ihr GPS, um die Route durch die vor ihnen liegenden Spalten zu sondieren. Ein ziemliches Labyrinth. Die drei Mitglieder der Expedition zum Cape Crozier im Jahr 1911, der sogenannten ›schlimmsten Reise der Welt‹, hatten sich eine Woche lang schwer ins Geschirr legen müssen, um diese Region zu durchqueren; aber mit dem GPS und den neuesten Eiskarten würde Vals Fünfundzwanzig-Personen-Gruppe nur einen Tag brauchen, um sich hindurchzuschlängeln, oder zwei, wenn Arnold sie zu sehr aufhielt.

Nur noch zwei Tage, dann würde die Frühlingssonne wieder über Cape Crozier aufgehen, und zu dieser Morgenstunde waren die höhergelegenen Hänge von Mount Erebus bereits in ein kräftiges, rosarotes Alpenglühen getaucht, das vom blauen Schnee der schattigen Hänge darunter reflektiert wurde und allerlei Lavendel- und Malventöne hervorbrachte. Währenddessen durchlief der Dämmerhimmel langsam sein helles, aber sonnenloses Sortiment von Pastellfarben: breite Streifen von Blau-, Purpur- und Rosatönen, hier und da sogar ein Hauch Grün. Während Val langsam abkühlte, schaute sie sich ausführlich um und genoß den Moment des Friedens, der bald von der Ankunft der Meute zerstört werden würde. Als Führerin hatte man für Vals Geschmack viel zu selten die Chance, sich an den Landschaften zu erfreuen, die man durchquerte.

Dann war die Meute bei ihr, und sie ging wieder an die Arbeit, sorgte dafür, daß alle heil und gesund über die Schneebrücke kamen, plauderte mit der unablässigen Fröhlichkeit, die sie in ihrer beruflichen Funktion stets an den Tag legte, zeigte ihnen das Alpenglühen auf dem Erebus, das die Rauchwolke in viertausend Metern Höhe über dem Gipfel in einen riesigen rosafarbenen Zuckerwattebausch verwandelte. Das lenkte sie ab, während sie auf Arnold warteten. Es war jedoch zu kalt, um längere Zeit geruhsam zu warten, und trotz Vals wiederholter Ermahnungen hatten viele von ihnen offenkundig geschwitzt. Diese Leute trugen zwar die allerneuesten Smartfabric-Materialien, konnten aber ihre Körpertemperatur nicht gut genug regulieren, um das zu verhindern. Sie hatten sich beim Skifahren überhitzt, und ihr Schweiß war durch etliche Schichten, deren aus Polymeren bestehende Mikrostrukturen je nach Erwärmungsgrad mehr oder weniger durchlässig waren, nach außen gesickert; sehr warmes Gewebe ließ die Feuchtigkeit ungehindert durch, bis sie aus den Parkas austrat, wo sie sofort gefror. Ihre vierundzwanzig wartenden Kunden sahen wie ein Wäldchen weiß gepuderter Weihnachtsbäume aus, die bei jeder Bewegung Schnee abwarfen.

Schließlich traf ein knallweißer Arnold bei ihnen ein und überquerte die Schneebrücke, und ohne ihm viel Gelegenheit zum Ausruhen zu geben, machten sie sich wieder auf den Weg durch das Spaltenlabyrinth. Obwohl sie die Windless Bight durchquerten, die windstille Bucht, blies ihnen ein starker Wind ins Gesicht. Val wartete auf Arnold, der wie ein Pferd schnaufte; sein dampfender Atem gefror und rieselte als weißer Staub vor ihm zu Boden. Er bedachte Val mit einem Kopfschütteln; obwohl sie unter seiner Brille und der Skimaske (die er besser hochgezogen hätte, so wie er schwitzte) nichts von seinem Gesicht sah, konnte sie erkennen, daß er grinste. »Diese Typen«, sagte er in dem Tonfall, mit dem in der Gruppe von Wilson, Bowers und Cherry-Garrard gesprochen wurde, den drei Mitgliedern der ersten Crozier-Expedition. »Die waren *verrückt*.«

»Und was sind wir dann?«

Arnold lachte wild. »Wir sind *bescheuert*.«

*schwarzer Himmel*
*weißes Meer*

Überall Eis, darüber ein Sternenhimmel. Dunkler weißer Boden, der unter den Füßen dahingleitet. Ein weißer Berg, ummantelt von Eis, sticht vage schimmernd in den schwarzen Himmel. Ein Eisplanet, zu weit von seiner Sonne entfernt, um Leben zu tragen; vielleicht ist seine Sonne einer der helleren Sterne dort oben. Schnee weht vorbei wie Sand, zu kalt, um an etwas haften zu bleiben. Titan vielleicht, oder Triton, oder Pluto. Keine Chance für Leben.

Doch dort, am Fuß schwarzer Klippen, die zu weißem Eis abfallen, ein schwaches elektrisches Knistern. Ein genauerer Blick: da - die Quelle des Geräuschs. Ein Klumpen schwarzer Punkte, dicht an dicht. Unbeholfene Bewegungen. Schwarze Birnen im Frack. Die auf der Windseite der Masse gleiten nach hinten herum; sie haben ihre Zeit im Wind abgeleistet und können sich jetzt in der Masse wieder aufwärmen. Sie drängen sich wärmesuchend zusammen und nehmen es abwechselnd auf sich, die volle Wucht des eiskalten Windes abzufangen. Aliens.

In Wahrheit natürlich Kaiserpinguine. Einige von ihnen watschelten von den Neuankömmlingen fort, wobei sie genauso aussahen wie die animierten Pinguine in *Mary Poppins*. Sie schlüpften durch schwarze Spalten im Eis, tauchten in die relative Wärme des minus zwei Grad Celsius kalten Wassers, verwandelten sich von Fischvögeln zu Vogelfischen, wie auf einem Bild von Escher.

Die Pinguine waren der Grund für die Anwesenheit von Vals Gruppe. Nicht daß ihre Kunden sich für sie interessierten, aber Edward Wilson hatte es getan. 1911 hatte er sich gefragt, ob man in ihren Embryos wohl ein fehlendes Glied der Evolution entdecken könnte; er war nämlich der Meinung gewesen, Pinguine seien in evolutionärer Hinsicht primitive Vögel. Er hatte sich geirrt, aber es gab nur eine Möglichkeit, das herauszufinden: Man mußte ein paar Eier von Kaiserpinguinen untersuchen, die mitten im antarktischen Winter gelegt wurden. Robert Scotts zweite Expedition in die Antarktis überwinterte bei Cape Evans auf der anderen Seite der Ross-Insel und wartete auf den Frühling; sobald er anbrach, wollten sie versuchen, den Südpol zu erreichen. Wilson hatte seinen Freund Scott überredet, ihn mit Birdie Bowers und Apsley Cherry-Garrard einen Ausflug um die Südseite der Insel herum unternehmen zu lassen, bei der er im Dienste der Wissenschaft ein paar Kaiserpinguineier einsammeln wollte.

Val fand es seltsam, daß Scott den drei Männern die Erlaubnis dazu erteilt hatte, wenn man bedachte, daß sie dabei durchaus hätten umkommen und dadurch Scotts Chancen gefährden können, den Pol zu erreichen. Aber so war Scott nun einmal gewesen. Er hatte eine Menge seltsamer Entscheidungen getroffen. So kam es, daß Wilson, Bowers und Cherry-Garrard zwei schwere Schlitten auf die übliche Weise um die Insel herumgezogen hatten: ohne Skier oder Schneeschuhe, mit Kleidung aus Wolle und Segeltuch. Sie hatten in Schlafsäcken aus Rentierfell in Segeltuchzelten geschlafen; hatten ihre Schlitten in permanenter Dunkelheit durch die dicken Schneewehen der Windless Bight geschleppt, bei Temperaturen zwischen vierzig und sechzig Grad unter Null: den niedrigsten Temperaturen, die Menschen jemals so lange ausgehalten hatten. Sechsunddreißig Tage später waren sie mit drei heilen Kaiserpinguineiern in den Händen wieder in die Hütte auf Cape Evans getaumelt; und dank ihrer fürchterlichen und wunderbaren Erlebnisse unterwegs, die Cherry-Garrard in seinem Buch so glänzend geschildert hatte, waren sie für immer als die Männer in die Geschichte eingegangen, die die schlimmste Reise der Welt gemacht hatten.

Vals Gruppe fotografierte jetzt wie wild die Pinguine, und das professionelle Filmteam, das sie dabeihatten, packte seine Ausrüstung aus und kurbelte eine Menge Film herunter. Die Pinguine beäugten sie wachsam und erhöhten die Lautstärke ihres kollektiven Gegackers. Die neueste Generation von Kaiserpinguinen bestand noch aus lauter kleinen Flaumkugeln, die in großer Gefahr waren, von den über ihnen kreisenden Skuas geschnappt zu werden; die Skuas legten probehalber ein paar Sturzflüge ein und glitten dann auf dem starken Wind zur Adeliepinguinkolonie am nördlichen Ende des Kaps hinüber. Es war wie immer windig auf Cape Crozier.

Vals Kunden schossen ihre letzten Fotos und hatten dann keine Lust mehr, noch länger zu bleiben und die Pinguine zu beobachten; der Wind war zu beißend. Selbst in ihren Raumanzügen, wie Arnold sie nannte, ging einem solch ein Wind durch und durch. Daher versammelten sie sich rasch wieder um Val. George brachte seine Hoffnung zum Ausdruck, sie würden in der kurzen Dämmerungsphase noch genug Zeit haben, Igloo Spur zu erklimmen und nach dem Steinkreis zu suchen, den Wilson, Bowers und Cherry-Garrard hinterlassen hatten.

»Klar«, sagte Val, führte sie zu dem üblichen Lagerplatz am Fuß von Igloo Spur und erklärte ihnen, sie sollten schon mal raufgehen und sich umschauen, solange noch ein bißchen Zwielicht übrig sei. Sie würde ein Sicherheitszelt aufbauen und ihnen dann folgen. George Tremont, der Leiter der Expedition, die nicht nur ein weiterer Footsteps-Nachvollzug war, sondern eine spezielle Angelegenheit, besprach sich mit Arnold, seinem Produzenten, sowie mit dem ersten Kameramann und seinem Team. Sie mußten entscheiden, ob sie die Suche nach dem Steinkreis jetzt live filmen oder das Bauwerk heute ausfindig machen und die Suche dann morgen drehen sollten, in einem eigenen kleinen Nachvollzug, sozusagen.

Val hatte für solche Sachen sehr wenig übrig. Ihr GPS kannte die Koordinaten von ›Wilsons Steinhütte‹, wie sie auf den Kiwi-Karten hieß, und daher hätten sie auf die Anhöhe steigen und das Ding sofort finden können. Aber nein; so sollte das nicht laufen. George und die anderen wollten eine Suche drehen, bei der sie das Steiniglu ohne technische Unterstützung fanden. Offenbar hielten sie die Zuschauer ihrer Sendung für so unwissend, daß diese sich nicht sofort fragen würden, warum man denn kein GPS benutzt hatte. Val bezweifelte, daß sie damit richtig lagen, behielt ihre Ansichten jedoch für sich und konzentrierte sich darauf, eins der großen Teamzelte aufzubauen, wobei sie ein paarmal zu dem Trupp hochschaute, der mit seinen Kameras, aber ohne GPS den Kamm erklomm. Es war reines Theater.

Nachdem sie das Zelt fertig hatte und die Schlitten sicher angepflockt waren, wanderte sie den Grat des Lava-Kamms hinauf. Ungefähr hundertfünfzig Meter über dem Meereseis flachte der Kamm ab und ging nach ein paar Hebungen und Senkungen in die massive Flanke von Mount Terror über, dem kleinen Bruder von Erebus. Ihre Gruppe hatte sich wie erwartet über den Kamm verteilt und war immer noch auf der Suche nach der Steinhütte. In der zunehmenden Dunkelheit am Ende der Dämmerungsphase konnten solche Streifzüge gefährlich sein; Cape Cozier war groß und kompliziert, seine vielen Lavakämme trennten eine Menge schräger, von Spalten durchzogener Eishänge, die aufs Meereseis hinunterführten. Als Mear und Swan die ›schlimmste Reise‹ 1986 zum ersten Mal nachvollzogen hatten, hatten sie ihr Zelt in der Dunkelheit mehrere Stunden lang nicht wiedergefunden, und wenn sie nicht irgendwann zufällig darüber gestolpert wären, hätten sie nicht überlebt.

Jetzt jedoch mußte sie diese Streifzüge erlauben; das war der Stoff, um den es ging, die Schatzsuche. Die Kameraleute hüpften herum, versuchten, sich nicht gegenseitig ins Bild zu geraten, und bannten jede Sekunde auf ihren hyperempfindlichen Film; auf dem Bildschirm würde es besser zu sehen sein als mit bloßem Auge. Überdies hatte jeder einen persönlichen GPS-Pieper im Parka, und wenn jemand verschwand, konnte Val das Suchgerät rausholen und ihn aufspüren. Die Sache war also einigermaßen ungefährlich.

Mit der Zeit sahen die Suchenden allerdings eher wie ein Trupp von Schauspielern aus, die allerlei Impressionen vom Kampf gegen die Kälte zur Aufführung brachten. In Wahrheit war das Steiniglu, das die drei Forscher hinterlassen hatten, an seiner höchsten Stelle nur kniehoch, und sowohl das Iglu selbst als auch die von den Kiwis daran angebrachte Plakette waren von den starken Schneefällen des letzten Jahrzehnts verschüttet worden. Der Wind hatte den Schnee zwar größtenteils aufs Meer hinausgeweht, aber in dem schwarzen Geröll war genug haften geblieben, um den ganzen Kamm in einem dichten Schwarzweißmuster zu tüpfeln, in dem in der zunehmenden Dunkelheit kaum etwas zu erkennen war. Jeder große weiße Fleck auf dem umfangreichen Kamm sah mehr oder weniger wie ein kniehoher Steinkreis aus, und für die schwarzen Flecken galt dasselbe.

Daher stapften Vals Kunden hierhin und dorthin und machten einander jedesmal durch laute Zurufe auf sich aufmerksam, wenn sie vor einem neuen Stein- oder Schneehaufen standen. Etliche versuchten, im Schein der Taschenlampe in ihrem Exemplar von *The Worst Journey in the World* zu lesen, um festzustellen, ob der Text ihnen nähere Hinweise gab. Val hörte, wie einige sich über die Ungenauigkeit von Cherry-Garrards Beschreibungen beklagten, was ein bißchen kleinlich war, wenn man bedachte, daß der junge Cherry furchtbar kurzsichtig gewesen war und seine dicke Brille nicht hatte tragen können, weil sie sich ständig beschlug, so daß zu den erstaunlichen Aspekten der ›schlimmsten Reise‹ auch die Tatsache zählte, daß einer der drei Reisegefährten - und zwar ausgerechnet derjenige, der am Ende ihre Geschichte erzählt hatte - praktisch blind gewesen war. Eine Art Homer und Ishmael in Personalunion.

Val setzte sich auf einen hüfthohen Stein neben zwei Mitglieder des Filmteams, die fürs erste aufgehört hatten zu drehen, ihre Handschuhe in ein batteriebetriebenes Heizgerät steckten und dann Schokoriegel in der Hoffnung umklammerten, sie ein bißchen auftauen zu können, bevor sie sie aßen. Sie lachten über George, der gerade ein Exemplar von Sir Edmund Hillarys Buch *Der Wettlauf zum Südpol* zu Rate zog, in dem die erste Entdeckung der Steinhütte sechsundvierzig Jahre nach ihrer Errichtung geschildert wurde. Hillary und seine Kameraden waren unterwegs gewesen, um die modifizierten Traktoren zu testen, mit denen sie später den Skelton-Gletscher zum Südpol hinauffahren wollten, und auf Cape Crozier waren sie wie Vals Begleiter nur mit ihrem eigenen Exemplar von Cherry-Garrards Buch herumgewandert. Im Grunde waren es ihre Erlebnisse, die Vals Begleiter jetzt zu reproduzieren versuchten, denn damals war Cherry-Garrards Lagebeschreibung der einzige Hinweis gewesen, den es gab; da Hillary und seine Kameraden nicht auf GPS oder dergleichen zurückgreifen konnten, hatten sie Cherrys Buch Zeile für Zeile durchgesprochen, genau wie Vals Gruppe es jetzt tat, nur daß ihre Frustration damals echt und nicht gespielt gewesen war, bis Hillary selbst die Hütte entdeckt hatte.

Wie sich herausstellte, blieb jedoch auch die Schilderung der Entdeckung in seinem Buch ein bißchen vage, als hätte der schlaue Bergsteiger die genaue Route nicht enthüllen wollen. Er hatte allerdings geschrieben, die Hütte liege genau auf der Kammlinie und in einem Sattel, wie George jetzt verkündete. »»Ein so *windiger* und *ungastlicher* Ort, wie man es sich nur *vorstellen* kann!«« las George mit ärgerlicher, lauter Stimme vor.

»Wir sollten das aufnehmen«, meinte Geena.

»Elka schneidet es mit«, erwiderte Elliot ruhig.

Sir Edmund erwies sich als ebensowenig hilfreich wie Cherry-Garrard. Val ging der Gedanke durch den Kopf, daß jemand auch die relevanten Passagen im Buch von Mear und Swan heraussuchen könnte – *In the Footsteps of Scott* –, denn diese ersten Nachvollzieher, die ahnungslosen Initiatoren eines ganzen Genres von Abenteuerreisen, hatten die Hütte in der Vor-GPS-Zeit ebenfalls aufgespürt und in ihrem Buch ein gutes Foto von ihr veröffentlicht. Aber es war ein Bildband, erinnerte sich Val, und wahrscheinlich hatte keiner das Gewicht mitschleppen wollen. Auf diesem dunklen, wilden Kamm würde ihnen sowieso kein Buch helfen.

Elliots Worte waren ein Echo ihrer Gedanken: »Ein klassisches Beispiel dafür, daß die Landkarte und das Land selbst zweierlei sind.«

»Obwohl eine Karte schon hilfreich wäre. Ich glaube nicht, daß sie die Hütte ohne GPS finden.«

»Sie muß hier irgendwo sein. Irgendwann werden sie drüber stolpern.«

»Es ist schon zu dunkel.«

Und der Wind wurde allmählich schmerzhaft. Die Leute drehten sich mit dem Rücken zum Wind und bewegten sich wie Krebse, ganz egal, in welche Richtung sie gingen. Außerdem war es laut; der Wind ächzte und heulte dramatisch über das zerklüftete Gestein.

»Ich würde sogar wetten, daß sie sie finden.«

»Einverstanden.«

»Ich kann nicht glauben, daß sie ihr Lager an einem so exponierten Ort aufgeschlagen haben.«

»Sie wollten nahe bei den Pinguinen sein.«

»Ja, aber trotzdem.«

In der Tat, dachte Val. Sie hätte ihr Lager niemals hier auf dem Kamm aufgeschlagen; es war eine der letzten Stellen auf Cape Crozier, die sie sich ausgesucht hätte. Und Wilson hatte gewußt, daß es dem Wind ausgesetzt war, das kam in seinem Tagebuch klar heraus. Aber er hatte beschlossen, es trotzdem zu riskieren, weil er ebenfalls befürchtet hatte, sie könnten ihr Lager in der Dunkelheit übersehen, und es deshalb an einem Ort errichten wollte, wo sie es bei der Rückkehr von ihren Ausflügen auf der Suche nach Pinguinen garantiert wiederfinden würden. Durchaus verständlich, aber es gab auch andere Stellen, die im Dunkeln wiederzufinden gewesen wären. Daß sie ihr Lager hier aufgeschlagen hatten, war beinahe ihr Todesurteil gewesen. Merkwürdigerweise hatte Cherry-Garrard in seinem Buch behauptet, die Hütte habe an der Leeseite des Kamms gelegen und sei deshalb vor direkten Windstößen geschützt gewesen; außerdem habe die spätere Wissenschaft der Aerodynamik – von der Wilson nichts gewußt haben konnte – enthüllt, daß die Luft unmittelbar an der Leeseite eines Kamms nach oben gesaugt werde, was der Grund dafür gewesen sei, daß ihnen bei Windstärke zehn das Dach weggerissen worden war. Aber da der Unterschlupf in Wirklichkeit genau auf dem Grat des Kamms lag, wie Hillary notiert hatte (Val war ziemlich sicher, sie in dem Sattel unter sich sehen zu können, ein großer Schneehügel zwischen anderen großen Schneehügeln), war schwer zu sagen, warum Cherry das geschrieben hatte – entweder hatte er Entschuldigungen für Wilsons Fehlentscheidung vorbringen wollen, oder er war so blind gewesen, daß er wirklich nicht gewußt hatte, wo sie sich befanden.

»Sieht jedenfalls so aus, als wär's noch ein Fehler, den man der Scott-Expedition ankreiden könnte«, sagte Elliot.

»Vielleicht ist es ansteckend«, meinte Geena. »Irgendwas in der Gegend hier.«

»Unterhalb des vierzigsten südlichen Breitengrades gibt es kein Gesetz«, intonierte Elliot. »Unterhalb des fünfzigsten keinen Gott. Und unterhalb des sechzigsten keinen gesunden Menschenverstand.«

»Und unterhalb des siebzigsten«, setzte Geena hinzu, »überhaupt nichts Intelligentes mehr.«

Val konnte ihnen kaum widersprechen. Schließlich stolperten hier zwei Dutzend Leute in einem eisigen Wind unmittelbar links, rechts, vor und hinter einer ovalen Steinmauer herum, die jeder von ihnen hätte finden können, wenn er nur zehn Sekunden lang sein GPS zu Rate gezogen hätte. Genau in diesem Moment stolperte einer doch tatsächlich über das Ende des Unterschlupfs!

Aber Val sagte nichts.

Es wurde kälter.

»Diese Footstep-Sachen«, klagte Geena. »Will jemand heißen Kakao?«

»Ich mag sie«, sagte Elliot und nahm die Thermoskanne von ihr entgegen. »Ist doch toll, wenn man das übliche Zeug mal mit historischem Material aufpeppen kann.«

»Vorsicht, er ist heiß.«

»Ich hab mal eine Weile für Footsteps Unlimited gearbeitet. Allgemein bekannt als F.U., weil die Kunden das nach der Rückkehr höchstwahrscheinlich zueinander gesagt haben: Fuck you.«

»Ha, ha.«

»Ich war auch freier Mitarbeiter bei Classic Expeditions of the Past Revisited, das die Führer Stupid Expeditions of the Past Revisited genannt haben, weil sich die Organisatoren immer die schlimmsten Reisen aller Zeiten aussuchten, manchmal sogar mit der Originalausrüstung und der Originalverpflegung.«

»Du machst Witze.«

»Nein. Aber du wirst feststellen, daß sie nicht mehr im Geschäft sind.«

»Masochistenreisen - ein neues, noch unterbewertetes Genre.«

»Das kommt schon noch. Reisen ist immer masochistisch. Die Leute machen doch alles. Ich hab Hannibals Alpenüberquerung gedreht, inklusive Elefanten - Marco Polo, mit dem Kamel von Italien nach China - Scotts Fußmarsch zum Pol - Napoleons Rückzug aus Moskau.« Er zog seine Gesichtsmaske hoch und trank einen Schluck aus der Thermoskanne. »Da war's noch kälter als hier.«

»Wow. Ich hab mal 'ne Sache mit Condemned to Repeat It gedreht, bei der wir Stanleys Suche nach Livingstone nachvollzogen haben. Angeblich war es gefährlicher, das heute zu machen als damals.«

»Condemned to Repeat It?«

»Du weißt schon - wer die Geschichte zu gut kennt, ist dazu verurteilt, sie zu wiederholen.«

»Ah ja. Aber manche von diesen alten Reisen kann man einfach nicht wiederholen, weil sie schon von vornherein undurchführbar waren.«

»Klar. Ich hab gehört, daß Shackletons Bootsfahrt ein komplettes Desaster war.«

Vals Magen krampfte sich zusammen. Diese Reise hatte sie selbst geführt, und sie wollte weder darüber reden noch daran denken. Jetzt sah sie, daß Elliot mit dem Daumen auf sie zeigte, um Geena zu warnen. Die da war die Führerin, pst, sprich nicht darüber! Herrgott. Toll, für so etwas bekannt zu sein. Val hatte jede Footsteps-Expedition in der Antarktis geführt, von Mawsons Todesmarsch bis zu Borchgrevinks wahnwitziger Überwinterung auf seinem Schiff, sogar fiktive Expeditionen wie die in Poes ›Manuskriptfund in einer Flasche‹ (einschließlich des Strudels am Ende) oder in Le Guins ›Sur‹ (letztere endete mit einem gefühlsbetonten Treffen mit der Autorin, bei dem die Frauen ihr für die Idee dankten und auch viele detaillierte Vorschläge für logistische Ergänzungen im Text machten, die Le Guin allesamt in die nächste überarbeitete Version der Geschichte einzubauen versprach). All diese *sehr* schwierigen Reisen hatte sie geführt, praktisch jede frühe Expedition in der Antarktis nachvollzogen – und wofür blieb sie in Erinnerung? Für das Fiasko natürlich.

Plötzlich ertönten weiter unten auf dem Kamm wilde Rufe. George und Ann-Marie standen an dem Schneehaufen, den Val zuvor schon für die wahrscheinliche Fundstätte gehalten hatte.

»Es geht los«, erklärte Elliot und nahm seine Kameraausrüstung zur Hand. »Hoffentlich bleibt das Baby hier warm genug, daß mir das Objektiv nicht einfriert.«

George ließ sich und Ann-Marie von Elliot, Geena und den anderen Kameraleuten dabei filmen, wie sie die Wiederentdeckung der Hütte nachspielten. Ihre Rufe waren dünn im Vergleich zum freudigen Triumph der Originale. Dann marschierten sie zum Speisezelt zurück und nahmen ihre bislang fröhlichste Mahlzeit ein, während Val die übrigen Schlafzelte aufbaute. Danach schliefen sie, eingemummelt in ihre ultrawarmen Schlafsäcke auf ihren perfekt isolierenden Matten, bis die langen, dunklen Stunden der Nacht um waren. Am nächsten Tag waren sie im ersten Licht der Dämmerung alle wieder auf dem Kamm und um den kleinen Hügel herum an der Arbeit; manche befreiten die übereinandergestapelten Steine mit Warmluftgebläsen und winzigen preßlufthammerartigen Werkzeugen vorsichtig von Eis und Schnee, während die anderen ein Stück weiter oben am Kamm eine kleine Holzhütte errichteten; sie waren nämlich hier, um Edmund Hillarys Werk sozusagen rückgängig zu machen und alle Habseligkeiten von Wilsons Gruppe, die Hillary und seine Kameraden gefunden und mitgenommen hatten, wieder herzubringen.

Der steinerne Unterschlupf selbst war ein kleines Oval aus grob übereinandergestapelten Steinen, die vielfach so schwer waren, daß eine einzelne Person sie gerade noch hochheben konnte. Die alten Jungs waren stark gewesen. An ihrem höchsten Punkt war die Mauer drei oder vier Steine hoch. Der Innenraum mußte etwa zwei Meter vierzig mal einen Meter fünfzig gemessen haben. Die alten Jungs waren klein gewesen. Sie hatten einen ihrer beiden Schlitten über die Längsachse des Ovals geschoben, dann ihre grüne Willesden-Segeltuchplane über den Schlitten gespannt, sie so weit über den Boden gezogen, wie es ging, und Steine auf diesen großen Volant sowie weitere Steine und Schneeblöcke auf das Dach selbst gehäuft, bis sie der Ansicht waren, daß sie den Unterschlupf nicht mehr stabiler machen konnten. Er war bombensicher; das hatten sie jedenfalls geglaubt. Ein kleines Loch in der Leewand hatte ihnen als Tür gedient, und unmittelbar vor diesem Eingang hatten sie ihr Scottzelt aufgebaut, um sich selber besser zu schützen und dem Zelt gleichzeitig einen gewissen Schutz vor dem Wind zu gewähren, vermutete Val; es war ihr immer ein Rätsel geblieben, warum Wilson das Zelt aufgebaut hatte, obwohl sie den steinernen Unterschlupf gehabt hatten. Jedenfalls war das Iglu wirklich verdammt stabil gewesen, das sah sie; der Wind, der es zerstört hatte, hatte das Segeltuch nicht aus der Konstruktion herausziehen können, sondern es statt dessen an Ort und Stelle in Fetzen gerissen. Wie bei ihren früheren Besuchen kniete Val sich hin, grub in dem Schnee, der die Ritzen in der Wand zukleisterte, und fand zwischen den Steinen noch Segeltuchreste; sie waren eher weiß als grün. »Wow.«

Und beim Anblick der ausgefransten Segeltuchfetzen verspürte Val wieder eine Aufwallung von Sympathie mit den drei Männern. Es war, als sähe man sich in dem kleinen Museum in Zermatt die Ausrüstung an, die Whympers Trupp bei der Erstbesteigung des Matterhorns benutzt hatte: Seile wie Wäscheleinen, leichte Lederschuhe mit in die Sohlen geschlagenen Tischlernägeln... Diese alten Briten hatten die Welt mit kümmerlicher Pfadfinderausrüstung erobert – mit Sachen wie diesem ausgefransten weißen Segeltuchstreifen in ihrer Hand. Ein echtes Stück Vergangenheit.

Allerdings hatten sie selber eine ganze Menge andere und größere solche Stücke dabei, die sie hierher zurückbringen wollten. Wilson und seine Kameraden waren nämlich in aller Eile aufgebrochen. Der Sturm, in den sie geraten waren, hatte zuerst ihr Zelt weggeweht und dann das Segeltuchdach von ihrem Unterschlupf gerissen; danach hatten sie in ihren Schlafsäcken bei Temperaturen von vierzig bis fünfzig Grad unter Null und einem unvorstellbaren Windkühlfaktor zwei Tage lang in einer immer dicker werdenden Schneewehe gelegen und im Dunkeln Kirchenlieder gesungen, um die Zeit herumzubringen, obwohl sie ohne Zelt verloren waren und nicht die geringste Chance hatten, lebend nach Cape Evans zurückzukehren. Als der Wind soweit nachgelassen hatte, daß sie aufrecht stehen konnten, waren sie daher aufgestanden und im Dunkeln herumgelaufen und hatten ihr Zelt wundersamerweise am Fuß des Kamms wiedergefunden, wo es wie ein zusammengeklappter Schirm zwischen zwei Felsbrocken klemmte. Sie hatten es zu ihrem verwüsteten Lagerplatz geschleppt, alles, was sie finden konnten, auf einen Schlitten geladen und sich in dem verzweifelten Versuch zu überleben sofort auf den Rückweg gemacht. Damit begann der dritte und schlimmste Abschnitt der ›schlimmsten Reise‹, bei dem sie den Schlitten fast bewußtlos hinter sich hergeschleift und in Schlafsäcken geschlafen hatten, die mittlerweile nur noch Eiswürfelsäcke, aber trotzdem wärmer als die Luft draußen waren.

Als Hillary und seine Männer sechsundvierzig Jahre später an diesen Ort gekommen waren, hatten sie daher überall in der Umgebung eine Menge Ausrüstungsgegenstände gefunden. Sie hatten alles eingesammelt, auf ihre Traktoren gepackt und zur Scott-Basis am anderen Ende der Ross-Insel mitgenommen; schließlich wurde alles nach Neuseeland geschafft und auf eine Reihe von Kiwi-Museen verteilt. Cherry-Garrard, der zu dieser Zeit noch lebte, hatte sich in einem Brief aus England mit der Bergung und Aufteilung der Ausrüstung einverstanden erklärt, aber da er erst hinterher gefragt worden war, mochte er durchaus den Eindruck gehabt haben, daß ihm kaum etwas anderes übrig blieb. Val vermutete, daß er ein Mensch gewesen war, der sich nicht über etwas beklagte, wenn es eh keinen Zweck mehr hatte; und ganz bestimmt hatte er die Erinnerung an seine beiden längst verstorbenen Kameraden wachhalten wollen, so gut es ging - ohne zu erkennen, daß sein Buch ein viel großartigeres Denkmal für sie war als irgendwelche Objekte in Museen und daß es eines Tages viele Leute alljährlich inspirieren würde, die Reise nach Cape Crozier noch einmal selbst zu unternehmen, wo sie dann jedoch nur das ausgeräumte Steingehäuse vorfinden würden.

George Tremont war irgendwann zu der Auffassung gelangt, daß der Abtransport der Ausrüstung von diesem Ort ein schwerer Fehler gewesen war. George war ein Kiwi, und im Laufe von mehrmonatigen Dreharbeiten in der Scott-Basis, zu denen auch ein paar Abstecher nach Cape Crozier gehört hatten, war er zu der Überzeugung gekommen, daß alle entfernten Objekte - man habe die Stätte ›ausgeraubt‹, wie er privat nach ein paar Gläsern warmen Drambers zu sagen pflegte, ›mutwillig zerstört; *geplündert*‹ - zurückgebracht und wieder dort niedergelegt werden sollten. Woanders in der Welt hatte man solche genialen Ideen in der Kneipe und ließ sie am nächsten Tag, wenn man nüchtern wurde, sofort wieder fallen. Aber die Antarktis hatte etwas an sich, was Obsessionen förderte und alle möglichen fixen Ideen erzeugte, die dann komplette berufliche und persönliche Lebenswege bestimmten. Manche bezeichneten das als den ›Eisblink‹. Roger Swan zum Beispiel hatte in einem

College-Kino *Scotts letzte Fahrt* gesehen und sein Leben danach der Wiederholung von Scotts Reise gewidmet, eine ziemlich eigenartige Reaktion auf eine Geschichte endloser grausamer Leiden, hätte man meinen können; aber die Idee hatte Besitz von ihm ergriffen, und die Footsteps-Bewegung war geboren.

Und genauso war es George mit den Cape-Crozier-Artefakten ergangen. Er hatte zehn Jahre daran gearbeitet, alle relevanten Autoritäten auf seine Seite zu bringen - zehn komplette Jahre, eine bürokratische *Ilias* und *Odyssee* in einem -, darunter den New Zealand Antarctic Heritage Trust (eine Organisation, der George beigetreten und deren Präsident er geworden war, bevor er seinen Plan bekanntgegeben hatte), das Historic Sites Management Committee des Ross Dependency Research Committee, die New Zealand Antarctic Society, den Unterausschuß des Antarktisvertrags, der sich mit historischen Stätten befaßte, das UNESCO-Komitee für das Weltkulturerbe und eine Menge andere Gesellschaften, staatliche Organisationen, Universitätsfachbereiche und Museumskuratorien in aller Welt. Den entscheidenden Sieg hatte er errungen, als das Canterbury Museum in Christchurch seinem Ansinnen zustimmte, denn es war im Besitz der meisten Objekte; es hatte der persönlichen Fürsprache des Prinzen von Wales bedurft, diese Zustimmung zu erlangen, aber danach war es zunehmend leichter geworden, alle anderen zu überzeugen, weil er nun jedem kleinen Kiwi-Museum gegenüber, das sich nicht von seinem Relikt des heiligen Kreuzzugs trennen wollte, immer mehr Muskeln spielen lassen konnte. Selbst Sir Edmund Hillary hatte schließlich in einem Brief seine Unterstützung für die Idee bekundet, die Objekte zurückzubringen, und sich damit als ebenso entgegenkommend erwiesen wie seinerzeit Cherry-Garrard. Letzten Endes hatte George also sämtliche Objekte gespendet bekommen und obendrein die Erlaubnis erhalten, ganz in der Nähe der Stätte (»aber außerhalb des Bildausschnitts«, wie Elliot bemerkte) eine kleine Holzhütte für sie zu bauen, die der alten Schutzhütte für meteorologische Instrumente auf Windvane Hill oberhalb der Cape-Evans-Hütte auf der anderen Seite der Insel nachempfunden war.

Die neue Hütte war in Christchurch gebaut und dann für den Transport nach Cape Crozier zerlegt worden, so daß es jetzt trotz der Kälte, der Dunkelheit und des Windes nur ein paar Stunden dauerte, sie wieder zusammenzusetzen. Als sie fertig war, wurde ihr Fundament mit Steinhaufen wie jenen im Steinoval beschwert, die ihr sicheren Halt gaben, dann marschierte die Gruppe gutgelaunt zum Lager zurück und begann, die Schlitten mit den alten Objekten heraufzuschleppen.

Val half ihnen, diese Schlitten den Hang hinaufzuziehen. Sie hatte ein eigenartiges Gefühl dabei. All diese Dinge waren von den drei Männern, die damals als erste hergekommen waren, auf ebendiesen Kamm gezogen worden; dann waren sie ein halbes Jahrhundert später von Hillary weggeschafft worden, dem ersten Menschen, der den Mount Everest bestiegen hatte. Jetzt wurden sie wieder zurückgebracht, wobei Elliot, Geena und mehrere andere Kameraleute jeden Schritt aufzeichneten und Arnold, George und Ann-Marie ihnen mit lauter Stimme hektische Anweisungen gaben und so weiter. Dieser Aspekt der Sache war wirklich furchtbar. Aber etwas an dem Gefühl, wie die Ladung schwer an ihrem Geschirr zerrte... Dann rutschte einer der Schlittenzieher aus, und es hatte eine Sekunde lang den Anschein, als würde der erste Schlitten zurückrutschen und den nächsten treffen. George und Arnold und mehrere andere (vor allem diejenigen, die den zweiten Schlitten zogen) schrien in panischem Schrecken auf. Wirklich lächerlich. Dennoch, die Sache hatte etwas an sich... Sie sahen wie Pilger aus. Vielleicht haftete einem Pilgerzug immer etwas Lächerliches an, dachte Val, eine gewisse Aufgeblasenheit und Theatralik. Aber vielleicht war das ja auch egal.

Schließlich hatten sie sämtliche heiligen Reliquien unversehrt auf den Kamm gebracht. George und seine Assistenten machten sich daran, die einzelnen Stücke in der Ausstellungshütte aufzubauen. Sie sah in der Tat wie eine größere Ausgabe der Holzschachtel auf Windvane Hill aus. Die aufgebauten Objekte würden durch Glas geschützt sein. Eine ganze Menge Besucher würden die Ausstellungsgegenstände dann hier am Ort des Geschehens zu sehen bekommen; nicht so viele wie in den Kiwi-Museen, das nicht, aber denjenigen, die sie sahen, würde es mehr bedeuten. So hatte George zehn lange Jahre argumentiert, und jetzt begriff Val, was er meinte. Und auf dem florierenden Markt der Abenteuerreisen in die Wildnis würde der Nachvollzug der ›schlimmsten Reise der Welt‹ immer großen Anklang finden. Daher würden es auf lange Sicht eine ganze Menge Leute sein, die diese Dinge sahen.

Als sie fertig waren, ging Val mit den anderen hinüber, um sich alles anzuschauen. Es war eine hübsche Ausstellung. Die meisten Objekte waren unbeschriftet, weil sie sich selbst erklärten. Der zierliche Holzschlitten, der damals auf dem steinernen Unterschlupf zurückgeblieben war, stand jetzt – von seinem ersten Aufenthalt hier draußen bis auf die Maserung abgeschmirgelt und gebleicht – in einer Art Steingerüst neben der Schutzhütte. Unter dem Dach und hinter dem Glas der Hütte selbst standen und lagen eine Spitzhacke, ein Trankocher, ein Salzgefäß, eine Sturmlampe mit einem zweiten Glas, ein Geschirrtuch, eine Segeltuchtasche, eine Thermosflasche, mehrere zugekorkte Fläschchen mit Chemikalien, ein ballonförmiger Zerstäuber, ein Vergrößerungsglas, etliche Objektträger fürs Mikroskop, sieben Thermometer (drei mit Fahrenheitskalen, eins mit einer Celsiusskala, eins, das den niedrigsten Meßwert registrierte, zwei Fieberthermometer); ein Bleigewicht an einer Schnur, fünf Tropfflaschen, eine Pinzette, fünfunddreißig Reagenzgläser, alle zugekorkt; ein Spieß, eine Alkoholflasche, zwei Emailleschalen, vier Bleistifte, eine Spritze mit Glaskolben, vier Umschläge mit dem Aufdruck ›Terra Nova‹; sechs unbeschriftete Umschläge, ein paar perforierte Aufkleber, drei Rollen Kodak-Film mit der

Aufschrift ›Entwicklung bis 1. Mai 1911‹, zwei Röhrchen Magnesiumpulver für das Blitzlicht eines Agfa-Fotoapparats; und dann, neben den Briefen von Cherry-Garrard und Hillary zur Übergabe der Artefakte, Reproduktionen der zwei Fotos, die Herbert Ponting von den drei Forschern gemacht hatte, eins vor ihrem Aufbruch und das berühmte nach ihrer Rückkehr, auf dem sie an dem großen Tisch in der Hütte auf Cape Evans saßen. Zu guter Letzt - Georges allergrößter Coup - besaßen sie die Schalen der drei Pinguineier, die Cherry-Garrard den gleichgültigen Kustoden des South Kensington Museum of Natural History in England gespendet hatte; George hatte sie in einem Präparateschrank der Universität von Edinburgh ausfindig gemacht, und jetzt gehörten sie ebenfalls zur Ausstellung.

Die Kameraprofis sahen sich unter vielen Ahs und Ohs den alten Film und das Blitzlichtpulver an. Kein Zweifel, durch diese Objekte schienen die drei Reisenden vor dem geistigen Auge realere Gestalt anzunehmen. Es waren so viele - und das hier war bloß das Zeug, das sie zurückgelassen hatten!

»Die sind aber wirklich mit schwerem Gepäck gereist, was?«

»Wilson hat sich eben für vieles interessiert.«

»Und das zu einer Zeit, als es noch so was wie Hobbywissenschaft gab.«

»Hey, pack deine Tasche aus und häng sie auf, dann sieht sie genau aus wie die da.«

»Ich weiß nicht - ein Geschirrtuch? Sieben Thermometer? Ein Chemiebaukasten?«

George wanderte jetzt auf dem Kamm umher und sah sich das neue Bauwerk aus allen möglichen Perspektiven an. Der Wind hatte sich gnädigerweise momentan gelegt, so daß die Leute ihre Skimasken hochziehen konnten. Val sah, daß George geradezu barst von einer Zufriedenheit, die über Glück hinausging; er war so ernst, als fände um ihn herum ein religiöses Ritual statt. Dies war sein Augenblick, und es hatte tatsächlich alles geklappt. Elliot und ein paar andere Kameraleute filmten immer noch, aber niemand achtete mehr auf sie. Als George vorbeikam, sagte Arnold: »Es ist wunderschön, George! Eine grandiose Idee! Die Leute, die hierherkommen, werden es wirklich zu würdigen wissen.«

Das kleine Lächeln auf Georges Gesicht war das eines Engels.

Gleich darauf war er damit beschäftigt, die von ihm ausgearbeitete Einweihungszeremonie in die Wege zu leiten. Währenddessen sah Val sich die beiden Fotos der drei Forscher genauer an. Nachdem sie den Orkan auf diesem Kamm überstanden und durch die wundersame Entdeckung ihres Zeltes das Leben wiedergeschenkt bekommen hatten, war ihr Heimweg ein Alptraum gewesen, der alles übertraf, was eine Footsteps-Expedition reproduzieren konnte – Gott sei dank. Aber sie hatten es geschafft. Und Ponting hatte dieses Foto noch in der Stunde ihrer Rückkehr geschossen, nachdem man ihnen die gefrorene Überkleidung vom Leib geschnitten und sie über dem Ofen ein bißchen aufgetaut hatte. Wilson schaute grimmig und völlig erschöpft direkt in die Nachwelt hinaus, im vollen Bewußtsein, daß er seine Freunde nur durch pures Glück nicht in den Tod geführt hatte. Kaum zu fassen, daß er nur Monate später mit Scott zum Pol laufen würde.

Cherry-Garrard blickte ebenfalls in die Kamera. Er hatte in seinem restlichen Leben häufig unter Depressionen gelitten, und auf diesem Foto sah er bereits ein bißchen verrückt aus, als hätten ihm die extremen Härten der Reise den Verstand geraubt. Obwohl das wahrscheinlich bloß an seiner Kurzsichtigkeit lag. Aber nein; solch nackte Blicke, sowohl bei ihm als auch bei Wilson; das war nicht nur Astigmatismus. Ponting hatte ihre Seelen auf Film gebannt, hatte sie just in dem Moment erwischt, als sie – beschämt über ihren voreiligen Aufbruch ins Jenseits – in den Körper zurückschlüpften.

Und zwischen ihnen war Birdie Bowers, der einen Becher an die Lippen gesetzt hatte und trank, als käme er gerade von einem kleinen Spaziergang zum Laden an der Ecke zurück - er sah womöglich noch frischer und ausgeruhter aus als auf dem Aufbruchsfoto. Bowers! Henry Robert Bowers, Gott segne ihn, dessen gewaltiger Zinken im Profil wie ein Papageienschnabel aussah; Birdie Bowers aus der Antarktis, der nie fror, nie müde wurde, nie den Mut verlor; Bowers, der Optimist, dessen einziger Fehler eine so extrem positive Lebenseinstellung gewesen zu sein schien, daß seine Kameraden ihn manchmal am liebsten erwürgt hätten. Nachdem der Orkan abgeflaut war, hatte er beispielsweise den Pinguinen einen letzten Besuch abstatten wollen, bevor sie den Heimweg antraten. Und zurück auf Cape Evans hatte er einen Vortrag darüber gehalten, wie tadellos ihre Pfadfinderausrüstung gewesen sei, so tadellos, daß sie eigentlich in keiner Hinsicht mehr verbessert werden könne; und das von einem Mann, der statt eines Parkas eine Jacke und eine Mütze aus Segeltuch trug. Und als er mit ein paar ihrer Ponys auf einer vom Schelfeis losgebrochenen Eisscholle festsaß, hatte er sich geweigert, sich selbst zu retten, bis er die Gäule ebenfalls retten konnte. Und auf dem tödlichen Trek zum Pol hatte er sich am meisten von allen ins Zeug gelegt, selbst als er keine Skier mehr hatte, und fröhlich den größten Teil der Arbeiten im Lager erledigt, während die anderen Männer um ihn herum allmählich immer schwächer wurden und starben. Und niemals ein Wort der Klage, bis zu seinem eigenen Tod; eher im Gegenteil.

Der Tod hatte sich bestimmt ganz schön anstrengen müssen, um Birdie Bowers zu holen, dachte Val düster, während sie das Foto betrachtete. Sie empfand eine Menge für diesen kleinen Mann. Von all den alten Jungs hielt sie sein Andenken besonders in Ehren; Val war nämlich selbst Optimistin. Zumindest warf man ihr das oft vor. Und sie bemühte sich in der Tat, das Beste aus allem zu machen. Sie fand, daß man das tun sollte - ihre Mutter und ihre Großmutter, die beide tot waren, hatten es ihr beigebracht, indem sie es zur Regel erhoben und es auch selbst vorgelebt hatten. Und wenn sie als Erwachsene darüber nachdachte, war sie mit dieser Lektion voll und ganz einverstanden. Das Beste aus allem zu machen, war ihrer Ansicht nach gleichbedeutend mit Courage; es war die richtige Herangehensweise ans Leben. Und wie schwer es war, wenn man bedachte, wie düster ihre Gedanken geworden waren und wie trist ihr manchmal alles erschien; wie sehr diese Herangehensweise mittlerweile ihrem Temperament widersprach. Aber sie hielt trotzdem mit purer Willenskraft daran fest. Und was brachte es ihr ein? Sie wurde ausgelacht, und was sie sagte, wurde immer wieder übergangen oder abgetan, als zeugte Optimismus von leichter Beschränktheit oder wäre bestenfalls ein glücklicher biochemischer Zufall und keine grundsätzliche Strategie, die man manchmal selbst inmitten der denkbar schwärzesten Stimmungen beibehalten mußte.

Nein; die Birdie Bowers' dieser Welt wurden bloß für Narren gehalten. Und da die Welt nun einmal so war, wie sie war, nahm Val an, daß etwas Wahres daran sein mußte. Wozu sollte man optimistisch sein, wie konnte man optimistisch sein, wenn mit so vielem so vieles nicht in Ordnung war? In einer in Auflösung begriffenen Welt mußte es eine Form von Dummheit sein. Aber Val hielt trotzdem störrisch daran fest, wenn auch nur mit Müh und Not. Wozu sie sich auch äußerte, sie ließ alles, ohne auch nur nachzudenken, im positivsten Licht erscheinen, wurde dafür ausgelacht und versuchte zähneknirschend, auch in der Praxis entsprechend zu verfahren. Eine solche Einstellung war natürlich ein großer Vorteil für eine Bergführerin - oder hätte einer sein sollen. Aber die Art, wie es aufgenommen wurde, gehörte zu den Dingen, die sie allmählich zur Verzweiflung trieben. Es kostete Kraft, optimistisch zu sein, es war eine moralische Haltung. Aber niemand verstand das.

»Diese Typen«, sagte Arnold, der ihr über die Schulter blickte und die alten Fotos sah. »Die waren wirklich verrückt.«

»Ja. Waren sie.«

Dann scheuchte George sie alle auf ihre diversen Positionen. Mit der Zeit wurde er immer hektischer; bald würde nämlich die Sonne aufgehen, und davon konnten sie keinen zweiten Take drehen. Zum Glück war der Himmel klar und der Horizont im Nordosten eine verblüffend scharfe gerade Linie: glänzendes Eis darunter, blaßblauer Himmel darüber.

Als der größte Teil der Gruppe sich zu einem kleinen Knäuel neben der Steinhütte zusammengeschart hatte, begann George, die spannendste Passage aus Cherry-Garrards Buch vorzulesen, in der geschildert wurde, wie der Sturm ihr Zelt und das Dach ihres Unterschlupfs wegriß, so daß es so aussah, als hätten sie nur noch ein paar Stunden zu leben. Val wurde nervös, als sie diese Passage hörte, weil der Text mitten in das hineintraf, worüber sie gerade nachgedacht hatte; sie ging an der neuen Hütte vorbei und weiter den Kamm hinauf, wo sie Georges Stimme nur gerade eben noch hören konnte, einen dünnen Tenor, der im auffrischenden Wind zitterte: »›Unsere Lage wurde allmählich immer verzweifelter... Durch die Wände drang immer mehr Schnee herein... wir hatten unsere Pyjama-Jacken zwischen das Dach und die Steine über dem Eingang gestopft.‹« George las mit eintöniger Stimme, wie ein Prediger, und obwohl Val bei dem pfeifenden Wind nur hin und wieder ein paar Worte aufschnappte, war Cherrys King-James-Ton unüberhörbar. »›Bowers... immer wieder auf und schälte sich aus seinem Schlafsack, verstopfte Löcher, stemmte sich gegen Teile des Daches... er war großartig... Und dann flog es davon... Es war ein unbeschreiblicher Aufruhr.‹«

Val senkte den Kopf und versuchte, sich die Szene vorzustellen: das Brausen des Windes, der das Segeltuch in Fetzen riß; die herunterfallenden Steine; der Schnee, der auf sie herabrieselte; das Zelt, das sie für die Rückkehr brauchten, fortgeweht.

»›Als nächstes sah ich Bowers' Kopf über Bills Körper. ‚Es geht uns gut', brüllte er, und wir bejahten. Obwohl wir wußten, daß wir das nur sagten, weil uns klar war, daß es uns alles andere als gut ging, war diese Feststellung hilfreich.«

Val wandte sich abrupt ab und ging weiter den Kamm hinauf. Sie spürte, wie ihr seltsamer Schmerz plötzlich stärker wurde. Was waren das für Menschen gewesen? Die Kunden, die sie führte, waren nicht so; und sie selbst auch nicht. Konnten sich die Menschen im Laufe eines Jahrhunderts dermaßen ändern?

»»Birdie und Bill sangen eine Menge Lieder und Hymnen«, hörte sie George ausrufen. Das war das Stichwort für die Musik; George tat in seiner Begeisterung ein bißchen zuviel des Guten. Aber bis auf Val und das Filmteam begannen alle zu singen, getragen von einem Profi-Quartett aus Wellington. Sie sangen eine Version des Kanons von Tallis, den Benjamin Britten bearbeitet hatte, so daß er zu ein paar hymnischen Versen von Joseph Addison paßte. Die Himmel über ihnen war jetzt voller Licht, ein reines, durchsichtiges, blasses Blau, das über dem Horizont im Nordosten, wo bald die Sonne erscheinen würde, in ein strahlendes Weiß überging. Sie konnten kilometerweit aufs weiße Eis des Ross-Meeres hinausblicken, das mit Eisbergen vom alten Schelf verklumpt war, so daß die Ebene im zunehmenden Licht zu Zinn und glattgehobeltem Silber wurde, ein spiegelndes Wirrwarr. Das Quartett stürzte sich in den vielstimmigen Kanon, verwob irgendwie die Worte der alten Hymne miteinander, und George dirigierte mit ausladenden, schwungvollen Gesten:

*Das hohe, weite Firmament,*
*Ätherisch blau von End zu End,*
*Kündet mitsamt dem Sternenzelt*
*Vom Ruhm der Schöpferin der Welt.*

*Sobald des Abends Schatten sinkt,*
*Der Mond ihre Geburt besingt.*
*Und nächtlich lauscht das Erdenrund*
*Ihrem Lied aus seinem Mund.*

*Und es bezeugen seine Mär*
*All die Gestirne ringsumher;*
*Auch die Planeten streuen wohl*
*Die Wahrheit aus von Pol zu Pol.*

Und als sie die letzte Zeile sangen, spaltete die Sonne den Horizont im Nordosten, die unglaubliche Lichtscherbe ergoß sich wie eine Fontäne über das Meereseis und die riesigen, darin gefangenen Eisberge und erhellte die Szenerie mit einem blendenden, grellen Glanz, die große Welt selbst wurde ganz und gar zu Licht, zu einem unsagbar weiten Raum. Die kleine Gruppe um die Steinhütte herum jubelte, die Leute fielen einander um den Hals, umarmten George, schüttelten ihm die Hand und klopften ihm auf den Rücken, und alle Kameras waren vergessen; aber Elliot und Geena filmten weiter.

Mochten die Götter wissen, was die drei Forscher von all dem gehalten hätten. Sie hatten noch zwei weitere Tage in der mittwinterlichen Dunkelheit gelegen, dem Orkan ausgesetzt, ohne Essen und mit sehr wenig Schlaf, bevor der Wind sich gelegt hatte, so daß sie hinausgehen und das Zelt suchen und finden konnten. ›Das Leben war uns genommen und wiedergeschenkt worden‹, wie Cherry geschrieben hatte. Also war dies kein unpassender Ort für eine Frühlingsfeier, wo Val nun darüber nachdachte; die Rückkehr der Sonne, die Wiedergeburt, das Geschenk des Lebens.

Deshalb ging sie nicht ganz so widerwillig zu den anderen hinunter, wie sie es sonst vielleicht getan hätte, brachte sie alle vom Kamm zum Gemeinschaftszelt zurück und nahm auch am Festmahl teil, und als jemand einen Trinkspruch auf die alten Jungs ausbrachte, sagte sie bereitwillig und mit Gefühl: »Hört, hört«; sogar mit zuviel Gefühl. Diese drei Männer waren nämlich in gewissem Sinn ihre Heiligen – die Schutzheiligen aller dummen, sinnlosen Expeditionen in die Wildnis, die drei Dummen als Pendant der drei Weisen, dumme Männer, die dennoch im Angesichts des Todes ihre Würde bewahrt hatten. Die lebend nach Cape Evans zurückgekehrt waren und damit all die dummen Lügenmärchen ihrer viktorianischen Jugend in eine dumme wahre Geschichte verwandelt hatten, so daß Tennyson zu Stahl transformiert worden war. Die schlimmste Reise der Welt! Und jetzt hatte diese Gruppe mit ihrer Gedenkfeier auf angemessene Weise der besten Reise in der Geschichte der Antarktis gehuldigt und einen Schrein für Irrsinn und Anstand aufgerichtet, der auf eine Art, die Val nicht ganz begriff, etwas darstellte, woran sie glauben konnte. Ihre eigene Art von Religion. Sie brachte einen weiteren Toast aus, bei dem es ihr die Kehle zuschnürte: »Auf Birdie Bowers, den Optimisten!« Und die anderen riefen: »Hört, hört« und tranken heißen Kakao, und ausgerechnet Elliot rief, vermutlich, um sie aufzuziehen: »Es geht uns gut! Es geht uns *gut!*«

Und es ging ihnen auch gut, jedenfalls im Augenblick. Obwohl die Rückkehr nach Hause natürlich eine nervtötende Angelegenheit werden würde.

Später, als Val wieder auf dem Kamm war und die Stätte von allem herumliegenden Abfall säuberte (Kanisterdeckel, Metallfolie usw.), bekam sie über ihr kleines Armbandfunkgerät einen Anruf von Randi. »Hey, Val, hier ist die Stimme des Südens, die durch das Wunder geformter und gerichteter Radiowellen wieder mal zu dir kommt, hörst du mich? Over.«

»Ich höre dich, Randi. Was gibt's?«

»Hast du gehört, was deinem Sandwich zugestoßen ist?«

»Nenn ihn nicht so. Was ist passiert?«

»Dann eben deinem Ex. Er ist mit der SPOT-Kolonne draußen, weißt du, und er hat sich vor 'ner Weile gemeldet – er ist überfallen worden!«

»Was?«

»Er ist überfallen worden. Jemand hat ihn während eines Sturms der Stufe eins im Fahrzeug an der Spitze eingesperrt, und als er rausgekommen ist, waren nur noch neun von zehn Wagen da! Einen haben die Eispiraten geklaut!«

»Wer, zum Teufel, sollte denn so was tun!«

»Eispiraten!« Randi lachte. »Wer weiß das schon. Aber ist es nicht komisch, daß das ausgerechnet X passiert ist?«

»Nein! Verdammt, was soll daran denn komisch sein?«

»Na, weil es in Ordnung ist! Ich meine, es geht ihm gut, und jetzt hat er endlich das große Abenteuer erlebt, das er hier gesucht hat!«

»Kann sein«, sagte Val düster. Ihre Gewissensbisse wegen dem, was sie X angetan hatte, waren ein weiterer Grund dafür, daß sie sich so mies fühlte.

»Ach, komm schon«, sagte Randi, »der findet das doch bestimmt toll. Er ist ja so ein Träumer.«

»Kann sein.«

ZWEITES KAPITEL

# *Wissenschaft in der Hauptstadt*

**Wade Norton hatte gerade die Lösung** für den letzten Satz von Tschaikowskis Fünfter Sinfonie gefunden, als sein Chef, Senator Phil Chase, anrief. Es war spät an einem sehr heißen Septemberabend in Washington, D.C., das gerade unter einer Hitzewelle litt; die Temperatur betrug 46 Grad bei einer Luftfeuchtigkeit von annähernd hundert Prozent, und der Lärm der Stadt draußen vor dem Fenster war gedämpft, weil sich sämtliche Teile der Metropole in ein Türkisches Bad verwandelten und leise vor sich hinschmorend das Ende des jüngsten EWE oder extremen Wetterereignisses abwarteten. Sintflutartige Überschwemmungen, mörderische Dürren, Rekordhochs und -tiefs, Erdbeben, Tornados, Hurrikane sowie diverse andere Superstürme; all das hatte es in diesem Jahr gegeben, wie in den ganzen letzten Jahren auch.

Wade saß seit ein paar Stunden vor seiner überforderten Klimaanlage und dirigierte die Fünfte. Seit acht Monaten arbeitete er in den spärlichen, kurzen Momenten seiner Freizeit an dieser Version. Er hatte die Partitur und die Aufnahme Takt für Takt studiert und insbesondere mit dem Finale gerungen, hatte mit Hilfe des neuesten Maestro-Programms alle möglichen Aspekte von Tonhöhe, Tempo, Dynamik, Farbe, Klanggebung, Vibrato und so weiter manipuliert, bis auf die Ebene der einzelnen Soundwaves des Oszilloconductors hinab, und dabei größtenteils mit synthetisch generierten Klängen gearbeitet, gelegentlich aber auch mit den vom Wiener Philharmonieorchester für Maestro aufgenommenen Instrumenten der Basisversion. Und jetzt hatte er die Fassung, die er haben wollte. Und es war nicht leicht gewesen, weil der letzte Satz, wie Brahms nach einer Aufführung in Hamburg Tschaikowski gegenüber bemerkt hatte, in struktureller Hinsicht einigermaßen verpfuscht war. Tschaikowski hatte Brahms auf seine übliche unsichere Art zugestimmt und dann ein paar Monate gebraucht, um sich wieder zu fangen und zu dem Schluß zu kommen, daß nicht seine Fünfte unzulänglich war, sondern Brahms selbst, dessen Musik in Tschaikowskis Worten ›das Piedestal ohne die Statue‹ war, ein Konter, der Wade immer noch ein Lächeln entlockte und ihm sogar einen Hinweis gegeben hatte, wie er die Fünfte dirigieren mußte, nämlich indem er sie wie eine Statue ohne Piedestal behandelte, ein in der Luft schwebendes Tongedicht, dessen Passagen jeweils von einer ganz eigenen Schönheit waren; dann aus den unterschiedlich unbeholfenen Verbindungsstücken das Beste herausholte und sich dabei Dinge zunutze machte, die der Maestro konnte, die echten Orchestern jedoch schwergefallen wären. In der Heimdirigenten-Subkultur herrschte natürlich weitgehendes Desinteresse an diesen ausgelutschten Schlachtrössern des Konzertsaals, eben jenem Material, von dem das Computer-Dirigieren sie befreit hatte; und in der Tat war Wade nach mehrjähriger Arbeit an niemals auf Tonträger aufgenommenen Werken von D'Indy, Poulenc und Martinů nun zu diesem Stück gekommen; aber in letzter Zeit gab es einige offenbar ähnlich geartete Bewegungen, sowohl die ›sinnliche Oberfläche‹ als auch die vernachlässigten Schlachtrösser zu erforschen, und Wade dachte, daß die Qualität dieser von ihm angefertigten Aufführung ihn möglicherweise berechtigte, sie anderen zu schicken – zumindest den Tschaikowski-Fans; das Finale der Fünften war so etwas Ähnliches wie der große Fermatsche Satz und seine Version vielleicht dessen Wilesscher Beweis.

Aber nun piepste das Telefon. Und es war natürlich Phil, Senator Philip Krishna Chase aus Kalifornien, sein Chef und Freund, der von der anderen Seite der Welt anrief und wie immer nicht genau wußte, wie groß der Zeitunterschied war. Phil hatte vor zwei Jahren den Vorsitz im Auswärtigen Ausschuß des Senats abgeben müssen und galt nach der Rückeroberung des Senats und des Kongresses durch die Republikaner in jenem Jahr in weiten Kreisen als erledigt; seitdem war er selten in Washington gewesen (obwohl er sich auch vorher nicht sonderlich oft dort aufgehalten hatte), und er schien entschlossen zu sein, den Beweis zu erbringen, daß er als großer Telesenator seine Arbeit tun konnte, während er sich auf einer mehr oder weniger permanenten, vom Steuerzahler finanzierten Vergnügungsreise oder auch globalen Wallfahrt befand (je nachdem, wer sich darüber äußerte). Die Pandits waren überzeugt, daß er sich irrte, und Phil wurde jede Woche aufgefordert, wieder an seinem Arbeitsplatz zu erscheinen, wie jeder andere auch in die Tretmühle zurückzukehren und so weiter; und daheim in Kalifornien verzeichnete Chase gleichzeitig die höchsten Ablehnungs- und Zustimmungswerte, die jemals registriert worden waren. Aber er hatte seine letzte Wiederwahl mit dreiundzwanzig Prozent Vorsprung gewonnen, und wie Phil oftmals sagte, war Kalifornien in der mobilen Telearbeit von Anfang an führend gewesen, schon bevor es die erforderliche Technik gegeben hatte, und die meisten Kalifornier waren stolz auf die Tätigkeit ihres Senators in den vielen geplagten, übervölkerten, hungernden, überfluteten und von Dürre heimgesuchten Entwicklungsländern, auf die Phil sich spezialisiert hatte – und ebenso stolz waren sie auf die Durchbrüche auf dem Sektor der mobilen Telearbeit, die er selbst erzielt hatte, indem er von überall in der Welt Einfluß auf den Senat ausgeübt und Gesetzesinititativen eingebracht hatte, die es den Leuten noch mehr erleichtern sollten, in ihren Jobs ähnlich zu verfahren. Da seine Machtbasis also gesichert war, reiste Chase weiterhin zu Fuß und per Paraglider um die Welt, setzte sich für lokale Hilfsaktionen und Ökobetriebe im Besitz der Mitarbeiter ein und erledigte seine Arbeit in Washington per Telefon, Fax und Stellvertreter sowie mit einem aktiven Stab und einem gelegentlichen Blitzbesuch per Raumflieger in der Hauptstadt.

Daher war Wade es gewöhnt, auf die Taste am Telefon zu drücken und zu hören: »Wade! Wade! Es gibt Arbeit!«

»Hi, Phil.« Wade gab am Maestro *speichern* ein und griff sich einen Notizblock. Im Normalfall dauerten diese Gespräche zwischen einer halben und einer Stunde und umfaßten ein Dutzend Anweisungen, zwei Dutzend Vorschläge und drei Dutzend Überlegungen; er machte sich Notizen, damit er in dieser Flut nichts vergaß. »Wo bist du heute abend?«

»Es ist Vormittag, Wade, von dir aus gesehen schon morgen, und ich bin in Pakistan, auf dem Weg zum sechzehnten Tee, fünf unter meinem Handicap, und spiele die ganze Zeit mit dem Wind. Aber kommen wir zum Thema, Wade. Wie ich höre, bist du im Stab der Experte für die Antarktis.«

»Die Antarktis?«

Phil hatte ein stürmisches Lachen; angeblich hatte er damit seine erste Wahl gewonnen. »Ja, John sagt, du hättest da im Rahmen deiner Untersuchungen für den Southern Club irgendwas ausarbeiten müssen.«

»Ja, aber das war bloß eine Übersicht.«

»Ich weiß, ich hab sie hier auf dem Bildschirm. ›Komplikationen im Fall der Nichterneuerung des Antarktisvertrags, eine Übersicht.‹ Von WN.«

»Ja.« Wade hatte das Antarktisvertragssystem (einen Komplex von Verträgen, Protokollen und Vereinbarungen) im vergangenen Jahr untersucht, als Senator Winston, Phils Nachfolger auf dem Stuhl des Vorsitzenden, seiner Mehrheit im Auswärtigen Ausschuß befohlen hatte, für die Nichtbefassung mit der vorgesehenen Ratifizierung des erneuerten Vertrages zu stimmen, über den während der vergangenen drei Jahre verhandelt worden war. Für Wade war es offensichtlich gewesen, daß diese Blockade nicht nur zur generellen Obstruktionsstrategie gegenüber dem Präsidenten an allen Fronten gehörte, sondern auch etwas damit zu tun hatte, daß Senator Winston mit dem Southern Club und der südlichen Hemisphäre allgemein - in Winstons Augen der Hort aller gottlosen Faulheit und Trägheit - in permanentem Kriegszustand lag. Überdies enthielt der neu ausgehandelte Vertrag weiterhin das Verbot, Öl, Mineralien und andere Bodenschätze zu erschließen, das er schon seit der Anfügung des Umweltschutzprotokolls von 1991 enthalten hatte; darüber war die Wall Street natürlich nicht sonderlich erbaut gewesen, weil es nicht zu ihrer Dauerkampagne paßte, alle bestehenden globalen Umweltschutzregelungen und anderen Hindernisse für die volle Entfaltung des freien Marktes etc. abzubauen.

Mit anderen Worten, das gehörte alles zum normalen tagespolitischen Schlachtfeld und war unter diesem Gesichtspunkt auch durchaus interessant; aber daß Wade deshalb ein Experte für die Antarktis sein sollte, war lächerlich, wie Phil gerade in diesem Augenblick bewies. Wade hatte gelernt, was er wissen mußte, so wie man für eine Klassenarbeit paukt, und hinterher war ihm die bei solchen Bemühungen übliche Portion Wissen geblieben. Antarktika!, wie er und der Stab damals oft ausgerufen hatten - der höchste, kälteste, trockenste, windigste und unwichtigste aller Kontinente!

Während Chase noch leise in sich hineinlachte, sagte Wade: »Ich weiß nicht besonders viel darüber, Phil. Eis sehe ich am liebsten in Bloody Marys.«

»Sehr klug von dir, daß du so bescheiden bist, Wade. Moment, ich muß eben diesen Treibschlag ausführen. Oh. Aber du bist mein Stabsexperte für die Region, Wade, und mir sind letzten Monat ein paar Sachen zu Ohren gekommen, die du dir für mich ansehen sollst. Anscheinend hat die Tatsache, daß es momentan keinen ratifizierten Vertrag gibt, da unten schon die ersten schlimmen Folgen, und wenn es uns gelänge, etwas rauszufinden, was wir gegen Winston benutzen könnten, wäre das natürlich gut. Selbstverständlich würde ich mich selber dort umschauen, es klingt toll, aber ich habe - na komm schon! - in Kaschmir zu tun, und das kann nicht warten.«

»Was hast du denn gehört?« fragte Wade vorsichtig.

»Tja, da unten sind ein paar komische Sachen passiert. Freunde haben mir davon erzählt, und es klingt wirklich merkwürdig. Irgendwas geht da vor. Laß dir von der örtlichen Vertreterin der National Science Foundation einen umfassenden Bericht erstatten, ich bin eh nicht sicher, ob ich schon alles weiß. Aber wenn wir was gegen Winston und seine Bande in die Hand kriegen können, wäre das prima. Dieser Kerl geht mir so langsam wirklich auf den Geist, mal ganz unter uns...«

»Und der gesamten übrigen Menschheit.«

»...die Bevölkerungsplanung, die Entwicklungshilfe, debt-for-nature* und die Zahlungen an die UN sabotiert, wirklich, dieser Kerl muß gestoppt werden, es ist ja geradezu, als würde er die Götterdämmerung *anführen*. Er reitet alle vier Pferde auf einmal, deshalb hat er auch so krumme Beine. Wir müssen eine Art Brecheisen finden, mit dem wir ihm ein bißchen auf die Knie klopfen und ihm die Beine sozusagen geradebiegen können, und ihm dann den Stuhl vor die Tür setzen. Bei allen Heiligen, ich versteh einfach nicht, warum das amerikanische Volk Typen wie ihn wählt, es ist absurd. Die eine Partei kriegt die Mehrheit im Kongreß, die andere stellt den Präsidenten, so läuft das doch meistens. Was denken die sich bloß dabei? Dadurch wird es doch unmöglich, irgendwas zu tun!«

»Genau darum geht es. Das erhoffen sie sich davon.«

»Aber weshalb hoffen sie denn, daß alles stockt? Beim Verkehr will das doch auch niemand.«

»Wenn die Regierung handlungsunfähig ist, dann bleibt das Rad der Geschichte stehen, hoffen sie, und alles bleibt so, wie es ist.«

»Und was ist so toll daran, wie es ist?«

---

* Von Nichtregierungsorganisationen, aber auch einigen Regierungen aufgelegte Programme zum Kauf und Erlaß von Schuldentiteln der Entwicklungsländer, wenn diese im Gegenzug Umweltschutzmaßnahmen durchführen

»Nicht viel, aber sie denken, es kann nur schlimmer werden. Es ist eine Schadensbegrenzungsstrategie. Sie sehen eben ganz deutlich, daß die globalisierte Wirtschaft für sie nur schlecht bezahlte Sklavenarbeit bereithält.«

»Stimmt, das sage ich ja auch dauernd, aber es gibt bessere Methoden, damit fertigzuwerden, als Washington zu lähmen!«

»Bist du sicher?«

»Klar bin ich sicher! Es sollte jedenfalls welche geben.«

»Sollte. Aber im Moment müssen die Wähler sich an das halten, was sie haben. Das Rad der Geschichte stoppen und sich durchwursteln. Das Beste hoffen.«

»Tja, das finde ich sehr traurig. Sie warten auf etwas, Wade. Sie warten darauf, daß wir uns den Ball schnappen und damit losrennen.«

»Und die Lähmung überwinden.«

»Du sagst es! Okay, genau das machen wir jetzt, und deshalb mußt du in die Antarktis fliegen. Ich schicke dir alles, was ich über die Lage da unten habe, damit du's unterwegs lesen kannst.«

»Unterwegs?«

»Ja. Ein paar Leute vom National Transportation Safety Board fliegen runter, denen kannst du dich anschließen.«

*Aufgabe:* hatte Wade auf seinen Notizblock geschrieben, darunter: *Lähmung überwinden,* und darunter: *In die Antarktis fliegen.* Er starrte ratlos auf das Blatt.

Phil lachte erneut. »Was ist, Wade, magst du die Kälte nicht?«

»Nicht besonders.« Tatsächlich war Wade in Hemet, Kalifornien, aufgewachsen und begann schon zu bibbern, wenn die Temperatur unter dreißig Grad sank. Trotz der globalen Erwärmung hielt er Washington für eine kühle Stadt.

»Na ja, soweit ich höre, ist es da unten sowieso nicht so kalt.«

»In der Antarktis?«

»Da ist jetzt Frühling, stimmt's?«

»Frühlingsanfang. Eigentlich erst in zwei Wochen. Die kälteste Jahreszeit, wenn ich mich recht entsinne.«

»Siehst du, du bist doch mein Experte! Ah, hahaha! Du wirst dich schon dran gewöhnen. Moment mal eben, Wade, ich muß putten.«

Chase entspannte sich oftmals von seinen humanitären Aktivitäten, indem er Vierer-Golf spielte. Dabei machten die anderen Spieler gleichzeitig Telearbeit wie er selbst auch, so daß sie sich quasi in separierten Realitäten aufhielten, auch wenn sie miteinander spielten, und nicht viel miteinander sprachen; aber diesmal konnte Wade munteres Geplauder im Hintergrund hören und nahm an, daß dies eine geselligere Runde war. Möglicherweise gab es in Pakistan nicht so viele Telegolfer wie in den Staaten, wo auf den Plätzen routinemäßig Modemanschlüsse und Faxgeräte in der Nähe der Ballreiniger vorhanden waren. »Also, Wade, flieg runter und finde raus, was los ist und wie wir's uns zunutze machen können. Heute abend geht ein Flug von LA nach Auckland.«

»Heute abend?«

»Haben wir eine schlechte Verbindung, Wade?«

»Nein.«

»Na schön, dann mach dich an die Arbeit und gestatte mir, mich auf meinen nächsten Treibschlag zu konzentrieren. Ich beneide dich um diese Chance, Wade. Nächstesmal fliege ich selber runter, und deshalb will ich, daß du so viel wie möglich in Erfahrung bringst, damit du mir Tips geben kannst. Und ich möchte täglich Bericht erstattet bekommen; du kannst mir alles erzählen, dann wird es fast so sein, als ob ich dort wäre - du wirst meine Augen und Ohren sein, wie immer in D.C., nur daß es uns beiden diesmal mehr Spaß machen wird. Wir sprechen uns bald wieder; jetzt muß ich mir diesen Treibschlag vergegenwärtigen. Mach's gut.«

**Er war in der Nähe von Redlands, Kalifornien,** aufgewachsen, in einer Gegend, in der es damals noch lauter Orangen- und Limonenhaine und Avocadoplantagen gegeben hatte. Doch die unerbittliche Metastasierung von Los Angeles war über seine Heimat hinweggerollt, als er noch klein gewesen war, und er hatte stumm und verständnislos zugesehen, wie die Haine in den Jahren seiner Kindheit und Jugend abgeholzt wurden und Freeways, Einkaufszentren, Häuserblöcken mit Eigentumswohnungen und abgeriegelten Vorstadtgemeinden wichen. Und als er nach Berkeley aufs College ging und darüber nachzudenken begann, was mit der Heimat seiner Kindheit geschehen war, machte ihn das fuchsteufelswild.

Er wechselte zur Humboldt State University, um Forstwirtschaft zu studieren. Er wanderte, er lernte bergsteigen, er lernte, mit Schnee und Eis zurechtzukommen. Er ging für ein Jahr nach Alaska. Er kehrte in die Welt zurück, um Jura zu studieren, und beschäftigte sich insbesondere mit Umweltrecht, damit er besser für die Wildnisse kämpfen konnte, die ihm ans Herz gewachsen waren, Wildnisse, die aufgrund der wahnwitzigen Ausbreitung und Vermehrung der Menschen und ihrer Exzesse allerorts überrannt wurden. Er sah mit jedem Tag deutlicher, daß die großen Schlagwort-Ideen wie Demokratie, freier Markt, technische Weiterentwicklung, wissenschaftliche Objektivität und historischer Fortschritt allesamt Mythen vom gleichen Niveau wie das feudale göttliche Recht der Könige waren: eigennützige Alibis, mit deren Hilfe eine Minderheit Reicher und Mächtiger die Welt beherrschte. Die heutige Gesellschaft war wie jede Gesellschaft vor ihr seit Sumer und Babylon ein riesiger Schwindel, eine Art Schneeballsystem, mit dem der Reichtum der Welt zu den Reichen geschleust wurde; und die Natur wurde zerstört, um die obszön dicken Bankkonten von Leuten zu füllen, die auf Privatinseln in der Karibik lebten.

Er machte sein Juraexamen und nahm einen Job im großen Büro des Wilderness Defense Club in Washington, D.C., an, weil er glaubte, um die größtmögliche Wirkung erzielen zu können, müßte er im innersten Herzen der Bestie sein und den Kampf um die großen Gesetze führen. Der WDC war eine der größten Umweltschutzgruppen der Welt, und sein Washingtoner Büro hatte im letzten Jahrzehnt mehrere der wichtigsten Siege für die Umweltschutzbewegung errungen. Sie waren ein harter, cleverer Haufen engagierter Anwälte und sie erweckten den Eindruck, als wäre ihre Tätigkeit mehr als ein Nachhutgefecht, sie arbeiteten vierzehn Stunden pro Tag und diskutierten dann die ganze Nacht auf den Parties von Georgetown.

Er schloß sich ihnen an und kämpfte für die gute Sache. Manchmal gewannen sie, manchmal verloren sie. Er entwickelte ein paar Zivilisationskrankheiten: Er trank ein bißchen zuviel, er rauchte manchmal Zigarren, er schien es in keiner Beziehung länger als ein Jahr auszuhalten; die Frauen, mit denen er sich zusammentat, wollten mehr als Politik, und viele von ihnen waren nicht sonderlich interessiert daran, ihren kostbaren Urlaub beim Eisklettern im Yukon Territory oder auf Baffin Island zu verbringen. Keine von ihnen schien ganz auf seiner Wellenlänge zu sein, auch die im WDC nicht. Sie waren alle neurotisch; genauso wie er selbst. Die Diskrepanz zwischen seinen Überzeugungen und seinem Leben war nahezu unerträglich.

Dann bekam er den Auftrag, sich mit dem neuesten schamlosen Anschlag auf die Wildnis zu beschäftigen, der von der Holzlobby und dem U.S. Forest Service koordiniert wurde, der amerikanischen Bundesforstverwaltung, diesem unerbittlichen Feind der Wildnis im allgemeinen und der Wälder im besonderen - einem Plan, demzufolge eine Bestandsaufnahme des gesamten staatlichen Landbesitzes vorgenommen und festgelegt werden sollte, wieviel davon für neuen Holzeinschlag freigegeben werden konnte, nachdem mittlerweile alle bereits freigegebenen Flächen kahlgeschlagen waren. Der Forest Service behauptete, jeder künftige Holzeinschlag würde nach Maßgabe seines neuen integrierten Waldmanagementplans erfolgen, dieser Plan sei ökologisch unbedenklich und deshalb könnten viele Gebiete, in denen bisher kein Holz gefällt worden sei, für die neuerdings aufgeklärte Holzindustrie mit ihrem ›selektiven Einschlag‹ freigegeben werden. Die Holzlobby machte sich an den Kongreß heran, der wie immer das Beste war, was man mit Geld kaufen konnte, nachdem die Reform der Wahlkampffinanzierung wieder einmal zu einer weiteren Erschwerung der Wahlkampffinanzierung mutiert war; die Holzwirtschaft hatte die relevanten Unterausschüsse in der Tasche, und die Chancen, sie zu stoppen, standen wirklich sehr schlecht. Doch sämtliche großen Umweltschutzgruppen widersetzten sich der Freigabe der neuen Flächen, die im ersten Vorschlag des Forest Service auf mehrere hundert Millionen Morgen überall in den Vereinigten Staaten beziffert waren, und taten sich zusammen, um den Plan vor Gericht zu bekämpfen.

Also arbeitete er jetzt sechzehn bis achtzehn Stunden pro Tag. Es war der Kampf seines Lebens, und der nahm ihn voll in Anspruch. Nichts anderes zählte mehr. Sie mußten diesen Vorschlag abschmettern.

Dann kam etwas dazwischen. Der Präsident hatte den North Slope von Alaska besucht, und nun war er dafür, dort an den Küsten des Nordpolarmeeres das schon vor so langer Zeit vorgeschlagene Natur- und Tierschutzgebiet einzurichten, was letztendlich die Ausbeutung eines großen Erdöl- und Erdgasvorkommens verhindern würde. Seit den Problemen mit dem Ölfeld in Sibirien und angesichts der allgemeinen raschen Erschöpfung all der bekannten superriesigen Felder der Welt stiegen die Ölpreise, und der Vorschlag des Präsidenten war umstritten, aber in der Hauptstadt drehten ihn die diversen Beteiligten am Entscheidungsfindungsprozeß durch die Mühle ihrer Machenschaften und bezogen ihn in die große Gesamtrechnung mit ein. All diese wilden Tiere in der freien Tundra waren sehr fotogen und sehr weit weg; und all die Mitglieder der großen Umweltschutzgruppen unterstützten die Park-Idee mit Begeisterung. Der Stab des Präsidenten trat in den Verhandlungsprozeß ein, und der Stab des Kongresses, die großen Umweltschutzgruppen, die Holzlobby und die Öllobby kamen alle zu Wort, und am Ende wurde ein Kompromiß ausgearbeitet: die arktische Küste würde ein Nationalpark werden, allerdings unter dem Vorbehalt, daß die Ölförderung im Fall eines nationalen Notstands erlaubt werden könne; und zum Ausgleich für dieses ›Zugeständnis an die Wildnis‹ sollten neunzig Prozent der hundert Millionen Morgen für den neuen ›umweltverträglichen Holzeinschlag‹ freigegeben werden. Und die Umweltschutzgruppen stimmten allesamt zu.

Er hatte sich diesem Kompromiß auf Schritt und Tritt widersetzt. Aber er war ein zu kleines Licht, als daß er den Lauf der Dinge hätte aufhalten können. Tatsächlich gehörte der Wilderness Defense Club zu den größten Unterstützern des Kompromisses, weil er sich schon seit Jahrzehnten für die Errichtung des Parks am Nordpolarmeer einsetzte. Deshalb verwarfen seine Vorgesetzten in der Organisation nicht nur seine Proteste, sondern gaben ihm im Gegenteil sogar noch den Auftrag, wieder nach Kalifornien zu gehen und dafür zu sorgen, daß die lokalen Graswurzelorganisationen im Humboldt County und in den Ausläufern der Sierra nicht juristisch gegen den neuen Holzeinschlagsplan vorgingen, damit das gesamte Kompromißpaket wie geplant durchgeführt werden konnte, ohne Störungen, die womöglich die ganze delikate Vereinbarung scheitern lassen würden.

Also ging er nach Kalifornien zurück; aber als Privatmann, denn aus dem Wilderness Defense Club war er zornig und voller Abscheu ausgetreten. Er hatte keinen Job, er hatte keine Wohnung. Fast ein ganzes Jahr lang lebte er von seinen Ersparnissen und erklomm die großen Granitwände von Yosemite, was im Vergleich zu manchen anderen Kletterpartien ein billiges Vergnügen war. Sein Zuhause war ein Sims namens ›Jefferson Airport‹ in der Lost Arrow

Wall. Seine Zivilisationskrankheiten verschlimmerten sich ein bißchen. Er erzählte all seinen Kletterpartnern von seinem Erlebnis in Washington, D.C., berichtete immer wieder verbittert und schimpfend von dem arktischen Kuhhandel. Aber jedesmal, wenn er die Geschichte erzählte, wurde er nur noch wütender.

Dann nahm ihn eine Bergsteigergruppe, die in Tuolumne abgestiegen war, auf einen langen winterlichen Skiausflug mit, bei dem sie den ganzen Muir Trail entlangliefen. Unterwegs machten sie halt und gruben geheime Lager mit Nahrungsmitteln und Kletterseil aus, um die besten Gipfel zu besteigen, an denen sie vorbeikamen. Es war ein wilder Trip, und seine Kameraden waren wilde Gesellen. Und eines Abends, als sie ihr Lager in einer so niedrigen Höhe aufgeschlagen hatten, daß sie es sich an einem Lagerfeuer mit brennendem Holz gemütlich machen konnten, saßen sie bis tief in die Nacht ums Feuer und erzählten sich Geschichten. Und er erzählte ein weiteres Mal seine D.C.-Geschichte, und sie lachten ihn aus. Das hättest du wissen müssen, erklärten sie ihm. Reformen bewirken doch nichts. Die sind nur eine andere Form von Kollaboration.

Aber man muß doch was unternehmen! protestierte er.

Natürlich, sagten sie. Aber man muß was unternehmen, was etwas bewirkt. Und das einzige, was etwas bewirkt, ist direkte Aktion.

Direkte Aktion?

Sie sahen ihn über den Schein des Feuers hinweg an. Ihre Augen glitzerten.

Während des restlichen Ausflugs erfuhr er, was sie meinten. Sie gehörten einer Gruppe an, die sie lachend ›Öko-tage-Internationale‹ nannten. Es war keine öffentliche Organisation mit einer irgendwie gearteten formellen Struktur; das war doch nur eine Einladung an die Repression. Den Fehler hatte Earth First! gemacht, sagten sie; wenn man ein Mitteilungsblatt herausbrachte und an die Öffentlichkeit ging, machte man es den herrschenden Mächten nur leichter, einem das FBI auf den Hals zu hetzen wie einen wahnsinnigen Polizei-Rottweiler, der einem an die Kehle sprang. Oder noch schlimmer, die privaten Sicherheitstrupps der Holz- und Bergbauindustrie, so was wie von der CIA oder Dritte-Welt-Geheimdiensten ausgebildete Aufstandsbekämpfungsorganisationen, lautlos und tödlich.

Nein. Es kam darauf an, im Untergrund zu bleiben, unorganisiert, unerkannt, unbekannt. Sie hatten keinen Namen. Sie hatten Kryptographen, die für sie im Internet tätig waren, sie hatten Ökotage-Experten, die Methodologien entwickelten. Anonymität war entscheidend. Sie hatten keine Führung, keine Anwälte, keine Kriegskasse, keine Öffentlichkeitsarbeit. Sie hatten jedoch Mitglieder; mehrere tausend, soviel man sagen konnte, organisiert in geheimen und nahezu unabhängigen Zellen. Es gab keine Infiltration, weil niemand wußte, wie man sie infiltrieren sollte. Sie waren sehr, sehr vorsichtig, wem sie von der Gruppe erzählten – die nichtsdestoweniger wuchs, weil sich der Zustand der Erde vor aller Augen verschlimmerte und der radikale Umweltschutz infolgedessen immer mehr Menschen anzog.

Und sie dachten, er wäre vielleicht interessiert.

Zum ersten Mal seit über zehn Jahren begann sich ein Knoten in seinem Magen ein wenig zu lockern. Gegen Ende seines Ausflugs verbrachten sie auf der Diamond Mesa südlich vom Forrester Pass einen kurzen, silbernen Winternachmittag damit, Granitbrocken zu einem Goldsworthy anzuordnen, wie sie es nannten, einem neuen Umweltkunstwerk, mit dem sie ihn im Schoß der Ökotage-Internationale willkommen hießen; eigentlich war es ein kleines, kaum mehr als kniehohes Stonehenge in den Sierras mit einem Stein in der Mitte, der seine Stellung in der Gruppe symbolisierte; seine und die aller anderen auch. Sie seien alle im Mittelpunkt der Welt, sagten sie; und sie tanzten im Sonnenuntergang um die Steine, brüllten und schrien, trommelten auf ihren Töpfen, tranken Whisky und warfen Steine nach dem Mond.

Am nächsten Morgen stießen sie die Steine um und gingen weiter. Und im nächsten Frühjahr, als er wieder in Berkeley wohnte, kamen eines Abends zwei von dieser Untergrundgruppe mit dem Auto bei ihm vorbei und fragten ihn, ob er sie zu einer Expedition begleiten wolle. Sie fuhren in die Ausläufer der Sierra hinauf, wo viel umweltverträgliche Forstwirtschaft betrieben wurde. Aber auch für umweltverträgliche Forstwirtschaft brauchte man ein paar Transportwege, und deshalb wurde ein neues Straßennetz ins Land nördlich des Highway 80 gefräst. Wie mittlerweile üblich, wurde es von einer privaten Sicherheitspolizei geschützt. Aber es war Neumond, und das Straßennetz befand sich in jenem verletzlichen Stadium nach Beendigung der Vermessungsarbeiten, in dem die Wege zwar mit Plastikfähnchen und Sprühfarbe markiert, aber noch nicht freigeschlagen und planiert worden waren.

Also fuhren sie auf einen obskuren Campingplatz am Ende einer unbefestigten Straße, stiegen aus und liefen in den Busch. Es ist ziemlich schwer, in den Ausläufern der Sierra querfeldein zu laufen, zumal bei Nacht, aber seine Kameraden hatten eine Route ausgearbeitet, und sie kamen über einen Hang auf die geplante Trasse der neuen Straße herunter und schlichen wie urzeitliche Jäger herum, benutzten Nachtsichtgeräte und rannten ein paarmal leise und wie die Wilden davon, um Patrouillen auszuweichen; dann zogen sie Stangen heraus, schnitten Fähnchen ab und sprühten Graffiti-Lösungsmittel auf die bemalten Baumstämme; und in dieser einen Nacht wurde die dreiwöchige Arbeit der Holzfirma zunichte gemacht.

Natürlich könne die Holzfirma die Arbeit wiederholen, erklärten ihm seine Kameraden, als sie in der Morgendämmerung in die Bay Area zurückfuhren. Zweifellos würden sie das auch tun. Aber die Kosten würden steigen. Das Holzfällen war eh schon an der Rentabilitätsgrenze, und die Erbsenzähler in der Wall Street würden sich die Bilanzen anschauen, und dann würde die Holzfällerei für sie nicht mehr so gut dastehen; folglich würden die Investitionen eingeschränkt werden. Die Megakonzerne, denen die

Holzfirmen gehörten, würden vielleicht ernüchtert reagieren und sie verkaufen; wie die Holzfirmen waren sie ohnehin reine Ausbeutungsunternehmen, sie beuteten die Ressourcen ihrer Tochterfirmen aus, und danach waren diese überflüssig; und es konnte sein, daß die Manager der Megakonzerne die Wälder der Welt bereits für weitgehend ausgebeutet hielten, zumindest was deren profitabelste Aspekte betraf. So daß sie vielleicht das Interesse verloren und die Holzgewinnung wieder auf der Basis der Nachfrage nach Holz betrieben wurde statt auf der Basis des Wunsches, Vermögenswerte flüssig zu machen.

Und es gab auch noch andere Ökoteure, die Zucker in Benzintanks schütteten, Gräben aushoben, Felsblöcke auf Straßen rollten und Computerviren ausstreuten; alles unsichtbar, gewaltlos, nicht organisiert, ohne jede Öffentlichkeit. Tu niemals jemandem etwas zuleide, prahle nie, rede überhaupt nicht. Ego-radikal oder öko-radikal. Sollten Organisationen wie Greenpeace ruhig die Öffentlichkeitsarbeit machen, die Medien einspannen und Theater für die Erde spielen; das war ebenfalls wichtig, aber es war nicht ihr Job. Was sie taten, wurde bei Nacht getan, von Leuten – meistens Männern –, die *etwas unternehmen* wollten, um die Welt zu retten, die auch diese Nächte mit ihrem Adrenalinterror und dem Gefühl liebten, etwas vollbracht zu haben. Es war ein bißchen wie bei den Tommys, die Ende des letzten Jahrhunderts die ersten Getreidekreise erzeugt und in der ungezähmten Nacht etwas Schönes getan hatten, um die Sinnlosigkeit der modernen Zivilisation zu bekämpfen. Aber das hier war noch besser. Das hier war Widerstand gegen das geistlose Böse des globalen Wirtschaftsregimes.

Er hatte also seine Betätigung gefunden. Das machte ihn ruhiger. Er nahm einen relativ schlecht bezahlten Job in einer Anwaltskanzlei in Berkeley an und verbrachte seine Zeit damit, strategische Klagen gegen Mitwirkungsmöglichkeiten der Öffentlichkeit zu bekämpfen und sich für die sozialen Belange der letzten noch vorhandenen progressiven

Kultur in der Gegend wie auch der Armen einzusetzen, denn eigentlich waren es die Armen, welche die Hauptlast des Umweltkollapses trugen. Darüber hinaus gab er sich alle Mühe, seine Vergangenheit als Umweltschützer auszulöschen. Seine Neurosen und Schuldgefühle wurden weniger. Er gab die Zigarren auf. Wenn er arbeitete, arbeitete er, er tat sein Bestes, und zwar zum Wohle der Öffentlichkeit; aber wenn er nicht arbeitete, entspannte er sich. Er sagte »Scheiß drauf« und fuhr einfach weg. Im Urlaub kletterte er in der Arktis oder sonstwo in der Welt. Damit trug er zum Kerosinverbrauch bei - und wenn schon. Kein tugendhaftes Märtyrertum mehr, nur noch der gute Kampf. Er reiste in den Himalaya und unternahm dort mehrere phantastische Trekkingtouren. Und ein paarmal pro Jahr unternahm er etwas mit Freunden, mit denen er sonst keinerlei Kontakt hatte, außer an bestimmten Feiertagen auf der Telegraph Avenue; und ihre Ökotage-Erlebnisse waren von einer Intensität, die das übrige Leben wie einen blassen Traum erscheinen ließ.

Schließlich rekrutierte er selbst einige Bergsteigerfreunde für die Bewegung. Er begann, dem *Bundesregister* und anderen öffentlichen Informationsquellen Aufmerksamkeit zu schenken und eigene Ökotage-Aktionen zu planen. Er führte immer mehr solche Aktionen durch; und niemand wußte etwas davon.

Und dann schloß er sich in einem Urlaub einer Abenteuerreisegruppe an und bestieg mit ihr den Mount Vinson, den höchsten Berg der Antarktis. Wie die Reise in den Himalaya war das ein überwältigendes Erlebnis für ihn; die unberührteste Wildnis, die er jemals gesehen hatte. Als er nach Hause kam, hatte er sich in sie verliebt. Danach fiel es ihm irgendwie schwerer, das Leben in Berkeley zu ertragen. Er trank immer noch ein bißchen zuviel. Er fing wieder an, gelegentlich Zigarren zu rauchen. Er ging Beziehungen ein und trennte sich wieder; manchmal war es schmerzhaft, manchmal berührte es ihn kaum. Er war vierunddreißig Jahre alt.

Die Lektüre der Nachrichten wurde zu einer Art Selbstgeißelung. Es sah alles so düster aus. Die Gesamtzahl der Menschen auf der Erde war auf über zehn Milliarden gestiegen, der Dow-Jones-Index auf über zehntausend Punkte. Die weltweite Durchschnittstemperatur war zehn Grad höher als im letzten Jahrhundert, und es verging keine Woche ohne extreme Wetterereignisse, die unsägliche Zerstörungen und Leiden verursachten. Rund vier Milliarden Menschen hatten keinen Strom, während gleichzeitig ganze Bioregionen bereits im Zusammenbruch begriffen waren; und trotzdem ging die skrupellose Plünderung der natürlichen Ressourcen der Welt rasant weiter. Einer seiner Ökofreunde, der sich mit dem Börsengeschehen auskannte, lachte eines Abends böse, als er über diese Zerstörung schimpfte, und erklärte ihm, wie der Hase lief. Angenommen, eine Firma besaß einen Wald, in dem sie generationenlang selektiven Einschlag betrieben und ihren Aktionären damit eine beständige Rendite von zehn Prozent verschafft hatte. Mittlerweile gab es auf den Finanzmärkten der Welt festverzinsliche Wertpapiere mit einer Rendite von fünfzehn Prozent zu kaufen. Die Holzpreise sanken, die Renditen der Firma sanken, also ließen die Wertpapierhändler sie fallen; ihre Kurse stürzten ab, und die Aktionäre waren wütend. Am Rand des Zusammenbruchs beschloß das Management, den Wald kahlzuschlagen und die Profite aus dem Verkauf dieses Holzes unverzüglich in festverzinslichen Wertpapieren anzulegen, die eine höhere Rendite abwarfen, als es der Wald getan hatte. Im Endeffekt war das Geld, das der Wald repräsentierte, wertvoller als der Wald selbst, weil der langfristige Wert zum Tagesnettowert zusammengebrochen war; folglich wurde der Wald zu Geld gemacht – *liquidiert* –, und noch mehr Geld gelangte in den großen Geldballon. Auf diese Weise zerstörte die unerbittliche Logik des Götterdämmerungs-Kapitalismus die Welt, um die Tagesnettowerte in Schwierigkeiten geratener Unternehmen zu steigern. Und sie waren alle in Schwierigkeiten.

Sein Freund starrte ihn an, lachte über seine zweifellos angewiderte Miene und hob die Hände; so lagen die Dinge nun mal. Das war die Erklärung für die Götterdämmerung; keine selbstmörderischen Killer in den Chefetagen, sondern schlicht und einfach die Logik des Systems.

Er war durch den Smog und den Verkehrslärm nach Hause gegangen, ohne etwas davon zu registrieren. Vor seinem geistigen Auge sah er, wie die Welt aus den Fugen geriet.

Dann las er eines Tages wieder ohnmächtig die Nachrichten - in gedruckten Zeitungen in Kaffeestuben, damit seine Lektüre nicht im Rahmen irgendeiner hypothetischen Überwachungsmaßnahme kontrolliert werden konnte - und stieß auf einen langen Artikel über die gegenwärtige Situation in der Antarktis. Der Senat zögerte die Erneuerung des Antarktisvertrags hinaus, was dazu führte, daß die Vertragsstaaten einander auf der Suche nach einem Vorteil umkreisten; und einige Länder der südlichen Hemisphäre, die dem Antarktisvertrag gar nicht erst beigetreten waren, hatten die Vorgänge verfolgt und kürzlich ein Konsortium namens Southern Club Antarctic Group gebildet, um in der gesamten Antarktis nach Öl zu bohren. Sie würden es auch dort machen. In der letzten unberührten Wildnis der Erde.

Er verließ die Kaffeestube, ging in die Universitätsbibliothek und setzte sich an einen öffentlich zugänglichen Bildschirm. Der Knoten in seinem Magen war wieder da, und der Lärm und Smog von Berkeley waren wie eine finale Feuersbrunst. Die letzte unberührte Wildnis der Welt würde verschmutzt und kaputtgemacht werden, und das alles nur für die Hoffnung, den weltweiten Ölverbrauch vielleicht fünf weitere Jahre aufrechterhalten und - noch wichtiger - dabei viele Milliarden Dollar einsacken zu können.

Er informierte sich gründlich über die Lage. Das USGS - das amerikanische Amt für geologische Aufnahmen - schätzte, daß es in der Antarktis vielleicht fünfzig Milliarden Barrel Öl gab; beim gegenwärtigen Verbrauch reichte das gerade mal für ein paar weitere Jahrzehnte. Aber wenn der Barrel zwanzig Dollar brachte, ergab das eine Billion Dollar. Was nicht mehr als ein Jahreshaushalt der Vereinigten Staaten oder die Gesamtsumme der jährlichen weltweiten Militärausgaben war; aber mehr als genug, um sämtliche Schulden zu tilgen, durch welche die Länder des Südens an die strengsten Sparprogramme gebunden waren, die die Weltbank und der Internationale Währungsfonds sich hatten ausdenken können. Ihm war schon klar, daß die Logik des Systems sie zu diesem Vorgehen trieb.

Er stattete einem seiner Ökoteur-Freunde einen Besuch ab, demjenigen, der ihm von der Bewegung erzählt hatte und der eine Zelle von etwa derselben Größe wie seine koordinierte. Hör zu, sagte er zu seinem Freund. Wir müssen was unternehmen. Da unten gibt es keine Einheimischen, die sich wehren können. Diesmal müssen wir etwas tun, was ein bißchen ungewöhnlich ist. Etwas, das sie womöglich ein für allemal aufhält.

# DRITTES KAPITEL

# *Drachenadern*

**Ein paar Stunden nach seiner Ankunft** am Südpol saß X bereits in einer Hercules und war auf dem Rückweg nach McMurdo. Der Empfang, den man ihm am Pol bereitet hatte, war bestenfalls mißtrauisch gewesen; zweifellos hielt man ihn für eine Art Jonas; und da gerade ein Flugzeug auf der Eispiste stand und auf die Starterlaubnis wartete, wurde er hineinverfrachtet, ohne auch nur das Geringste von der berühmten neuen Station gesehen zu haben. Adieu, neunzig Grad Süd.

In McMurdo wurde er auf direktem Wege von der Hercules ins Chalet gebracht, wo er von seinen ASL-Bossen und vielen NSF-Leuten sowie eigens aus dem Norden eingeflogenen Ermittlern gründlich ins Verhör genommen wurde; ein großes Meeting, zu dem X nur sehr wenig beitragen konnte, und nachdem er seine Geschichte erzählt hatte, wurde er von den anderen auch bald ignoriert, während sie diverse weitere merkwürdige Zwischenfälle erörterten, von denen er bisher nichts gewußt hatte. An der Art einiger dieser Zwischenfälle wurde ihm deutlich, daß sein Ausflug als Führer der SPOT-Kolonne auch nicht annähernd so unproblematisch gewesen war, wie man ihm eingeredet hatte, eine Tatsache, die bei dem Meeting natürlich niemandem auffiel. Er war einfach nur ein Software-Element der Kolonne in einem viel zu großen Paket. Eine Art organischer Roboter.

Tatsächlich bestand sein ganzer Job als General Field Assistant im Endeffekt darin, die Roboterarbeit zu machen, die Roboter noch nicht machen konnten, dachte er, während er den anderen beim Diskutieren zusah. Er war auf der Suche nach Abenteuern in die Antarktis gekommen, und nun saß er in Mac Town fest, schaufelte Schnee, putzte Toiletten und Küchenherde, schleppte Lasten und schälte sogar Kartoffeln. Jeden Tag eine andere geistlose Arbeit. Gut Für Alles, in der Tat.

Wie zur Illustration dieses Gedankens wurde er aus dem Meeting entlassen, damit er einen Anruf von Ron entgegennehmen konnte. Er sollte sich in der Werkstatt für schweres Gerät melden. Dort sah er, daß ein Gabelstaplerfahrer aus Versehen mit der Gabel durch eine Wand gefahren war, den Rahmen eines Regals im angrenzenden Raum getroffen und es umgeworfen hatte – mitsamt aller Kästen, Körbe und Schubladen voller Muttern, Schrauben, Nägel, Klammern, Splinte, Unterlegscheiben und einem Sortiment anderer kleiner Eisenwaren, die jetzt alle in einem großen Haufen auf dem Boden lagen.

Ron kam herein und lächelte grausam. »Räum das auf, X.«

Als Chef des Wartungsteams von Mac Town war Ron häufig X's Boss; außerdem war er der Präsident der Ortsgruppe des ›Normal-wozu?‹-Clubs, was in McMurdo einiges hieß. Er war einer von mehreren alten Iceheads, die schon so lange da waren, daß sie sich für die geheimen Herren von McMurdo hielten, und Ron lag mit dieser Ansicht richtiger als die meisten anderen. Aber er hatte seine Anziehungskraft auf X längst eingebüßt, sofern er überhaupt je eine besessen hatte.

»Ja, Boss«, sagte X zu der bereits wieder leeren Tür. Es war eindeutig Roboterarbeit der übelsten Sorte, nur daß Roboter noch zu dumm waren, um zwischen einer Mutter und einer Schraube unterscheiden zu können. Daher setzte sich X schwer auf den eiskalten Betonboden und fing an zu sortieren. Er versuchte, es als eine Art Zen-Übung zu betrachten, kochte aber mit jeder verstreichenden Stunde mehr; das war keine Arbeit für einen Menschen. Und es wurde auch dadurch nicht besser, daß er in jeder Essenspause mit schwarzen Fingern und nach Schmierfett und

Betonböden stinkend in die Kantine latschte und über seinem Essen die Beaker - ›Becherglastypen‹, wie die Wissenschaftler hier genannt wurden - an ihren runden Tischen betrachtete, die fröhlich miteinander schwatzten, ohne ihm die geringste Beachtung zu schenken. Natürlich gab es in Amerika keine Klassen, darum hatten die Beaker hier auch rote Parkas mit ihren Namen am Aufschlag, während die ASL-Leute generell braune Carhartt-Latzhosen mit Etiketten am Latz trugen, auf denen Small, Medium, Large oder Extra Large stand - suchen Sie sich Ihre Größe aus! -, und dennoch nahm niemand von dieser Unterscheidung Notiz oder äußerte sich dazu. Die Beaker schlenderten nach ihrem eigenen Zeitplan vom Crary-Labor zur Kantine hinüber und verbrachten eindeutig eine herrliche Zeit; sie waren karrieremäßig auf der Überholspur, weil sie hier unten waren und taten, was immer sie taten - meistens liefen sie im Gelände herum und schlugen kleine Stücke davon ab, soweit X sehen konnte, und dann datierten sie die Stücke. Das war ihre Arbeit; dafür wurden sie bezahlt; sie gehörten zur oberen Mittelschicht und hatten die entsprechenden hübschen Häuser, Familien, Leben und Karrieren - alles, weil sie diese Arbeit verrichteten. Damit verdienten die ihr Geld! Und in derselben Kantine fraternisierten Leute mit ihnen, die mit Saisonverträgen für Stundenlohn arbeiteten - Lasten schleppten, sich den Arsch abfroren, unter Metallgegenständen zerquetschte Fingernägel verloren, Maschinen bedienten, in Versorgungsrohre krochen und aus all dem keinerlei nennenswerten Karriereschub bezogen -, um die Infrastruktur und den Betrieb aufrechtzuerhalten, damit die Beaker sich mit Angeln oder Pinguinbeobachtung verlustieren oder sich den Kopf darüber zerbrechen konnten, welche ihrer Steinbröckchen alt oder wirklich alt waren.

X kochte so richtig, als er aus der Kantine zu seinem Betonfußboden zurückkehrte und mit dem Sortieren von Eisenwaren weitermachte. Nein, es war ein Klassensystem, keine Frage. Angesichts der Verhältnisse in Mac Town begann seine Lektüre schließlich, in seinem Kopf zu verschmelzen; die Stücke des Puzzles ordneten sich langsam zu einem Bild. Draußen in der Welt legte die überwältigende Informationsflut einen Dunstschleier der Ungewißheit über jede Analyse, es gab einfach so viel von allem, daß jede Darstellung wahr sein konnte. Hier lebten sie jedoch in einem aufs Wesentliche reduzierten Mikrokosmos, in ›Little America‹, wie eine Vorläuferbasis genannt worden war; und was X hier sah, war das globale Klassensystem im Miniaturformat, aber in aller Deutlichkeit, und es hatte schockierende Ähnlichkeit mit dem, was er über das zaristische Rußland gelesen hatte, ganz zu schweigen vom pharaonischen Ägypten: eine herrschende Kaste und eine Unterschicht, Aristokraten und Leibeigene, mit ein paar Mittelsleuten dazwischen. Die roten Parkas und braunen Carhartts waren nur ein Farbcode dafür, als wüßten ASL und NSF genau darüber Bescheid und wären sich überdies sicher, daß sie es den Leuten derart drastisch vor Augen führen konnten, ohne daß jemand protestierte - nicht in diesem global verschlankten, postrevolutionären, hochgerüsteten Stadium des Ultraspätkapitalismus. Die unverschämte Offenheit, mit der es geschah, machte X noch wütender, und während er weiterhin Muttern und Unterlegscheiben vom Beton aufklaubte und in ihre jeweiligen Behältnisse warf, sah er Bilder von Sklavenaufständen, Spartakus und Generalstreiks vor seinem geistigen Auge - kurz, Bilder der *Revolution*. Guillotinen auf der Beeker Street!

Als er ein wenig länger darüber nachdachte - und während er dort auf dem kalten Beton hockte, hatte er viel Zeit zum Nachdenken -, machte ihm das Bild der Guillotine allerdings klar, wie absurd diese Phantasien waren. Nicht im praktischen logistischen Sinn - die Werkstatt hätte eine Guillotine wahrscheinlich in einem Tag zusammenbauen können - , sondern wegen der Fraternisierung, der geringen Anzahl, der dichtgedrängten Unterkünfte, der gemeinsamen Kantine. Wegen des gemeinsamen Fitnesstrainings auf dem

Eis. All das bedeutete, daß er und die anderen Carhartts mit vielen Beakern zusammentrafen, wenn auch nur kurz, und neunzig Prozent von ihnen waren sehr nette Leute - oder vielleicht achtzig Prozent - oder zumindest fünfundsiebzig Prozent -, aber Moment, jetzt dachte er schon selber wie ein Beaker, er mußte aufpassen, das war ansteckend - jedenfalls, sie waren einfach ganz normale Leute. Froh darüber, daß sie gute Jobs hatten, und oft irgendwie exzentrisch, aber nett - die jungen Frauen waren sogar sehr nett und eigentlich nur selten hochnäsig, oftmals sogar netter als die ASL-Frauen, vielleicht glaubten sie ja, daß der rote Parka sie schützte - aber sie hatten ein nettes Lächeln, waren sehr freundlich und oft auch sehr gescheit. Häufig waren sie aber auch ziemlich weggetreten, die typischen zerstreuten Professoren; alle ASL-Leute liebten die diversen Geschichten über die schrulligen Beaker, die letzte, die die Runde gemacht hatte, handelte von einem, der beschlossen hatte, mit der Ermüdung des Daumens in Schneemobilen Schluß zu machen, indem er den Gashebel am Handgriff festband und den Motor dann mit einem kräftigen Zug anwarf, während er danebenstand, so daß das Schneemobil solo übers Meereseis abzischte und auf Nimmerwiedersehen verschwand; zweifellos war es auf dem Grund der Bucht neben dem Motorschlitten gelandet, den Scotts Team aus Versehen über die Reling des Schiffes manövriert hatte, ein frühes Beispiel für die Beaker-Inkompetenz...

Ron tauchte in der Tür auf und unterbrach diesen Gedankengang mit einem rüden Schnauben. »Sammelst du immer noch diesen Scheiß auf, X? Das machst du jetzt schon seit drei Tagen!«

»Ja.« Mit zusammengebissenen Zähnen.

»Tja, jetzt wirst du woanders gebraucht. Geh rüber zum Hubschrauberlandeplatz, aber dalli, da hättest du schon vor zehn Minuten sein sollen, und mach das hier fertig, wenn du zurückkommst. Du solltest längst weg sein!«

»Jawohl, Herr Kommandant!« gab er auf Deutsch zurück.

Und mit einem Mal war er am Hubschrauberlandeplatz, hatte Stöpsel in den Ohren, zwängte sich auf die Rückbank eines Hubschraubers, wo bereits ein Haufen Ausrüstung lag – kein Ausblick, kein Kopfhörer –, und fühlte, wie das Ding übers Meereseis hinweg irgendwohin in die Trockentäler davonknatterte, er wußte nicht mal, wohin. Im strahlenden Schein der tiefstehenden Sonne und bei eisiger Kälte wurde er mit einem Teil der Ausrüstung in einem braunen, von Schatten durchzogenen, windigen Tal abgesetzt, einer Art gefriergetrocknetem Nevada.

Nachdem der Hubschrauber abgeschwirrt war und die ungeheure, windige Stille sich auf ihn herabgesenkt hatte, kam eine Gruppe von Beakern zu dem Haufen ausgeladener Sachen marschiert. Sie schüttelten sich die behandschuhten Hände, und die Männer stellten sich vor: ein älterer Mann, Geoffrey Michelson, zweifellos der Leiter des Forscherteams, und drei etwas jüngere Männer, einer davon der Bergsteiger der Gruppe. X's Tagesboss war ein Kiwi namens Graham Forbes. Irgendein Jungakademiker war erkrankt und evakuiert worden, und deswegen brauchte Forbes an diesem Tag jemanden, der für ihn Zahlen aufschrieb, die er von der Landschaft ablesen würde. Dadurch würde die Arbeit erheblich schneller vonstatten gehen. Er schaute beiseite, als er X das erklärte, fast so, als wäre es ihm peinlich, obwohl er sich ansonsten keinerlei Gefühle anmerken ließ; im Gegenteil stellte er etwas zur Schau, was X mittlerweile für den puren Beaker-Stil hielt, eine spockartige Objektivität und einen derart gründlich abgestumpften Affekt, daß es eine offene Frage war, ob er einen Turing-Test hätte bestehen können.

Also: Zahlen aufschreiben. »Ist gut«, sagte X. Es mußte besser sein, als Nägel vom Fußboden aufzuklauben.

Und anfangs war es das auch. Forbes entfernte sich von den anderen Beakern, X folgte ihm, und sie machten sich sofort an die Arbeit. Aber es war ein windiger Tag, und der Fallwind, der von der Polareiskappe herunterkam und durch die Trockentäler pfiff, erschwerte jede Tätigkeit im

Freien, erst recht, wenn man bloß auf dem Boden saß und Zahlen in ein Notizbuch schrieb. Forbes untersuchte Gefügeproben, wie er erklärte, während er herumwanderte und durch eine Schachtel auf den Boden schaute. Das hieß, er maß die Kompaßorientierung von fünfzig willkürlichen, länglichen Kieseln in einem bestimmten Gebiet. Er sah sich also die Kiesel durch die Kompaßschachtel an und rief: »Dreihunderteinundfünfzig... einhundertsiebenundfünfzig... achtzehn... zweiundvierzig«, und endlos so weiter, und X schrieb die Zahlen in Zehnerkolonnen auf. Gut.

Das machten sie unzählige Male. Während sie arbeiteten und der Tag verstrich, frischte der Wind auf, und der Windkühlfaktor oder Windchill, die fühlbare Temperatur sozusagen, stürzte auf weit unter Null - tiefer und immer tiefer -, bis auf vierzig, vielleicht sogar fünfzig Grad minus, schätzte X. Währenddessen probierte er zuerst alle Fingerhandschuhe in seinem Rucksack durch, dann alle Fäustlinge, dann zog er die Fäustlinge über die Fingerhandschuhe; in den dicken Stoffmassen waren seine kalten Hände so taub, daß er kaum einen Stift halten und noch weniger leserlich schreiben konnte - ihm lief die Nase, und die Augen tränten -, und sein Gesicht wurde so taub, daß er kaum die Fragen des Bergsteigers der Gruppe beantworten konnte, als dieser vorbeikam, und beinahe vergaß, sich an dessen Protokoll zu halten, demzufolge man bei der Antwort beide Hände an den Kopf legen und ausrufen mußte: »ES GEHT MIR GUT, SIR!« Der Bergsteiger hatte diese Regelung aufgestellt, weil der gesunde Menschenverstand zum ersten gehörte, was sich bei strenger Kälte verabschiedete, so daß viele Leute, die stark unterkühlt waren, »Ich bin okay« murmelten und kurz darauf wie ein Eisblock umkippten und starben. Deshalb sollten sie sich zum Zeichen, daß sie noch alle fünf Sinne beisammen hatten, etwas ein bißchen Ungewöhnliches merken, und als der Bergsteiger vorbeikam und sich mit verrücktem Grinsen erkundigte, wie es ihnen ging, hoben X und Forbes ihre Fäustlinge an den Kopf und antworteten: »ES GEHT MIR

GUT, SIR!«, obwohl es einer Gruppe, die solch ein System einführen mußte, offenkundig überhaupt nicht gut ging und sie so schnell wie möglich irgendwo hätte Zuflucht suchen müssen. Nur leider gab es keine Zuflucht. Sie waren viele Kilometer von jeder Zuflucht entfernt, das Camp der Beaker befand sich im nächsten Tal, und es würde noch Stunden dauern, bis der Hubschrauber X abholen kam. Natürlich hätten sie sich in die sonnige Leeseite eines Felsblocks kauern, Schokoriegel essen und sich mit deren Kalorien Wärme zuführen können; aber nein. Dieser Forbes vermaß mit seinem Kompaß Stein um Stein, Abschnitt um Abschnitt und ignorierte verbissen die eisige Kälte. Natürlich war X auch vorher schon in bitterer Kälte draußen gewesen, den beißenden Winden ausgesetzt, die durch den Gap hereinpfiffen, eine Senke im Norden gleich hinter dem kalten Werkstattgelände von Mac Town. Er war den alten Iceheads dort zugeteilt worden, die manchmal noch bei der schlimmsten windigen Kälte weiterarbeiteten – eine Art Ritus oder Wettkampf unter ihnen –, sich bis an die Grenzen des Erträglichen quälten, dann immer noch weitermachten und sich zusammengeduckt und derb fluchend mit einer eisernen, wilden, kalten Effektivität durch alles hindurchackerten, bis sie ihre Arbeit schließlich fertig hatten, dann halbtot in die Kantine taumelten und ihre Temperaturen maßen, wobei Werte um dreiunddreißig oder vierunddreißig Grad herauskamen, »Yar« oder »Fuck« sagten, sich bei gewaltigen heißen Mahlzeiten und einem Becher heißem Kaffee oder heißem Kakao nach dem anderen aufwärmten und vorbeikommende Freunde oder die Beaker-Mädchen mit ihren Herzen aus Eis anknurrten, »Grrrrrrr, grrrrrrr«, weil sie wußten, daß sie die eisigsten Iceheads waren, die allerhärtesten Antarktiker. Die Zähne zusammenbeißen und weitermachen, wie die alten englischen Seeleute gesagt hatten. Die Sache mit einem festgefrorenen Lächeln auf dem Gesicht durchstehen. Es war ein echtes, kaltes Macho-Ding.

Aber dieser Forbes war nicht so. Er schien die Kälte überhaupt nicht wahrzunehmen, oder wenn, dann ignorierte er sie jedenfalls; er zog vielleicht ein bißchen den Kopf zwischen die Schultern, verhärmt, derart auf die Arbeit konzentriert, daß nichts anderes zu ihm durchdrang; so konzentriert, daß er es möglicherweise nicht mal merken würde, wenn er auf die Nase fiel und in dieser Position blitzartig gefror, wie der Blechmann im *Zauberer von Oz*: der Eisbeaker, der seine Zahlen weiterhin durch gefrorene Kiefer herauspreßte, bis zum Kristallisationspunkt und darüber hinaus in das Gestein unter ihm vertieft. Es war ein furchteinflößender Anblick. X's Hände waren jetzt so kalt, daß sie sich wie nicht ausreichend in der Mikrowelle erwärmte Steaks aus der Kühltruhe anfühlten, außen weich und innen hart. Er hatte einen kalten Hintern, der Boden war kalt, und das schräg ins Tal einfallende Licht stach ihm kalt in die Augen. Die kalte Luft strich über ihn hinweg, jede Bö ein bitterkalter Schlag, der in seine kalten Lungen drang, und obwohl die Luft, wie X zugeben mußte, bei ihrer Passage durch seinen kalten Hals soweit aufzutauen schien, daß seine Brust nicht von innen vereiste, war dennoch seine kalte Nase gefroren, als die Kälte auf ihrem kalten Weg ganz nach unten gelangt war, und sein kaltes Gehirn war ein frostiger weißer Block aus hartem kaltem Lehm, dessen Temperatur mit jedem kaltem Atemzug weiter die Kälteskala hinabstürzte, der kälter und kälter wurde und sich dem absoluten Nullpunkt näherte, während seine kalten Gedanken sirupartig und benommen von kristallisierender Synapse zu gefrorenem Axon flossen und jedes Molekül seines Geistes allmählich vereiste, als dieser im traurigen, kalten, viskosen Bann hilfloser Erinnerungen an die Kälte auskühlte, mit der ihn sein Eismädchen behandelt hatte, eine brutale Kälte, von der er einen schrecklichen Gefrierbrand davongetragen hatte und die sein Herz ein für allemal zu Eis gemacht hatte. Ein Mann aus Bronze in einem bronzenen Land. Nullpunktkälte. Totale, kältestarre Unbeweglichkeit. Ende von Zeit und Raum. Sehr kalt. Kalt kalt kalt.

Schließlich kam der Bergsteiger vorbei und errettete X von seinem wahnsinnigen Tagesboss. »Sein Hubschrauber kommt gleich«, erklärte er Forbes, »und wir müssen ins Camp zurück.«

»In Ordnung.«

X stand auf, eine zehnteilige Bewegung, bei der er erhebliche Vorsicht walten lassen mußte, um all die eingefrorenen Komponenten auszubalancieren. Als sie mit knarrenden Gelenken zur Landestelle des Hubschraubers zurückgingen, versuchte er, sich statt auf seine schmerzenden Finger auf die Zahlen zu konzentrieren, die er aufgeschrieben hatte. »Sieht aus, als käme bei den letzten fünfzig im Schnitt so um die hundert raus«, bemerkte er.

Forbes hob den Blick vom Boden, den er immer noch inspizierte, während er leicht vornübergebeugt neben ihm hermarschierte. »Darum geht es nicht.«

Er erklärte, daß die Zahlen einer komplizierten Analyse unterzogen werden mußten; erst die würde einem sagen, wie zufällig die Kieselsteinverteilung war. Falls es bestimmte Muster gab, dann stand zu vermuten, daß Wasser über sie weggeflossen war und sie der Länge nach in Richtung der Strömung angeordnet hatte, während eine völlig willkürliche Orientierung auf eine Ablagerung durch das stehende Wasser eines Sees oder Teichs hindeutete.

»Ah«, sagte X, erstaunt darüber, was Beaker sich so ausdachten. Es war wirklich ganz hübsch. Natürlich trotzdem kein Grund, sich dafür zu Tode zu frieren, außer wenn man zwanghaft besessen war, aber so viele Beaker waren ja in der Tat zwanghaft besessen. Es war praktisch die Definition für diesen Typ Mensch. Von daher konnte man sagen, daß Antarktika ein ganzer Kontinent war, der von zwanghaft Besessenen beherrscht wurde – genau wie alle anderen Kontinente auch, wo er jetzt darüber nachdachte, aber woanders waren sie nicht so kältegehärtet von ihren Obsessionen. Dieser Forbes war fast so schlimm wie die Bergsteiger, die ständig ekstatisch wie Hunde auf dem Eis herumrannten, weil sie hier genau die schrecklichen Bedingungen vorfanden, nach denen sie sich sehnten und die sie in aller Welt suchten; die Antarktis lieferte sie ihnen ohne Unterlaß, und deshalb liebten sie die Antarktis und waren die ganze Zeit happy, wie Val. Nein, die Beaker waren normaler, selbst die kältegehärteten wie dieser Kerl hier. Genauso normale, freundliche, harte Arbeiter wie alle anderen auch. Und die paar überheblichen Snobs unter ihnen - na ja, Wichser gab es in jedem Beruf. Wie Ron zum Beispiel. Nein, Wichser gab es auf allen Ebenen der Hierarchie, oben wie unten; aber die meisten Leute waren nicht so.

Also keine Guillotinen. Keine Revolution; kein Streik. Natürlich nicht. X schüttelte den Kopf, um von dem ganzen Gedankengang loszukommen, und fragte: »Was ist Ihr Fachgebiet? Was erforscht ihr hier?«

Forbes warf ihm einen Blick zu, um festzustellen, auf welcher Ebene er ihm antworten sollte. »Ich bin Glaziologe. Glazialer Sedimentologe.«

Das kam X ein bißchen übergenau vor; als nächstes würde er noch sagen, er sei eigentlich lateraler Moränologe. Aber X ließ es durchgehen.

»Wir sehen uns Sandsteine in der Siriusgruppe an. Sie stehen im Mittelpunkt einer Kontroverse um das Alter der großen Polkappe. Der gegenwärtigen Lehrmeinung zufolge ist die Polkappe seit ungefähr vierzehn Millionen Jahren oder noch länger stabil. Aber diese Gruppe vertritt die Ansicht, daß das Eis vor drei Millionen Jahren - während einer Warmzeit im Pliozän - weitgehend verschwunden war.«

»Und Sie sind anderer Meinung?«

»Nein, nein, ich glaube, es spricht einiges dafür. Sie haben marine Mikrofossilien im Siriusgestein identifiziert, die aus dem Pliozän stammen, und die Biostratigraphie ist eine allseits akzeptierte Datierungsmethode. Es muß dort also flüssiges Wasser gegeben haben, wo jetzt nur noch Eis ist. Nun suchen sie nach weiteren Bestätigungen für diese Position, und deshalb haben sie mich eingeladen, mich ihnen anzuschließen.«

»Und als Glaziologe...«

»Die Siriusgruppe ist fossiler glazialer Tillit, soviel steht fest. Ich suche also danach, was uns glaziale Sedimente erzählen können. Wie das Sediment entstanden ist, unter welchen Bedingungen – Schichtlücken, die zeigen, wo sich etwas geändert hat –, solche Sachen.«

X dachte in kalter Zeitlupe darüber nach. »Flüssiges Wasser? Der Meeresspiegel?«

»Möglicherweise. Die Trockentäler, die sich zum Meer hin öffnen, sind Paläofjorde, soviel steht fest.«

»Aber sind wir hier nicht ziemlich weit oben? Sie wollen doch nicht sagen, daß der Meeresspiegel damals so hoch war, oder?«

Forbes warf ihm einen raschen Blick zu. »Nein. Denkbar wäre, daß diese Ablagerungen entstanden sind, als das Land noch viel tiefer lag, und daß das transantarktische Gebirge sich erst danach erheblich gehoben hat.«

»Alles in den letzten drei Millionen Jahren?« fragte X. »Ist das nicht ziemlich schnell für den Hebungsprozeß von Bergen?«

Tatsächlich hatte er keine Ahnung davon, aber Forbes warf ihm erneut einen raschen Blick zu, diesmal mit hochgezogenen Augenbrauen. »Ich bin kein Geomorphologe«, sagte er schließlich.

Also das war nun wirklich lupenreiner Beaker-Stil. Und jetzt kamen auch die anderen Wissenschaftler heran, näherten sich alle aus verschiedenen Richtungen der Landestelle des Hubschraubers; ihr gemeinsames Ziel war eine ebene Fläche auf dem leeren, braunen Talboden. Dieser Bursche hatte bestimmt keine Lust, mit einem Amateur über das Projekt der Gruppe zu sprechen, wenn die anderen Mitglieder der Gruppe zuhörten; das tat keiner von ihnen gern. Daher zuckte X die Achseln und latschte mit schweren Schritten in den Windschatten eines Felsens. »Ich auch nicht«, sagte er mit einer Schärfe zu Forbes, die ihm erneut einen überraschten Blick eintrug.

Dann kam die rote Libelle knatternd aus dem fahlen Himmel herab, und X wurde wie eine große gefrorene Rinderhälfte nach Mac Town zurückgeflogen. Und am nächsten Morgen - ihm war immer noch kalt, obwohl er sich die ganze Nacht in seine dicken Decken gekuschelt hatte - saß er wieder in der Werkstatt auf dem Fußboden und klaubte Muttern und Schrauben auf, als ob es die Nevada-Gefriertrocknung niemals gegeben hätte. Der Haufen von Metallteilen auf dem Fußboden sah kein bißchen kleiner aus als zu Beginn. X hatte allmählich den Eindruck, daß es eine Art Sisyphusarbeit war, und fragte sich, ob Ron ihm vielleicht einen seiner üblen Streiche spielte und bei Nacht neues Material auf den Haufen kippte. Es war ein niemals endender Haufen, der Alptraumjob jedes GFAs. Er war Sisyphus; er war der Golem, geschaffen für stumpfsinnige Arbeit; er war Frankensteins Monster, groß, mißgebildet und unbeholfen. Nennt mich X. Es war interessant, wie viele Schraubengewinde fehlerhaft und wie wenige Unterlegscheiben wirklich flach waren. Aber eigentlich auch wieder nicht.

Die Werkstatt war jedoch auch nicht annähernd so schlimm wie die zufälligen Begegnungen mit Val. So schmerzhaft sie waren, sie ließen sich leider nicht vermeiden; Mac Town war einfach zu klein, um jemandem auf Dauer aus dem Wege zu gehen. Selbst wenn er sich in seiner Freizeit an den wenigen Orten herumdrückte, wo Val nicht hinging, wie er wußte, traf er sie irgendwann doch; und jedesmal war es so traumatisch wie eh und je, so daß er den Rest des Tages in einer Stinklaune war und sich schwitzend scharfe Anklagen und/oder Racheszenen ausdachte, in denen er ihr oftmals das Leben rettete und dann verächtlich wegging - eine traurige Vergeudung seiner mentalen Zeit, wie er schon wußte, während er noch voll und ganz darin aufging. Aber er konnte einfach nicht anders.

Und er traf sie immer wieder. Für gewöhnlich passierte es in der Kantine; er ging vollständig ausgeglichen hinein, leer wie ein Kürbis, und an einem der großen runden Tische saß Val mit ihren Freundinnen, die übliche Bande, eine laute, ausgelassene, selbstbewußte Gruppe von Frauen, ein bißchen einschüchternd, wenn man vorbeiging, weil sie wie alle Gruppen mit etwas zu ausgeprägtem Corpsgeist einen leisen Hauch von Xenophobie ausstrahlte - aber trotzdem eine gute Truppe, in Anbetracht der Zustände in Amerika bewunderte X sie sogar -, dies waren keine magersüchtigen Shopping-Mäuschen, sondern fähige und taffe Leute, genau die Art Frauen, zu denen er sich hingezogen fühlte, darunter eine ganze Reihe seiner besten Freundinnen in der Stadt - aber mittendrin Val, die Königin der Amazonen, die über irgendwas lachte und ihn ignorierte. Und wieder einmal verwandelte sich eine Mahlzeit in seinem Bauch zu Blei. Er versuchte sogar, von seinem zusätzlichen Geld im ErebusView essen zu gehen, dem privaten Restaurant über dem Mini-Einkaufszentrum im Hafen (das natürlich keinen Ausblick auf den Erebus bot); aber dann tauchte sie auch dort auf, und er hatte wieder mal Blei im Bauch, nur daß es diesmal teures Blei war. Sie schienen, was das Essen betraf, auf derselben Wellenlänge zu sein, wie zu Anfang, als sie miteinander ins Gespräch gekommen waren. Es ging so weit, daß X lieber Hunger litt als das Risiko einzugehen, sie zu treffen. Aber er mußte natürlich etwas essen; er hatte einen großen Appetit, und wenn er Mahlzeiten ausließ, fühlte er sich schwach und wurde reizbar, so daß er um Mitternacht halb verhungert in die Kantine raste, sobald diese für die Nachtarbeiter noch einmal aufmachte, und dann kam sie von einem spätabendlichen Überlebenstraining im Happy Camper Camp, einer Expedition oder so herein, und er bekam beinahe einen Ohnmachtsanfall und hätte am liebsten geschrien: Laß mich in Ruhe! Aber natürlich sagte er nur: ›Oh, hallo, oh, hallo‹, und war dazu verdammt, mit vor Hunger zitternden Händen verzweifelt eine weitere Mahlzeit in sich hineinzuwürgen, gefolgt von einer schweißkalten Rachephantasie mit verrenkten Eingeweiden in seinem Zimmer, auf dem Gipfel des Ob Hill oder beim Schraubenaufsammeln auf dem Fußboden der Werkstatt.

Und niemand, mit dem man darüber reden konnte. Dies war immerhin die Gruppe von Bekannten, in der man ihn erst kürzlich noch ›Graf Sandwich‹ genannt hatte. Und selbst als er den Versuch unternahm, Joyce auf das Thema anzusprechen, die einzige Freundin, der er genug vertraute, um mit ihr über solche Dinge zu reden, warf sie ihm nur einen Blick von der anderen Seite der großen Geschlechterkluft zu, einen sehr komplizierten Blick, der unter anderem zu besagen schien, er sei schon allein deshalb ein Narr, weil er sich bei einer Schönheit wie Val derart stark engagiert habe.

Nach weiteren komplizierten Blicken und ein paar indirekten, hingemurmelten Bemerkungen sagte sie schließlich: »Also wirklich, X. Hör auf mit dem kindischen Getue und sieh zu, daß du drüber wegkommst. Männer haben Frauen generationenlang auf diese Art abserviert; ich kann nicht auf Typen, die hierherkommen, dann merken, daß die Dinge hier ein bißchen anders liegen, und ein großes Gejammer anstimmen. Einige Frauen verhalten sich nun mal wie auf einem Käufermarkt, na, wer hätte das gedacht, aber das ist keine Rechtfertigung für das ganze Gewinsel, das ich höre, für all die Anklagen und Vorwürfe, was für schreckliche Aufreißerinnen wir Eisfrauen seien, und alles von Männern, die ihr ganzes Leben lang den gleichen Scheiß gemacht haben – bis zu dem Moment, als sie in Mac Town angekommen sind.« Sie schüttelte den Kopf. »Komm schon, X. Hör auf zu träumen. Wenn dir daran gelegen war, eine funktionierende *Beziehung* zu haben«, sie betonte das Wort, als sei es sowieso ein archaischer, dummer Begriff, »warum bist du dann in die Antarktis gekommen?«

»Ja, ja«, sagte X und schlurfte entmutigt wieder zur Werkstatt zurück. In der Tat, warum? Finger, die Eisenteile aufklaubten, ohne die geringste Unterstützung von seiten des Gehirns zu benötigen: in der Tat, warum?

Mittlerweile wußte er es kaum noch. Er konnte sich

nicht mehr erinnern, was die Antarktis vor seiner Ankunft für ihn gewesen war. Ein abenteuerlicher Ort, bestimmt. Ein Ort, wo selbst die niedrigen Jobs, die man als GFA zu erwarten hatte, von Grund auf anders sein würden. Aber selbst diese schnelle Desillusionierung war nichts gewesen im Vergleich zu dem Erlebnis mit Val. Auch wenn Liebe wirklich nur ein bürgerliches Märchen sein sollte, das in Mac Town ebenso veraltet war wie überall anders auch, war es doch seltsam, wie weh sie trotzdem tun konnte; und es war seltsam, wie viele von aufreißerischen Eisfrauen fertiggemachte Männer in McMurdo noch verbitterter herumliefen als er und schworen, nie wieder etwas mit ihnen zu tun haben zu wollen. Was genau bis zum nächsten Mal vorhielt.

Doch selbst emotionale Strukturen waren ein gesellschaftliches Konstrukt, wie Raymond Williams aufgezeigt hatte. Und die emotionale Struktur hier unten war eindeutig vom zahlenmäßigen Ungleichgewicht zwischen Männern und Frauen verzerrt. In der Stadt gab es ungefähr neunhundert Männer und dreihundert Frauen; und genau das war die Erklärung, zusammen mit der Tatsache, daß sämtliche Einwohner der Stadt auf Geschlechtskrankheiten untersucht und für gesund befunden worden waren. X hatte zweifellos Glück gehabt, daß Val überhaupt ein Wort mehr als nötig mit ihm gewechselt hatte; er war ein niedriger GFA und ein Frischling gewesen, als er sie kennengelernt hatte, sie die Schönheit der Stadt und eine der bekanntesten Bergsteigerinnen, eine Veteranin von Expeditionen, über die die Leute mit Staunen in der Stimme sprachen. Und obwohl die Bergsteiger ebenfalls ASL-Mitarbeiter waren und in der gleichen Saisonvertragsfalle saßen wie die Carhartts, gehörte ihre Arbeit zu den Glamourjobs, soviel stand fest, und sie hatten ungefähr den gleichen sozialen Status wie die Beaker.

Sie hatten also von Anfang an nicht zueinander gepaßt. Sie war der weibliche Bergsteiger-Crack gewesen, der viele der höchsten Gipfel der Welt erklommen und Shackletons unmögliche Überquerung von Südgeorgien wiederholt hatte; er dagegen bloß ein – er wußte nicht, was. Ein Jungakademiker, der sich ein bißchen Wind um die Nase wehen ließ. Ein zu alter College-Student, der mit dem College fertig war. Er wußte nicht mal, warum sie ihm überhaupt Beachtung geschenkt hatte; außer wegen seiner Größe, na klar. Da sie eins dreiundneunzig und damit erheblich größer war als die meisten Männer, mußte er in dieser Hinsicht herausgeragt haben. Jemand, zu dem sie aufblicken mußte, ha. Außerdem konnte man sich einigermaßen mit ihm unterhalten; er las eine Menge; und sie hatte enorm viel über die Geschichte der Erforschung der Antarktis gewußt und war selbst eine interessante Gesprächspartnerin gewesen. Ja, sie hatten wirklich ein paar tolle Gespräche geführt! So tolle, daß es weh tat, sich an diese Zeit zu erinnern, als er dreimal pro Tag in der Hoffnung in die Kantine gegangen war, sie dort anzutreffen, als er seine Mahlzeiten so gelegt hatte, daß er sie mit größtmöglicher Wahrscheinlichkeit beim Essen abpaßte. Und dann hatten sie gemeinsam ordentlich reingehauen, beide mit großem Appetit, und ausführlich über alles mögliche gesprochen. Sie hatte ihm von einigen ihrer Kletterpartien erzählt, von ihrer Bewunderung für Ernest Shackleton und von ihrer Großmutter, die ein paar Jahre zuvor gestorben war; und er hatte ihr von seiner Lektüre erzählt, die mangels anderer Freizeitaktivitäten in McMurdo umfangreicher geworden war als jemals zuvor in seinem Leben, sogar umfangreicher als auf dem College. Er beschäftigte sich hauptsächlich mit Politwissenschaften und Kulturgeschichte; das gefiel ihm; es sei interessant, erklärte er ihr, zu ergründen, warum die Welt so sei, wie sie sei. In der Antarktis habe er nun begonnen, seine Lektüre mit seinem Leben auf eine Weise zusammenzubringen, die einen Sinn ergebe, sagte er; er fange an, Muster zu erkennen. An all den Abenden, an denen er sonst nichts zu tun gehabt habe, sei er zu einer Reise in die Geschichte der Philosophie aufgebrochen und habe versucht, seine Analyse zu ihrer Quelle zurückzuverfolgen.

Alles, was ihn beeindrucke, scheine auf etwas Früherem zu beruhen. So habe er *Die Götterdämmerung* gelesen und sei ein Anhänger von Frank Bailey geworden, wie eine Vielzahl von Jungakademikern in aller Welt; dann habe er Baileys Wurzeln in der präpostkapitalistischen Theorie gesucht, Deleuze und Speier gelesen und sei ein Neuer Linker geworden; danach sei er noch weiter zurückgegangen, habe erst Jameson und Williams und dann Sartre gelesen und festgestellt, daß sich alles auf Sartre zurückführen lasse, woraufhin er ein Sartre-Jünger geworden sei; dann ein Nietzsche-Jünger, denn eigentlich gehe alles auf Nietzsche zurück; und schließlich habe er Marx und Engels gelesen und sei Marxist geworden. An diesem Punkt habe er das Rückwärtsgewandte seiner intellektuellen Bewegung erkannt, und statt sich die Mühe zu machen, die Geschichte der westlichen Philosophie noch weiter zurückzuverfolgen, was ihn bald zu den Monstrositäten von Kant und Hegel geführt hätte, habe er sie einfach alle übersprungen, sei gleich zu Heraklit zurückgegangen und ein überzeugter Schüler dieses zenartigsten aller Griechen geworden, eines Mannes, dessen noch vorhandenes Werk man in zehn Minuten lesen könne, das einem dann aber für den Rest des Lebens genug Stoff zum Nachdenken gebe. Ja, und nun wolle er über Heraklits ›Fragmente‹ nachdenken und nie wieder philosophische Werke lesen, sondern anfangen, sich statt dessen mit der Welt zu beschäftigten!

Und Val hatte über seine Torheit gelacht. Damals schien sie das amüsiert zu haben. Aber wenn man nicht zweimal in denselben Fluß steigen konnte, wie Heraklits berühmte Worte lauteten, weshalb stieß er dann in der Kantine immer wieder auf Val? Und warum war er in diesem immergleichen Schmerz gefangen? Und wie konnte er an sein Essen kommen, ohne den Schmerz erdulden zu müssen? Und warum hatte sie ihm diesen Schmerz überhaupt zugefügt?

Er hatte geglaubt, sie verbrächten eine herrliche Zeit miteinander. Das war es, was weh tat. Sie hatten sich in der

Kantine unterhalten und miteinander gelacht; sie waren zusammen auf den Ob Hill gelaufen und hatten sich ins Gewächshaus geschlichen; sie hatten rumgeknutscht; sie hatten gebumst; sie waren sogar im Urlaub zusammen nach Neuseeland geflogen, was in der emotionalen Struktur von Mac Town schon eine ganz schön ernsthafte Angelegenheit war, eine Art Bindung. Und X hatte geglaubt, sie hätten sich dort amüsiert, richtig gut amüsiert. Natürlich hatte er nicht auf Vals Niveau Berge besteigen können, allein schon der Gedanke war absurd und furchteinflößend gewesen. Sie hatte lässig nach oben gezeigt, auf Routen, die sie geklettert war, die absolut senkrecht aussahen oder sogar einen deutlichen Überhang aufwiesen; als sie auf dem Weg zum Mount Cook an dem größten, türkisesten See vorbeigekommen waren, den man sich vorstellen konnte, hatte sie beispielsweise erzählt, sie habe den Cook bei ihrem letzten Aufenthalt in diesem Land bestiegen, und X hatte zu der fernen weißen Spitze hinaufgeschaut, die wie ein Traumgebilde aussah, und Val mit offenem Mund angestarrt, bis sie gelacht hatte. Es ist gar nicht so schwer, hatte sie gesagt, obwohl es beschissenes Gestein ist, ›wheatabix‹ nennen es die Kiwis, wie eine Müslisorte; es zerschneidet dir die Hände und zerbröselt trotzdem unter deinem Gewicht, letztes Mal sind wir da oben sogar in eine Lawine geraten, es war echt spitzenmäßig...

X hatte zugehört und genickt und sich Mühe gegeben, keine Angst zu zeigen. Und nachdem sie ihm bei ihren Wanderungen auf den steilen Wegen in dem Gebiet viele Kletterstories erzählt hatte – eine so erschreckend wie die andere –, war er seinerseits damit herausgerückt, daß er in Sport und generell bei körperlichen Aktivitäten ziemlich schlecht gewesen war – natürlich eine ewige Enttäuschung für die Schultrainer, weil er immer schon groß gewesen war und deshalb vielversprechend gewirkt hatte. Aber nach seinem letzten Wachstumsschub sei er herumgetapst ›wie Frankensteins Monster‹, sagte er, was ihm einen merkwürdigen Blick von Val eintrug; und sie erzählte keine derartigen Geschichten von sich. Offenbar war sie in der Schule eine richtige Sportskanone gewesen, wenn sie darauf Wert gelegt hatte. Vor allem eine gute Volleyballspielerin.

X war jedoch vom Sport verfolgt worden wie von einem Fluch in einem Märchen. Auf der Highschool hatte er vor den Augen des Baseball-Trainers einen Pitch getroffen und den Ball zufällig 167 Meter weit geschlagen, wie der Trainer später mit einem Maßband nachgemessen hatte; danach hatte er zwei Jahre lang Baseball spielen müssen, ohne jemals wieder einen Ball zu treffen, bis er den Trainer überzeugt hatte, daß dieser eine Schlag pures Glück gewesen war. Im Winter hatte er sich dann immer überreden lassen, in der Ringermannschaft mitzumachen, hatte in der Schwergewichtsklasse gekämpft und drei Jahre lang jeden Kampf verloren, alle durch Schulterwurf; er war vielleicht auch der einzige Ringer, der jemals von einem hundert Pfund leichteren Gegner per Schulterwurf besiegt worden war; zweifellos auch der einzige Ringer, der jemals so dumm gewesen war, sich überhaupt auf so einen aussichtslosen Kampf einzulassen.

Aber am schlimmsten war Basketball gewesen. Er hatte die Aufmerksamkeit des Trainers der University of California in San Diego erregt, und der hatte ihn überredet, in die UCSD-Mannschaft einzutreten, und ihn in der Hoffnung, ihn zum Center machen zu können, zwei Jahre lang intensiv trainiert. Aber es hatte nicht hingehauen. Die ganze Sache war ihm komplett gegen den Strich gegangen, und obwohl X schließlich einige Elemente des Spiels beherrschte, bekam er den Ball trotz stundenlangen Trainings durch einen Coach, der in jedem Spiel ein weißes Handtuch in Fetzen kaute, nie durch den Korbring. All diese frustrierte Anstrengung kulminierte irgendwie in einem entscheidenden, emotional hochgeputschten Match gegen ihre Erzrivalen, die UC Santa Cruz Banana Slugs, eine alptraumhafte Geschichte, bei der alles, was X anfing, schiefging, und alles, was der Center der Banana Slugs versuchte, perfekt klappte, bis X schließlich einen Paß im Key bekam, dem

Freiwurfraum; da wallte seine ganze verwirrte Frustration über den Sport in einem einzigen Augenblick des Zorns auf, und er wirbelte herum und sprang an seinem Gegner vorbei, um den Ball in einem Slam Dunk geradewegs durch die Bodenbretter zu schmettern, zielte aber um einen Bruchteil daneben und hämmerte den Ball auf den hinteren Rand des Rings, so daß er ins Gebälk des Gebäudes emporschoß und sekundenlang verschwand, und X traf mit dem Handgelenk falsch auf den vorderen Rand, kam falsch auf seinen Knöchel herunter, verdrehte sich in dem höllischen Schmerz einer doppelten Verstauchung und stürzte – nicht schnell, sondern wie ein riesiger, ganz unten durchgesägter Baum –, drehte sich und krachte mit dem ganzen Körper zugleich auf den Boden, fiel voll auf die Schnauze und schaute anschließend benommen zu, wie seine Mannschaftskameraden und die Gegner hinter dem aus dem Orbit zurückkehrenden Ball her über ihn wegsprinteten. Der Sportberichterstatter der Collegezeitung hatte es als den größten Fehlwurf in der Geschichte des Basketballs bezeichnet. Und als existentiellen Moment für X, als Scheideweg in seinem Leben; denn danach hatte er den Sport ein für allemal aufgegeben.

Und Val hatte auch über diese Geschichte gelacht. Und statt den Versuch zu unternehmen, mit ihm auf den Mount Cook zu steigen oder dergleichen, war sie mit ihm auf der Straße von Christchurch über Arthur's Pass in die Southern Alps gefahren und hatte den Wagen kurz hinter Arthur's Pass beim Bealey Hotel abgestellt, von wo aus man Ausblick auf ein breites, graues, steiniges Flußbett hatte, das von vielen verzweigten und ineinander verschlungenen Läufen eines silbrigen Flusses gesäumt war; und sie war mit ihm den Bealey Spur hinaufgewandert, einen grünen Kamm, der sich über dem Bett des vielverzweigten Flusses erhob und ihnen einen immer spektakuläreren Ausblick auf diesen sowie auf die schneebedeckten Berge überall um sie herum gewährte. Ein herrlicher Spaziergang war das gewesen, bei dem sie die ganze Welt scheinbar für sich allein gehabt hatten, ohne einen einzigen anderen Menschen darin.

Und dann, nach dem Mittagessen, auf einer Art Felszinne in der Nähe des höchsten Punktes des Spur, hatte Val sich vorgebeugt und angefangen, die Schnürsenkel eines Stiefels zu lösen. Und als X begriffen hatte, warum sie das tat, hatte das Herz in seiner Brust einen Sprung gemacht. Und obwohl es wunderschön gewesen war, sich draußen in der Sonne auf dem Berg zu lieben, und wunderschön, auf gelben Grasbüscheln zu liegen und Val zu betrachten, die nackt auf dem Felsvorsprung herumlief – einfach nur ein Tier, das sich hier und dort etwas ansah, groß und anmutig, wie ein Steinbock, der sich in eine Frau verwandelt hatte, um ihn mit ihrer Gebirgsschönheit in Entzücken zu versetzen – dennoch, jener Moment, als er sie ihren Stiefel aufschnüren sah und verstand, warum sie das tat – das war der Moment gewesen, dessentwegen ihm später die Hände zitterten, der ihn im Bett über die Größe seines Verlustes jammern ließ. Nach ihrem Urlaub war sie nämlich in die Staaten geflogen, um ein paar Dinge im Zusammenhang mit dem leeren Haus ihrer Großmutter zu regeln, und X war noch ein bißchen herumgereist, hatte ebenfalls zu Hause vorbeigeschaut und Val während der drei Monate des antarktischen Winters nicht gesehen; und als sie im anschließenden Winfly – der Augustwoche, in der wieder die ersten Flugzeuge eintrafen – beide nach Mac Town zurückgekommen waren, hatte sie ihm den Laufpaß gegeben. Ohne ihm zu sagen, warum. Sie war zwei Tage vor ihm angekommen und hatte sofort etwas mit einem der anderen Bergsteiger angefangen, hörte er später; aber offenbar war das nicht die ganze Story. Nein – sie hatte den Urlaub in Neuseeland nicht so empfunden wie er, das war klar, sonst hätte sie das nicht getan. Er hatte sich das Hirn zermartert, um darauf zu kommen, was er falsch gemacht hatte, in der vagen Hoffnung, es irgendwie wiedergutmachen zu können.

Und als er nun auf dem Fußboden der Werkstatt saß und

auf Autopilot Muttern und Schrauben aufsammelte, zermarterte er sich erneut das Hirn und verwünschte sich dafür, daß er mit ihr ausgerechnet über Politwissenschaft gesprochen hatte. Er verwünschte sich dafür, daß er sich über seine Sportlerlaufbahn lustig gemacht hatte; was hatte er sich bloß dabei gedacht? Einer offenkundigen Sportskanone gegenüber? Und dennoch hatte sie über all das gelacht, es schien ihr gefallen zu haben. Und die Wanderung auf den Bealey Spur, der Ausblick auf all diese großartigen Gipfel um sie herum und das weitverzweigte Silber des Flusses unten; er hatte sich gut gehalten und den Aufstieg genossen, und sie hatten eine Menge Spaß gehabt. Natürlich hatte er an einer besonders steilen Stelle des Weges schnaufend und keuchend einen scherzhaften Spruch vom Stapel gelassen, wie es sei, von so einer knallharten, professionellen Meisterbergsteigerin durch die Gegend gescheucht zu werden, und ihre Reaktion hatte sofort klargemacht, daß sie diesen Scherz überhaupt nicht komisch fand; was verständlich war, so daß er sich sofort entschuldigt und ihn zurückgenommen hatte. Daran konnte es also nicht gelegen haben, oder? An einem einzigen schlechten Scherz? Und wenn es doch daran gelegen hatte und der Laufpaß die Strafe für einen dummen Spruch gewesen war, was sagte das dann über sie aus? Es ergab keinen Sinn. Sie war ein sehr lockerer Mensch, sie war immer so fröhlich, so lässig. Sie schien sich nie über irgend etwas Sorgen zu machen. So viel Spaß, o Gott… er konnte nicht daran denken, es tat zu weh. Und dennoch dachte er die ganze Zeit daran. Als würde man immer wieder mit der Zunge gegen einen schmerzenden Zahn stupsen. Ja, es tut immer noch weh, du Trottel. Du Idiot. Aber was, was, was hatte er getan?

So kreisten die Gedanken in seinem armen, gemarterten Hirn, und seine Finger klaubten Schrauben, Nägel, Muttern, Unterlegscheiben und Splinte auf und warfen sie in ihre Behälter. Und ganz allmählich gab er jede Hoffnung auf, die Sache mit Val reparieren zu können; und dann wandte er sich wieder seinem anderen unerfreulichen Gedankengang zu und gab jede Hoffnung darauf auf, daß eine Revolution die herzlose Oberschicht der Welt stürzen würde; und als er hungrig und frierend in die Kantine schlich, saß Vals Gang lachend an ihrem Tisch, und die Beaker-Mädchen gingen jenseits einer unsichtbaren Raumzeit-Diskontinuität namens Klassenzugehörigkeit lächelnd an ihm vorbei.

Danach wieder zurück in die Werkstatt. Der Sisyphushaufen war natürlich noch genauso groß wie immer. Das ist Arbeit, dachte X; das ist es, was Arbeit ist.

Ron erschien in der Tür. »Scheiße, X, bist du immer noch dabei?«

X funkelte ihn an.

»Ich sag dir was, X. Ich hab einen Vorschlag für dich. Was ganz anderes. Auch Arbeit, harte Arbeit. Aber im Vergleich zu dem Idiotenjob, den du hier machst, wird's die reinste Erholung sein.«

**Von Dulles nach LAX,** von LAX mit der Nachtmaschine nach Auckland, zwei halbe, halb wahrgenommene Spielfilme, zwei halbe, halbgegessene Mahlzeiten; das Gesicht einer schlafenden englischen Krankenschwester, die in Australien arbeitete und sehr fröhlich gewesen war, bis Wade sie nach ihrem Beruf gefragt hatte; drei Patienten waren kürzlich an Melanomen gestorben; sie träumte im Schlaf von ihnen und wirkte bekümmert. Wade hätte sie gern als Krankenschwester gehabt.

Später wachte er vom beharrlichen Piepsen seines Armbandtelefons auf. »Wade Norton«, nuschelte er hinein.

»Wade, hier ist Phil. Wo bist du gerade?«

»Irgendwo über dem Pazifik«, sagte Wade und versuchte, nicht ganz wach zu werden.

»Was, du bist noch nicht da?«

»Wer ist was? Kenne ich nicht.« Wade schaute auf seine Uhr, konnte sich aber nicht entsinnen, auf welche Zeitzone sie eingestellt war.

»Bist du schon jenseits der Datumsgrenze? Oder rufe ich dich immer noch von Morgen aus an?«

»Keine Ahnung. Ich hab geschlafen.«

»Ich auch, Wade. Aber dann bin ich aufgewacht und habe CNN eingeschaltet, und da lief gerade ein Interview mit Winston. Ich war so sauer, daß ich nicht wieder einschlafen konnte.«

»Und da hast du mich angerufen.«

»Wie immer.«

Wade holte den Kopfhörer aus seiner Aktentasche, setzte ihn auf und stöpselte ihn in sein Armband.

»...er heute gemacht hat? Es reicht ihm nicht, deinen Antarktisvertrag und mein Paket - Schuldenerlaß gegen Bevölkerungsreduzierung - zu blockieren, jetzt macht er auch noch ein großes Geschrei wegen der gemeinsamen Durchführungsvereinbarung zur Begrenzung des $CO_2$-Ausstoßes, weil er weiß, daß die Chinesen einen Wutanfall kriegen und einen Rückzieher machen, wenn es Aufsehen gibt. Er hat die Vereinbarung als Eingriff in die nationale Souveränität bezeichnet. Wir können nicht für ihre Probleme bezahlen! Als ob die globale Erwärmung ihr Problem wäre! Hat er nichts von dem Hurrikan Velma mitgekriegt? Sein verdammter Staat ist inzwischen rund hundertsechzig Kilometer *schmaler* als früher, und da sagt er im CNN, das sei ein chinesisches Problem? Wo *finden* sie bloß diese Typen? Die müssen da unten die Kloning-Gesetze brechen, weil sie immer wieder denselben Kerl wählen.«

»Er ist nun mal beliebt«, sagte Wade und lehnte den Kopf an das kühle, glatte Fenster des Flugzeugs.

»Ja, aber warum, Wade, warum? Wie gewinnen solche Leute Wahlen? Ich hab nie verstanden, weshalb so viele anständige, hart arbeitende Amerikaner loyal - und man muß sogar sagen, stur - immer wieder für Leute stimmen, die sie bloß ausnehmen wollen und daraus auch gar kein Geheimnis machen.«

»Die Leute sehen das nicht so«, sagte Wade. Er begann wieder einzudösen.

»Aber es ist so offensichtlich! Abbau von Arbeitsplätzen, Lohnsenkungen, längere Arbeitszeiten, Kürzung von Sozialleistungen und Renten - diese ganze sogenannte Verschlankung dient ausschließlich dem Zweck, die Arbeitskosten zu drücken, und das heißt, die Arbeiter und Angestellten bekommen weniger von dem Geld, das die Unternehmen machen, die Eigentümer und Aktionäre aber dafür um so mehr. Und das ist das Programm der Republikaner! Sie treten ausdrücklich für diesen Gewinntransfer ein! Sie entwickeln und verabschieden die Gesetze, die das zulassen, und bekämpfen die Gesetze, die damit Schluß machen wollen! Also, warum wählen die Leute sie, warum? Niemand, der weniger als rund siebzig Riesen pro Jahr macht, sollte auch nur einen Gedanken daran verschwenden, sie zu wählen! Und selbst die Leute, die mehr verdienen, sollten ihre Prioritäten noch mal überdenken.«

»Du bist ein echter Demokrat, Phil.« Obwohl er in seiner

ersten Amtszeit ein Grüner gewesen war und in seiner zweiten ein Unabhängiger.

»Stimmt. Aber trotzdem, wie machen sie das bloß?«

»Sie erzählen den Leuten, daß die Demokraten sie mittels der Steuern ausnehmen. Die Leute sehen, daß sie von ihren Unternehmen Geld kriegen und daß der Staat es ihnen abknöpft.«

»Aber die Unternehmen knöpfen es ihnen auch ab! Die zuallererst, und zwar viel mehr, und dann verschwinden sie damit! Die Leute halten sich gerade so eben über Wasser, während ihre Arbeitgeber steinreich sind! Wenn der Staat dir Geld abknöpft, dann baut er damit immerhin Straßen, Schulen, Flughäfen und Gefängnisse und so weiter, er sorgt für die gesamte verdammte Infrastruktur! Nein, es ist gut, Steuern zu erheben und Geld auszugeben, sage ich – hohe Steuern und hohe Ausgaben, ich sage das in aller Offenheit im Plenarsaal des Senats.«

»Das wissen wir, Phil. Wir schauen es uns im Büro an und weinen.«

»Ja, macht das ruhig, der Staat ist nämlich das Volk! Die Unternehmer bauen sich mit dem Geld einfach nur Schlösser auf Barbados. Wie können sie das rechtfertigen, wie können sie dieses Programm *verkaufen*?«

»Ideologie ist mächtig.«

»Ja, vermutlich. Da hast du wohl recht. Obwohl ich nie verstanden habe, warum man sich der Situation nicht einfach stellen und zur Kenntnis nehmen kann, was vorgeht.«

»Eine fiktive Beziehung zu einer realen Situation.«

»*Sehr* fiktiv. Aber wir müssen eben noch phantasievoller sein als die, Phil. Unsere Fiktionen sind stärker als ihre!«

»Kann sein. Momentan scheinen sie aber die Oberhand zu haben.«

»Meinst du? Glaubst du nicht, daß wir langsam aufholen?«

»Glaubst du's denn?«

»Ja klar! Ich weiß, es sieht so aus, als ob es nur im Schneckentempo voranginge. Aber da draußen gibt's eine

Menge Menschen, die es satt haben, daß immer sie auf der Strecke bleiben. Wenn man denen nur eine klitzekleine Chance gibt, werden sie danach greifen. Sie wollen keine Revolution, aber wenn sie sehen, daß ein Reformprozeß zu einem wünschenswerten Ziel führt, dann werden sie diesen Götterdämmerungscowboys den Rücken kehren und alle ihre eigenen Genossenschaften gründen.«

»Und Probleme mit der Kapitalausstattung haben.«

»Ja, aber es ist legal, und darauf kommt es an. Es ist so was wie ein progressives Schlupfloch im Gesetz. Und es passiert jetzt schon so oft, unterhalb des Radars. Es ist, als würden zwei Seiten an einer Weggabelung darum kämpfen, welche Richtung die Geschichte einschlagen wird.«

»Deine Schaukel-Teleologie.«

»Was ist das? Klar, ökologisch spricht alles für uns. Es ist eine Art Kampf zwischen dem guten und dem bösen Engel. Genossenschaftliche Umstrukturierung versus Götterdämmerung. Aber daß alles mit fliegenden Fahnen untergeht – normale Leute mit Kindern können das doch unmöglich wollen, oder, Wade? Es wird ihnen nichts anderes übrigbleiben, als sich für die Genossenschaftsbildung zu entscheiden.«

»Sollte man meinen.«

»Wir müssen dafür sorgen. Oh, Mann. Ich werde müde. Ich glaube, die Schlaftablette wirkt endlich, Wade. Wahrscheinlich penne ich gleich ein. Ich bin in Kaschmir, versuch, mich nicht mitten in der Nacht anzurufen, okay? Aber erstatte mir wieder Bericht, wenn du da bist.«

»Mach ich. Gute Nacht, Phil.«

»Nacht.«

Dann wachte er von der leichten Berührung einer Stewardess wieder auf, und eine Stunde später hatte er das Flugzeug verlassen und den Flughafen durchquert und saß in einer kleineren Maschine, die über die grünen Hügel der beiden Inseln Neuseelands hinweg nach Süden flog, Richtung Christchurch. Am Spätnachmittag dann die Landung auf einem Kleinstadtflughafen und das Warten aufs Gepäck. Sein Armbandtelefon zeigte ihm an, daß Phils Anruf zum Thema Antarktis drei Tage zurücklag; aber er hatte durch die Überquerung der internationalen Datumsgrenze einen Tag verloren. Nach seiner inneren Uhr war es ungefähr vier Uhr morgens.

Er schob sein Gepäck auf einem Wägelchen über den Parkplatz zum Kreisverkehr am Eingang des Flughafens, wo sein Hotel lag. Gleich um die Ecke, hatte man ihm gesagt, befinde sich das amerikanische Antarktiszentrum. Nachdem er eingecheckt und sein Gepäck aufs Zimmer gebracht hatte, ging er fast wie ein Schlafwandler zum Zentrum, um die für ihn bereitgestellte Kleidung abzuholen.

In einem großen, flachen Gebäude saß er mit ein paar anderen Männern, die sich gerade anmeldeten, auf einer langen Holzbank und probierte einen kompletten L. L. Bean-Katalog von Wintersachen durch, die in Hülle und Fülle aus zwei großen, orangefarbenen, speziell für ihn gepackten Segeltuchtaschen purzelten. Das Sortiment von Fingerhandschuhen und Fäustlingen, die mittels Solarenergie und piezoelektrischem Effekt erwärmt wurden, war besonders eindrucksvoll, und er machte einem der Kiwi-Helfer in dem Raum gegenüber eine Bemerkung dazu. Der Mann schaute auf sein Verzeichnis und zuckte die Achseln: »Sie haben ja auch einiges vor.«

»Tatsächlich?«

»So steht's hier.«

Also nahm Wade seine Taschen und latschte zum Hotel zurück, dann aß er im Hotelrestaurant zu Abend. Jedes Gesicht dort schien direkt aus der Fernsehserie *Masterpiece Theatre* mit ihren britischen Dramen zu stammen; Neuseeland war mittlerweile weitaus britischer als die Briten. In seinem Zimmer schlief er tief; wachte kaum auf, als sein Wecker klingelte; starrte sein Gesicht im Toilettenspiegel an. Adieu zu dieser Welt. Er schleppte seine Taschen wieder zum Zentrum. Im heraufdämmernden Morgen zog er sich zusammen mit mehreren anderen Männern um und schlüpfte in die Extremwetterkleidung. »Im Flugzeug schwitzen wir uns tot«, sagte ein Amerikaner, »und wenn wir abstürzen, erhält uns dieses Zeug keine Sekunde länger am Leben.«

»Vielleicht stimmen Sie die Götter damit günstig«, meinte ein Kiwi-Funktionär.

Der Funktionär brachte sie in einen größeren Raum, der Ähnlichkeit mit einer ultrafunktionellen Flughafen-Lounge hatte. Dort wurden sie und ihre orangefarbenen Taschen eifrig von einem großen, angeleinten schwarzen Hund beschnüffelt. Dann wurden sie zu einem alten Bus hinausgeführt und über den Asphalt des Flughafens zu einer großen, grünen, viermotorigen Turboprop-Maschine gefahren, hinter deren Nase in Weiß die Ziffern ›04‹ aufgemalt waren. Wade folgte den anderen Passagieren eine lange Treppe hinauf und durch eine kleine ovale Tür in einen matt erleuchteten Innenraum.

Er schlurfte nach hinten in einen großen, schlecht erleuchteten, zylindrischen Raum, der fast vollständig von dem rotorlosen Rumpf eines khakifarbenen Helikopters eingenommen wurde. An den Wänden hingen irgendwelche Sachen; davor standen in Aluminiumrahmen aufgehängte Sitze aus roten Nylonnetzen. Die anderen Passagiere nahmen hier und dort Platz, und Wade erkannte, daß es nur ein Dutzend sein würden – die Hälfte in schwarzen Überhosen und dicken roten Parkas, die anderen in Khakihosen und ledernen Fliegerjacken. Bei den letzteren handelte es sich um die Kiwi-Besatzung des Hubschraubers. Wade setzte sich zu ihnen.

Der Raum unter der Decke war mit Dutzenden von Rohren, Leitungen, Verstrebungen und Behältnissen gefüllt, die vielfach in graue, mit Segeltuch überzogene Isolierschläuche eingepackt, mit sehr langen Schnürsenkeln oder etwas Ähnlichem festgebunden und überall mit schablonierten Zahlen, Akronymen, kryptischen Anweisungen und so weiter beschriftet waren; und alles war von einer Staubschicht bedeckt. Wenn es eine Filmkulisse gewesen wäre, hätte man dem Set Designer vorgeworfen, unverschämt dick aufgetragen zu haben: ein Fluggerät aus dem vorigen Jahrhundert, wie kurios! Nur daß dieses hier sie acht Stunden lang über ein stürmisches Meer ohne Inseln tragen mußte.

Nervös setzte Wade sich die Schaumgummi-Ohrstöpsel ein, die er bekommen hatte, und legte seinen Sicherheitsgurt an. Dann wurden die Motoren angeworfen, und das Dröhnen war trotz der Stöpsel ohrenbetäubend. Die zwölf Passagiere wurden in eine sprachlose Welt verschlagen, eine Welt der Zeichensprache, des Lächelns und Nickens, der gereckten Daumen und so weiter. Ein Mitglied der Crew – die Jacke wies den Mann als Angehörigen der New York Air Guard aus – überprüfte sie und kletterte dann durch eine Luke ins Cockpit hinauf. Sie bewegten sich; vielleicht hoben sie gerade ab. Die anderen Passagiere in den roten Parkas steckten die Nase in Bücher oder gaben sich Tagträumen hin; die Mitglieder der Kiwi-Helikopter-Crew standen auf, liefen herum und suchten sich ebene Stellen, wo sie sich hinlegen und schlafen konnten. Dadurch blieben die Netzsitze um Wade herum leer, und er legte sich ebenfalls hin. Warme Luft wechselte sich mit eisigen Böen ab.

Es gelang ihm, eine Weile zu schlafen. Als er aufwachte, erhob er sich, ging nach vorn und erkundigte sich per Zeichensprache bei einem Mitglied der Besatzung, ob er ins Cockpit hinaufsteigen durfte. Oben sah es aus wie in einem Film, der im Zweiten Weltkrieg spielte; ganz vorn saßen zwei Piloten unter einer Reihe kleiner Fenster in hellem Licht; hinter ihnen zwei Offiziere; ein Bordingenieur saß an einer Seite. Hier war der Lärm so weit gedämpft, daß man sich gerade eben unterhalten konnte, und sie schwatzten über dem dumpfen Brummen der Motoren miteinander, während sie ihren Lunch wie Schulkinder aus braunen Papiertüten aßen. Sie sahen auch nicht viel älter als Schulkinder aus.

»Wann ist diese Flugzeug gebaut worden?« fragte Wade den Ingenieur.

»Neunzehnhundertsechzig.«

»Wie steht's mit der Metallermüdung?«

»Alle beweglichen Teile werden ausgetauscht. Die Rumpfwand selbst ist so dick wie die eines Abwasserhauptkanals. Diese Hercs sind unverwüstlich. Die hier hat fünfzehn Jahre im Schnee gelegen, nachdem sie einen Motor verloren hatte und abgestürzt war. Dann hat man sie ausgebuddelt und einen neuen Motor eingebaut, und hier ist sie nun.«

»Erstaunlich.«

»Ja. Aber die Herc, die den neuen Motor gebracht hat, ist auch abgestürzt und dabei völlig demoliert worden. Letztlich hat's also nichts gebracht.«

»Oh.«

Wade kehrte zu seinem Sitzplatz zurück. Diese Maschinen waren echte Antiquitäten. HighTech aus dem letzten Jahrhundert. Und manchmal stürzten sie ab. Er zwang sich, wieder einzuschlafen.

Als er wieder aufwachte, war es im Innern des Flugzeugs deutlich heller. Er setzte sich auf und schaute aus dem Bullauge. Weißes Licht explodierte ihm grell ins Gesicht, und er wich mit tränenden Augen zurück und setzte eine Sonnenbrille auf, bevor er wieder hinausschaute.

Berge; weiße Berge. Hier und dort eine kahle schwarze Felswand, aber ansonsten alles wie von einer Schicht Schlagsahne bedeckt, die sich über die gesamte Landschaft ausbreitete. Das cremige, reine Weiß des Schnees war anders als alles, was er je gesehen hatte – als wäre die alte Hercules durch den Hyperraum gesprungen, während er geschlafen hatte, und flöge jetzt über einen ganz anderen Planeten hinweg. Eine Eiswelt. Ein weiße Wüste aus cremigem Schnee, die sich zu Fischaugenhorizonten hin dehnte, mit einem blauschwarzen Himmel darüber. Wade kniete sich aufs Netz, preßte die Nase ans kalte Glas und starrte hinaus, während die weißen Berge unter ihnen dahinzogen; ihre Fluggeschwindigkeit war nicht so hoch wie die der normalen Düsenmaschinen, so daß die sich verändernden Blickwinkel auf die schwarzen Klippen, die im weißen Rauschen der Hercules vorbeiglitten, etwas Fließendes und Zeitlupenartiges hatten. Wow, dachte Wade. Vielleicht ist das ja wirklich mal was anderes.

Als er sich umdrehte und sich wieder hinsetzte, stellte er fest, daß einer der jungen New Yorker Air-Guard-Leute mit einer Taschenlampe in der Hand im Flugzeug herumlief und ihren Strahl auf das im Halbdunkel liegende Netzwerk von Rohren und Drähten an der Decke richtete, dann zum Bullauge in der Hecktür ging und aufmerksam auf die linke Tragfläche hinausschaute. Das machte er eine ganze Weile, immer hin und her, hin und her. Er wischte sich die Stirn ab; er schwitzte. Er sah wirklich so aus, als hätte er schreckliche Angst – wie ein Schauspieler, der »große Furcht« spielte.

Wade schaute sich um und sah, daß die Hubschraubercrew aus Neuseeland den Mann von der Air Guard ebenfalls bemerkt hatte. Er beugte sich hinüber und brüllte dem nächsten Kiwi ins Ohr: »Was ist los?«

»...Klappen funktionieren nicht«, mit sehr starkem Kiwi-Akzent.

»Eine Klappe funktioniert nicht?«

»Keine einzige Klappe funktioniert!«

Wade wich zurück und starrte ihn an. Sein Magen zog sich zusammen. Der Kiwi-Pilot nickte grinsend, um Wade zu zeigen, daß er richtig verstanden hatte. Dann beugte er sich zu Wade und setzte noch etwas hinzu.

»Sind in Cheech* gewaschen worden – Wasser gefriert da drin – lassen sich hinterher nicht mehr bewegen.«

»Und nun?« rief Wade.

»...braucht man keine Klappen zum Landen.«

»Nicht?«

Der Mann schüttelte den Kopf, schaute dann grinsend zu dem Gardisten hinüber und rief Wade zu: »Ich glaub nicht, daß er das weiß!«

---

* Christchurch – *Anm. d. Übers.*

»Nein!«

Offenkundig nicht. Aber Wade wußte es. Das hieß, ein Kiwi-Hubschrauberpilot hatte es ihm erzählt. Man brauchte keine Klappen, um ein Flugzeug zu landen? Waren die nicht genau dazu da? Die Kiwis schienen jedenfalls nicht beunruhigt zu sein. Sie beobachteten den schwitzenden Angehörigen der Air Guard, warfen einander Blicke zu und grinsten, versuchten dann, ein todernstes Gesicht zu machen, wenn der Gardist vorbeikam, und lachten hinterher übermütig – alles in Pantomime, im weißen Rauschen der heulenden Motoren. Der Air-Guard-Mann achtete jedoch nicht auf sie; er irrte wie eine Flipperkugel im Flugzeug umher und verfolgte die großen Hydraulikleitungen an der Decke, die vom Cockpit zu den Tragflächen liefen. Wade rutschte das Herz in die Hosen, als ihm klar wurde, daß dies eine Maschine war, die mit Hilfe der Kraft von in Röhren herumgeschobenen Flüssigkeiten gesteuert wurde. Und der Air-Guard-Mann schwitzte Blut und Wasser, er wischte sich tatsächlich die Stirn, obwohl es im Abteil eiskalt war. Die Kiwis konnten kaum mehr an sich halten, wenn er in ihre Richtung kam. Wade beobachtete alles mit offenem Mund und fragte sich, wem er glauben sollte. Am liebsten hätte er natürlich der Helikoptercrew geglaubt, aber das waren Kiwis, und wer kannte sich bei denen schon aus? Man brauchte keine Klappen zum Landen?

Dann kam ein anderes Besatzungsmitglied durch die Luke herunter und gab ihnen mit Handzeichen zu verstehen, daß sie die Sicherheitsgurte anlegen sollten. Wade konnte der Miene des Mannes nicht entnehmen, ob er besorgt war oder nicht.

Also saß Wade lange Zeit wartend in dem dröhnenden Lärm, der wie eine Art Stille war, und versuchte zu begreifen, wie ein Flugzeug ohne Klappen auskommen sollte. Er hatte bei hundert oder vielleicht auch tausend Landungen gesehen, wie sie ausgefahren und abgesenkt worden waren. Es war wie bei einer landenden Ente. Sie gehörten eindeutig zum Abstiegsmechanismus.

Schließlich schien das Flugzeug langsamer zu werden. Das Dröhnen wurde ein wenig tiefer; dann hörte es schlagartig fast ganz auf. O mein Gott, dachte Wade, und sein Herz begann zu rasen – sie haben die Motoren abgestellt. Die Besatzungsmitglieder liefen im Innern des Flugzeugs herum. Einer von ihnen ging zur vorderen Tür und öffnete sie. Er *öffnete die Tür?* Wollten sie etwa abspringen? Die anderen Passagiere erhoben sich, und Wade fummelte mit unsicheren Fingern an seinem Gurt herum, öffnete ihn und sprang auf.

Die Tür ging auf. Strahlendes weißes Licht ergoß sich ins Flugzeug, und ein Mann in einem T-Shirt erschien in der Tür. Wade zuckte bei dem Anblick völlig überrascht zusammen.

Sie waren auf dem Boden. Er hatte nicht gemerkt, daß die Maschine sich nach vorn geneigt und sie auf einer Landebahn aufgesetzt hatten. Tatsächlich schienen sie sich auf Schnee zu befinden. Eine Eispiste. Eine Landung auf Skiern und ohne funktionierende Klappen war offenbar äußerst weich.

Ein wenig benommen ging Wade zu der offenen Tür. Überall weißer Schnee. Der Flugplatz bestand aus vier nebeneinanderstehenden Hercs und ein paar Reihen roter Gebäude auf Rädern mit gewaltigen Haken an der Vorderseite, die wie riesige Lkw-Anhänger aussahen. Es war enorm hell und sehr kalt; der Mann im T-Shirt war entschieden zu leicht bekleidet. Er winkte Wade die Treppe hinunter. »Willkommen in der Antarktis!«

**Hallo, meine Freunde.** Danke, daß ihr mich auf dieser Reise über den tiefsten Punkt der Erde begleitet. Wie ihr seht, ist mein Flug von Neuseeland nach Süden fast zu Ende. Bald werden wir auf dem gefrorenen Kontinent eintreffen. Während wir uns dem Landeplatz nähern, sehen wir, daß tief in jener großen Einkerbung im Kontinent, die man Ross-Meer nennt, ein prächtiger Vulkan vom Meeresboden emporsteigt. Dieser Vulkan bildet eine dreieckige Insel mit einem Durchmesser von siebzig Kilometern und erhebt sich ungefähr vier- bis fünftausend Meter über den Meeresgrund. Bei jeder Höhenmessung dieses Vulkans kommt eine andere Zahl heraus, eine Tatsache, die bestätigt, was das Auge sofort sieht, daß die Innenlinie von Erebus nämlich einen Knäuel *lung-mai* oder Drachenadern bildet, der genau an seine äußere Form angrenzt, so daß wir ihn in allen fünf Dimensionen zugleich sehen. Das macht normale Berechnungen seiner Höhe manchmal schwierig.

Nun sind wir gelandet, meine Freunde, und werden übers Meereseis nach McMurdo gefahren. Wie ihr seht, liegt das Städtchen in einer ausgehöhlten Einbuchtung an der Spitze eines langen Ausläufers der Vulkaninsel, eines Lavaarms, der vor nicht allzulanger Zeit von Erebus herab nach Westen geflossen ist und zuletzt einen Lavakegel auf dem Gipfel hinterlassen hat. Wie eindrucksvoll die Drachenadern dieser Insel sind!

Während wir uns der Spitze der Halbinsel und damit erst unserer eigentlichen Landung nähern, möchte ich euch die Geschichte der ersten menschlichen Landung auf Antarktika am 24. Januar 1895 in Erinnerung rufen. Als Borchgrevinks Expedition sich der antarktischen Halbinsel näherte, wußten die Teilnehmer sehr wohl, daß alle früheren Expeditionen nur auf vorgelagerten Inseln an Land gegangen waren und daß niemand jemals die eigentliche Landmasse des Kontinents betreten hatte. Borchgrevink und der Kapitän seines Schiffes wurden von einem Matrosen zum steinigen Strand gerudert, und als sie näher kamen, erkannten sie, daß sie nun die Chance hatten, in die Geschichte einzugehen. Borchgrevink begab sich zum Bug des Bootes, um auszusteigen, und der Kapitän des Schiffes begann, mit ihm zu ringen; er behauptete aus irgendeinem Grund, er habe das Recht, als erster an Land zu gehen. Die beiden Männer rangen immer noch miteinander, als das Boot auf den steinigen Strand lief, und als der Matrose, der sie ruderte, das sah, sprang er über Bord ins hüfthohe Wasser und lief vor den ineinander verkeilten Offizieren an Land. Folglich war er der erste Mensch, der je den Boden von Antarktika betreten hat. Wie sein Name lautete? Ich weiß es nicht mehr.

Von dem Hang, an dem die Stadt liegt, schauen wir nun zum Flugplatz auf dem Eis zurück und dann weiter, über das rund fünfzig Kilometer breite Ross-Meer hinweg, zum Festland des Kontinents. Es ist ein grandioser Blick. Dort drüben springen mit einem Mal Berge aus dem Ozean empor; Gipfel, höher als der Fuji und der Mont Blanc, stehen keine zwölf Kilometer vom Meer entfernt, und die ganze Bergkette ist komplex und vielgestaltig, wie ihr seht, und von tiefen glazialen Tälern durchzogen, in die schräge Strahlen gelben Sonnenlichts einfallen. An bestimmten Tagen erzeugen optische Effekte in der Luft Fata Morganas, wodurch die Berge fünfmal so hoch wirken wie jetzt. Du liebe Güte, ja. Diese Aussicht von McMurdo aus ist sehr eindrucksvoll und bringt gleichzeitig alle Gegensätze der Landschaft ins Spiel: *hsü-shih* oder leer-voll, *yin-shien* oder unsichtbar-sichtbar, *chin-yuan* oder nah-fern, auch endlich-unendlich. Folglich tritt natürlich auch die fünfte Dimension, *Li*, die Leere vor aller Raumzeit, deutlich hervor; und auch jener Wert einer Landschaft, der über alle Vorstellungen von Schönheit hinausgeht, ihr *I-ching* – ihre Seelendichte – und ihr *Shen-yun* – ihre göttliche Resonanz.

Hier in der Stadt selbst sind alle Blicke *kao-yuan*, nach oben gerichtet; deshalb werde ich zuallererst auf den Observation Hill steigen, den Vulkankegel an der Spitze der Halbinsel, der über die Stadt aufragt, wie ihr seht.

Während ich hinaufsteige, sieht man, daß sich die Perspektive hier oben zu *p'ing-yan* ändert, dem waagerechten, horizontalen Blick von einem nahegelegenen Berg auf ferne Berge, die in die Unendlichkeit übergehen. Ich mag *p'ing-yan* sehr.

Die Gebäude unter mir bilden die McMurdo-Station auf der Ross-Insel. Die Stadt hat Ähnlichkeit mit einer der rostigen Bergarbeiterstädte in der Mongolei. Aber dieser *shen-yuan*-Blickwinkel, von oben nach unten, ist nur ein Aspekt des Bildes. Wir werden sehr bald feststellen, daß das scheinbar willkürlich angelegte, leere Städtchen, auf das wir hinabschauen, in Wirklichkeit von einer Zivilisation bewohnt wird, die mit der allerneuesten futuristischen Technik hantiert. Es ist ein seltsamer Ort, wie ihr sehen werdet.

Aber die Halbinsel; die Insel; das mit Eisbergen durchsetzte Meereseis; die ferne Bergkette, so fern und doch so klar: alles wunderschön.

Während wir zur Stadt hinabsteigen, möchte ich euch darauf hinweisen, daß diese Ross-Insel tief in die Drachenadern der Geschichte verstrickt ist. Sowohl Robert Scott als auch Ernest Shackleton benutzten sie als Operationsbasis. Dahinter verbirgt sich eine traurige Geschichte. Das erste Mal kamen sie 1902 mit dem Schiff *Discovery* hierher, eine Expedition, die von Scott geleitet wurde. Shackleton war ein rangniedriger Offizier der Handelsmarine, nicht der Kriegsmarine, aber eine starke Persönlichkeit – eher im Gegensatz zu Scott, der ein verschlossener Mensch war und anfangs nicht so recht wußte, was er in diesem neuen Land tun sollte. Wie gesagt, vor sieben Jahren hatte zum ersten Mal ein Mensch den Fuß auf diesen Kontinent gesetzt. Für die Menschheit war er ein unbeschriebenes Blatt. Die geographischen Gesellschaften in Europa zu Zeiten des Empire hatten ihn zur nächsten großen Aufgabe für ihre imperialwissenschaftliche Forschungstätigkeit erkoren, und die geographische Gesellschaft in England überzeugte die britische Admiralität, daß es strategisch von Vorteil wäre, ein Schiff zur Erforschung dieses neuen Kontinents abzustellen - *business as usual* im Empire. So kam es, daß im selben Jahr, als wir in unserem Land den Boxeraufstand gegen die Unterdrückung durch diese britischen Kolonialisten durchführten, andere Männer in anderen Ämtern in London, die mit anderen Armen dieses weltumspannenden Imperiums zu tun hatten, sich einverstanden erklärten, ein einziges, schlecht gebautes Boot, einen Schrotteimer, einen Seelenverkäufer, für solch ein wenig erfolgversprechendes Unternehmen zu erübrigen. Im gleichen Geist stimmten sie zu, Captain Robert Scott auszuschicken, der ihnen aus unbekannten Gründen vom Vorsitzenden der Royal Geographical Society empfohlen worden war. Und so landeten Scott und seine Männer zwei Jahre später auf der Ross-Insel und bauten die Hütte, die ihr auf der Landspitze am anderen Ende der Stadt seht - dieses kleine, quadratische Bauwerk in der Mitte des Bildschirms, das ungeschützt dem Wind ausgesetzt ist. Wir werden es später besuchen.

Scott hatte die zweijährige Vorbereitungszeit jedoch nicht sonderlich gut genutzt, und er traf mit einem ziemlich unklar formulierten Auftrag auf der Ross-Insel ein; seinen formellen Befehlen zufolge sollte er einfach Forschung und Wissenschaft treiben. Aber die Geologie und die anderen Geowissenschaften steckten ebenfalls noch in den Kinderschuhen, das muß man sich klarmachen. Ohne Feng Shui hatte man damals keine Möglichkeit, die innere Gestalt der Landschaft zu erkennen, und ohne Plattentektonik konnte man eigentlich nicht verstehen, warum die Erde so aussah, wie sie aussah, oder was in der Vergangenheit mit ihr geschehen sein mochte. Man dachte, Berge seien durch eine Schrumpfung der Erde entstanden, bei der sich die zu große Kruste dann zu Falten aufgeworfen habe; oder alternativ, sie hätten sich vielleicht bei der Ausdehnung der Erde gebildet, indem in den dabei entstandenen Spalten Lavaberge emporgeschossen seien. Wegener würde bald aussprechen, was jedes Schulkind sieht, daß Südamerika und Afrika früher einmal miteinander verbunden gewesen sein mußten, aber dieser Gedanke wurde noch für ein weiteres halbes Jahrhundert mit Spott und Hohn bedacht; in Wahrheit glaubten sie nicht, daß die bisher verstrichene Zeit für eine Kontinentaldrift gereicht hatte, denn sie begannen gerade erst, das ungeheure Alter der Erde zu erfassen. Lord Kelvin behauptete damals, die Erde könne nicht älter als ein paar Millionen Jahre sein, weil sie noch radioaktiv sei. 1902 waren die Geowissenschaften also allesamt noch so etwas wie Taxonomien; sie sammelten Informationen in der Hoffnung, eine spätere Wissenschaftlergeneration könnte mit deren Hilfe den Schleier der Vergangenheit durchdringen.

Folglich sammelten Scotts Wissenschaftler Wetterdaten und Gesteinsproben, machten Aufzeichnungen, inspizierten das Gelände und testeten Reisemethoden, um zu sehen, wie sie funktionierten. Noch nie hatten Menschen in einer solchen Kälte gearbeitet; es war im Durchschnitt dreißig Grad kälter als in der Arktis, und die Stürme konnten brutal sein – auch damals schon.

Daher unternahmen sie kurze Schlittenreisen, bei denen sie die Ross-Insel verließen. Mit den Schlitten kamen sie gut zurecht, außer in den Trockentälern auf dem Festland unmittelbar gegenüber, da Schlitten nur für Reisen über Eis und Schnee geeignet sind. Sie wußten jedoch nicht, wie sie die Schlittenhunde dazu bringen konnten, daß sie die Schlitten zogen, und hatten auch niemanden mitgebracht, der es ihnen beibringen konnte; sie dachten zwar, sie hätten so jemanden dabei, aber der Mann wußte es nicht, und man kann nichts lehren, was man nicht weiß. Nansen hatte von den Inuit gelernt, wie es ging, und Grönland mit Hilfe der Hunde durchquert, und Amundsen lernte es von Nansen. Es war nicht so schwer; die Hunde tun es gern. Es ist nur eine Frage des Trainings und des richtigen Geschirrs, und schon rennen sie los, als wäre es ihnen vom Schicksal bestimmt, Menschen übers Eis zu ziehen - vielleicht ein erster Akt der Partnerschaft, vor langer Zeit, als die ganze Welt noch aus Eis bestand.

Aber Scott lernte das mit den Hunden nie. Statt dessen lernte er, daß die Hunde Spaß daran hatten, Schlitten zu ziehen. Das ist der entscheidende Punkt, meine Freunde; das ist der Kern des Problems. Scott und seine Männer entdeckten, daß es zwar effektivere Methoden gab, als die Schlitten eigenhändig zu ziehen, daß Effektivität jedoch nicht der höchste Wert war. Viel wichtiger war das der Handlung innewohnende *Shen-yun*, ihre göttliche Resonanz. Sie fanden heraus, daß es sehr befriedigend ist, das eigene Heim über den Schnee und das Eis dieser Welt zu ziehen und ein Lager nach dem anderen aufzuschlagen. Es spricht etwas sehr Tiefes und Fundamentales in unserem kollektiven Unbewußten an. Zweifelt niemals daran, daß es ein kollektives Unbewußtes gibt, meine Freunde; es mag vielleicht nicht genauso sein, wie Carl Jung es beschrieben hat, aber es existiert ganz gewiß als eine Art Grundstruktur unseres Gehirns. Das menschliche Gehirn ist in der Zeit, als wir ein Nomadenleben führten und unser Heim über die Oberfläche dieser Welt transportierten, von ungefähr dreihundert Kubikmillimetern auf etwa fünfzehnhundert Kubikmillimeter gewachsen; und ein Großteil dieses Wachstums fand in Eiszeiten statt, meine Freunde, in Eiszeiten, als selbst China eine Art Antarktis war. Daher reflektiert die Struktur unseres Gehirns diese Koevolution, und in Landschaften aus Schnee und Eis wie jenen, die wir nun vor uns sehen, erwacht unser Gehirn sogar heute noch mit der ganzen Fülle seiner vollendeten Struktur förmlich zu höchster Aktivität und hallt unter der Einwirkung all der koevolutionären Kräfte wider, die es wie einen Ballon aufgebläht haben.

Und deshalb sagte Scott: Zum Teufel mit den Hunden, zum Teufel mit den Motorschlitten, zum Teufel mit dem Heißluftballon und den sibirischen Ponys, die leider die Kälte nicht aushielten; ja, selbst mit den Skiern, die in jenen Tagen wie lange Bretter waren und auf denen die Briten anfangs nur mit einem einzigen Skistock zu fahren versuchten, so wenig wußten sie vom Schnee und von ihren eigenen Körpern. Das interessierte sie alles nicht; sie hatten entdeckt, wieviel Freude es machte, sein Heim ausschließlich mit seiner Körperkraft zu ziehen, und zwar zu Fuß. Sie lernten rasch, zwei Skistöcke zu benutzen, und stapften auf ihren Skiern wie auf zwei langen Schneeschuhen dahin, aber nur, um beim Gehen besser zu gleiten. Sie hatten sich in den Gedanken verliebt, auf dieser Erde zu Fuß zu gehen.

VIERTES KAPITEL

# *Observation Hill*

**Das Chalet von McMurdo** war praktisch die Gouverneursresidenz der Antarktis, aber nur in Sylvia Johnstons Augen, weil die Amerikaner keine Gouverneursresidenzen hatten. Sylvia war durch eine kurze, aber nützliche Ehe vor vielen Jahren amerikanische Staatsbürgerin geworden; ansonsten war sie Engländerin durch und durch, auf eine Weise, wie es nur Daueremigranten sein konnten.

Wie an jedem Wochentag außer am Sonntag betrat sie das Chalet um sieben Uhr morgens (tatsächlich war es ein kleines amerikanisches Fertigbau-›Landhaus‹ aus den sechziger Jahren und damit eins der ältesten Gebäude der Stadt). Sie schenkte sich eine Tasse Tee ein und ging in ihr Büro. Ihr erster Tagesordnungspunkt war die Einführungsbesprechung mit W-003, dem neuesten Teilnehmer des Artist and Writers' Program, einem chinesischen Schriftsteller und Journalisten namens Ta Shu, der zu ihrer Erleichterung keine Ausrüstung und kein Büro brauchte. Sylvia war als Biologin zur NSF gekommen, nachdem sie viele Jahre Skuas und Sturmvögel beobachtet hatte; sie interessierte sich nicht sonderlich für die Woos.

Alan, Debbie, Joyce, Tom und Jan kamen der Reihe nach herein und setzten sich auf ihre üblichen Plätze bei diesen Besprechungen. Kurz darauf gesellte sich Ta Shu zu ihnen, ein kleiner, drahtiger Mann mit grauem Spitzbart und langem grauem Haar, das zu einem Pferdeschwanz zusammengebunden war; er hatte jedoch nur wenige Falten im Gesicht, so daß Sylvia sein Alter nicht schätzen konnte. Sie würde nach der Besprechung in seiner Akte nachsehen.

Er setzte sich auf den einzigen freien Stuhl am Tisch und nickte ihnen zu. Sylvia bat alle, sich vorzustellen.

»Ich bin Debbie, vom Hubschrauberteam. Ich werde Ihre ganzen Helo-Flüge von McMurdo aus organisieren.«

»Ich bin Joyce, vom Berg Field Center, wo Sie alle erforderlichen Ausrüstungsgegenstände bekommen, die Sie nicht mitgebracht haben.«

»Ich bin Alan, der diesjährige Leiter des Crary-Labors. Ich kann Ihnen das Labor zeigen und Ihnen bei der Arbeit mit den Wissenschaftlern dort helfen, falls nötig.«

»Ich bin Tom, und ich arbeite mit Alan zusammen.«

»Ich bin Jan, der Kontaktmann der NSF zu den privaten Vertragsfirmen, die hier unten tätig sind.«

Sylvia kam als letzte an die Reihe. »Ich bin Sylvia Johnston, die diesjährige Vertreterin der National Science Foundation. Wie ich sehe, hat man Ihnen zehn Helo-Stunden für Ihren Aufenthalt hier unten bewilligt. Sie teilen sich die Zeit mit anderen Leuten auf Ihren Flügen, so daß Sie durchaus erheblich länger als zehn Stunden in der Luft sein können, wenn Sie's richtig anstellen. Bevor Sie ins Gelände hinaus dürfen, müssen Sie aber erst den vom Rettungsdienst durchgeführten Snowcraft-Kurs - Fortbewegung auf Schnee und Eis - absolvieren. Wie ich sehe, werden Sie an T-023 teilnehmen, der ›Auf Amundsens Spuren‹-Expedition, die heute in einer Woche aufbricht. Soweit ich gehört habe, ist das eine gute. Joyce wird Ihnen helfen, die richtige Kleidung und Ausrüstung dafür zusammenzustellen; Sie müssen also einen Termin mit ihrer Dienststelle ausmachen. Bitte benutzen Sie das Kartenzentrum und die Bibliothek nach Herzenslust, und falls Sie irgendwelche Fragen haben, können Sie damit gern zu jedem von uns kommen.« Sie ging einen kleinen Stapel Dokumente durch, die er ausfüllen mußte, und beschrieb jedes einzelne, während sie es ihm reichte. Er nickte und sah sie mit hellwachen Augen an.

Zum Schluß gab sie ihm mit ernster Miene und erhobenem Finger die übliche Ermahnung: »Ich möchte Ihnen versichern, daß wir uns sehr freuen, unsere Künstler und Schriftsteller bei uns zu Gast zu haben, aber Sie müssen auch verstehen, daß Sie nirgendwo allein hingehen dürfen, um nachzudenken oder zu meditieren.«

Ta Shu machte ein verblüfftes Gesicht. »Das ist genau, was ich tue.«

»Wie bitte?«

»Ich bin Geomantiker. Praktikant von Feng Shui. Ich muß oft für mich allein sitzen. Ich komme her, um an mehreren heiligen antarktischen Orten zu meditieren und über Eindrücke zu berichten. Wie ich in Antrag für amerikanisches Antarktisprogramm dargelegt habe«, mit einer Geste zum Dokumentenstapel.

»Ich verstehe. – Na gut. Trotzdem werden Sie wohl auf jeden Fall in Begleitung meditieren müssen, denn wir arbeiten draußen im Freien mit dem Buddy-System. Die Antarktis ist ein gefährlicher Ort.«

»Sehr wahr«, sagte Ta Shu und nickte schwer, als würde mehr hinter ihren Worten stecken, als sie ahnte. »Ich werde mich einstellen. Vielen Dank für Ihre Hilfe.«

Nachdem Ta Shu das Büro verlassen hatte, saßen sie eine Weile stumm da, den Blick auf ihre Papiere gerichtet, bis Sylvia ein bißchen gereizt sagte: »Na schön, ich hab seine Akte nicht ganz gelesen. Aber was, in aller Welt, denken die sich eigentlich dabei, uns einen Geomantiker zu schicken.«

»Vielleicht wollten sie ihm Gelegenheit geben, allein zu meditieren«, meinte Alan.

Sylvia starrte ihn an, und er hob beide Hände in einer verteidigenden Geste. »Dieser Bursche ist berühmt, ehrlich. Er überträgt seine Berichte von dieser Reise an ein großes Publikum in China. Und er war früher schon mal mit dem Woo-Programm hier, vor ungefähr fünfzehn Jahren. Damals hieß er noch Wu Li. Er hat dieses Buch mit den ganz kurzen Gedichten geschrieben, wißt ihr?«

»Der ist das?« Sylvia hatte das Buch gesehen, eins jener Exemplare, die im Aufenthaltsraum des Crary-Labors immer jahrelang auf dem Kaffeetisch lagen. Wie es hieß, war der Autor des Buches als äußerst weitschweifiger Dichter – eine Art chinesischer Walt Whitman – hergekommen, nach seinem Besuch im Eis jedoch verstummt, und dieser kleine, viele Jahre später erschienene Gedichtband enthielt die einzigen poetischen Werke, die er je wieder veröffentlicht hatte. Ungefähr vierzig Seiten mit Gedichten, falls man sie so bezeichnen konnte, alle vier Wörter lang; Sachen wie

*blauer Himmel*
*weißer Schnee*

oder

*weiße Wolke*
*schwarzer Stein.*

Sylvia, die täglich aufs neue von einer wahren Flut von NSF-Papieren überschwemmt wurde, hatte die Kürze dieser Sachen immer gemocht.

»Nach diesem Buch hat er mit Feng Shui angefangen«, sagte Alan. »Er reist um die Welt und meditiert an bestimmten Orten, um – na ja – ihre Essenz zu erfassen. Er benutzt die ganzen alten chinesischen Methoden, aber anscheinend bezieht er auch die moderne Wissenschaft mit ein. Eine Art quantenmechanisches Feng Shui. Wir im Crary finden das sehr interessant.«

»Nun hör aber auf!«

»Doch, er ist eine richtig große Nummer, ich sag's dir. Er hat die Hälfte aller Wolkenkratzer in Ostasien mit Feng Shui untersucht. Das Fiber-TV-Publikum für seine Berichte von dieser Reise wird riesengroß sein.«

»Dann haben Millionen Menschen wohl gerade gesehen, wie ich ihm erklärt habe, er dürfte nicht rausgehen und meditieren, obwohl das die Essenz seiner Kunst ist.«

»In Drei-D«, fügte Joyce hinzu.

Sylvia schürzte die Lippen. Sie hatte gerade letztes Jahr erstmals eine TV-Gesichtsmaske aufgesetzt und den dreidimensionalen Effekt sehr ausgeprägt gefunden, wenn auch ein bißchen schimmernd und planar – eigentlich sehr schön. Offenbar versuchten die Leute, die Bilder mit Hilfe diverser Computerverbesserungen kristallklar, kaleidoskopartig, Van-Gogh-mäßig oder rembrandtesk zu machen, was auch immer. Zweifellos würden viele Zuschauer Ta Shus durch diese Effekte surfen, ein bißchen von allem ausprobieren. Die Antarktis als Cézanne, Seurat oder Maxfield Parrish, mit Ta Shus Stimme aus dem Off.

»Ich glaub nicht, daß er seine Videobrille aufgehabt hat«, beruhigte Alan sie.

Sylvia blätterte Ta Shus Akte durch. Er war einundsechzig Jahre alt. »Findet ihr nicht, daß die Woos immer komischer werden?«

»Im Vergleich zu wann?« fragte Joyce.

»Liegt an der Evolution der Künste«, meinte Alan.

»Oder ihnen gehen die Kandidaten aus.«

»Erinnert ihr euch noch an den Klangkünstler?«

Sie lächelten. Dieser Woo hatte während seines Aufenthalts bei ihnen gelernt, die Laute und Geräusche all der Robben, Pinguine, Skuas und Wale in der Umgebung von McMurdo nachzuahmen, darüber hinaus auch die der Hubschrauber, Ventilatoren, Generatoren und Winde, und diese vokalen Impressionen hatte er dann in seinen Kompositionen zusammengemischt. Seine Abschiedsvorstellung in der Kantine war wirklich erstaunlich gewesen, eine Antarktis-Sinfonie, mit der die von Vaughan Williams nicht mithalten konnte.

»Oder an Jerry und Paul?«

»Wer könnte die vergessen«, knurrte Sylvia. Die beiden hatten der Verwaltung eine Menge Probleme bereitet; ein Maler und ein Fotograf, die zusammen reisten und eine Vorliebe dafür hatten, mit ausgeborgten Fahrzeugen wegzufahren. Außerdem hatten sie die New York Air Guard dazu gebracht, mit zwei Hercs im Tandem übers Transantarktische Gebirge zu fliegen, damit sie Videoaufnahmen der einen aus der anderen drehen konnten. Randi hatte eine Positionsangabe von Herc 02 bekommen, dann 04 im Funk gehört und gefragt: »Wo seid ihr, 04?«, und die 04-Crew hatte ihr, kichernd wie Siebenjährige, genau dieselbe Position wie 02 angegeben.

»Was ist mit Leslie? Die war genauso schlimm.«

»Stimmt«, sagte Sylvia. Leslie war eine Fotografin mit untrüglichem Instinkt fürs Verbotene und für das Übertreten von Vorschriften gewesen; in ihrem großformatigen Bildband hatte die Antarktis ausgesehen wie das Berlin der dreißiger Jahre. Ein Skandal in der NSF-Zentrale, und sie erschauerte bei dem Gedanken, was es bei ASL angerichtet hatte. Da waren bestimmt Köpfe gerollt.

Nachdem sie nun damit angefangen hatten, beteten sie wieder einmal einen Teil der Litanei denkwürdiger Woos herunter: der Maler, der nach vier Reisen ins Eis immer noch an einem einzigen Gemälde von Cape Royds arbeitete; der Modellbauer, der eine funktionsfähige Nachbildung des Mount Erebus hergestellt hatte, die so schwer war, daß man sie nicht mit dem Flugzeug transportieren konnte, und darum immer noch draußen im Holzlager stand; der Romanautor, in dessen Buch die NSF als Bande faschistischer Schurken dargestellt worden war und der in seiner Danksagung erklärt hatte, die NSF sei nett zu ihm, aber gemein zu seinen Figuren gewesen; der Filmemacher, der auf dem Meereseis herumgerutscht war und wie ein Weddellrobbenbaby gelebt hatte, einschließlich einer traumatischen, nicht geplanten Attacke eines Killerwals (dieser Film wurde im Videoverleih immer noch gern und häufig ausgeliehen); der Bildhauer, der seine ganze Zeit damit verbracht hatte, auf den Straßen von McMurdo traditionelle Schneemänner zu bauen; der berühmte Sachbuchautor, der nicht mitgekriegt hatte, daß seine Maschine kurz vor dem Punkt, an dem noch eine sichere Rückkehr möglich war, hatte umkehren müssen, so daß er nach acht Stunden in Christchurch wieder aus der Hercules gestiegen war, sich umgeschaut und gefragt hatte: »Was machen denn die ganzen Bäume hier?«

Dann kam Paxman herein, um Sylvias nächsten Besucher anzukündigen, und sie sammelten sich ein wenig schuldbewußt, weil sie diese Woos, über die sie gerade gelacht hatten, größtenteils gemocht hatten. Verglichen mit den oftmals ehrgeizigen und verkrampften Wissenschaftlern, die sich daran störten, daß die NSF die Hand auf dem Geldtopf hatte, waren die Woos eine wunderbare, komische Abwechslung, eine endlose Reihe von Hofnarren. Und es hatte den Anschein, als würde Ta Shu ebenfalls in diese Kategorie fallen.

Dann stand ihr nächster Besucher im Raum, ein schlanker, gutaussehender, leicht benommener Mann mit schwarzen Haaren. Nachdem sie ihm ihre Kollegen vorgestellt hatte, schickte sie sie hinaus; sie mußte allein mit ihm sprechen. Wade Norton, Berater des fahrenden Senators, auf einem unangekündigten Besuch; das war nicht gut.

Obwohl er offensichtlich müde und desorientiert war, hatte er ein freundliches Naturell, und die Art und Weise, wie er sich bei der Vorstellung auf jeden der anderen konzentriert hatte, brachte Sylvia auf den Gedanken, daß er sich ihre Gesichter eingeprägt hatte. Ein gutes Gedächtnis für Menschen würde einem Mann in seiner Position sehr von Nutzen sein. Er wirkte zurückhaltend; sah sympathisch aus; ein guter Zuhörer. Nach wie vor gepflegt, trotz der offenkundigen Belastung durch die Flüge von Washington nach Neuseeland und dann von Christchurch hierher.

»Wie war Ihr Flug?«

»Interessant.«

Peinliche Stille.

»Tja«, sagte Sylvia mit einer Geste zum Fenster und dem, was dort von der Stadt zu sehen war. Der Blick ging über eine trockene Rinne und eine Rohrleitung auf die fensterlose Seite des Crary-Labors hinaus. »Sagen Sie mir, was genau Sie hier unten vorhaben, und wir werden unser Bestes tun, Ihnen dabei zu helfen.«

Der Mann lächelte und hob die Hand: eine Bitte um Wohlwollen. »Senator Chase war früher Vorsitzender des

Auswärtigen Ausschusses des Senats, wie Sie wissen. Nun blockiert die gegenwärtige Mehrheit die Erneuerung des Vertrags. Außerdem ist diesen Leuten aufgefallen, daß die neue Südpol-Station mit beträchtlichem Kostenaufwand fertiggestellt wurde, die NSF jedoch im Rahmen der nächsten fünfjährigen Finanzperiode Gelder in gleicher Höhe für das Antarktisprogramm beantragt hat wie in der Bauphase. Gleichzeitig hören sie alle möglichen Berichte von hier, zum Beispiel über dieses kürzliche... ähm... Verschwinden eines polaren Transportfahrzeugs? Und über diverse andere Probleme. Ich glaube, man kann mit Fug und Recht behaupten, daß sich bei der Ausschußmehrheit eine gewisse Skepsis breitmacht, ob man das amerikanische Antarktisprogramm weiterhin von der NSF durchführen lassen soll, statt – na ja – das Ganze noch weiter zu privatisieren, als es ohnehin schon der Fall ist. ASL in Kombination mit einer Universitätsgruppe oder was auch immer. Das ist dieselbe Mehrheit, die für die Privatisierung des USGS und der EPA eintritt, der Umweltschutzbehörde, wer weiß also, was die vorschlagen könnten. Nun, Senator Chase möchte, daß die NSF die Sache in der Hand behält, aber er muß seine Unterstützung für die NSF mit irgend etwas untermauern können, wenn ich so sagen darf. Deshalb hat er mich hergeschickt, damit ich die Lage sondiere und Bericht erstatte, besonders über diese... ähm... Probleme in letzter Zeit. Soviel ich gehört habe, hat es hier einige ungewöhnliche Vorgänge gegeben.«

»Ja«, sagte Sylvia. Ihr war, als sollte sie das wissende Nicken des Geomantikers nachahmen: Mehr als Sie ahnen, Sir.

Er beobachtete sie eingehend. »Nun – der Senator wüßte gern Genaueres darüber. Ich glaube, er fragt sich, ob das, was hier unten geschieht, nicht dazu benutzt werden könnte, den Vertrag aus dem Ausschuß zu holen und ihn wieder auf den Tisch zu bekommen. Leider ist er gerade mitten auf seinem ›Entwicklungshilfe für Asien‹-Marsch, sonst wäre er selber gekommen, denn er ist grundsätzlich der Meinung, daß man im persönlichen Kontakt am meisten erreicht. Aber er kann jetzt nicht kommen, und deshalb hat er mich geschickt. Er hätte gern mehr Informationen, mit denen er arbeiten kann.«

Sylvia nickte vorsichtig. Viele Leute kamen hierher und behaupteten, sympathisierende Verbündete zu sein, hatten aber für gewöhnlich ihre eigenen Ziele und wollten die Lage in der Antarktis nur irgendwie ausnutzen, um diese Ziele zu erreichen. Mehr oder weniger dasselbe hatte dieser Mann gerade über Senator Chase gesagt. Jedenfalls wäre es unklug, einem Außenseiter etwas wirklich Vertrauliches zu verraten. Was er ebensogut wußte wie sie. Folglich bereitete er vielleicht nur den Boden für später.

Bis dahin unterschied sich sein Besuch nicht sonderlich von einer weiteren Budgetprüfung durch einen externen Ausschuß von DVs, *distinguished persons*, wie man die VIPs hier nannte. Warum war die Antarktis so teuer? Warum sollten amerikanische Steuerzahler dafür blechen? Was tat sich hier unten, das für normale Amerikaner so wertvoll war? Prüfungskommissionen und Inspektionsausschüsse kamen häufig hierher, um diese Fragen zu stellen, und waren oft feindlich gesinnt, weil sie manchmal wie brillante Sparkommissare aussehen wollten, obwohl das Antarktisbudget bereits aufs äußerste reduziert und die NSF gleichzeitig aufgefordert worden war, mehr damit zu tun, und das in einer Umgebung, in der sich keine Sicherheitsfaktoren einsparen ließen. Besucher wie dieser Mann konnten Einfluß auf die Leute in Washington ausüben, die die finanziellen Entscheidungen trafen, und daher saßen sie für die NSF in gewissem Maße am Geldhahn, so wie die NSF für die Wissenschaftler hier unten am Geldhahn saß – ein Gedanke, der Sylvia einen neuen Einblick in die Gefühle vermittelte, die die Wissenschaftler hin und wieder ihr gegenüber hegen mußten: eine unschöne Mischung aus Vorsicht, Hoffnung und Angst.

Aber trotzdem, dieser Besucher behauptete, ein Verbündeter zu sein, und sie vermutete, daß das stimmte. Wie jedermann hatte sie eine ganze Menge von Senator Chase gehört, und obwohl sie nicht glaubte, daß er in Washington noch eine große Rolle spielte, bewunderte sie vieles von dem, was er getan hatte.

»Da dies ein Kontinent für die Wissenschaft ist«, sagte Norton jetzt, »ist die NSF hier im Endeffekt die Regierung, ist das nicht richtig?«

»Nicht ganz«, sagte Sylvia, obwohl sie die NSF oft so gesehen hatte. »Da gibt es zum Beispiel auch noch SCAR, das Scientific Committee for Antarctic Research. Es arbeitet unter der Schirmherrschaft der Mitgliedsstaaten des Antarktisvertrags und bestimmt in erheblichem Ausmaß, was für eine Art Forschung hier betrieben wird, und auf welche Weise. In vieler Hinsicht ist es genauso mächtig wie die NSF.«

»Interessant«, sagte er. »Aber haben die ein Budget? Ich meine, finanzieren sie Forschungsarbeiten?«

»Nein.«

Er ließ sein Argument unausgesprochen: Geld war Macht, hier genauso wie anderswo.

Sie führte ihn zu der großen Antarktis-Wandkarte. »Hier sind alle in diesem Jahr eingerichteten Außenlager – die blauen Nadeln –, und alle Trekkinggruppen, die grünen Nadeln. Und mit den roten habe ich sämtliche uns bekannten Camps von Nichtvertragsstaaten markiert.«

»Sind das alle, die es gibt?«

»Alle, die wir nachweisen können«, wich sie aus.

Er nickte und starrte auf die Karte. Dort waren vielleicht zehn rote Nadeln, ein paar in der Umgebung des Weddell-Meeres, einige hier im Bereich des Ross-Meeres und noch ein paar auf der Polkappe. »Und die gelben Nadeln?«

»Die stehen größtenteils für irgendwelche Merkwürdigkeiten auf Satellitenfotos. Dinge oder Umrisse, hauptsächlich aber Wärmesignale vom Infrarotscanning. Wir haben hier nicht die Mittel, um all diesen Sichtungen nachzugehen, muß ich gestehen, und bei denjenigen, die wir uns genauer angesehen haben, konnten wir auf dem Boden nichts finden. Also markieren wir sie und schauen uns die besonders interessanten näher an, aber wir wissen nicht, was sie bedeuten.«

»Ich verstehe.«

Er starrte ein wenig ratlos auf die Karte; vielleicht, weil er nicht wußte, was er als nächstes tun sollte. Sylvia schlug ihm eine Kurzfassung der DV-Tour vor, bei der man den wichtigen Besuchern besonders malerische Orte zeigte, damit sie sich nach ihrer Rückkehr für die Antarktis einsetzten. Sehr oft wirkte das wie ein Zauber. »Vielleicht die Trockentäler, natürlich die Südpol-Station, und dann auf den Mount Erebus.« Sie zeigte es ihm auf der Karte.

»Das wäre großartig«, sagte er liebenswürdig. »Und wie wär's mit einem Abstecher zu diesen Ölsuchern? Was die machen, kompliziert den Ratifizierungsprozeß des Vertrages erheblich. Können Sie mir mehr über diese Leute sagen und vielleicht ein Treffen mit einem von ihnen arrangieren?«

Sylvia wackelte mit der Hand. »Wir können natürlich anfragen, ob wir eine ihrer Stationen besuchen dürfen. Aber das haben wir schon getan, und bis jetzt haben sie nicht geantwortet. Vermutlich könnten wir's auf die Greenpeace-Tour versuchen und einfach mal ohne Einladung vorbeischauen. Aber das hätte möglicherweise diplomatische Auswirkungen, die Ihnen nicht gefallen würden. Die Southern Club Antarctic Group ist eine ziemlich bunte Mischung von Staaten.«

»Ja, ich verstehe. Aber wie ernst ist es denen? Wissen wir, wieviel Erdöl oder Methanhydrat es da draußen geben könnte?«

»Es gibt Schätzungen, aber die Bohrungen, die sie gegenwärtig durchführen, dienen meines Wissens ausschließlich zu Forschungszwecken.«

»Aber diese Leute sind ziemlich sicher, daß es dort Öl gibt.«

»Einiges Öl. Es sind keine superriesigen Felder, aber möglicherweise ein paar riesige Felder und viele kleinere.

Der alten USGS-Schätzung zufolge fünfzig bis hundert Milliarden Barrel – gegenüber den acht Milliarden unter dem North Slope von Alaska oder den unzugänglichen fünf Millionen unter dem arktischen Nationalpark. Aber sie sind ungünstig über den ganzen Kontinent verteilt, wissen Sie. Selbst angesichts der gegenwärtigen weltweiten Gesamtvorräte ist es fraglich, ob es rentabel wäre, sie zu fördern. Man sollte meinen, die neue Fotovoltaik würde den Bedarf an fossilen Brennstoffen ziemlich effektiv drosseln.«

»Da gibt's Kapitalisierungsprobleme. Außerdem habe ich gehört, wie wichtig das restliche Öl wegen seiner anderen Verwendungsmöglichkeiten neben der Treibstoffproduktion sein wird.«

»Ja, da ist was dran.«

»Kann ich mit jemandem sprechen, der weiß, wie realistisch diese Schätzungen sind? Und der mir mehr über die Methanhydratvorräte unter der Eiskappe sagen kann?«

Sylvia überlegte. »Ja, ich glaube, da gibt es mehrere. Geoff Michelson wäre der Richtige für Sie, denke ich. Er kommt seit langer Zeit hierher und weiß sehr gut über die Geologie der Antarktis Bescheid. Außerdem ist er ein hohes Tier bei SCAR und gehört zu den Leuten, die dort die Politik bestimmen. Sie könnten also zwei Fliegen mit einem Wissenschaftler schlagen.«

»Wo ist er?«

»In dieser Saison sind sie draußen in den Trockentälern.« Sie zeigte ihm die Stelle auf der Karte. »Sie halten sich für ganz kurze Zeit im Barwick-Tal auf, einer sogenannten ›Landschaft von besonderem wissenschaftlichem Interesse‹. Eigentlich ist der Zutritt zu dem Tal untersagt, damit es möglichst wenig verunreinigt wird. Daher ist es ungewöhnlich, daß sie momentan dort sind. Wir dürften Sie nicht einmal dorthin fliegen, weil Überflüge per Hubschrauber verboten sind. Aber Sie könnten vielleicht mit einer unserer Gruppen hingehen, die eine Tour durch die Trockentäler machen.«

Er runzelte die Stirn; vielleicht ging er nicht gern zu Fuß. Vielleicht überlegte er aber auch nur, wieviel Zeit er hatte.

»Sie würden gern möglichst bald mit ihm sprechen.«

»Ja.«

»Hm.« Sylvia überlegte. »Wir könnten Sie vielleicht mit einem unserer Bergsteiger hinschicken, wenn einer frei ist. Wir würden Sie dann bei deren Helo-Landeplatz absetzen, und den Rest des Weges könnten Sie dann mit dem Bergsteiger zu Fuß zurücklegen.«

»Das wäre prima.«

Sylvia rief Joyce an. »Joyce, haben wir gerade einen Bergsteiger frei, der Mr. Norton zu S-Dreisiebenfünf im Barwick-Tal bringen könnte? Sie werden dort nur ein oder zwei Tage brauchen.« Sie sah Wade an, der bestätigend nickte. »Okay, das ist gut. Wann bricht die Amundsen auf? Ja, bis dahin holen wir die beiden wieder zurück. Danke, Joyce.«

Sie legte auf.

»Wie ist das eigentlich mit diesen Trekkinggruppen?« fragte Norton. »Verstoßen die nicht auch gegen den Vertrag?«

»Na ja, der Vertrag garantiert jedermann freien Zugang. Natürlich hat die NSF den Tourismus bisher nicht gefördert. Aber wir müssen uns den Realitäten stellen. Einerseits hat es immer mehr private Abenteuerreiseveranstalter gegeben, die hier Expeditionen durchführten; sie haben die Leute mit kleinen, alten Maschinen von Chile nach Patriot Hills und zu anderen privaten Camps gebracht. Dann sind sie auf Skiern durch die Gegend gefahren, gewandert oder geklettert. Und die Russen sind mit alten arktischen Eisbrechern zu den Trockentälern gefahren und haben da große Gruppen abgesetzt. Wirklich, die sind überallhin gefahren. Und die Umwelt hier unten ist wegen der Kälte äußerst empfindlich; wenn auf einem Lagerplatz Abfälle oder menschliche Ausscheidungen zurückbleiben, dann liegen die jahrhundertelang dort herum. Man kann heute noch sämtliche Depots der ersten Expeditionen finden, es ist wirklich erstaunlich. Nur – wenn sie von Amundsen oder

Scotts Leuten stammen, sind es archäologische Stätten, aber wenn sie von einer Expedition letzte Woche stammen, ist es einfach nur Müll. Das war also ein Problem, gegen das die NSF machtlos war, weil die Antarktis niemandem gehört, wie Sie wissen.«

Norton nickte. »Eine abstruse Situation.«

»Ja. Und da der Kongreß von der NSF verlangt, daß sie hier mit immer kleineren Budget ein volles Programm durchführt, ist es sehr schwierig geworden. Die Polstation mußte fertiggebaut werden, damit sie überhaupt besetzt werden konnte, und diese Kraftanstrengung hat alles andere in den Hintergrund gedrängt. Daher hat die NSF vor ungefähr zehn Jahren beschlossen, ein Konzept auszuprobieren, in dessen Rahmen wir über unseren eigenen privaten Dienstleister, ASL, sorgfältig geplante Trekking-Expeditionen angeboten haben. Dadurch konnten die Expeditionen auf bestimmte Gebiete und Routen beschränkt und auf ein sehr hohes Maß von Sauberkeit und Verantwortung gegenüber der Umwelt verpflichtet werden. Bei einigen dieser Treks haben wir nach dem Vorbild der Earthwatch-Expeditionen sogar in gewissem Umfang Daten sammeln lassen. Wir haben es halt mal ausprobiert, und im Vergleich zu sämtlichen Privatveranstaltern, die vorher hergekommen waren, ist unsere Operation hier so groß, daß die von uns angebotenen Expeditionen wesentlich besser sein können.«

»Sie können also bessere Touren anbieten, und das vermutlich auch noch für weniger Geld.«

»Na ja, wir verlangen schon Höchstpreise. Aber die Expeditionen sind in jeder Hinsicht besser. Und sauberer.«

»Und hat das wirklich dazu geführt, daß die kleinen Veranstalter sich nicht weiter ausgebreitet haben?«

»Ja, es hat sehr gut funktioniert. Wir müssen natürlich dieselben Kleingruppen- und Abenteuertouren anbieten, sonst würden wir sozusagen die Reiseindustrienische nicht abdecken. Aber ASL hat in dieser Beziehung sehr gute Arbeit geleistet, und ich würde sagen, wir haben jetzt neunzig

Prozent des Marktes. Dadurch bleibt die Umwelt sauberer, und es trägt ein bißchen zur Deckung unserer Betriebskosten hier unten bei, also ist es unter beiden Aspekten ein Erfolg. Natürlich gibt es Leute, die Einwände dagegen haben, daß man überhaupt so viele Menschen hierher bringt, aber in Wahrheit sind es nicht mehr, als ohnehin gekommen wären, und auf diese Weise haben wir eine Chance, die Bedingungen ihres Besuchs zu kontrollieren.«

»Interessant.«

»Ja, nicht wahr.«

Natürlich bedeutete das, daß der Staat die Privatwirtschaft auf eine Weise aus dem Geschäft drängte, die dem gegenwärtigen Kongreß vermutlich überhaupt nicht paßte. Aber Senator Chase gehörte jetzt zur Opposition und würde wahrscheinlich nichts dagegen haben. Schwer zu sagen. Sylvia kam der Gedanke, daß sie wie jeder andere Gouverneur einer großen Provinz einen politischen Beamten bräuchte. Aber leider hatte sie nicht das Glück.

Vielleicht konnte dieser Mann die Rolle eine Zeitlang übernehmen. Jedenfalls schien er keinen Anstoß an dem Trekking-Arrangement zu nehmen; im Gegenteil, er fand es offenbar gut. Schließlich war er ja selber ein Staatsdiener.

»Was ist mit den Sachen, die hier verschwinden – ich meine das South-Pole-Overland-Fahrzeug«, fragte er, »und mit den anderen Unregelmäßigkeiten, die uns zu Ohren gekommen sind?«

Sylvia seufzte und nahm aus dem Eingangskorb auf ihrem Schreibtisch ein Blatt Papier, auf dem sämtliche Vorfälle der letzten zwei Jahre detailliert aufgelistet waren. »Wie Sie am chronologischen Ablauf sehen, haben die Diebstahlsfälle drastisch zugenommen.«

»Das kann man wohl sagen«, erwiderte Norton, der die Liste rasch überflog.

»Wir haben natürlich dafür gesorgt, daß ASL sich damit befaßt, und bei diesem letzten Fall ist das National Transportation Safety Board ebenso hinzugezogen worden wie das FBI.«

»Was glauben Sie, was da vorgeht?« Er sah sie aufmerksam an.

Sie zuckte die Achseln. »Hier unten gibt's eine Menge Menschen. Diverse Arten von Zivilisten. ASL hat wiederum Subunternehmer. Und trotz unserer Bemühungen mit den Abenteuerreisen sind hier nach wie vor auch private Gruppen vertreten. Also...«

»Sie meinen, es könnte einfach ordinärer Diebstahl sein.«

»Ja.«

»Kommt mir aber merkwürdig vor, daß hier jemand irgendwas stiehlt. Ist doch unpraktisch.«

»Ja.«

Ein langes Schweigen. Es gab noch mehr zu sagen, aber Sylvia hatte den Eindruck, daß sie damit lieber warten sollten, bis er einen Teil der DV-Tour absolviert hatte.

Er gelangte offenbar zu ähnlichen Schlußfolgerungen. »Na schön«, sagte er. »Welche Vorbereitungen muß ich für die Trockentäler treffen?«

■

**Nach der Besprechung wurde Wade** von einem jungen Mann, der sich als Paxman vorstellte, zu einem nahegelegenen Gebäude geführt, einem schäbigen, alten, zweistöckigen Kasten mit einem gemalten Schild, demzufolge es sich um das ›Hotel California‹ handelte. Paxman brachte Wade in eins der Zimmer im Erdgeschoß, und Wade warf seine beiden orangefarbenen Taschen auf ein Einzelbett. Das Zimmer erinnerte ihn stark an seine Studentenbude im ersten Jahr auf dem College – klein, nüchtern, ein Waschbecken und ein Spiegel in einer Ecke, ein gemeinsames Bad mit dem Zimmer nebenan. Die Vorhänge waren offenbar ständig zugezogen, zweifellos, damit es dunkel genug zum Schlafen war.

»Tut mir leid«, sagte Paxman. »Im Holiday Inn gibt's ein paar richtig gute Zimmer, aber so kurzfristig sind die alle belegt.«

»Kein Problem.«

Sonderlich einladend wirkte der Raum allerdings nicht. Nachdem Paxman sich verabschiedet hatte, ging Wade deshalb in dem großen, eiskalten Treppenhaus am Ende des Gebäudes die Treppe hinunter und trat in eine eisige Brise hinaus. Die Sonne hing über schwarzweißen Bergen im Westen, die so senkrecht aufragten wie ein Scherenschnittpanorama. Wade schlenderte durch die ungepflasterten Lavaschuttstraßen der Siedlung – eigentlich waren es weniger Straßen als vielmehr freie Flächen zwischen Gebäudeansammlungen. Die Gebäude selbst waren eine bunte Mischung: neue, vollständig von metallic-blauem Fotovoltaik-Film überzogene Nurflügel-Formen; abgenutzte funktionelle Lagerhäuser und Wohnheime aus Holz oder Schlackenstein; Militärbaracken und Nissenhütten aus den Navy-Jahren oder vielleicht sogar aus der Zeit der Stadtgründung während des Internationalen Geophysikalischen Jahres 1956/57.

Sein Armbandtelefon piepste.

»Hi, Wade! Ich bin's, Phil. Wo bist du jetzt?«

»In der Antarktis. McMurdo-Station.«

»Tatsächlich! Ist es kalt?«

»Kann man wohl sagen.«

»Wie sieht's da aus?«

»Na ja...« Wade schaute sich um. »Es ist ein typisches Beispiel für das, was man Adhocitektur nennt.«

»Hockey-Tektur?«

»Ein echtes Sammelsurium. Alle Arten von Gebäuden.«

»Erzähl mir einfach, was du siehst, Wade. Du bist meine Augen.«

»Also, ich gehe gerade am Crary-Labor vorbei. Es ist ziemlich klein und besteht aus drei kleinen Gebäuden an einem Hang, die mit einem Durchgang verbunden sind. Dem Straßenschild zufolge befinde ich mich auf der Beeker Street, aber eine richtige Straße ist das nicht. Am Boden sind ein Haufen Rohrleitungen.«

»Viel Verkehr?«

»Nicht so viel. Jetzt komme ich gerade an einem Gebäude vorbei, das wie ein riesiger gelber Würfel aussieht, mit einem Haufen Antennen auf dem Dach. Muß das Funkgebäude sein. Und nun passiere ich eine kleine Kapelle.«

»Eine Kirche?«

»Ja. Unsere Liebe Frau des Schnees. Ich bin jetzt auf einer Straße, die zum Hafen führt. Im Moment ist der Hafen leer, weil die Bucht vereist ist. Es sind sogar Lastwagen und Schneemobile draußen auf dem Eis. Hinter dem Hafen liegt eine Art Mini-Einkaufszentrum, eins der neueren Gebäude. Ein Restaurant im ersten Stock, mit Fenstern. Sieht aus, als hätte man von da einen guten Blick auf die Stadt. Hier ist ein Schild, demzufolge ich gerade auf dem Weg zur Discovery-Hütte bin, die 1902 von Robert Scotts Gruppe erbaut wurde.«

»Die ist noch da?«

»Ja. Ein kleines, quadratisches Gebäude.«

»Erstaunlich. Und hast du mit der NSF-Vertreterin gesprochen? Wie ist es gelaufen?«

»Es war interessant. Sie ist Britin, sehr höflich. Leider ziemlich auf Schadensbegrenzung orientiert. Sehr vorsichtig. Aber ich würde im Moment auch nichts anderes erwarten. Ich hab versucht, ein bißchen den Boden zu bereiten. Die Sache ist, ich weiß nicht, wieviel sie weiß. Wenn sie bloß turnusmäßig für ein Jahr auf den Posten berufen wurde, könnte ich mir vorstellen, daß man ihr einiges verschweigt, weil sie nicht lange genug hier ist - und auch, weil sie persönlich durchaus beeindruckend ist, wie ich hinzufügen möchte.«

»Ja, kann schon sein.«

»Deshalb mache ich mich demnächst auf den Weg zu einem Professor Michelson, einem alten Veteranen hier unten. Er ist ein hohes Tier im Scientific Committee on Antarctic Research - offenbar einer der Leute, die hier das Sagen haben.«

»Okay, gut. Laß dir schildern, wie die Sache von ganz oben aussieht, und mach dann weiter. Ruf mich an, wenn du Hilfe brauchst. Ich melde mich selber bald wieder, um zu hören, was es Neues gibt.«

»Wo bist du noch mal?«

»Momentan gerade in Turkestan, aber morgen geht's weiter nach Kirgisien. Wir bleiben in Verbindung. Halt dich warm!«

»Ich werd's versuchen.«

Leicht würde das nicht sein. Draußen am Discovery Point war der Wind richtig beißend und nach Wades Maßstäben so kalt, daß er eigentlich schon über Kälte hinausging und eine ganz neue kinetische Empfindung auslöste. Wade hatte keine Ahnung, was ohne die sehr warme Kleidung, die ihn einhüllte, mit ihm passiert wäre - vielleicht wäre er versteinert. Auf der Stelle.

Wie sich herausstellte, war die historische Hütte verschlossen. Eine Bronzetafel erklärte sie zu einer Stätte des Weltkulturerbes. Dahinter stand ein Denkmal für einen Mann namens Vince, der 1902 ganz in der Nähe ertrunken war. Am anderen Ende der Stadt ragte ein hoher, dunkler

Schlackenkegel mit einem weiteren kleinen Kreuz darauf empor. Wade fiel es schwer, sich vorzustellen, wie es hier 1902 ausgesehen haben mußte. Der Rückweg ins Stadtzentrum dauerte nur zehn Minuten, und obwohl er eine kalte Nase und kalte Ohren hatte, wurde sein restlicher Körper allein vom Herumlaufen in seinen vielen Kleiderschichten aufgewärmt. Ehe er sich's versah, war er am anderen Ende der Stadt; ihr Durchmesser betrug nur ein paar hundert Meter. Er machte sich an den Aufstieg auf den Vulkankegel. Paxman hatte vom Hotel California aus darauf gezeigt und erklärt, von dort habe man einen guten Blick, und das Kreuz sei ein Denkmal für Scott. Und er war schließlich in der Antarktis. Da mußte er raus und sich umsehen.

Ein unebener Pfad führte über ein paar Rohrleitungen hinter der letzten Gebäudereihe hinweg auf dem braunen vulkanischen Schutt hangaufwärts und folgte dem Grat eines Kamms auf direktem Wege zum Gipfel. Es war ein Pfad mit vielen Abzweigungen, die eine Menge Alternativen boten; der Schutt war von aberhundert Fußpaaren, die den Kegel bestiegen hatten - einschließlich der Füße von Scott und Shackleton, wie Wade vermutete -, zu Sand zertrampelt worden. Obwohl die Luft immer noch kalt war, wurde ihm in seinem Parka allmählich heiß, und bald hatte er den Reißverschluß ganz aufgemacht, so daß der Parka vorne offen stand. Mit den Händen in den Taschen stieg er einen Berg in der Antarktis hinauf. Er befand sich auf der Leeseite des Kegels und hatte allmählich das Gefühl, in einer hautengen Hülle aus heißer Luft zu stecken, auf welche die kalte Luft immer noch spürbaren Druck ausübte.

In der Nähe des Gipfels wurde das Gestein zu einer kompakten Masse abgekühlter, aufgeplatzter Lava, verdreht und knotig. Der Wind pfiff über den Gipfel und blies Wades Heißlufthülle weg. Er zog den Parka rasch zu, beeindruckt davon, wie schnell die Kälte zubiß.

Als er oben ankam, konnte er weit in alle Richtungen schauen. Auf einer kniehohen, bronzenen Panoramatafel war alles verzeichnet, was man sehen konnte. Am gegenüberliegenden Fuß des Berges befand sich die Scott-Basis der Kiwis, ein Dutzend grüne Gebäude, die sich an der Küste der glatten weißen Ebene des Ross-Schelfeises zusammendrängten. Die Ross-Insel durchbrach diese glatte Ebene in steilem Winkel und erhob sich in der Ferne zu dem riesigen, ausladenden weißen Vulkan namens Mount Erebus, der eine gewisse Ähnlichkeit mit dem Kegel hatte, auf dem Wade gerade stand, nur daß er weiß und zehn Millionen mal größer war.

In allen Richtungen war das Meer weiß gefroren; das Eis war entweder ewig oder bildete sich jedes Jahr neu. Weit draußen auf dem Meereseis konnte Wade die undeutlichen Linien ausmachen, die den Flugplatz kennzeichneten, auf dem seine Herc gelandet war. Die fahrbaren Flugplatzgebäude waren winzige schwarze Pünktchen auf dem Eis, und Wade wurde mit einem Mal bewußt, wie ungeheuer groß alles war. Weit jenseits des Flugplatzes lagen Black Island und White Island, die schwarze und die weiße Insel, wie man sie passenderweise benannt hatte, dahinter der Mount Discovery, ein schwarzer Kegel, der wie ein Maibaum geschmückt war mit weißen Gletschern, und die aus dem weißen Meer emporspringende Royal Society Range des Transantarktischen Gebirges. Buttergelbe Sonnenstrahlen stachen in die Täler dieser fernen Berge hinab.

Überwältigt von dieser Aussicht bemerkte Wade erst bei einer letzten benommenen Drehung, daß bereits jemand anders auf dem Gipfel war. Ein Mann, der auf den Steinen unter dem Holzkreuz saß, geschützt vor dem Wind. »Hi«, rief Wade verblüfft.

Ein großer Mann, der in seinem schmutzigen, dunkelgrünen Parka massig wirkte, mit einem breiten, brütenden Gesicht hinter einer Sonnenbrille und dem Pelzbesatz der Kapuze seines Parkas. Eine braune Latzhose, deren Knie von Öl und Schmierfett dunkel verfärbt waren. Offenkundig einer der ASL-Mitarbeiter.

Er antwortete Wade mit einem Grunzen und ließ den Blick weiter über die Szenerie schweifen. Wade ging an ihm vorbei zu dem großen Holzkreuz, das er von unten aus der Stadt gesehen hatte. Es war ungefähr drei Meter hoch, ein dicker Holzbalken mit einem Querbalken. Die 1913 hineingeschnitzten Buchstaben waren weiß lackiert worden, und der Lack hatte den Flensmessern des Windes soviel besser widerstanden als das nackte Holz, daß die ursprünglich eingeschnitzten Buchstaben jetzt ein wenig aus der Oberfläche hervortraten. Die Maserung des Holzes trat ebenfalls hervor. *Streben, suchen, finden und niemals aufgeben.* Und dann fünf Namen, einschließlich der militärischen Ränge. Wade starrte die Worte eine Weile ratlos an. Tennyson war kein Dichter, den die Post-Postmoderne erfolgreich ihren eigenen Zwecken anverwandelt hatte. Und die Scott-Expedition war ein ziemliches Desaster gewesen, soweit Wade sich erinnerte. Er hatte sich nie näher damit befaßt.

Der Mann, der auf dem Gipfel saß, bewegte sich, und Wade schaute unentschlossen auf ihn hinunter. Schließlich sagte er: »Kommen Sie oft hierher?«

Der Mann starrte ihn an. Das Gesicht hinter den verspiegelten dunklen Gläsern war ausdruckslos. »Oft?«

»Waren Sie schon mal hier oben?«

»Ja.«

»Netter Blick.«

»Toller Blick.«

»Ja. Ein toller Blick.«

Sie schauten gemeinsam auf McMurdo hinunter. Die Dächer der Gebäude bestanden allesamt aus dem einen oder anderen Metall: aus uraltem, verrostetem Blech, dem allerneuesten blauen Fotovoltaik-Hochglanzmaterial und allem dazwischen. Bis auf eine Reihe von sechs braunen Wohnheimen waren keine zwei Gebäude gleich: glänzende blaue Raumschiffe, schäbige Holzbaracken, schwarze Nissenhütten, freie Flächen mit Bauholz, das Holiday Inn, der Hafen, das Touristenzentrum, die Reihe brauner Wohnheime, das kleine Crary-Labor unten beim Hubschrauberlandeplatz und der Küste mit dem noch kleineren Chalet daneben...

»Leben Sie schon lange hier?« fragte Wade.
»Nein.«
»Was ist Ihr Job?«
»GFA.«
»GFA?«
Der Mann drehte sich um und blickte ihn an; Wade sah, daß die Frage ihn als Neuankömmling brandmarkte. »General Field Assistant.«
»Ich verstehe.«
»Und Sie?«
»Ich arbeite in Washington, für ein Mitglied des Senats.«
»Für wen?«
»Chase.«
»Den, der nie da ist?«
»Richtig.«
Der Mann nickte. »Dann sind Sie bestimmt wegen der Eispiraten hier.«
»Ja«, sagte Wade überrascht. »Stimmt.«
»Ich hab in der SPOT-Kolonne gesessen, die ein Fahrzeug verloren hat.«
»Ich verstehe... Scheint, als würde so was hier öfters passieren.«
»Ja.«
»Haben Sie eine Ahnung, was da los sein könnte?«
»Ich?« Der Mann war belustigt.
Sie saßen da und schauten auf McMurdo hinunter. »Keine sonderlich attraktive Stadt«, meinte Wade.
»Mit der Zeit gefällt sie einem.«
»Wirklich?«
Der Mann zuckte die Achseln. »Sie ist häßlich, aber... man kann sie komplett sehen. Liegt alles direkt vor Ihren Augen.«
Er hatte gerade ausgesprochen, als unter ihnen eine Gestalt auftauchte: eine Frau, die auf dem gleichen Weg, den Wade genommen hatte, um einen Felsauswuchs herumkam. Dickes, glänzendes, dunkelblondes Haar, lange Schenkel in einer himmelblauen, engen Skihose, die sich unter einem

schwarzen Parka, der breite Schultern bedeckte, rhythmisch hoben und senkten. Die beiden Männer beobachteten sie, während sie heraufstieg. Wades Begleiter hatte sich vorgebeugt. Sie kam in ihren schillernden blauen Bergsteigerstiefeln mit großen Schritten herauf. Als sie hochschaute, erhaschten sie einen kurzen Blick auf eine blaue, verspiegelte Sonnenbrille, breite Wangenknochen, eine zierliche Nase und einen breiten Mund. Wades Augenbrauen hoben sich; eine Schönheit, wie es schien, mit den Schultern einer Ruderin oder Gewichtheberin. Wortlos schauten die beiden Männer ihr zu. Und dann war sie da, mit leichtem Schritt und leichtem Atem: »Hi«, sagte sie leichthin. Sie hatte eine unbekümmert-fröhliche Art, die Wade sofort mit einer Cheerleaderin assoziierte; das Selbstbewußtsein einer attraktiven Frau, die irgendwo im amerikanischen Westen aufgewachsen war. Und ihre Zeit am liebsten draußen im Freien verbrachte.

»Hi«, erwiderten die beiden Männer.

Überrascht warf die Frau einen zweiten Blick auf Wades Begleiter. »Oh, hallo, X. Ich hab dich gar nicht gesehen.«

»Mhm.«

Oha, dachte Wade und sah die beiden an. Der Mann hatte sich zu einer Art Felsblock zusammengekauert.

»Valerie Kenning«, sagte die Frau zu Wade und streckte die Hand aus.

»Wade Norton.«

»Freut mich, Sie kennenzulernen. Was führt Sie hierher?«

»Ich will mich ein bißchen umschauen«, sagte er und erzählte noch einmal die Geschichte mit Chase, während er seine Handschuhe aneinanderrieb.

»Ist Ihnen kalt?« fragte sie. »Gehen wir ein kleines Stück runter, raus aus dem Wind.«

Sie gingen alle zusammen auf die windabgewandte Seite des knotigen braunen Gipfels hinunter. Als der Mann, den sie X genannt hatte, aufstand, merkte Wade, daß er wirklich groß war, fast zwei Meter zehn, wie es schien. Größer als die Frau, wenn auch nicht sehr viel; und die Frau war erheblich größer als Wade. X setzte sich schwerfällig wieder hin.

»Frieren Sie nicht?« fragte Wade die Frau. Er sah, daß ihr Parka, die Hose und die Handschuhe relativ dünn waren.

»Nein. Kann ich nicht behaupten.« Sie lachte. »Eine gute Fettschicht, schätze ich.«

»Mhm«, sagte Wade zweifelnd und warf einen raschen Blick auf den ausdruckslosen X. »Und wie steht's mit Ihnen?«

»Ich friere immer«, antwortete X kurz angebunden.

Wade versuchte, ihn erneut aus der Reserve zu lokken. »Sie haben vorhin gesagt, daß alles in der Stadt sichtbar ist.«

X nickte knapp. »Nichts ist unter der Erde. Die ganze Stadt liegt offen da, man kann alles sehen. Da ist die Energieversorgung, sehen Sie die Brennstofftanks da oben im Gap? Und die Hauptgeneratoren sind dort unter uns. Da sind die Stromleitungen, die Abwasserrohre und die Kläranlage. Dort drüben sehen Sie das Baumaterial, dann kommen die ganzen Werkstätten, die Lagerhäuser, die Parkplätze. Dann das ganze Zeug für die Menschen, das nimmt nur einen kleinen Teil des Raumes ein, um die Kantine und Crary herum.«

»Der Magen und das Gehirn«, sagte Valerie. »Es ist wie bei einem dieser durchsichtigen Körper, in denen man alle Organe sehen kann.«

X nickte, sagte jedoch nichts. Er wollte keine nette Unterhaltung mit ihr führen, sah Wade; er widerstand ihren Versuchen, nett zu sein. Sie fuhr fort, Wade charakteristische Merkmale zu zeigen: den Hubschrauberlandeplatz als Flughafen, den noch vereisten Hafen mit den Kaianlagen, das Einkaufszentrum hinter dem Hafen als Amüsierviertel, das ebenfalls noch im Kälteschlaf lag, bis die Tourschiffe eintrafen. Dann das Funkgebäude als Kommunikationsindustrie, und sogar einen historischen Bezirk: der einzelne Punkt der Discovery-Hütte auf der Landspitze gegenüber.

»Haben Sie eine Ahnung, was fehlt?« fragte sie.

»Das Polizeirevier?« riet Wade. »Ein Gefängnis?«

»Stimmt, sehr gut. Aber das ist es nicht.«

»Die Navy würde kommen und als Polizei fungieren, wenn man eine bräuchte«, sagte X finster. »Und ein Gefängnis brauchen sie nicht, weil sie die Leute wegbringen.«

»Hmm«, machte Wade. »Dann gibt's hier überhaupt niemanden, der dem Gesetz Geltung verschafft?«

»Sylvia ist U.S. Marshall«, sagte X. »Sie könnte irgendwen zum Deputy ernennen, wenn sie Hilfe bräuchte, um jemand einzusperren.«

»Es gab mal eine Schußwaffe in der Stadt«, sagte Valerie und lächelte bei der Erinnerung, »aber sie hatten Angst, ein Überwinterer könnte ausflippen, und da haben sie sie auseinandergenommen und die Einzelteile auf drei oder vier Dienststellen in der ganzen Stadt verteilt. Und jetzt haben ein paar Dienststellen ihre Teile verloren.«

Sie und Wade lachten; X brütete weiter vor sich hin. Er wollte sich von ihr nicht aufheitern lassen, sah Wade.

»Also, was fehlt nun?«

»Menschen«, sagte X.

Val nickte. »Kein Mensch zu sehen, stimmt's?«

Wade nickte. »Zu kalt.«

»Ganz recht. Da läuft niemand draußen rum. So sieht es in McMurdo vierundzwanzig Stunden am Tag aus. Hin und wieder sieht man jemanden von einem Gebäude zum nächsten gehen, aber abgesehen davon wirkt es von hier oben immer wie eine Geisterstadt.«

»Interessant«, sagte Wade.

Sie saßen da und schauten auf die menschenleer wirkende Stadt hinunter, in der dennoch eine Vielzahl mechanischer Geräusche ertönten; überall summte und rasselte es. Ein paar Fahrzeuge fuhren zwischen den riesigen Bauholz- und Containerstapeln herum.

»Was haben Sie als nächstes vor?« wollte Wade von Val wissen.

»Ich muß nächste Woche eine ›Auf den Spuren von Amundsen‹-Tour führen. Aber vorher bringe ich noch einen DV zu den Trockentälern raus.«

»Oh, das bin bestimmt ich.«

»Wirklich! Tja - freut mich, Sie kennenzulernen. Es müßte eigentlich ein guter Trip werden. Ich bin froh, daß ich die Chance kriege, das Barwick-Tal zu sehen; da kommt man nicht allzuoft hin.«

»Habe ich auch gehört. Ich weiß immer noch nicht genau, wo es ist.«

Sie zeigte auf die Berge jenseits des flachen Eismeeres im Westen. »Da drüben.«

Wade nickte skeptisch. X's Blick war jetzt auf ihn gerichtet, und obwohl es wegen der Sonnenbrille, der Kapuze, des Halstuchs und so weiter schwer zu erkennen war, schien er ihn böse anzufunkeln. Vielleicht wegen dieses Ausflugs mit Val. Obgleich Wade ja eigentlich gar nichts dafür konnte. »Und was machen Sie als nächstes?« fragte er in dem Versuch, den Blick zu entschärfen.

X schnaubte. »GFAs tun, was man ihnen befiehlt. Kann aber sein, daß ich kündige, wo Sie gerade davon sprechen.« Jetzt sah er Val an. »Vielleicht hör ich bei ASL auf, damit ich ein Angebot annehmen kann, für die afrikanischen Ölleute da draußen zu arbeiten.«

»Nein!« rief Val aus. »X, ist das dein Ernst?«

»Ja«, sagte er, »ist mein Ernst.«

»Oh, X.« Sie schürzte die Lippen und schüttelte den Kopf. Wade sah, daß sie vor ihm nicht darüber reden wollte. X schaute verdrossen auf die Stadt hinunter.

Schließlich wandte sie sich an Wade. »Sie frieren immer noch, stimmt's.«

»Ja.« Er zitterte so heftig, daß seine Stimme ein Vibrato bekam; es war fast schon ein Tirilieren.

»Tja, wir sollten runtergehen. Ich zeige Ihnen auf den Karten, wohin es geht. Haben Sie sich schon Ihre Ausrüstung besorgt?«

»Nein.«

»Dann kümmere ich mich drum, daß Sie die guten Sachen kriegen.«

»Prima. Vielen Dank.«

Sie standen auf. X blieb sitzen und starrte Val mit diesem undurchdringlichen Blick an. Val erwiderte den Blick.

»Bis später dann, X.«

Er nickte. »Bis später.«

»War nett, Sie kennenzulernen«, sagte Wade unbeholfen. Ihm war klar, daß er benutzt wurde, um einer Konfrontation zu entkommen.

»Ja, gleichfalls.«

Der große, schwere Mann schaute ihnen nach, als sie hinunterstiegen. Wade warf einen kurzen Blick zurück und sah ihn zusammengekauert und brütend unter dem großen Holzkreuz sitzen.

**X latschte auf dem Kamm nach Mac Town hinunter.** Seine Füße waren wie zwei gefrorene Truthähne, die an den Enden seiner Beine befestigt waren. Seine Finger waren kalt, sein Puls träge, sein Herz taub. Er ging in die Kantine und genehmigte sich eine Mitternachtsmahlzeit. Es waren ziemlich viele nächtliche Gäste da, größtenteils die alten Iceheads, die ihre Spätschicht hinter sich hatten, außerdem ein paar Beaker, die mit ihrer e-mail fertig waren. X nahm zwei Reuben-Sandwiches und einen Becher Kaffee und setzte sich an einen der freien runden Tische. Zuerst kippte er den Kaffee in sich hinein; er behielt die Tasse in den Händen, bis ihm die Finger brannten. Als er gerade das zweite Sandwich verschlang, setzte sich Ron zu ihm.

»Na, wie sieht's aus?« Ron beugte sich mit einem übertrieben verschwörerischen Grinsen zu X.

X schluckte. »Ich bin dabei.«

»Na prima!« Ron nickte, zuerst überrascht, dann befriedigt: »Ich wußte, du würdest es tun.«

»Ich nicht.«

Ron setzte sein Piratengrinsen auf.

X stand abrupt auf und nahm sein Tablett. »Wann geht's los?«

»Übermorgen. Sie machen einen Zwischenstopp bei der Windless-Bight-Station.« Das war ein privater Flugplatz jenseits der Scott-Basis, eine Art Parasit der zwei Regierungsbasen; mittlerweile war dort jedoch kaum noch etwas los. »Komm dahin, dann holen Sie dich ab und nehmen dich mit raus zu ihrem Camp im Mohn-Becken.«

X nickte. »Dann geh ich mal kündigen.«

Er verließ die Kantine und ging am Crary vorbei zum Chalet. Drinnen erklärte er Paxman, er wolle kündigen, und Paxman gab ihm die Formulare, die er unterschreiben mußte, ohne Überraschung zu zeigen oder Einwände zu erheben. Es sah so aus, als würde er sich Jan oder Sylvia gegenüber nicht rechtfertigen müssen, wie er befürchtet hatte. Seit Helen mitten in der Saison gekündigt und ASL sie wegen Vertragsbruchs verklagt und verloren hatte, stand diese Möglichkeit allen unzufriedenen ASL-Mitarbeitern offen. Es bedeutete, daß man alle Brücken hinter sich abbrach, denn ASL würde einen nie wieder einstellen, soviel stand fest. Aber sie konnten einen nicht davon abhalten, es zu tun.

Also setzte er seine Unterschrift auf das Formular, wobei er stark in Versuchung geriet, mit »X« zu unterzeichnen. Aber er unterschrieb mit seinem vollen Namen, um sicherzugehen, daß alles rechtskräftig war, und gab Paxman das Formular zurück.

»Was willst du jetzt machen?« fragte Paxman.

»Für die afrikanischen Ölleute arbeiten.«

»Hab ich auch schon mal dran gedacht. Viel Glück da draußen.«

»Danke.«

Dann drehte er sich um, und da stand Sylvia in der Tür und musterte ihn mit einem ruhigen, harten, taxierenden Gesichtsausdruck. Sie war natürlich von der NSF, und was ein ASL-Mitarbeiter tat, ging sie theoretisch nichts an. Aber hier unten war alles miteinander verbunden. Und die Ölsuchercamps waren das sichtbarste Zeichen dafür, daß der Antarktisvertrag vorläufig ausgesetzt war und Gefahr lief, endgültig zu scheitern. Daher bemühte sich X, unter ihrem scharfen Blick nicht zurückzuweichen.

»Der Job als General Field Assistant hat dir nicht gefallen, wie ich sehe«, sagte sie.

»Nein.« Er sah ihr in die Augen und hielt ihrem Blick stand. »ASL geht mit seinen Mitarbeitern nicht korrekt um. Wir werden behandelt, als wäre es ein so großes Privileg, in der Antarktis zu sein, daß wir jederzeit ersetzt werden können. Die Arbeitszeiten sind länger, als es draußen in der Welt legal wäre, es gibt keine Garantie, daß man in der nächsten Saison auch wieder dabei ist, keine Rentenzuschüsse, keine Sozialleistungen über das absolute Minimum hinaus. Nichts, was es in richtigen Jobs gibt oder mal gegeben hat. Und die NSF legt die Bedingungen fest, ihr laßt zu, daß sie das tun. Ihr könntet ihnen vorschreiben, was sie dürfen und was nicht, und hier unten bessere Arbeitsbedingungen schaffen.« Er achtete darauf, daß seine Stimme leise und ruhig blieb; kein Wutausbruch jetzt, nur die Fakten konstatieren.

Sylvia sagte: »Es gibt juristische Grenzen dafür, wie weit sich die NSF bei den Dienstleistern einmischen kann, die sie engagiert.« Sie schüttelte den Kopf und wandte sich zu ihrem Büro. »Viel Glück, X.«

Wieder draußen im Wind, entlassen. Er stapfte durch den zertrampelten Schnee und Matsch zum Lagerhaus des Berg Field Center. Der Ob Hill ragte hinter dem alten Gebäude auf. Es gab ein paar Sachen an Mac Town, die er vermissen würde. Joyce war im Aufenthaltsraum des BFC, einem Bereich im oberen Stockwerk, in dem es ein paar Sofas, einen Zeitschriftenständer, einen Tisch und eine Kaffeemaschine gab.

»Ich bin gekommen, um mich zu verabschieden«, sagte X. »Ich geh in eins der Ölcamps.«

»Ach, X.« Joyce machte ein genervtes Gesicht. »Das ist doch nicht dein Ernst.«

»Doch, ist es«, sagte er. »Ich freu mich schon drauf.«

Sie glaubte ihm nicht. Er war sich nicht sicher, ob er es selber glaubte.

»Jedenfalls hau ich hier ab«, sagte er.

»Weiß Val Bescheid?«

»Ja. Ich hab sie oben auf dem Ob Hill getroffen.«

»Was hat sie gesagt?«

»Nichts.«

»Ach, X. Sie vermißt dich, weißt du.«

»Von wegen.«

»Nein, wirklich. Ich glaube, sie hat ihre Aufreißtour durchgezogen und gemerkt, daß sie einen Fehler gemacht hat. Dieser Mike war ein Vollidiot. Sie mag dich lieber als die ganzen anderen Typen hier unten.«

X zuckte die Achseln. »Zu spät«, sagte er und versuchte, einen winzigkleinen Kolibri der Hoffnung zu zerquetschen, der jetzt in seiner Brust herumschwirrte. Irritiert behielt er ein Pokergesicht bei. Joyce stand unbeholfen auf und kam um den Tisch herum, um ihn zu umarmen. Ihr Kopf reichte ihm bis knapp über den Bauchnabel. Er ließ sich die Umarmung dankbar gefallen und fühlte sich wie ein Bettler.

»Was für ein Schlamassel«, sagte sie.

»Ja.«

Sie trat zurück, um ihn anzusehen. »Du solltest nicht weggehen, X. Nicht nur wegen Val. Wir arbeiten daran, hier einiges zu verbessern.«

»Mhm.«

»Doch, ehrlich. Hör zu, der Dienstleistungsvertrag steht Ende dieser Saison zur Verlängerung an, und es könnte gut sein, daß ASL ihn verliert.«

»Das glaube ich erst, wenn ich es sehe.«

»Doch, ehrlich!«

Aber Joyce hatte X über die Geschichte der Firmen aufgeklärt, die von der NSF für den Betrieb ihrer Antarktis-Basen angeheuert worden waren, und deshalb war sie zu großen Teilen schuld an X's Skepsis. Das erste Unternehmen, Holmes and Narver, hatte auf dem Höhepunkt des kalten Krieges das Rennen gemacht und war eine Tarnfirma der CIA gewesen, wie man munkelte. Der zweite Dienstleister, ITT, hatte kurz zuvor der CIA geholfen, die Allende-Regierung in Chile zu stürzen, so daß die Verbindung der Firma zur CIA außer Frage stand; sie hatte auch enge Kontakte zu Ölgesellschaften.

Die dritte Firma, Antarctic Support Associates, sei im Vergleich zu den ersten beiden eine große Verbesserung gewesen, hatte Joyce gesagt. Ein normales und sogar gutes Unternehmen – bestimmt hatten die guten Leute darin nach Kräften dafür gesorgt, daß sie sich in der Firma zu Hause fühlen konnten, und sie waren in der Mehrheit gewesen. Joyce und viele andere Dienststellenleiter, die noch in McMurdo waren, hatten bei ASA angefangen und hegten immer noch angenehme Erinnerungen an das Unternehmen. Es hatte jedoch den üblichen Zehnjahresvertrag bekommen, und die NSF hatte von ihm verlangt, potentiellen Mitbewerbern ein paar Nebenverträge zu geben, damit die Mitbewerber genug lernen konnten, um bei Ablauf des Vertrags wirklich konkurrenzfähige Bewerbungen einreichen zu können. ASA hatte das pflichtgemäß getan und im dritten Zehnjahresturnus der Tochterfirma eines der abgebrühtesten multinationalen Konzerne in der neuen globalen Ökonomie einen Nebenvertrag gegeben. Es gab Gerüchte, diese habe ASA ein paar Kuckuckseier ins Nest gelegt und das Unternehmen heimlich in Schwierigkeiten gebracht, wo sie nur konnte; aber in Wahrheit hatte ihre rigide Kürzungs- und Entlassungspolitik die Arbeitskosten dermaßen gesenkt, daß sie in der Lage gewesen war, ein sehr niedriges Angebot zu unterbreiten, indem sie ihre Arbeitskräfte in McMurdo einfach wie Sklaven ausbeutete und darauf zählte, daß die Reize des Ortes und die harten Zeiten im Norden schon dafür sorgen würden, daß die Arbeitsplätze besetzt blieben. Und da die NSF vom Kongreß gezwungen wurde, das niedrigste Angebot anzunehmen und die Arbeitsbedingungen ausschließlich danach zu beurteilen, ob sie dem Gesetz entsprachen, hatte das neue Unternehmen mühelos den Sieg davongetragen, und ASA war aus dem Rennen gewesen. Bei der Übernahme von McMurdo hatten die Inhaber der neuen Firma diese auf Antarctic Supply and Logistics umgetauft, entweder weil sie sich das daraus resultierende Akronym nicht genau genug angesehen hatten – man konnte ASL so aussprechen, daß es wie ›asshole‹ klang – oder *weil* sie es sich angesehen hatten und von vornherein deutlich machen wollten, was für ein hartes, schlankes, nüchternes Unternehmen des 21. Jahrhunderts sie waren.

Das war natürlich eine Katastrophe für die ganzen alten ASA-Leute gewesen, die bleiben wollten, weil sie sich nun für einen Bruchteil des alten Gehalts – ganz zu schweigen von Sozialleistungen und Sondervergünstigungen – erneut um die gleichen Jobs bewerben mußten und sämtliche auf ihrer längeren Betriebszugehörigkeit beruhenden Vorteile einbüßten. Und für Joyce, die das alles in ihrem ersten Beruf als Krankenschwester schon einmal erlebt hatte, war es eine Déjà-vu-Katastrophe gewesen; damals war sie schon früh zur ›belegungsabhängigen Vollzeitkraft‹ herabgestuft worden, was hieß, daß sie einen Vollzeitjob hatte, solange genug Betten im Krankenhaus belegt waren; wenn nicht, wurde sie angerufen und mußte ohne Bezahlung zu Hause bleiben. Sie war stocksauer geworden und hatte beschlossen, wenn die Fürsorge für die Kranken wie alles andere auch zur Sklavenarbeit degradiert wurde, dann würde sie kündigen und sich wie Huckleberry Finn ›ins Terretorium verdrücken‹, in ihrem Fall in den weißen Süden.

Daher spiegelte X's Skepsis bezüglich ihrer Hoffnung auf eine Veränderung nur wider, was sie ihm beigebracht hatte. Doch jetzt hielt sie sich diese ganze üble Geschichte mit ausgestreckter Hand vom Leibe: »Nein, hör zu«, sagte sie ernst. »Wir haben ein paar Pläne, wir arbeiten wirklich dran. Und du würdest da gut reinpassen.«

»Ich hab schon gekündigt.«

»Mist.« Sie schüttelte empört den Kopf. »Verdammt, X, du hättest vorher mit mir sprechen sollen!«

»Ich will weg.«

Sie bedachte ihn mit einem sehr harten Blick. Er trieb es zu weit, sagte der Blick; er war überempfindlich und sah die ganze Sache mit Val zu romantisch. Elend erwiderte er den Blick und weigerte sich, ihr recht zu geben.

Sie zuckte die Achseln und entließ ihn mit einer Handbewegung. »Okay. Aber merk dir, was ich gesagt habe. Es ist die Wahrheit, weißt du! Wir werden die Dinge ändern!«

Er nickte und stapfte die Treppe hinunter. In der Biegung des Treppenhauses hing das große Foto von Thomas Berg, das ihn bei einem Polarbad zeigte, grinsend und naß, bis zur Brust im unter null Grad kalten Wasser des McMurdo-Sunds, in einem ins Eis gehackten Loch, das wie ein Robbenloch aussah; er selbst hatte auch Ähnlichkeit mit einer großen Robbe. Für X war es immer ein ergreifendes Erinnerungsstück gewesen, weil Berg kurz darauf bei einem Hubschrauberabsturz in den Trockentälern ums Leben gekommen war. Jetzt wirkte es noch intensiver auf ihn als jemals zuvor; es war so etwas wie ein allgemeiner Kommentar dazu, was die glücklichen Augenblicke im Leben wirklich bedeuteten und wie lange sie währten. Er ging in den brutal zuschlagenden Wind hinaus und fühlte sich schlechter denn je.

Darum war er nicht in der Verfassung, mit jemandem zu reden, schon gar nicht mit Val, und als sie aus der Tür der Kantine trat, ihn sah und näher kam, stöhnte er. Diese Stadt war einfach zu klein, verdammt. Und doch war da dieser kleine Kolibri, der jetzt in seinem Innern herumschwirrte und mit seinem Blick durch eine seiner Pupillen hinaushuschen wollte, als er sie ansah - sie sogar sehr eingehend musterte - und zu ergründen versuchte, ob Joyce ihm wohl die Wahrheit erzählt hatte; er suchte nach Zeichen des Bedauerns, nach Freundlichkeit, nach irgend etwas anderem als den abweisenden Nichtblicken, mit denen sie ihn bedachte, seit sie ihre Freundschaft beendet hatte.

Und tatsächlich sah er einen solchen Ausdruck in ihrem Gesicht, von keiner Sonnenbrille verborgen; sie war unverkennbar bekümmert. Oder vielleicht auch sauer auf ihn.

»Gehst du wirklich weg?« fragte sie.

»Ja. Ich hab grade gekündigt.«

»Oh, X«, sagte sie. »Gottverdammt, diese Leute brechen den Vertrag, du hast keine Ahnung, was hier passieren wird, wenn der Vertrag nicht hält, sie werden alles kaputtmachen!«

Natürlich wäre er nicht weggegangen, wenn sie zusammengeblieben wären. Das wußten sie beide, aber sie wollten nicht darüber reden. Und nun, wo sie allein draußen in der Wüste aus Rohren und Telefonleitungen standen, meckerte sie an ihm herum; aber oben auf dem Ob Hill hatte sie so getan, als würde es ihr nicht das Geringste ausmachen, weil sie sich vor dem DV nichts hatte anmerken lassen wollen, diesem Politiker mit seiner schicken Frisur, der seinen Parka wie einen Kamelhaarmantel trug, per Armband nach Washington oder sonstwohin telefonierte, wo sein herumstreunender Senator gerade sein mochte - ein gutaussehender Typ mit Geld und Zukunftsaussichten und einer Karriere, den Val sich sofort unter den Nagel gerissen hatte. Frauen wurden von der Macht angezogen wie Eisen von einem Magneten; da schlug die Soziobiologie voll zu, zweifellos, weil die Weiber ihre kleinen Babies beschützen wollten; aber es kam X trotzdem hoch, wenn er es sah.

Also funkelte er sie an, ohne etwas zu erwidern. Ihm fiel einfach nichts ein, was er sagen konnte, weil er einerseits dermaßen wütend auf sie war, andererseits aber auch dieser Kolibri wie ein Angina-Anfall in ihm herumflatterte.

»Der Vertrag wird schon seit Jahren gebrochen«, sagte er schließlich. »Deine Reisegruppen brechen den Vertrag, wenn man danach geht, wie er früher ausgelegt wurde. Die Staaten des Südens, die diese Probebohrungen durchführen, verwenden wirklich sichere Technik. Und es ist reine Forschung. Da wird's keine Probleme geben. Ich freu mich schon darauf, zur Abwechslung mal richtige Arbeit machen zu können.«

Sie wedelte ärgerlich mit einer Hand, zerklatschte ihn wie eine Fliege, ohne ihn zu berühren. »Am Ende wirst du das gleiche machen wie hier.«

»Die bilden mich aus, damit ich mehr tun kann.«

»Von wegen.«

Er schaute auf sie hinab. Nicht sehr weit hinab, das nicht; auch das hatte er an ihr geliebt, daß sie eine Frau von seiner Größe war. Und nicht nur körperlich, sondern auch geistig und seelisch. Er hatte sie geliebt, und natürlich liebte er sie immer noch. Aber das war zuviel. Wenn sie ihn bitten wollte zu bleiben, oder mit ihm schimpfen wollte, weil er aus persönlichen Gründen, die mit ihnen zu tun hatten, nicht blieb, wenn sie sich dafür entschuldigen wollte, daß sie ihm nach ihrer beider Ankunft so brutal den Laufpaß gegeben hatte, konnte sie das tun; hier war er, das war Vals Chance, ihre letzte Chance zumindest auf Monate hinaus, wenn nicht gar überhaupt; und da quasselte sie über den gottverdammten Antarktisvertrag, als ob es darauf noch ankäme oder als ob das der eigentliche Streitpunkt zwischen ihnen wäre.

Vielleicht sah sie etwas davon in seinem Blick. Sie schürzte die Lippen und schaute unglücklich weg. Eine unglückliche Cheerleaderin; es war ein trauriger Anblick. Aber sie war zu stur, sich zu entschuldigen, und er hatte bei Gott eine Entschuldigung verdient. Sie waren Partner gewesen, sie hatten miteinander geschlafen, miteinander wunderbar Sex gehabt; sich geliebt. Das hatte er jedenfalls geglaubt. Dann waren sie weggegangen, um sich draußen in der Welt um ihre jeweiligen Angelegenheiten zu kümmern, und nur ein paar Monate später wieder hierher zurückgekommen, und Val war bei ihrer Rückkehr (nur drei Tage vor ihm!) wie üblich von einem Haufen Typen angemacht worden - und wenn schon, das war keine Entschuldigung, wann war das bei einer Frau, die so aussah wie sie, jemals anders gewesen? Nein, McMurdo war keine Entschuldigung. Sie hatten nur eine Eisromanze gehabt, und die hatte sie aus ihren eigenen Gründen abbrechen wollen, da war die große Zahl der Männer in McMurdo nur eine Ausrede, und eine verdammt lahme obendrein.

Und sie würde sich nicht entschuldigen.

»Ich muß packen«, sagte X und bemühte sich mit aller Kraft, seine Stimme ruhig zu halten. Er drehte sich um und ging weg, bevor er anfing, sie anzuschreien oder zu weinen.

Und am nächsten Tag war er draußen auf dem kleinen Flugplatz, den die privaten Reiseveranstalter in der Windless Bight angelegt hatten - nicht mehr als zwei Jamesway-Hüttenzelte und eine Treibstoffblase neben dem von einem Schneepflug freigeräumten Landestreifen, eins der kleinsten, kahlsten Camps, die X je gesehen hatte. Das Flugzeug tauchte nicht auf, und er verbrachte die Nacht in einem Jamesway namens »The Random House«, schlief unruhig auf einer uralten, durchgelegenen Matratze, hörte den Preway-Ofen heulen - es klang wie das gespenstische Buhen eines Geisterpublikums - und ließ den Film seines Lebens im Kopf ablaufen: ein Remake von *Der Mann ohne Vaterland*, in der Hauptrolle der Mann ohne Namen.

FÜNFTES KAPITEL

# *Landschaft von besonderem wissenschaftlichem Interesse*

**Da bin ich wieder, meine Freunde.** Wie ihr seht, befinde ich mich jetzt draußen auf dem Ross-Schelfeis, ein paar Kilometer südlich der Ross-Insel. Ich bin hergekommen, um ein paar Tage im Happy Camper Camp der Amerikaner zu verbringen, wo die Besucher darin ausgebildet werden, auf und mit dem Eis zurechtzukommen, um besser auf ihre Zeit in der Antarktis vorbereitet zu sein. Das Camp ist treffend benannt; ich bin in der Tat glücklich. Die Bergsteiger haben uns gezeigt, wie man die Kocher anzündet, die Zelte aufbaut und die Funkgeräte benutzt. Ich habe gelernt, diverse Knoten zu knüpfen. Ich weiß jetzt, wenn man eine schwerverletzte Person in ein Zelt bringen muß, sie aber nicht bewegen will, weil man befürchtet, sie dabei noch mehr zu verletzen, dann muß man den Boden des Zeltes aufschneiden und es direkt über dem oder der Unglücklichen errichten. Die Antarktis ist ein gefährlicher Ort. Wenn man sich umschaut, wie wir es gerade tun, könnte man leicht glauben, ich stünde auf einer weiten Schneefläche; tatsächlich stehe ich jedoch auf geborstenem Eis, mit tiefen Spalten überall um mich herum und dem antarktischen Ozean unter mir.

Captain Cook, einer der größten Feng-Shui-Meister aller Zeiten, segelte in den siebziger Jahren des achtzehnten Jahrhunderts am Rand dieses antarktischen Ozeans entlang und versuchte, so weit wie möglich nach Süden vorzudringen. Seine hölzernen Segelschiffe stießen bei siebzig

Grad südlicher Breite auf Packeis, und im Süden war nur noch mehr Eis, so weit das Auge reichte. Mit der Technik seiner Zeit konnten sie nicht mehr weiter. Später schrieb Cook: »Ich erkühne mich zu sagen, daß sich kein Mensch jemals weiter vorwagen wird, als ich es getan habe, und daß man die Länder, die im Süden liegen, niemals erforschen wird.«

Das klingt merkwürdig in unseren Ohren, kurzsichtig und sogar ein bißchen töricht. Aber wir müssen bedenken, daß der Mann, der das sagte, äußerst intelligent und tüchtig war und in seinem Leben viel mehr erreicht hat als jeder von uns. Folglich sollten wir seine in dieser Bemerkung zutage tretende Kurzsichtigkeit nicht als persönliches Attribut verstehen, sondern als generelle Eigenschaft seiner Zeit. Cook lebte nämlich kurz vor den großen Beschleunigungen des Industriezeitalters; seine Zeit war sozusagen das Vorgebirge einer Gebirgskette, die derart steil aufragte, daß man ihre Höhe nicht einmal erahnen konnte. Daher die radikale Verkürzung der *Kao-yuan*-Perspektive. Cook fuhr mit Holzschiffen, die weitgehend aus demselben Baumaterial bestanden wie alle Schiffe der vergangenen zweitausend Jahre und allein durch konstruktive Verbesserungen seetauglicher geworden waren, und Cook sah ganz richtig, daß diese über die Jahrhunderte hinweg langsam der menschlichen Erfahrung abgerungenen Verbesserungen allmählich an die Grenzen des vorhandenen Baumaterials stießen. Deshalb konnte er die ungeheuren Veränderungen, die in den folgenden industriellen Dekaden so rasch eintreten würden, nicht vorhersehen.

Wir haben jedoch keine solche Rechtfertigung wie Cook. Wir leben auf den Höhen jener Gebirgskette, in einer Kultur, die sich so rapide verändert, daß es schwer zu ermessen ist. Wir blicken auf zwei Jahrhunderte fortwährender Beschleunigung bis zum jetzigen instabilen Moment zurück, und daher sollten wir voraussehen können, daß in der Zeit nach uns weitgehend dasselbe geschehen wird. Wer kann bestreiten, daß sich die Zukunft schon bald stark von unserer Zeit unterscheiden, schon bald eine von einer Vielzahl möglicher Welten sein wird?

Und dennoch glaube ich, daß wir heutzutage im großen und ganzen immer noch nicht viel klüger sind als Captain Cook. Wir nehmen an, daß die gegenwärtigen Zustände von Dauer sind. Und doch werden die Gesetze jedes Jahr geändert, und selbst das Schelfeis, auf dem ich jetzt stehe und das seit drei Millionen Jahren hier ist, schmilzt ab. Ja, sogar die Steine schmelzen mit der Zeit dahin. Dieser Augenblick ist wie eine Libelle, die über einer Pfirsichblüte schwebt und gleich darauf schon wieder verschwunden ist.

Dann schaut euch dieses Meer an, auf dem ich momentan kampiere. Eine weiße Unendlichkeit; es gibt nichts darüber zu sagen. Erebus steht wie eine machtvolle Gottheit in der Luft. Bevor man eine Landschaft lesen kann, muß man sie tief in sich aufgenommen haben. Als ich als stolzer junger Mann in die Antarktis kam, sah ich das Land, und es verwirrte mich, ich konnte es in meinen Gedichten nicht malen. Mir fiel nichts ein. Wie der britische Forscher Cherry-Garrard sagte: »Diese Reise spottete jeder Beschreibung.«

Erst später, als ich davon träumte, begann ich es zu lieben. Die Worte, die ich fand, waren die ältesten in den schlichtesten Kombinationen. Blauer Himmel; weißer Schnee. Das ist alles, was Sprache von diesem Ort erzählen kann; alles andere sind Fußnoten und Geschichten, die von den Menschen handeln.

Jetzt bin ich wieder hier, und diejenigen von euch, die mich auf meiner Reise begleiten, die in China – oder wo immer ihr sein mögt – zusehen und zuhören: Ich heiße euch willkommen, weil ich mich jetzt, all diese Jahre später, mit der Liebe dieser Geschichten in mir, bereit fühle, das Land zu filmen, das ich sehe, und euch, meine Freunde, davon zu erzählen; nicht, um die Lichteffekte zu reproduzieren, sondern um dieses Licht an seiner Quelle anzuzapfen.

Als Scotts Gruppe im Jahre 1902 zum ersten Mal hierherkam, war diese Schelfeiskante für sie der südlichste Punkt, den jemals ein Mensch erreicht hatte, und niemand wußte, was hinter dem Horizont lag. Das heißt, sie wußten natürlich genau, daß in dieser Richtung der Südpol lag, die Achse der Erdrotation. Auf der Ross-Insel waren sie noch zwölfhundert Kilometer davon entfernt, wie sie aufgrund geometrischer Berechnungen wußten; aber sie hatten keine Ahnung, wie das Land dazwischen aussehen mochte; ob diese Western Mountains jenseits der Bucht sich immer weiter nach Süden erstreckten wie eine große Mauer, die ihnen den Weg versperrte, oder ob es einen leichten Zugang zu dem gewaltigen Eisplateau gab, das möglicherweise den Pol bewachte, wie kurze Ausflüge in die nächstgelegenen Berge der Western Mountains vermuten ließen. Sie konnten es nur herausfinden, indem sie versuchten, dorthin zu gelangen. Es war ähnlich wie beim Vorstoß zum Nordpol und bei der Suche nach der Nordwestpassage, seit elisabethanischen Zeiten ein wesentliches Element der britischen Kultur. Solange England eine Seemacht gewesen war, solange es ein Weltreich gewesen war, hatte es tapfere Männer ausgeschickt, um die polaren Enden dieser Welt zu erforschen, zunächst das nördliche, und nun war es ihnen dank der Erfindung von Konservennahrung und dampfgetriebenen Schiffen mit Metallpanzerung auch gelungen, das Packeis - jenes Eis, das nach Captain Cooks Worten niemals überwunden werden würde - um das südliche Ende zu durchbrechen und eine Basis mit reichlichen Vorräten so nahe am Pol anzulegen, wie es nur ging, nämlich hier auf der Ross-Insel. Unmittelbar südlich lag diese weite, weiße Schelfeisfläche ohne besondere Merkmale. Und deshalb mußten sie einen Versuch wagen.

Auf ihrer ersten Reise nach Süden nahm Scott seinen Freund und Vertrauten Edward ›Bill‹ Wilson sowie Ernest Shackleton mit. Shackleton war wegen seiner Körperkraft und wegen der Energie, des Willens und der seelischen

Kraft ausgewählt worden, mit denen er danach strebte, dieses Land erfolgreich zu durchqueren.

Aber der Schnee auf dem Schelfeis war weich, und es erwies sich als schwierig, einen Schlitten hindurchzuziehen; es war, als zöge man ihn durch Sand; sie kamen nur sehr langsam und mühevoll voran. Shackleton hatte einen Herzfehler, den er sein Leben lang vor anderen verborgen hatte, und die Härten dieses Gewaltmarsches nach Süden, bei dem sie in ihren schlecht konstruierten Geschirren täglich vierzehn Stunden lang die Schlitten zogen und doch nur acht Kilometer zurücklegten, führten dazu, daß er schneller Skorbut bekam als die anderen beiden.

Schon ein paar Tage nach ihrem Aufbruch wurde ihnen klar, daß sie zu langsam vorankamen, um bis zum Pol zu gelangen, so daß ihr weiterer Vorstoß nach Süden eigentlich ein ziemlich sinnloses Unterfangen war, auch wenn sie sich dabei halb umbrachten. Das machte sie reizbar. Sie kamen nicht einmal vom Schelfeis herunter, sondern nur bis zu den durch Tidenbewegungen hervorgerufenen Spalten, die das Eis von der Küste trennten. Wie sie feststellten, erstreckten sich die Western Mountains so weit nach Süden, daß jeder direkte Weg von der Ross-Insel zum Pol versperrt war; eine ziemlich verhängnisvolle und entmutigende Entdeckung, aber auch die einzige, die sie bis zu ihrer Umkehr gemacht hatten.

Scott hatte ohnehin fast schon zu lange gewartet. Es war an ihm, den Zeitpunkt zur Umkehr zu bestimmen, doch obwohl Wilson Anfang Dezember gewarnt hatte, Shackleton bekomme Skorbut und sie selbst seien auch bald so weit, drang Scott noch bis zum Tag nach Neujahr weiter vor. Danach wurde die Rückkehr zur Ross-Insel zu einem Kampf auf Leben und Tod. Auf dem Rückweg brach Shackleton vom Skorbut zusammen und konnte nicht mehr beim Schlittenziehen helfen; er war bestenfalls noch imstande, ohne Gepäck auf Skiern neben den beiden anderen herzulaufen. Was für eine Willensanstrengung das kostete, können wir uns kaum vorstellen, krank wie er war – so krank, daß er an manchen Tagen gezwungen war, sich auf den Schlitten zu legen und von den anderen beiden ziehen zu lassen.

Und Scott, der nichts von dem Herzfehler wußte, hatte kein Mitleid mit Shackleton. Dieser war jünger als er, und auf der Ross-Insel war er soviel dynamischer gewesen; Scott betrachtete seinen Zusammenbruch als moralisches Versagen, und da er ihrer aller Leben gefährdete und dadurch Scotts Ruf als kompetenten Expeditionsleiter schädigte, wurde er wütend auf Shackleton. Er ließ in dessen Hörweite verächtliche Bemerkungen über ›das Gepäck‹ vom Stapel, und zwar so oft, daß Wilson ihn beiseitenehmen und bitten mußte, damit aufzuhören.

Und am Ende stießen Scott und Shackleton unmittelbar zusammen. Shackleton und Wilson packten gerade die Schlitten, als Scott zu ihnen hinüberrief: »Kommen Sie her, Sie verdammter Idiot!« Wilson fragte: »Meinen Sie mich?« Und Scott sagte: »Nein.« Daraufhin sagte Shackleton: »Dann müssen Sie mich meinen. Aber Sie sind der größte Idiot von uns allen, und jedesmal, wenn Sie es wagen, so mit mir zu reden, werde ich es Ihnen mit gleicher Münze heimzahlen.«

Shackleton war Scott als Offizier unterstellt, und sie befanden sich auf einer Expedition der britischen Kriegsmarine. Daher grenzte diese Äußerung an Meuterei. Wilson mußte eingreifen, um die Situation zu bereinigen; er bestand darauf, daß die beiden Männer sich beruhigten und weitermachten. Der Vorfall war so traumatisch, daß keiner der drei ihn in den Tagebüchern erwähnte, die sie während des Marsches führten; das wäre viel zu gefährlich gewesen. Woher wissen wir dann davon? Wilson, der für jeden auf der Expedition als Beichtvater fungierte, verspürte schließlich das Bedürfnis, selber zu sprechen, und erzählte dem Geologen Armitage später, was geschehen war. Noch später schrieb Armitage auf, was er gehört hatte. Wie wahrheitsgetreu Armitages Bericht und auch der von Wilson waren, können wir nicht beurteilen. Doch zu dem Zeitpunkt, als

Scott und Shackleton über diese Eisfläche zur Discovery-Hütte bei McMurdo zurücktaumelten, waren sie jedenfalls Feinde fürs Leben. Sie konnten einander nicht mehr ausstehen. Scott nutzte seine Befehlsgewalt, um Shackleton wegen Dienstuntauglichkeit aus der Antarktis zu entfernen; er schickte ihn mit dem Versorgungsschiff heim, das sie nach ihrem ersten Jahr im Eis besuchte, während alle anderen noch ein Jahr blieben und weitere Schlittenreisen unternahmen, Routen zur Polkappe erprobten und sich umschauten.

So kam es, daß Ernest Shackleton den festen Entschluß faßte, wieder zurückzukehren.

■

**Val und Wade wurden mit einem Kleintransporter** die zweihundert Meter vom Hotel California zum Hubschrauberlandeplatz gefahren, obwohl sie nur Rucksäcke für ihren Marsch durchs Barwick-Tal zum Lager von S-375 dabeihatten. Val beobachtete Wade, während sie herumstanden und darauf warteten, daß der Lademeister sie herüberwinkte; er betrachtete die Szene mit großem Interesse und hörte sich gelassen die ohne Überzeugung vorgebrachten und auch nicht überzeugenden Erläuterungen des Loadies über die Sicherheitseinrichtungen des Helos an, die im wesentlichen aus einem Helm bestanden, der nicht mehr Schutz bot als ein Fahrradhelm und eigentlich auch nur als Träger der Funksprechanlage gedacht war. Aber Wade reagierte nicht mit einem spöttischen Grinsen, verdrehte nicht die Augen und zeigte auch kein gedämpftes Entsetzen; zweifellos hatte er in seinem Job schon viele Hubschrauberflüge gemacht. Er stieg zu den Passagiersitzen hinauf und nahm auf dem Thron Platz, dem Sitz direkt hinter und ein wenig über den beiden Pilotensitzen. Val setzte sich hinter ihn und konnte von da an nur noch seinen Hinterkopf sehen, oder vielmehr seinen Helm; aber als sie abhoben, sah sie, daß er auf McMurdo hinunterschaute, dann zu Erebus hinüber und schließlich hinunter aufs Meereseis, als sie die gefrorene Oberfläche des McMurdo-Sunds überquerten. Er meldete sich zweimal, um Fragen zu stellen, zuerst eine über das Schmutzeis, und Val erklärte ihm, daß es von Staub und Sand erzeugt wurde, die mit dem Wind von Black Island herüberkamen, auf dem Eis landeten, es schmolzen und dadurch ein scheußliches, dunkelgraues, zernarbtes Ödland schufen, das für Fahrzeuge oder zu Fuß unpassierbar war; dann eine weitere über die riesigen grünlichen Tafelberge, die sich aus dem Meereseis erhoben, und Val erklärte, daß es sich um Stücke des Ross-Schelfeises handelte, die im vorigen Sommer abgebrochen und nun auf dem Weg ins Meer hinaus waren. Das Meereseis war von diesen großen Brocken durchsetzt, obwohl das Schelfeis zwischen Hut Point und White Island auch nicht annähernd mit der gleichen Geschwindigkeit wegbrach wie an seiner breiten, ungeschützten Front östlich der Ross-Insel. Wade nickte zum Zeichen, daß er Vals Erklärungen über das Getöse des Triebwerks hinweg gehört hatte, und das war's dann. Kein aufgeregter Kommentar, keine weiteren Fragen.

Sie flogen über den Piedmontgletscher hinweg, der die Küste säumte, und dann zwischen den felsigen Gipfeln von Mount Newell und Mount Doorly hindurch, den letzten beiden Bergen der Asgaard Range und der Olympus Range. Anschließend durch das breite, kahlwandige Tal zwischen diesen Gebirgsketten; dies war das Wright-Tal, eins der größten und berühmtesten Trockentäler. Der Copilot sagte: »Bald werden sie Naßtäler heißen. Sehen Sie, wieviel Schnee da heutzutage liegt? Später im Sommer wird das alles wegschmelzen und mit dem Onyx-Fluß - die weiße Linie da - in den Vanda-See fließen.« Der Vanda-See war ein gutes Stück tiefer als in den vergangenen Jahren; seine blaue, rissige Oberfläche wurde von einem breiten Band aus weißerem Eis gesäumt. Der Copilot spielte wieder den Tourführer für den noch immer schweigenden Wade und nannte ihm die Namen der Berge, an denen sie vorbeiflogen, und der Hängegletscher, die sich aus den Lücken zwischen den Bergen der Asgaard Range zu ihrer Linken ergossen. Wades Kopf schnellte von links nach rechts, während er alles in sich aufzunehmen versuchte. Dann mischte sich der Pilot ein und erklärte Val, sie würden noch zwei Wissenschaftler am Don Juan Pond abholen, bevor sie Val und ihn an ihr Ziel brächten. Der Helikopter schwenkte ab, flog links an dem abgeflachten Inselberg namens Dais - Podium - vorbei durch ein Seitental und landete neben dem Don Juan Pond, der klein, seicht, braun und mit flüssigem Wasser gefüllt war. Das Wasser des Teichs sei flüssig, weil es wegen seines hohen Salzgehalts nicht gefriere, erklärte der Copilot Wade. Da die Wissenschaftler, die sie abholen sollten, nirgends zu sehen waren, stellten sie das Triebwerk ab, stiegen aus und wanderten in dem schmalen braunen Tal umher. Der Boden um den Teich herum war von Salzkristallen weiß verkrustet. Wade ging mitten in den Teich hinein, der nirgends mehr als ein paar Zentimeter tief war. Val folgte ihm, auch um aufzupassen, daß er nicht in einen Strudeltopf trat.

»Noch mal, warum gefriert es nicht?« Er betrachtete alles sehr neugierig, als wäre er in einer Kunstgalerie und sähe sich eine Ausstellung eines Künstlers an, dem er nicht recht traute.

»Es ist zu salzig.«

»Wirklich?« Er langte hinunter und schöpfte eine Handvoll Wasser – es war vollständig klar und transparent in seiner Hand, so dünn wie normales Wasser –, und bevor Val etwas sagen konnte, führte er die Hand an den Mund und trank.

Und spuckte das Wasser sofort wieder aus, daß es nur so spritzte. »Arck!« würgte er und lief rot an, während er trocken hustete und immer wieder ausspuckte.

Val nahm ihre Wasserflasche vom Gürtel, schraubte sie auf und hielt sie ihm hin. »Einen Schluck?«

Er nickte, immer noch hustend, und zeigte auf den Teich hinunter. »Giftig?« keuchte er.

»Nein. Bloß salzig.«

»Meine Güte.« Er trank und spuckte, trank und spuckte. »*Wirklich* salzig. Wie Batteriesäure.«

»Ich weiß. Ich hab mal einen Finger reingetaucht und an die Zunge gehalten.«

Er nickte und spuckte noch einmal aus. »Hätte ich auch machen sollen. Ich hatte ja keine Ahnung.«

Die beiden Wissenschaftler tauchten auf dem von Steinen übersäten Gletscher am oberen Ende des Tals auf, und kurz darauf waren sie zum Hubschrauber heruntergekommen. Sie begrüßten sie und entschuldigten sich, daß sie den Helo hatten warten lassen.

»Ist schon okay«, sagte Val, »dadurch hatte Wade hier Gelegenheit, von dem Wasser zu trinken.«

Wade warf Val einen raschen Blick zu, und sie grinste ihn an. Die Wissenschaftler musterten ihn mit hochgezogenen Augenbrauen. »Du liebes bißchen«, sagte einer von ihnen. »Wie hat's denn geschmeckt?«

»Es war salzig«, bestätigte Wade. Sein Mund war immer noch zu einem kleinen Knoten zusammengezogen.

»Das möchte ich meinen«, bemerkte der andere, während sie in den stillen Helo kletterten. »Das Wasser enthält hundertsechsundzwanzig Gramm Salz pro Liter. Im Vergleich zu drei komma sieben im Meerwasser.«

»Es hat noch salziger geschmeckt«, sagte Wade.

»Ist so eine Art Minimumthermometer. Der Teich friert erst zu, wenn die Wassertemperatur auf vierundfünfzig Grad unter Null sinkt, und wenn das passiert, besteht das Eis selbst aus Süßwasser und schmilzt erst, sobald sie wieder auf über null Grad steigt. Wenn wir im Frühling herkommen, können wir also feststellen, ob die Temperatur im vergangenen Winter unter minus achtundvierzig Grad gesunken ist. Kommt heutzutage aber nur noch selten vor.«

Dann waren sie angeschnallt, der Loadie hatte die Rotorblätter freigelegt, und sie waren wieder in der Luft und flogen im markerschütternden Getöse des Hubschraubers das Tal mit dem Don Juan Pond hinauf statt wieder zurück. Der Copilot erklärte, sie wollten über das Labyrinth wegfliegen. Wade fragte, was das sei, und einer der Wissenschaftler erklärte, das Gewirr einander kreuzender Schluchten, das nun unter ihnen lag, sei wahrscheinlich von Strömen an der Unterseite eines großen Gletschers gegraben worden. »Sehen Sie, der Gletscher selbst ist noch da, er ist nur nicht mehr so groß.«

Und dann waren sie über dem Oberen Wright-Gletscher, einer ausgedehnten, glatten Fläche bläulichen Eises, die das gesamte Kopfende des Tals überzog; dieses war so etwas wie ein ungeheures Kastental, eingefaßt von einem riesigen, teilweise eingestürzten Halbkreis von Klippen. Alle Wände und Vorgebirge dieses gekrümmten Steilabbruchs waren von hellen und dunklen Schichten durchzogen, wie ein Kuchen, in dem sich Vanille- und Schokoladeschichten abwechselten. Derselbe Wissenschaftler erklärte, es handele sich um Bänder aus hellem Sandstein und dunklem Dolerit; der Dolerit sei härter und stehe daher beinahe senkrecht in den Klippen, der Sandstein sei weicher und verlaufe daher in schrägem Winkel. Über den Klippen zeichnete sich das Eis des gewaltigen antarktischen Polarplateaus ab, das sich bis zum fernen südlichen Horizont erstreckte; und an einer Stelle ergoß es sich wie ein in Sekundenschnelle zu Eis erstarrter Niagarafall über die Klippen. Dies sei der Airdevronsix-Gletschersturz, sagte der Copilot, benannt nach der Hubschrauberdivision der Navy, die ihn entdeckt habe. Der Pilot brachte den Helo ganz nah heran, so daß sie aus nicht mehr als fünfzig bis hundert Metern Höhe auf Löcher im Eis hinabschauten, durch die man den gestreiften Fels sehen konnte; dann schossen sie in die klare Luft über den Klippen empor, wo sich die gigantische Eisfläche des Plateaus bis zum südlichen Horizont dehnte.

Es war ein erstaunlicher Anblick, an den Val sich nie gewöhnt hatte, ganz gleich, wie oft er sich ihr bot – was ziemlich häufig der Fall war, weil es sich natürlich um einen unverzichtbaren Bestandteil aller Trockental-Touren handelte. Wenn sich diese Szenerie in anderen Teilen der Welt befunden hätte, wäre sie so berühmt gewesen wie das Monument Valley, Yosemite oder das Matterhorn – ein Klischee, das unzählige Male in Filmen und Werbespots abgebildet worden wäre. Aber da sie sich hier unten befand, war sie trotz des großen Aufschwungs des Abenteuertourismus, immer noch das unbekannteste der großen Naturwunder der Welt. Und darum um so aufregender, soweit es Val betraf. Eins der Prunkstücke des Eisplaneten.

Und Wade beugte sich auch wirklich über die Schultern des Piloten vor, um durch die vorderen Fenster mehr zu sehen, und sein Kopf drehte sich wie der einer Marionette auf einer Feder nach links und rechts. Aber er meldete sich nicht über Helmfunk, um allen mitzuteilen, wie erstaunt er war, so wie der Kunde, der während eines ähnlichen Fluges vielleicht fünfzigmal »WOW« gebrüllt hatte; und er begann auch nicht, zwanghaft zu fotografieren, wie es so viele Kunden taten, die mit Filmen und Belichtungsmessern herumfuhrwerkten, bis sie draußen überhaupt nichts mehr wahrzunehmen schienen. Im Gegenteil, Wade war offenbar völlig gebannt von dem, was er sah. Und das war nur angemessen; aber Val hatte ihn bei ihrer ersten Begegnung als typischen Washingtoner Politiker eingestuft, der sich im Grunde nicht für das Eis selbst interessierte. Es gefiel ihr, daß er beeindruckt wirkte. Und daß er versucht hatte, aus dem Don Juan Pond zu trinken!

Die Piloten hätten über die Berge der Olympus Range hinweg direkt zu ihrem Ziel fliegen können, aber da dieses Ziel eine Landschaft von besonderem wissenschaftlichem Interesse war und nicht überflogen werden durfte, war der gesamte Komplex des Balham-Tals, des McKelvey-Tals, der Insel Ridge (ein weiterer Berg inmitten eines Tals, wie der Dais) und des Barwick-Tals für normale wissenschaftliche Forschung, alle Überflüge und sämtliche Abenteuertouren gesperrt. Damit wollte man einen Teil der Trockentäler möglichst weitgehend vor Verunreinigungen bewahren, um grundlegende Vergleiche mit den anderen, besser erforschten und darum stärker verunreinigten Tälern anstellen zu können. Das Team, zu dem sie nun unterwegs waren, hatte zwingende Gründe vorbringen müssen, wenn es die Erlaubnis erhalten hatte, für ein paar Wochen ein kleines Zeltlager im Barwick-Tal einzurichten, und man hatte von ihnen verlangt, daß sie mit einem Minimum an Ausrüstung zu Fuß hineingingen.

Daher flog der Helo durchs Wright-Tal zurück, über die türkisfarbene und lapislazuliblaue Fläche des Vanda-Sees hinweg und an der weißen Linie des Onyx-Flusses entlang und stieg dann steiler in den windigen Hohlweg des Bull-Passes empor, ein Hängetal, welches das Wright-Tal mit dem McKelvey-Tal verband. Dann hatten sie den Paß hinter sich, waren draußen über dem weiten, kahlen Boden des

Victoria-Tals und landeten auf den sandigen Dünen talaufwärts vom Vida-See. Das war ein weiterer See aus gesprungenem Eis, der aussah, als läge er irgendwo anders auf etwa achttausend Metern Höhe in den Bergen; tatsächlich befanden sie sich jedoch nur ungefähr dreihundert Meter über dem Meeresspiegel. Aber ein hoher Breitengrad entsprach in seinen Auswirkungen auf die Landschaft einer großen Höhe, und so stiegen Val und Wade aus dem Hubschrauber, entfernten sich aus dem Bereich der laut kreisenden großen Rotorblätter und richteten sich auf einer Fläche auf, bei der es sich um die tibetanische Hochebene zu handeln schien, wenn nicht gar um den Mond.

Dann flog der knallrote Hubschrauber talabwärts davon, laut und schnell, und verschwand gleich darauf im Bull-Paß. Sein Lärm verklang viel langsamer in ihren pochenden Ohren, bis sie endlich in der windigen, aber reglosen Stille einer ungeheuren Felslandschaft allein waren, in einem Tal, das von – nun, von allem abgeschnitten zu sein schien. Wade schaute sich mit großen Augen um. Er wirkte benommen.

»Hübsch, nicht?« bemerkte Val aus Gewohnheit, als spräche sie mit einem Kunden.

»Ich glaube, das ist nicht ganz das Wort, das ich wählen würde.«

Sie hatten nur minimale Ausrüstung dabei, und insbesondere Wades Rucksack war nicht sehr schwer; Val hatte darauf geachtet, daß er nicht mehr als vielleicht fünfzehn Kilo wog. Trotzdem ächzte er, als er ihn umhängte, und machte eine Bemerkung darüber, wie schwer er sei.

»Als ich angefangen habe, hier unten zu arbeiten«, sagte Val, »wog die persönliche Ausrüstung so um die fünfzig Kilo und war so sperrig, daß man sie nicht überallhin mitnehmen konnte. Deshalb hat uns der Transporter heute morgen zum Hubschrauberlandeplatz gebracht; sie haben sich immer noch nicht dran gewöhnt, daß man seine Sachen mittlerweile selber tragen kann.«

»Hmm«, machte Wade, als sei er auch jetzt noch nicht überzeugt, daß sie schon soweit waren.

Val schulterte ihren Rucksack (sie trug ungefähr fünfundzwanzig Kilo) und marschierte los. Nachdem sie einige Minuten durchs Victoria-Tal gegangen waren, zeigte sie an einem schiffsschnabelähnlichen Vorsprung des Mount Insel vorbei ins Barwick-Tal. »Da oben sind sie, sehen Sie? Unter dem Gletscher am Kopfende des Tals.«

Wade schaute hoch und nickte. »Zum Abendessen sind wir da.«

Val lachte, und Wade blieb stehen und schob seine Sonnenbrille auf die Nasenspitze, um noch einmal hinzuschauen. »Länger?«

»Länger. Das sind rund fünfundzwanzig Kilometer.«

»Meine Güte. Ich hätte ungefähr fünf geschätzt.«

»Das kommt hier häufig vor. Es gibt keine Bäume oder Gebäude, die einem ein Gefühl für die Größenverhältnisse vermitteln, und die Berge sind riesig. Und die Luft ist sauberer, als Sie's gewöhnt sind.«

»Da haben Sie zweifellos recht.«

Sie gingen nebeneinander her, weil es keinen bestimmten Weg über den Sand und das Geröll unter ihren Füßen gab, der weniger beschwerlich war als die anderen. »Die Leute vertun sich hier kraß mit der Perspektive«, sagte Val. »Sie halten ein Schneemobil für einen Berg oder eine Packung Zigaretten für ein Gebäude. Oder umgekehrt.«

»Für mich sieht alles groß aus.«

»Aber Sie dachten, wir wären nicht mehr weit vom Camp entfernt.«

»Stimmt.«

Der Nachmittag verstrich, während sie über niedrige Felswellen auf und ab wanderten. Obwohl der Weg vor ihnen aus einiger Entfernung beinahe eben aussah, ging es in der unmittelbaren Umgebung stets auf und ab – einen sechs Meter hohen Kamm hinauf, in einen neun Meter tiefen Sattel hinunter, der ein noch tieferes Becken durchquerte – zwölf Meter hinauf, um aus dem Becken herauszukommen, dann wieder sechs hinunter, dann eine steile Treppe – und so weiter. Diese örtliche Unebenheit und das grobe Geröll, das den Talboden überall bedeckte, erschwerten das Gehen. Doch Wade glitt wie ein Tänzer hindurch, bemerkte Val, mit kleinen, gewandten, anmutigen Schritten; er beklagte sich nicht und behielt ein gutes Tempo bei. Val wanderte sehr gern auf diese Weise, aber für gewöhnlich marschierte sie an der Spitze von bis zu zwanzig Personen starken Trekkinggruppen durch diese Täler, und dann stolperte das Schwanzende der Gruppe immer mit Blasen an den Füßen dahin und benötigte besondere Fürsorge. Daher genoß sie diesen leeren Nachmittag sehr; und nach ein paar Stunden erklärte sie, es sei an der Zeit, eine Pause einzulegen und etwas Warmes zu essen.

Sie fand eine sonnige, windgeschützte Nische zwischen zwei großen Felsblöcken, setzte sich hin und holte den Nahrungsmittelbeutel und den Kocher heraus. Wade saß da und sah ihr zu, während sie Suppe kochte. Sie machte eine Handbewegung zu seinem Rucksack. »In Ihrer Thermoskanne ist heißer Kakao.«

Er trank einen Schluck, aß aber nicht viel Suppe oder Studentenfutter. Leicht gedämpfter Appetit, wie häufig bei Leuten, die hier draußen zu wandern begannen. Wenn sie zu den Hourglass-Seen kamen, würde er einen wahren Heißhunger haben, schätzte sie. Obwohl er kein großer Mann war. Aber beim Marschieren in der Kälte verbrannte man eine Menge Kalorien.

»Das ist also verbotenes Gelände«, sagte er, als sie den Lagerplatz aufräumte und ihren Rucksack packte.

»Ja. Ist irgendwie nett, daß man es sich ansehen kann.«

»Die müssen wichtige Arbeit machen, wenn sie hierherkommen dürfen.«

»Ja. Ich hab allerdings gehört, daß sie nicht ganz unumstritten sind.«

»Weil man sie in das Tal gelassen hat?«

»Ja, einerseits, aber auch wegen ihrer Arbeit insgesamt. Wenn sie recht haben, dann könnten die Eiskappen ziemlich empfindlich auf Klimaveränderungen wie diejenige reagieren, die wir gerade erleben. So was in der Art. Sie werden sie selber danach fragen müssen.«

Sie gingen bis in den Abend hinein weiter. Wade stolperte ein paarmal leicht und wurde langsamer; daran merkte sie, daß er müde wurde. Aber er beklagte sich nicht und verlangte auch keine weiteren Ruhepausen. Val war beeindruckt; für einen schmächtigen Stadtbubi war er ziemlich zäh. Sie hatte jede Menge Kunden gehabt, die ganz wild auf die Berge gewesen waren, sich jedoch nicht annähernd so gut gehalten hatten.

Dann erreichten sie die Kuppe einer kleinen Schotterwand mit Polygonen, die durch Frostaktivität entstanden waren, und die weiße Schrägung des Gletschers, der das obere Ende des Tals füllte, stand unerwartet über dem rostigen Fels. »Wir sind fast da«, sagte Wade.

»Ein paar Stunden wird's schon noch dauern«, entgegnete Val. »Sollen wir hier unser Nachtlager aufschlagen?«

»Nein. Ich glaube, ich schaffe es noch bis dorthin.«

»Okay. Aber wie wär's mit einer weiteren Mahlzeit?«

»Prima. Klingt gut.«

Und diesmal schlang er eine ganze Schüssel Eintopf in sich hinein. Eine sehr schnelle Anpassung, dachte Val, als sie die Ausrüstung wieder zusammenpackte.

Das Camp von S-375 bestand aus vier bunten kleinen Kuppelzelten, in deren Mitte zwei Scottzelte standen, hohe, vierseitige Pyramiden aus schwerem Segeltuch, die im frühen Zwielicht archaisch wirkten; eins war von innen erleuchtet, so daß es wie eine gelbe Laterne aussah, und aus der röhrenförmigen Lüftungsöffnung im Dach stiegen dünne Rauchfahnen. Sie gingen auf dieses Zelt zu, und Val rief: »Hallo, da drin!«

Da sie bereits erwartet wurden, klangen die Rufe von drinnen nicht überrascht. »Kommt rein!« – »Kommt rein!«

»Aber zieht vorher die Stiefel aus, hier drin wird's ziemlich eng werden!«

So war es. Selbst ohne Stiefel nahmen sie in ihren Parkas viel Platz ein, aber die Männer im Zelt schoben sich um sie herum, während sie sich auszogen. Wade klemmte sich in eine Ecke, und Val ließ sich in die Lücke zwischen Misha, dem Bergsteiger der Gruppe, und dem Coleman-Kocher sinken. Beide Flammen brannten unter großen Wasserkesseln, und die Hitze an ihrer Seite fühlte sich gut an. Wade, der vornübergebeugt wie ein Schneider dahockte, würde in seiner Ecke ganz schön eingequetscht werden, aber das würde seine erste Lektion über die Ergonomie von Scottzelten sein. Einer der Hauptgründe für den Tod von Scotts Gruppe war Vals Ansicht nach, daß ihr Scottzelt für vier Leute und einen Kocher und nicht für fünf konstruiert gewesen war. Dieses hier war zwar größer, mit sechs Personen aber trotzdem schon deutlich überbelegt, und es war eng, stickig, ja sogar heiß darin; doch nach der eisigen, kahlen Weite des dunkelnden Tals war es allemal eine sehr willkommene Zuflucht.

»Laßt die Tür ein bißchen offen«, sagte der Mann auf der anderen Seite des Kochers. Er war bärtig und vielleicht zwanzig Jahre älter als die anderen Männer im Zelt; zweifellos der Forschungsleiter, wegen dem Wade hergekommen war: Dr. Geoffrey Michelson, ein britischer Veteran von über vierzig Jahren antarktischer Geologie, der in den Staaten schon fast genauso lange einen Lehrstuhl innehatte. Sie wurden einander vorgestellt: Michelsons Team bestand aus einem jüngeren Kollegen von der University of California in Los Angeles, Harry Stanton; einem Kiwi-Glaziologen namens Graham Forbes; und Misha Kaminski, mit dem Val bei ein paar denkwürdigen Rettungseinsätzen zusammengearbeitet hatte. Es war ein ziemlicher Mischmasch von Dialekten, und Val fiel zum ersten Mal der leichte Hauch Virginia in Wades Sprache auf, als er die anderen begrüßte. Man bot ihm und Val Becher mit Drambuie an, dem traditionellen Likör der antarktischen Kiwis, und sie nahmen beide dankbar an. Val taten die Füße weh, und sie vermutete, daß die von Wade sich noch schlimmer anfühlten, obwohl er sich nie über irgend etwas beklagt hatte. Und sie waren an diesem Tag insgesamt fast dreißig Kilometer gelaufen.

»Was machst du als nächstes?« wollte Misha von Val wissen.

»Amundsens Spuren«, sagte sie.

»Amundsens Hundefährte müßte das heißen!«

»Stimmt. Aber wir ziehen einen Schlitten, wie üblich.«

»Das ist so was von bescheuert. Diese Leute kommen hierher und ziehen einen Monat lang...«

»Sechs Wochen.«

»...einen Schlitten über die Eiskappe, während sie in den Asgaards oder sonstwo rumklettern könnten, wo es wirklich spektakulär ist. Und das alles, weil es jemand vor hundert Jahren getan hat.«

»Sind eben Geschichtsfans«, meinte Michelson.

»Schwachköpfe sind das! Leute, die in Ideen verliebt sind statt in reale Orte.« Misha war ein in der Schweiz aufgewachsener Australier mit polnischen Eltern, und sein Dialekt war eine merkwürdige australisch-mitteleuropäische Mischung.

»Es ist eine Vergnügungsreise«, sagte Val. Aber sie lachten nur.

»Was ist mit Ihnen?« wandte sich Michelson an Wade. »Was führt Sie in unsere Landschaft von besonderem wissenschaftlichem Interesse?«

»Tja«, sagte Wade. »Ich bin unter anderem deshalb hier, weil ich mir einen Eindruck von diesen Probebohrungen nach Öl verschaffen will, die die Afrikaner hier durchführen. Ich arbeite für Senator Phil Chase aus Kalifornien, und die Sache hat sein Interesse erweckt. Daher würde ich gern wissen, wie... wie realistisch die Erwartungen dieser Leute sind, auf Öl zu stoßen.«

»Nicht mein Gebiet«, sagte Michelson.

»Nein«, gab Wade zu.

Val sah, daß er scharf überlegte, wie er das Vertrauen des älteren Mannes gewinnen konnte.

»Aber Sylvia hat mir erzählt, daß Sie mehr über das

Transantarktische Gebirge wissen als... als die meisten Leute, und daß Sie mir vielleicht etwas über die geologische Situation erzählen könnten.«

»Ja, mit dem Transantarktischen Gebirge kenne ich mich aus, aber da gibt es kein Öl. Da bohren die auch nicht. Die sind draußen auf dem Polarplateau, soweit ich weiß.«

»Ja, aber in der Nähe der Berge?«

»Zweihundert Kilometer entfernt.«

»Ja... aber ich dachte, Sie könnten vielleicht... vielleicht extrapolieren... mir sagen, für wie wahrscheinlich Sie es halten, daß es dort Öl gibt. Sie behaupten doch, daß die Ostantarktis in der Vergangenheit keine Eisdecke besessen hat, ist das richtig?«

»Ja, schon, aber wir befassen uns mit dem Pliozän, einer Zeit vor ungefähr drei Millionen Jahren. Falls es Öl gibt, dann wäre das ein paar hundert Millionen Jahre früher entstanden.«

»Ah. Also war es hier unten damals wärmer?«

»Ja, das stimmt, obwohl Antarktika zu dieser Zeit nicht hier unten war, sondern weiter oben, näher am Äquator. Es gehörte zu Gondwana.«

»Ah!«

Er spielte mit Wade, und Wade wußte es, dachte Val. Aber er bewahrte die Ruhe, ließ sich darauf ein, spielte mit. Schließlich war ein schneller Verstand bestimmt eine unabdingbare Grundvoraussetzung für seinen Job gewesen. »Also könnten sich damals Ölvorräte gebildet haben, als es in der Nähe des Äquators lag?«

»Möglicherweise. Ja, beinahe mit Sicherheit. In bestimmten Gebieten der Prince Charles Mountains sieht man Kohlelagerstätten an der Oberfläche...«

»*Riesige* Kohlelagerstätten«, warf Misha ein.

»Daher ist es durchaus wahrscheinlich, daß es auch Öl gibt. Das Wilkes-Becken unter der Eiskappe auf der anderen Seite des Transantarktischen Gebirges wäre sicher ein denkbarer Fundort.«

»Dort, wo diese Gruppe der südlichen Länder sucht?«

»Na ja, bis jetzt hat da niemand gesucht, weil es durch den Antarktisvertrag verboten ist. Was die Ölvorräte des Kontinents betrifft, so beruhen die Schätzwerte größtenteils darauf, daß man den antarktischen Kraton mit den Kontinenten, an die er grenzte, als er noch zu Gondwana gehörte, zusammengesetzt und entsprechende Analogieschlüsse gezogen hat. Aber es sind seismische Tests durchgeführt worden, um andere Dinge herauszufinden, und es ist zweifelsohne möglich, daß einige dieser Tests irgendwelchen Leuten Hinweise darauf gegeben haben, wo sie vielleicht genauer nachsehen sollten.«

»Was meinen Sie, warum die jetzt damit angefangen haben?«

Unter dem Schnurrbart zupfte ein kleines Lächeln an Michelsons Mundwinkeln. »Das sollten Sie wohl eher uns erklären, nicht wahr?«

»Die sind scharf auf Erdöl«, sagte Misha mit einem Grinsen, und die anderen lachten.

Wade nickte und lächelte gelassen. »Es könnte dort also welches geben.«

»Ja, durchaus. Ich glaube aber nicht, daß sie es schon wissen.«

»Aber es ist nicht... nicht unwahrscheinlich.«

»Nein, nein. In Anbetracht der Kohlelagerstätten und der Position des Kontinents in der Trias gibt es hier irgendwo höchstwahrscheinlich welches.«

»Kann man es unter der Eiskappe herausholen?«

»Wäre wohl so was Ähnliches wie die Erdölförderung im Meer, hm?«

»Nur daß die Eiskappe sich bewegt«, sagte Graham. Er spülte Geschirr in einer großen Schüssel mit dampfendem Wasser und hörte dem Gespräch zu, aber er war nicht der Typ, der viel dazu beitrug, außen wenn etwas übersehen wurde, so daß er gezwungen war, sich zu äußern.

»Stimmt. Deren Bohrlöcher würden mit der Zeit wohl zu Schlitzen werden. Vielleicht bohren sie aber auch in stabilen Bereichen des Inlandeises.«

»Im Windschatten der Nunataks«, schlug Graham vor.
»Was ist mit dem Abtransport des Öls?« fragte Wade.
Sie sahen einander alle an. »Pipeline, hm?« sagte Michelson.
»Dann bestünde die Gefahr einer Leckage.«
»Ja. Wie in Alaska. Aber das hat die Leute da nicht davon abgehalten, wenn ich mich recht entsinne.«
»Nein. Aber eine Leckage auf dem Eisplateau…«
»Üble Sache. Aber vielleicht könnten sie diese Bakterien einsetzen, die sie zur Beseitigung von Ölteppichen auf dem Wasser entwickelt haben. Die fressen das Öl, sterben und werden weggeweht. Das wird das Ölbohrkartell jedenfalls unter Garantie behaupten.«
Michelson beugte sich vor, nahm die Drambuie-Flasche und hielt sie ihnen hin. »Noch einen Schluck Drambers? Ihr habt einen langen Weg hinter euch. Wie wär's mit einem Mitternachtssnack? Schokoriegel?« Er deutete auf eine Schachtel, die vielleicht zwölf Dutzend Schokoriegel enthielt. »Camp-Cracker?«
»Bloß den Drambers, danke«, sagte Val. Wade nickte zustimmend; dann probierte er einen Camp-Cracker.
»Und wenn man das Öl mit Schiffen wegbrächte?« fragte er.
»Tanker.«
»Gefährlich?«
»Sie bringen jeden Sommer eine große Schiffsladung Öl nach McMurdo.«
»Aber wenn es einen Unfall gäbe, wie bei der *Exxon Valdez*…«
»Ganz üble Sache. Die *Bahia* hat vor ein paar Jahrzehnten eine große Ladung Öl vor der Halbinsel abgelassen, und es hat Jahre um Jahre gedauert, bis die Küste sich selbst gereinigt hatte. Aber letztendlich hat sie's getan. Die Umwelt kommt ziemlich gut mit Öl klar, wenn man's langfristig betrachtet.«
»Und Bakterien dazugibt«, ergänzte Misha.
»Ja, diese Bakterien.«

Wade sagte: »Wir haben Gerüchte gehört, daß die nächste Tankergeneration aus U-Booten bestehen könnte. Aus ferngesteuerten U-Booten, ohne Besatzung an Bord.«

»Wäre wahrscheinlich sicherer, als wenn sie an der Oberfläche blieben, zumindest in diesem Meer hier.«

»Wahrscheinlich sicherer, als mit Matrosen zu fahren«, bemerkte Misha.

Wade nickte und beobachtete sie alle genau. Val spürte, wie sie in der Wärme des Zeltes schläfrig wurde, aber Wade zeigte keinerlei Anzeichen von Müdigkeit. »Was ist mit Ihrer Arbeit hier?« fragte er.

Die Geologen sahen einander an.

»Reden wir morgen darüber«, schlug Michelson vor. »Es ist schon nach Mitternacht, und wir sind alle müde. Kommen Sie morgen mit raus zu einem unserer Arbeitsplätze im Gelände, dann zeigen wir Ihnen, was wir in dieser rauhen Wildnis hier draußen so treiben.« Und er trank mit einem kleinen Lächeln einen Schluck von seinem Drambuie.

■

**Vor dem Scottzelt war die Mitternachtssonne blendend hell,** und die Kälte zwickte heftig am ganzen Körper. Wade liefen die Tränen nur so aus den Augen, und während er noch nach Luft schnappte und sich an die Kälte zu gewöhnen versuchte, war er vollauf damit beschäftigt, mit den Fäustlingen an den Händen seine Sonnenbrille aufzusetzen. Er folgte Val zu ihrem Gepäck - seine steifen Beine schmerzten bei jeder Bewegung - und sah zu, wie sie eine Zeltplane und Zeltstangen aus ihrem Rucksack zog. »Helfen Sie mir, das aufzubauen«, sagte sie. Also hockte er sich hin und hielt eine Ecke der Zeltplane fest, während sie außen ein Gewirr von Stangen anbrachte. »Hübsches Zelt«, sagte er und begann zu zittern. Es fühlte sich so an, als würden die Tränen an seinen Wangen festfrieren.

»Nicht schlecht. Jedenfalls leicht. So ein Monsterwind vom Plateau würde es aber in Stücke reißen.«

»Wirklich?«

»O ja. Ich war schon in welchen drin, als sie zerrissen wurden. War ganz schön laut. So, nun binden sie die Schnüre an Steinen fest. Nein, an großen Steinen, wie dem hier.«

»Was haben Sie getan?«

»Wann? Oh. Na ja, einmal, als es passiert ist, hatten wir einen Hubschrauber. In denen ist es aber erst richtig kalt, das Metall saugt einem geradezu die Wärme aus dem Leib. Die anderen Male konnten wir uns in Scottzelte flüchten.«

»Die sind stabiler?«

»O ja. Bombensicher, sofern man sie richtig aufbaut. So, jetzt werfen Sie mir die Schlafsäcke rein.«

Wade holte unförmige, aber leichte Schlafsäcke aus ihren Rucksäcken und warf sie zu ihr hinein. Ihm kam zum ersten Mal zu Bewußtsein, daß sie gemeinsam in einem Zelt schlafen würden.

»Jetzt die Matten.«

»Was?«

»Die Schlafmatten. In den langen roten Beuteln.«

»Ah.« Auch diese wogen kaum etwas. »Die ganze Ausrüstung ist so leicht.«

»Ja. Die neuen Aerogels sind phantastisch. Hier, blasen Sie sie auf.«

»Ist das eine Luftmatratze?«

»Nicht ganz. Eher so was wie eine Thermarest-Matte. Eine Kombination aus Luft und Schaumstoff, aber der Schaumstoff in den Dingern hier ist unglaublich leicht.«

»Warum keine Luftmatratze, wäre die nicht noch leichter?«

»Das schon, aber Luftmatratzen sind so kalt wie Hubschrauber. Auf denen ist es genauso kalt wie auf dem Boden, oder sogar noch kälter – den Boden könnte man mit dem Körper vielleicht ein bißchen anwärmen, aber die Luft in einer Luftmatratze ist immer in Bewegung und saugt einem die Wärme raus. Am meisten gefroren hab ich in meinem Leben auf einer Luftmatratze, die mein Dad uns gekauft hat, als ich noch klein war. Am Schluß hab ich auf meinem Kissen geschlafen. Okay, hier drin ist alles fertig, kommen Sie rein.«

»Ah, ich glaube, ich benutze vorher noch ein letztes Mal meine Urinflasche.«

»Gute Idee. Ich mach das gleiche hier drin.«

Darüber dachte Wade ein wenig nach, während er ein paar Meter zur Seite ging und zu pinkeln versuchte; diese Bilder und die Kälte erschwerten ihm die Sache ein bißchen. Um sich abzulenken, blickte er zu dem strahlend weißen Gletscher hinüber, der vom Kopfende des Tals herabströmte. Es war mitten in der Nacht, und dennoch glühte die Eismasse im Sonnenschein wie ein Einbruch aus einer helleren Dimension.

Als er fertig war, betrachtete er die dunkelgelbe Flüssigkeit in der Plastikflasche mit skeptischer Miene. Offenbar war er dehydriert. Dann ging er am Zelteingang auf die Knie und kroch hinein. Val lag bereits in ihrem Schlafsack; bis auf ihren Parka, der auf ihren Stiefeln lag und ihr als Kopfkissen diente, war sie offenbar voll angezogen. Es war strahlend hell im Zelt, und alles war ins Gelb des Nylonmaterials getaucht: Vals blaue Augen sahen grün aus, und ihr blondes Haar leuchtete wie der Gletscher draußen. Wade zog seine Bunny Boots aus und spürte, wie sich der weiße Gummi in seinen Händen bog. Auf dem Hermarsch waren sie überraschend bequem und sehr warm gewesen. Es war zu kalt, als daß seine Socken hätten stinken können; bis auf das dampfende Essen im Scottzelt roch hier überhaupt nichts. Er legte sich in seinen Schlafsack und schloß die Augen. Es war, als versuchte man zu schlafen, während man mit dem Gesicht fünfzehn Zentimeter von den Scheinwerfern eines Autos entfernt war. »Wie können Sie schlafen, wenn es so hell ist?«

»Da gewöhnt man sich dran.«

»Benutzt niemand diese schwarzen Schlafbrillen, die man im Flugzeug aufsetzt?«

»Ich hab nie gesehen, daß es jemand getan hätte. Ist aber keine schlechte Idee. Besonders auf Eis oder Schnee. Dann ist es noch wesentlich heller als jetzt.«

Ihre Stimme war schläfrig. Der Gedanke, mit einem fremden Mann in einem Zelt zu schlafen, machte ihr offensichtlich nichts aus. Hatte sie schon tausendmal gemacht. Anscheinend war sie bereits eingeschlafen.

Und er kurz darauf auch.

Als er aufwachte, war es immer noch hell. Er hatte keine Ahnung, wie spät es war. Er schaute auf seine Uhr: vier Minuten nach sieben. Val war nicht in ihrem Schlafsack; der lag heruntergezogen an der Tür und hatte noch ein aufreizend valförmiges Loch.

Er nahm die Stiefel unter seinem Kopf heraus und zog sie an; und weil ihm schnell kalt wurde, schlüpfte er rasch in seinen Parka. Er rollte sich mit einem rauhen Ächzen nach vorn und kroch in den strahlenden, eiskalten Morgen hinaus. Die Sonne stand über einem anderen Kamm, zweifellos dem im Osten; in McMurdo hatte er den Versuch aufgegeben, sich zu orientieren, aber hier draußen war es vielleicht möglich, wenn man nur lange genug an einer Stelle blieb. Er mußte seine Urinflasche wieder benutzen, und ein Stück bergauf, abseits von der weißen Oberfläche des Sees, war ein aus Steinen errichteter Abort. Blondes Haar blitzte über den obersten Steinen auf. Er schaute weg, auf den See hinunter. Obgleich es kalt war, fühlte er sich in seinem Parka ganz wohl. Aber Hunger hatte er. Großen Hunger.

Er gesellte sich zu der Gruppe, die sich bereits wieder im Scottzelt versammelt hatte, und sie nahmen in aller Eile eine Mahlzeit aus Haferschleim, Crackern und Schokoriegeln zu sich, als würde sie dasselbe enge Zelt, das noch vor zwölf Stunden eine solch gemütliche Zuflucht gewesen war, nunmehr bedrücken. Dann waren sie wieder draußen, wo sie Rucksäcke packten und der Reihe nach den steinernen Abort aufsuchten.

»Kann ich was tragen?« fragte Wade Professor Michelson.

»Nein, danke. Aber nehmen Sie Ihren Rucksack mit, dann können Sie auf dem Rückweg ein paar Proben transportieren.«

Val und Misha gingen vor den Wissenschaftlern los, die ihnen talaufwärts folgten. Ferne rote Punkte, die sich in dem Geröll unter der weißen Masse des Gletschers auf und ab bewegten.

»Warum sind die Trockentäler trocken?« wollte Wade von Michelson wissen, während sie dahinmarschierten.

»Das weiß man nicht so genau. Aber die allgemein akzeptierte Meinung lautet, daß die Berge am Kopfende dieser Täler so hoch sind, daß sie dem von der Polkappe herunterrutschenden Eis den Weg verbauen. Hier und dort läuft ein bißchen was über, aber die Winde tragen es schneller ab, als es sich durch die Pässe ergießt, und so entstehen die Hängegletscher wie der da« – eine Geste nach vorn –, »die von der Abtragung steile Wände haben und von ihrer Position her ziemlich statisch sind. Zumindest waren sie das seit ihrer Entdeckung. Aber jetzt...«

»Die globale Erwärmung?«

»Ja. Es besteht kein Zweifel, daß sich das Klima im letzten Jahrhundert erwärmt hat. Liegt an dem Kohlendioxid, das wir in die Atmosphäre geblasen haben.«

Wade nickte scharf, um damit zum Ausdruck zu bringen, daß diese Tatsache sogar Washingtoner Bürokraten bekannt war.

»Ja, ja«, gab Michelson zu, »darüber wissen Sie Bescheid. Aber die Auswirkungen dieser Erwärmung auf die Antarktis sind nicht ganz klar. Zuerst verstärkt die Erwärmung den Niederschlag hier unten, in Gestalt von mehr Schnee, weil es nicht so warm ist, daß es regnet. Daher wachsen die Eiskappen, die Gletscher und das Meereseis eigentlich sogar tendenziell. Die Erwärmung ist zumindest eine der Kräfte, die am hiesigen Geschehen beteiligt sind. Wenn das alles wäre, könnten die Trockentäler wieder vereisen, wie es früher schon der Fall war. Und in der Tat, dieser Schnee, den Sie hier auf dem Boden sehen - vor dreißig Jahren wäre der zu dieser Jahreszeit noch sehr ungewöhnlich gewesen. Jetzt sind die Täler häufiger verschneit als schneefrei und immer mindestens scheckig, wenn Sie verstehen, was ich meine. Für die Leute, die sie zu erforschen versuchen, ist das alles andere als hilfreich.«

»Was ist mit den großen Schelfeisflächen, die abbrechen?«

»Na ja, wie sich rausgestellt hat, reagieren die schon auf einen geringen Temperaturanstieg sehr empfindlich. Daß sie abbrechen, liegt an ihren eigenen dynamischen Prozessen, bei denen die Wassertemperaturen und die Meeresströmungen eine Rolle spielen, das glauben wir jedenfalls. Und wenn sie sich dann ablösen und nach Norden treiben, wird das Eis, das von der Polkappe herunterkommt, von nichts mehr gebremst, und so entstehen die riesigen Eiszungen, die wir sehen, aber auch sehr schnelle Eisströme und Gletscher, und es kommt sogar zu einer leichten Absenkung der Polkappe selbst, wenn die Ergebnisse der Leute von der Ohio State University korrekt sind. Aber weil es da oben auch mehr Schnee gibt, ist schwer zu sagen, was letztlich dabei rauskommt.«

Wade nickte erneut, diesmal freundlicher. Es war seine Aufgabe, den Boden für die Verständigung mit Fachleuten zu bereiten, die ihm etwas erklärten; wenn man zu oft nickte, gab der Fachmann möglicherweise ganz auf; aber wenn man überhaupt nicht reagierte, fingen manche von ihnen an, alles bis ins kleinste zu erklären. Da Michelson zu letzterem zu neigen schien, sagte Wade: »Aber wenn die globale Erwärmung so weit voranschreitet, daß die Temperaturen hier jeden Sommer eine Zeitlang über dem Gefrierpunkt liegen?«

»Tja, dann fängt alles an zu schmelzen.«

»Mhm...«

»Und da das Schelfeis im wesentlichen bereits fort ist und die Eisströme – so eine Art Eisflüsse im Inlandeis der Westantarktis – immer schneller werden, wird sich das Inlandeis dann selbst abzulösen beginnen. Die Landmasse unter dem Inlandeis der Westantarktis liegt ein gutes Stück unter dem Meeresspiegel, dort löst sich das Eis also sehr schnell ab. Im Osten ist die Eisdecke viel dicker und liegt auch zu einem größeren Teil über dem Meeresspiegel, daher wird sie sich länger halten, aber trotzdem, je wärmer es wird, desto schneller schmilzt sie, mehr Niederschlag hin oder her. Und wenn das Inlandeis im Osten schmilzt, wird der Meeresspiegel rund sechzig bis siebzig Meter steigen.«

»Man sollte meinen, das wäre bedrohlich genug, um allgemeine Aufmerksamkeit zu erregen.«

»Ja, aber es ist so unbequem. Wenn wir die globale Erwärmung ernst nehmen müssen, dann ändert sich alles. Der $CO_2$-Ausstoß muß sinken, die Industriegesellschaft kann nicht damit fortfahren, fossile Energieträger zu verbrennen – wir würden anders leben müssen. Es ist soviel leichter, irgendwo einen Wissenschaftler aufzutreiben, der nur allzugern vor einem Kongreßausschuß erscheint und erklärt, es gebe keine globale Erwärmung, und wenn doch, dann stelle sie eigentlich kein Problem dar, oder das Verbrennen fossiler Energieträger habe nichts damit zu tun.

Dann kann das Problem per Gesetz als nichtexistent erklärt werden und alle können wieder so weitermachen wie bisher.«

»Sie meinen Professor Warren?«

»Ja«, sagte Michelson mit einem beifälligen Nicken, weil Wade erkannt hatte, worauf er anspielte.

Professor Warrens Auftritt vor dem Auswärtigen Ausschuß des Senats hatte in der Tat ziemliches Aufsehen erregt, wie Wade sehr wohl wußte; schließlich hatte er damals die erforderlichen Argumente für Phil Chases Entgegnung auf den Professor zusammengetragen. Es bestand die vage Möglichkeit, daß Michelson über Chases Opposition gegen den abtrünnigen Professor im Bilde war und nicht nur wußte, daß der Ausschuß als ganzer Warrens Ansichten begeistert zugestimmt und sie als Rechtfertigung für die Blockade des $CO_2$-Vertrages mit China benutzt hatte. Aber das war schwer zu sagen; zwischen Bart, Sonnenbrille und dem an der Sonnenbrille befestigten schwarzem Nasenschutz aus Leder war Michelsons Miene schwer zu erkennen. Sein Gesicht hätte gut aus einem Gemälde von Breughel stammen können. Am besten, man stellte keine Vermutungen an.

»Gehen wir dorthin?« fragte Wade und zeigte in ein Seitental, wo Graham Forbes gerade noch zu sehen war.

»Ja. Immer hinter Graham her. In die Apocalypse Peaks hinauf«, erklärte Michelson mit einiger Befriedigung.

Es war Schwerarbeit, auf dem braunen, kiesigen, schneeverkrusteten Geröll bergauf zu marschieren, und Wade wurde es allmählich warm. Er machte den Reißverschluß seines Parkas auf und ließ sich von der kalten Luft ein bißchen abkühlen. Aber so warm ihm auch wurde, seine Ohren und seine Nase blieben zu seinem Leidwesen weiter eiskalt.

Als sie höher hinauf kamen, konnten sie weiter in das Hängetal hineinschauen. In seiner Mitte verlief ein Gletscher, der fast bis zu den gefrorenen Seen auf dem Grund des Barwick-Tals vordrang. Noch weiter oben sahen sie die

Quelle des Gletschers, eine große Eiszunge, die durch die Lücke zwischen zwei schwarzen Felsgraten quoll. Über und hinter dieser Zunge war die ganze Welt weiß. Der Rand der Polkappe, wie Michelson bestätigte; genug Eis, um die Vereinigten Staaten und Mexico zu bedecken. »Diese Trockentäler sind sehr ungewöhnlich, daran müssen Sie immer denken. Es ist schade, wenn sie vom Eis überrannt werden.« Michelson stieg in einem steten, entspannten Tempo bergauf und schien weder zu schwitzen noch zu frieren. »Das hier ist der Shapeless Mountain. Dahinter der Mistake Peak. Da drüben sind Mount Bastion und der Gibson Spur. Diese Berge gehören alle zur Willett Range. Die Eiskappe stößt an deren südliche Flanken und dringt durch die Pässe zwischen ihnen vor, wie hier.«

»Die Namen gefallen Ihnen.«

»Ja.« Überrascht. »Stimmt.«

Er führte Wade seitlich unter den Gletscher, bis sie unmittelbar vor der facettierten, steil aufragenden Seitenwand standen, die in der strahlenden Sonne blaßblau glänzte. Hier und dort spreizten sich Häufchen aus abgebrochenem Eis unter der Wand, als hätten Eismaschinen ein gewaltiges Überangebot an Eiswürfeln produziert. »Sehen Sie, wie rund die alle sind.« Michelson zeigte auf die Eisbrocken. »Der trockene Wind sublimiert sie, und sie werden verschwunden sein, bevor der Gletscher an derselben Stelle noch einmal kalbt. Daher kommt es, daß sich kein Eis aufbaut und daß die Seitenwände des Gletschers so steil sind wie hier. Infolge des langsamen Drucks von hinten brechen sie ab, und der Wind räumt den Kladderadatsch am Boden dann weg.«

Schließlich erklommen sie eine an den Gletscher grenzende Geröllhalde, die wie eine Rampe nach oben führte, bis auf die Höhe der ausgedehnten Oberfläche des Gletschers und dann noch ein kleines Stück höher, so daß sie hinter den Gletscher und weit über die Eisfläche der Polkappe hinausschauen konnten, die nach Süden hin sanft anstieg. Sie war nicht ganz eben, sondern hatte weitläufige

Wellen, die sehr flache Hügel und Täler formten, wie Wade sah; ein sanft konturiertes Auf und Ab, alles ganz glatt, außer in bestimmten Zonen, wo das Eis vollständig zerbrochen war. Eine Art weißer, gefrorener Ozean, der durch eine Lücke an der Küste in eine tiefergelegene Welt hinabströmte. An manchen Stellen war er auch abwärts gebogen, so daß er direkt über dem Stein stand, wie Wellen, die niemals brechen würden. Wade atmete schwer, Schweiß stach ihm in ein Auge, aber er war trotzdem fasziniert von dem Anblick, dessen blendende Helligkeit sogar seine polarisierte Sonnenbrille durchdrang; es war ein surreales Bild, eine Art Dalí-Landschaft, deren Merkmale allesamt unmöglich und unterschwellig bedrohlich wirkten, weil der Ozean sich höher aufwölbte als das Land und ein Wogen der ungeheuren weißen Welle sie alle wegschwemmen würde.

Aber sie blieb natürlich, wo sie war. Michelson war schon vorausgegangen und gesellte sich zwischen dem Gletscher und einem diesem zugewandten, zerklüfteten Felsen aus rötlichem Stein zu Graham Forbes. Am Fuß des roten Felsens verlief ein Band aus hellerem Sandstein, das von eingelagerten Geröllen gefleckt erschien. Graham Forbes kniete bereits vor diesem Sandstein und klopfte mit einem Geologenhammer daran herum.

»Also, hier haben wir ein sehr schönes Beispiel für die Siriusgruppe«, sagte Michelson, als Wade zu ihnen kam. »Fast schon ein Schulbeispiel, weil es nämlich ein gutes Foto in einem Schulbuch abgeben würde. Sehen Sie, wie der Sirius-Sandstein in den Dolerit eingebettet ist? Wie ein Schmutzring in einer Badewanne. Das ist ein Sedimentgestein namens Tillit oder Diamiktit, je nachdem. Glazialer Geschiebelehm von einem alten Gletscher.«

»Nicht von dem hier?« sagte Wade mit einer Geste zu der Eismasse, die sich hinter ihnen ausdehnte.

»Nein, von einem Vorgänger. Ist schon eine Weile hier.«

»Wie lange?«

Ein Schnauben von Forbes.

Michelsons Schnurrbart hob sich an den Mundwinkeln.

»Das ist die Frage, nicht wahr. Wir behaupten, daß einige Sandsteine der Siriusgruppe ungefähr drei Millionen Jahre alt sind.«

»Und andere Leute sind anderer Meinung?«

»Ganz recht. Manche vertreten die Position, die östliche Eiskappe sei sehr stabil und existiere mindestens schon seit vierzehn Millionen Jahren. Daher...« Er zuckte die Achseln. »Daher schauen wir uns jeden Sirius-Sandstein an, den wir irgendwo finden, und untersuchen seine Merkmale.«

»Und wie haben Sie festgestellt, daß er drei Millionen Jahre alt ist?«

»Im Gestein sind Mikrofossilien eingebettet, die fossilen Überreste mariner Diatomeen und Foraminiferen. Diese Pflanzen und Tiere haben sich mit der Zeit weiterentwickelt, so daß in verschiedenen erdgeschichtlichen Perioden verschiedene Arten gelebt haben, und die Diatomeenablagerungen auf dem Meeresboden sind so gut geschichtet und erhalten, daß sie eine Art chronologisches Archiv bilden. Wenn man also bestimmte Arten fossiler Diatomeen entdeckt, kann man sie mit denen in diesem Archiv vergleichen und mit ziemlicher Sicherheit feststellen, daß das Gestein, in dem sie sich befinden, ein bestimmtes Alter hat.«

»Und das ist eine richtige Methode – ich meine, eine anerkannte Methode?«

Das kleine Lächeln. »O ja, eine sehr richtige. Man nennt sie Biostratigraphie, und sie ist allseits akzeptiert.«

»Ich verstehe.«

»Wir haben auch Hinweise auf eine umfassendere biologische Gemeinschaft gefunden, als es marine Diatomeen sind – pflanzliche Fossilien aus einem Buchenwald-Biom. Was auf ein so warmes Klima schließen läßt, daß die Eiskappe weitgehend verschwunden, die Westantarktis ein Archipel und selbst die Ostantarktis teilweise von flachen Seen bedeckt war.«

»Haben Sie die Buchen mit der Kohlenstoff-vierzehn-Methode datiert?«

»Nein, nein, die Kohlenstoff-Datierung funktioniert nur bei relativ jungen Objekten. Die hier sind viel älter. Und Buchen sind seit vielen Millionen Jahren evolutionär stabil, so daß wir sie anhand ihres Typs datieren können. Unter den Buchenüberresten befinden sich jedoch auch ein paar Reste von Käfern und einige andere Pflanzen, Flechten und Moose, und manche davon kann man mit diversen Methoden datieren – Uran-Blei, Argon-Argon, Aminosäuren… tendenziell trägt jedes Fitzelchen Biomaterial aus dem Sirius-Sandstein seinen Teil zum Puzzle bei.«

»Schauen Sie«, sagte Forbes zu Michelson und zeigte mit dem Geologenhammer ungefähr in Kniehöhe auf das Gestein des Hangs. »Ein Dropstone aus Diamiktit in dem massiven Diamikton hier.«

Wade sah, daß ein runder Sandsteinblock von derselben Farbe wie der Rest, aber mit mehr Geröllen darin, in den übrigen Sandstein eingebettet war.

»Interessant!« Michelson ging auf ein Knie, um einen genaueren Blick darauf zu werfen. »Dann muß dieser Block also viel älter sein als die Matrix.«

»Jedenfalls älter«, gestand Forbes zu.

Sie fuhren fort, über das Sandsteinband zu diskutieren, und machten einander auf Merkmale aufmerksam, die für Wade unsichtbar waren. »Meinen Sie, das könnte wieder unsere D-sieben-Diskordanz sein, die hier zutage tritt?«

»Sieht so aus, als könnte das darunter eine primitive Schichtung sein, sehen Sie das?«

»Und darüber massiver, klastreicher Diamiktit mit Dolerit-Blöcken und weiterem in fließendem Wasser abgelagertem Geröll.«

So ging es hin und her, in einem Hagel von Fachbegriffen, während sie an dem Hang auf und ab wanderten: deformierte Laminite, klastarmer tonhaltiger Diamiktit, rudimentäre Paläosole, Findlinge, Metasedimente; »Und dann unten an der Talsohle vielleicht wieder die Dominion-Erosionsfläche. Sehen Sie, wie uneben dieser Dolerit ist, mit Nord-Süd-Bänderungen.«

»Sehr hübsch«, sagte Michelson.

Sie sahen viel mehr in diesem Gestein, als Wade jemals auch nur darin vermutet hätte, so wie er vielleicht mehr hörte als sie, wenn er mit einem unbekannten Stück von Poulenc konfrontiert war. Sie lasen die Landschaft wie einen Text, in mancher Hinsicht sogar wie ein Kunstwerk:

»Schauen Sie, hier!« rief Michelson Forbes zu und zeigte auf einen weißlichen, sehr fein gebänderten Gesteinsfleck am einen Ende des Sandsteinbandes. »Schluffschichten, vielleicht Kalzitkristalle, und mit Sicherheit hier am Ort abgelagert – die können nicht hierher transportiert worden sein, sie sind viel zu fein, sehen Sie? Man kann die Schichten mit einem Finger zerbröseln.« Er demonstrierte es. »Wunderschön.«

»Ich nehme ein paar Proben«, sagte Forbes und holte einen flachen, rechteckigen weißen Segeltuchbeutel aus seinem Rucksack.

»Haben Sie so was zum ersten Mal gefunden?« fragte Wade erfreut: eine wissenschaftliche Entdeckung!

»Hier jedenfalls schon.«

»Und welche Schlüsse ziehen Sie daraus?«

»Nun, diese Schluff- oder Lehmschichten deuten darauf hin, daß hier einmal der Grund eines Sees war, und wie man sieht, sind Felsblöcke auf sie draufgefallen, während sie noch nass waren und sich unter dem Gewicht biegen konnten, sehen Sie das? Eine Erklärung dafür könnte sein, daß dies ein See im Randbereich eines Gletschers war, und wenn der kalbte, dann schmolz das Eis, und die Felsblöcke darin sanken auf den Schlick am Grund des Sees. Jedenfalls sehen wir solche Resultate in der Umgebung lebender Gletscher. Wir blicken also vielleicht auf den Grund oder das Ufer eines Sees.«

Michelson und Forbes gingen auf die Knie und begannen, etwas von der kostbaren, geschichteten Ablagerung aus dem Stein zu lösen, verstauten einzelne Brocken in Probenbeuteln und erörterten in ihrem Fachjargon weitere unsichtbare Merkmale. »Hier«, sagte Michelson zu Wade.

»Wenn Sie helfen wollen, können Sie zählen, wie viele vertikale Schichten diese Ablagerung hat.«

Wade kniete sich hin und machte sich an die Arbeit. Es wurde mit jeder Minute kälter. Die anderen beiden fuhren fort, den Sandstein Zentimeter für Zentimeter zu inspizieren, und merkten dabei offenbar gar nicht, wie beißend kalt die Luft war, obwohl sie weniger anhatten als Wade.

Michelson schaute sich nach Wade um. »Versuchen Sie zu zählen, wie viele auf ihren Fingernagel passen, messen Sie dann, wie viele Fingernägel hoch die Schichtung ist, und multiplizieren Sie«, schlug er vor.

Schockiert von dem Gedanken, daß derartige Näherungsverfahren ins reine Reich der Wissenschaft Einzug halten sollten, fuhr Wade fort, die Schichten eine nach der anderen zu zählen.

Schließlich standen sie alle auf. Wade fror und war ganz steif von dem Marsch am gestrigen Tag, und seine Hände in den Fäustlingen waren taub. »Sechshundertsechs«, vermeldete er. »Also hat es hier sechshundert Jahre lang flüssiges Wasser gegeben!«

»Oder sechshundert Gezeitenzyklen«, sagte Forbes. »Das wäre ungefähr ein Jahr.«

Wade sah, wie das kleine Lächeln unter Michelsons Schnurrbart wieder auftauchte. »Aber immerhin flüssiges Wasser«, sagte Michelson. »Und diese Diskordanz im Schichtungsablauf repräsentiert höchstwahrscheinlich den Übergang von einer marinen zu einer subaerilen Umgebung. Was wir drüben bei Cloudmaker D-sieben genannt haben.« An der Spitze seines schwarzen Nasenschutzes bog sich ein Eiszapfen fast bis zu seinem Kinn und verwandelte sein Gesicht von einem Breughel in einen Bosch. »Machen wir uns auf den Rückweg zum Lager«, sagte er und blickte zur Sonne hinauf, als zöge er eine Uhr zu Rate. »Ich sterbe vor Hunger, und wir dürfen nicht zu spät zum Essen kommen. Misha ist mit Kochen dran, und er hat was Spezielles vor, das weiß ich.«

Und so war es auch. Als sie nach einem langen Rückmarsch unter der schweren Last vieler Probenbeutel voller Steine ins Scottzelt krochen, fuhr ihnen der scharfe Geruch brutzelnder Knoblauchbutter durch die Nasenlöcher direkt in die leeren Mägen. Unter vielen Ohs und Ahs stießen sie gegen die schrägen Segeltuchwände des Zelts, bis jeder an seinem Platz saß. Wade hockte wieder in seiner Ecke, was eine wahre Tortur für seinen Rücken war - schwerere körperliche Arbeit als am ganzen Tag vorher. Doch an diesem Abend wurde Val neben ihn gesetzt oder vielmehr geklemmt, Bein an Bein, so daß den ganzen Abend über die keineswegs nur somatische Wärme dieses Kontakts in ihn hineinströmte. »Gerade rechtzeitig«, erklärte Misha ihnen, während er die Vorspeisen austeilte - Becher mit kaltem Scotch und geschmolzenen Brie auf Camp-Crackern -, denen gleich darauf der Hauptgang folgte - in Knoblauchbutter sautierte Hummerschwänze mit Corned-Beef-Haschee als Beilage - und zuletzt der Nachtisch: Schokoriegel und Drambuie.

Es war himmlisch. Wade sägte mit einem großen Schweizer Armeemesser am Fleisch seiner Hummerschwänze herum und staunte darüber, daß Essen so gut schmecken konnte. »Vier Sterne«, murmelte jemand, und sie schlangen ihre Mahlzeit alle mit diversen Begeisterungslauten und kräftigem Besteckgeklapper in sich hinein. Als sie mit dem Hauptgang fast fertig waren, lag Michelson, auf einen Ellbogen gestützt, wie ein römischer Kaiser neben dem Funkgerät, und das kleine V eines Lächelns zog seinen Schnurrbart hoch. »Denken Sie dran«, sagte er zu Wade, »Sie müssen denen erzählen, was für eine Hölle das hier unten ist.«

»Der neunte Kreis«, pflichtete Wade ihm bei, während er sich zerlassene Butter vom Kinn wischte und von den Fingern leckte.

»War der Hummer gut?« fragte ihn Misha.

»Bißchen salzig«, sagte Wade, was bei Val einen Erstickungsanfall auslöste.

»Mach dir nichts draus«, sagte sie zu dem finster dreinschauenden Misha, als sie sich erholt hatte, »Wade wird für den Rest seines Lebens alles salzig finden.« Sie erzählte, was er am Don Juan Pond getan hatte, und die Wissenschaftler lachten über ihn.

Während sie sich dann langsam das Dessert zu Gemüte führten und Misha Wasser auf dem Coleman-Kocher erhitzte, um das Geschirr zu spülen, wandte sich das Gespräch der Arbeit des Tages zu. Wade bat sie, ihm mehr über die Siriusgruppen-Kontroverse zu erzählen, Val unterstützte seine Bitte, und die Wissenschaftler kamen ihr nur allzugern nach. Alle vier trugen ihren Teil dazu bei, sogar Misha, der zu Wades Überraschung die Führung übernahm; er hatte eine geologische Ausbildung, das war klar. »Der alten Position zufolge ist die Eiskappe der Ostantarktis alt und stabil«, erklärte er. »Das Inlandeis im Westen kommt und geht, aber die Eisdecke im Osten ist entstanden, nachdem sich Antarktika vor vierzig oder fünfzig Millionen Jahren von Südamerika getrennt hat. Dann war sie da und ist seitdem immer gewachsen, außer in ein paar Warmzeiten vielleicht, die aber alle schon lange zurückliegen; die letzte war spätestens vor vierzehn Millionen Jahren.

Dann fanden Webb und Harwood 1980 Diatomeen im Sirius-Sandstein und datierten sie auf ein Alter von drei Millionen Jahren. Als sie diese Daten und ihre Schlußfolgerung veröffentlichten, daß das östliche Inlandeis vor drei Millionen Jahren noch nicht dagewesen sei, ging die Schlacht los.«

»Die Schlacht«, sagte Wade mit einem letzten salzigen Bissen Hummer im Mund.

»Na ja, Sie wissen schon. Die wissenschaftliche Kontroverse.«

»Die Schlacht«, bestätigte Harry Stanton.

»Die beiden Seiten würden einander nicht erschießen, wenn sie sich sähen«, wandte Michelson ein.

»Nein, nein«, sagte Misha, »es ist ja nicht wie nach einer Scheidung oder so, wissen Sie, wo die Leute echt persönlich werden und rachsüchtig sind. Aber trotzdem, beide Seiten waren überzeugt, daß die jeweils andere nicht…«

»Wissenschaftlich vorgeht«, half Michelson mit seinem kleinen Lächeln aus.

»Sie dachten beide, die Vertreter der anderen Seite seien Dummköpfe« sagte Harry. »In wissenschaftlicher Hinsicht, natürlich.«

»Ja«, sagte Misha. »Nach einer Weile konnten sie einander nicht mehr besonders gut leiden.«

»Und die Unterstellung, es habe eine Laborkontamination gegeben, hat die Wogen nicht gerade geglättet«, sagte Michelson.

»Laborkontamination?« fragte Wade Misha.

»Als Harwood und Webb mit ihrem Diatomeen-Fund im Sirius-Sandstein an die Öffentlichkeit traten, unterstellten einige Stabilisten, daß die Diatomeen von anderen Studien im selben Labor stammten. Das kam in Ohio überhaupt nicht gut an, wie Sie sich vorstellen können.«

»Das kann ich mir vorstellen. Stabilisten?«

»Die alte Alteisgruppe. Hier handelt es sich um den Kampf der Stabilisten gegen die Dynamiker.«

»Also haben wir wenigstens den Kampf der Namen gewonnen«, sagte Michelson leise.

»Als dann schließlich feststand, daß es im Siriusgestein tatsächlich Diatomeen gab, behaupteten die Stabilisten, es seien so wenige, daß der Wind sie wahrscheinlich von der Küste hergeweht habe.«

»Dieser berühmt-berüchtigte Wind, der von der Küste zum Plateau weht«, bemerkte Harry.

»Und zwar so heftig, daß er die Diatomeen direkt unter die Eiskappe schiebt, die nach Ansicht der Stabilisten ja die ganze Zeit da war«, sagte Michelson.

»Ja, natürlich«, sagte Misha. »Vielleicht sind sie sogar von Australien rübergeweht worden. Aber man hat auch am Südpol ein paar Diatomeen im Eis gefunden, und dadurch hatten die Stabilisten einen gewissen Rückhalt für diese Ansicht.«

»Und wie ist die Ohio-Gruppe damit fertiggeworden?«

Misha grinste. »Mit Hilfe von *Quantität.* Manchmal gibt es qualitative Resultate, und manchmal braucht man *quantitative* Resultate. Sie haben im Transantarktischen Gebirge gesprengt, was das Zeug hielt. Sie sind mit einer dicken Dynamit-Lizenz der NSF zu jeder Sirius-Stätte gegangen, die sie finden konnten, haben Unmengen Siriusgestein rausgesprengt, mit nach Hause genommen und den Stabilisten auf die Schreibtische gepackt, natürlich metaphorisch gesprochen. *Tonnenweise* Diatomeen.«

»Keine Tonnen«, wandte Michelson ein. »Wir wollen mal nicht so übertreiben.«

»*Tonnen.* Komplette Nunataks, die man auf der Karte noch findet, sind jetzt vollständig verschwunden und in die Labors der Ohio State abtransportiert worden.«

»Nein, nein...«

»Doch, doch«, lachte er, »ich war der Bergsteiger bei einer dieser Expeditionen, ich hab die Ladungen selber angebracht! Es war ehrfurchtgebietend. Eigentlich müßte man einen der Gletscher da oben auf den Namen ›Ohio State Gletscher‹ taufen. Wir haben einen funkelnagelneuen Paß ins Transantarktische Gebirge gesprengt.«

Großes Gelächter im Zelt auf Michelsons Kosten, der offenkundig mit diesem Projekt zu tun gehabt hatte. Wade sah, daß die jüngeren Wissenschaftler ihn mochten. »Und, haben sie brauchbare Beweise gefunden?« fragte Wade.

»Ziemlich brauchbare«, urteilte Misha. »Hier hat es zweifellos Buchenwälder gegeben, als die Siriusgruppe entstanden ist.«

»Teile der Siriusgruppe«, schränkte Michelson ein. »Es könnte durchaus sein, daß es sich bei der Siriusgruppe um fossilen Geschiebelehm aus mehreren verschiedenen Glazialperioden handelt.«

»Und so wurden die Stabilisten überzeugt und schworen ihrer Meinung ab«, sagte Wade, was noch mehr johlendes Gelächter auslöste.

»Selbstverständlich nicht«, erklärte Misha grinsend,

während er ihnen Drambuie nachschenkte. »So läuft das natürlich nicht. Niemand wird jemals von irgendwas überzeugt.«

»Und wie setzen sich neue Ideen dann durch?«

»Die alten Wissenschaftler sterben«, sagte Misha und stieß Michelson exemplarisch an.

Die Winkel des Schnurrbarts gingen hoch. »Das ist der springende Punkt«, sagte er zu Wade. »Es geht um Karrieren, verstehen Sie. Ganze Karrieren basieren auf der Position der Stabilisten. Jungakademiker kriegen ihre Doktortitel, Assistenzprofessoren ihre feste Anstellung, alles kraft ihrer Aufsätze, in denen sie die Stabilistenposition vertreten. Sie können nicht einfach zugeben, daß sie sich die ganze Zeit geirrt haben. Aber die Biostratifikation ist eine sehr zuverlässige Datierungsmethode. Deshalb sind die Diatomeen ein Problem für sie. Ganz zu schweigen von den Käfern, dem Moos und den Buchen.«

»Und was sagen sie zu denen?« fragte Wade.

»Sie sagen, die Buchenwälder seien älter als vierzehn Millionen Jahre, vielleicht sogar kretazeisch. Sie sagen, die Diatomeen seien von woanders hergeweht worden. Die Käfer ignorieren sie vollständig.«

»Die sind auch hergeflogen«, schlug Misha vor. »Von Lemuria.«

Michelson gluckste und hob dann einen Finger. »Jetzt ignorieren sie uns meistens«, sagte er. »Sie konzentrieren sich darauf, Gebiete zu finden, die über drei Millionen Jahre lang trocken oder mit Eis bedeckt waren, was sicher möglich ist. Selbst in der wärmsten Zeit wird es hier zweifelsohne Gletscher gegeben haben. Wenn wir sagen, daß es warm war, meinen wir damit nur, es wäre durchaus möglich, daß es mindestens fünf Monate pro Jahr flüssiges Wasser gegeben hat; mehr braucht *Nothofagus* nämlich nicht, um zu überleben.«

»Und Sie sagen auch, daß es im Osten keine Eiskappe gab«, fügte Wade hinzu.

»Ja, aber es wird sicher Gletscher in höher oder weiter

südlich gelegenen Regionen gegeben haben, wahrscheinlich sogar große Gletscher. Nur: Die Diatomeen sind Meeresboden-Diatomeen, und deswegen müssen dort Meere gewesen sein. Im Pliozän war die Kappe geschmolzen! Das ist die einzige Erklärung für all die Indizien, die wir haben. Gletscher in den Bergen und im ewigen Schatten, klar. Und im Winter natürlich auch Meereseis. Aber trotzdem Wasser in weiten Teilen dieses Gebiets. Fjorde, die die großen Gletscherbecken gefüllt haben.«

»Da haben die ein ganz schönes Problem am Hals«, bemerkte Val. »Sie müssen beweisen, daß alles permanent vereist war.«

»Sehr wahr«, sagte Michelson. »Wird ihnen auch ganz schön schwerfallen.«

»Sie könnten Klimadaten finden, die darauf hindeuten, daß es die ganze Zeit kalt geblieben ist«, sagte Val.

»Ja, und das Sauerstoffisotopenverhältnis in den küstennahen Sedimenten scheint ihnen dabei sogar recht zu geben, muß ich gestehen. Aber es gibt eine Menge anderer Klimadaten aus dem Norden, die zeigen, daß es im frühen Pliozän ziemlich warm war. Es war eine Periode mit hohem $CO_2$-Gehalt in der Luft, genau wie heute.«

»Kann man die Eiskappe nicht direkt datieren?« fragte Wade. »Indem man bis zum Grund bohrt und Eisschichten zählt, so wie ich heute die Schichten gezählt habe?«

»Unterhalb einer bestimmten Höhe gibt es keine Schichten mehr. Sie werden zusammengepreßt. Danach hat das Eis bestimmte chemische Kennzeichen, die ein bißchen was über die Atmosphäre verraten, aus der der Schnee gefallen ist, aber die taugen nicht für eine präzise Datierung.«

»Aha.« Wade dachte darüber nach. »Wenn es im Pliozänklima also einen so hohen $CO_2$-Gehalt in der Atmosphäre gab wie jetzt und die Antarktis damals ein offenes Meer mit Inseln und ein paar Gletschern war, warum ist das dann heute nicht so?«

»Tja«, sagte Michelson, »vielleicht sind wir schon auf

dem Weg dorthin. Das Schelfeis verschwindet, die Eisströme werden immer schneller, die Gründigkeitsgrenze* weicht rasch zurück. Das Inlandeis im Osten ist höher und dicker, deshalb wird es dort länger dauern. Aber es könnte passieren.«

»Wie schnell könnte es gehen?«

»Sehr schnell!«

»Und das heißt?«

»Ein paar hundert Jahre vielleicht.«

Wade und Val lachten, aber Michelson hob mahnend den Finger: »Wirklich, das ist sehr schnell. Sozusagen im Handumdrehen!«

»Das werde ich Senator Chase sagen«, erklärte Wade.

»Nein, nein«, protestierte Michelson, »Sie müssen ihm sagen, daß es niemand weiß. Niemand kann es sagen. Die laurentischen Eisdecken sind in genauso kurzer Zeit abgeschmolzen, binnen ein paar tausend Jahren vielleicht, und damals gab es keine Menschen, die $CO_2$ in die Luft gepustet haben. An diesen Prozessen sind einige hochwirksame positive Rückkopplungsschleifen beteiligt. Die Dinge können sich schnell ändern. Die Methanhydratlager am Meeresboden werden wahrscheinlich fürs erste bleiben, wo sie sind, weil der Wasserdruck sie unten hält. Aber falls es wirklich gewaltige Methanhydratvorkommen unter den Eiskappen gibt und das Methan freigesetzt wird, dürfte sich der Treibhauseffekt noch erheblich verstärken.«

Sie tranken Drambuie, während Misha abwusch und Val das Geschirr abtrocknete. Es war dampfig warm im Zelt. Sein Nacken brachte Wade um. Der Drambuie schmeckte salzig.

»Es muß doch Leute geben, die Ihr Szenario nicht glauben wollen«, sagte Wade. »Ich meine, außer den Stabilisten.«

»O ja. Dieselben Leute, die Professor Warren finanzieren,

* Grenze zwischen fest aufliegendem und schwimmendem Eis – *Anm. d. Übers.*

nicht wahr? Man kann immer einen ausgeflippten Professor finden, der einem nach dem Munde redet.«

»Dann sind die Stabilisten also solche Leute wie Professor Warren.«

»O nein. Absolut nicht. Warren sagt, die menschlichen Aktivitäten hätten keinerlei Auswirkungen auf die globale Erwärmung, obwohl die gesamte wissenschaftliche Gemeinschaft außerhalb der konservativen Denkfabriken der Ansicht ist, das alle Tatsachen dafür sprechen. Warren ist ein Scharlatan oder jemand, der sich selbst in die Tasche lügt. Die Stabilisten dagegen sind seriöse Wissenschaftler. Sie versuchen, eine Hypothese zu beweisen, sie sind jeden Sommer hier und sammeln Daten, sie veröffentlichen ihre Ergebnisse in Zeitschriften, deren Artikel vor der Veröffentlichung von kompetenten Fachkollegen gegengelesen werden. Ich glaube, daß sie sich irren, aber sie sind trotzdem Wissenschaftler. Viele Wissenschaftler irren sich, vielleicht sogar die meisten. Letztendlich dienen sie den Glücklichen, die recht haben, als Advokaten des Teufels. Selbst wir könnten uns irren.«

»Nein!« riefen die anderen.

»Nein«, stimmte Michelson zu. »Es sind Pliozän-Diatomeen, und sie sind hier gewachsen.« Er hob den Becher und prostete ihnen zu. »Hier in dieser kalten Hölle aus Eis.«

Das Gespräch wandte sich der Arbeit im Gelände zu, die sie an diesem Tag gemacht hatten, und dann wurde ausführlich erörtert, was für den nächsten Tag auf dem Programm stand. Wade und Val wollten sich am Nachmittag auf den Rückweg zu ihrem Rendezvous mit einem Hubschrauber am Rand der Flugverbotszone machen. Die Wissenschaftler würden sie ein Stück talabwärts begleiten. Harry sagte: »Entweder wir finden ein bißchen Sirius oberhalb vom Vashka-See, oder wir schaukeln morgen die Eier.«

»Die Eier?« fragte Wade.

»Er meint: Wir gönnen uns eine Pause«, erklärte Misha.

»Ich kann diesen Spruch nicht leiden«, verkündete Val

entschieden. »Als würde man gar nichts tun, wenn man keine wissenschaftliche Arbeit betreibt. Es ist beleidigend.«

»Entschuldigung«, sagte Harry mit überraschter Miene. »Das ist so ein Spruch der Doktoranden.«

»Ich weiß.«

»Der Doktoranden, die nie von ihrer einen Forschungsstätte wegkommen«, fügte Michelson hinzu. »Es ist zweifellos kompensatorisch.«

»Zweifellos.«

Der Coleman-Kocher zischte unbekümmert in dem verlegenen Schweigen.

»Ich vermute, es gibt Leute in Washington, die der Ansicht sind, daß sämtliche Aktivitäten hier unten nichts weiter als Eiergeschaukel sind«, sagte Wade. »Sowohl die wissenschaftlichen als auch alle anderen.«

Val warf ihm einen dankbaren Blick zu, aber das verlegene Schweigen hielt an.

»Also, dieser Eisschild im Osten«, fuhr Wade fort. »Wenn es vor drei Millionen Jahren noch nicht hier war, dann ist es aber ziemlich schnell gewachsen, oder?«

Michelson zog eine Augenbraue hoch. »Drei klingt nach wenig, aber Sie müssen bedenken, es sind *Millionen*. Am Südpol fielen jedes Jahr zehn Zentimeter Schnee, bevor diese sogenannten Superstürme zur Regel wurden, und bei dem Tempo dauert es nur dreihunderttausend Jahre, bis eine dreitausend Meter dicke Eisschicht entsteht.«

»Kompaktion«, warf Forbes ein.

»Ja, aber es ist schon fast Firneis, daher ist die Kompaktionsrate vielleicht nicht so hoch wie bei Schnee. Und selbst wenn, ein Zentimeter Eis pro zehn Zentimeter Schnee, das macht so ungefähr...«

»Drei Millionen Jahre«, sagte Forbes.

»Tja«, das V unter dem Schnurrbart, »da haben Sie's! Genauso dick wie erwartet.«

Viel später krochen sie ins grelle Licht und in die beißende Kälte der eisigen, strahlend hellen Mitternacht hinaus, und

Val und Wade gingen zu ihrem Zelt. Er stellte fest, daß sie bereits eine kleine häusliche Routine hatten; er pinkelte draußen, sie drinnen; als er hineinkroch, lag sie bereits in ihrem Schlafsack auf ihrer Seite des Zeltes. Ihre zweite Nacht miteinander; und in der seltsamen gelben Überbelichtung war Val so schön wie zuvor. Es war lächerlich, daß sein Herz so zu pochen begann, nur weil er neben ihr lag. Trotz seiner Erschöpfung – die von seinem Kampf mit der Kälte an diesem Tag herrührte, nahm er an – hielt ihn das eine Weile wach; mindestens zehn Minuten lang; dann folgte er ihr in den Schlaf.

Irgendwann in der hellen gelben Nacht wachte Wade jedoch auf und stellte fest, daß er auf der Seite lag und sich an Vals Rücken schmiegte. Und ob es nun am Druck des Kontakts, der Wärme, dem Inhalt eines Traums oder schlicht der Physiologie des REM-Zustands lag, er hatte eine Erektion. Ohne die dicken Schlafsäcke würde sich sein Glied fest an ihren Hintern pressen.

Diese bequeme, behagliche Position hatten er und seine Freundin Andrea oft eingenommen. Sie war ebenfalls eine große Frau gewesen, größer als er. Aber sie hatte Washington, D.C., gehaßt, und ihre Beziehung hatte den Umzug dorthin nicht lange überdauert. Und danach war Wade zu beschäftigt gewesen, um eine neue Beziehung einzugehen, das hatte er sich jedenfalls eingeredet; es war hart für ihn gewesen, daß Andrea ihn verlassen hatte.

Daran dachte er jetzt jedoch nicht. Er hatte das Gefühl, daß er wegrücken sollte; er wollte nicht mißverstanden werden. Die Schlafsäcke waren allerdings extrem dick, so daß durch sie nichts zu spüren war. Außerdem war das Zelt sehr klein, und es war bitter kalt darin; obwohl der Himmel noch hell war, schien die Sonne hinter die Apocalypse Peaks getaucht zu sein. Daher war es durchaus vernünftig, sich aneinanderzukuscheln, um sich zu wärmen. Val schlief jedenfalls; sie atmete tief. Von dort, wo er lag, konnte er nichts von ihrem Gesicht sehen, aber es stand ihm noch deutlich vor Augen. Sie war wirklich gut gewesen im Scottzelt, völlig ungezwungen in der Gesellschaft dieser Männer, hatte mit Misha gescherzt, sich unbefangen an Leute gedrückt, am Gespräch teilgenommen, wenn ihr danach war, und ansonsten zugehört. Alle hatten sich wohlgefühlt, selbst mit dieser großen Schönheit in ihrer Mitte. Die Männer waren vielleicht sogar fröhlicher gewesen als an einem normalen Abend, lebendiger und aufgekratzter, als ob der Drambers besonders feurig gewesen wäre; aber nicht mehr als das, nichts, was irgendwelche Aufmerksamkeit erregt hätte. Es war eine Kunst; als Diplomat bewunderte Wade sie dafür. Nicht jede hätte dafür sorgen können, daß die Situation so *normal* blieb.

Und genauso war es auch, wenn sie mit einem fremden Mann in einem kleinen Zelt schlief. Jetzt bewegte sie sich allerdings. Wade rollte sich in seinem Schlafsack rasch auf die andere Seite.

Doch nun schmiegte sie sich an seinen Rücken - und zwar eng, von seinem Kopf bis zu seinen Fersen. Und sie war soviel größer als er, daß sie ihn vollständig umgab; sein Hinterkopf lag an ihrer Brust. Mehr als jemals zuvor merkte er, daß es ihm gefiel, kleiner zu sein als die Frau, mit der er zusammen war. Es war atemberaubend. Keine Chance, daß die REM-Erektion nachließ. Er drehte den Kopf ein ganz kleines Stück, und da war ihr Gesicht, Zentimeter von seinem entfernt; wieder die grelle OP-Beleuchtung im Zelt; wieder ihre beunruhigende Schönheit. Durch die Verwitterungsspuren eines Lebens im Freien wirkte ihr Gesicht wie das einer Fünfzigjährigen, obwohl sie im Schlaf natürlich auch etwas Kindliches hatte, wie jeder Mensch. Mit offenem Mund, tief und fest schlafend, ruhig atmend, eng an ihn geschmiegt. Er drehte den Kopf wieder zurück und kuschelte ihn in die Kapuze seines Parkas, und nach einer ganzen Weile wurde das Tempo seines Herzschlags wieder annähernd normal, und noch etwas später schlief er abermals ein.

Nachdem sie am nächsten Tag gefrühstückt, ihr Zelt abgebaut und ihre Rucksäcke gepackt hatten, folgte Wade Val durch das scheckige Schnee-und-Stein-Tal zum Vida-See, der von bestimmten hochgelegenen Stellen auf ihrem Weg als weiße Linie auf dem Talboden zu sehen war. Wieder hatte es den Anschein, als sei er nur eine Stunde Fußmarsch entfernt, aber jetzt wußte Wade es besser. Professor Michelson begleitete Harry und Graham, um sich die gebänderten Felswände über dem Vashka-See anzusehen, und so leisteten sie Wade und Val auf dem ersten Stück des Weges Gesellschaft. Wade und Michelson blieben etwas zurück, um sich zu unterhalten.

Während sie miteinander redeten, tauchte in der Ferne über dem Vida-See eine rote Fliege auf. Alles blieb still; aber es war ein Hubschrauber. Er sank zum Vida-See hinunter, stieg dann wieder auf und flog Richtung Wright-Tal davon.

»Waren wir zu spät dran oder die zu früh?« rief Wade Val zu.

»Nicht für uns«, rief Val zurück.

»Das war eine der Trekking-Gruppen der NSF«, sagte Michelson. »Sie brechen gerade zu einer Expedition auf oder kommen von einer zurück. Vielleicht auch beides.«

»Es überrascht mich, daß die NSF da eingestiegen ist.«

»Wirklich?« Michelson, der wieder seinen Breughelschen Nasenschutz trug, warf ihm einen Blick zu. »Die brauchen Geld, wie alle anderen auch.«

»Aber da haben sie nun die Verantwortung für diesen ganzen Kontinent...«

»Mit einem Budget, das kleiner ist als das der meisten Universitäten. Außerdem stimmt das mit der Verantwortung ja nicht so ganz. Ich meine, sie haben die Oberaufsicht über die amerikanische Präsenz hier, was an sich schon erstaunlich ist, da bin ich ganz Ihrer Meinung. Mich wundert, daß einige Ihrer Kollegen vom State Department die nicht schon längst an sich gerissen haben.«

Wade machte eine Geste zu der braun-weißen Trostlosigkeit um sie herum. »Wahrscheinlich sehen sie nicht, wozu das gut sein sollte.«

Michelson lachte. »Tja, deshalb hat die NSF hier wohl auch weiterhin das Kommando. Aber mit einem immer kleiner werdenden Budget. Heutzutage ist der Mars heiß, zumindest wissenschaftlich gesehen, und da geht das ganze Geld hin. Was die Wissenschaft betrifft, ist das hier jetzt eine Art totes Gewässer. Wie auch immer, eure NSF ist nur einer der Hechte in diesem Teich. Im Scientific Committee for Antarctic Research sind ungefähr dreißig nationale Gruppen vertreten, und diese Organisation entscheidet, wie die Dinge hier gehandhabt werden. Die NSF geht aber im allgemeinen mit SCAR konform. Und innerhalb von SCAR gibt es den Veteranen-Club - die Staaten, die seit den Anfängen im Internationalen Geophysikalischen Jahr hier sind - und die neuen Staaten, die seither dazugekommen sind, um sicherzugehen, daß sie ein Wörtchen mitzureden haben, falls es mit der Ausbeutung der Ressourcen jemals losgeht. Zwischen diesen beiden Gruppen gab es früher immer wieder Spannungen, aber wegen der Konflikte zwischen SCAR und den Vereinten Nationen und SCAR und den Nichtvertragsstaaten ist das alles vergessen. Und jetzt, wo die Erneuerung des Vertrags hinausgezögert wird - von Leuten in der amerikanischen Regierung, wie Sie wissen, obwohl es auch andere gibt, die nicht unglücklich darüber sind -, ist die Lage unsicherer denn je. Einige Leute bei den Vereinten Nationen würden in der Antarktis liebend gern die Regie übernehmen, denn dann könnten sie sich bei den Abstimmungen in der Generalversammlung über jeden wissenschaftlichen Rat hinwegsetzen, und die beteiligten UN-Bürokraten hätten hier das Sagen.«

»Kompliziert.«

Michelson lachte. »Sehr kompliziert. Ein Land ohne Souveränität! Das ist in dieser Welt zu absonderlich, als daß es unkompliziert sein könnte. Der Antarktisvertrag hat seinerzeit gehalten, aber die Welt hat sich geändert.«

»Der Vertrag kam mir schon immer wackelig vor.«

»Wackelig, idealistisch - all das. Und selbst als er in Kraft war, haben die Vertragsstaaten seine Bestimmungen dauernd gebrochen. Frankreich, Rußland, die haben mehr oder weniger gemacht, was sie wollten. Jetzt, wo immer mehr auf dem Spiel steht, erweist sich der Vertrag als das Kartenhaus, das er immer schon war.«

»Ich verstehe.«

»Deshalb sind es eigentlich Peanuts, daß die NSF hier Trekkingexpeditionen durchführt. Damit kommt sie den Privatunternehmen zuvor und kann die Besucher unter Kontrolle halten – sie beispielsweise daran hindern, in dieses Gebiet hier zu kommen. Dafür sorgen, daß sie sich sauber und ordentlich benehmen, und so weiter. Es ist eine gute Idee, finde ich.«

»Interessant.«

»Ja. Es gibt unendlich viele Konflikte. Nicht viel anders als bei den Revierkämpfen in Ihrem Senat, schätze ich mal.«

»Ja«, sagte Wade geistesabwesend, den Blick auf Vals Rücken gerichtet, während diese mit Graham und Harry durchs Tal wanderte. Sie ging wie jemand, der schon eine Million Kilometer gelaufen war, und das war zweifellos auch der Fall. Jetzt sah er eine Art Felsbrocken-Ballett mit sehr anmutigen, fließenden Bewegungen. Er riß sich aus seinen Gedanken. »Es ist weitgehend identisch. Tatsächlich ist es derselbe Kampf, fürchte ich. Verschiedene Teilbereiche ein und desselben Kampfes, der überall stattfindet. Wir sind hier nur am äußersten Rand des Geschehens.«

Die Geologen verabschiedeten sich und machten sich auf den Weg um die andere Seite des Vashka-Sees herum. Wade und Val gingen zusammen weiter durchs Barwick-Tal.

*blauer Himmel*
*braunes Tal*

»Hat Ihnen der Besuch gefallen?« fragte Val, als sie ein Stück weiter talabwärts und außer Hörweite der Wissenschaftler waren.

»Es war sehr interessant.« So interessant, daß ihm momentan nicht mehr dazu einfiel. Er war immer noch damit beschäftigt, seine Eindrücke aus dem letzten Gespräch mit Professor Michelson zu sortieren. Das war schade, denn er hätte sehr gern mehr zu ihr gesagt. Er wollte nicht den Eindruck erwecken, daß er sich nicht in die Karten schauen lassen mochte, wo er doch gar keine Karten hatte. »Ich weiß nicht so recht, was ich von denen halten soll«, gestand er.

Sie nickte. »Beaker sind komische Leute.«

»Sie finden deren Blick auf die Berge doch bestimmt interessant.«

»Ja, das ist schon ziemlich erstaunlich. Was die so alles bemerken. Und diese Zeitspannen...«

»Nur dreihundert Jahre! Im Handumdrehen!«

Sie lachten. Val deutete auf die schroffen Grate, die das Tal zu beiden Seiten einfaßten. »Als ob Gestein Zahnpasta wäre, die von einem Ort zum anderen fließt.«

»Merkwürdig. Klettern welche von denen?«

»Oh, sicher. Bob drüben im Taylor-Tal, der klettert viel. Und vice versa - einige Bergsteiger haben Abschlüsse in Geologie. Misha zum Beispiel ist Geomorphologe.«

»Ich wußte, daß er irgendwas damit zu tun hat.«

»O ja, er versucht, seine Forschungsarbeit einzubauen, wenn er kann, obwohl das schwer ist - sie sind nie am richtigen Ort für ihn, und er hat schon reichlich mit der Betreuung seiner Gruppen zu tun.«

Er sah sie an. »Sie reden, als wäre das Babysitten.«

»Na ja, es ist so: Sie können hier innerhalb von ein paar Stunden umkommen, wenn Sie Mist bauen. Und es ist der Beruf des Bergsteigers, zu verhindern, daß die Leute Mist bauen, und zu wissen, wie man am Leben bleibt, selbst wenn man Mist gebaut hat. Warten Sie bis zu Ihrem ersten Sturm, dann werden Sie froh sein, daß Sie mich dabeihaben.«

»Ich bin jetzt schon froh darüber.«

»Danke«, sagte sie und ging über die Bemerkung hinweg. »Jedenfalls machen sich viele dieser Beaker - vorsichtig ausgedrückt – keine großen Gedanken ums Überleben. Die Berge sind bloß Daten für ihre Artikel. Manche von ihnen wären wunschlos glücklich, wenn sie ihre Daten zu Hause am Schreibtisch sammeln könnten. Ich bin mal mit einer Gruppe von ihnen um einen Nunatak auf dem Eis rumgewandert, nachdem ein Helo nicht pünktlich gekommen war, und es war unglaublich schön, das Eis floß ums Gestein, wissen Sie, und die haben sich auf dem ganzen Weg nach Hause beschwert, weil der Nunatak nur aus Dolerit bestand. Sie haben beim Wandern immer nur ›Dolerit, Dolerit, Dolerit, Dolerit‹ gesungen.«

Wade grinste. »Die wollten Sie aufziehen.«

»Klar. Aber die Schönheit, das war für sie nur... was auch immer.«

»Daten.«

»Ja. Daten können zwar auch schön sein, aber trotzdem.«

»Beaker.«

»Genau. Trotzdem muß man sie einfach mögen. Schon allein deshalb, weil wir anderen alle nur ihretwegen hier sind.«

»Der Kontinent der Wissenschaft.«

»Richtig. Wissenschaft und ein bißchen Eiergeschaukel. Einfach unglaublich.« Sie schüttelte den Kopf, erneut empört über den Ausdruck.

»Teurer Spaß.«

»Und ob. Bob hat mir mal erzählt, er hätte mit einem Freund ausgerechnet, wieviel es kostet, hier wissenschaftliche Arbeit durchzuführen, indem sie das Gesamtbudget für die Antarktis durch die Anzahl der Wissenschaftlertage geteilt haben – Sie wissen schon, die übliche Art, wie die Beaker so was berechnen –, und da kamen rund zehntausend Dollar pro Tag und Wissenschaftler raus.«

»Ist nicht Ihr Ernst!«

»Das hat er gesagt. Aber hey, erzählen Sie das nicht Ihren Chefs. Ich will nicht dafür verantwortlich sein, daß die NSF hier den Laden dichtmachen muß. Mich selber würde es nicht mehr so kratzen, aber meine Freunde würden mir nie verzeihen.«

Wade lachte. »Versprochen. Ich werd's nicht verraten.«

Den restlichen Vormittag wanderten sie größtenteils schweigend dahin. Dann legte Val eine Mittagspause ein, und sie setzten sich in die sonnige Leeseite eines Felsblocks, aßen Studentenfutter und tranken heißen Kakao aus Thermoskannen.

»Wie sind Sie Tourführerin geworden?« fragte Wade.

»Ich hab's einfach gemacht«, erklärte sie lachend. Sie dachte darüber nach. »Ist schon lange her. Lag an einem Freund, glaube ich. Wir sind zusammen geklettert, er hat mit dem Führen Geld verdient, und für mich klang das gut. Damals. Ich hab ein paarmal versucht, damit aufzuhören, weil mir vieles daran nicht gefällt, aber ein Gutes hat es: Man bleibt in den Bergen und verdient ein bißchen was. Also fange ich immer wieder damit an.«

»Sie haben wirklich damit aufgehört?«

»Nicht hier – das wäre was –, sondern vorher, ja. Ein paarmal. Ich hab ein paar Jahre als Führerin in den Tetons gearbeitet, und da hatte ich so einen Kunden... Haben Sie schon mal was von den drei Faustregeln des Bergführens gehört?«

»Nein.«

»Erste Regel: Der Kunde versucht, dich umzubringen. Zweite Regel: Der Kunde versucht, sich umzubringen. Dritte Regel: Der Kunde versucht, alle anderen Kunden umzubringen.«

»Autsch.«

»Ja. Wie gesagt, es gab Dinge bei dem Job, die mir nicht gefielen – zum Beispiel, daß er einen in bezug auf Menschen zum Zyniker macht.«

»Das ist bei vielen Jobs so.«

»Ja, vielleicht. Jedenfalls hab ich diesen Kerl den Grand Teton raufgeführt, und wir waren auf dem Kamm oberhalb der Nothütte. Es war ein bedeckter Tag, und direkt an der

Ostwand hing eine Wolke, so daß es dort einen Luftschacht gab, durch den wir nach unten schauen konnten, so eine Art siebzehnhundert Meter tiefen Spalt. Und ich weiß nicht, er hatte es wohl irgendwie mit dem Grand Teton, jedenfalls kamen auf einmal die Faustregeln eins und zwei buchstäblich gleichzeitig ins Spiel.«

»Er hat versucht, Sie umzubringen?«

»Er hat versucht, uns beide umzubringen. Es war eine Selbstmordnummer. Wir waren angeseilt, und als wir einen Abschnitt des Kamms raufgeklettert sind, der auf die Ostwand hinausging, hat er so ein komisches Jaulen von sich gegeben und sich vom Kamm die Felswand runtergestürzt.«

»Mit Absicht!«

»Ja.«

»Und was ist passiert?«

»Na ja, ich hab's offensichtlich geschafft, uns zu arretieren – hab mich in die andere Richtung geworfen und irgendwo Halt gefunden. Zum Glück war ich viel schwerer als er, und wir konnten uns halten. Hab mir ein paar Finger gebrochen«, setzte sie hinzu und streckte die rechte Hand aus, damit er sie sich ansehen konnte.

»Aua!«

»Ach, ich hab mir in den Bergen schon einen Haufen Knochen gebrochen, das ist nicht so schlimm.«

»Und wie ging's dann weiter?«

»Ich mußte ihm die Sache ausreden, das heißt, ich hab's zumindest versucht – aber als ich ihn beruhigt hatte und losließ, hat er's noch mal versucht! Danach hab ich ihn praktisch erwürgt, ihn den Kamm runter zur Nothütte geschleift und uns von dort rausholen lassen. Ich weiß nicht, warum ich erwartet habe, daß ein Selbstmörder ehrlich zu mir sein würde, nachdem er gerade versucht hatte, mich mitzunehmen, aber so war's nun mal. Dieser zweite Versuch hat mich echt geschockt. Ich bin fuchsteufelswild geworden.«

»Glaube ich gern!« Kopfschüttelnd versuchte Wade, sich die Szene vorzustellen. »Und da haben Sie aufgehört.«

»Ja. Für eine Weile. Aber...« Sie zuckte die Achseln. »Ich bin gern draußen, an Orten wie diesem. Eigentlich immer. Deshalb... Führen ist die beste Methode, das zu finanzieren.«

»Alle Jobs haben ihre Schattenseiten«, sagte Wade.

»Ja?« Sie setzte sich ein bißchen anders hin, damit sie ihn leichter ansehen konnte. »Erzählen Sie mir von Ihrem.«

»Ach«, sagte er und machte eine wegwerfende Handbewegung. Doch als er darüber nachdachte, merkte er, daß er seinen Job eigentlich sehr gern mochte. Aber er wollte ihre Lage - oder vielleicht besser, ihr Dilemma - mit ihr teilen, und daher sagte er: »Na ja, ich muß eben in Washington leben.«

»Gefällt's Ihnen da nicht? Ich war mal dort und fand es ganz schön.«

»Ist eine tolle Stadt, wenn man zu Besuch kommt, aber wenn man dort lebt, ist es überfüllt - schwül - ich weiß nicht. Da gibt es kein Dort, wissen Sie.«

»Wo sind Sie aufgewachsen?«

»In Oakland«, sagte er und grinste über seinen kleinen Scherz. »Nein, eigentlich in der ganzen Bay Area.«

»San Francisco ist auch eine tolle Stadt.«

»Ja. Und wunderschön. Danach ist Washington bloß ein Sumpf.«

Sie nickte.

»Und dann muß ich die ganze Zeit mit Politikern zusammenarbeiten.«

»Sind die schlimm?«

Er lachte. »Wie Ihre Kunden, nehme ich an. Sie halten sich für Profis, aber viele von ihnen sind keine.«

»Ah ja. Das kann hart sein.«

»Ja.« Aber eigentlich liebte er es und wollte nicht wie jemand klingen, der sich immer nur beklagte. Deshalb sagte er: »Na ja, es ist jedenfalls interessant. Die meiste Zeit gefällt's mir. Ich mag Senator Chase. Nein, ich mag meinen Job.«

Sie nickte zustimmend. »Es ist so, wie Sie gesagt haben.«

»Was?«

»Alle Jobs haben ihre Schattenseiten.«

»O ja.«

»Obwohl ich zugeben muß, daß mir meiner im Moment nicht so schlecht vorkommt.« Und sie lächelte ihn an. Ihm fiel plötzlich ein, wie er in der Nacht aufgewacht war, und sein Herz schlug einen kleinen Kesselpaukenwirbel. Er lächelte zurück und bot ihr ein Stück von seinem Schokoriegel an. Sie nahm ihn, und ihre behandschuhten Finger berührten sich.

»Salzig, die Schokolade?«

»Sehr.«

Den restlichen Nachmittag über folgte er ihr durch das riesige, stille Felsental und beobachtete sie. Was wundervoll war – wie sie in ihrem Felsbrocken-Ballett mit fließenden Bewegungen über das Gestein glitt, ohne auch nur hinzusehen, soweit er erkennen konnte, die totale Anmut über der fraktalen Trümmerfläche unter ihren Füßen, das erweckte den Anschein, als wäre eine von Chagalls langen Tänzerinnen zum Leben erwacht. Und sie hatte einen so hochgewachsenen, muskulösen Körper. Erneut fiel ihm ein, wie er im Zelt neben ihr gelegen hatte, und daß es ihm vorgekommen war, als läge er neben einem größeren Tier; allein schon der Gedanke war erregend gewesen, ein starker, atemberaubender, erotischer Kitzel. Er war fast genau einen Meter achtzig groß und hatte nicht genug Zeit mit deutlich größeren Frauen verbracht, um sicher zu wissen, daß er dieses – dieses Faible hatte. Er nahm an, daß es ein Stück weit eine Art Rollentausch war, daß vielleicht etwas Feminines darin lag; aber nicht genug, um ihm angst zu machen; vielleicht war es eine Komponente des Kitzels. Er mochte Val. Er hatte sie für eine Sportlerin gehalten, aber in ihrem Kopf spielte sich eindeutig eine Menge ab; eine Intellektuelle. Er hatte gehört, daß zum Klettern ein intellektuelles Element gehörte, daß es ein Intellektuellensport war, eine Art physisches Schach, das man mit der Natur spielte. Wie auch immer; er mochte sie; er fühlte sich zu ihr hingezogen; und nicht bloß auf die simple Weise wie zweifelsohne die meisten Männer, wenn sie sie sahen, sondern mehr als das; sein Gefühl bezog sich speziell auf sie, die Denkerin in dem Amazonenkörper. Und in was für einem Körper. In dem gelben Zelt – oh, was hätte da alles passieren können – Phantasiebilder von ihr auf ihm, in einem Schlafsack...

Dann stellte er überrascht fest, daß sie über das letzte Geröllfeld zur ebenen weißen Fläche des Vida-Sees abstiegen. Am einen Ende des Sees stand eine Ansammlung bunter Bergzelte, und Val steuerte auf sie zu. Als sie sich den Zelten näherten, drehte sie sich mit einem Lächeln zu Wade um. »So«, sagte sie, »zurück an die Arbeit.« Und sein Herz schmolz ein bißchen; er spürte, was für ein Lächeln auf sein Gesicht trat, und wußte, daß es ihn verraten würde, wenn sie genau hinschaute.

Kurz darauf waren sie in dem Camp. Val erklärte, es sei der von der NSF vorgeschriebene Lagerplatz am Vida-See, der von jeder durchkommenden Gruppe benutzt werde. Er lag auf einer Terrasse oberhalb des Sees, unter der zerklüfteten Wand des Schist Peak, und war durch Steinpyramiden und einen weiteren Außenabort aus aufgeschichteten Steinen gekennzeichnet; alles sehr unauffällig in der grandiosen Landschaft an der Kreuzung des Victoria- und des McKelvey-Tals, wo alles so riesenhaft wirkte. Die leuchtenden Neonfarben der Zelte ließen die paar Steinmarkierungen völlig in den Hintergrund treten. Es gab ein halbes Dutzend Kuppelschlafzelte und ein begehbares grünes Speisezelt, das viel größer war als die Scottzelte im Camp der Wissenschaftler. Wie überall anders, wo Wade bisher gewesen war, wirkte der Lagerplatz verlassen, als sie näher kamen. Eine unpassende Ansammlung bunter, in die ungeheure Weite dieser Welt aus Stein gestreuter Spielzeugklötzchen. Val ging zum Gemeinschaftszelt, rief laut hallo und steckte den Kopf durch die Tür.

Sie wurden unverzüglich hereingebeten und lernten

einen weiteren Führer namens Karl und seine aus zehn Trekkern bestehende Gruppe kennen. Sie machten eine Rucksackwanderung durch die Trockentäler, von einem Lagerplatz zum nächsten, waren bereits seit zehn Tagen unterwegs und hatten nur noch einige wenige Tage vor sich: ein größtenteils bärtiger Haufen - nur drei Frauen dabei - mit dem glatten, öligen Haar, das Wade an den Wissenschaftlern und in zunehmendem Maße auch an sich selbst aufgefallen war. Bei heißen Getränken und salzigen Hors d'œuvres erzählten sie begeistert von ihrem Trip: vom Hubschrauber auf dem Oberen Wright-Gletscher direkt unter dem Airdevronsix-Gletschersturz abgesetzt, dann zu Fuß durchs Labyrinth, am Dais und dem Vanda-See vorbei und am Onxy-Fluß entlang zum Brownworth-See; dann mit Steigeisen den Clark-Gletscher bestiegen und überquert, am Clark-See vorbei und über die Saharadünen des Victoria-Tals zu ihrem gegenwärtigen Camp. Von hier aus wollten sie durchs McKelvey-Tal bis zum Rand der Sperrzone wandern, dann über den Bull-Paß und wieder zurück zum Vanda-See. Hinterher würden sie auf längeren Treks noch die Asgaard Range überqueren, ein schwieriges Unterfangen, ganz gleich, welche Route man wählte, und dann durchs Taylor-Tal zum Hoare-See oder sogar nach New Harbor wandern und per Schneemobil oder Hovercraft über den Sund nach McMurdo fahren, je nachdem, ob es die Jahreszeit erlaubte; dies war jedoch eine kürzere Expedition, und sie würden per Helo vom Vanda-See abgeholt werden.

Das meiste davon wurde ihnen von zwei Männern erklärt, die auf einer großen, abgegriffenen Karte hierhin und dorthin zeigten, während der Führer und die anderen sich zurücklehnten und sie reden ließen. Der größere der beiden war ein dunkelblonder, gutaussehender Amerikaner, der seine Worte an Val richtete, die diese Treks nur allzugut kennen mußte, dachte Wade. Und alles in einem ironischen Stil, der in gewisser Weise charmant, aber in Wahrheit nicht sonderlich geistreich war. Val hörte höflich zu und lächelte an den dafür vorgesehenen Stellen, aber Wade sah, daß sie nicht das gleiche Interesse zeigte wie beim Gespräch der Wissenschaftler im Barwick-Tal.

»Und damit wäre die große Trockentäler-Runde zu Ende«, sagte der Mann.

»Soll mir recht sein«, sagte einer der anderen Trekker. »Das nächstemal geht's nach Neuguinea.«

»Nein, nach Tahiti.«

Sie lachten.

»Es ist so kalt«, sagte einer von ihnen.

»Und überall das gleiche«, setzte ein anderer hinzu.

»Und soviel größer, als es aussieht – man wandert durch ein Tal und rechnet damit, daß man eine Stunde braucht, und dann dauert es den ganzen Tag. Ist genau umgekehrt wie im Himalaya. Das Wright-Tal nimmt überhaupt kein Ende.«

»Liegt am fehlenden Dunst.«

»An der Kälte.«

»Daran, daß es keine Bäume gibt.«

»Daran, daß wir auf dem Herweg innerhalb von zehn Minuten drüber weggeflogen sind.«

»Woran auch immer. Jedenfalls war's das für mich. Ich bin dagewesen und hab's gesehen.«

Andere taten diese Einstellung naserümpfend ab. »Es ist wunderschön!« »Es ist so riesig.« »Und wunderschön!«

Was es nicht war, nach keiner Definition von Schönheit, die Wade je gehört hatte. Aber so etwas sagte man, wenn man von einer Landschaft beeindruckt war, derart verarmt war die Sprache mancher Leute. Verkümmert, wie Forbes gestern zu Michelson in bezug auf einen Felsabschnitt gesagt hatte. Aber wenn Wade sich zu Wort gemeldet und erklärt hätte, es sei nicht schön, sondern erhaben, hätten sie den Unterschied nicht verstanden. Daher hielt er den Mund, hörte sich diese stereotypen Äußerungen an und fühlte sich wieder dem typisch amerikanischen Geplapper und seiner ganzen elementaren Talkshow-Geistlosigkeit ausgeliefert...

»Langweilig, das ist es.«

Und vielleicht war es das auch, dachte Wade, ohne die Wissenschaft, ohne die Politik, wenn man nur hier draußen herumlief: langweilig. Nichts als Eiergeschaukel.

Der andere Führer lächelte pflichtbewußt bei all dieser fröhlich vorgebrachten Kritik, die teilweise nur darauf abzielte, ihn aufzuziehen. Diese Leute würden von dem Treck schwärmen, wenn sie nach Hause kamen, daran bestand kein Zweifel. Daher nickte der Führer und zuckte die Achseln, als hörte er das alles nicht zum ersten Mal und hätte sich bereits nach Kräften bemüht, ihnen Kontra zu geben. Es war nichts weiter als an die Adresse der Neuen gerichtetes neckisches Geschäker.

»Na, Val«, sagte er, als er eine Chance dazu hatte. »Was machst du als nächstes?«

»Amundsen«, sagte sie.

»Hey, da sind wir auch dabei!« rief der hochgewachsene, gutaussehende Mann mit einem raschen Blick zu Val und dann zu seinem Freund. »Sie müssen Valerie Kenning sein.«

»Bin ich«, sagte Val, ohne sich in irgendeiner Hinsicht etwas anmerken zu lassen. »Ja, es müßte eigentlich eine gute Expedition werden.«

Der andere Führer sagte: »Ich hab gehört, der Axel Heiberg ist ganz schön schwierig geworden.«

Val zuckte die Achseln. »Da gibt's einen Steilabschnitt in der Stirnwand, ja. Aber wenn es dieses Jahr schlecht ist«, mit einem blitzschnellen Blick zu dem anderen Führer, der sich Wades Ansicht nach auf das *es* bezog, »nehmen wir die Abstiegsroute und sparen so Energie dafür.«

»Och, wir schaffen die richtige Route schon«, meinte der hochgewachsene Kunde zuversichtlich.

»Mhm«, sagte Val und schenkte ihm ein aufmunterndes Lächeln. Wade erinnerte sich an die drei Faustregeln des Bergführens und zuckte innerlich zusammen. Was für ein Glück, daß er sie nicht als Trekking-Kunde kennengelernt hatte, sondern in einer etwas anderen Eigenschaft! Obwohl er ein ›wichtiger Besucher‹ war, autsch; aber trotzdem, besser als das hier. Er beobachtete sie, während sie weiterhin fröhlich mit der Gruppe plauderte, und ihm ging durch den Kopf, daß in ein paar Stunden ihr Hubschrauber kommen und sie nach McMurdo zurückbringen würde, und das konnte durchaus das letzte sein, was er jemals von Valerie Kenning sehen würde. Und da zuckte er richtig zusammen.

■

**Val saß im Speisezelt der Trekker** und gab sich alle Mühe, ihren Ärger über die Männer zu verbergen, die mit auf ihren Amundsen-Trip kommen würden. Beziehungsweise über den *einen* Mann, um genau zu sein; der andere, Jim McFeriss, war der typische Kumpel und Steigbügelhalter; der Wortführer, Jack Michaels, würde der eigentliche Nervtöter sein. Wie er sie ansah, wie er mit den anderen redete, überheblich und selbstbewußt und so unverschämt sicher, daß er der Star des Films war: Val haßte diese Art mit subtiler Inbrunst. Sie hatte den Gestank von schlechtem Testosteron dermaßen satt, daß es ihr schon beim geringsten Hauch davon hochkam. Und so saß sie auf einem der ultraleichten, aber instabilen Campingstühle am Ende des Campingtisches und wurde munterer und fröhlicher denn je, eine alte Technik, die sie auf der High School gelernt hatte, als sie mit einer Riesenportion Wut in ihrem Innern konfrontiert gewesen war, einer Wut von oftmals rätselhaftem, manchmal aber auch vollständig klarem Ursprung; und da es unangemessen war, Leute anzuschreien, hatte sie festgestellt, daß sie ihr Bedürfnis, auf sie loszugehen, einfach dadurch befriedigen konnte, daß sie sie mit ihrer fröhlichen Cheerleader-Tour plump hinters Licht führte. Ihr wahres Ich zu verbergen und sich mit einem geradezu aggressiv fröhlichen Gesicht auf jemanden zu stürzen, hatte in vielerlei Hinsicht immer eigenartig gut funktioniert.

Daher fühlte sie sich in dieser Gruppe von Trekkern jetzt einigermaßen wohl, obwohl sie ein ziemlich lahmer Haufen zu sein schienen, wie der Blick, den Karl ihr heimlich zuwarf, bestätigte. Und die Aussicht, eine Neuauflage von Amundsens schwieriger *Direttissima* mit diesem Jack und Jim und anderen fraglos problematischen Kunden zu führen, war in der Tat ziemlich trübe. Jack saß da und tat so, als würde er zwei seiner Kameraden von der Reise erzählen, bei der er im Kajak den Dudh Khosi hinuntergefahren war - ach nein, jetzt ging es um die Besteigung des

Matterhorns –, und nach ihren Mienen zu urteilen, kannten sie die Geschichte schon und wußten auch ebensogut wie Val, daß er die Story eigentlich nicht ihnen erzählte, sondern ihr; er schaute nach links zu ihnen und dann nach rechts zu ihr und bezog sie in sein Publikum mit ein. Männer wie er waren Seehunde, in einen dicken Blubber aus Selbstbewußtsein gehüllt. Aber er war an ihr interessiert; er sah sie an, ließ seinen Charme für sie spielen, versuchte, ihr mit seinem umfangreich klingenden Repertoire beweiskräftiger Angaben über seine Abenteuer in der Wildnis zu imponieren. Es klang immer umfangreich. Außerdem taxierte er sie – und kam zu dem Schluß, daß sie eine schlichte sportliche Cheerleader-Type war, eine Frau, die er problemlos anmachen konnte, nicht so gut informiert wie er, aber daran interessiert, mehr über die große weite Welt zu erfahren, von der er so viel gesehen hatte.

Was für ein Scheiß. Und alles nur wegen ihres Aussehens. Wenn sie klein, unansehnlich und unauffällig gewesen wäre, hätte sich die Wattleistung seiner Aufmerksamkeit erheblich reduziert, so daß sie vielleicht eine Chance gehabt hätte, etwas von ihm zu sehen; so jedoch hatte der blendende Glanz ihre Pupillen zu nadelspitzen Löchern verengt, und sie starrte in ein hell-dunkles Schattenzelt hinaus und schlug dessen Insassen mit aller Kraft ihre Cheerleader-Nummer um die Ohren; nicht mehr lange, dann würden sie platt auf dem Rücken liegen und zugeben, daß sie ebenfalls alle gern California Girls wären, in vierstimmigem Harmoniegesang.

Das hatte zur Folge, daß Wade sie ein bißchen merkwürdig ansah; zweifellos war er verblüfft. Aber wie anders war es oben in dem überfüllten Scottzelt gewesen, wo sie um den zischenden Kocher herumgesessen und über Geologie, Politik und das Antarktika unter dem Eis geredet hatten. Für diese Männer war sie einfach ein Mensch gewesen, und deshalb hatte sie sich entspannen und einfach ein Mensch sein können – eine solche Erleichterung, daß sie dadurch viel netter und folglich attraktiver wurde, da war sie sicher.

Und sie hatten es auch verdient, weil sie selber so normal waren. Das gefiel ihr an Wade sehr; er hatte sich nicht mehr für sie interessiert als für jeden Beaker, den er kennengelernt hatte, nicht mehr, aber auch nicht weniger; und sein Interesse an ihr war gewachsen, je mehr er über sie erfahren hatte und je mehr sie über Gott und die Welt geredet hatten. Das fand sie gut; sie forderte es sogar. Kein Zweifel, sie war ziemlich anspruchsvoll und intolerant, wenn es darum ging, wie Männer sich ihr gegenüber verhielten; sie wußte das; es war schon lange so. Und es wurde immer schlimmer.

Schönheit war nämlich ein Fluch. *It's always getting worse, because beauty is a curse*... in vierstimmigem Harmoniegesang. Sie konnte sich nicht erinnern, daß die Beach Boys das gesungen hatten, aber die Mädchen am Strand (stets bequem zur Hand) hätten es Brian sagen können, wenn der in seiner eigenen Schicht aus toxischem Blubber imstande gewesen wäre, ihnen zuzuhören. Schönheit ist ein Fluch. Natürlich brachte sie einem Aufmerksamkeit ein, das stand außer Frage. Vals gutes Aussehen hatte ihr das ganze Leben lang Aufmerksamkeit eingebracht; aber mittlerweile haßte sie das. Sie mochte keine Aufmerksamkeit. Deshalb war sie in ihrer High-School-Zeit jedes Wochenende in die Berge gefahren und dann endgültig dort geblieben, sobald sie die High School hinter sich gehabt hatte und nach vier Jahren Einzelhaft im Gefängnis des amerikanischen Traums entlassen worden war.

Und es war ohnehin albern, im besten Fall albern. Wenn man es genau nahm, sah sie nämlich gar nicht *so* gut aus, sie war kein Model – für sie war ihr Gesicht im Spiegel absolut alltäglich und voller Irritationen. Da lagen die Männer falsch, wie in so vielen anderen Dingen auch. Es kam nur daher, daß sie groß, blond, kräftig und athletisch war, mit einem letztlich doch von Grund auf freundlichen Gesicht – regelmäßig, angenehm, ein bißchen cheerleadermäßig, wie sie zugeben mußte. Und das reichte, um ihr ganzes Leben lang von Männern belogen zu werden. Sie verursachten

Verkehrsunfälle, wenn sie an ihr vorbeifuhren. Einmal hatte einer seinen Toyota-Pick-up auf einem Parkplatz mit quietschenden Reifen zum Stehen gebracht, den Kopf aus dem Fenster gestreckt und aus vollem Halse gebrüllt: »Willst du mich heiraten!« Dieser eine Vorfall hatte sie immerhin zum Lachen gebracht, weil er zumindest den Vorzug unverstellter Ehrlichkeit gehabt hatte; aber später stand er als das reinste Bild dafür, worum es sich bei dieser speziellen Aufmerksamkeit seitens der Männer wirklich handelte, vor ihrem geistigen Auge. Es war egal, was für ein Mensch sie war, das hatte nichts damit zu tun; allein ihr Aussehen war Grund genug für Männer, auf die Bremse zu treten und ihr spontan das Herz auszuschütten. Und was sollte sie dazu sagen? Was sollte sie mit all diesen Fremden machen, die sie anbaggerten, sich auf sie stürzten und schrien: »Ich, ich, ich, werde die Meine, ewige Liebe, willst du mich heiraten?« Es war so offensichtlich, daß sie aus den falschen Gründen kamen. Und deshalb erwiesen sie sich in Vals Augen von vornherein als Leute mit schlechten Prinzipien, Dummköpfe, Spinner und Jammergestalten; manche waren ebenso unsicher wie sie, was den Wert ihres Charakters betraf, andere absurderweise fest davon überzeugt, daß sie die tollsten Hechte weit und breit waren, aber so oder so waren sie wertlos für sie, und ihre Aufmerksamkeit war nutzlos, dumm und ärgerlich, manchmal gefährlich und oft unerträglich. Sie machten sie wütend.

Und natürlich hatten diejenigen, die sie erst flachgelegt und dann abgelegt hatten, wie man so sagte, sie nicht nur wütend gemacht, sondern ihr auch Angst eingeflößt und sie verunsichert. Manche dieser Kerle hatte sie wirklich geliebt, oder sie hatte zumindest geglaubt, sie zu lieben; sie war von ihnen nicht auf die übliche idiotische Weise angemacht worden und hatte gedacht, sie wären anders; aber es hatte trotzdem nicht hingehauen. Wie konnte das sein, wenn sie so attraktiv war? War sie so schwierig, daß man nicht mit ihr zusammenleben konnte? Oder so langweilig? Sie glaubte es nicht. Doch andererseits hatte sie stets

Schwierigkeiten gehabt, ihre Gedanken zu artikulieren; was aus ihrem Mund kam, war irgendwie immer eine Platitüde, die nur noch vage Ähnlichkeit mit dem ursprünglichen und weitaus interessanteren Gedanken besaß. Sie hatte nie gelernt, wie man diese intensiven Gedanken im Flug erwischte, und wenn es ihr doch einmal gelungen war, sich korrekt auszudrücken, war sie dadurch oft in die größten Schwierigkeiten geraten, weil sie die Leute (Männer) überzeugt hatte, daß sie bösartig oder einfach nur wunderlich war. Also hatte sie nur die Wahl zwischen Süßholz und Galle gehabt, oder sie mußte den Mund halten. Oder zum Klettern gehen - Freeclimbing, solo, die beste Art.

Oder später Tourgruppen von Fremden führen, um Geld zu verdienen, permanent auf Autopilot und in der Rolle der fröhlichen Bergfrau, der Mutter Erde, des Naturgeistes, der athletischen Philosophin, der wilden Frau - eine Rolle, die in gewissem Ausmaß wieder in sie zurücksickerte, als sie wie in ihrer Cheerleaderzeit das wurde, was sie spielte; in eine Rolle schlüpfen, als würde man ihnen einen Volleyball ins Gesicht schmettern; und diese Rolle fühlte sich gut an; mal was anderes als der übliche Zynismus, das übliche Mißtrauen. Damit konnte man die Kunden völlig legitim auf angemessene Kundendistanz halten, eine professionelle Beziehung als Basis für ein paar ganz passable Interaktionen mit einigen netten Männern, die bereit waren, sie wie die Führerin zu behandeln, und mehr nicht. Ihr reichte diese Kunden/Führerin-Beziehung jedenfalls - sie hatte einen gewissen Schüler/Lehrer- oder sogar Mutter/Kind-Aspekt, je nachdem, wie die Beteiligten ihre jeweiligen Rollen anlegten. Sich um Menschen kümmern. Das hieß, viele relativ angenehme zwischenmenschliche Interaktionen. Aber die große Mann-und-Frau-Kiste: kein Glück. Jede Menge Nervtöter, genug, um alles kaputtzumachen. Sie wünschte sich eine lange Auszeit.

Leider war die Antarktis nicht der richtige Ort dafür. Das Verhältnis von Männern zu Frauen betrug immer noch ungefähr 70 zu 30, und das machte viele Männer noch verrückter als anderswo auf der Welt. Aber es gab auch Frauen, die sich vor lauter diebischer Freude gar nicht mehr einkriegten; manchmal waren es diejenigen, die daheim nie genug Aufmerksamkeit bekommen hatten und sie deshalb nun von ganzem Herzen genossen, ständig irgend jemanden aufrissen, knallhart ihren Spaß hatten und Herzen brachen, als würden sie kleine Fische ausnehmen, die sie gefangen hatten. Sie selbst hatte das ebenfalls ab und zu mal getan. Zweifellos auch ein bißchen aus Rache. Andere Frauen wurden unter dem Testosteronansturm katatonisch oder brachen in schallendes Gelächter aus und verweigerten sich dem ganzen närrischen Haufen. Wieder andere versuchten, die Augen offen und einen klaren Kopf zu behalten, um zu sehen, ob sie einen Mann finden konnten, den sie mochten. Schließlich gab es ja Männer en masse. Wie die Mac-Frauen sagten, das Angebot war gut, aber die Guten waren nicht unbedingt im Angebot. Also mußte man für gewöhnlich ein bißchen sieben – ein paar Männer austesten, um den zu finden, den man mochte. Das konnte wie eine Aufreißtour aussehen. Und das wiederum verursachte Probleme. Was ihr Liebesleben betraf, waren die meisten Frauen auf dem Eis in der Tat wandelnde Seifenopern. Viele hatten eine Eisromanze nach der anderen. Manche schlossen Saisonverträge, wie ASL. Und neun von zehn Eisromanzen nahmen garantiert ein schlechtes Ende.

Darunter leider auch ihre Beziehung mit X. Sie mochte vieles an ihm – er war groß, sanft und klug; in Steves Worten – sogar in seinem letzten Lebensjahr hatte er sie aufgezogen –, genau ihr Typ: vertrauenswürdig, loyal, hilfsbereit, freundlich, höflich, nett, gefügig, fröhlich, sparsam, tapfer, sauber und respektvoll. Wie Steve es gewesen war. Nein, eigentlich nicht. Jedenfalls hatte X viele gute Seiten gehabt, war aber auch launisch und zu idealistisch gewesen, hyperintellektuell, naiv, ein kleiner Stubenhocker, inaktiv, unsportlich und merkwürdig passiv; und obwohl sie die Aggressivität der Männer anwiderte, mußte sie zugeben, daß sie es mochte, wenn ein Mann einen gewissen Elan besaß, ein gewisses Feuer und Format; das hatte X gefehlt. Er schimpfte die ganze Zeit auf das System, hing aber herum, ohne in der Welt draußen körperlich aktiv zu werden, womit sie ihre Frustration normalerweise bekämpfte. Er war einfach *zu* sanft. Und außerdem war er jünger als Val, vier Jahre jünger, so daß er ihr oft wie ein Kind vorkam, wie ein Student im zweiten College-Jahr, obwohl er dafür genaugenommen zu alt war.

Deshalb hatte sie sich während ihres Urlaubs in Neuseeland ein bißchen geärgert. Und es hatte auch nicht gerade geholfen, daß er ihr bei dem völlig unproblematischen Aufstieg auf den Bealey Spur plötzlich mit der ›Ich werde von einer Nazi-Bergführerin gequält‹-Masche gekommen war, einer Masche, die sie so satt hatte, daß sie es nicht mal in Worte fassen konnte. Jedesmal, wenn jemand etwas in dieser Richtung sagte oder auch nur mit einem Blick andeutete, wurde sie darüber so wütend, daß es ihr den ganzen Trip kaputtmachte. Und es passierte auf jedem Trip. Selbst wenn man eine grüne Rolltreppe in die alpine Herrlichkeit der Berge hinaufstieg.

Sie hatten sich also voneinander verabschiedet, und sie war ohne festen Plan in die Staaten zurückgeflogen und dort während der gesamten arbeitsfreien Monate des antarktischen Winters einfach herumgezogen, von einem Klettergebiet zum nächsten. Früher hatte sie ihre arbeitsfreien Monate mit ihrer Großmutter auf der alten Familienfarm verbracht, wo sie sich umeinander gekümmert hatten, und das war schön gewesen, ein echter Halt in ihrem Leben; aber Annie war vor zwei Jahren gestorben, als Val in der Antarktis gewesen war, und jetzt gab es keine feste Lebensstruktur mehr, in die Val sich bei ihrer Rückkehr in die Welt draußen einfügen konnte. Es waren ein paar seltsame Monate gewesen. Und als sie zu Beginn der neuen Saison wieder ins Eis geflogen war, hatte sie jedes Interesse an X verloren gehabt. Selbst die guten Beziehungen hatten an dem Lebensstil in McMurdo mit seinen langen Abwesenheits- und Anwesenheitsphasen schwer zu knacken, und wenn es Probleme in einer gab, war es dank der langen Unterbrechungen sehr leicht, sie zu beenden. Daher hatte sie gleich bei ihrer Rückkehr nach Mac Town Ausschau nach einem Grund gehalten, sich von X zu trennen, obwohl ihr das erst später bewußt geworden war. Und ein neuer Bergsteiger namens Mike hatte so ziemlich den perfekten Grund abgegeben, das hatte sie jedenfalls anfangs gedacht; sie mußte zugeben, daß sie wirklich hin und weg gewesen war. Mittlerweile wußte sie jedoch, daß Mike eine akute Form des Bergsteigersyndroms hatte, wie sie es nannte, eine dermaßen unauslotbare Selbstbezogenheit, daß der übliche männliche Blubber im Vergleich dazu nicht mehr als die subkutane Schicht war, mit der sich jeder herumschlagen mußte. Mike hatte natürlich sehr gern mit ihr geschlafen, aber einen Monat später wußte er immer noch rein gar nichts über sie; es wäre wahrscheinlich gefährlich gewesen, ihn zu bitten, sich ihren Nachnamen zu merken. Dieser Wade Norton hatte in nur zwei Tagen tausendmal mehr über sie erfahren. Also Schluß mit Mike, und nun war X fort aus Mac Town, und sie hatte sich nicht einmal entschuldigt. Sie mußte sich also wieder jemand Neuen aufreißen. Oder auch nicht. Jedenfalls war es eine weitere schlechte Erfahrung, die sie all den anderen hinzufügen konnte. Diesmal war allerdings sie diejenige gewesen, die Mist gebaut hatte, das mußte sie zugeben.

Auf dem Rückflug mit dem Hubschrauber nach Mac Town saß Wade neben ihr in einem der Seitenabteile des Huey, wo sie in ihrem eigenen Schallraum miteinander allein waren; sie konnten sich nur mit Mühe verständigen, aber es ging, wenn sie einander direkt ins Ohr sprachen. Sie schauten aufs blinkende Meereseis unter ihnen hinab und wechselten ein paar Worte. Als sie daran dachte, wie nett er auf diesem Ausflug gewesen war, zuckte sie zusammen; was für ein Sprung von diesem klugen, höflichen, interessanten, irgendwie feinsinnigen, ja sogar introvertierten Mann zu Jack und Jim und dem Rest der Kunden auf der Amundsen! Es tat richtig weh. Sie mochte diesen Mann sehr; er war genau so sanft, wie sie es gut fand, hatte zusätzlich aber auch eine Portion Elan, die sie ebenso bewunderte – und das bei einem Polit-Yuppie aus Washington! –, und einen versteckten Humor; er hatte diesen Beakern seine volle Aufmerksamkeit geschenkt, wie es schien; und dann auch ihr, aber als Führerin, als einer Person mit beruflichen Problemen, einer Gleichrangigen, die nicht über die Politik in Washington, die globale Situation oder was auch immer belehrt werden mußte, sondern mit der man einfach redete, weil sie sich beide füreinander interessierten. Und nun reiste er natürlich ab, und zwar sicher schon bald. So war das immer.

»Haben Sie Geschwister?« rief er ihr zu ihrer Verblüffung ins Ohr.

»Nein«, sagte sie in seins.

»Einzelkind?« Es klang überrascht.

Er schaute aufs Schmutzeis hinunter. »Nein«, rief sie zu ihrem eigenen Erstaunen in sein Ohr. Sie sprach nie darüber. »Nein, ich hatte einen Bruder. Aber er ist gestorben.«

Er nickte; sah sie kurz an; schaute wieder aufs Eis hinunter. Auf dem ganzen Rückweg nach Mac Town saß er neben ihr, den Blick aufs Eis unten gerichtet, und drückte seinen Arm an ihren, seine Hüfte an ihre, sein Bein an ihres. Der Druck bedeutete, es tut mir leid. Er bedeutete, es gibt nichts dazu zu sagen. Und das stimmte. So hatte Steve selbst sie in seinem letzten Jahr getröstet: Er hatte den Arm um ihre Schultern gelegt und wortlos neben ihr gesessen. Mit sechzehn und zwölf hatten sie beide nicht gewußt, was sie groß dazu sagen sollten. Val starrte auf das unter ihnen weggleitende Schmutzeis hinab. Sie mochte diesen Mann, der nun abreiste.

Zurück in Mac. Gedankenverloren ging sie auf ihr Zimmer.

Sie war elf gewesen, als sie das erste Mal erfahren hatte, daß etwas nicht stimmte. Sie hatten ihr erzählt, Steve sei krank, er habe Pfeiffersches Drüsenfieber, und es werde eine Weile dauern, bis er wieder gesund sei. Er war im Krankenhaus und kam dann in eine Spezialklinik in Houston. Da sagten sie ihr, daß es Leukämie war. Er war monatelang weg, kam aber zu Besuch nach Hause. In späteren Jahren hatte sie keine deutlichen Erinnerungen mehr an diese Besuche; aber sie wußte noch, daß es sie schockiert hatte, wieviel dünner er war und daß er sich so langsam bewegte. All seine Muskeln schienen steif zu sein, zuletzt sogar seine Lippen, so daß es ihm schwerfiel zu sprechen.

Wenn sie in dieser Zeit zusammen waren, spielten sie meistens ein Brettspiel, das er in jüngeren Jahren sehr gern gemocht hatte. Sie konnte sich nicht in allen Einzelheiten an die Regeln erinnern, aber der Spielplan war eine Weltkarte, das Spiel hatte etwas mit dem Wetter zu tun, die Spielfiguren standen auf einem leeren Rechteck, das einen Quadranten der Weltkarte darstellte, und wenn man eine Zwölf würfelte, mußte man das leere Rechteck auf einen anderen Quadranten der Karte versetzen. Oder so ähnlich. Sie hatten es stundenlang in nahezu völligem Schweigen gespielt. Val war es so vorgekommen, als wäre Steve in Houston sehr rasch älter geworden und wegen dem, was mit ihm geschah, jetzt eine Art Erwachsener. Er sah sie wie aus großer Entfernung an. Einmal würfelte er zweimal hintereinander eine Zwölf, dann ein drittes Mal; ein viertes Mal; ein fünftes Mal. Und jedesmal schob er das Rechteck in der Welt herum. Dann ein sechstes Mal, jedesmal zwei Sechsen. Sie hatten einander über das Brett hinweg angestarrt und dann äußerst beklommen wieder auf die Würfel hinuntergeblickt; beiden war bewußt, daß etwas sehr Seltsames geschah. »Ich schätze, ich gehe auf eine Reise«, sagte er, und Val hatte seine Serie unterbrochen, die Würfel genommen und selbst gewürfelt.

Diese kleine Erinnerung war alles, was ihr von den zahllosen Stunden geblieben war – dazu noch ein paar weitere Splitter, zum Beispiel, wie er langsam und o-beinig über den Flur ging, um das Spiel wegzupacken. Oder wie er bei seiner letzten Abreise nach Houston zu ihr gesagt hatte: »Bis bald«, und sie geantwortet hatte: »Bis bald.«

Dann hatte sie im Geschichtsunterricht herumgealbert, und Mr. Sanders war gegen Ende der Stunde mit sehr ernster Miene hereingekommen und hatte sie mit hinausgenommen, um ihr zu sagen, daß ihr Bruder gestorben sei, es tue ihm sehr leid, sie müsse nach Hause. Sie wußte noch, wie sie vom Balkon im ersten Stock auf den Parkplatz hinuntergeschaut hatte, auf die vereinzelten Autos der Lehrer und die Flucht der Tennisplätze zu ihrer Linken.

Ihr Bruder Steve war also gestorben. Er war größer, stärker und lebendiger gewesen als sie; von ihm hatte sie gelernt, das Leben im Freien zu lieben, und er hatte sie mitgenommen, was viele ältere Brüder nicht getan hätten. Er war vertrauenswürdig, loyal, hilfsbereit, freundlich, höflich, nett und so weiter gewesen. Ihr Held.

Und danach hatte niemand an ihn heranreichen können. In ihm hatte sie einen Maßstab für männliches Benehmen, der zweifelsohne sehr hoch war. Und ihre Zündschnur war zweifelsohne sehr kurz. Das waren sicherlich die Ursachen für vieles von dem, was ihr seither zugestoßen war. Es ist manchmal unheimlich, wenn man darüber nachdenkt, in welchem Maße wir unsere eigene Realität erschaffen. Das geistige Leben ist eine imaginäre Beziehung zu einer realen Situation; doch andererseits ändert sich diese reale Situation fortwährend, ein Ereignis folgt aufs andere, und viele dieser Ereignisse sind unserer Kontrolle entzogen, aber viele sind auch das direkte Resultat des Einflusses der Imagination auf die Realität. Sie war sich also bewußt, daß ihre Probleme nicht nur darin begründet lagen, daß Männer häufig so kaputte Typen waren; denn manchmal waren sie es nicht, aber sie setzte ihre Beziehungen mit ihnen trotzdem in den Sand, manchmal sogar mit Männern, die sie sehr gern gehabt hatte. Aber an ihren Steve hatten sie nicht herangereicht. Früher oder später enttäuschten sie sie, und sie explodierte. Und zog weiter zum nächsten, wobei sie zugleich immer kapriziöser wurde. Je kürzer ihre Zündschnur wurde, desto kürzer wurden auch ihre Beziehungen. Sie war im Eimer, ein hoffnungsloser Fall; Bergführen war das letzte, womit sie es hätte probieren sollen. Es war, als versuchte sie, eine Open-Air-Therapeutin zu sein, obwohl sie diejenige war, die eine Therapie brauchte. Sie mußte einen Mann finden, den sie wirklich und wahrhaftig mochte. Aber die Guten waren nicht im Angebot, und das Angebot war nicht gut. Und nicht bloß in Mac Town.

SECHSTES KAPITEL

# *Auf Amundsens Spuren*

**Während ich in einem Hubschrauber** übers Ross-Meer fliege, muß ich unwillkürlich an Shackletons Expedition im Jahre 1908 denken, eine der großartigsten in der Geschichte der Antarktis, obwohl man sich heute kaum noch an sie erinnert. Das Meereseis unter uns ist jetzt von zerklüfteten Bruchstücken des alten Schelfeises durchsetzt, und die großen weißen Inseln haben allesamt steil aufragende Wände und liegen schief im Wasser; keine Sprache kann sie beschreiben, und ich bin froh, daß ihr sie auf diesen Bildern sehen könnt, so daß ich es nicht versuchen muß. Wir fliegen mit hundert Stundenkilometern in einer Höhe von etwa zweihundert Metern über die Eisberge: Wie Götter sausen wir über die Oberfläche dieser Welt! Doch Shackleton und seine Kameraden hatten es nicht so leicht.

Als der von Scott heimgeschickte Shackleton beschloß, in die Antarktis zurückzukehren, wurde ihm weder von der britischen Kriegsmarine noch von der Royal Geographic Society sonderlich enthusiastische Unterstützung zuteil. Es gelang ihm jedoch, die Mittel aus eigener Kraft aufzutreiben, indem er reiche Gönner aus der englischen Gesellschaft um Geld anging und es auch bekam; und 1908 kehrte er mit einem privaten Team in den Süden zurück. Scott organisierte zu dieser Zeit über offizielle Kanäle in der Kriegsmarine und der Royal Society ebenfalls eine Rückkehr in den Süden, und allein schon die Tatsache, daß es Shackletons Expedition überhaupt gab, empörte ihn. Er war der Ansicht, daß die Chance auf den Vorstoß zum Pol ausschließlich ihm zustand, als ob er der heilige Georg wäre, und daß er die alleinigen Rechte auf den Drachen besaß, bis entweder dieser oder er selbst tot war. Jeder, der diese Vorstellung in Frage stellte, beging Verrat an ihm.

Shackleton schrieb ihm jedoch und fragte ihn, ob er die Discovery-Hütte benutzen könne, die wir kürzlich in McMurdo besichtigt haben. Und Scott verweigerte ihm die Erlaubnis dazu! Darüber hinaus behauptete er expressis verbis, daß er als einziger berechtigt sei, den Verstoß zum Pol von der Ross-Insel aus zu unternehmen, und daß Shackleton östlich eines bestimmten Längengrads und damit weit entfernt auf der anderen Seite des Ross-Meeres bleiben müsse.

Und Shackleton erklärte sich damit einverstanden! Diese Briten sind wirklich sehr eigenartig. Sie spielten ein Spiel, das noch aus dem Mittelalter stammte. Aber wir sollten nicht allzu erstaunt darüber sein, denn alle Geschichten sind zu allen Zeiten unsterblich und lebendig, und diese Männer hatten ihr Leben lang Geschichten über mittelalterliche Ritterlichkeit gehört. Und wir sollten auch daran denken, wie oft wir selbst mit einem Rivalen um Liebe oder Ehre gekämpft haben.

Daher gab Shackleton Scott sein Wort, die Ross-Insel nicht zu betreten, außer wenn es lebensnotwendig sei. Scott faßte das natürlich so auf, daß er damit ›am Leben bleiben‹ meinte.

Doch Shackleton konnte auf der anderen Seite des Ross-Meeres keine passende Basis finden. Dort drüben, wohin ich jetzt schaue, gibt es keine Insel wie die Ross-Insel, denn ein Berg wie der mächtige Erebus existiert nirgendwo sonst auf der Erde; er ist eine Singularität, ein Bolide aus dichtem *ch'i*. Die Küstenlinie dort drüben auf der anderen Seite der Bucht ist unter Eis begraben, und denjenigen, die in winzigen Schiffen übers Meer kamen, zeigte sich nur der Rand der Großen Eisbarriere, wie Ross sie so treffend getauft hat. Und Shackleton traute dem Rand der Eisbarriere nicht, wie Amundsen es später tat. Amundsen bestieg das Schelfeis an einer Stelle, bei der es sich um eine permanente Einbuchtung zu handeln schien, las die Schneelandschaft im Süden und postulierte die Existenz einer sehr flachen Insel, die später tatsächlich entdeckt und Roosevelt-Insel genannt wurde; ein hübsches Stück Feng Shui. Aus diesem Grund vertraute Amundsen darauf, daß das Eis in dieser ›Walfischbucht‹ die sechs Monate halten würde, die er darauf zu leben gedachte. Es war ein Risiko, denn selbst stabiles Eis kalbt hin und wieder ins Meer; aber ein kalkuliertes Risiko. Shackleton hingegen wußte nicht genug, um diese Kalkulation vorzunehmen. Aber er war dennoch ein vorsichtiger Mann, ein guter Planer. Nur dadurch gelang es ihm, so weit nach Süden vorzudringen, obwohl er so wenig Erfahrung mit der Fortbewegung auf Eis und Schnee hatte.

Und so kehrte er zur Ross-Insel zurück! Der Unglückliche! Es machte ihm schwer zu schaffen, daß er sein Versprechen Scott gegenüber brach; er konnte eine Woche lang nicht schlafen und schrieb seiner Frau einen gequälten Brief, in dem er erklärte, er werde dieses Versprechen von nun an dahingehend interpretieren, daß er die Ross-Insel nur aufsuchen werde, wenn es für das Überleben der Expedition unabdingbar sei. Aber eigentlich war er mit dieser Formulierung nicht zufrieden. Und Scott ebensowenig.

Shackleton errichtete eine neue Hütte an der Küste der Ross-Insel, dreißig Kilometer von Scotts Hütte entfernt. Er benutzte die Discovery-Hütte nur, wenn es unbedingt sein mußte, und selbst dann schliefen sie im allgemeinen draußen in Zelten; er behauptete, es sei drinnen kälter als draußen, ein unheimliches Phänomen, das viele andere seither ebenfalls bemerkt haben. Mit der Zeit vergaß er sein mittelalterliches Versprechen und setzte seine Expedition fort. Und im Oktober 1908, im antarktischen Frühling, brach er mit seiner Gruppe zum Pol auf.

Er war ein besserer Menschenführer als Scott, und er hatte einiges über den Umgang mit Schlitten gelernt. Auf Skier verzichtete er gänzlich, ein seltsames Ausrüstungsmanko, selbst wenn man fest entschlossen ist, die Schlitten selber zu ziehen. Aber er nahm Ponys mit, die sie zu Depots brachten, erschossen und als Nahrung einlagerten, genauso wie Amundsen es später mit seinen Hunden machte.

Shackleton, seine Männer und die Ponys zogen also einen Schlitten über das Eis, das ihr jetzt unter uns seht. Damals war es natürlich viel dicker, außerdem gleichförmig und flach. Aber wir fliegen jetzt bereits seit fast einer Stunde mit einer Geschwindigkeit von hundert Stundenkilometern darüber hinweg, und es ist kein Ende in Sicht; sogar das hohe Transantarktische Gebirge vor uns liegt noch unter dem Horizont und wird erst in ein paar Stunden auftauchen. Die Männer brauchten Wochen, um ihre Schlitten über diese leere Fläche unter uns zu ziehen, wie ihr euch vorstellen könnt.

Als sie schließlich Land sichteten, entdeckten sie den Beardmore-Gletscher - den Großen Gletscher, wie sie ihn anfangs so viel präziser nannten -, der so hoch oben, wie ihre Blicke hinaufreichten, aus den Bergen strömte. Auf diesen Großen Gletscher schleppten die vier Männer ihren Schlitten, und sie kamen weitaus besser voran als Scott, Wilson und Shackleton im Jahr 1902.

Aber sie gingen in jeder Hinsicht bis an ihre Grenzen. Und oben auf dem hochgelegenen Polarplateau brachen die ersten von ihnen zusammen. Sie waren beinahe schon krank vor Hunger, und da sie, um Gewicht zu sparen, einen großen Teil ihrer Kleidung zurückgelassen hatten, trugen sie nur lange Unterwäsche, Hosen, Pullover und Jacken und froren sich halbtot; als Marshall, der Arzt, ihre Temperatur zu messen versuchte, kam keiner von ihnen über 34,5 Grad Celsius, den unteren Grenzwert des Thermometers. Was war ihnen kalt!

Dennoch schleppten sie ihren Schlitten über die Polkappe, bis sie nur noch einen einwöchigen Fußmarsch vom Südpol entfernt waren. Nach zwei Monaten Schlittenziehen und zwei Jahren Vorbereitung nur noch eine weitere Woche!

Aber ihre Lebensmittel waren inzwischen fast aufgezehrt. Die Menge, die sie hatten mitnehmen können, reichte nicht, um sie bei dem Tempo, mit dem sie vorankamen, am Leben zu erhalten. Sie hatten ungefähr fünf Prozent weniger, als sie brauchten. Wenn sie in der Walfischbucht gestartet wären; wenn sie Skifahren gelernt hätten; wer weiß. Aber nicht auf dieser Expedition.

Shackleton erkannte das dort oben auf der Polkappe; er führte die Berechnungen durch und erfaßte vollkommen, was sie bedeuteten. Trotzdem war er versessen darauf, zum Pol zu gelangen, er wollte nicht umkehren. Er wußte, daß Scott die nächste Chance bekommen würde, nachdem die Route nun gefunden war und er seinen Vorstoß mit einer großen Gruppe von Männern unternehmen würde. Er wußte, daß dies seine einzige Chance war.

Aber es stellte sich immer deutlicher heraus, daß sie nicht zum Pol gelangen *und* überleben konnten. Zum Trost konzentrierte sich Shackleton in der letzten Woche darauf, bis auf hundert Meilen an den Pol heranzukommen. Der clevere Marshall tat als Navigationsoffizier sein Bestes, um Shackleton zu überzeugen, daß sie das geschafft hatten. Trotzdem war es letztendlich Shackleton, der umzukehren beschloß, als er nur noch siebenundneunzig Meilen vom Südpol entfernt war. Das Leben seiner Männer lag in seinen Händen, so wie sein Leben sechs Jahre zuvor in denen von Scott gelegen hatte. Im Zelt schrieb er in sein Tagebuch: »Ich muß die Sache vernünftig sehen und an das Leben derjenigen denken, die bei mir sind.«

Und so kehrten sie um. Vor der Rückkehr drangen sie auf einer letzten Tagesreise noch einmal so weit nach Süden vor, wie es nur ging, dann machten sie kehrt. Welchen Breitengrad sie erreichten? Ich weiß es nicht mehr.

Auf dem Rückweg wurde es jedenfalls so knapp, daß kein Zweifel mehr daran bestand, daß Shackleton hatte umkehren müssen. Ein halbes Dutzend Mal entrannen sie dem Tod nur um Haaresbreite, und am Ende mußten Wild und Shackleton einen Gewaltmarsch zur Discovery-Hütte unternehmen und dann in aller Eile zurückkommen, um Marshall und Adams zu retten, eine rund hundertstündige, pausenlose Anstrengung für Shackleton, und das, nachdem er erst zwei Wochen zuvor am oberen Ende des Großen Gletschers einen vollständigen Zusammenbruch erlitten hatte. Damals hatte sie Marshall gerettet, und Adams und Wild hatten die ganze Zeit durchgehalten; in ihren verschlüsselten Tagebüchern hatten sie sich zwar heftig über alle anderen beklagt, aber nicht lockergelassen und alles ertragen – Zähne zusammenbeißen und weitermachen, die Sache mit einem Lächeln auf dem Gesicht durchstehen. Und Huntford weist uns darauf hin, daß der immer schwächer werdende Wild in einer ihrer letzten verzweifelten Nächte in sein Tagebuch schrieb, Shackleton habe ihm an diesem Morgen »heimlich seinen einzigen Frühstückskeks aufgezwungen und hätte mir am Abend noch einen gegeben, wenn ich es ihm erlaubt hätte. Ich glaube, kein anderer Mensch auf der Welt kann wirklich ermessen, wieviel Großzügigkeit und Mitgefühl darin zum Ausdruck kamen: ich SCHWÖRE bei GOTT, daß ich es nie vergessen werde. Tausende Pfund hätten nicht gereicht, um diesen einen Keks zu kaufen.« Und jedes Wort des Eintrags war unterstrichen.

Und am Ende überlebten sie. Aber sie hätten ihre Reise nicht um zwei Wochen verlängern können, nein, um keine zwei Tage, nicht einmal um zwei Stunden! Sie schafften es wirklich nur mit Müh und Not.

Shackleton kehrte als Held nach England zurück. Manche Leute merkten an, welche Geistesgegenwart und was für ein Wertebewußtsein erforderlich waren umzukehren, wenn man seinem Ziel so nahe war, und sie lobten das *Shen-yun* einer solchen Handlungsweise. Die meisten lobten die Leistung an sich, daß sie das polare Eisplateau erklommen hatten und so weit nach Süden vorgedrungen waren. Was Shackleton selbst betraf, so sagte er bei seiner Rückkehr nach Hause zu seiner Frau: »Lieber ein lebendiger Esel als ein toter Löwe.« Und sie stimmte ihm zu.

Möglicherweise drehte Scott später in seinem eigenen letzten Zelt diese Formulierung um und gelangte zu dem Schluß, daß es besser sei, ein toter Löwe zu sein als ein lebendiger Esel. Jedenfalls scheint die Welt im großen und ganzen häufig so zu denken. Natürlich läßt sich unmöglich mit Gewißheit sagen, ob Scott jemals so gedacht hat. Was im Kopf von Briten vorgeht, ist unergründlich.

*schwarzer weißes*
*Stein Eis*

**Das Transantarktische Gebirge ist einmalig** – nicht, was sein Gestein betrifft, dabei handelt es sich um dasselbe Magmatit-Sortiment, das man auch in anderen Bergen findet – sondern wegen seines Eises. In Wirklichkeit ist die gesamte Gebirgskette ein Damm oder Deich, der die Polkappe staut. Als X über das Gebirge hinwegflog, konnte er das so deutlich sehen, als würde er auf ein eigens zur Veranschaulichung der Situation konstruiertes Diorama hinunterblikken. Es war der Alptraum eines Holländers: Gegen die Südseite der Kette drückte ein Meer aus weißem Eis, das sich beinahe bis zu ihrer vollen Höhe aufstaute; gleich auf der anderen Seite des Gebirges, aber dreitausend Meter tiefer, lag das Ross-Meer; und in jeder Einbuchtung zwischen den Bergen strömte das Eis zum Meer hinab, schwemmte Felsen mit sich wie Wasser, das Breschen in einen Damm riß, bis manche Lücken in der Kette gewaltige Eisfluten waren, zwanzig, dreißig, vierzig Kilometer breit. Die sechs größten Gletscher der Welt waren allesamt hier, einer neben dem anderen, und bahnten sich ihren Weg zwischen den kahlrasierten schwarzen Wänden und Türmen aus Stein hindurch, die über der Flut stehengeblieben waren. Und als sie weiter nach Süden kamen, sah X, daß manche Abschnitte der Gebirgskette in der Ferne völlig überschwemmt waren; das Eis ergoß sich über sie, strömte in einem glatten weißen Sturzbach abwärts, der sich über Dutzende von Kilometern erstreckte, überflutete den Deich endgültig. Der Eisplanet in seiner eisigsten Form.

Ihre kleine Twin Otter flog in eine Lücke hinein, die von einem der gewaltigen Eisströme gerissen worden war, und brummte darin entlang. Dies war der Shackleton-Gletscher – nicht so groß wie der Byrd, der Beardmore oder der Nimrod, aber dennoch sehr umfangreich. Einer der zwölf größten Gletscher der Erde, und zweifellos hätte er seine Rinne noch weiter aufgerissen und dem Byrd wie auch dem Beardmore in punkto Größe Konkurrenz gemacht, wenn die Felseninsel nicht gewesen wäre, die das Kopfende des Gletschers wie ein Korken verstopfte, der von dem Strom an diese Stelle gesogen worden war und ihn nun fast vollständig blockierte.

Diese Felseninsel war das Roberts-Massiv. Als sie darüber hinwegflogen, schaute X aus seinem kleinen Seitenfenster, fasziniert von dem rostigen, unebenen Ödland, einem zernarbten, huckeligen Trümmerfeld aus Dolerit, das von einem einzelnen quer verlaufenden Kamm beherrscht wurde, der über den zerkratzten roten Stein und das glatte, bläuliche Eis drum herum aufragte. Das Massiv war ungefähr zwanzig Kilometer breit und zwanzig Kilometer lang, und auf seiner polaren Seite kam das Eis wie eine Flutwelle herangerollt und schuf in der Uferlinie mehrere Eisbuchten.

Als ihr Flugzeug in den Sinkflug ging, war X geradezu hingerissen von den eleganten Kurven des Eises, ebenso wie von seiner bläulichen Tönung, die leuchtete, als ob die Farbe des Himmels ins weiße Eis gesickert wäre und es durchgehend gefärbt hätte. Und als die Maschine auf einer schmalen, von Schneepflügen freigeräumten Piste aufsetzte, die wie ein langer Teppichstreifen aussah, war er auf einmal glücklich – zum ersten Mal seit langer Zeit. Ästhetik als Ethik; das war X's neues Motto. Was schön war, mußte auch gut sein.

Von der Landepiste aus holperte das Flugzeug zu einer Eisbucht, die eine Delle ins Ufer des Massivs schlug und am Fuß eines geriffelten, rot-weißen Berges namens Fluted Peak lag. An einer Seite der Bucht stand ein kleiner Kai auf stämmigen Pfeilern. Am Felsenufer über diesem Kai drängte sich eine kleine Siedlung aus Solarbauten, die wie metallic-blaue Mobilheime aussahen – insgesamt nicht einmal ein Dutzend Gebäude. Die Siedlung war nicht größer als einige Beaker-Außenposten, die X während der Winfly-

Zeit einzurichten geholfen hatte, was ein Trost für ihn war. So eine bescheidene Operation konnte bestimmt keinen großen Schaden anrichten.

Die kleine Twin Otter hielt neben einer länglichen Treibstoffblase, die am Ende des Kais auf dem Eis lag. Als die Propeller zum Stillstand gekommen waren, folgte X dem Piloten durch die kleine Tür nach draußen und ging hinter ihm die Stufen hinunter. Er trat unter der Tragfläche hervor, richtete sich auf und wurde von einem bärtigen Mann mit kariertem Hemd und Carhartt-Latzhose begrüßt, der mit ausgestreckter Hand lächelnd auf ihn zukam.

Sie schüttelten sich die Hände. »Ich bin Carlos«, sagte der Mann. »Willkommen im Roberts-Massiv.«

»Danke«, sagte X. Draußen war es kalt und windig, aber die bloßen Hände des Mannes waren warm. Er führte X zu einem der Gebäude und trat vor ihm durch die Kühlraumtür ein. »Ziemlich windig, um in Hemdsärmeln draußen rumzulaufen«, bemerkte X.

»O ja, Roberts ist ein windiger Ort. Selbst wenn kein Wind weht, ist es windig.«

»Echt fies«, sagte X gefühlvoll. Wind war der unangenehmste Teil der Kälte.

»Na ja, du weißt ja, der Fallwind. Die kalte Luft fällt allein durch ihr Eigengewicht dauernd von der Polkappe runter, und wir sind direkt an deren Rand. Draußen auf dem Eis oder unten auf dem Shackleton kann es absolut windstill sein, hier aber nie. Wir haben uns für den Wettbewerb um den Titel der ›windigsten Stadt der Erde‹ angemeldet, aber bis jetzt noch keine Antwort gekriegt.«

»Das ist doch ein Umweltschutzwettbewerb, oder?«

»Genau. Wäre toll, den zu gewinnen, dann müssen sie endlich zugeben, daß es bei uns am windigsten ist.«

Carlos war Chilene, wie er X erzählte, während er fürs Mittagessen Suppe warm machte. Sein Vater war Offizier der chilenischen Luftwaffe gewesen, und in einer der Perioden, in denen Chile und Argentinien aktiv versucht hatten, ihre sich überschneidenden Ansprüche auf die Antarktis zu untermauern, war er auf der antarktischen Halbinsel stationiert gewesen. Daher hatte Carlos die ersten zehn Jahre seines Lebens als Bewohner der chilenischen Stationen Arturo Prat und General Bernardo O'Higgins oben im Bananengürtel verbracht, wie er es nannte, einer Gegend, die etwas wärmer war als der größte Teil des Kontinents, aber berüchtigt für ihre Stürme.

»Es war eine wunderbare Kindheit«, erzählte er X fröhlich. »Wunderbar! Ich kann auf dem Eis Fahrrad fahren, ich komme mit einem Schlauchboot überall durch, ich kann mit Pinguinen und Skuas sprechen. Mal ganz abgesehen von den normaleren Fähigkeiten. Ich bin ein echter Antarktiker, einer der wenigen. Die meisten sind Chilenen wie ich, aber es gibt auch ein paar Argentinier, die's natürlich nicht so gut draufhaben. Eine meiner ersten Erinnerungen ist, wie damals ihre Almirante-Brown-Station abgebrannt ist und die alte *Hero* ihre Leute auf dem Heimweg vorbeigebracht hat. Sie waren traurig, und der Commandante war in einen *loco antartida* verfallen. Und jetzt haben beide Länder natürlich ihr Beschäftigungsprogramm eingestellt, so daß keine Antarktiskinder mehr aufwachsen, und das ist ebenfalls traurig, finde ich. Es war nämlich eine tolle, tolle Kindheit. Die glücklichste Zeit meines Lebens.«

»Und jetzt sind Sie hier am Roberts-Massiv.«

»Ja.« Ein rascher Blick vom Kocher her, um zu sehen, wie X das meinte. »Zugegeben, es gibt Widerstände gegen dieses Projekt. Aber von Leuten, die keine Ahnung haben, was wir hier machen und wie wir es machen. Das ist ein sauberes Projekt, ein sehr sauberes Projekt, alles ist auf dem neuesten Stand, du wirst schon sehen. An sämtlichen kritischen Punkten sind massive Redundanzen eingebaut worden. Das heißt, daß es dank der neuesten Fortschritte in der Fördertechnik wirklich sehr sicher ist. Eine absolut sichere Sache. Da draußen vor dem Fenster kannst du gerade was von unserem neuen Zeug sehen. Schau.«

Er zeigte aus dem einen Fenster des kleinen Gebäudes, und X sah ein Vehikel, das wie eine Fähre aussah, von dem hohen Horizont herabgleiten und über den Hang aus blauem Eis in die Bucht und dann langsam an den Kai schweben.

»Ein Luftkissenfahrzeug. Das Allerneueste, ein Hake 1500a.« Etwas an seinem Grinsen zeigte, daß er scherzte, aber X kapierte nicht, was daran komisch war.

»Wow.«

Carlos strich sich über seinen schwarzen Bart, der so dicht und fein war wie ein Robbenpelz. »Okay, essen wir rasch etwas und beladen das Ding, dann können wir zur Bohrstelle fahren. Deine Arbeit wird dich hin und her führen, aber meistens wirst du draußen auf dem Eis sein.«

Die Fahrt mit dem Luftkissenfahrzeug war nicht ganz so ruhig, wie es aus der Ferne ausgesehen hatte, aber sobald der Pilot und der Copilot es auf Touren gebracht hatten, bewegte es sich mindestens so ruhig wie ein Flugzeug, und schneller als ein Boot; und es war nicht ganz so laut wie ein Helikopter. Ein Satz Ventilatoren blies Luft nach unten in den Raum unter dem Mantel des Fahrzeugs und hob den Rumpf, den sie ›Wanne‹ nannten, vom Eis und aufs Luftkissen; dann trieb ein großer Ventilator in einem umfangreichen Gehäuse am Heck das Fahrzeug vorwärts, ähnlich wie bei einem Everglades-Boot. An Auslegerbäumen auf beiden Seiten des Vehikels waren kleine, zerlegte Schneemobile angebracht, die normalerweise in der Luft hingen; es war aber auch möglich, sie herunterzulassen und die Ketten der Schneemobile in Gang zu setzen, um dem dahingleitenden Luftkissenfahrzeug bei Seitenwind oder einer ungewöhnlich steilen Welle im Eis ein bißchen Bodenhaftung zu verleihen. Diese Auslegerbäume, wie sie genannt wurden, waren nachträgliche Anbauten, und die Piloten waren stolz auf sie. Es war ein älteres Fahrzeug, als X erwartet hatte, im Innern funktionell, abgenutzt, sogar ramponiert, was vielleicht die Erklärung für den Scherz war, den Carlos in Roberts gemacht hatte. X fragte ihn über das Dröhnen hinweg, und Carlos nickte. »Ein Produkt von Corrosion Corner«, antwortete er laut. »Miami Beach, Florida. Drei ausgeschlachtete Hakes, zu einem neuen zusammengebaut. Mit Verbesserungen.« Er grinste.

Das Eis, das zu beiden Seiten an ihnen vorbeiglitt, war ein rollendes weißes Meer, durchbrochen von wild aussehenden Scherzonen, wo es aus irgendeinem Grund in kleine Stücke geborsten war; vielleicht ein überströmtes Felsenriff, oder ein Zusammenstoß zweier Eisflüsse; Carlos zuckte die Achseln, als X ihn fragte. Rote Fähnchen an Stangen, die im Abstand von jeweils einem Kilometer aufgestellt waren, markierten ihren Weg, und am Fuß der Stangen befanden sich runde Funktransponder, die den Autopiloten des Luftkissenfahrzeugs steuerten; zu diesem Zeitpunkt waren der Pilot und der Copilot, Geraldo und German, schon auf den Beinen und füllten ihre Kaffeebecher nach. Die Sastrugis auf der Strecke waren bei den früheren Fahrten des Luftkissenfahrzeugs bereits geglättet worden, so daß es nun auf einer richtigen Straße, die zwischen mattem und strahlendem Weiß changierte, von einem Fähnchen zum nächsten fuhr. Unterwegs neigte sich das Gefährt sanft nach vorn und nach hinten und krängte manchmal von einer Seite zur anderen, während sie über die großen, flachen Wellen der Polkappe, ihre kaum wahrnehmbaren Hügel und Täler, Becken und Anhöhen hinwegbrummten.

»Da ist unser Camp, direkt vor uns.«

Ein schwarzer Punkt am sonnenverbrannten weißen Horizont.

»Noch zehn Kilometer, aber wir sind in ein paar Minuten da.«

»So schnell fahren wir?«

»Ja, schau - hundert Stundenkilometer! Es ist bei weitem das schnellste Fahrzeug auf dem Eis. Nicht ganz so schnell wie ein Hubschrauber, aber es hat eine erheblich größere Nutzlast. Und Hubschrauber, weißt du...«

»Ja«, sagte X. Er hatte die Wracks auf Erebus und im Wright-Tal gesehen; ausgebrannte Skelette.

»Der fliegende Kühlschrank, wie man so sagt. Soviel zum

Thema kritische Punkte! Aber dieses Ding hier – selbst wenn es mal nicht mehr funktioniert, kann man aussteigen und zu Fuß gehen. Kein Absturz, kein Feuer. Jetzt siehst du das Hauptgebäude, man kann's gerade so eben erkennen. Es ist ein sehr kleines Camp, weißt du.«

Geraldo und German übernahmen wieder das Steuer und lenkten das immer langsamer werdende Luftkissenfahrzeug zu seinem Parkplatz neben einer Treibstoffblase und einem Lagerhaus. Carlos sah den Ausdruck auf X's Gesicht und lachte. »Ah, gut, ich sehe schon, dieser Ort wird dir gefallen, hm? Na prima.«

Die Bohrstation war noch kleiner als das Versorgungslager am Roberts-Massiv. Ihre gegenwärtige Besatzung bestand aus Carlos, Geraldo und German, zwei Malaysiern, einem Namibier und einem Simbabwer. Alle begrüßten X freundlich, blickten von ihren Sitzplätzen im Gemeinschaftsraum der Station zu ihm auf und grinsten, als einer der Malaysier sagte: »Wir schicken dich auf Bohrturm, kannst du da oben arbeiten!«

Nach einem zeremoniellen heißen Kakao führte Carlos X in der Anlage herum, um ihm zu zeigen, was sie hatten. Carlos trug jetzt einen dicken Parka über seinem Carhartt, bemerkte X; es war wirklich kalt hier, obwohl der Wind nicht so steif war wie am Roberts-Massiv. Sobald sie wieder draußen waren, fragte X: »Wo ist Ron?«

»Oh«, sagte Carlos und sah ihn an. Wie bei allen Leuten, die sich in der Antarktis im Freien aufhielten, machte die Sonnenbrille sein Gesicht praktisch ausdruckslos. »Hast du's nicht gehört? Ron ist entlassen worden.«

»Entlassen?«

»Ja. Wir mußten ihn feuern. Ich weiß nicht, wie gut du Ron gekannt hast, aber, na ja...« Er zuckte die Achseln. »Er hatte Vorstellungen, wie es hier draußen laufen sollte, die nicht richtig waren.«

»Hm. Tja... kann nicht behaupten, daß ich überrascht wäre.«

Ron, der Kaiser der Antarktis. Er war so froh darüber gewesen, daß er bei ASL aufhören und hierher kommen konnte; zweifellos hatte er geglaubt, er würde hier ebenso wie in Mac Town der heimliche Chef des Ganzen sein. X zweifelte nicht daran, daß er Dinge getan hatte, die seine Entlassung rechtfertigten. Trotzdem, ihn wirklich rauszuschmeißen... Es war schwer zu glauben, daß jemand den Mumm gehabt hatte. ASL hatte jahrelang beide Augen vor Rons Übergriffen zugedrückt, einfach um die Konfrontation zu vermeiden, der sich diese Leute keine paar Wochen nach seinem Arbeitsantritt gestellt hatten. Was Ron noch wütender gemacht haben mußte. Er hatte alle Brücken hinter sich abgebrochen, um diesen Schritt zu tun, und nun war er gefeuert worden, hockte vermutlich irgendwo daheim in Florida und schmorte in einem hochprozentigen Gebräu aus Rachsucht und Rum. Es war ein schauriger Gedanke.

X wandte seine Aufmerksamkeit wieder Carlos zu, der ihn zum Bohrturm und dem Bohrgerät darunter führte. Alles im Camp war um diesen Bohrturm herum angeordnet, ein hohes, feingliedriges Bauwerk, das große Ähnlichkeit mit dem klassischen Ölbohrturm in seiner ursprünglichen Form hatte, nur daß unmittelbar daneben ein wuchtiges, brückenähnliches Gebilde stand, ein hoher, beheizter Raum, wie Carlos sagte, in dem die Bohrer mit den Pipeline-Anlagen gekuppelt wurden. Zur technischen Ausstattung gehörten auch starke neue Eisbohrer, die mit in der Nordsee entwickelten Erdölfördertechniken arbeiteten. Ein Großteil der Tätigkeiten war natürlich automatisiert. X würde ein breites Spektrum von Jobs erlernen, die für Menschen übrigblieben; nicht, weil er als General Field Assistant eingesetzt werden sollte, wie Carlos schnell hinzufügte, sondern weil jeder in der Station zwangsläufig alle Arbeiten ausführen können mußte. »Das ist die beste Methode – es gibt viele Aufgaben zu erledigen, und nicht sehr viele Leute, die sie erledigen können.« X fand das in Ordnung; die Station war sehr klein, die Küche nur ein einzelner Kocher und eine Spüle ohne fließendes Wasser in einer alten blauen Beakerschachtel, die auch als Besprechungsraum und Kommunikationszentrale fungierte. Ein Jamesway nebenan diente als Schlafraum, und für diejenigen, die die trockene Wärme und das Geräusch seines Preway-Ofens nicht mochten, waren ein paar Zelte auf dem harten Schnee aufgebaut. Dazu noch ein paar beheizte und unbeheizte Lagerhäuser, ein gelber Bulldozer, ein Kran, ein paar Gabelstapler in einem Schuppen, Maschinenräume, eine Tischlerei und ein Dutzend großer, nach Norden ausgerichteter Solar- und Piezoelektrik-Tafeln – das war's.

»Das hier ist nur eine Forschungsstation, verstehst du«, sagte Carlos. Er führte X in einen der beheizten Schuppen, während sie sich unterhielten, machte einen kleinen Kühlschrank auf und holte einen Eisbrocken heraus. Er knipste ein Feuerzeug an, das er aus einer seiner Innentaschen geholt hatte, und hielt die Flamme an den Eisbrocken; kurz darauf flackerten an dessen oberem Ende blaue Flammen auf.

»Wow«, sagte X.

»Das ist Methanhydrat. Davon gibt's eine Menge unter uns, am Boden der Eiskappe. Wenn wir feststellen, daß genug davon da ist, beschließen sie vielleicht, die Station auszubauen und weiterzubohren, um es zu fördern. Wir versuchen natürlich auch abzuschätzen, ob es hier Erdöl geben könnte, aber das ist zweitrangig. In erster Linie geht's um die Methanhydrate.«

»Und was ist das noch mal?«

»Das sind einzelne Moleküle des Methans – eines Erdgases –, die in kristallinen Eiskäfigen gefangen sind. Sie bilden sich nur bei hohem Druck, aber wenn sie sich bilden, dann enthalten sie eine Menge Gas, ungefähr dreißig Liter pro Liter Sediment. Natürlich gibt es massenhaft Erdgas auf der Welt, aber wenn die Länder des Südens, die kein Erdöl haben und von Schulden an den Norden gelähmt sind, wenigstens eigene Gaslager finden könnten, wäre das sehr hilfreich.«

»Kann man das Gas denn mit Tankern transportieren?«

»So macht man das heute nicht mehr. Es gibt jetzt neue, biegsame und unzerbrechliche Pipelines, die für den Meeresboden gedacht sind. Man kann Pipelines direkt von hier nach Südamerika oder Südafrika legen. Die Materialien sind phantastisch, sie bestehen aus Geweben wie Kevlar, aber auch aus Kunststoffen, die in Sojapflanzen gezüchtet werden. Die Pipelines verfügen über Laser-Rohrreiniger, Isolierung, alles. Phantastische Leitungen. Und so tief unter Wasser, daß nichts sie stören wird. Durch diese neuen Techniken wird Methan also ein nützlicherer Brennstoff. Und die Verbrennung der Methanhydrats könnte sogar zur Verbesserung der globalen Klimaverhältnisse beitragen. Verstehst du, wenn die Polkappen schmelzen - wir erleben ja gerade, wie es damit losgeht -, wird dieses Methan unter uns in die Atmosphäre entweichen und eine Treibhauserwärmung auslösen, gegen die die jetzige nur ein laues Lüftchen ist. Wir glauben mittlerweile, daß manche der großen, raschen klimatischen Erwärmungen der Vergangenheit durch die Freisetzung von größeren Methanhydratvorkommen ausgelöst wurden. Jetzt können wir dieses Gas möglicherweise einfangen, es für unsere eigene Krafterzeugung verbrennen und zugleich die Treibhausgase reduzieren. Eine sehr elegante Lösung.«

X nickte, wanderte in der Werkstatt umher und sah sich die Geräte an. »Was ist mit der Bewegung des Eises?« Er zeigte in Richtung des Bohrturms. »Es muß sich zumindest ein bißchen bewegen. Wie werdet ihr damit fertig?«

»Die Bewegung ist hier nicht so groß, daß sie ein Problem darstellen würde«, sagte Carlos. »Hier bewegt sich das Eis nur fünf Meter pro Jahr und scheint nicht schneller zu werden, wie an so vielen anderen Stellen der Kappe. Wir können die Rohrleitung also einfach verlängern, und bis das Methanvorkommen hier ausgebeutet ist, wird die Station nur ein paar hundert Meter nach Norden gewandert sein.«

»Und wie steht's mit Eisfluten?«

»Sprich dieses Wort nicht aus! So was wie Eisfluten gibt es auf der Polkappe nicht!«

Aber seit das Ross-Schelfeis sich vom Land getrennt und der Eisstrom C sich von der Position gelöst hatte, in der er während der letzten paar Jahrhunderte festgefroren gewesen war, hatte es allerorts Fluten gegeben. Die Möglichkeit, daß sich das Eis überall in der Antarktis mit verblüffender Schnelligkeit bewegen könnte, ließ sich nicht leugnen, wie Carlos jetzt zugab: »Wenn es eine Flut gibt, sind wir hier fertig. Aber die Flut wird das Bohrloch abdecken, so daß nichts ausläuft, selbst wenn wir Erdöl heraufpumpen würden. Vielleicht im oberen Teil des Rohrs, aber das machen wir sauber, und dann - ich weiß nicht - fahren wir wahrscheinlich nach Hause. Wir haben sowieso schon zuwenig Mittel, wie du wahrscheinlich bemerkt hast. Den Verlust von so viel Rohr könnten wir kaum verkraften, und wenn es eine Flut gibt, könnten auch noch weitere kommen. Nein, es darf keine Fluten geben! Die sind hier verboten! Komm, gehen wir rein und wärmen wir uns auf. Geraldo ist mit dem Abendessen dran, und das macht er sehr gut.«

Im Innern der dampfigen Beakerschachtel, in der es köstlich roch, unterhielten sich die anderen über Glaziologie und Punta Arenas und lachten viel; und X verspürte erneut ein tiefes Glücksgefühl. Carlos und Geraldo erklärten ihm, was in der ersten Zeit zu seinem Aufgabenbereich gehören würde; die laufenden Forschungsarbeiten waren nach wie vor ziemlich umfangreich, und obwohl sie sich in bezug auf die Existenz dieses Methanvorkommens sicher genug waren, um mit dem Bohren anzufangen, hatten sie dessen Lage wie auch die Lage anderer Vorkommen, die sie in der Nähe vermuteten, noch nicht genau ermittelt. Daher fuhren sie mit Schneemobilen von der Station aufs Eis hinaus und betrieben ›Drei-D-Seismik‹, wie sie es nannten: Sie legten ein Netz aus Geophonen an, um die Stoßwellen von im Eis und im Gestein von Nunataks im Norden ausgelösten Explosionen aufzuzeichnen. Geologen, die für die Gruppe arbeiteten, würden dann in den Aufzeichnungen nach ›aussichtsreichen Stellen‹ suchen und das Gestein sowie die Abfolge der Gesteinsschichten im oberflächennahen Bereich kartographieren. Ihr Bohrloch war daher ein frühes ›Kostenloch‹ und nur eines in einem riesigen X-Muster in diesem Sektor der Kappe. Sie ließen Geräte in ihr Bohrloch hinunter, um die Gammastrahlung zu messen, und sahen sich - neben anderen neuen Nachweismethoden - mittels Glasfaseroptik richtiggehend dort unten um. »Wir sitzen eindeutig auf einem großen Methanhydratlager«, sagte Carlos, »und darunter liegt eine Abdichtung, ein lithologischer Verschluß über Sedimentgestein, das oftmals Erdöl enthält. Der Bohrer arbeitet sich jetzt gerade durch diese Abdichtung, ein sehr hartes altes Lavafeld.«

X nickte immer wieder, froh darüber, die zuversichtliche Beakersprache zu hören; er fühlte sich immer besser, während in ihm die Überzeugung wuchs, daß er nicht zur Ausplünderung der unberührten Antarktis beitragen würde, ganz gleich, was hier geschah. Der Mann ohne Namen, ja, der Mann ohne Vaterland, gewiß; aber nicht der Mann ohne Umweltbewußtsein. Das hieß, er konnte Val innerlich ins Gesicht sehen. Und er sah, daß er mit Leuten zusammenarbeiten würde, die eine Art Mischung aus Beakern und ASL-Personal waren - etwas, das man in McMurdo, wo die beiden Rollen um der ›Effizienz‹ willen so strikt getrennt waren, nur selten sah, wenn überhaupt -, obwohl die Grundstruktur hier offensichtlich so war, wie sie sein sollte: Jeder übernahm einen Teil der Hilfstätigkeiten, aber jeder partizipierte auch an der dazugehörigen wissenschaftlichen Arbeit und zog Nutzen aus beidem. Nein, das war toll. Er würde nie über Val stolpern und sich damit den Rest des Tages verderben; er würde seine Saison hier draußen unter dem endlos weiten, niedrigen, dunkelblauen Himmel verbringen, mit richtiger Arbeit, umgeben von spanischen und afrikanischen Stimmen und deren Gelächter, mit einem eigenen Zelt, in dem er schlafen konnte. Es war das Paradies eines GFA. Für X war es der Himmel.

**Piep, piep. »Hey, Wade, bist du wach?«**

»Nein.«

»Wo bist du?«

»...weiß ich nicht genau.«

»Geht mir manchmal auch so.«

»...O ja! Im Hotel California.«

»Du bist in Kalifornien?«

»Hotel California. McMurdo-Station. Antarktis. Herrje. Ich konnte mich einen Moment lang nicht erinnern, wo ich bin.«

»Passiert mir häufig.«

»Was gibt's?«

»Ich konnte nicht schlafen. Weißt du, Wade, manchmal verstehe ich nicht, weshalb die Hälfte der Amerikaner nicht einfach ihre Jobs kündigt und ihre eigenen Firmen gründet. Ich sage das in aller Offenheit im Plenarsaal des Senats.«

»Ja, Phil. Wir lesen es in der *Post* und knirschen mit den Zähnen. Wir trauen unseren Augen nicht. In keinem anderen Land außer in Kalifornien hättest du auch nur die leiseste Chance, gewählt zu werden.«

»Ich werde mit Mehrheiten von siebzig Prozent gewählt, Wade.«

»Das zeigt, was in Kalifornien alles möglich ist.«

»Ich kriege fast hundert Prozent der Latino-Stimmen.«

»Das liegt daran, daß du Demokrat bist und außerdem Spanisch sprichst wie eine Textilarbeiterin im Barrio.«

»Kommt daher, daß ich Textilarbeiter im Barrio war. Und die Mädchen da arbeiten hart, das kann ich dir sagen. Ich hab immer noch Narben an den Fingern davon.«

Phil hatte drei Monate in einem legalen Ausbeuterbetrieb mit aufenthaltsberechtigten Ausländern zusammengearbeitet, und zwar im Rahmen des kontinuierlichen Aus- und Weiterbildungsprogramms Arbeitsleben, AWA, wie er es nannte (im Büro hieß es nur ›Aua‹), das er für sich eingerichtet und bei dem er in Kalifornien jeweils drei Monate lang eine Vielzahl ganz unterschiedlicher beruflicher Tätigkeiten als Fulltime-Job ausgeübt hatte, so viele, daß die Liste allmählich wie der Werbetext für einen neuen Romanautor auf dem Buchumschlag auszusehen begann.

»Ich weiß«, sagte Wade. Er stand auf, ging zum Waschbecken im Zimmer und begann sich zu waschen. »Es ist toll, was du gemacht hast. Du bist sehr beliebt, und das zu Recht. Aber nur in Kalifornien. Und selbst dort hast du hohe Ablehnungswerte.«

»Wie hoch können die sein, wenn ich siebzig Prozent der Wähler hinter mir habe?«

»Sie können dreißig Prozent betragen, und das tun sie auch. Eine Rekordablehnung.«

»Jedesmal, wenn man hohe Zustimmungswerte schafft, kriegt man auch hohe Ablehnungswerte. Sogar in Kalifornien.«

»Besonders in Kalifornien.«

»Gott segne unseren Staat.«

»Den wankelmütigsten in den ganzen Vereinigten Staaten. Pendelausschwünge, die allen Gesetzen der Physik und der Politikwissenschaft Hohn sprechen. Du bist einer der großen linken Ausschwünge, genauso wie Pat und Jerry Brown, Earl Warren und Barbara Boxer, aber zusammen mit euch sind auch Typen wie Reagan und Nixon hochgespült worden, ohne jeden Sinn und Verstand. Überall sonst in Amerika bist du total weg vom Fenster.«

»Jetzt vergleichst du mich also schon mit Richard Nixon. Du weckst mich mitten in der Nacht auf, um mich mit Richard Nixon zu vergleichen.«

»Der war ein hervorragender Außenpolitiker.«

»Bitte, Wade. Ich werde gewählt, weil die Leute das gut finden, wofür ich stehe. Das ist das Comeback des Populismus. In Kalifornien ist das wichtig.«

»Da war der Populismus schon immer angesagt. Und was bist du denn eigentlich, Phil? Ein führendes Mitglied der Demokratischen Partei? Jemand, dessen Lied heute ganz anders klingt als damals – der früher die komplette Runderneuerung des Systems gefordert hat und jetzt Gesetzesinitiativen zur Förderung von Genossenschaften unterstützt?«

»Ich bin in den letzten fünfzehn Jahren erwachsen geworden. Mir ist gar nichts anderes übriggeblieben.«

»Das sagt jeder Vertreter der gemäßigten Mitte. Muß so eine Art Choral sein, den man auf dem Strich in der Mitte der Straße singt. Ihr seid wirklich ein prima Chor.«

»Hey. Gorz ist noch schlimmer als ich, der hat früher das Unmögliche verlangt und tritt jetzt für die Dreißig-Stunden-Woche ein.«

»Du bist doch ebenfalls für die Dreißig-Stunden-Woche eingetreten.«

»Ist auch eine gute Idee. Schrittweise Reformen, Wade, das ist die einzige Möglichkeit. Wenn man das Unmögliche verlangt, kriegt man gar nichts. In Genossenschaften gehört den Produzenten das Produkt ihrer Arbeit, das ist ein sehr großer Schritt. Wenn wir das erreicht haben, können wir über weitere Schritte nachdenken.«

»Wenn ihr überhaupt so weit kommt. Vielleicht verlangt heutzutage derjenige das Unmögliche, der sich für Genossenschaften und die Dreißig-Stunden-Woche einsetzt.«

»Kann sein. Wir werden's rausfinden, wenn wir uns dahinterklemmen, Wade. Man kann nur was Nützliches lernen, wenn man was ausprobiert. Dinge, die man ausprobieren kann, mag ich mehr als große Systeme, bei denen man nicht weiß, wie man zu ihnen hinkommt oder wie man sie austesten soll.«

»Du bist ein waschechter Demokrat, Phil.«

»Ja, bin ich. Also, was steht da unten für dich als nächstes auf dem Programm?«

»Ich fliege morgen zum Südpol.« Es war ein komisches Gefühl, diesen Satz auszusprechen.

»Paß auf dich auf. Wie war dein Ausflug in die Trockentäler?«

»Interessant. Gute Hintergrundinformationen.«

»Und dein Bergführer?«

»Sie war sehr kompetent.«

»Ooh.«

»Bitte, Phil.«

»Na ja, amüsier dich ruhig, Wade. Ich ruf dich wieder an, um mir einen Bericht vom Pol geben zu lassen.«

»Ja, das ist mir klar.«

**Wir leben in einer Welt,** in der jeder dem anderen ein Wolf ist – oder auch ein Hund, nämlich wenn man die Hälfte seiner Huskies erschießt und sie an die andere Hälfte verfüttert. So war die Amundsen-Expedition vorgegangen; sie war mit zweiundfünfzig Hunden aufgebrochen, und die meisten von ihnen hatten nicht nur die Schlitten gezogen, sondern waren irgendwo unterwegs in Nahrung sowohl für Hunde als auch für Menschen verwandelt worden. Jeder verzehrte Hund lieferte ungefähr fünfzig Pfund Fleisch und sparte daher entsprechend viel Schlittenlast. Es war ein klassischer Fall dessen, was man ›sich mit seinem ganzen Gewicht für etwas einsetzen‹ nennt oder was die amerikanische Waffenindustrie als ›Mehrfacheffizienz‹ bezeichnete, wenn sie darauf hinwies, daß ihre ultraheißen Laserwaffen auch recht brauchbare Eisbohrer abgeben würden (womit sie recht hatte). Amundsen jedoch kostete diese spezielle Form der Mehrfachnutzung eine Menge Stilpunkte; er wurde seither immer dafür kritisiert, vor allem in Großbritannien.

Es verstand sich von selbst, daß Vals Expedition ›Auf Amundsens Spuren‹, die dreizehnte auf Amundsens Route zum Pol, nicht zu denselben Methoden greifen würde wie die Norweger damals. Erstens waren Hunde in der Antarktis mittlerweile verboten, und zweitens war das Ross-Schelfeis, dessen Überquerung Amundsen ungefähr die Hälfte seiner Expeditionszeit gekostet hatte, nicht mehr vorhanden. Das Schelfeis war seinerzeit ein erstaunliches Gebilde gewesen: eine stabile, schwimmende Eistorte von rund dreihundert Metern Dicke, die ein Gebiet etwa von der Größe Kaliforniens oder Frankreichs bedeckte und an ihrem äußeren Rand etliche Dutzend Meter über die offene See aufragte. Wie sich jedoch herausstellte, war sie äußerst empfindlich gegen geringfügige Veränderungen der Luft- und Wassertemperaturen gewesen, und die globale Erwärmung hatte ausgereicht, um sie größtenteils in Stücke zu brechen und aufs Meer hinauszutragen. Ihre Stelle nahm jetzt ein Mischmasch immer dünner werdenden jährlichen Meereseises, übriggebliebener Schelfbrocken-Eisberge und gewaltiger Eiszungen ein, die sich aus den transantarktischen Gletschern und den Eisströmen der Westantarktis herunterschoben; ohne die Bremse des Schelfs waren diese Ströme erheblich schneller geworden, glitten nun ins Meer hinaus und trieben dort, lange weiße Halbinseln, die hin und wieder abbrachen und sich zu der Eisberg-Armada gesellten.

Infolge all dessen konnte man das Ross-Meer nicht mehr zu Fuß überqueren. Und Val gehörte zu denen, die das für einen Segen hielten, denn moderne Abenteuerreisende hatten eigentlich andere Vorstellungen von ihrem Urlaub in der Wildnis, als gleich zu Beginn eines Treks einen Schlitten knapp fünfhundert Kilometer weit über weichen, völlig ebenen, aber mit vielen Spalten durchsetzten Schnee zu ziehen. In Wahrheit war das eine erbärmliche Reise gewesen, die kein Mensch machen würde, wenn es nicht unbedingt sein mußte. Aber es hatte natürlich Puristen gegeben, die darauf bestanden hatten, es zu tun, weil die ursprünglichen Forscher es getan hatten, und daher hatten ihre Führer gehorchen und sie hinüberführen müssen, eine todlangweilige Arbeit, die in erster Linie darin bestand, dafür zu sorgen, daß die rasch desillusionierten Kunden nicht griesgrämig wurden. Damit war es jetzt vorbei, und niemand war darüber glücklicher als Val.

Bei dieser Expedition auf Amundsens Spuren zogen sie also wie bei den zwölf davor abwechselnd einen einzigen ultraleichten Schlitten, der mit ihrer Ausrüstung beladen war, und reisten deshalb eher wie Scotts Trupp als wie der von Amundsen. Und wie es mittlerweile Tradition war, begannen sie ihre Tour draußen auf dem Meereseis, eine Tagesreise im Schlittengeschirr vom Land entfernt, zwischen den Eiszungen des Strom-Gletschers und des Axel-Heiberg-Gletschers. Auf diese Weise bekam jeder eine Kostprobe davon, wie es gewesen war, die ebene weiße Wüste des

Schelfeises zu überqueren, und dann gingen sie ohne großen Aufhebens an der gleichen Stelle an Land wie Amundsen und seine Männer, an den sanften Nordhängen des nach Amundsens Kindermädchen benannten Mount Betty. Nachdem sie die von den Tidenbewegungen hervorgerufenen Meereseisspalten an der Küste überwunden und ein paar hundert Meter weiter oben am Hang ihr Lager aufgeschlagen hatten, konnten sie auch die von Amundsen und seinen Männern errichtete Steinpyramide auf dem Bigend-Sattel besichtigen, einem exponierten Kamm des Mount Betty. Diese Steinpyramide hatte das einzige Depot markiert, das Amundsen und seine Männer auf der Reise zum Pol angelegt hatten, und jetzt war der brusthohe Haufen aus großen, flachen Steinen auch das einzige noch vorhandene Relikt ihrer Expedition auf dem ganzen Kontinent, da ihr Basislager bald nach ihrer Abreise auf einer Eisscholle ins Meer hinausgetrieben war.

Um diesen Steinhaufen ging es also. In dem Jahrhundert seither hatte ihn nichts gestört, denn kein Wind würde ihn zum Einsturz bringen, und Erdbeben gab es in der Antarktis so gut wie nie. Vals Gruppe stand ehrfürchtig um ihn herum und wagte kaum, ihn zu berühren, um ihn nicht aus Versehen umzustoßen. Aber er war mit jener raffinierten Geschicklichkeit errichtet worden, die alle Unternehmungen Amundsens kennzeichnete, und würde nur zusammenfallen, wenn ihn jemand absichtlich zerstörte. Und niemand, der sich genug für ihn interessierte, um diesem Ort einen Besuch abzustatten, würde das tun.

Val erzählte ihrer Gruppe, daß Mitglieder von Admiral Byrds Expedition ihn 1929 wiederentdeckt hatten. In einer Höhlung in der Pyramide hatten sie eine Blechdose mit herausgerissenen Seiten aus Amundsens Notizbuch gefunden, auf denen er für den Fall, daß sie die Überquerung des Schelfeises auf dem Rückweg nicht überlebten, die Welt davon in Kenntnis setzte, daß sie den Pol wirklich erreicht hatten.

Die fünf Mitglieder ihrer Gruppe schüttelten den Kopf,

als sie das hörten. Unglaublich, daß dieser kleine Steinhaufen in all den unzähligen leeren Quadratkilometern aus Eis und Gestein überhaupt wiedergefunden worden war, und dann auch noch von Männern, die knapp siebzehn Jahre nach seiner Errichtung mit einer kleinen Fokker durch die Gegend geflogen waren. Das Wrack der Fokker könne ebenfalls noch besichtigt werden, erklärte ihnen Val; ein Blizzard habe es im März 1929 auf dem Boden zerstört, und seine Crew sei von den Männern in dem Flugzeug gerettet worden, das ein paar Wochen später den ersten Flug über den Pol unternommen habe.

Alles höchst erstaunlich. Aber es war kalt auf diesem ungeschützten Kamm, und nachdem sie ein paar Minuten herumgestanden hatten, war die Gruppe bereit, wieder ins Speisezelt zurückzukehren und zu Abend zu essen. Es war ein harter Tag gewesen; Schlittenziehen war anstrengend. Niemand sprach sich dafür aus, das Wrack der Fokker zu besichtigen, das fast zehn Kilometer entfernt lag und letzten Endes dann doch nur ein simples Flugzeugwrack war, das sich kein Mensch jemals als Lieblingsziel für archäologische Touren auserkor.

Deshalb gingen sie wieder zum Zelt hinunter. Doch als sie den Felskamm verließen und auf den verschneiten Hang von Mount Betty traten, rief Elspeth aus: »Schaut mal, da!«

Sie deutete auf einen weiteren Steinhügel, der niedriger und kleiner war als der von Amundsen. Die anderen folgten ihr, um ihn sich anzusehen. Es war ein kleiner Steinring, der eine schneebedeckte Blackbox und eine damit verdrahtete Satellitenschüssel umgab. Irgendwelche wissenschaftlichen Instrumente.

»Anscheinend macht eins der Wissenschaftlerteams hier ein Experiment«, sagte Val. »Wahrscheinlich benutzen sie die Steinpyramide von Amundsen als Orientierungspunkt.«

»So was Dummes«, sagte Jim. »Ich bin überrascht, daß sie so eine historische Stätte verschandeln dürfen.«

Der Gesichtsausdruck der anderen war neutral. Vermutlich würde dieser Steinring abgebaut werden, wenn das Experiment beendet war; und in Anbetracht des gewaltigen Panoramas der Küstenregion und des von Eisbergen durchsetzten gefrorenen Meeres, das sich ihnen bot, konnte man eigentlich nicht sagen, die Stätte sei *verschandelt*. Trotzdem fuhr Jim auf dem Rückweg zum Lagerplatz fort, sich zu beschweren, und Val versprach, sich um die Angelegenheit zu kümmern und in Erfahrung zu bringen, wessen Experiment das war und was sie so nahe bei der Amundsen-Steinpyramide machten.

Dann waren sie im Camp. Das große Speisezelt war auf der Nordseite immer noch durchsichtig, um seinen eigenen kleinen Treibhauseffekt zu maximieren; der Stoff würde blau werden, wenn die Temperatur im Innern auf ungefähr fünf Grad stieg, damit die Diskrepanz zwischen Innen- und Außentemperatur nicht zu groß wurde. Mauern aus Schneeblöcken schützten die farbigen Nylonkuppeln der kleinen Schlafzelte vor starken Winden, die möglicherweise den Hang hinabfegen würden. Der Schnee hier war perfektes antarktisches Styropor: Sie hatten ihn mit einer großen Säge in makellose Blöcke geschnitten und diese mühelos hochgehoben und aufeinandergeschichtet, denn der Schnee war sehr leicht und klebte trotzdem sehr gut zusammen.

Nun nahmen sie ihre Steigeisen ab und eilten ins Speisezelt, wo sie sich begeistert gegenseitig erklärten, wie ausgehungert sie seien. Und Val folgte ihnen hinein, warf einen letzten Blick aufs Mischmasch des Meereseises hinaus und dachte: Soviel zum Ross-Schelfeis. Ein Tag im Schlittengeschirr. Amundsens Gruppe hatte drei Wochen gebraucht, um von ihrer Basis in der Walfischbucht hierher zu gelangen. Wie schön, daß man eine Rechtfertigung dafür hatte, diesen Teil auszulassen. Die alten Jungs hatten Sachen gemacht, die einfach zu hart waren, ganz gleich, wie sehr man auf all dem abfuhr. Man mußte sich die Vergangenheit ein bißchen zurechtschneidern, um sie erträglich zu machen.

Natürlich wollte sie nicht unfair zu ihren Kunden sein. Sie wanderten immerhin knapp fünfhundert Kilometer auf Skiern oder zu Fuß durch die Antarktis, zogen abwechselnd den Schlitten und schleppten ihn überdies vom Meeresspiegel auf über dreitausend Meter Höhe hinauf; das war eine ganze Menge. Daher kam es nicht so sehr darauf an, daß sie ein paar hundert Kilometer Schelfeis von der Gesamtstrecke abzogen, ebensowenig wie auf die exakten Details der Route. Es war der Geist, der zählte.

Außer für manche Leute, die mit der Vorstellung hierher kamen, die historischen Routen präzise nachvollziehen zu müssen. Ein spezieller Menschenschlag, den Val am wenigsten mochte. Doch selbst dieser Typus mußte Zugeständnisse machen, wenn es um Amundsens Expedition ging. Und so viel Mühe sie sich auch gaben, das Erlebnis so genau wie möglich zu reproduzieren - einige Expeditionen hatten sogar versucht, die gleiche Kleidung zu tragen und die gleiche Ausrüstung zu benutzen, mit spektakulär unerfreulichen Resultaten -, es war einfach nicht möglich. Amundsen und seine Gruppe waren nämlich auf einen Abschnitt des Transantarktischen Gebirges zumarschiert, den zuvor noch kein Mensch gesehen hatte. Es war eine unbekannte Gebirgskette gewesen, die sie irgendwie überqueren mußten, und zwar mit so knappen Nahrungsmittelvorräten, daß sie sich nicht den Luxus leisten konnten, alternative Routen auszukundschaften, um den leichtesten Weg zur Polkappe zu finden, von deren Existenz sie nur durch Shackletons Expedition drei Jahre zuvor wußten. Als sie sich also bei ihrer Überquerung des Schelfeises den Bergen näherten und sahen, wie sie mit jedem Tag höher aufragten und schließlich zu einer Gebirgskette wurden, die so groß und grimmig war wie die Alpen, hatte Amundsen das alles andere als amüsant gefunden. Er malte eine Skizze in sein Notizbuch und taufte die großen Berge Mount A, B, C, D, E und F. Zwischen den Gipfeln ergossen sich die großen, für die Gebirgskette typischen Gletscher von der Polkappe herunter; aber welchen sollten sie nehmen? Am Ende glaubte

Amundsen, neben einer der großen Gletscheröffnungen eine Rampe zu sehen, die schnurstracks nach oben und direkt nach Süden zum Fuß eines der größten Berge im Landesinnern zu führen schien, wo er ohne große Probleme auf die Polkappe zu gelangen hoffte. Ob das stimmte, konnten sie nur herausfinden, indem sie es ausprobierten; und so waren sie die Rampe hinaufgestiegen und hatten die breite Gletscheröffnung nur ein paar Kilometer links von ihnen ignoriert.

Wie sich jedoch herausgestellt hatte, war die Rampe keine Rampe gewesen, sondern eine große Schulter, um die der breite Gletscher zu ihrer Linken auf seinem Weg nach unten herumgebogen war. Nachdem sie die zerklüftete Schulter unter großen Mühen erklommen und überquert hatten, blickten sie schließlich auf den Gletscher hinunter, den sie auch hätten hinauflaufen können, und sie mußten nun zu diesem Gletscher hinuntersteigen und dann von neuem mit dem Aufstieg beginnen. Es war einer von Amundsens größten Fehlern gewesen; er hatte sie Tage und gewaltige, kräftezehrende Anstrengungen gekostet; und im Rückblick schien es offensichtlich zu sein, daß der breite, gekrümmte Gletscher der richtige Weg gewesen wäre. Tatsächlich hatten sie ihre Hunde mit Peitschenhieben zwingen müssen, die Schulter hinaufzulaufen, weil die Hunde entschieden dafür gewesen waren, die Gletscherstraße zu ihrer Linken zu wählen. Selbst die Hunde hatten es besser gewußt.

Aber so etwas konnte passieren, wenn man in unbekanntes Gebiet vorstieß, wenn man sich zum ersten Mal durch die Berge einer Terra Incognita kämpfte. Es war jene Art von Erfahrung, die die Menschheit nie wieder machen würde, nicht einmal auf anderen Planeten. Natürlich setzte man heutzutage Wildnis-Abenteuerreisende ohne Karten, Kompasse, GPS- oder Funkgeräte in Alaska, der Mongolei oder im Himalaya ab, um diese Erfahrung zu reproduzieren. Aber so sehr sie es auch versuchten, Val glaubte nicht, daß es wirklich dasselbe war. Es war unmöglich, wieder in diese geistige Verfassung zurückzuverfallen, in der man so viel wissen wollte und so wenig wußte.

In Amundsens Fall hatten die Probleme mit der falschen Route erst begonnen. Durch eine unglückliche Fügung des Schicksals erwies sich der Gletscher, den sie hinaufzusteigen beschlossen hatten - der Axel Heiberg -, als eine der steilsten und zerklüftetsten Gletscherrampen zum Polarplateau im gesamten Transantarktischen Gebirge. In einer Abfolge von Eiskatarakten, die sich von einer Seitenwand zur anderen über den Gletscher zogen und darum nicht umgangen werden konnten, überwand sein oberer Teil auf einer Strecke von knapp dreißig Kilometern einen Höhenunterschied von zweitausendvierhundert Metern. Nur dank des meisterhaften Könnens von Bjaaland, einem der besten Skiläufer der damaligen Zeit, der Amundsens Gruppe anführte, und der Tatsache, daß alle Norweger generell sehr gut auf Eis und Schnee zurechtkamen, hatten sie (und ihre trittsicheren Hunde!) den Aufstieg schließlich geschafft.

Die Amundsen-Route zu wiederholen, war also schwer genug, selbst wenn man den Fehler am Anfang auszulassen beschloß und sich gleich von vornherein an den Axel Heiberg hielt. Die meisten früheren Footsteps-Expeditionen hatten den Weg über den Gletscher - Amundsens Abstiegsroute - genommen und waren damit trotzdem auf seinen Spuren gewandelt (wenn auch anders herum), während sie sich ihre Kräfte für die Schwierigkeiten aufsparten, die weiter oben auf sie warteten. Das war durchaus sinnvoll.

Und Vals Gruppe bestand diesmal nicht aus norwegischen Ski-Champions und abgehärteten Polarforschern. Im Gegenteil, es war sogar eine weniger gute Gruppe als sonst. Alle fünf hatten sie schon einen Haufen Abenteuerexpeditionen auf dem Buckel. Während sie die Vorspeisen hinunterschlangen und die Hauptmahlzeit zubereiteten, hörten sie von Jack und Jim eine Story nach der anderen über die Besteigung der Seven Summits (der höchsten Berge der sieben Kontinente), Kajakfahrten auf dem Baltoro, die Vervollständigung des Eishattricks (Nordpol, Grönland und Südpol) und so weiter. Abenteuer ohne Ende. Aber was ihre Sachkenntnis betraf, so kam sie Val dennoch mager vor. Das Ehepaar Jorge und Elspeth Royce-Paulo war ein Team, das fotografierte und Artikel für die Outdoor-Magazine und Online-Zeitschriften schrieb; sie waren ziemlich bekannt. Jack Michaels und Jim McFeriss, zwei Freunde aus der Bay Area, beide Anwälte, hatten schon ein paar Klettertouren und Treks absolviert. Und Ta Shu, ein Mann um die sechzig, war schon viele Jahre im Himalaya herumgewandert. Er war einer der Woos, ein Feng-Shui-Guru. Tagsüber trug er eine schwere schwarze Sonnenbrille mit Fiberop-Kameras und einem Mikro, die seinen Bericht und die Drei-D-Aufnahmen an ein Gesichtsmasken-Fernsehpublikum in China übertrug. Unterwegs drehte er den Kopf dauernd von einer Seite zur anderen und sprach nahezu unablässig zu seinem Publikum, aber im Zelt setzte er die Brille dankenswerterweise ab. Val hatte den Eindruck, daß Feng Shui eine uralte Erkenntnisform war, so unergründlich und tiefsinnig, daß kein Mensch der Gegenwart sie wirklich erklären konnte, und wenn sie Ta Shu fragte, was er von den Landschaften hielte, erwiderte er meistens nur: »Das ist guter Ort.« Es konnte allerdings sein, daß sein Englisch ihn daran hinderte, die Langfassung seiner Analysen vor ihr auszubreiten; es war so begrenzt, daß Val sich fragte, warum er nicht einfach aufgab und ein Computer-Übersetzungsprogramm benutzte.

Jedenfalls muteten all diese Mandanten sich nun etwas zu, was ein bißchen härter war als so gut wie alles, was sie vorher gemacht hatten. Und daher war Val nicht sicher, ob sie die irrtümliche Aufstiegsroute von Amundsens Team in Angriff nehmen sollten.

Aber Jack war es. »Ich finde, wir sollten der ursprünglichen Route folgen«, sagte er, während Jorge und Elspeth Beef Stroganoff in ihre Schüsseln füllten. »Machen wir's doch genauso wie sie. Ich meine, dazu sind wir doch hier.«

»Wir haben das Schelfeis schon ausgelassen«, bemerkte Elspeth.

»Ja, weil es weg ist! Wenn es noch da wäre, hätten wir's

überquert. Aber dieser Teil der Route ist noch genauso wie damals, als sie hier durchgekommen sind, und deshalb sollten wir ihnen folgen. Was hätte das Ganze sonst für einen Sinn?«

Die anderen saßen auf ihren Schlafsäcken und Isomatten, aßen und sahen Jack oder Val an, als würde die Sache zu einer Art Konfrontation zwischen ihnen ausarten. Das war jedoch das letzte, was Val wollte. »Es ist euer Treck«, sagte sie. »Ihr könnt machen, was ihr wollt.«

Jack nickte mit geschürzten Lippen, als hätte er in einem Streitgespräch den Sieg davongetragen. Val ignorierte das und konzentrierte sich auf die anderen. Sie schienen ihr unsicher zu sein, sogar Jim, und deshalb faltete sie die topographische USGS-Karte des Gebiets auseinander, fuhr mit einem Finger die beiden alternativen Routen nach, aß dann nur ihr Stroganoff und hörte ihnen zu, wie sie das Für und Wider erörterten. Mit der Zeit neigte sich die Waage zugunsten derjenigen, die der exakten Route folgen wollten. Entweder konnten sie sich nicht vorstellen, was für einen Haufen Mehrarbeit das für den Treck bedeutete, oder sie hatten sich einfach in die Idee verrannt. Möglicherweise schüchterte Jack sie auch ein. Gruppendynamik war doch ein richtiger Mist.

Jack und Jim votierten für die falsche Route; den Royce-Paulos schien es egal zu sein, oder sie waren vielleicht nicht begeistert darüber, wollten aber auch nicht nein sagen. Ta Shu wurde zu einer Art Zünglein an der Waage, wenn Val sich nicht einmischte. Er sah sie an; vielleicht suchte er Rat. Sie sagte: »Schlimmer als die Gletscherstürze weiter oben wird's auch nicht werden. Vielleicht wär's eine ganz gute Einstimmung, wenn wir diese Route nähmen.«

Er sagte: »Wir kommen zu sehen, was Amundsen gesehen.«

»So ist's recht«, sagte Jack und zwinkerte Jim zu.

Am nächsten Morgen bauten sie also die Zelte ab, beluden den Schlitten und machten sich an den Aufstieg auf die

Schulter des Mount Betty, die falsche Rampe, die sich an der Flanke der Herbert Range emporzog.

Auf dem steilen Hang bekam sie sofort Probleme. Es war windstill, die Sonne schien ihnen direkt ins Gesicht, und der Schnee am Hang war ziemlich weich für die Antarktis. Val hatte alle von Skiern auf Schneeschuhe umsteigen lassen, damit sie besseren Halt fanden, aber selbst in der kalten Luft war es schweißtreibende Arbeit. Und es war auch nicht gerade hilfreich, daß der Schnee immer wieder neue Spalten im darunterliegenden Eis verbarg. Die Luft war im Schnitt fünf, sechs Grad wärmer als zu Amundsens Zeit, was dazu führte, daß sich das gesamte antarktische Eis ein wenig schneller bergab bewegte. Meistens konnten das nur Beaker feststellen, aber an steileren Hängen sah man nun viel öfter Spuren frischer Eisausflüsse als zu der Zeit, als Val zum ersten Mal hergekommen war.

Wie hier und jetzt zum Beispiel: ein Fächer aus blauem Trümmereis, der sich über die glatte weiße Schrägung ausbreitete, die sie emporstiegen; das zerbrochene Eis war noch scharfkantig. Die hyperariden Winde würden alle ungeschützten Kanten schnell rundschleifen und Brocken von dieser Größe binnen ein oder zwei Jahren wegwehen, so daß dies eindeutig ein neuer Ausfluß war. Das hieß, sie mußten besonders vorsichtig sein, wenn sie Schneebrükken über Spalten überquerten oder unter Eiszacken durchgingen. Und beides würden sie an diesem Tag sehr häufig tun müssen.

Vals GPS zeigte ihr eine detaillierte Karte des Hangs, auf der ihr momentaner Standort und sämtliche unsichtbaren Spalten über ihnen verzeichnet waren. Daher mußte sie nicht vorsteigen, um einen Weg zu suchen, wie Bjaaland es für Amundsen immer getan hatte. Das hieß, sie konnte den Schlitten ziehen helfen, dieses neueste deutsche Leichtgewichtswunder, das von der Firma gebaut worden war, die auch die Schlitten und Bobs der Olympiasieger herstellte. Ihre gesamte Ausrüstung und die Nahrungsmittel für alle sechs paßten in seinen schlanken blauen Rumpf, und dennoch wog er keine hundertfünfzig Kilo, wobei diese größtenteils auf den Proviant entfielen; ein Wunderwerk der allerneuesten Entwicklungen der Werkstoffwissenschaft; aber trotzdem war es verdammt schwer, ihn einen so steilen und weichen Hang hinaufzuziehen.

Aus diesem Grund übernahm Val während des ganzen Aufstiegs das Führungsgeschirr und zog den Schlitten erst zusammen mit Jack, dann mit Jim, dann mit Elspeth, dann mit Ta Shu, dann mit Jorge. Immer aufwärts, nach links, nach rechts, dann wieder nach links, im Zickzack steile Rampen aus schneebedecktem Eis empor, die manchmal den Blick in kobaltblaue Spalten freigaben. Wahrhaftig, harte Arbeit, die bei Amundsens Treck hauptsächlich von den Hunden verrichtet worden war. In Wirklichkeit hatten beide Gruppen beinahe entgegengesetzte Probleme; Vals Gruppe kannte den Weg, mußte jedoch ihre Last selbst ziehen, während die Norweger zwar Hunde als Zugtiere gehabt, aber nicht gewußt hatten, wohin ihr Weg führte. Val zog das Problem ihrer Gruppe bei weitem vor; es war eine schweißtreibende Schufterei, aber ihnen drohte im Grunde keine Gefahr. Mit einem begrenzten Nahrungsmittelvorrat und ohne Aussicht auf eine eventuelle Rettung in noch nicht einmal kartographierte Gebiete vorzudringen, das war eine Situation, um die sie niemanden beneidete. Jetzt waren die Probleme banaler: »Achtet darauf, daß ihr möglichst nicht schwitzt«, ermahnte Val die anderen, nachdem sie wie in einer besonders anstrengenden Aerobic-Übung eine harte Schneerampe hinaufgestapft waren. »Regelt eure Körpertemperatur selber. Auch eure Smartfabrics haben ihre Grenzen.«

»Man müßte schon nackt sein, um bei einem so harten Job nicht zu schwitzen«, rief Jack fröhlich. Mit einem kleinen süffisanten Grinsen. Seine Gletscherbrille hatte eine glänzende goldene Farbe, die ihm das Aussehen eines Käfers verlieh. All ihre Sonnenbrillen arbeiteten mit voller Kraft, und die Solarbügel waren von dem üblichen prismatischen Metallicblau. Aliens auf dem Eis.

»Für gewöhnlich reicht es, wenn man die Kapuze abnimmt«, erwiderte Val.

Der Schnee funkelte grell in der Sonne. Selbst wenn die Sonnenbrille mit maximaler Leistung arbeitete, schrumpften die Pupillen dermaßen zusammen, daß die strahlende Welt unter all der Helligkeit irgendwie dunkel wirkte. Ein immer steiler ansteigender blauweißer Hang, der sich zerklüftet über ihnen erhob. Sie querten jetzt die ausladende Schulter der Herbert Range, so daß ihr rechter Stiefel jedesmal weiter oben auftraf und sich tiefer eingrub als der linke, was schnell zur Ermüdung führte. Traversen waren anstrengend.

Val machte die Sache großen Spaß. In solchen Situationen zahlten sich die Jahre aus, in denen sie ihren Lebensunterhalt als professionelles Lasttier verdient hatte. Oh, natürlich war sie kein reines Lasttier gewesen, wie die Träger im Himalaya; aber ein guter Bergführer schleppte im Grunde fast immer eine genauso schwere Last wie ein Träger, um den Kunden das Leben zu erleichtern. Er war nichts weiter als ein Sherpa mit Software, wie es unter Führern so schön hieß. Ganz gleich, wie viele Reisen diese Kunden pro Jahr machten oder wie intensiv sie zu Hause trainierten, sie waren trotzdem nicht so oft mit schwerem Gepäck auf dem Buckel unterwegs wie sie, bei weitem nicht. Wahrscheinlich verbrachten sie eine Stunde pro Tag auf einem Stairmaster und dachten, das hieße, sie seien gut in Form. Aber jetzt, dachte Val mit einem harten kleinen Grinsen, waren sie auf dem Stairmaster aus der Hölle. Sie waren inzwischen auf der doppelten Höhe der World Trade Towers angelangt und hatten noch ungefähr zwei Empire State Buildings vor sich. Und sie begannen zu leiden. Selbst Jack schnaufte und keuchte. Was einer der vielen Gründe dafür war, daß Val nicht versucht hatte, ihm diese Route auszureden; sie zog den Schlitten jetzt ganz allein und stieg ihnen trotzdem voraus, wartete dann, bis sie aufgeschlossen hatten, und ließ sie anschließend wieder hinter sich zurück; keine schlechte Lektion für Mr. Jack Michaels, vielleicht gab ihm das ein bißchen zu denken, ging ihr durch den Kopf, aber sie unterdrückte den Gedanken sofort wieder. Und mittlerweile war sie imstande, bergauf zu stapfen, sich dabei entspannt umzuschauen und die Ausblicke immer wieder auf eine Weise zu genießen, wie es ihre müde werdenden Kunden nicht konnten.

Es war ohnehin leicht, die Eislandschaften hier als selbstverständlich zu betrachten, weil sie so allgegenwärtig und überall derart spektakulär waren, und das auch noch auf fraktale Weise, einander in jedem Maßstab ähnlich, so daß man die richtige Perspektive verlor. Es war, als würde man wie eine Ameise durchs Eisfach im Kühlschrank wandern; in jedem Kühlschrank gab es massenweise wunderschöne Eisformationen, aber wie viele Menschen bemerkten das schon? Man mußte eben ein Eiskenner sein. Und man mußte so gut in Form sein, daß man überhaupt fähig war, der Umgebung seine Aufmerksamkeit zu schenken; dieses Geschenk hatte nämlich seinen Preis; wenn man schwer genug schuftete, achtete man nicht mehr auf die Umgebung, und dann wurde es leichter. Es war eine sehr körperliche Ästhetik. Aber Val war der Sache mehr als gewachsen, und jetzt zog sie den Schlitten Schritt für Schritt hinauf, tief in ihre eigenen Rhythmen versunken, und erfreute sich an den dichten, gitterförmigen Strukturen des trockenen Schnees unter ihren Stiefeln und den Eisdolmen, die links und rechts aus dem Schnee ragten, jeder vom Wind geformte blaue Block ein Kunstwerk, ein pulsierendes und, wie es schien, beinahe lebendiges Ding. Das Knirschen ihrer Schneeschuhe und ihre Atemzüge in ihren Ohren waren die einzigen Geräusche, ein rhythmisches Ganzes, wie Musik. Sie war eine Dromomanin, sie liebte es, auf diese Weise bergauf zu wandern. Es war Bewegung als Vergnügen, Bewegung als Rhythmus ihrer Gedanken, Bewegung als Meditation. Sie blickte auf die hellen Mikrostrukturen des Schnees unter ihren Stiefeln hinunter und hatte viel Zeit zum Nachdenken; diese Art des Gehens wurde nach Stunden bemessen. Ihre Gedanken schweiften frei und unkontrolliert umher. Sie dachte wieder an Steve, berührte jede vom Wind rundgeschliffene Erinnerungsscherbe, ohne daß es weh tat. Sie dachte an ihre Großmutter und empfand zum ersten Mal auch dabei keinen Schmerz. Während der letzten fünf Lebensjahre ihrer Großmutter, von neunzig bis fünfundneunzig, hatte sie in ihren arbeitsfreien Monaten im alten Haus der Familie in Wyoming mit ihr zusammengelebt. Annie Kenning, eine zähe Frau mit einem fröhlichen Lachen. Ich war ein wildes Ding, Val, das kannst du mir glauben. Ich war größer als du, bevor ich so zusammengeschrumpelt bin! Deine Kraft kommt nicht von ungefähr! In jenem Sommer, der Annies letzter sein sollte, war Val eines Morgens vor die Tür des alten Hauses getreten und hatte sie auf der obersten Stufe einer Trittleiter stehen und in einen der alten Apfelbäume hinauflangen sehen, um einen hoch oben hängenden Apfel zu pflücken - gerade einmal drei Monate, nachdem sie sich bei einem Sturz von der vorderen Veranda die Hüfte gebrochen hatte, und obwohl sie auf Treppen und sogar auf ebenem Boden nach wie vor wacklig auf den Beinen war. Erschrocken war Val zu ihr hinübergelaufen und hatte sie angeschrien, so daß sie vor Schreck beinahe von der Leiter gefallen wäre, hatte ihr heruntergeholfen und mit ihr geschimpft, was fällt dir ein, du könntest dich umbringen, und Annie hatte die Unterlippe vorgeschoben und am Fuß der Trittleiter sie angeherrscht: »Halt den Mund, ja! Halt den Mund! Früher bin ich in diesen Bäumen rumgeklettert! Sag du mir nicht, was ich tun soll! Als ich fünfzehn war, bin ich von einem Baum zum anderen gesprungen! Und das ist gerade mal ein paar Wochen her.‹ Sie hatte sich ins Gras gesetzt, Val hatte sich neben sie gehockt und ihr einen Arm um die Schultern gelegt. Gerade mal ein paar Wochen, hatte Annie mit Nachdruck wiederholt. Und jetzt bin ich vierundneunzig.

*Piep piep piep!* Eine Unterbrechung in dem hellen, dunklen Schnee vor ihr. Val schreckte hoch, kam abrupt wieder in die Gegenwart zurück und sah sich um. Die anderen waren hinter und unter ihr. Val musterte den Hang über ihr, stieß einen Pfiff aus und warf einen Blick auf ihr GPS. Sie hatten einen Abschnitt erreicht, wo es nicht mehr viel nützte zu wissen, wo Spalten waren, weil es überall welche gab. Das hieß, daß sie Schneebrücken überqueren mußten, was immer riskant war, erst recht in einem Gletscherbruch, wo das Eis, das die beiden Seiten der Spalte bildete, vertikal gegeneinander verschoben war - in diesem Fall war die obere Seite etwa zehn Meter höher als die Seite, auf der sie jetzt stand. Und die einzige Schneebrücke, die die Spalte füllte, hatte eine Kluft am oberen Ende. Val hockte sich auf die Schneebrücke, schaute in die Tiefe der Spalte hinab und seufzte. Es würde eine ganz schöne Aktion werden, dort hinauf und hinüber zu kommen, und sie sah weder mit bloßem Auge noch auf ihrem GPS eine brauchbare Alternative. Tja, so war das nun mal, wenn man einen Gletscherbruch bestieg. Endlose Verzögerungen, umständliche Vorsichtsmaßnahmen und trotz allem ein nagendes Gefühl von Gefahr, weil man die tiefen Eisspalten unter den Füßen nicht ignorieren konnte. Außerdem hatten diejenigen, die nicht direkt mit dem Problem befaßt waren, zu wenig zu tun. Daher arbeitete sie, so schnell sie konnte, um eine Totmannsicherung zu bauen; sie vergrub die Verankerung tief im Schnee, während sie aufpaßte, daß die strukturelle Unversehrtheit der Brücke nicht beeinträchtigt wurde. Als die anderen bei ihr eintrafen, war sie innerlich vorbereitet und bat Jack und Ta Shu, sie zu sichern.

Sie sprang über die schmale Kluft, traf mit ihren Steigeisenspitzen und zwei Eispickeln auf die Wand und blieb wie eine Fliege kleben. Wie Spiderwoman, ja! Dann aufwärts, jeweils nur eine Bewegung zur Zeit, so daß sie immer an drei Stellen Kontakt mit dem Eis hatte, Eispikkel Eispickel, Fußspitze Fußspitze, Eispickel Eispickel, und rasch hinauf und über den Rand, auf dünnen, harten Schnee. Sie schlug sofort einen langen Firnhaken ein, so daß sie sich frei bewegen und ein paar weitere einschlagen konnte. Ihren eigenen Ermahnungen an die Kunden zum

Trotz schwitzte sie. Sie öffnete den Reißverschluß ihres Parkas und zog ihn aus, und da sie jetzt in einer windstillen Eisschüssel stand, die Ähnlichkeit mit einem großen, spiegelnden Solarkocher hatte, zog sie auch ihren Pullover und ihre Bluse aus, bis sie nur noch ein himmelblaues Jogging-Top trug. Die insektenartigen Blicke der Kunden unten schienen auszudrücken, daß sie in einem antarktischen Kälte-Machismo schwelgte; zweifellos war ihnen noch kalt; aber das würde sich gleich ändern. Als nächster wurde Jack angeseilt, sprang herüber und kletterte hoch. Er ließ es wie ein Kinderspiel aussehen, und das war es ja auch, wo ihn das Seil nun von oben sicherte.

Die Luft war eiskalt auf ihrer nackten, verschwitzten Haut, aber die Feuchtigkeit hielt sich nicht lange. Val spürte richtiggehend, wie der Schweiß fortwehte. Gegenüber dieser Abkühlung mit ihrem Verdunstungseffekt traf sie die strahlende Wärme der Sonne wie der Hitzeschwall eines offenen Feuers, ein richtiger Schlag, der sie veranlaßte, sich umzudrehen, damit das Sonnenlicht auch auf ihren Rücken fiel, und sich ein bißchen braten zu lassen. Die der Sonne zugekehrte Seite war heiß, die Seite im Schatten ihres eigenen Körpers hingegen kalt; es fühlte sich an, als betrüge der Temperaturunterschied ungefähr sechzig Grad.

Sie holte die Kunden einen nach dem anderen herüber. Dann zogen sie alle den Schlitten mit einer Jümar-Steigklemme zu sich herauf, die das Seil durchließ, wenn man daran zog, aber dafür sorgte, daß es nicht wieder zurückrutschte – »eins, zwei, drei, zieht!« Anschließend setzten sie sich neben den Schlitten; jeder folgte jetzt Vals Beispiel der Temperaturregulierung, und es sah – jedenfalls für ein paar Minuten – aus, als würden sie an einem südlichen Strand auf einer Decke liegen und sich die Sonne auf den Pelz brennen lassen. Aber sie waren nur zehn Meter höher und zwanzig weiter als zuvor, und es lagen noch etliche Spalten vor ihnen, bevor sie einfach wieder bergauf stapfen konnten. »Für die nächsten hundert Meter brauchen wir bestimmt den ganzen Tag!« rief Jorge aus.

»Ach, so lange nun auch wieder nicht«, sagte Val munter. »Aber ich schätze, wir sollten uns lieber wieder auf den Weg machen.«

»O Gott.«

»Nicht schon wieder.«

»Sie Sklaventreiberin.«

»Ja ja, ja ja.« Val legte die Schlittengurte um und zog die Solarhandschuhe an. »Kommt, laßt uns aufbrechen.«

Und das taten sie auch. Wie sich herausstellte, war das Eis hier oben zu einer Reihe breiter Bänder zerbrochen, so daß es wie die Treppe eines Riesen aussah. Überall waren Spalten, und das gequälte Eis schimmerte in den wilden Scherzonen, die sie rechts und links umschlossen. Der Aufstieg war gnadenlos anstrengend, und sie mußten sorgfältig darauf achten, daß sie ihre Körpertemperatur richtig regulierten, damit sie nicht erst schwitzten und nach den kritischen Stellen dann froren. Der Ausblick änderte sich langsam. Während Val auf die anderen wartete, schaute sie zurück, nach unten und in die Ferne – siebenhundert Meter nach unten, vierzig oder sechzig Kilometer weit über die wirre, gefrorene Oberfläche des Ross-Meeres hinweg, die in diesem Monat bis zum Horizont vollständig weiß war; die großen Eisberge lagen darin verstreut wie ein riesige Flotte torpedierter Flugzeugträger. Der Mount Betty lag jetzt unter ihnen; die übrige Herbert Range ragte nach wie vor zu ihrer Rechten auf, und ein von der Kette ausgehender Gebirgssporn versperrte ihnen weiter vorn den Weg. Um zu diesem Sporn zu gelangen, mußten sie das Becken am oberen Ende des kleinen Sargent-Gletschers überqueren, der hoch oben in seiner eigenen Mulde lag und zum Axel Heiberg zu ihrer Linken abfiel.

Sie stiegen weiter aufwärts. Die Sonne zog ihre Kreisbahn über den blauschwarzen Himmel, bis der Glanz des Meereseises Val blendete, als sie zurückschaute. Sie warf einen Blick auf die Uhr: Obwohl es immer noch ein sonniger Nachmittag zu sein schien, war es neun Uhr abends. Sie hätte gern den Sattel in dem Gebirgssporn vor ihnen erreicht, so daß sie Ausblick auf den Axel Heiberg unter ihnen gehabt hätten, aber es war zu spät, um weiterzugehen. »Wird Zeit, daß wir unser Lager aufschlagen.«

Sie bauten das Speisezelt und ihre kleinen Schlafkuppeln auf und stellten dann im nylonblauen Leuchten des Speisezeltes drei Töpfe Eis auf den Kocher. In dem grellen blauen Licht des Gemeinschaftszelts hatten alle gewisse Ähnlichkeit mit ihrem eigenen Leichenhausfoto, aber Jack schien dieser Effekt nicht zu stören, denn er warf Val dauernd kurze Blicke zu, während sie die Vorspeisen verschlangen: ein Happen geräucherte Austern, ein Schluck Tee, ein Blick zu Val, drei Appetithäppchen, immer wieder. Und nicht ohne eine kleine Anmache. Aber Val hatte lebenslange Erfahrung darin, solche Blicke zu ignorieren, ihr stand ein wahres Breitbandspektrum von Registern zur Verfügung, um Männer zu ignorieren, von unverschämtem Flirten über spröde Kenntnisnahme und neutrale Nichtbeachtung bis zu kühler Warnung und grober Beleidigung. Anderswo in der Welt hätte sie Jack ziemlich brüsk ignoriert, mit den entsprechenden abweisenden Gesten; aber da er ihr Kunde war, zog sie es vor, ihn einfach nicht zu beachten.

Außerdem waren sie und Ta Shu an diesem Abend mit Kochen dran, und das Kochen machte einen konziliant. Sie saßen beide am Kocher, rührten die rehydrierte Spaghettisoße um, erhitzten die Pasta, brieten hartes Brot in Knoblauchbutter und teilten eine Tasse heißen Tee nach der anderen aus. Val kochte nicht immer gern, nicht einmal für eine so kleine Gruppe, aber Ta Shu sorgte mit seinem gebrochenen Englisch und seinen ausgefallenen Rezeptideen (er wollte Ingwer in die Spaghettisoße tun) dafür, daß es Spaß machte. Es waren ein paar schöne Stunden, eine der unbesungenen Attraktionen von Bergwanderungen: die müden Füße ausruhen, sich aufwärmen, etwas in den Magen kriegen – Essen, das wegen des extremen Hungers oft unglaublich schmackhaft war, selbst wenn es sich nur um sehr schlichte Kost handelte –, sich dabei die ganze Zeit in farbenfrohen Seidenklamotten auf weichen Schlafsäcken herumlümmeln wie orientalische Paschas und das Blaue vom Himmel herunterschwätzen. Unter solchen Umständen war es eine fürsorgliche, familiäre Aktivität, für andere zu kochen; man kümmerte sich um Leute; und das hieß, daß die Köche eine kleine Kostprobe davon bekamen, wie sich der Führer oder die Führerin dauernd fühlte. Selbst Jack war an den Abenden, an denen er und Jim kochten, kein ganz so unangenehmer Mensch.

An diesem Abend kochte er jedoch nicht, so daß er nach Herzenslust Blicke um sich werfen und reden konnte. Und um die Wahrheit zu sagen, die Anstrengungen des Tages hatten sie alle gesprächig gemacht.

»Das war wirklich hart!«

»Ich kann nicht glauben, daß sie da zweiundfünfzig Hunde raufgebracht haben.«

»Tausend Meter Höhenunterschied, und alles andere als eine einfache Strecke.«

»Und dann feststellen zu müssen, daß alles umsonst war!«

»Und die großen Gletscherstürze standen ihnen ja erst noch bevor!«

Aber das hatten die Norweger nicht gewußt, dachte Val. Vielleicht hatte die Unwissenheit, was vor ihnen lag, ihre Angst eher verringert als verstärkt. Unwissenheit war ein Geschenk des Himmels. Zumindest manchmal. »Gut, daß wir diese Route genommen haben«, sagte sie. »Es ist schön, das gleiche zu sehen wie sie.«

Jack nickte selbstzufrieden. »Darum geht es ja.«

Als sie noch mehr in sich hineingefuttert hatten, sagte Jorge: »Wißt ihr, das wirft ein interessantes neues Licht auf den Mythos von Scott als totalem Versager und Amundsen als hypereffizientem Genie. Ich meine, ohne den heutigen Tag wäre einem doch gar nicht klar, was für enorme Risiken Amundsen eingegangen ist. So schlimme Abschnitte wie hier hatten wir nicht mal, als wir den Khumbu-Gletschersturz bestiegen haben.«

Mit demselben Ziel, dachte Val – Mount Everest, der Südpol – das Höchste, das Tiefste; wenn etwas nur irgendeinen Superlativ aufzuweisen hatte, war es auf einmal der heilige Gral, der lebensgefährliche Risiken lohnte. Für einen bestimmen Menschenschlag.

»Aber die Norweger waren gut auf dem Eis«, wandte sich Jack an Jorge. »Sie waren erfahrene Polarreisende.«

»Ja«, sagte Jorge, »aber das hätte ihnen auch nicht geholfen, wenn eine Schneebrücke zum falschen Zeitpunkt eingestürzt oder ein Eiszacken auf sie draufgefallen wäre. Hätte leicht passieren können.«

»Durchaus vorstellbar, daß sie spurlos verschwunden wären«, setzte Elspeth hinzu. »Dann wäre Scotts Gruppe als erste zum Pol gekommen, hätte mit dem zusätzlichen psychologischen Schub den Rückweg geschafft, und die ganze Geschichte wäre andersrum verlaufen.«

»Die tollkühnen, vermessenen Norweger«, deklamierte Jorge, »und die amateurhaften, aber zähen, zuverlässigen Briten. Das ist doch die Geschichte, die jeder hören will.«

»Ich nicht«, sagte Jack. »Scott war ein Idiot. Wenn es so gekommen wäre, wäre das Genie bestraft und der Idiot belohnt worden.«

»Sehr realistisch«, sagte Val leise, aber niemand hörte sie, weil Elspeth »Also wirklich!« rief und Jack mit dem Finger drohte. »Scott war *kein* Idiot!«

»Doch, war er!« sagte Jim. »Er hat alles falsch gemacht.«

*»Alles«*, sagte Jack und bedachte Val mit einem wissenden Lächeln.

Und dann legten er und Jim los und stimmten ein offenkundig schon viele Male abgenudeltes Duett an, Variationen über das Thema ›Scott und seine Dummheiten‹. Scott sei Torpedoleutnant in der spätviktorianischen Royal Navy geworden, ein lächerlicher Posten ohne Aufstiegsmöglichkeiten in einer lächerlich siechen Marine. Er habe die Polarmission durch persönliche Beziehungen ergattert, obwohl er keine Ahnung von Polarregionen gehabt habe. Er habe sich nicht die Mühe gemacht, auch nur das geringste von früheren Polarforschern zu lernen, und ebensowenig die eingeborenen Völker der Arktis studiert – zum Henker damit. Tatsächlich habe er genau die falschen Lehren aus den Erfahrungen seiner Vorgänger gezogen, indem er Eskimofelle zugunsten der Segeltuchkleidung der Marine und Hunde als Zugtiere zugunsten von Menschen verschmäht habe. In Wahrheit hatte er es mit Hunden probiert, ebenso wie mit Ponys, Motorschlitten und Skiern; aber da es ihm und seinen Männern nicht gelungen war, eine dieser Transportmethoden auf Schnee zu meistern, hatten sie zuletzt wieder auf den Fußmarsch zurückgreifen müssen. Erst dann hatte Scott der Welt verkündet, die einzige ehrenhafte und edle Art der Fortbewegung sei, die Schlitten selber zu ziehen.

»Es war keine Frage des Stils«, sagte Jim, »oder der Rücksicht auf Tiere. Sie haben ihre Ponys und Hunde ebenfalls getötet, nur haben sie sich nie eingestanden, daß ihnen gar nichts anderes übrigbleiben würde, und deshalb hatten sie manchmal keine Pistolen dafür dabei. Wilson mußte einige Tiere erstechen, während Scott im Zelt saß und die Hände rang, wie schlecht er sich fühlte. Es war die pure Inkompetenz.«

Er sei auch ein schlechter Menschenkenner gewesen, fügte Jack hinzu. Er sei ein unterwürfiger Schüler schlechter Männer gewesen; er habe sich schlechte Männer ausgesucht, die für ihn arbeiten sollten; und die habe er auch noch schlecht geführt. Er habe schlechte Freunde gehabt.

»Ach, kommen Sie«, wandte Elspeth ein. »Man kann doch nicht behaupten, daß Wilson ein schlechter Freund war. Er war ein wunderbarer Mann.«

»Er war zu gut, um gut zu sein«, sagte Jack, was Jim in schallendes Gelächter ausbrechen ließ. »Ein noch im Werden begriffener passiver, christusähnlicher Märtyrer. Und die anderen waren alle Clowns.«

Außer denjenigen natürlich, die Scott insgeheim in ihren Tagebüchern zerrissen hätten; wie sich herausgestellt habe, seien das alles kluge Männer gewesen. Aber der Rest – alles Clowns.

»Anscheinend hat er auch Probleme mit einem Mädchen in Amerika gehabt«, sagte Jack mit einem weiteren anzüglichen Blick zu Val. »Und seine Ehe...«

Er habe eine Frau geheiratet, die offenbar zu schön für ihn gewesen sei, zu ehrgeizig und zu clever. Eine Lady Macbeth des ausgehenden neunzehnten Jahrhunderts, die ihn nach Süden getrieben »und dann zur selben Zeit, als Scott auf dem Eis starb, eine Affäre mit Nansen hatte«, wie Jack mit einem bekümmerten Kopfschütteln sagte.

Auch in wissenschaftlicher Hinsicht sei er ein Dilettant gewesen, fuhr Jim fort, und er habe die Wissenschaften nur als Deckmantel für seine Sehnsucht benutzt, zum Pol zu gelangen. Manchmal habe er bis zu einem Monat lang schlechte Laune gehabt und unter Depressionen gelitten. Er habe Wilson, Bowers und Cherry-Garrard bei der Winterreise sinnlos in Gefahr gebracht und ihnen die Kräfte geraubt, während der Rest seiner Männer in der Hütte herumgesessen, eine Zeitung geschrieben und satirische Sketche aufgeführt habe, statt Skifahren oder den Umgang mit ihren Hunden zu lernen. Was die Ponys betreffe, so habe er von vornherein nur Klepper aus Leimfabriken in Sibirien bekommen und dann die Hälfte von ihnen bei sinnlosen Ausflügen während des Winters getötet, kleinen Trips, die wie Proben für eine Art Eiskapaden der Keystone Kops anmuteten.

Während des Trecks nach Süden habe er seine Männer überanstrengt, indem er von ihnen verlangt habe, daß sie mit seiner ungesunden Robustheit und Kraft mithielten. Er habe angefangen, sich ein Rennen mit dem zweiten Schlittenteam zu liefern, und damit Lieutenant Evans kaputtgemacht. Er habe den Proviantbedarf für vier Leute für den Weg zum Pol und zurück krass unterschätzt; beim letzten Depot habe er dann entschieden, fünf statt vier Leute mitzunehmen, und damit ihr Schicksal besiegelt.

»Ja, das war wirklich ein Fehler«, gab Val am Kocher leise zu. Sie hörte das alles natürlich nicht zum ersten Mal. Es war ein häufiges Gesprächsthema bei diesen Expeditionen. Jeder, der an einer Footsteps-Expedition teilnahm, war ein Experte; man brauchte nur ein halbes Dutzend Bücher zu lesen, um alles über die gesamte Geschichte der Antarktis zu erfahren, und danach hatte jeder eine Meinung. Sie auch. Aber sie hatte gelernt, sich aus den Diskussionen herauszuhalten, weil sie die ein wenig herablassenden Reaktionen auf ihre Beiträge satt hatte, Reaktionen, die um so irritierender waren, wenn sie von Outdoor-Leuten kamen, die trotzdem die Einstellung aller Schreibtischhengste zu teilen schienen, daß sich aus dem Kopf eines Menschen, der sich seinen Lebensunterhalt mit körperlicher Arbeit verdiente, alle Gedanken ein für allemal verflüchtigt haben müßten. Sie wußte, es war nur die Abwehrreaktion des Sesselfurzers, aber es nervte sie trotzdem. Und es war ohnehin immer dieselbe Diskussion.

Jim und Jack waren aber noch keineswegs fertig mit der Litanei von Scotts Fehlern. Jim konzentrierte sich auf technische Inkompetenz, bemerkte Val, Jack auf moralische Verworfenheit. Scott habe nicht bemerkt, erklärte Jim, daß ihr Brennstoff durch die Schraubverschlüsse der von ihnen benutzten Kanister entwichen sei. Er habe auch alle Anzeichen von Skorbut ignoriert. Auf dem Rückweg vom Pol sei er in die Sonne hineingelaufen, obwohl es ihnen problemlos möglich gewesen wäre, ihren Plan zu ändern und mit der Sonne im Rücken zu marschieren, wie Amundsen es getan hatte. Jack übernahm und deutete an, Scott habe Oates wahrscheinlich dazu gedrängt, Selbstmord zu begehen, und dann vermutlich Oates' berühmte letzte Worte »Ich will einmal hinausgehen und bleibe vielleicht eine Weile draußen« selber erfunden. Es stehe fest, daß er andere Tagebucheinträge bei der Veröffentlichung in seinen Büchern abgeändert habe. (»Oh, Gott bewahre«, warf Elspeth ein.) Im großen und ganzen sei er ein zu guter Schriftsteller gewesen; und am Ende habe er sich aus der Verantwortung für das Fiasko herausgeschrieben – aus der Verantwortung und in die Legende. Tatsächlich habe er es wahrscheinlich vorgezogen, heroisch zu sterben, sagte

Jack, statt als Zweiter am Pol nach England zurückzukehren. Und darum habe er Bowers und Wilson zweifelsohne gezwungen, an ihrem letzten Lagerplatz zu bleiben, statt einem Sturm zu trotzen, um ihr nächstes Vorratsdepot zu erreichen, das nur sechzehn Kilometer entfernt war – einem Sturm, durch den Amundsen gestapft wäre, ohne ihn in seinem Tagebuch groß zu erwähnen, außer vielleicht zu notieren: »Ein bißchen windig heute«.

Nein. Scott sei ein Idiot gewesen. Er habe Tennyson gelesen; er habe Tennyson *geglaubt*; er sei das katastrophale Endprodukt eines im Niedergang begriffenen Empires gewesen, dessen Angehörige sich jede Menge tröstlicher, illusionärer Geschichten über Amateure erzählt hätten, die sich zum Ruhm durchwurstelten, wie bei Waterloo oder im Krimkrieg. Das sei die Crux, behauptete sogar Jim: Scott habe an schlechte Geschichten geglaubt. J.M. Barrie, der Autor von *Peter Pan*, sei einer seiner besten Freunde gewesen. Und darum seien er und seine Männer niemals erwachsen geworden. Sie seien Peter Pans gewesen, Sklaven der Pflicht wie Frederick in *The Pirates of Penzance*; sie hätten kein Gespür dafür gehabt, daß *The Pirates of Penzance* eine Satire gewesen sei. Nein, sie seien von Browning, Tennyson, G. A. Henty und *Boy's Own Weekly* geprägt worden, und all die Dummheiten der viktorianischen Zeit hätten sich durch die Geschichten, die man den Jungen erzählt habe, in eiserne Tugenden verwandelt. Kühn in der Hölle Schlund, kühn in den Todesschlaf ritten die Tausend, hatte Tennyson geschrieben; kühn aufs Plateau des Todes zogen die fünf ihren Schlitten.

»P.G. Wodehouse hat sich immer über diesen Kram lustig gemacht«, erwähnte Jim, als sie zum Dessert kamen, das aus riesigen Schokoriegeln und Brandy bestand. »Deshalb war er so komisch.«

»Sie waren Woosters!« rief Jack. »Sie waren ein Haufen Bertie Woosters auf dem Eis, aber ihnen fehlte ihr Jeeves, der ihnen aus der Patsche geholfen hätte.«

»Noch schlimmer«, sagte Jim. »Die Jeeves' waren da, aber

sie wurden ignoriert - Männer wie Bowers, Crean oder Lashly, die tüchtigen Matrosen aus der Arbeiterklasse. Diese Burschen waren sehr, sehr zäh, und sie hätten es trotz alledem fast geschafft, die feinen Pinkel da rauszuholen. Genau das haben Crean und Lashly ja auf dem Rückweg vom letzten Depot mit Lieutenant Evans getan.«

Nachdem Scott mit fünf Männern zum Pol aufgebrochen war, rief Jim ihnen jetzt in Erinnerung, waren nur drei vom letzten Depot zurückgekehrt, und auch die hatten es nur ganz knapp geschafft. Lieutenant Evans war zusammengebrochen, ein Opfer des Skorbuts, und die Matrosen Crean und Lashly hatten ihn auf ihrem Schlitten achthundert Kilometer weit nach Cape Evans zurückschleppen müssen, eine Tortur, bei der es auch emotionale Augenblicke wie jenen gegeben hatte, als sie die erfrorenen Füße des Lieutenants direkt durch die Kleidung und die Membran der Klassenzugehörigkeit hindurch auf ihre bloßen Bäuche gelegt hatten, um ihn vor tödlichen Erfrierungen zu bewahren. Nach einem so harten viermonatigen Gewaltmarsch in den Schlittengeschirren, daß alle anderen außer Lashly dabei den Tod gefunden hatten, war Crean schließlich vorausgeeilt, um Hilfe zu holen, hatte in einem vierunddreißigstündigen Dauermarsch siebzig Kilometer Schelfeis überquert und war bis zum Hut Point an dessen Rand gelangt.

»Und am Ende hätte Bowers es beinahe geschafft, für Wilson und Scott das gleiche zu tun«, setzte Jim hinzu, »so wie er es für Wilson und Cherry-Garrard auf der Winterreise getan hatte.«

Der kleine Birdie Bowers, dachte Val und erinnerte sich an den Frühlingsausflug nach Cape Crozier. Henry Robert Bowers, der nie fror, nie müde wurde, nie den Mut verlor. Doch bei dieser letzten Reise hatte auch er sich nicht mehr Jeeves-mäßig retten können. Völlig am Ende seiner Kräfte wie die armen, zu Tode geschundenen Ponys, war er schließlich in seinen Stiefeln gestorben.

»Nein«, beharrte Jim. »Sie waren lauter Bertie Woosters.

Und Scott war der schlimmste von ihnen – er hat sie umgebracht. Er ist derjenige, der das Sagen hatte. Er hätte sich mit dem Problem befassen und sich Lösungen überlegen können. Es ist ja nicht so, als ob es keine Lösungen gegeben hätte. Es gab welche. Aber er hatte keine Lust dazu. Und so hat er dafür gesorgt, daß die Waage sich neigte – vom Leben zum Tod.«

Während dieses ganzen Gesprächs, dieses Niedermacher-Duetts, hatten alle gegessen, ihre Spaghetti in sich hineingeschlürft und die Tiraden als amüsantes Rahmenprogramm genossen, was sie ja auch waren; sie hatten sogar gelacht, während sie mit Knoblauchbrotstücken wedelten oder den Kopf schüttelten, um deutlich zu machen, daß sie anderer Meinung waren. Und als Jack und Jim fertig waren und sich ihrem zweiten Becher Brandy widmeten, wischte Elspeth ihren ganzen Vortrag mit einer einzigen ausholenden Bewegung mit einem Schokoriegel vom Tisch. »Das ist alles bloß Huntford«, sagte sie fest. »Den kann man doch nicht ernst nehmen.«

Ta Shu machte ein interessiertes Gesicht; er hatte die ganze Debatte wie einen Sport verfolgt, den er nicht kannte, hatte den Kopf amüsiert, aber auch verblüfft in die eine und die andere Richtung gedreht. »Was meinen Sie?« fragte er Elspeth.

»Dieses ganze Anti-Scott-Zeug, das sie uns aufgetischt haben. Das stammt alles aus der Scott- und Amundsen-Biographie von Roland Huntford. In mancher Hinsicht ein gutes Buch, aber es hätte eigentlich den Titel *Scott war ein Idiot* tragen sollen. Es ist eine fünfhundert Seiten lange Liste von Dummheiten. Aber viele davon sind Quatsch.«

»Was meinen Sie damit?« fragte Jack herausfordernd.

»Ich meine, daß Huntford übers Ziel hinausgeschossen ist«, sagte Elspeth und blickte Jack dabei unverwandt an. Val sah, daß sie ihn auch nicht mochte. »In einigen Punkten hatte er recht, aber dann wiederum hat er aus einer Mücke einen Elefanten gemacht. Er war der erste Schriftsteller, der den Scott-Mythos entzauberte, und er hat sich so in die Sache verbissen, daß er eher ein Staatsanwalt als ein Richter wurde. Sich darüber zu beschweren, daß Scott Ambitionen hatte, mehr zu werden als Torpedoleutnant! Also wirklich. Oder so zu tun, als wäre es Scotts Schuld, daß man ihm ein schlechtes Schiff gegeben hat. Oder die Behauptung, seine Männer seien ihm gegenüber nicht loyal gewesen. Oder England sei so schlecht gewesen und Norwegen so ein tugendsames kleines Land, obwohl die Norweger damals in aller Welt die Wale abgeschlachtet haben, um sich eine goldene Nase zu verdienen und ihre hübschen Städtchen zu bauen.« Sie schüttelte den Kopf. »Huntford hat alles schwarz-weiß gemalt, und so war es nicht.«

Jim genehmigte sich einen ordentlichen Schluck Brandy, würgte ein bißchen und wedelte mit der Hand. »Selbst wenn man Huntford unberücksichtigt läßt - und ich gebe Ihnen recht, sein Buch ist extrem -, müssen Sie zugeben, daß Scott in ziemlich vielen Dingen unfähig war. Das ist einfach wahr.«

»Nichts ist einfach wahr«, sagte Elspeth. Sie mochte Jim lieber als Jack, sah Val. »Cherry-Garrard fand nicht, daß Scott unfähig war, und Cherry-Garrard war dabei.«

»Er war voreingenommen.«

»Huntford auch.«

»Aber Cherry-Garrard war ein Apologet. Er hat sich ganz schön verrenkt, um die Wahrheit zu sagen und trotzdem Scotts Andenken zu schützen.«

Elspeth nickte. »In dieser Hinsicht ist sein Buch kompliziert. Es enthält ein paar Grauzonen, wissen Sie. Dadurch ist es ein großartiges Buch. Er hat versucht, ehrlich zu sein. Seine besten Freunde sind bei der Sache allesamt ums Leben gekommen, vergessen Sie das nicht. Und er hat zu der Gruppe gehört, die im folgenden Frühling ihre Leichen fand. Sie waren nur siebzehn Kilometer vom nächsten Depot entfernt, und Cherry-Garrard selbst hatte dieses Depot im Herbst zuvor angelegt. Er hatte Befehl von Atkinson gehabt, es an dieser Stelle anzulegen und umzukehren, und da er zu diesem Zeitpunkt selber schon vollkommen fertig war, befolgte er die Befehle. Aber wenn er ein bißchen weiter marschiert wäre und das Depot noch fünfundzwanzig Kilometer weiter draußen angelegt hätte, dann hätte Scotts Trupp es auf dem Rückweg vielleicht gefunden und wäre wohlbehalten nach Hause gekommen. Diese Möglichkeit hat ihn für den Rest seines Lebens nicht mehr losgelassen. Er fand keine Ruhe mehr. In der Nacht, als sie die Leichen entdeckten, schrieb er in sein Tagebuch: ›Ich fürchte mich davor, schlafen zu gehen.‹ Und als er nach England zurückkehrte, wurde er sofort in die Schützengräben des Ersten Weltkriegs geschickt. Er hat einen Krankenwagen gefahren und alles gesehen. Dann bekam er Kolitis und wurde nach Hause geschickt. Anschließend hat er sein Buch geschrieben, und er hat viele, viele Jahre dafür gebraucht. Es war das Buch seines Lebens. Und einen Großteil der Zeit hat er dagegen angekämpft, geisteskrank zu werden.«

Val fiel das Ponting-Foto in der neuen Ausstellung auf Cape Crozier wieder ein, und sie sagte: »Das kann man auf dem Bild von den dreien sehen, das sie nach ihrer Winterreise zeigt.«

»Ja, nicht wahr? Er sieht total verrückt aus. Und wenn er in seinen späteren Jahren auf seine Zeit in der Antarktis zurückblickte, war es, als schaute er in eine andere Zeit zurück. In die Zeit, bevor alles zusammenbrach.«

Damals, als deine Freunde noch am Leben waren, dachte Val. Damals, als deine großen Brüder noch am Leben waren. Bowers war 28 gewesen, Wilson 45 und Cherry-Garrard erst 22.

»Aber selbst er sagt, Scott sei launisch gewesen und habe nicht viel Menschenkenntnis gehabt«, erklärte Jim. »Obwohl er das ganze Erlebnis idealisiert hat, mußte er das einräumen.«

»Das stimmt. Und ich glaube ihm, wenn er das sagt, weil er dort war. Aber er war Scott gegenüber trotzdem absolut loyal, er bewunderte ihn trotz seiner Fehler. Und noch mehr bewunderte er Wilson und Bowers, und die waren

Scott ebenfalls treu ergeben. Das kann man Scott nicht nehmen, ganz gleich, was Huntford sagt.«

Ta Shu wandte sich vom Kocher ab, wo er angefangen hatte, das Geschirr in einem Becken mit dampfendem Wasser zu spülen. »Wie Huxley«, sagte er.

Sie sahen ihn verdutzt an.

»Thomas Huxley?« riet Jim.

»Al-dous Huxley. Englischer Forscher. Erforscher höherer Bewußtseinszustände. Meskalin, LSD. Er nimmt LSD in letzten Stunden seines Lebens, um zu sehen, was passiert. Sehr tapfer! Einer eurer großen britischen Forscher, wie Scott oder Shackleton. Und in einem seiner Bücher ist eine sehr tiefgründige Szene. Ein Mann und eine Frau sind in einem Hotelzimmer. Sie lieben sich. Draußen vor Fenster ist ein Neonschild, das Farbe wechselt, von Rot zu Grün zu Rot zu Grün. Immer wieder. Und dieses Licht kommt in ihr Fenster und fällt auf sie. Wenn rotes Licht auf sie scheint, ist alles rosa. Voller Leben. Geheimnisvoll und schön. Und dann wechselt das Licht, und grünes Licht scheint auf sie, und alles wird gespenstisch und blaß. Mechanisch. Wie Alptraum von Insekten. Und das Licht wechselt immer wieder, hin und her, hin und her. Von Rot zu Grün zu Rot. Liebespaar weiß nicht, was denken soll.«

»Wie Huntford und Cherry-Garrard«, sagte Val.

Ta Shu nickte.

»Aber es ist nicht nur eine Frage der Interpretation«, wandte Jim ein. »Manche Dinge sind geschehen, andere nicht. Und bei der Geschichtsschreibung geht es zunächst mal darum, festzustellen, was wirklich geschehen ist, und nicht bloß Lügen darüber zu erzählen. Der heroische Scott ist größtenteils eine Lüge. Wenn man sich ansieht, was wirklich geschehen ist, dann kommt man weg von der Schwarzweißmalerei und gerät in die Grauzonen. Und wenn man dann was Bewundernswertes findet, wie Huntford bei Amundsen und später bei Shackleton, dann ist es wirklich bewundernswert. Es ist eine echte Leistung, und nicht einfach nur Lügen und Wünsche.«

»Ja«, sagte Elspeth, »aber Huntford ist zu weit gegangen. Also, daß er behauptet hat, Scott habe Oates' letzte Worte erfunden – woher will er das wissen? Er war nicht in dem Zelt.«

»Nein, aber wir haben Oates' Tagebuch. Er war total empört über Scott.«

»Ja und? Glauben Sie, daß Scott in so einem Punkt gelogen hätte? Angenommen, Oates wäre aufgestanden und hätte gesagt: ›Du blöder Idiot, du hast uns alle mit deiner Dummheit zum Tode verurteilt, und jetzt gehe ich raus und bringe mich um, weil du mich offensichtlich aus dem Weg haben willst.‹ – Hätte Scott dann in sein Tagebuch geschrieben: ›‚Ich will einmal hinausgehen', sagte Oates, ‚und bleibe vielleicht eine Weile draußen.'‹? Und wenn die drei anderen Männer nun lebend zurückgekommen wären, was dann? Wilson und Bowers hätten gewußt, daß es eine Lüge war!«

»Keiner von ihnen hat den Vorfall in seinem Tagebuch erwähnt«, betonte Jim.

»Das beweist gar nichts. Wilson hat sein Tagebuch zu diesem Zeitpunkt gar nicht mehr geführt, soweit ich mich entsinne. Nein, ich bin sicher, daß Oates etwas in der Art gesagt hat – wahrscheinlich sogar genau diese Worte. Sie müssen bedenken, daß diese Männer am Ende waren. Sie waren halb verhungert, hatten Erfrierungen und Gangräne. Sie waren in einer schlimmen Notlage. Oates war nur am schlimmsten von ihnen dran. Scott hätte seine Füße wahrscheinlich ebenfalls verloren, wenn sie zurückgekommen wären. In solchen Zeiten entfalten die alten Geschichten, von denen Sie gesprochen haben, das Privatschulethos und der militärische Codex eine stärkere Wirkung denn je. Man bricht nicht zusammen und schreit einander Anschuldigungen ins Gesicht – man lebt das Skript aus, das ganz tief in einem angelegt ist.«

»Kann sein«, sagte Val und dachte an Südgeorgien zurück.

»Nein, man sieht es immer wieder«, beharrte Elspeth. »Männer gehen für irgendeine Idee in den Tod. Sie folgen einem Skript, leben eine Ideologie aus - man kann es auf viele Arten ausdrücken.«

»Manche Menschen brechen unter Stress zusammen«, sagte Val unwillkürlich.

»Ja, das ist richtig. Aber das ist eine andere Geschichte - *Lord Jim*, eine Geschichte, die all diese Männer sehr gut kannten. Das war für sie eine Geschichte mit Moral - wenn du einmal zusammenbrichst, ist deine Ehre unwiederbringlich dahin. Deshalb sind so viele von ihnen in den Schützengräben gestorben. Sie sind in den sicheren Tod gegangen, um die Gewißheit zu haben, daß man sie nicht für Drückeberger hielt.«

Jim schüttelte den Kopf. »Der Erste Weltkrieg hat mit dieser Geschichte ein für allemal Schluß gemacht.«

»Ich weiß, was Sie meinen«, sagte Elspeth. »Aber ich bin da nicht so sicher.«

Ta Shu ergriff wieder das Wort. »Alle Geschichten sind noch lebendig«, sagte er. »Alle Geschichten haben Farben.« Er ließ seinen Blick von einem zum anderen wandern, ein älterer Mann aus einer anderen Kultur, verwittert und seltsam, der in seinem roten Parka wie ein Fremdkörper wirkte. »Dieser gegenwärtige Moment - er ist farblos.« Obwohl das Licht im Zelt wie üblich von einem giftigen Blau war; aber sie verstanden, was er meinte. »Die Vergangenheit - alles Geschichten. Nichts als Geschichten. Alle farbig. Daher suchen wir unsere Farben aus. Wir entscheiden, welche Farben wir sehen.«

Kurz darauf schlugen die gewaltigen Essensportionen in ihren Bäuchen und die Erschöpfung vom Aufstieg gleichzeitig zu, und sie schleppten sich ächzend durch die eisige, strahlende Luft zu ihren Zelten, um in ihre Schlafsäcke zu fallen und tief zu schlafen, obwohl die leuchtende Helligkeit die ganze Nacht hindurch anhielt. Und am nächsten Morgen standen sie auf, frühstückten schweigend und dachten dabei zweifellos an den Tag, der vor ihnen lag. Sie brachen das Lager ab, verstauten alles in den Beuteln und im Schlitten, und dann waren sie wieder unterwegs. Val zog den Schlitten ganz allein; sie ließ es langsam angehen, damit die Leute sich allmählich aufwärmen konnten. Auf dem harten Firnfeld, das den Kopf des Sargent-Gletschers bedeckte, kamen sie ziemlich leicht voran.

Dann mußten sie in den Sattel zwischen Bell Peak und dem hohen Kamm der Herbert Range zu ihrer Rechten aufsteigen, und das war eine gemeine kleine Wand, wie sich herausstellte; sie mußten sich drei Stunden lang abschleppen, um den Schlitten dort hinaufzubekommen.

Schließlich schafften sie es jedoch, und Val zog den Schlitten über den Sattel, bis sie auf die andere Seite gelangten, wo sie einen ungehinderten Blick auf den Axel Heiberg hatten. Das würde ein dramatischer Ort für die Mittagspause sein.

Sie schleppte den Schlitten den letzten Hang zu einem kleinen, schneebedeckten Buckel hinauf, wo sie bei einer früheren Expedition schon einmal gecampt hatte, gab den anderen, die hinter ihr hergezockelt kamen, ein Zeichen und deutete auf den Ausblick, der vor ihnen lag. »Essenszeit!« rief sie.

Während sie auf sie wartete, nahm sie das Panorama mit großen Augen in sich auf. Gute sechshundert Meter unter ihnen, am Fuß des steilen, schneebedeckten Hangs der Seitenwand des Gletschers, lag der gewaltige Eisstrom selbst, der Axel Heiberg, und floß in einem wahrhaft furchteinflößenden Gletschersturz von der Polkappe herunter, wie ein ungeheurer Wasserfall, der zu eisiger Reglosigkeit erstarrt und in Scherben gebrochen war. Unter ihnen wurde er dann flacher und bog um die Schulter, auf der sie standen. Es war leicht zu sehen, daß sie von dort aus, wo er sich aufs Ross-Meer ergoß, die flache, breite, gekrümmte Straße des unteren Heiberg-Gletschers nehmen und sich alle Schwierigkeiten hätten ersparen können, die sie an den vergangenen zwei Tagen gemeistert hatten, ebenso wie die knifflige Aufgabe, den Hang hinabzusteigen, der wieder zum Gletscher hinunterführte.

Überdies begriff man hier auf einmal, wie riesenhaft und fremdartig das Transantarktische Gebirge war. Dieser phantastische Eisstrom hatte einen Graben mit solch sauberer Linienführung in die Kette gerissen, daß man ihm seine gewaltigen Dimensionen kaum ansah; doch er war fast so tief wie der Grand Canyon und erheblich breiter, und wenn das Gefühl für Größenverhältnisse sozusagen aktiviert und scharfgestellt wurde, konnte man kaum umhin, ein wenig Angst zu verspüren, wie ein Pünktchen am Rand des Abgrunds. Von diesem Aussichtspunkt aus sah man auch deutlich, daß die Bergkette ein Damm war, der das Polareis zurückhielt, so daß es durch diese riesigen Rinnen zum dreitausend Meter tiefer liegenden Meer hinabströmte. Etwas Derartiges gab es sonst nirgendwo auf der Welt, und wenn man hier stand, glaubte man das auch sofort.

Ta Shu, der als erster zu Val auf den Buckel kam, hatte in null Komma nichts seine Feng-Shui-Analyse vorgenommen. »Das ein sehr großer Ort«, erklärte er schnaufend und grinste Val dabei an.

Jorge und Elspeth kamen herauf und starrten einfach nur mit erschrockenen Mienen auf die Szenerie. Jim kam herauf und war sprachlos. Jack kam herauf, sagte: »Gottverdammt!« und pfiff ein paarmal. »Wow! Jetzt schaut euch das an!«

»Gottverdammt ist richtig«, sagte Jim und musterte den steilen Hang, den sie nun hinuntersteigen mußten. »Warum ist Amundsen nicht einfach bloß den Hunden gefolgt!«

SIEBTES KAPITEL

# *In den Kaninchenbau*

*blauer Himmel*
*weißer Schnee*

**Am Südpol war es schockierend kalt.** Als Wade aus der Herc kletterte und das grelle Weiß und den dunkelblauen Himmel sah, war ihm der Anblick zunächst so vertraut, daß er dachte, es wäre ganz ähnlich wie in McMurdo oder den Trockentälern. Dann fuhr ihm die Kälte durch die Nasenlöcher in den Kopf, und sein Rotz gefror mit einem nur andeutungsweise schmerzhaften Kitzeln. Danach hatte er Eiszapfen in der Nase. Das schien die nasale Situation zu stabilisieren; seine Nase blieb danach relativ warm - warm, mit Eiszapfen drin! -, und das Kältegefühl verlagerte sich woandershin, zu den diversen Nahtstellen seiner Kleidung: zwischen Stiefeln und Hose, an seinen Handgelenken, am Hals und den Augen. Kalt!

Mittlerweile hatte er die Nase der Herc umrundet und ging über den festgestampften Schnee der Landepiste. Er kam an einer kleinen Hütte mit Glaswänden vorbei, auf der ein großes Schild prangte: ›Südpol-Friedensterminal.‹

Dahinter stand die neue Polstation, in der Sonne glänzend wie ein blaues, auf dem Schnee gestrandetes Raumschiff. Oder vielmehr wie drei auf dicken blauen Säulen stehende und mit blauen Durchgangsröhren verbundene Raumschiffe. Am Ende des äußersten linken Moduls ragte ein Kontrollturm auf, von dem aus man einen Überblick über das gesamte Gelände hatte. Weiter weg, hinter aufgehäuften Schneehügeln und einer Reihe gelber Bulldozer, konnte er gerade eben noch die Spitzen eines kleinen, versunkenen Dorfes uralter Jamesways auf der glitzernden weißen Ebene sehen. Noch weiter entfernt erhob sich eine blaßblaue geodätische Kuppel aus dem Schnee, der drauf und dran zu sein schien, sie vollständig zu begraben; offenbar die alte Station.

Ein Mann kam auf Wade zu und stellte sich vor: Keri Hull, der NSF-Vertreter am Pol. Er führte Wade zum Raumschiff und eine Metallgittertreppe hinauf, wie Wade sie von Wintersport-Hotels kannte. Von hier aus sah die neue Station wie ein segmentiertes Nurflügelflugzeug aus, das sich aerodynamisch unter den Polarwinden duckte. Sie betraten die Station durch die üblichen Kühlraumtüren, die in die gekrümmte blaue Wand eingelassen waren.

Keri führte Wade durch einen Korridor zu einer hellen, warmen Kantine. Sie setzten sich an einen langen Tisch, an dem bereits ein paar Leute saßen; einer von ihnen brachte ihm einen Becher heißen Kakao, und er umfaßte den Becher dankbar mit beiden Händen. Das Innere seiner Nase begann aufzutauen. Der Raum war voller Leute, die aßen und sich unterhielten. Ein dicker Dunst lag in der Luft.

»Zuerst mal ein paar Worte über die Station«, begann Keri. »Die Standardeinführung für jeden Neuankömmling. Wir sind hier zweitausendachthundertfünfunddreißig Meter hoch, und da die Luft wegen der Erdrotation an den Polen dünner ist als am Äquator, entsprechen unsere zwoacht ungefähr dreitausendzweihundert Meter am Äquator. Und wegen der Kälte und der Trockenheit sind das ganz schön harte dreitausend. Achten Sie also darauf, daß Sie nicht austrocknen, und laufen Sie in den ersten Tagen Ihres Aufenthalts nicht zu viel herum. Und wenn Sie Kopfschmerzen haben, die nicht wieder weggehen, oder den Appetit verlieren, gehen Sie zur Stationsärztin, die bringt Sie wieder auf Trab. Offiziell raten wir dazu, Koffein und Alkohol zu meiden, aber Sie wissen schon – alles in Maßen.« Er grinste und trank einen Schluck aus einem riesigen Kaffeebecher, auf den sein Name gepinselt war. »Achten Sie einfach auf die Signale, die Ihr Körper Ihnen gibt, und verhalten Sie sich entsprechend. Okay? Gut. Also – wie können wir Ihnen hier unten auf neunzig Grad Süd helfen, Mr. Norton?«

»Ich würde mir gern die ganze Station ansehen und dabei die diversen... ähm... Vorfälle durchsprechen, die uns gemeldet worden sind. Sozusagen Schritt für Schritt.«

Keri runzelte die Stirn. »Sie wollen in die alte Station?«

»Ja.«

»Oh. Ich fürchte, das ist gegen die Vorschriften.«

»Natürlich. Aber in Anbetracht der Tatsache, daß auch dort einiges... verschwunden ist, scheint es nötig zu sein.«

Keri zog die Augenbrauen hoch. »Nötig?«

»Ich bin hier, um die Vorfälle zu untersuchen«, sagte Wade fest.

Der Gesichtsausdruck Keris ließ keinen Zweifel daran, daß er das für Zeitverschwendung hielt. »Es könnte gefährlich sein«, warnte er. »Der aufgehäufte Schnee zerdrückt die Kuppel.«

»Aber der Bogengang neben der Kuppel wird doch noch benutzt, soweit ich weiß.«

»Ja.«

»Das heißt, dorthin zu gehen, ist ungefährlich.«

»Ja, aber...«

»Wir könnten also durch den Bogengang gehen und einen kurzen Abstecher in die alte Kuppel machen – in der Hoffnung, daß sie nicht ausgerechnet in diesem Augenblick einstürzt.«

Keri gefiel es nicht, wie er das formulierte. »Haben Sie mit Sylvia darüber gesprochen?«

Wade nickte.

»Na schön. Dann gehen wir morgen rüber, okay? Wir müssen ein paar Sachen und ein paar Leute organisieren, um die Sicherheit zu gewährleisten.«

»Fein.«

Er hatte also einen Tag totzuschlagen. Keri schien mit seiner Einführung fertig zu sein und sich aus irgendeinem

Grund von ihm auf den Schlips getreten zu fühlen. Eine junge Frau namens Lydia führte ihn durch den Korridor, zeigte ihm sein Zimmer - die stark verkleinerte Ausgabe eines netten Hotelzimmers - und gab ihm den Zimmerschlüssel. Dann konnte er tun, was er wollte.

Es stellte sich jedoch rasch heraus, daß der Südpol kein Ort war, wo es viel zu tun gab. Er ging wieder hinaus, um ein paar Fotos von der Station zu schießen. Seine Bewegungsfreiheit war allerdings eingeschränkt, weil die überall bis zum Horizont reichende Schneefläche um die Station herum in drei von vier Quadranten gesperrt war: im dunklen Sektor wegen der Astronomie, im stillen Sektor wegen der Seismographie und im sauberen Sektor wegen der Luft, die der vorherrschende, fast immer aus diesem speziellen Norden kommende Wind mitbrachte. Ihm blieb nur der Bereich zwischen der Station und der Landepiste, wo eine kurze, spiralig bemalte und von einer Spiegelkugel gekrönte Stange inmitten eines Fahnenhalbrunds stand. Das war der zeremonielle Südpol, für Fotozwecke. Er ging zu der Spiegelkugel hinüber und betrachtete die gewölbte Reflektion seines Gesichts unter der Kapuze. In dem winzigen Abbild seiner verspiegelten Sonnenbrille sah er zwei kleine Stangen mit Spiegelkugeln, in denen sich noch kleinere Spiegelbilder von ihm selbst abzeichneten. Eine endlose Flucht von Mensch und Ort. Er versuchte, ein Foto zu machen, aber nichts geschah; anscheinend war die Batterie seines Fotoapparats eingefroren.

Nun ja. Dies war sowieso nicht der richtige geographische Südpol. Der lag irgendwo im Innern der verbotenen alten Station, wie Keri gesagt hatte; er würde sich noch ein paar Jahre lang durch die Station bewegen, bis die Eiskappe diese auf ihrem langsamen Weg nach Norden zum Meer über ihn hinweggetragen hatte.

Hier draußen schien man nicht viel mehr tun zu können als einzufrieren. Wade rief über sein Armbandtelefon Phil Chase an und war leise überrascht, als dieser sich meldete. »Phil, hier ist Wade! Ich bin am Südpol!«

»Das ist gut, Wade. Ist es kalt? Ist es hell?«

»Ja. Sowohl als auch.«

»Gut. Hier ist es warm und dunkel. Ich schlafe, Wade. Ruf mich wieder an, wenn es hier Tag ist. Ich will mehr darüber hören.«

Und das war's dann auch schon mit den Aktivitäten im Freien. Wade ging wieder hinein, dankbar für die Wärme im Raumschiff. Durch ein getöntes Fenster nahm er den Anblick draußen in sich auf: eine Schneefläche in jeder Richtung, bis zu einem Horizont, der ungefähr zehn Kilometer entfernt war, wie Keri gesagt hatte; Wade konnte es nicht erkennen. Der Schnee an der Oberfläche war von Sastrugis gekennzeichnet; auf diesen aberhundert kleinen Wellen und dem wie mit einem Meißel bearbeiteten, sandartigen Schnee dazwischen mußte das Skifahren wahrhaftig Schwerarbeit sein. Er versuchte sich vorzustellen, wie es wohl wäre, Tag für Tag auf Skiern über eine solch ebene, platte Fläche zu fahren, Hunderte von Meilen weit, durch einen ganzen Kontinent, als ob man zu Fuß von New York nach LA ginge und dabei einen schweren Schlitten hinter sich herzöge, und das zweifellos oftmals gegen die Laufrichtung der Sastrugis. Und doch gab es da draußen Leute, die das just in dieser Minute taten, hatte der Pilot der Hercules gesagt; sie durchquerten den Kontinent zum Vergnügen, und einige von ihnen folgten der SPOT-Route vom Pol nach McMurdo. Es mußte entmutigend für sie sein, eine Kolonne riesiger gelber Schlepper auf Autopilot an sich vorbeirumpeln zu sehen. Aber vermutlich hatten ihre Motive nichts mit praktischen Erwägungen zu tun.

Für ihn war das nichts. Und als er über den Korridor zu seiner Kabine ging, um sich von seinem halbstündigen Ausflug nach draußen zu erholen, dachte er, was, wenn es kein Drinnen gäbe? Wenn man immerzu draußen in dieser Kälte bleiben müßte, Tag und Nacht, morgens frisch und nachmittags schweißüberströmt (falls man schwitzen konnte)? Er glaubte nicht, daß er das länger als ein paar Stunden durchstehen würde.

Das Leben in geschlossenen Räumen erforderte allerdings eine andere Art von Kraft. Wie lange hielt man es aus, in einem Motel eingesperrt zu sein? Wade sah sich nicht als Menschen, der sein Leben weitgehend im Freien verbrachte, aber er legte doch Wert darauf, herumreisen zu können. Hier war das Dort jedoch kein Dort; das Hier war ja kaum ein Hier. Er ging in die Kantine, nahm ein gemütliches Mittagessen zu sich und beobachtete die Bewohner der Station, die hereinkamen, den Selbstbedienungstresen abklapperten, sich zum Essen in kleinen Gruppen zusammensetzten und eifrig miteinander plauderten, ohne den anderen Leuten im Raum allzuviel Aufmerksamkeit zu schenken. Als er selbst fertig war, räumte er seinen Teller weg und ging durch den Hauptkorridor des südlichsten Moduls zur Bibliothek; dann zum Spieleraum; dann zum Sportraum; dann zu den Funkräumen, zuerst zu dem Raum für offizielle Zwecke, der mit großen Funkgeräten und anderen Apparaturen vollgestopft war, dann zum Raum für private Zwecke, in dem lauter Computer und Videomonitore standen. Die meisten Terminals im Raum waren von Leuten besetzt, die gerade dienstfrei hatten und Kontakt mit der Außenwelt aufnahmen.

Das zweite Modul der Station bestand größtenteils aus Privatunterkünften, Toiletten, Duschen und einigen - meist leeren - Aufenthaltsräumen. Jedes Korridorfenster bot natürlich den gleichen Ausblick. Und das dritte Modul war verschlossen. Wade kehrte ins erste Modul zurück, um sich nach dem dritten zu erkundigen, und Keri blickte zerstreut von seinem Computerbildschirm auf und sagte: »Oh, das ist leer, wußten Sie das nicht?« Im ewigen Auf und Ab der Finanzierung durch den Kongreß, fuhr er mit betont ausdrucksloser Miene fort, seien die Mittel zur endgültigen Fertigstellung der Station beschnitten worden, und die NSF habe beschlossen, mit dem zur Verfügung stehenden Geld die Außenhülle des dritten Moduls zu errichten und den Innenausbau einem Kongreß zu überlassen, der besser bei Kasse oder ein bißchen mehr am Süden interessiert wäre.

Die Japaner seien bereit, die Mittel zur Fertigstellung beizusteuern, wenn ein Teil in ein kleines Hotel umgewandelt werde, aber bis jetzt habe die NSF der Versuchung widerstanden.

»Interessant«, sagte Wade. »Das würde ich mir auch gern ansehen.«

Keri ließ seine Augenbrauen, wo sie waren, kramte nur in einer Schublade und gab Wade einen großen Schlüssel. »Denken Sie dran, wieder abzuschließen, wenn Sie gehen«, sagte er und wandte sich wieder seinem Bildschirm zu.

Wade musterte ihn neugierig, zuckte dann die Achseln und ging durch die Korridore zur verschlossenen Tür des dritten Moduls zurück. Die Tür war schwer. Drinnen sah er die leere Hülle eines Gebäudes; nur ein paar vertikale Streben durchbrachen die leere Weite eines Raumes, der sowohl größer als auch kleiner wirkte, als er erwartet hätte. Der Blick aus den Fenstern war der gleiche wie überall sonst.

Er kehrte ins erste Modul zurück und gab den Schlüssel ab, dann setzte er sich in die Bibliothek. Sie bestand aus zwei Wänden voller Büchern, die großenteils ziemlich abgegriffen aussahen. Ein unfreiwilliges Lesepublikum. Das war alles sehr interessant; oder auch nicht. Einzig und allein der Gedanke, daß sich all diese Räume am Südpol befanden, bewirkte, daß sie mehr waren als eine seltsame Kreuzung aus Militärbasis, Flughafen-Lounge, Labor, Aufenthaltsraum und Motel. Zu seiner Überraschung war es hier außerordentlich langweilig – auf eine Weise, die in sehr starkem Kontrast zu seinen bisherigen Erfahrungen in der Antarktis stand.

Als Wade daher am nächsten Morgen in seine dicke Kleidung schlüpfte und hinter Keri und einem anderen Mann namens George her durch den Korridor stapfte, war er enorm erleichtert; er konnte es kaum erwarten, etwas zu unternehmen. Wachsam folgte er den beiden Männern.

Draußen auf dem Treppenabsatz gab ihm die Kälte ihren Schlag auf die Nase. Sie stiegen zum Schnee hinunter und gingen an dem kleinen, versunkenen Jamesways-Dorf und einem kleinen blauen Wohnheim auf Stelzen vorbei, das wie ein Modell für die große Station aussah. Dann ging es einen langen Abhang im Schnee hinunter, der einem halben, auf der Seite liegenden Trichter glich. Spuren im trockenen Schnee ließen erkennen, daß die Vertiefung von Bulldozern angelegt worden war. Am schmalen Ende des Trichters befand sich ein dunkler Wellblechbogen, die Öffnung eines Tunnels, der ungefähr zehn Meter unter der Ebene lag.

Dies war der Bogengang, im Grunde ein langer Tunnel mit einer Decke und Wänden aus Metall, der zu dem Zeitpunkt, als er gebaut worden war, auf der Oberfläche des Schnees vor der damals viel höheren Kuppel gestanden hatte. Als sie hineingingen, erklärte Keri, diese Station sei in den frühen siebziger Jahren des letzten Jahrhunderts erbaut worden und versinke seither immer tiefer im sich aufhäufenden Schnee. Die hohe Innenwölbung des Bogengangs über ihnen war vollständig von einem Flaum aus Rauhreif bedeckt - große, flockige Eiskristalle, angeordnet in ausladenden, ineinander übergehenden Chrysanthemenformen. Weiter drin war der Tunnel zu ihrer Rechten mit großen Kisten vollgestopft, die sich wie weitere Kühlräume oder wie die Container eines Containerschiffs aneinanderreihten, so daß man sich an der weißen Wand zur Linken an ihnen vorbeiquetschen mußte. Sie gingen auf festgestampftem Schnee. Es wurde rasch dunkler. Sie kamen an einer kurzen Stange mit einer Kugel am oberen Ende vorbei, die im Boden steckte; dies war der momentane geographische Südpol, um den sich alles drehte, auch wenn er nicht sonderlich viel hermachte.

Sie gelangten an eine Tunnelkreuzung. Links führte ein kurzer Tunnel zu zwei großen Türen, die nicht richtig schlossen, so daß man den Schnee dahinter sehen konnte. »Der alte Stationseingang«, sagte George. Rechts führte ein eisbärtiger, niedriger Tunnel ins Dunkel unter der alten Kuppel.

Sie folgten den Strahlen ihrer Taschenlampen durch den

Tunnel bis ins Zentrum dieses Raums. Eine kreisrunde Öffnung am höchsten Punkt der Kuppel ließ etwas Licht herein. Die Unterseite des Deckengewölbes war von einem so dicken Pelz aus Eiskristallen überzogen, daß man das sechseckige Strebensystem der alten Fullerkuppel nur noch erahnen konnte, als wäre es ebenfalls ein Produkt des Kristallisationsprozesses. Für Wade wirkte das Ganze wie eine riesige Iglu-Kathedrale; das gefilterte Licht fiel auf drei oder vier große, rotwandige Kästen herab, Gebäude, die zweistöckigen Wohnwagen mit außen angebrachten Metalltreppen wie denen der neuen Station glichen, mit Treppenabsätzen aus Metall vor den Eingängen.

Keri und George führten Wade der Reihe nach durch jedes dieser Gebäude. Sie waren alle weitgehend identisch; enge Gänge, die winzige Räume voller Kisten, leerer Stühle oder Aktenschränke verbanden. In einem Raum im Obergeschoß gab es sogar einen Billardtisch. »Kommen Sie mit in die Kantine«, sagte Keri, als Wade auf dieses traurige Bild starrte. »Eigentlich haben sie alle immer dort rumgehangen.«

Sie traten auf einen metallenen Treppenabsatz hinaus, stiegen die Treppe hinunter und gingen zu einer weiteren Kühlraumtür hinüber. Durch eine Art Garderobe betraten sie die dunkle Kantine. In den Lichtkegeln der Taschenlampen versperrten lange Schatten den Weg zu den Wänden. Der schmale Raum wirkte viel zu klein, um eine ganze Station abzufüttern. Eine Seite war zu der alten Küche hin offen; Herde, Öfen und Kühlschränke waren noch da. Nur ein paar Löcher in den Küchenzeilen zeigten an, wo man etwas ausgebaut und zur neuen Station oder sonstwohin gebracht hatte.

»Die haben das einfach alles hiergelassen?« fragte Wade.

»Wie Sie sehen. Als die neue Station gebaut wurde, war das alles schon altes Zeugs, das allmählich den Geist aufgab. Oder es paßte nicht oder entsprach nicht mehr den energietechnischen Anforderungen. Es war zu schwierig, es einzubauen. Und zu teuer, es wegzuschaffen. Eigentlich wollten sie die ganze Station samt der Kuppel demontieren, aber das war zu teuer. Also ist sie hier. Irgendwann werden wir alles abreißen und per SPOT nach Mac Town schaffen, dann können sie's dort benutzen oder aufs Müllschiff laden und irgendwo hinschütten lassen.«

»Oder in ein Museum verfrachten«, ergänzte George.

»Aber vorläufig«, sagte Wade, »scheint jemand anders dies und das mitgehen zu lassen.«

Die beiden Männer schwiegen.

»Stimmt das?«

»Na ja«, sagte Keri. »Wir wissen nicht, was da vorgeht. Ein paar Sachen sind von hier verschwunden, das stimmt. Aber es könnte sein, daß das so was wie... na ja, so eine Art Spiel ist.«

»Ein Streich, meinen Sie?« fragte Wade.

»So was in der Art. Wir wissen es nicht genau. Aber sonst ergibt es keinen Sinn. Mit dem abhanden gekommenen Zeug kann man eigentlich nicht viel anfangen. Alte Kühlschränke. Öfen. Kisten mit Akten.«

»Hmm«, machte Wade.

»Es ergibt einfach keinen Sinn. Außer wenn es ein Spiel ist.«

»Ist es denn überhaupt denkbar, daß hier irgend jemand solche Spiele treibt?«

»Tja...«

»Das meiste ist während der Überwinterungszeit passiert«, erklärte George.

Keri nickte. »Im Winter sind nur siebzig Leute hier. Die werden selbstverständlich alle von ASL und NSF im voraus evaluiert und verbringen zwei Wochen miteinander, um zu sehen, wie sie klarkommen. Aber natürlich kann es schon mal sein, daß Leute hierherkommen, die nicht so ganz... äh... naja, normal sind. Oder vielleicht sind sie am Anfang noch normal, aber im Verlauf des Winters hier werden sie... äh...«

Wade nickte. Ein Gewürzregal neben einer Schranktür war immer noch mit Schachteln und Gläsern gefüllt: Zukker, Salz und Pfeffer, Kaffeeweißer, Kakaopulver, Teebeutel und Senf. Heinz-Ketchup. Eine Flasche Erdbeersirup mit einem runden *Haz-Mat*-Etikett. Und alles garantiert tiefgefroren, weil es hier bitter kalt war.

»Ich war beim letzten Thanksgiving-Dinner dabei, das sie hier in der Kantine veranstaltet haben«, sagte George. »Das war ein Menü mit so zirka zwölf Gängen, das komplette Thanksgiving-Festmahl, mit allen Schikanen. Wir haben den Truthahn in einem alten Zweihundertliterfaß aus Stahl geräuchert, gleich da draußen vor der Tür. Das schönste Thanksgiving, das ich je gefeiert hab.«

Nach dieser nostalgischen Bemerkung verließen sie den dunklen Gefrierschrank von einem Gebäude und stapften über Eisblumen zum Bogengang und dem grellen Licht an dessen Ende zurück. Während sie auf dieses Licht am Ende des Tunnels zugingen, wurde es immer heller.

Nach all den pechschwarzen kleinen Räumen war die unendliche weiße Ebene der Polkappe so hell, daß man sie gar nicht richtig sehen konnte - schockierend sonnig, windig und weit, unter einem niedrigen blauen Himmel. Wie eine geometrische Fläche. Wie der gefrorene Grund der Welt. Es war schwer, die beiden Örtlichkeiten - drinnen und draußen - miteinander in Einklang zu bringen. »Sie haben sich eine Höhle gebaut«, sagte Wade. Um auf dem Eisplaneten ein bißchen Trost zu finden.

»Eher ein Iglu«, erwiderte George. »Damals war's heller.«

Trotzdem - etwas, in das man sich hineinkauern konnte, das den Ort bewohnbar machte. Und das nun von dem langen, blauen, metallischen Nurflügelflugzeug der gegenwärtigen Station ersetzt worden war, die jedem x-beliebigen postmodernen Allerweltshotel glich. Wir sind hier!

Und das war's. Die alte Station, die leeren Räume darin, aus denen irgendwelche unwichtigen Dinge verschwunden waren. Weiter gab es dort nichts zu sehen. Offensichtlich gingen Keri, George und die anderen hier nicht davon aus, daß sein Besuch einen besonderen Zweck hatte. Professionelle Ermittler der NSF, des National Transportation Safety

Board und des FBI waren bereits hiergewesen, um die Sache mit dem entführten SPOT-Fahrzeug zu untersuchen. Es gab keinen Grund zu der Annahme, daß ein Senatsberater etwas tun konnte, was sie nicht bereits getan hatten. Das sagten Keris Blicke und in gewissem Maße auch die von George; und Wade wußte nicht so recht, welche Gegenargumente er hätte vorbringen können, wenn es ihm denn wichtig gewesen wäre. Phil Chase hatte ihn geschickt, das war Grund genug; und es verlieh ihm vielleicht mehr Macht, als diese Männer glaubten. Doch er durfte sich nicht damit begnügen, als Phils neugierige Augen zu fungieren, wenn er diese Macht auch ausüben wollte.

Aber was sollte er tun? Dieser verdammte Ort blockierte ihn; es war eine Art Nichtort, ein weißer Fleck auf der Karte. Es gab keinen Grund für seine Existenz, abgesehen von der abstrakten Tatsache, daß hier die Drehachse des Planeten verlief - ein ziemlich seltsamer Grund, wenn man einmal darüber nachdachte. Ein lächerlicher sogar. Er warf einen Blick aus dem Fenster auf den allgegenwärtigen Ausblick. Es war wie ein Gefängnis mit minimalen Sicherheitsvorkehrungen für wohlhabende Weiße-Kragen-Kriminelle, oder wie ein echtes Raumschiff. Doch selbst wenn es auf dem Flug zu einem Paradiesplaneten gewesen wäre, hätte Wade es ablehnen müssen, die Reise mitzumachen, um nicht unterwegs an Langeweile zu sterben. Es hatte nichts Interessantes zu bieten, außer vielleicht, was den menschlichen Faktor betraf.

Aber die Wissenschaftler eilten an ihm vorbei, offensichtlich sehr beschäftigt und Keris Worten zufolge mit Dingen befaßt, die so esoterisch waren, daß man sie normalen Sterblichen nicht erklären konnte. Und die Leute vom technischen Team arbeiteten oder saßen in kleinen Gruppen in der Kantine und unterhielten sich miteinander. Eine geschlossene Gesellschaft.

Wade ging zum Funkraum. Zwei junge Frauen schauten auf Bildschirme; eine hob den Blick und sah ihn an. »Keri hat gesagt, ich könnte eine e-mail-Leitung kriegen« sagte Wade, ließ es aber wie eine Frage klingen.

»Na klar«, sagte die eine und stand auf. Starker Südstaatenakzent, klein, flinke Bewegungen. »Ich bin Andrea. Wie lange bleiben Sie hier?«

»Ich weiß noch nicht genau.«

»Sind Sie auf einer DV-Tour?«

»Sozusagen«, erwiderte Wade. »Ich komme aus Washington.«

»Dann ist es eine DV-Tour.«

Wade nickte, und während sie ihn durch den Korridor zu einem Terminal im privaten Funkraum führte, erzählte er ihr ein bißchen über seinen Besuch.

»Ach, die alte Kuppel, ja. Gute Idee.« Keine gute Idee, hieß das; es gab bessere Ideen. »Hat man Ihnen den Utilidor gezeigt?«

»Nein.«

Sie schüttelte den Kopf und sah ihn neugierig an; sie wollte ihm helfen, dachte er. Entweder bloß, um ihm zu zeigen, wo sie hier lebten, oder noch aus anderen Gründen, er konnte es nicht sagen. Ihre Miene war bemerkenswert ausdruckslos geblieben, als er Keri erwähnt hatte. »Wir müssen Ihnen zumindest den Utilidor zeigen.«

Dann flog die Tür zum Funkraum auf, und die andere Frau sagte: »Viktor ist da, Viktor ist da«, wobei sie den Namen auf eine Weise aussprach, die keinen Zweifel daran ließ, daß er mit *k* geschrieben wurde.

»Wer ist Viktor?« fragte Wade.

»Oh, das ist unser russischer Freund«, sagte Andrea. »Er lebt da draußen und kommt ab und zu mal vorbei. Ein toller Bursche.«

»Er lebt *da draußen*?«

»Ja, kommen Sie«, und Wade folgte ihr, als sie zum Freizeitraum ging. Sie erklärte über die Schulter hinweg: »Er fährt auf Skiern auf der Polkappe herum, zwischen Wostok, Kuppel C, dem Unzugänglichkeitspunkt, uns hier und den Ölstationen. Wo auch immer. Alles, was er braucht, hat er auf seinem Schlitten, und er fährt einfach durch die Gegend oder setzt sein Segel und segelt.«

»Wo beschafft er sich frische Vorräte?« fragte Wade, der an die verschwundenen Dinge dachte.

»Na ja, da gibt es Mittel und Wege. Sie wissen ja, daß Wostok jetzt geschlossen ist, aber die haben alles zurückgelassen; also schaut er hin und wieder dort vorbei und holt sich was.«

»Aha! Ich würde diesen Viktor gern kennenlernen.«

»Ja, kann ich mir vorstellen.« Sie steckte den Kopf in den Freizeitraum und rief: »Viktor ist da!«, und drinnen ertönte ein Jubelschrei. »Kommen Sie, er ist bestimmt drüben bei Spiff.«

Sie führte ihn zur Außentür des ersten Moduls, und Wade folgte ihr nach draußen. Er hatte den Reißverschluß seines Parkas noch nicht ganz zugezogen, und die Kapuze hing ihm noch im Nacken; der Schlag der Kälte gegen seinen Kopf hätte ihn beinahe die Treppe hinuntergestoßen. Andrea lief schon voraus, zur stillen Zone hinüber, und Wade sah, daß sie überhaupt keinen Parka trug, sondern noch dieselben leichten Sachen anhatte wie drinnen. »Ist Ihnen nicht kalt?« rief er, während er ihr nachlief.

»Wieso?«

Sie führte ihn zu einem Pick-up, den sie von seinem Batteriewärmer abkoppelte, und fuhr ihn über die Landepiste zum dunklen Sektor, wo inmitten eines Netzes aus Stangen und Leitungen ein kleines, rechteckiges Gebäude auf Stelzen stand. Sie stiegen eine Treppe hinauf und betraten das Gebäude. Andrea rief: »Ist er schon da?«

»Ich bin hier!« dröhnte eine Stimme aus dem Innern.

»Viktor!«

In dem Raum, dessen Wände überall von großen Maschinen gesäumt waren, stand eine Gruppe von Leuten um einen hochgewachsenen, stämmigen Mann herum, dessen blaue Fotovoltaik-Kleidung die gleiche Farbe hatte wie die Hülle der neuen Station. Obwohl mehrere Gespräche gleichzeitig geführt wurden, hörten die meisten Viktor zu, der gerade seine Neuigkeiten erzählte:

»Ja, ich habe großes neues Projekt laufen! Hallo, Andrea!

Hallo! Und hier ist der Senator, der zu Besuch ist, wie ich sehe! Hallo, Wade! Ja, großes neues Projekt mit Leuten, die Situation in der Sahara verbessern wollen. Ihr wißt, sie haben sehr großes Problem mit Ausbreitung der Sahara, und ich habe einen Plan entwickelt, ihnen zu helfen, und gerade ein Darlehen bekommen, mit dem ich anfangen kann. Sie wissen ja«, sagte er zu Wade, »unter Wostok-Station ist Wostok-See - ein Süßwassersee tief unter dem Eis, mit genausoviel Wasser wie euer Lake Ontario.«

Wade sagte: »Nein, das wußte ich nicht.«

»Ja, ist eine der größten Süßwassermassen der Welt. Und unter vier Kilometer Eis, so daß Wasser dort unten unter sehr gewaltigem Druck steht. Durch die Eiskappe bohren ist heutzutage natürlich kein Problem, und jetzt machen die Werkstoffwissenschaftler bei Chevron biegsame Pipelines, ein Gewebe aus Kevlar und Soja-Kunststoff, sehr stark, sehr leicht, sehr billig! So wir werden zum Wostok-See bohren und das Wasser mit einer Pipeline direkt zur südlichen Grenze der Sahara pumpen!«

»Nein!« riefen mehrere. »Du machst Witze!«

»Unmöglich!« erklärte einer von ihnen mit einem Grinsen, das zum Ausdruck brachte, daß er Viktor nur anstachelte.

»Nein, Spiff! Ist möglich! Absolut möglich! Die Höhe der Eiskappe und ihr Druck auf das Wasser werden reichen, um es bis zum Äquator zu treiben. Nur ein paar Pumpen am Ende, um Durchfluß aufrechtzuerhalten. Das Rohr wird bis auf ein paar hundert Meter unter Meeresspiegel sinken und in Gabun hochkommen. Danach - Süßwasser gratis! Sahara-Verbesserungsgruppe ist sehr aufgeregt.«

»Und wenn der See dann leer ist, läßt das Gewicht des Eises neues Wasser schmelzen«, meinte Spiff und stachelte ihn damit erneut an.

»Nein, nein. Ist leider nicht möglich. Nicht möglich. Aber wird Jahre dauern, Wostok-See über Sahara auszubreiten. Jahre!«

Spiff holte kleine Bechergläser aus einem Schrank mit

wissenschaftlichen Gerätschaften. Viktor zog eine große Glasflasche Wodka aus seinem Rucksack und schenkte allen ein. Jeder prostete ihm zu und kippte den Wodka hinunter, bis auf Wade, der seinen mit kleinen Schlucken trank. Viktor erläuterte Spiff die Einzelheiten seines neuen Projekts, und Spiff reagierte mit Einwürfen, die Viktor zwangen, entweder »ist möglich« oder »ist nicht möglich« zu sagen. Wade hatte die beiden Phrasen schon bei anderen Leuten in der Station aufgeschnappt, und jetzt hörte er, wie jemand einem auf dem Schreibtisch sitzenden Mann gegenüber darauf beharrte: »Ist möglich, ist durchaus möglich.«

Viktor kam zu Wade herüber. »Sie arbeiten also für Senator Chase. Das ist gut, bewundere ich ihn sehr. Die Nomaden werden die Erde erben, sage ich immer.«

Wade nickte. »Manchmal hat es den Anschein, ja.«

»Wie ist es, für ihn zu arbeiten? Kriegen Sie ihn überhaupt zu sehen?«

»Sehr selten«, gab Wade zu. »Vielleicht zweimal im Jahr.«

»Zweimal im Jahr! Sehr gut! Das ist wie Äquinoktium.«

»Eher wie die Solstitien«, sagte Wade, woraufhin Viktor grinste und sehr heftig nickte. Zweifellos kannte er den Unterschied zwischen Sonnenwende und Tagundnachtgleiche besser als sonst jemand auf dem Planeten.

Spiff kam herüber und gesellte sich zu ihnen, und Viktor drückte ihn mit einem Arm an sich. »Mein verrückter Astronomenfreund. Du bist eifersüchtig, weil gibt endlich Projekt auf dem Eis, das noch verrückter ist als deins!«

»Ich glaube, ich gewinne trotzdem«, sagte Spiff lächelnd.

Viktor lachte. »Ja, wahrhaftig.« Er sah Wade an. »Wissen Sie, was Spiff macht?«

»Nein.«

»Er ist größter Astronom von Welt.«

Spiff verdrehte die Augen.

»Ist nicht möglich«, sagte jemand in ihrer Umgebung.

»Genau«, sagte Spiff.

»Von hier aus erforscht Spiff den *nördlichen Himmel*«, erklärte Viktor Wade. »Er gehört zum berühmten AMANDA-

Projekt. Sie benutzen gesamte Masse der Erde, um Neutrinos zu fangen. Die Neutrinos, die von Norden durch Erde fliegen, verfehlen meist alles und kommen ungehindert durch, habe ich recht, Spiff? Schwach interaktive Partikel, wie ich. Aber manchmal treffen sie Atome von Erde und brechen Myonen heraus, und Myonen fliegen von unten in diese Eiskappe und erzeugen besonderes blaues Licht, Tscherenkow-Licht, ja? Sie benutzen den Planeten also als Filter und die Eiskappe als Objektiv, und sie zeichnen die blauen Lichter mit Ketten von Fotovervielfachern auf, Röhren, die ein, zwei Kilometer in Tiefe reichen. Diese Röhren sind wie umgekehrte Glühbirnen - nehmen Licht auf, geben Strom ab -, aber was für Glühbirnen! Verstärken eingehende Signale hundert Millionen mal, hast du das nicht gesagt, Spiff? Und daran erkennt man, wie viele Neutrinos es sind, und sogar, aus welcher Himmelsgegend sie kommen.«

»Sie machen Witze«, sagte Wade. »Unmöglich.«

»Nein, nein! Ist möglich, ist absolut möglich!«

Spiff lachte Wade an. »Andrea«, rief er über die Köpfe im Raum hinweg, »geht die Tanzerei nicht bald los?«

»Ja!«

»Du kennst mich«, sagte Viktor zu Spiff, »ich komme immer rechtzeitig, zum Duschen.«

»O ja, natürlich. Hier, hier ist mein Schlüssel. Wir sehen uns dann beim Tanz.«

Viktor nahm den Schlüssel und ging hinaus. Die Party in Spiffs Arbeitsraum ging ohne ihn weiter; die Leute bereiteten sich auf den Tanzabend vor, erklärte Spiff.

»Den Tanzabend?« fragte Wade.

»Haben Sie nichts davon gehört?« Er schüttelte den Kopf. »Keri hat wahrscheinlich nicht dran gedacht, es Ihnen zu sagen. Wir haben den zwölften Oktober, wissen Sie.«

»Ein Ball zum Kolumbus-Tag?«

»Nein, nein, das ist der Tag, an dem das Camp am Lake Bonney eingerichtet worden ist.« Er prustete los, als er Wades Gesichtsausdruck sah. »War bloß Spaß. Die Polecats, die hiesige Band, wollen die NSF überreden, sie von

ASL nach Icestock schicken zu lassen, und deshalb veranstalten sie eine Zeitlang jeden Samstag einen Tanzabend. Heute ist ein besonderer, weil Viktor hier ist.«

Er erkundigte sich, was Wade am Pol machte, und Wade versuchte, es ihm zu erklären. Spiff nickte und ging mit ihm zu seinem Schreibtisch, um sich Wodka nachzuschenken. »Die haben Sie in die alte Polstation gebracht, oder?«

»Richtig. Sehr interessanter Ort.«

»Mhm. Haben sie Ihnen auch den Utilidor gezeigt?«

»Nein, was ist das?«

Spiff nickte. »Haben sie Ihnen erklärt, wie der Rodwell funktioniert?«

»Nein.«

»Lake Patterson?«

»Nein.«

»Die begrabene Herc?«

»Begrabene Herc?«

»Die haben Ihnen also sonst gar nichts gezeigt, wie?«

»Nein.«

»Ist nicht möglich.« Spiff schüttelte den Kopf und überlegte. »Die haben Angst vor Fingies wie Ihnen. Sie sind paranoid, nach all diesen Jahren.«

»Fingies?«

»Fucking new guys. Neuankömmlinge. Ich sag Ihnen was. Sprechen Sie nach dem Tanzabend mit Andrea, dann werden wir sehen, was wir tun können. In Wahrheit werden die Leute hier unten ziemlich bald Hilfe brauchen. Von jemandem, der nicht zu NSF oder ASL gehört und sich vielleicht auf ihre Seite stellt. Sprechen Sie mit Andrea.«

»Okay. Mache ich.«

»Wir gehen gleich rüber, ich will hier nur noch eben alles ausschalten.«

Während er an einem kastenförmigen, unidentifizierbaren Gerät arbeitete, das den halben Raum ausfüllte, sah Wade sich ein kleines Flußdiagramm an, das an der Wand klebte.

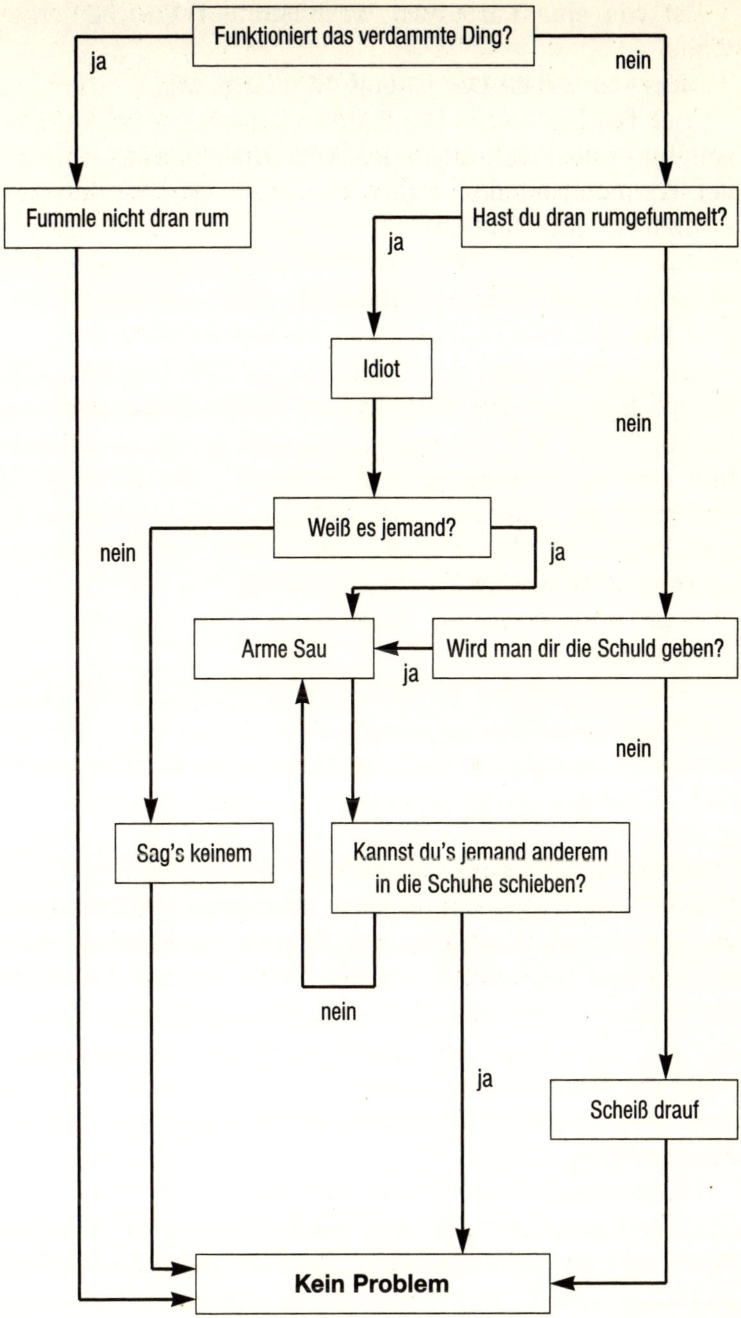
Funktioniert das verdammte Ding?
ja
nein
Fummle nicht dran rum
Hast du dran rumgefummelt?
ja
Idiot
nein
Weiß es jemand?
nein
ja
Arme Sau
Wird man dir die Schuld geben?
ja
nein
Sag's keinem
Kannst du's jemand anderem in die Schuhe schieben?
nein
ja
Scheiß drauf
Kein Problem

»Ist wie eine Karte von Washington, D.C.«, bemerkte Wade.

»Was – ach, das? Das ist eine *Welt*karte, Mann. Kommen Sie, ich bin hier fertig. Die Band soll eigentlich jetzt anfangen, und selbst wenn man den Antarktisfaktor mit einrechnet, könnten sie bald loslegen.«

»Den Antarktisfaktor?«

»Murphys Gesetz hoch zehn. Alles fällt auseinander. Die Mitte hält nicht mehr. Und die Drehachse auch nicht. Kommen Sie.«

Sie gingen hinaus und stiegen im grellen Tageslicht die Treppe hinunter. Der Pick-up war jedoch nicht mehr da, und Spiff führte Wade über zerstampften Schnee zur Station zurück. Sie schien ganz nah zu sein, aber zehn Minuten später war sie immer noch genauso weit entfernt wie zu dem Zeitpunkt, als sie losgegangen waren, und sie gingen schnell. »Wie weit ist es?« keuchte Wade.

»Zwei Kilometer. Tut Ihnen gut.« Spiff beschleunigte seine Schritte.

»Wie kommen Sie zu dem Namen Spiff?« In der Hoffnung, daß er langsamer werden würde.

»Also, ursprünglich hieß es Spliff, aber ich bin so oft über Neuseeland geflogen, daß ich ihn ändern mußte.« Er grinste Wade über die Schulter hinweg an.

»Wegen der Hunde, meinen Sie?«

»Ja. Der Wahnsinn. Im Grunde sind sie eine Alkoholikernation; deshalb ziehen sie die Nummer mit den Hunden ab, um sich einzureden, daß mit ihnen eigentlich alles in Ordnung ist. Aber es kann verdammt lästig sein. Einmal bin ich nach einer Abschiedsparty direkt rübergeflogen, ohne mich vorher umzuziehen, und die Hunde in Auckland haben sofort einen Wahnsinnsradau gemacht, wie die Rauchmelder.«

»Unheimlich.«

»O ja. Danach hat's Stunden gedauert, bis ich durch den Zoll kam, und ich hab meinen Flug nach Christchurch und so weiter verpaßt. Außerdem hab ich mir eh ins Hemd gemacht, weil ich drei große Spliffs in versiegelten Röhrchen in meinem Shampoo hatte und nicht genau wußte, ob die verdammten Köter die nicht auch riechen würden. Die sind *sehr* gut. Hätte mir die Doktorarbeit ruiniert. Danach hab ich's aufgegeben. Zu stressig. Jetzt kipp ich mir einfach zwei Gläser Scotch hinter die Binde und versuche mir einzubilden, es wäre 'ne anständige Dröhnung. Kommt aber immer so viel Rauschen zusammen mit dem Signal rein. Schreckliche Droge, Alkohol. Deshalb bin ich jetzt Spiff.«

»Verstehe. Haben Sie sich dieses AMANDA-Experiment ausgedacht?«

»O nein, nein. Das ist eine alte Idee. Ganz hübsch, aber ich würde lieber den kosmischen Hintergrundkram machen. Verwirbelungen bei den Phasenwechseln in der ersten Sekunde des Universums. Das sind wir, Mann. Fehler im Gewebe. Strudel im Whirlpool. Windhosen in den Mustern.«

»Hey, sind wir nicht da?«

Spiff ging an der großen blauen Station vorbei.

»Nein, der Tanzabend findet im alten Sommercamp statt. Sie haben versucht, ihn im leeren Modul zu veranstalten, wissen Sie, und das ist ein guter Raum, aber wegen der Fenster konnte man sich da nie so recht wegbeamen, wenn Sie verstehen, was ich meine. Hier draußen macht's viel mehr Spaß.« Er führte Wade durch mehrere Reihen niedriger Hügel, die Spitzen begrabener Jamesways, und dann über einen von Bulldozern angelegten Hang in ein Areal hinunter, das wie eine in die Schneefläche eingelassene Plaza aussah. Dort standen noch immer ein Dutzend Jamesways und einige Blockhäuser auf dem Eis. »Das ist das alte Sommercamp, wo sie die überzähligen Sommergäste untergebracht haben, bevor die neue Station gebaut worden ist.«

»Sie wollten es abreißen, sind aber nicht dazu gekommen.«

»Richtig. Außerdem gibt's hier immer Verwendung für geschützte Räumlichkeiten. Hier wird nichts jemals abgerissen, das werden Sie schon noch sehen. Wir sind wie Einsiedlerkrebse, die von einem Gehäuse zum nächsten ziehen.«

Über den Türen der Jamesways, an denen sie vorbeikamen, standen Namen: Larry, Curly, Moe, Shemp. *»Just say Moe!«* intonierte Spiff den alten Spruch der Three Stooges und steuerte auf ein etwas größeres Jamesway zu. »Klingt, als hätten sie schon angefangen. Yow!«

Er blieb vor der Tür eines längeren Jamesways stehen, zog einen Flachmann aus seinem Parka, schraubte den Deckel ab und gab Wade die Flasche. Wade trank einen Schluck kalten, feurigen Whisky und gab sie dann Spiff zurück, der das gleiche tat. Dann öffnete Spiff die Tür - ein simpler Metallgriff an einer ordinären Holztür, bemerkte Wade - und ging ins laute Dunkel hinein.

Wade folgte ihm durch eine zweite Tür ins Innere. Dort war es dunkel und heiß. Das ganze Jamesway war ein einziger, langer Raum - ein halber Zylinder, wie eine Nissenhütte. Am anderen Ende spielte eine Band lautstarken Rock. Rote Bühnenscheinwerfer und ein paar Ketten uralter Weihnachtsbaumkerzen waren die einzige Beleuchtung. Auf einem hinter der Band aufgespannten Stoffstreifen stand ›The Polecats‹.

Wade zog seinen Parka aus, hängte ihn an einen Ständer, der bereits von Parkas überquoll, und sah sich dabei die Band an. Der Leadgitarrist war gut, das merkte man sofort; der Rest der Band war wie jede andere Garagenband, oder noch schlimmer. Einer der Astronomen, die Wade im dunklen Sektor gesehen hatte, wurde gedrängt, auf die Bühne zu kommen und Saxophon zu spielen. Er hatte Notenblätter dabei, die der Bassist an einen Mikrophonständer klemmte. Als sie zu spielen begannen, hielt der Bassist inne, um das Mikro tief in den Schalltrichter des Saxophons zu halten, woraufhin Wade im Klangstrom von ›Louie Louie‹ gerade eben ein bißchen ersticktes Getröte hören konnte. Wade selbst hätte es besser gekonnt; jeder im Raum hätte es besser gekonnt. Die Augen des Astronomen quollen aus den Höhlen, als er seine Noten zu lesen versuchte.

Aber der Bassist, der das Mikro inzwischen wieder auf den Ständer gesteckt hatte, war solide; der Drummer war solide; der Rhythmusgitarrist war nicht zu hören; und der Leadgitarrist war spitze. Er war ein Mann mit schütterem Haar und einer Nickelbrille, die als Fenster für seine konzentrierte, selbstvergessene Miene diente. Wade watete in das dichte Gedränge der Tanzenden, um die Hände des Mannes besser sehen zu können, sprang dann zusammen mit allen anderen herum und stellte fest, daß das Gedränge ganz vorn ein bißchen nachließ, so daß man dort richtig tanzen konnte. Dort führten die Frauen der Station einen wahrlich höchst komplizierten Tanz auf, der gewisse Ähnlichkeit mit dem von High-School-Absolventinnen oder von Bienen hatte; das aus ihrer zahlenmäßigen Unterlegenheit resultierende soziale Wirrwarr machte die Sache reichlich problematisch, so daß sie häufig miteinander oder auch mit etlichen Männern um sie herum zugleich tanzten, aber nur selten mit einem einzelnen Mann, außer mit Viktor. Jeder kannte jeden, merkte Wade, und er sah reihenweise ruppige oder anmaßende pantomimische Aufforderungen zum Tanz, als die schüchternen, unbeholfenen Männer versuchten, eine ihrer Freundinnen aus dem Alltag für einen Tanz oder auch nur den Teil eines Tanzes in etwas anderes zu verwandeln. Viele der Frauen lösten das Problem, indem sie mit drei oder vier Männern zugleich tanzten. Wahrscheinlich war es den überall auf der Tanzfläche stattfindenden linkischen Interaktionen nicht gerade förderlich, als Spiff und Andrea eine ziemlich kesse Dirty-Dancing-Nummer aufs Parkett legten; sie waren beide ziemlich gut darin und hatten eine Menge Spaß. Spiff machte übertriebene Beckenschwünge und Posen, Andrea stellte sich breitbeinig über seinen vorgestreckten Schenkel und wackelte darüber herum, alles ohne die geringste Berührung und ohne jeden Blickkontakt, immer im Rhythmus der Musik, in ihrer eigenen, privaten Welt, aber natürlich auch sehr öffentlich; als die Band ›Summertime Blues‹ spielte, wirkte es ein bißchen merkwürdig, aber bei ›Wild Thing‹ paßte es hundertprozentig.

Wade groovte sich am Rand der Menge in den Rhythmus ein und erfreute sich an der Arbeit des Leadgitarristen, der immer besser wurde, während die Band sich allmählich warmspielte, und ein phantastisches, durchdringendes, heulendes und sich emporschwingendes Solo nach dem anderen hinlegte. Die Menge verschmolz zu einem großen Gruppenwesen, als sie mit ihm mitging und die ganzen Texte für den glücklosen Sänger und Rhythmusgitarristen sang, dessen Gitarre bei keinem Song zu hören war, ganz gleich, wie heftig er darauf herumschrammelte; sie hätte ebensogut gar nicht angeschlossen sein können, und wahrscheinlich war sie's auch nicht. Die Band bestand also aus Leadgitarre, Baß und Drums, und der Bassist und der Drummer wurden zunehmend der Aufgabe gerecht, ihrem Anführer den Boden für seine Entdeckungsreisen zu bereiten.

Einmal kam Spiff herüber und rief Wade ins Ohr: »...hat mal in fünf Bands gleichzeitig gespielt! Club Bands... nie Aufnahmen gemacht... an jedem Abend der Woche... New Hampshire, Vermont...« Er zeigte auf den Gitarristen und schüttelte ehrfürchtig den Kopf. »Nicht möglich!«

Wade nickte zum Zeichen, daß er es gehört hatte. Er trank noch ein paar Schlucke aus Spiffs Flachmann. Sie tanzten und tanzten. Jemand schaltete das Schwarzlicht und sogar ein Stroboskop ein, das offenbar kaputt war und dauernd die Frequenz änderte. Immer wenn die Masse der tanzenden Leiber den Raum überhitzte, machte jemand hinten die Tür auf, und innerhalb von zwanzig Sekunden kühlte der Raum so stark aus, daß die gesamte verschwitzte Feuchtigkeit in der Luft zu Boden fiel und dort liegenblieb, ein weißer Staub, der niemals schmolz. Unten am Boden blieb die Temperatur immer unter dem Nullpunkt, erkannte Wade, als er das Gewirbel unter ihren Füßen betrachtete. »*Tolle* Klimaanlage«, rief er Spiff zu.

Die Zeit verstrich mit ihrem eigenen unregelmäßigen Stroboskopeffekt; die Mixtur schneller, wechselhafter Eindrücke wurde immer wieder von ein paar langen Phasen zeitlosen Tanzens unterbrochen. Die Band spulte ihr ganzes Repertoire ab und drohte dann, von der Bühne zu gehen, aber die Menge wollte sie nicht weglassen; Andrea und Lydia sowie zwei oder drei andere Frauen knieten zu Füßen des Gitarristen nieder, als würden sie ihn anflehen weiterzuspielen, obwohl kaum ein Zweifel daran bestand, daß sie ihn womöglich in Stücke reißen würden, wenn er sich weigerte. Er lächelte kurz - das einzige Mal an diesem Abend, daß er eine Miene verzog, soweit Wade sah -, schaute sich zur Band um und fing wieder an. Inzwischen hatte der Bassist die Finger seiner rechten Hand mit Klebeband verpflastert, und er spielte mit glücklicher Miene weiter.

Dann begannen sie mit ›Little Wing‹, das Wade im ersten Set nicht gehört hatte, und nach einer erstickten Strophe des Sängers hämmerte der Gitarrist die machtvolle Abfolge von Mollakkorden heraus, die Hendrix damals gespielt hatte, und löste sich langsam, aber sicher von der restlichen Band und, dem Ausdruck seiner Augen nach zu schließen, auch vom restlichen Universum - entfernte sich von dem Song und aus dem Gebäude, reiste hinaus in seinen eigenen, privaten Raum und zog das gesamte Jamesway mit, hinaus zu jenem fernen Ort der Schmerzen und der Leiden, der die Welt war, all die Nächte, in denen er ungehört in diesen Bars gespielt hatte, während er nun auf dem Eis spielte, und sein Blues und der Südpolblues wurden identisch, der Blues eines Menschen, der zum x-ten Mal aufs Eis zurückgekehrt war, nachdem er geschworen hatte, daß er nie wieder zurückkehren würde, ein weiteres Mal verlockt, verführt und entführt von diesem Eis, weg von den Bars und den Bands, den Frauen und Freunden, und der dann hier unten in der kalten Langeweile des Eises hängengeblieben war. Zuerst verliebt man sich in die Antarktis, und dann ruiniert sie einem das Leben, bricht es

Jahr um Jahr entzwei, jedes Jahr dasselbe, man ging nach Norden und wußte nicht, wo man war oder wo man daheim war oder was man als nächstes tun sollte, schwor, daß man niemals zurückkommen würde, und kam dann trotzdem zurück, immer und immer wieder, um den ganzen Tag in der eisigen, subbiologischen Kälte zu arbeiten, quasselte wie ein Wasserfall, bis die Leute ernsthaft sagten *Nein*, Robbie, nein, sei *still*, sag kein *Wort*, wenigstens mal *zehn Minuten* lang, okay aber ich sag ja nur ein Millionstel von dem, was ich denke, und dann verstummte man, werkelte schweigend vor sich hin, arbeitete ganz allein - bis man auf einmal die Chance bekam, Gitarre zu spielen und all diesen Gedanken Ausdruck zu verleihen, wenn auch nur in Gestalt von Musik, so war es ohnehin besser, denn dies war die Sprache, die mehr ausdrückte als jede andere, auch wenn niemand sie ganz verstehen konnte. Der von Ehrfurcht ergriffene Wade, der bis jetzt nicht gemerkt hatte, wie sehr ihm die Musik fehlte, hörte auf zu tanzen, um einfach nur zuzuhören und zuzusehen, wie diese beiden Hände über die Saiten flogen und solche wunderschönen, unübersetzbaren Sätze sprachen. Viele andere Tanzende hatten bereits das gleiche getan, sie standen stocksteif da, als hörten sie die Nationalhymne oder eine andere gewaltige Hymne; sie waren alle in der gleichen Lage wie dieser Bursche, sie wußten alle, was er fühlte, sie fühlten es selbst, und dieses ›Little Wing‹ war tief empfunden, besser als das von Jimi, Eric, Duane oder Stevie Ray - größer, dunkler, gehaltvoller. Wade stellte fest, daß er neben Spiff stand, und versuchte dem Astronomen zu vermitteln, was sich ihm wieder mit solcher Macht aufgedrängt hatte, den Eindruck nämlich, daß Musik die tiefgründigste und zugleich unverständlichste Sprache war, und der schwankende Spiff nickte und brüllte Wade ins Ohr: »Das bedeutet, das ganze Wissenschaftsprojekt läuft *falschrum*, je mehr man etwas *versteht*, desto weniger *bewegt* es einen, mein Ziel ist es, das umzukehren, Anti-Wissenschaft zu betreiben, *weniger* zu *wissen*, *weniger* zu *verstehen* und folglich alles *mehr zu fühlen*, ich will *weniger* Kenntnisse haben. Kommen Sie hinterher mit uns, dann zeig ich Ihnen, was ich meine.« Wade nickte und ließ sich wieder auf die unendlichen Reisen des Gitarristen mitnehmen. Weit weg von der Erde, weit weg vom Eisplaneten, hinaus in die fernen Regionen ihrer gemeinsamen, unentrinnbaren Misere...

Am Ende dieses großartigen Solos neigte der Gitarrist den Kopf, zermahlte die letzten brutalen Akkorde und stellte die Gitarre an den Verstärker, so daß ein kreischendes Feedback ertönte. Wade hatte das Gefühl, daß er nicht nur für diesen einen Abend fertig war, sondern seine Gitarre zu Recht ein für allemal an den Nagel hängen konnte. Er würde nie wieder besser spielen; das konnte niemand.

Doch dann waren die Frauen wieder bei ihm, wie Sirenen oder Sukkubi, zerrten lachend an seinen Armen und wickelten sich um seine Knie, flehten ihn an, noch einen Song zu spielen, forderten es geradezu von ihm; und nach einem tiefen Seufzer und einem kurzen Kopfschütteln über ihre Gier und ihr mangelndes Verständnis tat er es auch. Er spielte ›Gloria‹, sang den Text diesmal selbst und führte die heisere Menge durch einen kollektiven Massengesang, der viele, viele, viele Refrains lang war, hatte eindeutig vor, sie alle bis in die Empfindungslosigkeit zu prügeln, so daß sie die Band noch vor ihrem Tod von der Bühne lassen würden. Im Verlauf dieses endlosen ›Gloria‹ wurde Wade von Andrea in die Mitte des Frauennetzes gezogen und für ein paar Dutzend Refrains von einer Quasi-Partnerin zur anderen weitergereicht, und er saugte so viel wie möglich von diesen Frauen in sich auf, die so offenkundig hart und stark waren und die schmierige Carhartts trugen, verschwitzte, wildäugige Frauen, häufig kräftig und groß, so daß sie ihn an Val erinnerten, geschmeidig in ihren Leggins, Amerikanerinnen aus der Arbeiterklasse, deren Tanzbewegungen man die vielen in Bars verbrachten Stunden ebenso ansah wie ihrem gefährlichem Haifischlächeln, ihren verstohlenen, glitzernden Seitenblicken und ihrem intimen Mienenspiel, Dinge, die Wade verrieten, daß sie wilde Weiber waren, die wilde Sachen gemacht hatten, und zwar so wilde, daß der Südpol ein schreckliches Gefängnis für sie war. Wade betrachtete sie und konnte nicht aufhören, an Val zu denken, und er wünschte sich mehr als alles andere, daß sie hier wäre; er hätte mit ihr getanzt, nicht so vage wie mit diesen Sirenen, die immer wieder G-L-O-R-I-A buchstabierten, sondern direkt und auf eine viel weniger kesse Weise so, wie Spiff und Andrea zuvor getanzt hatten. Wenn sie nur hier wäre!

Als ›Gloria‹ zu Ende war, lief der Leadgitarrist auf der Bühne herum und zog sämtliche Stecker aus den Verstärkern. Die Musik verstummte abrupt. Der grinsende Bassist hob seine blutende rechte Hand; das Klebeband war längst ab. Jemand schaltete das Stroboskop und das Schwarzlicht aus, so daß sie nur noch in einer schummrigen Weihnachtsbaumbeleuchtung standen.

Wade sah zu seiner Überraschung, daß Spiff und Andrea noch da waren; in Anbetracht ihres hitzigen Tanzes hatte er angenommen, sie würden sich sofort in eins ihrer Zimmer verziehen, aber sie waren hier und kamen zu ihm herüber, und Andrea faßte ihn am Arm. »Kommen Sie«, sagte sie mitten im lärmenden Beifall, »holen Sie Ihre Jacke.« Wade schlüpfte in seinen Parka und folgte ihnen nach draußen.

Gleißendes Sonnenlicht explodierte in seinem Kopf. Die Kälte traf ihn wie eine riesige, gefrorene Rinderhälfte und hätte ihn beinahe zu Boden geworfen. Er war naß unter seinem Parka, und der Frost tat ihm bis in die Knochen weh. Es war eine Erlösung, als die anderen losrannten und er ebenfalls rennen konnte, geblendet von einem Schwall von Tränen, den die Kälte ihm in die Augen trieb. Beim Laufen geriet gefrierender Schweiß in Kontakt mit verschiedenen Körperteilen.

Er folgte Spiff, Andrea und einigen anderen die Rampe zum Bogengang der alten Station hinunter. Im Tunnel war es stockfinster, und als sein Sehvermögen zurückkehrte, lag die Stange des geographischen Pols bereits hinter ihm, und er wurde ins Zentrum des überkuppelten Bereichs geführt. Neben dem Kasten, in dem sich die alte Kantine befand, sah er ein rundes Geländer und eine runde Falltür, die dem Deckel eines riesigen Abstiegsschachts in die Kanalisation ähnelte. »Das ist der alte Utilidor«, sagte Spiff zu Wade. »Kommen Sie mit.«

Wade kletterte eine Leiter aus Metall hinunter, die so kalt war, daß er seine Hände gewaltsam von den Sprossen losreißen mußte. Wie er am Fuß der Leiter im Lichtstrahl einer Taschenlampe sah, war alles dermaßen mit Eisblumen überzogen, daß man unmöglich erkennen konnte, was darunter lag. Er kam sich wie ein Hobby-Höhlenforscher in einer weißen Grotte vor. Spiff wischte eine Handvoll Kristalle weg und schob sie sich nach einem Schluck aus seinem Flachmann in den Mund. »Scotch auf Schnee«, nuschelte er. »Echt gut. Das ist der Utilidor.«

»Und was ist das nun?« fragte Wade und sah zu, wie ihr Atem gefror und zu Boden fiel.

»Der Gang, den man früher für Arbeiten an den Eingeweiden der alten Station benutzt hat. Kalt hier unten.«

»Kann man wohl sagen.«

»Vierundfünfzig Grad minus. Immer.«

»Vierundfünfzig Grad?«

»Ganz recht. Sie können sich vorstellen, wie das war, wenn hier unten an irgendwelchen kaputten Rohren oder Leitungen oder so gearbeitet wurde. Und das zu einer Zeit, als es noch keine beheizten Handschuhe gab.« Sie zogen die Köpfe unter Eischrysanthemen ein und gingen jetzt ziemlich schnell dahin, und als Wade langsamer wurde, zwickte Andrea ihn in den Hintern. »Hier fängt der Tunnel an, der zum Rest des unterirdischen Komplexes führt.«

»Des Komplexes?«

»Genau. Haben die Ihnen was von der alten alten Station erzählt?«

»Nein.«

»Nicht möglich! Diese Typen. Die alte Station hier über

uns ist nicht die älteste Station. Die alte alte Station ist diejenige, die sie 1956 gebaut haben, im Internationalen Geophysikalischen Jahr. Sie liegt jetzt in ungefähr dreißig Metern Tiefe. Die Gebäude werden alle zerquetscht, aber es gibt da unten immer noch eine ganze Menge Raum und alles mögliche Zeug.«

Sie gingen gebückt durch ein Loch am Ende des Utilidors und betraten einen Tunnel mit einer von Kristallen bedeckten Sperrholzverkleidung, die sich an den Seiten, an der Decke und am Boden nach innen beulte und an manchen Stellen sogar geborsten war. »Keine Angst«, beruhigte ihn Spiff. »Geht alles in Zeitlupe vor sich. Heutzutage geben wir uns mit Sperrholz erst gar nicht mehr ab, weil wir die Gänge mit den neuen Laserschmelzern so leicht nachschmelzen können.«

»Also habt ihr diesen Tunnel angelegt?«

»Eine Anzahl verschiedener Leute haben jeweils einen Teil davon angelegt. Hier, sehen Sie.« Er zeigte auf eine Seitentür. Der Raum dahinter sah wie eine kleine Kammer aus, mit einer Matratze auf dem Boden und ein paar Kisten daneben. »Die ist wirklich alt. Während einer Überwinterung gab es mal einen Burschen, der nur zum Essen aufgetaucht ist, und niemand wußte, wo er die übrige Zeit steckte. Dann kam etliche Jahre später das Seismographenteam durch und hat den Raum hier gefunden. Er muß eine Lampe und vielleicht ein Heizgerät hergebracht haben. Aber als sie den Raum entdeckt haben, war da nur eine einzelne Seite aus einem *Playboy* und dieses Zeug hier.«

»Wow«, sagte Wade und spähte in dieses Denkmal für geistige Umnachtung hinein.

»Sie erhalten den Raum hier an der Strecke, um die Leute daran zu erinnern, daß sie mehr Widerstand leisten müssen. Sehen Sie, NSF und ASL sind der Ansicht, diese Station gehöre ihnen – sie denken, sie sei für Beaker wie mich da, aber die Leute, die hier arbeiten, wissen es besser. Die wissen eine Menge über diesen Ort, was die NSF nicht weiß.«

Sie gingen tiefer in den eiskalten Tunnel hinein, vorbei an einem Seitentunnel, der, wie Spiff erklärte, zu einer abgestürzten Herc führte, die am Ende des Landestreifens begraben war; dann durch eine Abzweigung, die in die stille Zone führte, wo Spiff ausrief: »Hey, Ed, komm mit, wir gehen rutschen!«

Keine Antwort. Sie gingen weiter und klopften an die Tür. Sie öffnete sich, und ein Kopf mit Pferdeschwanz wurde herausgestreckt. »Sechs Personen, drei mit Bunny Boots, drei mit Tennisschuhen.«

»Wieder richtig. Das hier ist Wade. Ed kann die Anzahl und das Schuhwerk seiner Besucher an den Anzeigen seiner Seismographen erkennen.«

»Genauso wie chinesische Atombombentests, von Ölsuchern durchgeführte Sprengungen irgendwo in der südlichen Hemisphäre, Raketenstarts auf Cape Canaveral, jeden Streit meiner Ex mit ihren neuen Opfern und runtergefallene Bowlingkugeln in Iowa.«

»Empfindliche Geräte«, erwiderte Wade.

»Und ob.«

Ed kritzelte eine Erklärung für den jähen Ausbruch von Krakeln auf den Papierrollen hin, die langsam aus seinen Apparaten quollen, und schloß sich ihnen an auf ihren Marsch durch den Tunnel, einen weiteren halbstündigen Marsch durch eisige Kälte. Dann kletterten sie über eine Leiter, die in eine Spalte eingelassen war, in eine andere Station hinunter. Wade sah sich erstaunt um.

Diese Station war vollständig vereist. Die Wände waren eingebeult, und die Decke war an manchen Stellen nur hüfthoch. Im hellen Taschenlampenlicht wirkte das Ganze wie ein Museum zerbrochener und von Eiskristallen überzogener Artefakte aus den fünfziger Jahren des letzten Jahrhunderts. Schlaufen dicker Kabelstränge hingen wie Juwelenketten oder die Takelage eines vor langer Zeit gesunkenen Schiffswracks herab. »Keine Sorge, hier unten kann nichts mehr passieren.«

»Das sagen Sie.«

»Ich meine, hier gibt's keinen Strom mehr. Gehen wir in die Kantine. Schauen Sie mal da rein.«

Wade stellte fest, daß niemand mehr hinter ihnen war. »Wo sind die anderen?«

»Oh, die machen die Rutsche fertig. Sehen Sie sich das an.«

Wade folgte dem Astronomen in die nächste weiße Höhle mit eingedrückten Wänden. Hier standen noch Porzellanteller und Styroporbecher auf den Tischen, und an den Wänden hingen Borde mit Gewürzen und Kantinenutensilien - genau wie in der alten Station, die er bereits besichtigt hatte, aber noch stärker vereist. Ein Paar schmutzige Bunny Boots auf einem Tisch. Eine große Kaffeekanne. Heinz-Ketchup. In der Ecke lagen etliche Rib-eye-Steaks mit starkem Gefrierbrand auf dem Boden, darauf etwas, das wie ein Haufen menschlicher Exkremente aussah.

»Das hier war die erste auf Dauer angelegte Siedlung«, sagte Spiff. »Sie haben hier zwanzig Jahre gelebt. Die Siedlung bestand hauptsächlich aus in den Schnee eingegrabenen Jamesways, ein paar größeren Sperrholzkästen und den Bogengängen dazwischen.«

»Unglaublich.«

»Ja. Aber das ist noch nicht alles. Noch vor ein paar Jahren hat es hier unten eine Menge Zeug gegeben, das jetzt nicht mehr da ist. Vor allem einen großen Generator. Als die gegenwärtige Station gebaut wurde, haben sie sogar erwogen, ihn rauszuholen und wieder einzusetzen, weil er völlig in Ordnung war. Er entsprach aber nicht mehr den Sicherheitsvorschriften und so. Am Ende haben sie ihn einfach hiergelassen. Aber vor zwei Jahren sind wir hier runtergekommen, und da war er weg.«

»Von hier unten verschwunden?«

»Genau. Und nun wollen Sie wissen, wie er hier rausgekommen ist?«

»Ganz recht.«

»Wollten wir auch. Wir sind in jeden Winkel der Station

gegangen, der nicht zerquetscht worden war, um es rauszufinden. Am anderen Ende der Station, ungefähr dort, wo der Generator gestanden hatte, haben wir eine wiederaufgebaute Schneemauer gefunden. Wir haben sie durchbrochen, und da war ein Tunnel wie unserer, der in die andere Richtung führte. Reifenspuren auf dem Boden. Und dieser Tunnel war *zehn Kilometer* lang.«

»Nicht möglich.«

»Ganz meiner Meinung, aber er war da! Und wo er an die Oberfläche trat, war eine kleine, schneebedeckte Falltür. Und draußen die Polkappe. Sonst nichts. Von der Station aus gesehen, befanden wir uns hinter dem Horizont. Wir hatten die ganze Strecke unter dem Schnee zurückgelegt. Und nichts ließ erkennen, wo sie hingefahren waren.«

»Nichts?«

»Es gab überhaupt keine Fahrzeugspuren!«

»Wie ist das möglich?«

»Keine Ahnung. Ich dachte, vielleicht hätte ein Hubschrauber Leute abgesetzt, aber auf der Polkappe gibt's keine Hubschrauber. Ed dachte, sie wären möglicherweise mit einem Luftkissenfahrzeug gekommen, aber meiner Ansicht nach waren die Sastrugis dafür nicht kaputt genug.«

»Gibt es auf der Polkappe denn Luftkissenfahrzeuge?«

»Ja, einen alten Hake im Ölcamp am Roberts-Massiv.«

»Sie glauben also, *die* haben sich den Generator geholt?«

Spiff schüttelte den Kopf. »Das ergibt keinen Sinn. Die hätten die gleichen Probleme mit der alten Gurke wie wir hier.«

»Wer dann?«

Spiff zuckte die Achseln. »Wer weiß? Aber wir wollten, daß Sie alle Geheimnisse kennen, bevor Sie wieder abreisen. Ich fürchte, daß man den Leuten, die hier arbeiten, den Einheimischen, die Sie gerade bei der Tanzveranstaltung gesehen haben, die Schuld an all dem in die Schuhe schieben wird. Die brauchen jemand außerhalb von ASL, der ihnen hilft. Deshalb wollte ich, daß Sie Bescheid wissen.«

»Das weiß ich zu schätzen«, sagte Wade aufrichtig. Ein krampfhaftes Zittern durchlief ihn von Kopf bis Fuß. »Mir ist kalt.«

»Ich weiß. Rutschen wir in den Kaninchenbau runter, das wird Sie aufwärmen.«

»Hier gibt's eine Rutsche?«

»Ja. Schon mal auf einer Wasserrutsche gesessen?«

»Ja«, sagte Wade und dachte an einen Vergnügungspark in Virginia und an ein Hotel in Vancouver. »Aber...«

»Ich weiß. Kommen Sie, ich zeig's Ihnen.«

Dieser Weg war kürzer als die anderen. Hinauf und hinaus aus der unheimlichen, zerquetschten Geisterstadt, dann durch einen Schneetunnel in eine Kammer mit Schneewänden, größer als alles, was in der begrabenen Station noch übrig war. In einem Ding, das wie ein riesiger Speiseaufzug aussah, lagen viele Parkas und Kleidungsstücke auf einem Haufen. Daneben befand sich eine runde Öffnung, die auch nicht annähernd so groß war wie die Tunnels, die sie durchquert hatten.

»Habt ihr das auch gemacht?« fragte Wade.

»Ein paar von uns. Mit den neuen Heizelementen kann man ganz prima Löcher ins Eis schneiden. Hat man Ihnen was vom Rodwell erzählt?«

»Nein.«

»Natürlich nicht. Haben Sie sich schon mal gefragt, woher die Station ihr Wasser bezieht? Also, das kommt alles aus einem unterirdischen See, einer Kammer unten im Eis, die erhitzt wird, bis sie mit flüssigem Wasser gefüllt ist. Sie verbrauchen das Wasser und gehen dann einfach immer tiefer runter. Mit der Abwasserentsorgung läuft es genauso; das ist ein weiterer unterirdischer See, der gute alte Lake Patterson. Wenn er voll ist, verfrachten sie die Heizelemente an eine andere Stelle, und das alte Zeug gefriert und wandert mit zehn Metern pro Jahr nordwärts in die Eiskappe raus.«

»Lake Patterson?«

Spiff zog den Kopf aus dem Loch. »Nach Patterson benannt. Okay, es ist soweit. Ziehen Sie Ihre Sachen aus, und dann runter mit Ihnen.« Spiff war bereits dabei, sich zu entkleiden.

»Sie machen Witze.«

»Nein. Die Röhre ist aus Eis, aber wir lassen jetzt heißes Wasser runterlaufen, hören Sie's? Und die Luft ist ebenfalls erwärmt, sie hat fast null Grad. Ist also wie jede andere Wasserrutsche, nur dunkler. Die Fahrt dauert nur ein paar Minuten. Es geht so zirka fünf Stockwerke abwärts, rund dreihundert Meter weit, und dann landen sie in einem warmen Bad. Stellen Sie sich drauf ein, es ist ein Schock, wenn Sie ohne Vorwarnung da reinklatschen.« Er zog die Hose aus und stand nackt vor Wade. »Los, Beeilung, Sie gehen als erster, ich mache hier alles dicht und komme nach. Schnell, mir wird kalt.«

»Mir ist jetzt schon kalt«, protestierte Wade. Tatsächlich war ihm noch nie im Leben kälter gewesen. Aber er gehorchte. Als er seine Sachen alle ausgezogen hatte, zitterte er heftig.

»Okay, springen Sie rein, dann geht's los. Sie können's mit dem Kopf voran oder mit den Füßen voran tun, aber Sie sollten nicht versuchen, unterwegs zu wechseln oder auf den Knien zu rutschen. Jedenfalls nicht beim ersten Mal.«

»Mache ich nicht. Ist es auf der ganzen Strecke dunkel?« fragte Wade und spähte in das Loch.

»Stockfinster. Gute Fahrt.«

Wade stieg hinauf und setzte sich mit dem nackten Po aufs Eis. »Herr im Himmel!«

»Viel Spaß!« rief Spiff und gab ihm einen Stoß, und schon war er unterwegs und rutschte auf dem Hintern dahin. Dann fiel die Röhre in die Schwärze ab, und er lag wie ein Rodelschlittenfahrer auf dem Rücken. Tatsächlich hatte es große Ähnlichkeit mit Rodeln – wahnwitziges Tempo, rasche Schwenks nach links und rechts, aufwärts und abwärts, aber meistens abwärts, abwärts abwärts abwärts in schwerelosem Fall, so daß sich sein Magen hob, er glitschte in einem Strom warmen Wassers über kaltes, glattes Eis, und alles in pechschwarzer Finsternis, so daß man nicht erkennen konnte, wohin es als nächstes ging. Er schrie auf. Je schneller er wurde, desto mehr schien die Kälte des Eises nachzulassen, aber die Luft, die über ihn wegströmte, war eisig. Bei einer Schußfahrt in die Tiefe samt Schwenk nach rechts, bei der ihm das Herz stehenblieb, stieß er erneut einen Schrei aus – du könntest dir den Schädel zertrümmern! Aber sein Schädel blieb heil.

Drei oder vier weitere dramatische Schwenks später begann ihm die Sache Spaß zu machen. Dann flog er durch die Luft und kreischte auf, als er in kochend heißes Wasser fiel. Seine Haut wurde zur Nova, besonders an seinem Po und seinem Rücken.

Er kam prustend hoch und holte ein paarmal keuchend Luft, schrie zwischendurch ein oder zweimal auf und trat verzweifelt Wasser. Es war stockfinster, er konnte nichts sehen.

»Muß der Senator sein.«

»Einfach hinstellen, Mann.«

»Du lieber Himmel!« sagte er, und seine Füße berührten den Boden. »Hi!« Er stellte fest, daß er auf dem Eisboden stehen konnte. Das warme Wasser im Becken reichte ihm bis zur Brust. Die Luft dampfte. In der Schwärze hörte er mehrere Leute miteinander reden, darunter auch Viktor. Seine Haut brannte immer noch wie Feuer, tat aber nicht mehr so weh. »Ihr seid wirklich irre.«

Sie lachten fröhlich. Niemand widersprach ihm.

Mit einem Schrei kam Spiff ins Becken geschossen, rammte Wade und tauchte ihn erneut unter. Er wurde an die Oberfläche gezogen und auf die Füße gestellt. Die Person, die ihn hochgezogen hatte, war eine Frau. Eine der großen Frauen von der Tanzveranstaltung. Es waren etliche von ihnen im Becken, in der Schwärze und dem Durcheinander wäßriger Geräusche und Stimmen, und alle bewegten sich. »Eis ist so ein toller Isolator.« Als seine Augen sich an die Dunkelheit gewöhnten, sah Wade, daß der Raum nicht pechschwarz war, sondern schwarz mit einer ganz leichten Spur Blau darin. Er konnte immer noch rein gar nichts sehen, nicht einmal die groben Umrisse der Leute um ihn herum. In dem allgemeinen Geplapper hörte er leise Stimmen, und gleich neben ihm einen schnellen, eindringlichen, leisen Wortwechsel: »Ach, komm schon.« »Wehe, ich brech ihn dir ab.« »Schon gut! Okay.« Wildes Gelächter.

Wade paddelte behutsam umher und wünschte sich, Val wäre mit diesen anderen unsichtbaren Amazonen zusammen im Becken. Wenn man auf athletische Frauen stand, dachte er, dann war man am Südpol eindeutig richtig. Das Eis auf dem Boden des Beckens war an manchen Stellen von etwas bedeckt, das sich wie große Duschmatten aus Gummi anfühlte. An den unsichtbaren Wänden verlief eine schmale Bank mit einer ähnlichen Auflage. Nach einer Weile war Wade richtig aufgewärmt, und seine Haut hörte auf zu brennen. Er begann, schwarze Umrisse in der indigoblauen Schwärze der Höhle zu sehen. Er stieß mit Spiff zusammen, der ihm mehr über die Wasserrutsche erzählte; Wade hatte den Eindruck, daß Andrea oder jemand anders von ihrer Größe an ihm klebte, aber es war zu dunkel, als daß er es genau erkennen konnte. Vor etlichen Jahren, erzählte Spiff ihm über den Lärm hinweg, sei Viktor vorbeigekommen und habe einen Wasserrutschenkomplex unter der Wostok-Station beschrieben. Damals hätten ein paar sehr prominente Mitglieder des ›Normal-wozu?‹-Clubs zur hiesigen PICO-Crew gehört – PICO sei eine Abkürzung für Polar Ice Coring Office, die für Kernbohrungen im Polareis zuständige Dienststelle –, und die hätten gerade angefangen, mit der neuen Eisbohrtechnik zu arbeiten, bei der heiße Laserschmelzelemente und Dampfabsauger zum Einsatz gekommen seien, »echtes Star-Wars-Zeug, das heißt, es war von den Weltraumfreaks in Livermore und Los Alamos entwickelt worden und, wie sich rausstellte, für rein gar nichts zu gebrauchen außer dazu, Wasser problemlos in Dampf zu verwandeln, was hier unten natürlich sehr nützlich ist - bei der alten Kernbohrtechnik brauchte man dreitausend Gallonen Dieseltreibstoff für jeden Kilometer Eis, bei zehn Dollar pro Gallone, und es ging langsam. Im Grunde so, als würde man's mit 'nem Brausekopf schmelzen. Aber mit diesen Lasern konnte man 'ne ganze Stadt ins Eis schneiden, Mann, und deshalb haben diese PICO-Freaks ein paar Überwinterern geholfen, diese Rutsche hier anzulegen, bloß zum Zeitvertreib und um mit den Wostok-Russkis mitzuhalten. Obwohl Viktor später zugegeben hat, daß er das alles bloß erfunden hatte und daß es in Wostok nichts dergleichen gab. Er fand bloß, es wäre 'ne gute Idee.«

Wade hörte Viktors dröhnendes Lachen von der anderen Seite des Raums. »Eine gute Idee!«

»Eine geniale Idee«, sagte Spiff. »Die Leute hier müssen sich wehren. Hier ist es schon seit einiger Zeit ziemlich hart. Ich meine, ASA war nicht so schlecht, aber auch damals haben sich schon Leute runtergeschlichen und die alte alte Station erforscht und so weiter. Und jetzt - niemand mag ASL. Sie behandeln die Leute wie Dreck, und die NSF läßt es zu. Also leisten die Leute Widerstand. Dadurch werden sie wenigstens nicht verrückt. Man hält's hier nicht länger als ein paar Wochen aus, dann fängt man an durchzudrehen.«

»Bei mir hat's nur ein paar Stunden gedauert«, gestand Wade.

Sie lachten, und jemand gab ihm einen Kuß auf die Wange; wenn auch jemand mit einem Bart. Zweifellos Viktor. »Hört sich an, als hätte Viktor einen ganz schönen Einfluß auf die Polkappengesellschaft«, sagte Wade.

Spiff lachte. »Ja, ja. Aber das meiste ist bloß Geschwätz«, sagte er lauter.

Sie bekamen eine volle Ladung Spritzwasser ab.

»Stimmt doch! Sagst du doch selber, Viktor. Der Mann mit den genialen Ideen. Ist absolut möglich! Er hat jede Menge Ideen, aber keine Knete. Die Wasserleitung in die Sahara...«

Weiteres Gespritze.

»Da wird nichts draus?«

»Na ja, technisch ist das garantiert machbar, aber das heißt nicht, daß es jemals gemacht werden wird. Hey, hör auf damit! Und wenn doch, dann wahrscheinlich nicht von Viktor.«

»Ich habe Darlehen in der Hand. Ist absolut möglich.«

Dann rief eine der Frauen laut: »Strudel, Strudel!« Am Rand des Beckens begannen Leute an Wade vorbeizugleiten, alle in derselben Richtung; und kurz darauf wurde er ebenfalls mit in den Strudel hineingezogen, der durch ihre Bewegung immer größer wurde. »Am Nordpol wäre die Drehrichtung andersrum, stimmt's?« Niemand antwortete.

Er schwebte in blauschwarzer Dunkelheit. Rotierte in einem Mahlstrom, blind. Wade bemühte sich, den Kopf über Wasser zu halten, und schloß dann aus dem Plätschern und den Atemgeräuschen der anderen, daß sie größtenteils unter Wasser waren. Er holte tief Luft und tauchte selbst unter. Das Wasser war sehr heiß in seinem Gesicht, und er streckte den Arm zum Boden aus und stieß sich in Strömungsrichtung ab. Er prallte gegen die eisigen Wände der Bank. Stieß mit den Körpern anderer Leute zusammen, deren Gliedmaßen glatt und muskulös waren. Er merkte so gut wie nie, ob es sich um einen Mann oder eine Frau handelte. Seine Tauchphasen wurden immer länger. Er drehte und überschlug sich unter Wasser, glitt kopfüber oder richtig herum dahin; es fiel ihm zunehmend schwerer, es zu erkennen, und es spielte auch keine Rolle, außer wenn es Zeit war, wieder Luft zu holen. Er ließ sich vom Wasser treiben, wohin es wollte. Er war Treibgut.

»Achten Sie auf das Tscherenkow-Licht«, hörte er Spiff einmal keuchen. »Schauen Sie zum Nordhimmel runter, sehen Sie, wie die Myonen auf uns zukommen. Das Eis ist so transparent wie reiner Diamant, man kann das Licht aus dreihundert Metern Entfernung sehen. Die Fotovervielfacher fangen jede Sekunde ein Neutrino auf, blaues Licht«, und anschließend wurde Wade wieder unter Wasser gesogen, und er blickte nach unten. Dann sah er blaue Streifen, die von tief, tief unten kamen. Das Licht ferner Supernovae. Das Eis war durchsichtig. Er wollte nicht, daß dieses gleitende Dahintreiben jemals wieder aufhörte. Offenbar wollte das auch sonst niemand, denn es ging weiter und weiter und weiter und weiter und weiter und weiter. Schließlich ging es in eine Art Nichtzeit über, einen limbischen Limbus, so daß Wade hinterher nicht hätte sagen können, wie lange es noch gedauert hatte; vielleicht eine Stunde, vielleicht auch zwei. Was in aller Welt konnte sie wohl dazu bringen, einen Zustand solch amniotischer Glückseligkeit zu verlassen?

Schließlich zog Spiff ihn hoch. »Kommen Sie, Mann, wir wollen nicht, daß uns ein Senator ersäuft.«

»Ach was, weiter.«

Sie lachten und zogen ihn von neuem hoch. »Na los, sonst verpassen wir das Frühstück.«

Essen; das war es, was sie dazu bringen würde. Die simple Notwendigkeit.

Nun kletterten sie alle über eine Gummimatte aus dem Becken und liefen in einen Gang, den Wade nicht sehen konnte. Er war blind, und ihm war eiskalt, obwohl sie ihm versicherten, die Luft sei erwärmt. Taschenlampen wurden eingeschaltet, und Handtücher und Kleidung lagen aufgehäuft im selben Speiseaufzug wie zuvor, der nach zwei Seiten hin offen war; anscheinend gab es zwei Umkleideräume, einen für Männer und einen für Frauen. In diesem Raum, dessen Mauern aus Eis bestanden und nicht aus Preßschnee wie in all den Tunnels und Kammern weiter oben, waren jedenfalls nur Männer: Spiff und Ed und Viktor, außerdem der Bassist, der offenbar ganz hin und weg war vor Wonne, aber trotzdem wimmerte, als er sich mit Fingern wie polnische Würstchen anzuziehen versuchte. »Snackbar hat seine Hände für uns hingegeben.« Sie mußten ihm den Hosenschlitz und den Parka zumachen. Dann waren sie Gott sei Dank angezogen und gingen durch einen kristallinen Tunnel, Frauen und Männer, allesamt dampfend wie Pferde, und der Dampf fiel als weißer Staub zu Boden.

»Wenn wir die Luft nicht erwärmen würden, könnte man sich nicht schnell genug abtrocknen. Man kann kochendes Wasser mit Schwung aus einem Topf schütten, und es kommt in Form von Staub und Klümpchen unten an«, sagte Spiff zu Wade. »Knistert wie verrückt.« Wades Rotz war tatsächlich schon wieder gefroren; aber ihm war im tiefsten Innern warm, und er fühlte sich prima, einfach prima.

Sie gelangten zu einem senkrechten Schacht mit einer nach oben führenden Holzleiter an der Seite. Über ihnen war nichts zu sehen. Wade machte sich an den Aufstieg. Es ging immer weiter aufwärts, bis ihm die Hände weh taten. Dann stiegen sie eine Schneetreppe in einem schräg verlaufenden Gang mit Schneemauern hinauf, bogen auf einem Schneeabsatz ab und stiegen eine weitere Treppe empor.

Schließlich kamen sie durch eine Falltür heraus. Sie befanden sich in dem kleinen, verglasten Südpol-Friedensterminal draußen an der Landepiste, quetschten sich alle hinein und strömten dann hinaus ins Freie.

Wade taumelte in dem stupenden Licht zurück. Er bekam seine zusammengekniffenen Augenlider gar nicht mehr auseinander, und der vom Kälteschock erzeugte Tränenstrom gefror auf seinen Wangen. Nach diesem Wechsel von Tiefschwarz zu Grellweiß war er bestimmt erblindet. Draußen vor dem Unterstand traf ihn der Wind wie ein weiterer Schlag der unsichtbaren Rinderhälfte und ließ seinen Körper wie eine Glocke dröhnen. Es schien immer noch genau dieselbe Tageszeit zu sein wie bei Viktors Ankunft, und das war schon eine Ewigkeit her. In einer früheren Inkarnation.

Wade taumelte die Metalltreppe der neuen Station hinauf und in die stickige Wärme des blauen Nurflügelflugzeugs hinein. Ihm war schwindlig; er konnte sich kaum noch aufrecht halten. Er konnte sich kaum die Handschuhe ausziehen.

Auf dem Weg zu seinem Zimmer - er stützte sich mit einer verschrumpelten Hand an der Wand ab - traf er zufällig auf Keri.

»Na, wie hat Ihnen die alte Station gefallen?«

Wade schreckte zusammen und beruhigte sich dann wieder. »Sehr interessant«, sagte er. »Wie eine... eine Art Höhle.«

»In der Tat. Hören Sie, heute abend kommt eine Herc, wollen Sie mit der nach McMurdo zurück?«

»Hm... äh...« Wade versuchte nachzudenken. Er starrte mit offenem Mund vor sich hin, und Keri sah ihn neugierig an. »Wissen Sie, eigentlich würde ich gern das Roberts-Massiv besuchen.«

»Roberts? Die Ölleute?«

»Ja.«

»Ich verstehe. Tja, da gibt es natürlich keine direkte Verbindung. Sie müssen nach McMurdo zurück, von dort aus fliegen Sie zum Camp am Shackleton-Gletscher und dann mit dem Hubschrauber weiter nach Roberts.«

»Gut«, sagte Wade. »Wenn es denn sein muß.« Er schlüpfte an dem Mann vorbei in sein Zimmer.

**Sylvia stand vor ihrer Antarktis-Wandkarte,** die jetzt mit einer Vielzahl rot, orange und gelb numerierter Punkte markiert war. Es gab nur ein paar rote und orangefarbene, obwohl jeder einzelne davon natürlich beunruhigend war, aber einen Haufen gelbe, besonders an der Küste von Victorialand und auf dem langen Rücken des Transantarktischen Gebirges. Einige davon ließen sich durch den jüngsten Zustrom von Ölsuchergruppen und durch die paar verbliebenen privaten Abenteuerreiseveranstalter erklären. Andere nicht.

Sie nahm den orangefarbenen Marker von ihrem Schreibtisch und trug sorgfältig eine ›14‹ beim Amundsen-Steinhügel auf dem Mount Betty ein. Ein weiteres USO, ein unbekanntes Stehobjekt; offenbar irgendein Funkgerät mit Satellitenschüssel, das viel zu dicht bei der historischen Stätte plaziert worden war; Besitzer unbekannt; entdeckt von T-023, Val Kennings Amundsen-Treck. Sie schrieb das alles auf ein Blatt Papier mit der orangefarbenen Zahl ›14‹ und heftete es in einer Akte ab. Hubschrauberpiloten hatten noch zwei solche Objekte gesehen, als sie S-046 um den Beardmore-Gletscher geflogen hatten, und ein Angehöriger des ASL-Teams in der Byrd-Station war in der Nähe des Eisstroms C auf ein weiteres gestoßen. Der Arbeiter hatte es mitgenommen, und wie sich herausgestellt hatte, handelte es sich um eine Satellitenschüssel und ein Funksendegerät unbekannter Herkunft. Sie hatte beides per Post zur Analyse nach Cheech und dann nach Washington geschickt, aber bis jetzt noch nichts gehört. Geoff sprach oft von Black Boxes in der Wissenschaft; das hier waren die ultimativen Black Boxes.

Sie starrte immer noch besorgt und mit einem Gefühl der Ohnmacht auf die Karte und versuchte, ein Muster in den Punkten auszumachen, als sie Paxmans leises Klopfen an der Tür hörte. »Herein.«

Er streckte den Kopf herein. »Wade Norton ist vom Pol zurück, und er möchte dich sprechen.«

»Na klar. Schick ihn rein.«

Sie trat hinter ihren Schreibtisch, und Wade betrat den Raum. Rein äußerlich sah er nun ganz anders aus als bei seiner Ankunft, wie nicht anders zu erwarten: Sein Gesicht war sonnenverbrannt, außer um die Augen herum, die einen unkonzentrierten, ein wenig benommenen Ausdruck hatten; und die Haare klebten ihm in der typischen unschönen Antarktis-Matte am Kopf.

»Wie hat es Ihnen am Pol gefallen?«

»Es war sehr interessant.«

Eine lange Pause, während der er sich in Erinnerungen zu verlieren schien. »In welcher Hinsicht?« half Sylvia schließlich nach.

»Oh, tja. In vieler Hinsicht. Sagen Sie – sind Ihnen noch andere... äh... Vorfälle am Pol wie diejenigen bekannt, über die wir bei meiner Ankunft gesprochen haben?«

Sie starrte ihn an. »Nein. Nur die, von denen ich Ihnen erzählt habe.«

»Aha.« Eine weitere Pause. »Und wie steht's mit dem NSF-Vertreter am Pol und dem Stationsmanager von ASL? Genießen die Ihr volles Vertrauen?«

»Ja, wieso? Was ist mit denen?«

»Ich weiß nicht.«

Jetzt war sein Blick konzentriert, und er starrte sie an. Ihre Blicke trafen sich für ein paar Sekunden.

»Sie waren nicht besonders hilfsbereit«, sagte er. »Insbesondere der NSF-Mann schien zu glauben, ich könnte irgendwie eine Gefahr für die Polstation darstellen.«

»Tut mir leid, das zu hören.«

Er winkte ab. »Ist eigentlich nicht so wichtig. Aber...« Er überlegte einen Moment lang und schien dann einen anderen Weg einzuschlagen. »Ich überlege, ob ich versuchen soll, dem Ölsuchercamp am Roberts-Massiv – am Kopf des Shackleton-Gletschers – einen Besuch abzustatten.«

»Ich verstehe«, sagte Sylvia erstaunt. »Und weshalb ausgerechnet dem?«

»Nun...« Er ging zu ihrer Wandkarte hinüber, fand den

Shackleton und legte die Fingerspitze auf Roberts. »Sehen Sie, es ist nicht so weit vom Pol entfernt. Und es ist auch nicht so weit von der Stelle entfernt, wo das Fahrzeug der SPOT-Kolonne entführt wurde – oder was auch immer.«

»Genaugenommen ist das hier der Standort ihres gegenwärtigen Kostenlochs«, sagte Sylvia und deutete auf einen weiteren roten Punkt auf der Polkappe, noch näher beim Pol. »Das liegt noch dichter am Pol und an der Stelle, wo sich der SPOT-Vorfall ereignet hat.«

»Aha. Und die haben ein Luftkissenfahrzeug, mit dem sie auf der Kappe umherfahren?«

»Ja, soweit ich gehört habe.«

»Wissen Sie irgendwas über dieses Luftkissenfahrzeug?«

»Ja«, sagte sie und sah ihn eingehend an. »Das ist ein echter Antarktis-Veteran. Zumindest zum Teil. Vor langer Zeit war es hier in McMurdo stationiert, aber dann hat sich rausgestellt, daß man nicht sonderlich viel damit anfangen konnte, und es ist nach Christchurch gebracht worden.« In Wahrheit war Sylvia gerüchteweise zu Ohren gekommen, daß die Pilotinnen zwei ausgeflippte Frauen gewesen waren, die mit dem Ding immer eine Riesenshow abgezogen hatten, bis die damaligen ASA-Verantwortlichen sauer geworden waren und es ihnen weggenommen hatten. Aber das war eins der Gerüchte, die man draußen im Gelände hörte. Die Übertragungsfehler beim Klatsch waren phänomenal, und mittlerweile ließ sich nicht mehr feststellen, was wirklich vorgefallen war. »Jedenfalls haben diese Leute das Hake in einem Lagerhaus in Neuseeland ausfindig gemacht, als sie ihr Programm auf die Beine stellten, es gekauft und dann umbauen und wieder herfliegen lassen. Aber warum interessiert Sie das?«

Er zuckte die Achseln. »Am Pol gab es Hinweise darauf, daß bei einigen Diebstählen aus der alten Station ein Luftkissenfahrzeug beteiligt gewesen sein könnte.«

»Wirklich? Was waren das für Hinweise?«

»Dinge, die Leute gesagt haben. Es ging dabei um Spuren, die zu sehen waren. Oder eben nicht zu sehen waren.

Sie wollten nicht, daß ich es weitererzähle, daher sollte ich nicht mehr sagen. Vermutlich, weil sie den Ermittlern des NSTB nichts davon erzählt haben. Hängt wohl damit zusammen, daß sie die Spuren nur gesehen haben, weil sie sich irgendwo aufhielten, wo sie nicht sein sollten, in einer der Sperrzonen.«

»Ich verstehe.«

»Jedenfalls dachte ich, ich sollte mal nach Roberts fliegen und sehen, was ich dort rausfinden kann. Keri am Pol hat gesagt, ich müßte hierher zurückkommen, ins Außenlager am Shackleton fliegen und mich dann mit dem Hubschrauber nach Roberts raufbringen lassen.«

»Ja, das stimmt. Und wir können das natürlich für Sie organisieren. Der nächste Flug zum Shackleton geht in, mal sehen...« Sie schaute auf den Plan. »O je. In drei Stunden. Glauben Sie, Sie schaffen das?«

Er stieß die Luft aus. »Ach, warum nicht. Ich kann in der Herc schlafen.«

»Da haben Sie recht. Das erste Gesetz der Antarktisreisen: Brich auf, wenn sich die Möglichkeit dazu bietet.«

»Ja.«

»Aber was ist mit den Leuten in Roberts und auf diesem Bohrgelände? Wieso glauben Sie, daß die mit Ihnen sprechen oder Sie überhaupt reinlassen werden? Die haben bisher auf keine einzige unserer Botschaften reagiert.«

»Ich habe Senator Chase veranlaßt, direkt mit ihnen und den Zentralen des Konsortiums zu sprechen. Es klingt, als ob sie bereit wären, mich zu empfangen.«

»Wirklich! Also, das ist gut. Das ist ein Fortschritt. Es würde mich sehr interessieren zu hören, was Sie dort in Erfahrung bringen.«

Er nickte und sah sie seltsam an. Eine weitere Pause. Er legte nicht alle seine Karten auf den Tisch, wie sie sah; und er vermutete, daß sie es ebensowenig tat. Tja, so war das Leben: die NSF und der Kongreß hatten keineswegs identische Interessen. Natürlich war die NSF dem Kongreß rechenschaftspflichtig, und daher müßte sie Wade theoretisch alles sagen, was sie wußte, sonst würde sie Schwierigkeiten bekommen. »Ich schlage vor, wir treffen uns nach Ihrer Rückkehr wieder«, sagte sie, »und sprechen über alles, wofür wir jetzt keine Zeit haben. Jetzt sollten Sie lieber machen, daß Sie zur Eispiste rauskommen, sonst verpassen Sie noch Ihren Flug. Ich sage Paxman, er soll anrufen und Bescheid sagen, daß Sie kommen.«

»Danke.« Müde stand er auf und ging zur Tür. Zwei Herc-Flüge an einem Tag; und er sah jetzt schon ziemlich fertig aus. In der Tür blieb er stehen und ließ sich für einen kurzen Moment seine Verärgerung anmerken, dann verwandelte er sie in ein ironisches Lächeln. »Wenn wir unsere jeweiligen Stücke des Puzzles zusammensetzen würden, ergäbe sich vielleicht ein erkennbares Bild.«

»Ja«, sagte sie.

Er starrte sie an und ging dann hinaus.

Als er das Chalet verlassen hatte, warf Sylvia einen Blick auf die Uhr; es war neun Uhr abends. Sie seufzte. Um etwas zu essen zu kriegen, würde sie bis Mitternacht warten müssen, wenn die Kantine noch einmal aufmachte, und dabei kam sie jetzt schon um vor Hunger. Sie holte eine Schachtel Camp-Cracker aus ihrem Schreibtisch, hängte sich ans Telefon und ließ sich von Randi über Funk zu S-375 durchstellen.

»Geoffrey, hier ist Sylvia. Hören Sie mich? Over.«

Funkrauschen, lauter als üblich; dann Geoffs Stimme: »Ja, Sylvia, wir hören Sie. Wie geht es Ihnen? Was ist los? Over.«

»Ich hatte eben den Assistenten von Senator Chase hier, Geoff. Er ist gerade vom Pol zurückgekommen und schon wieder unterwegs, um dem Ölsuchercamp im Mohn-Becken einen Besuch abzustatten.«

»Ah ja. Uns hat er auch besucht, wie Sie wissen.«

»Was halten Sie von ihm?«

»Na ja, er schien ein recht kluger Kopf zu sein. Hat sich allem Anschein nach für uns interessiert. Seine Fragen waren gut. Wir haben ihn jedenfalls gern bei uns gehabt.«

Stimmen und Gelächter im Hintergrund. »Obwohl das auch an seiner Bergführerin gelegen haben kann, wie meine jungen, libidinös ausgehungerten Kollegen offenbar andeuten wollen, ja.« Weiteres Gelächter. »Ich selber bin über solche Dinge erhaben, wie Sie wissen.«

»Oh, natürlich, natürlich.«

»Glauben Sie denn, sein Besuch bedeutet, daß die NSF Probleme bekommt?«

»Nein, nein, nicht unbedingt. Ich denke aber, er könnte auf die lokale Polkultur gestoßen sein und einige Sachen erfahren haben, die wir seiner Meinung nach nicht wissen.«

»Ah, ich verstehe.«

»Sagen Sie, Geoff, haben die Diskussionen bei SCAR im letzten Winter Licht auf diese nicht finanzierten Experimente geworfen, wie wir sie genannt haben?«

»Eigentlich nicht, nein. Es hat natürlich Geschichten gegeben. Alle sind der Meinung, daß so etwas stattfindet, aber keiner weiß wirklich, in welchem Ausmaß. Das liegt nun mal in der Natur der Sache, nicht wahr.«

»Ja. Glauben Sie, daß Mai-lis noch daran beteiligt ist?«

»Würde ich vermuten, ja. Ich halte es für sehr wahrscheinlich.«

Sylvia starrte auf die Wandkarte. Wenn man die farbigen Punkte darauf miteinander verband, schienen sie die Buchstaben eines fremden Alphabets zu ergeben. »Danke, Geoff. Wie kommen Sie mit Ihrer Arbeit da draußen voran?«

»Oh, gut, gut. Arbeit im Gelände. Sie wissen ja, wie das ist, Sylvia.«

»Ja«, sagte sie und verspürte einen Stich. Im Vergleich zu einem Verwaltungsposten bei der NSF in McMurdo, wollte er damit sagen, war es das Paradies. Der Beaker-Himmel, wie das ASL-Personal es ausdrückte. Für sie jedoch das Paradies nach dem Sündenfall. »Lassen Sie's mich wissen, wenn Sie noch etwas hören.«

»Das mache ich ganz bestimmt, obwohl wir in unserer Situation hier draußen nicht sonderlich viel zu hören bekommen. Aber abends surfen wir manchmal zum Spaß auf den Funkwellen, und wenn wir was Interessantes erfahren, sage ich Ihnen Bescheid.«

»Danke, Geoff. Viel Glück da draußen.«

»Das wünsche ich Ihnen auch, Sylvia. Sie brauchen es mehr als wir.«

»Da mögen Sie recht haben. Es wäre jedenfalls nett, zur Abwechslung mal so was wie echte Entscheidungskompetenzen zu besitzen, soviel steht fest.«

»Na ja, Sie sind doch immerhin U.S. Marshall, oder?« Gelächter hinter ihm.

»Stimmt«, sagte sie. »Aber es könnte sein, daß wir letztendlich doch ein bißchen mehr Feuerkraft brauchen.«

ACHTES KAPITEL

# *Die Sirius-Gruppe*

**Graham folgte Geoffrey, Harry und Misha** in einigem Abstand über Doleritschutt. Sie untersuchten ein wunderschönes langes Band Sirius-Sandstein, das über ihnen an einer der Dolerit-Klippen der Apocalypse Peaks klebte. Das Band war eine Abfolge sowohl dünner als auch dicker horizontaler Schichten. Diamiktone, die unterschiedliche Mischungen von Steinblöcken, Geröllen und geschichteten Schluffen enthielten und oben und unten von horizontalen bis leicht geneigten charakteristischen Diskordanzen eingefaßt waren. Planar bis hin zu leicht gewellten kleinen Reliefs. Eine Linie ließ sich mehr als dreißig Meter weit verfolgen, als Graham daran entlangging. Diese Abfolge war mit Sicherheit an Ort und Stelle abgelagert und dann vom nächsten auf Grund gelaufenen Gletscher weggepflügt worden, der darüber hinweggeströmt war und nur dieses sandige, helle Band am Felsen hinterlassen hatte, wo sich die Gewalt des durchströmenden Eises gerade soweit verringert hatte, daß eine Spur an der Wand zurückgeblieben war.

Er bückte sich und klopfte mit seinem Geologenhammer an weißem Kieselgur herum, dann kratzte er daran. Die D-7-Diskordanz, ungefähr einen Zentimeter breit. Darunter waren alle Diamiktone marinen Ursprungs; darüber waren sie subaeril. Was nicht hieß, daß sich diese Linie auf Höhe des Meeresspiegels befunden hatte, sondern daß die Aufwölbung des Transantarktischen Gebirges dieses Gebiet ungefähr zum Zeitpunkt der Entstehung dieser Diskordanz endgültig aus dem Meer gehoben hatte. Da sie sich nun rund fünfzehnhundert Meter über dem Meeresspiegel befanden, bedeutete das eine Hebungsgeschwindigkeit von etwa fünfhundert Meter pro Jahrmillion, wenn man die Pliozän-Datierung des Sirius akzeptierte, wie es Graham tat. Das war eine ziemlich große Hebungsgeschwindigkeit und deshalb einer der Kritikpunkte der Stabilisten an den Schlußfolgerungen der Dynamiker; allerdings waren auch noch größere Geschwindigkeiten durchaus bekannt, und es war schwer, die Beweise anzufechten, die man an dieser Felswand hier wie ein Schaubild in einem Klassenzimmer betrachten konnte. Graham hätte seinen ersten Doktorvater mit größtem Vergnügen am Genick gepackt, hierher geschleift und mit der Nase auf einen solchen Beweis gestoßen, der sogar noch aussagekräftiger war als die Cloudmaker-Formation. Sehen Sie das! hätte er gesagt. Wie können Sie die Tatsachen leugnen!

Aber in Wahrheit war es natürlich keine Wand aus Tatsachen, sondern eine aus Stein. Über Interpretationen konnte man diskutieren, zumindest bis die Angelegenheit eindeutig geklärt und verblackboxt worden war, wie Geoffrey es nannte, was bedeutete, daß die entsprechende Interpretation für alle auf diesem Gebiet tätigen Wissenschaftler zu einer Selbstverständlichkeit wurde, so daß sie sich anderen Fragen zuwandten. Manche wissenschaftlichen Kontroversen führten ziemlich rasch zu einem Ergebnis, andere nicht; und wie sich herausstellte, gehörte die Sirius-Kontroverse zu den zählebigeren. Da diese spezielle Frage also noch nicht verblackboxt war, handelte es sich nach wie vor nur um Sedimente und nicht um Tatsachen.

Diesen Prozeß hatte Graham im Anfangsstadium seiner beruflichen Laufbahn nicht verstanden, und das hatte ihm erhebliche Schwierigkeiten eingetragen. Nach Abschluß seines Studiums hatte er als junger Geologe in Cambridge bei Professor Martin angefangen, ohne sich der Tatsache bewußt zu sein, daß Martin aufgrund seiner Arbeit in der Datierung von Ascheablagerungen im Transantarktischen Gebirge auf der Seite der Stabilisten stand, was die Sirius-Kontroverse betraf. Graham hatte nur in der Antarktis arbeiten wollen und gewußt, daß dies Martins Forschungsgebiet war. Er war sehr naiv gewesen, weil er hauptsächlich Physik studiert hatte und erst spät zur Geologie umgeschwenkt war, nämlich wegen der Arbeit im Gelände und der Greifbarkeit des Gesteins - ein Schwenk, der zu jenem Zeitpunkt in seinem Leben gerade erst begonnen hatte, und zwar vor allem durch seinen Eintritt als Jungakademiker in Martins Gruppe. Damals war er so damit beschäftigt gewesen, die Grundlagen der Geologie nachzuholen, daß er die Sirius-Kontroverse und Martins Position darin gar nicht richtig zur Kenntnis nahm, und darum hatte er nicht verstanden, warum Martin seine geomorphologische Forschungsarbeit zur Frage, warum es das Transantarktische Gebirge überhaupt gab, so kühl aufgenommen hatte. Im Rahmen dieser Studie hatte Graham die Frage untersucht, wie schnell die Gebirgskette sich hob, und war zu dem Schluß gekommen, daß sie zwar ziemlich alt war - sie war vor etwa achtzig Millionen Jahren entstanden, als im Ostantarktiskraton eine intrakratonische Spaltenbildung eingesetzt hatte -, aber trotzdem so aussah, als hätte sie sich in jüngster Zeit mit einem ganz schönen Zahn gehoben, vielleicht (hatte er kühn zu vermuten gewagt) wegen des lithostatischen Drucks der Eiskappe. Und Martin hatte kühl reagiert und nicht eine Minute darauf verwendet, sich mit Grahams Abhandlungen über dieses Thema auseinanderzusetzen oder seinen erforderlichen Beitrag als zweiter Autor und Forschungsleiter zu leisten, damit die Arbeiten veröffentlicht werden konnten. In einer Aufwallung wütender Frustration hatte Graham eine Abhandlung ohne Martins Genehmigung an eine Zeitschrift geschickt, da er diese Genehmigung aller Wahrscheinlichkeit nach niemals erhalten würde; und der Artikel war abgelehnt, Martin von der Einsendung unterrichtet und Graham praktisch aus dem Programm hinausgeworfen worden, weil er im darauffolgenden Jahr nicht mehr eingeladen wurde, mit Martins Gruppe in die Antarktis zurückzukehren.

Diese Erfahrung hatte ihn verbittert. Er war wieder nach

Neuseeland gegangen, und dort hatte eines Abends in einem Pub einer seiner alten Lehrer von der Universität in Christchurch den Kopf geschüttelt und ihm einiges erklärt. Martin habe sich in der Sirius-Kontroverse auf die Seite der Stabilisten geschlagen, weil seine Funde in der vulkanischen Asche ihn davon überzeugt hätten, daß das Transantarktische Gebirge und die Antarktis insgesamt mindestens zwölf Millionen Jahre lang tiefgefroren gewesen seien. Bei einem der vielen anderen Aspekte der Kontroverse gehe es um die Hebungsgeschwindigkeit des Transantarktischen Gebirges, wobei die Stabilisten die Ansicht verträten, es gebe keinen Grund dafür, daß die Kette sich auch nur annähernd so schnell hebe, wie die Dynamiker meinten, so daß die Sirius-Formationen älter sein müsse, als sie behaupteten, wenn man sie nun in solcher Höhe finde. Und daher, so erklärte ihm sein alter Lehrer, seien Grahams Schlüsse natürlich nicht willkommen gewesen.

Das hatte Graham empört. Eine Entartung der Wissenschaft! hatte er gerufen. Aber sein alter Professor hatte ihn getadelt. Nein, nein, hatte er gesagt, es ist deine eigene Schuld; du hättest es besser wissen müssen. Vielleicht ist es sogar meine Schuld; ich habe dir offenbar nicht gut genug beigebracht, wie Wissenschaft funktioniert.

An Martins Reaktion sei nichts sonderlich Ungehöriges, erklärte ihm sein Lehrer ohne jede Empörung oder Entrüstung. Wenn Graham sich dem Programm eines Dynamikers angeschlossen und begonnen hätte, Arbeitsergebnisse hervorzubringen, die darauf hindeuteten, daß das Eis Jahrmillionen lang schwer auf der Antarktis gelastet hätte, wäre dort auch nichts aus ihm geworden. Es ginge weder hier noch dort um irgendwelche Schurkereien; die schlichte Wahrheit sei, daß es bei der Wissenschaft auf das Schmieden von Bündnissen ankomme, damit man zeigen könne, was man zeigen wolle, und darüber hinaus klarmachen könne, daß das, was man zeige, wichtig sei. Und die eigenen Doktoranden und frischgebackenen Doktoren seien notwendigerweise die engsten Verbündeten bei diesem

Kampf darum, eine These von allen Seiten hieb- und stichfest zu machen. All das gelte um so mehr, wenn eine Kontroverse im Schwange sei, wenn Vertreter der Gegenseite Artikel mit Titeln wie »Instabiles Eis oder instabile Ideen?« und so weiter publizierten, so daß die Wogen der Feindseligkeit noch ein bißchen höher schlügen als sonst.

Als Graham das Gespräch mit seinem alten Lehrer tags darauf überdachte, sah er sich daher gezwungen, folgenden Schluß zu ziehen: Es lag nicht daran, daß Martin böse war, sondern daran, daß er, Graham, naiv und, ja, sogar dumm gewesen war. Oder zumindest ein bißchen schwer von Begriff. Verbitterung war eigentlich nicht angebracht. Wissenschaft wurde nicht von Automaten auf der Suche nach ›Wahrheit‹ betrieben, sondern von Menschen, die darum rangen, Tatsachen zu verblackboxen.

Daher begann seine Ausbildung dann praktisch noch einmal von vorn, nachdem er zwei Jahre in Cambridge verschwendet hatte. Was in der Wissenschaft keine so furchtbar lange Zeit war. Viele Wissenschaftler hatten wesentlich länger gebraucht, um zu lernen, wie es in ihren Disziplinen lief. Und so hatte Graham sich mit seinem Erlebnis abgefunden, hatte es ad acta gelegt, sich einem Glaziologie-Programm an der Universität von Sydney angeschlossen und weitergemacht.

Das alles war lange her. Und trotzdem tobte die Sirius-Kontroverse noch immer mit unverminderter Heftigkeit; beide Seiten fanden neue Verbündete und neue Studenten und brachten Artikel hervor, die in einschlägigen Fachzeitschriften veröffentlicht wurden. Graham glaubte, bei Außenstehenden erste Anzeichen für eine Hinwendung zur Interpretation der Dynamiker zu erkennen; aber da er jetzt selbst ein Dynamiker war, konnte er das wohl nicht mit Sicherheit sagen. Jedenfalls schien ihre Position mit den Jahren und den Indizien, die auch in anderen Teilen der Antarktis gesammelt wurden, stärker zu werden. Drüben in den Prince Charles Mountains zum Beispiel, auf der anderen Seite der Antarktis, hatten die Aussies überzeugende

Hinweise darauf entdeckt, daß es dort im Pliozän bis fünfhundert Kilometer landeinwärts von der gegenwärtigen Küste Meere gegeben hatte. Es war ziemlich schlüssig nachgewiesen worden, daß es sich beim Beardmore-Gletscher um einen Paläofjord handelte, und neutrale Wissenschaftler sprachen in anderen Zusammenhängen von einem ›Beardmore-Paläofjord‹ und von *Nothofagus beardmorensis*, jener Buchenart, die man in der Cloudmaker-Formation gefunden hatte und mit deren Namen die Dynamiker ihren Fundort betonen wollten. Und auch in anderen Sirius-Formationen hatte man Hinweise auf Buchenwälder entdeckt: Samenkörner, Käfer und anderes Pflanzenmaterial, die allesamt aufs Pliozän oder späte Miozän hindeuteten. Nein, ihr Standpunkt setzte sich endlich durch, nach all diesen langen Jahren; Geoff Michelson hatte im Endeffekt sein gesamtes Berufsleben auf dieses Thema verwendet, und er hatte es schon von seinem Studienberater Brown übernommen, der ebenfalls sein gesamtes Berufsleben daran gearbeitet hatte; und wenn Graham jetzt darüber nachdachte, so hatte er selbst ihm ebenfalls ein ganz hübsches Stück seiner Karriere gewidmet. Alles, um die Mauern zu errichten, die diesen Teilaspekt ein für allemal in eine Box einschließen würden, Ziegel um Ziegel, über Jahre und Generationen hinweg. Denn die Steine sprachen nicht, nicht wirklich. Sie mußten übersetzt werden.

Die Sonne zog ihre Bahn am Himmel, die steile Doleritwand über ihnen legte ihren Schatten auf sie, und es wurde merklich kälter. Die Berge sahen wirklich viel jünger aus als jede andere achtzig Millionen Jahre alte Gebirgskette; sie waren noch immer so steil und zerklüftet wie der Himalaya oder die Alpen, die beide nur ein Viertel so alt waren. Die Kälte bewahrte sie vor den Verwüstungen der Wassererosion, und so alterten sie nur durch die Winde. Außerdem hoben sie sich so schnell, daß dieser Abrieb dadurch mehr als ausgeglichen wurde. Sie waren sozusagen kryokonserviert.

Um sich warmzuhalten, ging Graham ans Werk und nahm einige Proben von der Diskordanz knapp oberhalb seines Kopfes. Der Diamiktit ließ sich mit einer behandschuhten Fingerspitze abreiben, aber eine ordentliche Probe herauszuhacken war eine Arbeit, die einen aufwärmte. Hier hatte es nach Auskunft der Paläobotaniker mit Sicherheit Wasser und Meeresboden-Diatomeen gegeben, benthonische Arten, die auf brackige bis annähernd normale marine Bedingungen hindeuteten. Ein Meeresboden in seichtem Wasser, wahrscheinlich ein Fjord, später vielleicht ein See, der langsam trockengefallen war. Die Uferlinie eines Fjords. Oberhalb des Ufers ein niedriger, winterfester Buchenwald. Im Pliozän hatte es zweifellos so hohe Temperaturen gegeben, daß *Nothofagus* überleben konnte; in diesem Punkt stimmten alle überein. Das war eine frühere Debatte, die eine andere Gruppe bereits verblackboxt hatte: warmes Pliozän, basta. Und nun war dies ein Faktum, das für die Position der Dynamiker von grundlegender Bedeutung, ja sogar der Kern ihrer ganzen Beweisführung war – daß die antarktischen Eisdecken im Osten wie auch im Westen bei so hohen globalen Temperaturen wie im Pliozän schmolzen und vergletscherte Archipele und ein eingebuchtetes Kraton in einem Meer hinterließen, das in jedem Winter von beträchtlichen Meereseismengen bedeckt wurde. Das würde die deutliche Warvenbildung hier erklären, wo er gerade darüber nachdachte; es mußten nicht unbedingt Gezeitenmarken an einer Meeresküste sein, es konnte sich durchaus auch um die jährliche Sedimentation auf einem Meeresboden handeln, der im Winter von einem Dach aus Meereseis bedeckt war. »Hmmm...« machte Graham und warf einen raschen Blick zu Michelson hinüber.

Buchen hatten sich nicht sehr stark entwickelt, und alle fossilen Fragmente von ihnen, die man hier gefunden hatte, konnten aus einer viel früheren Zeit als dem Pliozän stammen. Beim ersten Buchenholzfund im Sirius hatten sie tatsächlich angenommen, es sei Triasholz, das viel später von einem Gletscher mitgenommen worden sei. Erst als sie auch noch auf Tausende von Buchenblättern stießen, erkannten sie, daß das Holz zum Zeitpunkt der Ablagerung von Sirius noch gelebt hatte. Und in Buchenwäldern gab es natürlich auch eine ganze Reihe kleinerer Lebensformen, die zu ihrer Ökologie gehörten, in erster Linie Moose und Flechten, aber auch Rüsselkäfer und andere Käfer, Süßwasserschnecken und vielleicht sogar einige Amphibien. Manche davon würden spezifische Pliozän-Arten sein oder konnten durch speziell für sie konzipierte chemische Tests datiert werden. Daher war es durchaus möglich, daß man bei der Untersuchung des Gesteins dieses uralten Meeresbodens (wobei er für den Augenblick als gegeben annahm, daß es einer war) größere Fossilien als die mikroskopisch kleinen Foraminiferen und Diatomeen fand. Michelson erwähnte diese Möglichkeit oftmals bei Tagesbeginn, wenn sie aufbrachen oder wenn die Hubschrauber kamen, um einen Teil des Teams zu einem entfernten Arbeitsplatz zu bringen; fröhlich und ohne Erwartungen rief er zum Abschied: »Haltet Ausschau nach Muschelschalen!« Eine Art Scherz. Obwohl die Foraminiferen und Diatomeen so klein waren, daß man sie mit bloßem Auge nicht sehen konnte, reichten sie als Beweis für die Behauptung der Dynamiker, daß die Sirius-Gruppe das Überbleibsel eines Meeresbodens war, und genügten auch für die Altersbestimmung. Doch eine fossile Muschelschale wäre sicherlich willkommen gewesen.

Als Graham mit dem Finger daher einen großen Diamiktitsplitter abkratzte und dabei ein Band aus gelbrotem, rostigem, tonähnlichem Material freilegte, sagte er: »Was haben wir denn hier!«

Eine Muschelschale war es natürlich nicht. Aber ungewöhnlich war es schon.

Er kletterte an den Schichten hinauf, um es sich genauer anzusehen, holte ein Lupe aus der Tasche und betrachtete es in dreißigfacher Vergrößerung. Zerkleinertes Pflanzenmaterial.

Er rief Harry, der weiter oben am Hang an einem runden Tillitblock herumklopfte. Harry hörte ihn und rief zurück: »Ich glaube, ich bin hier in einem alten Ästuar!«

»Sieht ganz so aus!« sagte Graham. »Komm her und schau dir das an!«

Harry kam um die Ecke und sah die rostigen Schichten im grauen Sandstein. »Hey!«

»Ja. Und sieh dir auch mal an, wo das ist. Rudimentäres Paläosol auf der Oberseite eines fluvialen Diamiktons, und schau mal da, Wurzelstrukturen, die hier senkrecht runtergehen und sich dann lateral weiter ausbreiten.«

»Buchenwald«, sagte Harry mit runden Augen. »O mein Gott – sieht aus, als wär das genauso groß wie Oliver Bluffs oder Bennett Platform.«

»Ja.« Behutsam entfernten sie den Diamiktit von der rostig-gelben Schicht aus abgestorbenem Laub. »Sieh mal, hier ist sie besonders gut erhalten, wo sie unter diesen Blökken zusammengepreßt ist.« Graham klopfte noch etwas ab. Harry rief Michelson über sein Armbandtelefon an. »Geoff, sieht so aus, als hätten wir hier eine weitere Buchenlaubschicht gefunden, eine gute. Auch Mooskissen, aber größtenteils Buche. Sieht gut erhalten aus.«

»Komme sofort rauf. Ich bin noch talabwärts von euch, richtig?«

»Richtig. Wir sind oben an der Felswand, Platz drei.«

»Bin gleich da.«

Harry war ihr Paläobotaniker, und deshalb grinste er jetzt verzückt. In diesem Augenblick war es wie eine Schatzsuche, merkte Graham; oder wie die Suche nach Gold. Ein solcher Fund würde eine Abhandlung zur Folge haben, und diese würde zur Untermauerung einer These beitragen, die wiederum eine Karriere voranbringen würde, dank deren die Rechnungen bezahlt werden konnten. Goldnuggets direkt vor ihnen im Boden, wenn man es so betrachten wollte. Der Stein der Weisen. Oder ein weiterer Ziegel in der Mauer.

Aber Harry dachte nicht in solch prosaischen Begriffen. »Mein Gott, sieh dir das an! Ein Buchenwald hier unten!

Kannst du dir vorstellen, wie das ausgesehen haben muß? Einfach *wunderschön.* Das ist die wunderschöne Uferlinie eines Fjords, Graham, so was wie ein heiliger Ort. Und die Mineralisation ist auch ganz toll.«

Ein weiterer Diamiktitsplitter brach ab. Das gelbliche Zeug bog sich unter den Felsblöcken, die auf der Diskordanz lagen. Eine im Entstehen begriffene, winzige Erdöllagerstätte.

»Bis zu sechs oder sieben Zentimeter lange Blätter, wie's aussieht. Ganz schön groß.«

»So milde Temperaturen.«

»Und vielleicht häufig bewölkt. Sieh dir die Adern in dem Blatt an. Unglaubliche Äderung.«

»Sehr hübsch.«

Natürlich würde es auch in diesem Fall wieder nur eine Debatte über das Alter des biologischen Materials geben. Trotzdem schien kaum noch ein Zweifel daran zu bestehen, daß diese Region zur Zeit der Ablagerung der Sirius-Gruppe wesentlich mehr gewesen war als lebloser Sand, der hin und wieder aus großer Ferne hergewehte Diatomeen einfing; selbst wenn ihr Fund nichts weiter bewirkte, so trug er doch dazu bei, dies ganz deutlich herauszustellen, so daß die wichtigste alternative Erklärung der Stabilisten für das Vorhandensein der Diatomeen offenkundig falsch war. Und wenn feststand, daß hier zur Zeit der Sirius-Ablagerung Buchenwälder gestanden hatten, an einer kalten Küste, die mehr Ähnlichkeit mit der Küste des südlichen Chile hatte als mit dem gegenwärtigen ungastlichen, eisigen Gestade, dann mußte man zugeben, daß es in der Antarktis zweifellos mehrmals milde Klimata gegeben hatte. Überdies konnten die Diatomeen, die den Sirius-Sandstein dermaßen durchsetzten, daß manche Diamiktite einfach nur pulverisierte Diatomeen und Foraminiferen waren und nichts weiter, durch solide Biostratigraphie ganz eindeutig aufs Pliozän datiert werden; also, wo war der Schwachpunkt? Wie konnte man die Interpretation, daß es eine marine Ära mit flüssigem Wasser gegeben haben mußte, jetzt noch widerlegen? Dazu würde man einfach Beweise ignorieren und so tun müssen, als ob es bestimmte Abhandlungen wie auch bestimmte Steine im Gelände nicht gäbe. Und unvoreingenommene Wissenschaftler, deren Karriere nicht untrennbar mit der einen oder anderen Position verbunden war, würden das nicht tun.

Dann löste sich ein weiteres Stück grauen Steins unter dem spitzen Ende seines Hammers, und er und Harry sahen beide die gerundete Doppelwölbung und den Splitter dahinter. Als Michelson zu ihnen heraufkam, sah er sie flach auf dem Bauch liegen; ihre Gesichter waren Zentimeter vom Gestein entfernt, und sie hatten die Sonnenbrillen abgenommen, damit sie das Objekt besser betrachten konnten. »Was sehe ich da?« rief Michelson aus.

»Ich bin mir nicht sicher«, sagte Harry. »Aber ich glaube, es könnte der Oberschenkelknochen eines Frosches sein. O mein Gott.«

»Sagen wir, es ist Ihre berühmte Muschelschale«, fügte Graham hinzu, setzte sich hin und grinste schief zu Michelson hinauf. Er spürte, wie die Sonne durch die Kälte stach und sich in sein Gesicht bohrte. Ein sehr angenehmes Gefühl.

**Die Welt ist ein Körper.** Die Felsen sind das Skelett, die Wasserläufe Adern, Bäume Muskeln und Wolken die Atmung. Wir sind die Gedanken. Hier können wir nun sagen, daß der Körper bis aufs Skelett reduziert worden ist, denn es gibt keine Muskeln, keine Venen und keine Arterien. Aber den Atem der Wolken. Ein Skelett, das unter seinem weißen Mantel atmet und von Zeit zu Zeit aufwacht und denkt.

Wir gehen die Eisstraße zum Hochland im Innern hinauf, dem inneren Ich. Ein Morgen in einem sonnendurchfluteten Camp: Übungen in *Chih-fa,* der Methode für die Finger. Valerie, unsere Roshi, die Hirtin dieser Pilgerreise, verkörpert die Kunst des *Chih-fa* in ihrer reinsten Form. Keine Teezeremonie könnte klarere Strukturen haben als ihr Zazen der Lagerauflösung. Es ist eine Freude zu sehen, auf welche Weise sie für uns sorgt. Und nun sind wir wieder unterwegs. Wir wandern stundenlang dahin, auf Amundsens Spuren.

Was sollen wir von Amundsen halten? Seine Geschichte ist ein Knäuel. Sein ganzes Leben lang war er ein Mann des Nordens, er hat beruflich nie etwas anderes gemacht, als den Norden zu erforschen. Er hatte die Nordwestpassage entdeckt; er hatte jahrelang den sehnlichen Wunsch, zum Nordpol zu gelangen. Dann erfuhr er mitten in den Vorbereitungen zu seiner Expedition dorthin, daß Cook und Peary behaupteten, ihn erreicht zu haben. Aber er wollte nicht der dritte Mensch am Nordpol sein, nicht einmal der zweite. Das wirft ein anderes Licht auf seinen Wunsch. Was er damals wollte, war nicht der Nordpol, das inhaltliche und geographische Zentrum seines Lebens. Er wollte der Erste sein. Das ist ganz und gar nicht dasselbe. Kein Verlangen nach einem Ort, sondern nach einer Position. Eine Konzentration auf die Zeit statt auf den Raum; ein Wunsch, der Geschichte seinen Namen einzuschreiben, statt einen Ort auf der Erde zu erobern.

Als Amundsen schrieb, wie seltsam es sei, am Südpol zu stehen, nachdem er sein Leben lang versucht habe, zum Nordpol zu gelangen, hatte er darum nur teilweise recht. In einem tieferen Sinn stand er genau dort, wo er wollte: auf dem Rang des Ersten. Und in der Tat ist er in Erinnerung geblieben, insbesondere auf diesem Kontinent, wo es so wenig menschliche Geschichte gibt, daß die Ereignisse an ihrem Beginn immer noch alles überschatten. Er hat also seine Spur in der Zeit hinterlassen. Der erste am Pol. Wann hat er ihn erreicht? Ich weiß es nicht mehr.

Die Methode, mit der Amundsen zum Pol gelangte, ist ebenfalls ein Knäuel, und es fällt uns schwer, sie zu akzeptieren. Einerseits hatte er eine besondere Gabe, seine Erfahrungen beim Vorstoß zum Pol zu reflektieren, seine Methoden zu analysieren und fortwährend Neuerungen an seiner Ausrüstung und seiner Technik vorzunehmen, um sie zu verbessern. Er benutzte auf seiner Reise die beste Kombination moderner und archaischer Techniken, die es zu seiner Zeit gab; vieles davon war speziell von Amundsen entworfen und unter seiner Leitung hergestellt worden.

Doch den Wechsel in seiner Zielorientierung von einer Seite der Erde zur anderen verheimlichte er vor allen, weil er fürchtete, seine finanzielle Unterstützung zu verlieren. Das ist eine der Merkwürdigkeiten an seiner Reise, über die sich seither viele Leute den Kopf zerbrochen haben. Nicht einmal seine Männer wußten, wohin die Reise ging; er erzählte es ihnen erst, als sie Norwegen bereits verlassen hatten. Zu diesem Zeitpunkt schickte er auch Scott ein Telegramm, in dem stand: »Bin unterwegs nach Süden.« Das zeigt, daß auch er das Erreichen der Pole als eine Art mittelalterlichen Zweikampf betrachtete, bei dem gewisse Regeln des Fair Play galten. Im Gegensatz zu Scott war Amundsen offenbar nicht der Ansicht, daß bis zu Scotts Erfolg oder Tod niemand diesen Versuch unternehmen dürfe. Aber er stimmte mit ihm darin überein, daß sie sich ein Wettrennen lieferten. Deshalb schickte er Scott seine Nachricht.

Und dann setzte er Hunde ein und verspeiste sie. Natürlich essen viele von uns tierisches Fleisch, und auf jedem Markt in China kann man an einem einzigen Tag mehr Grausamkeiten gegenüber Tieren sehen, als Amundsen und seine Männer ihren Hunden während ihrer gesamten Zeit im Polargebiet zugefügt haben. Wir können ihn nicht verurteilen. Aber der Plan, sich von Hunden zum Pol ziehen zu lassen und sie dabei unterwegs zu verspeisen, hat etwas an sich, was dem britischen Denken zumindest als ziemlich kalt und übereffektiv erscheint. Die Briten sind unsentimental und höchst sentimental zugleich - wie die Chinesen auch. Und Hunde sind unsere Kameraden und Helfer und überdies intelligent, so daß in der Tötung dieser empfindungsfähigen Wesen ein Hauch von Mord mitschwingt, besonders wenn man sie erschießt und aufißt, um sich eine Reise zu erleichtern, bei der es nur darum geht, als erster ans Ziel zu kommen.

Und dann ist da einfach die Frage, ob man sich von anderen Lebewesen hinbringen läßt oder aus eigener Kraft hingeht. Scott hat durch seine Unfähigkeit, mit den Hunden zurechtzukommen, im Endeffekt die Meßlatte höher gelegt; nun ging es nicht mehr nur darum, ans Ziel zu gelangen, sondern auch darum, *wie* man das tat. Zufällig verliebten sich Scott und seine Männer in den Gedanken, zu Fuß zu gehen, und anschließend behauptete Scott, es komme darauf an, daß man sein Ziel aus eigener Kraft erreiche; und was seither geschehen ist, bestätigt eher seine Wertvorstellungen als die von Amundsen. Die Erstbesteiger des Mount Everest benutzten beispielsweise Sauerstoff und waren die Spitze einer gigantischen logistischen Pyramide; später bestiegen Messner und Habler den Berg ohne Sauerstoff, und dann bestieg Messner ihn allein und ohne Sauerstoff. Dank Messners schönem Feng-Shui-Akt erweckten die ersten Besteigungen den Eindruck, zu stark von äußerer Hilfe abhängig gewesen zu sein. In der Antarktis war es weitgehend dasselbe. Man fuhr mit Traktoren zum Südpol, dann flog man hin, und jedermann war der Ansicht, daß dies keine große persönliche Leistung der Leute darstellte, die solche Transportmittel benutzten. Und hinten auf einem von Hunden gezogenen Schlitten zu stehen, ist nicht so viel anders, als in der Kabine eines Traktors zu sitzen, wie meine Freundin Elspeth kürzlich hervorgehoben hat. Kurzum, wir können uns heutzutage überall hinbringen lassen, aber alleine dorthin zu gehen, ist immer noch hart. Als Børge Ousland allein und ohne jede Hilfe den Kontinent zu Fuß durchquerte, war das eine erstaunliche Leistung; und sie war eher von Scott inspiriert als von Amundsen, obwohl Ousland ebenfalls Norweger war.

Doch Amundsens Ziel war simpel: Er wollte als erster am Pol sein. Keine wissenschaftliche Forschung, keine Skrupel wegen der Hunde. Er organisierte eine wundervoll effektive Reise zu einer Idee. Er war als erster an der Rotationsachse, einem Ort planetarer Potenz in der Welt unserer Phantasie; einem Ort, wo sich alle Drachenadern in einem einzigen festen Knäuel sammeln. In hohem Maße ein Akt des Feng Shui.

Darum ist seine Expedition für mich ein Bündel von Widersprüchen. Während wir seiner Route folgen, verspüre ich ein Gefühl der Verwirrung in bezug auf das, was die Norweger getan haben, und in bezug auf das, was wir tun. Das Land, das sie durchquert haben, ist großartig, und die Durchquerung war ein Kunstwerk. Aber diese Kunst umfaßte die Ermordung von Hunden; und alles für eine Idee des Ersterseins, die ich letzten Endes nicht sehr interessant finde. Norden, Süden, Osten, Westen und all die anderen Feng-Shui-Attribute – sie gehören zur Welt der Phantasie, einer Landschaft, die natürlich ein wesentlicher Bestandteil jeder Landschaft und von entscheidender Bedeutung für unsere Stellung in der wirklichen Welt ist, auf der Erde, wie wir sie vorfinden. Doch wenn man die irdische Realität nur als etwas Stoffliches begreift, das man durchqueren muß, dann ist sie für einen eigentlich nicht vorhanden, und folglich verarmt die Phantasie. Die Erde ist die Heimat und der Körper der Phantasie. Wenn man einen Ort nicht bewohnt – was nicht heißen soll, daß man an einer einzigen Stelle bleiben muß, sondern daß man den Ort so bewohnt, wie es die paläolithischen Völker taten, die jeden Busch kannten und jedem Felsen einen Namen gegeben hatten –, dann wird er zu stark dezentriert und zu metaphysisch; man lebt in der Phantasiewelt einer Idee. Wahres Feng Shui entsteht als organischer Bestandteil der Landschaft selbst, den wir wahrnehmen und nicht erfinden, nachdem wir das Land bis hinab zu jedem Sandkorn kennengelernt haben.

Amundsen war also der Erste an der Rotationsachse. Aber die Amerikaner, die 1956 an diesem Ort zu leben begannen, waren die Ersten, die im vollen Sinne des Seins dort waren.

Vor uns die Stirnwand des Gletschers, die entscheidende Phase unseres Aufstiegs, das innerste Knäuel unserer Pilgerreise. Ein sehr eindrucksvolles Beispiel der *Kao-yuan*-Perspektive. Ich werde mich jetzt in Schweigen fassen und die Kameras eingeschaltet lassen, damit ihr unbeeinflußt zusehen könnt. Wir unterhalten uns oben weiter, auf der Eiskappe.

■

*glitzerndes Weiß*
*leuchtendes Blau*
*Rabenschwarz*

(in Amundsens Tagebuch, Dezember 1911)

**Sobald sie unten angelangt waren,** erwies sich der untere Teil des Axel-Heiberg-Gletschers als ein solch breiter Eisstrom, daß Vals Gruppe über lange Strecken auf nacktem, spaltenlosem Eis aufsteigen konnte. Es war, als ginge man auf einem zusammenhängenden Wasserschwall, auf der ebenen Oberfläche eines glatten, reißenden Flusses, der binnen Sekundenbruchteilen komplett gefroren war, sogar inklusive der kleinen Wellen. Es war harte Arbeit, diesen glatten Hang mit Steigeisen zu erklimmen, und sie wechselten sich alle halbe Stunde beim Schlittenziehen ab, zuerst Val und Ta Shu, dann Jack und Jim, dann Jorge und Elspeth; aber im Vergleich zum steilen Trümmereis der falschen Route ging es immer geradeaus, und sie kamen gut voran. Es wäre sogar ein Kinderspiel gewesen, wenn sie den Gletscher nicht bei jedem Blick nach vorn und nach oben immer steiler vor sich hätten aufragen sehen, bis er sich schließlich zu einer gigantischen Stirnwand auftürmte. Das war jener Abschnitt des Gletschers, der jetzt Amundsen-Gletschersturz genannt wurde; er ragte in einer breiten Kurve von einer schwarzen Seitenwand zur anderen über ihnen auf, und das gewaltige Krakelee des Gletschereises glänzte wie Spiegelscherben in der Sonne. Tausend Meter Höhenunterschied auf weniger als fünf Kilometern. Und sie würden dort hinaufsteigen müssen, wenn sie weiterkommen wollten.

Während sie Stunde um Stunde weiter darauf zugingen, tauchten wie Stromschnellen in der Strömung die ersten Spaltenfelder im Eis auf. Hier war das GPS-System eine ungeheure Hilfe, denn wenn sie den großen weißen Strom hinaufschauten, türmten sich die steileren Abschnitte drohend vor ihnen auf, wohingegen die flacheren derart verkürzt wurden, daß sie beinahe verschwanden, was ihren Weg steiler (aber auch kürzer) erscheinen ließ, als er es in Wirklichkeit war, und es ihnen erschwerte, genug zu sehen, um eine bestimmte Route zu wählen. Zu Amundsens vielen Talenten hatte die Fähigkeit gehört, sich ein so gutes Bild von dem unsichtbaren Gletscher über sich zu machen, daß er unpassierbare Spaltenfelder und die Scherzonen, wo das Eis nicht so sehr rissig als vielmehr pulverisiert war, umgehen konnte.

Val dagegen konnte auf ihrem Armbanddisplay Satellitenbild- und Radarinformationen sowie eine auf weniger als zwei Zentimeter genaue Bestimmung ihres Standorts durch das GPS ablesen, ganz zu schweigen davon, daß das Impulsradar auf ihrer Schulter fortwährend nach Spalten vor ihnen suchte, und ihr Geschick bestand darin, all diese Daten mit der tatsächlichen Eislandschaft in Beziehung zu setzen, mit der sie es zu tun hatten, und dann eine der alternativen Routen auszuwählen, die das Gerät vorschlug, falls es solche Alternativen gab. Normalerweise gab es welche; sie suchten sich ihren Weg durch eine Art Labyrinth aus mannigfaltigen Pfaden und stießen in diesem unteren Bereich nirgends auf ein Spalten- und Scherzonengebiet, das sich zusammenhängend über die gesamte Gletscherfront zog. Ein paarmal fehlte allerdings nicht viel; sie mußten in Serpentinen aufsteigen und für jeden Kilometer gletscheraufwärts vielleicht zwei oder drei Kilometer zurücklegen, so daß sie nur sehr, sehr langsam vorankamen. Aber sie kamen voran.

Und die Stunden verstrichen. Val schaute auf das matte kleine Display an ihrem rechten Handgelenk, hob den Blick zu dem gleißenden weißen Wirrwarr und zeigte den hinter ihr aufgereihten Kunden den Weg. Dann setzen sie sich wieder in Bewegung. Mittlerweile zog sie den Schlitten die meiste Zeit allein, und niemand erhob Einwände dagegen. Manchmal war der Gletscher von dem harten Schnee bedeckt, den man Firn nannte, und sie konnten in gutem

Tempo marschieren. Ihre Sonnenbrillen waren auf maximale Leistung eingestellt und polarisierten so stark, daß der kobaltblaue Himmel eine schwärzliche Färbung hatte.

In einigen Abschnitten bestand der Gletscher aus reinem blauen Eis - zernarbt oder glatt -, so daß sie haltmachen, Steigeisen anlegen und auf dem weiteren Weg nach oben die Zacken einschlagen mußten. Das blaue Eis war vielerorts von regelmäßigen Dellen zerfurcht, die den von der Sonne in den Schnee gebrannten Mulden ähnelten, obwohl sie nicht so tief waren; dort glich ihr Aufstieg einer Wanderung über die Oberfläche eines riesigen Golfballs. Jedesmal, wenn sie den Fuß aufsetzten, verdrehten sich ihre Knöchel in einem anderen Winkel. Es war sehr schwer, nicht zu schwitzen, obwohl sie ihre Smartfabric-Kleidung weit offen trugen und die Umgebungstemperatur ein gutes Stück unter Null lag. Der Schlitten klapperte hinter Val drein und zerrte heftig an ihr, als wollte er sich losreißen und wie ein Rodelschlitten auf einer irrwitzigen Schußfahrt den ganzen Gletscher wieder hinuntersausen und ins Ross-Meer stürzen. Wenn sie sich während der Ruhepausen umschauten, sahen sie ganz deutlich, daß der Gletscher eine enorme Flutwoge war, die durch eine gewaltige Bresche in der Mauer der Berge nach unten strömte; der geschwungene Lauf der Flüssigkeit war an den vielen Geröllinien, die die Oberfläche zeichneten, oder auch nur an der Faltung des Eises selbst zu erkennen; die Falten verliefen parallel wie die Riefen am weißen Bauch eines Wals und beschrieben bei jedem Bogen talabwärts allesamt die gleiche Bahn. Der Graben, den der Gletscher geschnitten hatte, war tief; die Bergketten, die ihn einfaßten, erhoben sich bis zu einer Höhe von fast viertausend Metern über dem Meeresspiegel und mehr als dreitausend Meter über ihrem gegenwärtigen Standort, so daß sie das Gefühl hatten, sich am Grund eines ungeheuren Spalts zu befinden. Manchmal kam es ihnen so vor, als würden sie Wochen brauchen, um den oberen Rand dieser riesigen Steilwandschlucht zu erreichen. Darum ertönten bei ihren Ruhepausen Ausrufe wie:

»Phantastisch!«
»Ehrfurchtgebietend!«
»Echt stark.«
»Grandios.«
»Groß.«

Das war Ta Shu. Er hielt sich während der Ruhepausen ein wenig abseits und drehte sich wie ein wirbelnder Derwisch in extremer Zeitlupe um die eigene Achse, entweder um seinem fernen Publikum ein vollständiges Dreihundertsechzig-Grad-Panorama zu zeigen oder einfach, weil er nicht genug von dem Anblick bekommen konnte. Sein leiser chinesischer Kommentar war wie das Zirpen unsichtbarer Vögel.

Val hielt die Ruhepausen kurz. Eine Stunde nach der anderen verging, und jede war so anstrengend wie die davor. Sie kamen voran. Es war verblüffend, wie heiß einem in der Antarktis werden konnte – man lief auf einer Art Spiegel, wurde von oben und unten von der Sonne bestrahlt und rackerte sich ab. Und dennoch blieb die latente Kraft der eisigen Kälte stets spürbar, in der Nasenspitze und in den Ohren, manchmal, wenn eine Wegstrecke leicht zu bewältigen war, auch in den Finger- und Zehenspitzen. Einmal checkte Val die Temperatur; sechsundzwanzig Grad unter Null, und die meisten Mitglieder der Gruppe trugen noch Stirnbänder, um ihre Ohren vor Erfrierungen zu schützen, während der übrige Kopf unbedeckt blieb, was bedeutete, daß sie in ihrer Kleidung nicht allzusehr schwitzen würden. Der Kopf war der Schlüssel zur Temperaturregulierung. An diesem Tag hatten sich die meisten von ihnen bis auf die Hemden und Windschutzhosen über den langen Smartfabric-Unterhosen ausgezogen, und die Heizelemente in ihren Fotovoltaik-Windschutzhosen waren ganz ausgeschaltet. Das glänzende, blauviolette Gewebe bildete einen hübschen Komplementärkontrast zum grellen Türkis des Eises und dem dunklen Kobaltblau des wolkenlosen Himmels. Der Himmel schien über dem gleißenden Eis und Schnee zu pulsieren, als würde er leicht atmen – ein Phänomen, das

Val vor langer Zeit ihrem eigenen Puls zuzuschreiben gelernt hatte, der irgendwie in ihren Augen schlug. Sie arbeitete hart, und ihre Kunden plackten sich noch mehr ab, aber bis jetzt hielten sie mit. Dies war eine jener Stunden, die sie liebte; sie brauchte sich nur wenig Sorgen um die Kunden zu machen, konnte sich darauf konzentrieren, die wesentlichen anstehenden Aufgaben abzuschätzen, und war innerlich voll von der Arbeit, den Gefühlen in ihren Füßen und Beinen und im Rest ihres Körpers sowie von der gewaltigen Landschaft in Anspruch genommen, die sie umgab, als sie langsam immer höher hinaufkamen und der Blick entsprechend weiter wurde. Sie schwitzte, ihr Atem ging schwer, ihr Mund war trocken; ihre Gedanken schossen kreuz und quer durch die Schlucht, prallten von deren Wänden ab und flogen hinaus in den Kosmos; verschmolzen aber auch für lange Phasen mit dem Eis unter ihren Füßen und auf den zehn Metern vor ihr. Glückliche Gedanken. Die Dromomanin auf vollen Touren.

Die Daten auf ihrem Display und der Blick nach oben zeigten ihr, daß sie den Fuß des eigentlichen Gletschersturzes erreichten. Dort oben, sechzehnhundert Meter über ihrem jetzigen Standort und von hier aus nicht zu sehen, fiel das Eis durch einen trichterförmigen Abschnitt am oberen Ende in einem Kanal zwischen der dreieckigen Masse des Mount Don Pedro Christophersen – Amundsens finanziellem Retter – und dem hoch aufragenden südlichen Ende der Herbert Range, einem Berg namens Mount Fridtjof Nansen – Amundsens Gönner und Freund –, von der Polkappe herunter. In der Mitte des Trichters befand sich ein Felshöcker, den Amundsens Gruppe Mount Ole Engelstad getauft hatte, nach dem norwegischen Marineoffizier, der Amundsens Stellvertreter gewesen war, bis ihn – noch in Norwegen – ein Blitzschlag getötet hatte. Jeder, der mit Amundsen gut Freund gewesen war, hatte damit rechnen können, daß irgendein ganz toller Gipfel nach ihm benannt wurde, dachte Val, als sie die Landkarte auf dem Display betrachtete.

Die Norweger waren bei ihrem Aufstieg von den damaligen Spaltenfeldern immer weiter nach rechts gedrängt worden, bis sie den Trichter rechts vom Mount Engelstad hinaufsteigen mußten und sich erst dann nach links und damit nach Süden wenden konnten. Val sah jedoch auf dem Display, daß der Gletscher sich im letzten Jahrhundert verändert hatte; es gab eine durchaus zu bewältigende Route, die nach links führte, geradewegs den südlicheren Hang hinauf. Wenn sie in diese Richtung gingen, würden sie den Weg um etliche Kilometer verkürzen und sich überdies den Aufstieg über die rechte Seite des Trichters ersparen, wo das Eis erheblich zerklüfteter zu sein schien als ein Jahrhundert zuvor.

Deshalb wartete sie, bis die anderen sie alle eingeholt hatten, und verkündete, daß sie eine Ruhepause einlegen würden. Während sie das Schmelzwasser aus ihren Armflaschen tranken, die sich außen an ihren Oberarmen befanden und an die Fotovoltaik-Elemente in ihren Anzügen angeschlossen waren, so daß sie bei ausreichendem Sonnenschein einen knappen halben Liter Wasser pro Stunde schmolzen, zeigte sie ihnen, was sie auf ihrem Display gesehen hatte. »Vielleicht sollten wir hier nach links gehen, direkt auf den Butcher's Spur zu.«

»Ach, kommen Sie«, sagte Jack, der ein bißchen keuchte – sein Gesicht war rot, getrockneter Schweiß streifte seine Wangen, und er setzte sein schönstes Lächeln für sie auf. »Wir haben uns bei all den anderen wirklich schwierigen Abschnitten an Amundsens Route gehalten, und wenn wir erst mal oben auf dem Plateau sind, ist es nur noch ein Klacks bis zum Pol. Warum sollen wir jetzt bei diesem letzten Stück kneifen?«

Die anderen zuckten unsicher die Achseln und schauten zu dem geborstenen Eis hinauf. Es sah in beiden Richtungen übel aus, um die Wahrheit zu sagen. Elspeth murmelte etwas. Es schien allen einigermaßen gleichgültig zu sein, welchen Weg sie nahmen.

Val wußte, daß sie die Entscheidung treffen mußte.

Wenn sich die Bedingungen im Gletschersturz so stark verändert hatten, daß die rechte Route nun gefährlich war, sollten sie nach links gehen, und basta. Kein Mensch versuchte, beim Aufstieg über einen Gletschersturz eine spezielle Route zu wiederholen, das wäre absurd; Gletscherstürze veränderten sich jeden Monat, und darauf mußte man reagieren.

Irritiert schaute sie wieder auf das Display. Tatsächlich konnte sie für keine der beiden Seiten eine einigermaßen sichere Prognose abgeben; wie es dort aussah, würden sie erst erfahren, wenn sie den Aufstieg versuchten. »Schlagen wir für heute das Lager auf«, sagte sie schließlich. »Könnte sein, daß dies für lange Zeit die letzte flache Stelle ist, und es ist zu spät, eine weitere starke Steigung in Angriff zu nehmen. Außerdem muß ich noch ein bißchen über die Route nachdenken.«

»Warum?« fragte Jack.

»Um zu sehen, ob es hinhauen wird«, sagte Val kurz, ging zum Schlitten und machte sich daran, das Camp aufzubauen.

An diesem Abend nahmen sie das Essen im Speisezelt größtenteils schweigend ein. Sie waren müde, und der morgige Aufstieg würde die entscheidende Phase ihres ganzen Trecks sein; und da sie direkt unter dem Hang kampierten, wirkte der Gletschersturz durch die Verkürzung wirklich sehr steil, so daß sie bei jedem Blick nach draußen damit konfrontiert waren, was sie sich vorgenommen hatten. Selbst im Innern des Zeltes glaubten sie, die riesige, zerklüftete weiße Wand vor sich zu sehen. Jack sagte, sie erinnere ihn an seine Nacht in der Hörnlihütte am Matterhorn, wo er zu diesem riesigen, über ihnen hängenden Gipfel hinaufgeschaut und sich gefragt habe, worauf er sich da eingelassen habe. »Und dann sind wir noch im Dunkeln aufgebrochen, und wir konnten überhaupt nichts sehen. Ich bin die erste Stunde mit der Taschenlampe zwischen den Zähnen geklettert, damit ich beide Hände frei hatte. Aber am Ende hat sich's als Kinderspiel erwiesen.«

Ein paar Leute nickten. Es war komisch, daß immer jemand prahlte, dachte Val, wenn man bedachte, daß nie jemand darauf hereinfiel.

»Haben Sie das Matterhorn bestiegen?« wollte Jack von ihr wissen.

»Ähm... ja. Vor langer Zeit.«

»Auf dem Normalweg?«

»Sie meinen den Grat von der Hütte aus? Nein, nein. Wir haben es damals überquert.«

»O ja - den Zmutt rauf und den Lion runter? Ich habe gehört, das sei toll.«

»Nein, damals sind wir die Nordwand rauf und die Südwand runter.«

Jack war verblüfft, und er errötete ein bißchen. »Wow«, sagte er. »Das muß irre gewesen sein!«

»Ja. Meine Partnerin war damals im fünften Monat, deswegen war's schon irgendwie nervenaufreibend.«

Gelächter ertönte. Jack stimmte mit ein und errötete noch mehr, während er sie ansah.

»Wie Alison Hargrove!« rief Elspeth mit einem frechen Grinsen in den Augen.

»Stimmt. Meg hat tatsächlich dazu gesagt, sie mache jetzt ihren Hargrove.«

Wie viele Bergsteigerinnen hielt Val das Andenken an Hargrove in Ehren, eine Britin, die - im fünften Monat schwanger - an einem einzigen Tag die Eigernordwand bestiegen hatte. Später war sie am K2 ums Leben gekommen, als ihre Kinder vier und sechs Jahre alt gewesen waren; eine Schande. Seitdem konnte man als Bergsteigerin allerdings kaum noch irgend etwas tun, was im Vergleich dazu unmütterlich gewesen wäre.

Jack ließ das Thema Matterhorn fallen, und das Gespräch schweifte ab, während sie von Chili zu Schokolade übergingen und das Geschirr abwuschen. Irgendwann einmal sagte Elspeth zu Ta Shu: »Am Butcher's Spur haben sie die Hälfte ihrer Hunde erschossen, wissen Sie.«

»Ah! Ich verstehe.«

Als die Norweger dort angelangt waren, hatten sie ihre Hunde natürlich bereits ins Herz geschlossen: jeder einzelne ein schwer schuftender, eifriger Enthusiast, wie ein pelziger Birdie Bowers. Deshalb hatte es sie traurig gestimmt, so viele von ihnen erschießen zu müssen. Jeder erschoß die schwächere Hälfte seines Teams, das hieß, jeweils zwei bis drei Hunde. Obwohl sie mit dem Aufstieg über den Gletschersturz soeben eine unglaubliche Leistung vollbracht hatten - eine Leistung, die Vals Gruppe erst noch erbringen mußte - und binnen nur vier Tagen auf einer schwierigen und bislang völlig unerforschten Route vom Meeresspiegel bis zur Polkappe gelangt waren, verbrachten sie nun trotzdem einen sehr, sehr melancholischen Abend. Was sie (und die überlebenden Hunde) allerdings nicht davon abhielt, sich die Steaks zu Gemüte zu führen, die sie aus ihren verstorbenen Gefährten herausgeschnitten hatten.

»Eine Art Kannibalismus«, meinte Elspeth.

»Die Briten haben auch Hunde getötet«, rief Jack ihr ins Gedächtnis. »Sie wollten welche einsetzen, kamen aber nicht dahinter, wie es ging.«

»Und gleichzeitig haben sie deswegen die ganze Zeit auf Amundsen eingeprügelt«, sagte Jim und schüttelte betrübt den Kopf. »Jahre später hat die British Royal Geographical Society schließlich ein Festbankett zu Amundsens Ehren veranstaltet, und der Mann, der ihn vorstellte, beendete seine Vorstellung mit dem Satz: ›Ich schlage vor, wir bringen ein dreifaches Hoch auf die Hunde aus!‹«

»Das ist nicht Ihr Ernst!« sagte Elspeth.

»Aber ja doch. Lord Curzon, wie Amundsen sich erinnerte, als er in seiner Autobiographie darüber schrieb. Er war wirklich stinksauer.«

»Was hat er gemacht?«

»Er ist nach dem Bankett in sein Hotel zurückgegangen und hat eine Entschuldigung verlangt, aber nie eine erhalten. Deshalb ist er aus der Royal Geographical Society ausgetreten und nie wieder nach England gekommen.«

»Unglaublich.«

»Niemand ist unverschämter als die Briten, wenn sie es darauf anlegen.«

Sie aßen eine Weile schweigend und dachten darüber nach. Val versuchte, es sich vorzustellen: schallendes Gelächter im britischen Publikum, der wütende und gedemütigte Amundsen, der auf der Bühne saß und nicht weg konnte. Was für eine Szene!

Ta Shu verdrückte den letzten Rest eines Schokoriegels. »Diese Hunde haben dreifaches Hoch verdient«, bemerkte er.

»Aber Amundsen war derjenige, der es hätte ausbringen müssen«, sagte Elspeth.

»Er hatte keine Gelegenheit, damals nicht. Aber andere Male er hat immer erklärt, wie wichtig sie waren.«

Sie saßen da, aßen und ruhten sich aus. Es war seltsam, dachte Val, welch starke Spuren diese ersten Expeditionen bei den Menschen in der Antarktis hinterlassen hatten; im Grunde stellten sie die einzige gemeinsame Kultur des Kontinents dar. Niemand wußte, was im Internationalen Geophysikalischen Jahr hier geschehen war, niemand wußte, was sich in den U.S.-Navy-Jahren getan hatte, niemand kannte die Geschichte des australischen Sektors oder den der Kiwis oben am Vanda-See, niemand war über das stetige Rinnsal von Solo-Durchquerungen und dergleichen im Bilde. Nichts blieb in Erinnerung, nur der Anfang.

Jim wandte sich an Ta Shu. »Ich hab darüber nachgedacht, was Sie gestern abend gesagt haben, daß es in all unseren Geschichten bunte Lichter gäbe. Ich weiß, was Sie meinen, und in einem gewissen Maße stimmt das natürlich auch. Aber gute Historiker versuchen meiner Meinung nach, Dinge in klarem Licht zu sehen – erstens wollen sie nach Möglichkeit erkennen, was wirklich geschehen ist, und dann wollen sie herausfinden, wie und warum die Geschichten über diese Ereignisse die Realität verzerrt haben. Und wenn man all diese alternativen Geschichten gesammelt hat, kann man sie vergleichen und Urteile fällen, in denen sich nicht nur die eigenen bunten Lichter widerspiegeln. Nicht nur das eigene Temperament. Dann kann man ihnen mit einigem Recht eine gewisse Objektivität zuschreiben.«

Ta Shu nickte und dachte darüber nach, während er eine zweite Portion Chili und Camp-Cracker verschlang. Er aß wie ein Mann, dachte Val, der irgendwann in seinem Leben großen Hunger gelitten hatte.

»Ein lohnendes Ziel«, erklärte er zwischen zwei Bissen. Er stand auf und ging zu dem leise zischenden Kocher hinüber, um seine Schüssel nachzufüllen. Die anderen sahen sich an.

Jack sagte leise: »Und das war dein heutiger Glückskeks.«

Am nächsten Morgen beschloß Val, darin einzuwilligen, daß sie der Route der Norweger folgten. Sie konnte sowohl auf ihrem Display als auch bei einem Blick zum Gletschersturz hinauf eine begehbare Route sehen, die ganz rechts im Trichter nach oben verlief und am Fuß eines kleinen Nunataks namens Helland-Hansen-Schulter vorbeiführte, der am Rand der Polkappe lag. Das erklärte sie den anderen, Jack nickte selbstzufrieden, und sie verstauten das Lager auf dem Schlitten und brachen auf.

Es hätte leichter sein sollen, als es war. Immerhin war dies das flachste Teilstück des Trichters; Val verstand, weshalb die Norweger lieber diese Seite genommen hatten. Aber etwas - vielleicht die leichte Absenkung der Polkappe, die den Gletscher im oberen Abschnitt ein wenig dünner machte - hatte dazu geführt, daß das Eis quer über die gesamte abschüssige Fläche aufgebrochen war. Möglicherweise überquerte es einen in der Tiefe liegenden Felsgrat zwischen Mount Engelstad und der Hansen-Schulter, denn auf der Karte sah es so aus, als könnte es sich dabei um zwei bloßliegende Teile eines gekrümmten Sattels handeln, der vom Eis überschwemmt worden war.

Jedenfalls ging es nur sehr mühsam voran. Sie arbeiteten sich im Zickzackkurs aufwärts, von einer schmalen Rampe zur nächsten, von einem Eisblock zum anderen, überquerten manchmal Schneebrücken über schmale Spalten, zogen dann wieder mit aller Kraft den Schlitten über noch schmalere Risse im Eis, wobei sie alle mit anpackten. In Abschnitten wie diesen hatten die Norweger sich jeweils um ihre Schlitten und Hunde gekümmert, und sie berichteten in ihren Tagebüchern, daß sie gegenüber der Gefahr, die unablässig von unten drohte, mit der Zeit ziemlich abgestumpft seien; sie photographierten einander, wie sie breitbeinig über Spalten standen und hinunterschauten, oder wie sie beim Essen die Füße über die Ränder baumeln ließen. Aber ein solch lässiges Gebaren würde die NSF natürlich nicht gutheißen, und in Bruchzonen wie dieser mußte Vals Gruppe sich anseilen und sich wie bei jeder anderen schwierigen Kletterpartie verhalten, was auch durchaus angebracht war. Val stieg also vor, drehte Eisschrauben ein und sicherte die anderen bei ihrem Aufstieg sowie in jeder gefährlicheren Situation; dann zogen sie den Schlitten herauf; danach stieg sie wieder hinunter, um die Eisschrauben zu entfernen, kam anschließend wieder herauf und nahm die nächste Etappe in Angriff. Es ging nur langsam voran, und ihnen war abwechselnd heiß und kalt, je nachdem, ob sie gerade adrenalingeschwängerte Kletterpartien unternahmen oder herumstanden, mit den Füßen stampften und auf die anderen warteten. Selbst die Smartfabric-Kleidung war mit diesem Hin und Her überfordert, und als die Sonne über den Himmel zog, genau über dem höchsten Punkt ihrer Route stehenblieb und sie mit einer wahren Sintflut von Photonen überschüttete, während sie auf sie niederbrannte, wurden die Temperaturunterschiede immer extremer und unangenehmer; vierzig Grad subjektive Differenz zwischen Sonne und Schatten, Gesicht und Rücken; und über neunzig Grad Differenz zwischen Aktivitätsphase und Ruhepause. Selbst Val fühlte sich unwohl, und dabei war dies wirklich ihre absolute Lieblingstätigkeit. Wenn sie keine Kunden dabeigehabt hätte, sondern allein oder mit anderen Bergsteigern zusammengewesen wäre, hätte sie sich in jenem Zustand hyperaufmerksamen, auf die Landschaft konzentrierten Nichtdenkens befunden, der das Zen des Bergsteigens war, das, was daran so große Freude bereitete, die Quelle der Sucht. So jedoch waren die objektiven Gefahren, die vom Gelände ausgingen, groß genug, sie ihrer Kunden wegen in nervöse Unruhe zu versetzen. Ein Führer oder eine Führerin fühlte sich immer nur so gut wie der Kunde, dem es am schlechtesten ging, und Val war momentan von einer Schar stummer Menschen mit Insektenaugen umgeben, die sich in der Kälte zusammendrängten. Ta Shu und Jack hatten ihren Spaß, aber die anderen konnten es wirklich kaum erwarten, daß dieser Teil der Tour endlich hinter ihnen lag.

Dennoch wurde der Weg immer steiler, je höher sie kamen, und sie mußten das Tempo weiter drosseln. Es war, als wären sie in Zenons Paradoxon gefangen und würden in stets gleichbleibenden Zeitabschnitten jeweils die Hälfte der noch verbleibenden Entfernung zum oberen Rand zurücklegen. Sie schwitzten und froren; warteten auf Val, die Eisschrauben hineindrehte oder herausdrehte; schauten in die blauen, klaffenden Risse im Eis unter ihnen - jeder einzelne eine potentielle Todesfalle - oder mieden deren Anblick.

Folglich war es schon fast drei Uhr nachmittags, als sie endlich unterhalb der Hansen-Schulter ankamen, wo eine schmale Eisrampe direkt am Fuß des bloßliegenden Gesteins zum Polarplateau hinaufführte. Zwischen der Eisrampe und dem Dolerit der Schulter klaffte ein breiter, vom Windabrieb zu einer senkrechten Wand geglätteter Bergschrund. Links von der Rampe befand sich unglücklicherweise ein Gewirr großer, abgebrochener Eiszacken, durchsetzt von tiefen Spalten, die sich bis über das erste große Gefälle des Gletschersturzes zogen. Aus diesem Grund hatten sie zu beiden Seiten keinen Platz für Ausweichmanöver, und es blieb ihnen nichts anderes übrig, als die Rampe weiter hochzuklettern. Ihre Steigeisen blieben im blauen Eis stecken, während sie sich den Hang hinaufquälten. Aber das Bild auf dem Display zeigte, daß er bis ganz nach oben führte.

Bevor sie jedoch oben anlangten, mußten sie einen einzelnen großen Eisblock passieren, der den Bergschrund zur Rechten ausfüllte und über ihre Rampe hing – ein glatter, bläulicher Reißzahn aus Eis, ein Stück von einem Eiszacken, das von der Hansen-Schulter heruntergefallen sein oder aus dem Eiszackenfeld links von ihnen stammen mußte. Wo die Rampe unter dem Eiszacken eine Kurve beschrieb, war sie nur ein kleines Stück breiter als der Schlitten, denn eine Spalte wand sich aus dem Eiszackenfeld und verlief auf der linken Seite parallel zur Rampe. Val sah, daß diese Spalte tief war. Sie befanden sich also im Endeffekt auf einer Eisbrücke, die zwischen Bergschrund und Spalte den Hang hinaufführte. Oben, wo die Spalte im Gletschersturz auslief, wurde sie bald von einer Schneebrücke gefüllt, unter der eine Öffnung blieb, ein ziemlich großer Eistunnel. Kein ungewöhnlicher Anblick, aber er verlieh der schmalen Rampe noch einen gewissen zusätzlichen Kitzel, weil er ihnen ins Bewußtsein rief, wie tief es zu beiden Seiten hinunterging.

Val ließ ihre Gruppe anhalten. Es sah so aus, als würde die Rampe ohne jedes Hindernis ganz um den überhängenden Block herumführen und danach wieder breiter werden. Das Wegstück war durchaus zu schaffen, aber so schmal, daß ein fixiertes Seil angebracht war. Deshalb wickelte sie ein Seil ab und legte es ordentlich aus, so daß es sich nicht verknoten würde, wenn sie es hinter sich herzog. Sie nahm eine Eisschraube aus ihrer Materialschlinge – eine hohle Metallröhre mit scharfer Spitze und Schraubgewinde an einer Seite sowie Löchern am anderen Ende, in die man einen Eispickel stecken konnte, so daß sie sich leichter drehen ließ –, hackte mit dem spitzen Ende der Schraube ein etwa einen halben Zentimeter tiefes Loch ins Eis, setzte sie darin fest und drehte die permanent quietschende Schraube hinein, die erste Hälfte mit der Hand, die zweite Hälfte mit dem Hebel ihres Eispickels, bis sie fast vollständig im Eis verschwunden war. Eine bombenfeste Sicherung. Sie bat Jack, sich mit einer Bandschlinge an der Schraube einzuhaken und sie beim Vorstieg zu sichern. Dann machte sie sich auf den Weg die Rampe hinauf, und Jack ließ gerade soviel Seil nach, daß Val spürte, wie es hinten ein bißchen an ihr zog. Es war jedesmal so, daß Jack diesen Job machte, und er war wirklich gut darin; eine straffe Sicherung, bei der das Seil genau auf die richtige Weise gespannt war, so daß es in der Mitte kaum je das Eis berührte.

Jenseits der Biegung und oberhalb des Eisblocks machte Val halt, drehte zwei weitere Eisschrauben ein und verband sie mit einer Schlinge, die per Karabiner an beiden Schrauben befestigt war, so daß alle auf sie einwirkenden Kräfte gleichmäßig verteilt werden würden. Sie band einen Achterknoten ins Ende des Sicherungsseils und befestigte es mit einem weiteren Karabiner an der Schlinge.

Bevor sie zu den anderen zurückkehrte, machte sie sich mit einer Prusikschlinge wieder am Sicherungsseil fest. Diese kleine Seilschlinge wurde mit einem Knoten ans Sicherungsseil gebunden, der sich zusammenzog und seine Position beibehielt, wenn man die Schlinge belastete, sich jedoch lösen und per Hand am Sicherungsseil verschieben ließ, wenn kein Gewicht darauf lag.

Sie kam zu den anderen zurück. »Okay, es geht los.« Sie ließ die Kunden am Seil entlang Aufstellung nehmen, vergewisserte sich, daß ihre Gurte mit dem Seil verbunden waren, und schickte sie voraus. Leicht vornübergebeugt stiegen sie mit ihren Steigeisen die Rampe hinauf. Jack blieb zurück, um mit ihr zusammen den Schlitten hinaufzuziehen.

Die anderen waren alle um den Eisblock herum zum oberen Fixpunkt gelangt und hatten sich aus dem Seil ausgeklinkt, Val und Jack hatten ihre Gurte mit dem Sicherungsseil verbunden und schoben gerade den Schlitten in die Spur, als der Eisblock über ihnen sich plötzlich mit einem Ächzen neigte und herabstürzte. Val sprang in die

Spalte zu ihrer Linken; ihr blieb gar nichts anderes übrig, wenn sie nicht von dem herabstürzenden Eis zerquetscht werden wollte. Mit schützend erhobenen Unterarmen schlug sie gegen die Innenwand der Spalte. Das Seil fing ihren Sturz endlich ab und riß sie an ihren Gurten nach oben; dann wurde sie wieder heftig nach unten gezerrt, als Jack unter ihr vom selben Seil abgefangen wurde. Für ein oder zwei Sekunden wurde sie wild umhergeschleudert, aufwärts und abwärts, wie eine Marionette, wobei sie hart gegen die Wand prallte. Das Seil dehnte sich fast wie ein Bungeeseil, was auch seinem Konstruktionszweck entsprach - es war unbedingt notwendig, daß es beim Abbremsen etwas nachgab -, aber es war ein brutaler Tanz, den sie nicht im geringsten unter Kontrolle hatte.

Doch die Sicherung über ihnen hielt, und die Sichernden ließen ebenfalls nicht los. Trotzdem drehte Val sich um, sobald sie nicht mehr herumgeschleudert wurde, rammte die Frontalzacken beider Steigeisen in die Eiswand, griff sich dann ihren Eispickel und schlug dessen spitzes Ende über sich ins Eis, um eine weitere Verankerung anzubringen.

Ein Moment Stille. Nichts tat allzu schlimm weh. Sie hing ziemlich tief unten in der Spalte, und die blaue Wand war direkt vor ihrer Nase. Der Eispickel war bis zur zweiten Kerbe drin, aber das reichte ihr nicht. Jack hing unter ihr am selben Seil und hielt sich mit einer Hand über dem Kopf daran fest. Keine Spur vom Schlitten.

Stimmen von oben. »Uns ist nichts passiert!« rief sie hinauf. »Haltet die Sicherung! Bewegt sie nicht!« Tut überhaupt nichts! hätte sie am liebsten hinzugefügt.

»Jack!« rief sie nach unten. »Alles in Ordnung mit Ihnen?«

»Größtenteils.«

»Können Sie zur Wand schwingen und sich dran verankern?«

»Ich versuch's.«

Er schien unterhalb eines leichten Überhangs zu sein, sie oberhalb. Es war in der Tat ein geradezu klassischer Spaltensturz; die restliche Gruppe befand sich etliche Meter über ihnen an der Oberfläche und sicherte sie, hörte hoffentlich auf ihre Rufe und fixierte das Seil, statt zu versuchen, sie mit Gewalt nach oben zu ziehen; das ging nicht und konnte durchaus in einer Katastrophe enden. Val wollte ihnen nicht einmal zurufen, daß sie das Seil fixieren sollten; wer wußte, was sie tun würden. Da sie sich nicht auf die anderen verlassen wollte, holte sie eine weitere Eisschraube aus ihrer Materialschlinge, schlug ein Loch in die Wand vor sich, setzte die Schraube hinein und drehte sie dann mit leichten Drehungen ins Eis. Der glatte Eiskern kam aus dem Aluminiumzylinder. Damit war sie ziemlich lange beschäftigt, und es stellte sich heraus, daß sie für diese Situation nicht warm genug angezogen waren; hier unten herrschten wahrscheinlich an die dreißig Grad unter Null, weder die Sonne noch irgendwelche körperlichen Anstrengungen wärmten sie auf, und sie schwitzten vom Adrenalin. Sie kühlten rasch aus, und das verlieh Vals Maßnahmen zusätzliche Dringlichkeit. Sie mußte eine Variante der sogenannten Selbstrettung ausführen – im Grunde eine Standardtechnik bei Spaltenstürzen, aber eins jener genialen Bergsteigermanöver, die in der Theorie besser funktionierten als in der Praxis und in der Praxis besser als bei einem echten Notfall.

Die Schraube war drin, und sie hängte sich mit einem Karabiner und einer an ihren Gurten befestigten Schlinge daran und ließ sich dann wieder ein bißchen herunter. Jetzt waren Jack und sie zusätzlich durch die Schraube gesichert.

Von oben kamen weitere Rufe.

»Bei uns ist alles in Ordnung!« rief sie hinauf. »Halten die Ankerschrauben noch?«

Jim bejahte und rief: »Was sollen wir tun?«

»Nur die Sicherung halten!« rief sie nervös. »Fixiert das Seil, so fest ihr könnt!« Sie erinnerte sich nur ungern daran, wie oft sie schon in der Patsche gesessen hatte, während ihre Kunden oben gewesen waren; diese hatten sich dabei nicht selten als gefährlicher erwiesen als die Spalte.

Sie band eine weitere Prusikschlinge ans Sicherungsseil, griff dann nach oben und steckte ihren rechten Stiefel hinein. Dann stellte sie sich in diese Schlinge, langte zur Seite hinüber, löste ihren Gurt von der Eisschraube und streckte sich langsam, während sie die an ihrem Gurt befestigte Prusik am Seil so hoch hinaufschob, wie es ging. Als sie ausgestreckt in der unteren Schlinge stand, zog sie die obere Prusik fest, so daß sie an der Taille daran hing, griff nach unten und zog die untere Schlinge am Seil herauf, wobei sie ihren Stiefel darin ließ. Sie war versucht, die untere Schlinge fast ganz bis zur oberen hinaufzuziehen, aber dann hätte sie eine ziemlich unangenehme, zusammengeklappte Haltung eingenommen und das Gewicht nur schwer auf den Fuß verlagern können, um die obere Schlinge erneut höher hinaufzuschieben. Deshalb zog und schob sie die beiden Schlingen jeweils nur ein kleines Stück höher, immer und immer wieder; eine langwierige, mühselige Tätigkeit, aber nicht ganz so mühselig, wenn man wie Val eine Menge Übung darin hatte und sich beim Aufstieg Zeit ließ.

»Jack, kommen Sie im Prusikverfahren rauf?«

»Ich warte bloß drauf, daß Sie vom Seil gehen«, sagte er gepreßt.

»Los, fangen Sie an!« sagte sie scharf. »Ein bißchen Rumgeschaukel kann mir jetzt nichts mehr anhaben.«

Bald darauf erreichte sie den Rand der Spalte, und die anderen halfen ihr heraus; der grelle Sonnenschein blendete Val. Sie löste sich vom Sicherungsseil und ging hinüber, um die Sicherung zu prüfen. Diese hielt, als ob nichts auch nur daran gezupft hätte. Bombenfest, in der Tat.

Dann war es an Jack, sich zu verausgaben. Das Prusikverfahren war einerseits anstrengend, erforderte andererseits aber auch große Sorgfalt; man mußte sich in unangenehmen, akrobatischen Körperhaltungen aufwärtsarbeiten, wobei man die ganze Zeit im freien Raum schwang, sofern es einem nicht gelang, sich an der Eiswand der Spalte auszubalancieren. Jack schien den klassischen Fehler zu machen, bei jeder Bewegung der Schlingen zu viel Höhe gewinnen zu wollen, und er stützte sich auch nicht an der Wand ab. Er brauchte sehr, sehr lange, um am Sicherungsseil heraufzukommen, und als er schließlich so weit oben war, daß die anderen ihn heraushieven konnten, dampfte er vor Schweiß und machte ein grimmiges Gesicht.

»Gut«, sagte sie, als er wohlbehalten auf der Rampe saß. »Alles in Ordnung mit Ihnen?«

»Ja, wenn ich wieder Luft kriege. Ich hab mich irgendwie in die Hand geschnitten.« Er zeigte ihnen die blutige Rückseite seines rechten Handschuhs, ein schockierendes Rot. Die Wunde blutete ziemlich stark.

»Mist«, sagte sie, hackte etwas Firn von der Rampe und gab ihn ihm. »Packen Sie das eine Weile drauf, bis die Blutung aufhört.«

»Eine Kufe des Schlittens hat mich erwischt, als er runtergestürzt ist.«

»Wow. Das war knapp!«

»Sehr knapp.«

»Wo ist der Schlitten?« fragte Jorge.

»Da unten!« Jack zeigte in die Spalte. »Der Eisblock hat ihn nicht zerquetscht, sondern runtergestoßen. Er ist an uns vorbeigesaust. Ich hab noch einmal kräftig dran gezogen, als ich reingesprungen bin.«

»Gut gemacht.« Val sah sich um. »Ich gehe noch mal runter und suche ihn.«

»Ich komme mit«, sagten Jack, Jim und Jorge.

»Ihr könnt alle mithelfen, aber erst gehe ich runter und schaue nach.«

Sie nahm ein metallenes Abseilgerät von ihrer Materialschlinge, das sich Air Traffic Controller nannte, und befestigte es erst am Seil und dann mit einem großen Schraubkarabiner an ihren Gurten. Sie lehnte sich zurück, um das Seil zwischen ihr und dem Anker zu straffen, und ließ es dann durch den Air Traffic Controller gleiten, während sie rückwärts zur Spalte ging und sich mit ihrem ganzen Gewicht ins Seil legte. Das Schwierigste war, über den Rand zu kommen; sie mußte sich an der Kante zurücklehnen, abspringen und die Sohlen der Steigeisen flach an die Wand bekommen, die gestreckten Beine im Fünfundvierzig-Grad-Winkel zum Körper. Aber sie hatte das schon oft gemacht, und in der Aufregung tat sie es fast ohne zu überlegen. Danach ließ sie das Seil langsam durch die Abseilvorrichtung nach oben laufen, wobei sie es mit einer Hand über dem Gerät und mit der anderen hinter dem Rücken führte, um ein bißchen zusätzliche Reibung zu erzeugen. Abwärts, abwärts, abwärts, weit zurückgelehnt, an der von ihr angebrachten Eisschraube vorbei und weiter hinab in die blaue Kälte. Sie konzentrierte sich natürlich ausschließlich auf das, was sie gerade tat, aber ihr Puls schlug heftiger, als es durch die körperliche Anstrengung gerechtfertigt war, und sie merkte, daß sie von einer Bestandsaufnahme der Notfallausrüstung in ihrer aller Kleidung abgelenkt wurde, die sie irgendwo weit hinten im Kopf vornahm. Das half ihr im Moment jedoch nicht weiter, und als sie tiefer in die Spalte hinunterkam, verdrängte sie alle Gedanken, die sie ablenken konnten.

Direkt unter dem Knick in der Spalte, der den Blick von oben auf den darunterliegenden Teil versperrte, war eine Art Boden. Ihr Seil war fast vollständig abgespult, und sie hatte dummerweise keinen Achterknoten ins Ende des Seils gebunden, ein Zeichen dafür, daß sie nicht nachdachte. Aber sie kam damit bis auf einen Boden, auf dem man gehen konnte, wie sie feststellte, der aber dennoch ziemlich steil abwärts führte; und da sie keine Spur von dem Schlitten sah, aber viele Brocken des zerbrochenen Eisblocks, die wie eine Spur weiter nach unten führten, rief sie nach oben, daß sie ohne Seil weitergehen würde, klinkte sich aus und bewegte sich vorsichtig über den hereingewehten Schnee und das Eis, die den Bereich zwischen den Wänden unter ihr füllten – ein keineswegs flacher, sondern eher v-, u- und w-förmiger Boden, dessen schräge Flächen alle teilweise von Schneewehen bedeckt waren. Nichts ließ mit einiger Sicherheit darauf schließen, daß es kein Zwischenboden war, eine Art Schneebrücke in einem engen Abschnitt, unter der die Spalte weiterhin offen war; Val wäre angeseilt geblieben, wenn sie noch genug Seil gehabt hätte. So jedoch krabbelte sie dicht an der Wand der Spalte entlang, schlug unterwegs die Spitze ihres Eispickels ein, prüfte jeden Schritt so gründlich, wie sie konnte, und hoffte, daß der Boden nicht unter ihr nachgeben würde.

Sie gelangte unter die Schneebrücke, die sie von oben gesehen hatte, und die Spalte verwandelte sich in einen hohen blauen Tunnel. Sie ging tiefer hinein. Manchmal bestand das Tunneldach aus Eis, dann wieder aus Schneebrücken, deren weiße Unterseiten riesige, hell schimmernde Blumenkohlgebilde aus Eiskristall waren. Von hier unten aus sah man deutlich, weshalb Schneebrücken über Spalten derart gefährlich waren, so dünn waren sie und so tödlich tief waren die Abgründe unter ihnen. Aber aus diesem Grund seilte man sich ja an.

Der Tunnel machte eine Biegung und öffnete sich dann nach unten zu einer viel größeren Kammer. Val ging weiter.

Dieser neue Raum im Eis war wirklich groß und von einem viel tieferen Blau als der bisherige Tunnel. Die Rayleigh-Streuung des Sonnenlichts war so stark, daß nur das allerblaueste Licht hier herunter gelangte und in einem intensiven, cremigen, durchscheinenden Türkis oder wirklich in einem noch nie gesehenen, namenlosen Blau aus dem Eis leuchtete. Im Innern des Raums herrschte ein grandioses Tohuwabohu. Ganze Pilaster aus blaßblauem Eis hatten sich von den Wänden gelöst, waren im Stück durch die Kammer gestürzt und lagen nun da wie zerbrochene Säulen eines zerstörten Tempels. Die Wände waren in riesige, durchsichtige Flächen fragmentiert, und alles war in die Länge gezogen und geräumig – als hätte Gott einen Blick in die Höhlen von Karlsbad und die anderen Kalksteinhöhlen der Welt geworfen und gesagt: Nein, nein, zu dunkel, zu niedrig, zu knollig, ich will in jeder Hinsicht etwas Leichteres, Lichteres, und als hätte er darum mit dem Fingernagel gegen den großen Gletscher getippt und diese luftigen Blasen ins Eis gemacht, denen gegenüber die Kalksteinhöhlen stieselig und troglodytisch wirkten. Im Vergleich zu richtigen Höhlen waren solche Eiskammern natürlich kurzlebig, aber diese schien schon eine Weile zu existieren, vielleicht Jahre, es war schwer zu sagen. Jedenfalls waren all die glasigen Bruchkanten in der hyperariden Luft schon längst sublimiert worden, so daß die Trümmer abgerundet und poliert waren wie blaues Treibglas, derart poliert, daß sie glänzten, als würden sie schmelzen, obwohl die Temperatur weit unter dem Gefrierpunkt lag.

Entzückt ging Val tiefer in den Raum hinein. Eine zerstörte Kathedrale aus titanischen Treibglassäulen; ein Raum der tausend Formen; und alles in einem unbeschreiblichen Blau, das die Augen kaum absorbieren konnten, weil es in sie hineinzuströmen und sie dann zu überfluten schien. Val sah sich hingerissen um, versuchte, alles in sich aufzunehmen, gelangte zu der Erkenntnis, daß dieser Anblick wohl zum Schönsten gehörte, was sie je in ihrem Leben zu sehen bekommen würde - unirdisch, surreal -, und ihr stockte der Atem, ihre Wangen brannten, ihr Rückgrat kribbelte, und alles nur wegen dieses Anblicks.

Aber kein Schlitten. Und hinten am Eingang der blauen Kammer war ein enger Spalt, der in die andere Richtung führte, nicht viel breiter als der Schlitten selbst; und als sie hineinschaute, in ein immer dunkler werdendes Blau, sah Val einen Klecks aus hellem Schnee und Eissplittern, und darunter - dreißig, vierzig Meter tiefer, eingeklemmt zwischen den Eiswänden - ein Ding, bei dem es sich um den Schlitten zu handeln schien; es war schwer zu erkennen, weil die Spalte sich weit in die mitternachtsblauen Tiefen darunter erstreckte. Sie konnte unmöglich dort hinabsteigen und wieder heraufkommen; und selbst wenn es möglich gewesen wäre, der Schlitten war verkorkt, wie man sagte. Eingeklemmt und unwiederbringlich verloren. In diesem Fall offenbar zwischen den Wänden eingequetscht und aufgebrochen, so daß sein Inhalt sich noch weiter in die Tiefe ergossen hatte. Total verkorkt. Nein - der Schlitten war futsch.

NEUNTES KAPITEL

# *In Teufels Küche*

**Wade schlief während des Fluges zum Camp** am Shackleton-Gletscher, wechselte wie ein Schlafwandler von der Herc zum Hubschrauber und schlief dann wieder ein. Als er das nächste Mal aufwachte, hing er in der durchsichtigen Kunststoffblase eines kleinen Squirrel-Helikopters über den oberen Regionen des Shackleton-Gletschers. Das Eis ergoß sich in einem breitflächigen, schwungvollen Bogen zum Meer hinab; lange Geröllinien markierten die Richtung des Stroms sehr deutlich, und Nebengletscher strömten hinein und verschmolzen mit ihm wie das Wasser von Flüssen, obwohl die Wirbel und Gegenströmungen hier von gekräuselten blauen Spaltenflecken gekennzeichnet wurden oder an manchen Stellen sogar zu Feldern aus messerscharfen türkisfarbenen Klingen zusammengepreßt waren.

Der Helo-Pilot, ein Kiwi, zeigte auf ein solches Feld hinunter. »So was schon mal aus der Nähe gesehen?«

»Nein.«

Sie fielen wie ein abgeschossener Vogel hinunter, kippten nach vorn und nach links, während sie in engen Spiralen nach unten rasten. Wade biß die Zähne zusammen. Kiwi-Piloten waren furchteinflößend, das hatte er schon auf dem Herflug von Christchurch gelernt. Die jungen amerikanischen Piloten, die für ASL arbeiteten, bewegten ihre großen Biester wie Lkws durch die Luft und waren eindrucksvoll, wie gute Lkw-Fahrer; aber die älteren und klügeren Kiwis flogen, als ob ihre Hubschrauber Verlängerungen ihres Körpers wären, eine Art Libellen. Der hier ließ seinen Helo mit gleichgültiger Miene im Sturzflug hinuntersausen und ging tief unten in einer Straße zwischen lauter wolkenkratzergroßen Eiszacken wie eine Libelle in den Schwebeflug über; die Größe der Eiszacken schockierte Wade, denn aus dreihundert Metern Höhe hatten sie nur wie hüfthohe Kräuselungen ausgesehen. »Wow!«

Der Pilot zog den Hubschrauber wieder hoch und flog wortlos weiter. Als sie wieder auf Reisehöhe waren, sahen die Spaltenflecken erneut wie Eiswürfel aus; aber da Wade jetzt wußte, wie groß sie in Wirklichkeit waren, schnackelte es in seinem Gefühl für Größenverhältnisse, so wie Ohren mit einem Knacken aufgehen, und er erkannte, daß der Gletscher und die Berge, die ihn flankierten, allesamt riesig, riesig, riesig waren. Der Helo brummte wie eine Biene durch eine winterliche Schlucht. Es war ein großer Planet.

Vor ihnen wuchs eine rostbraune Felseninsel empor. Ein Gletscherausfluß strömte über eine niedrige Stelle in ihrem äußersten Kamm und fiel zu einer Felsschüssel hinab, die er nicht erreichte, geschweige denn füllte. Als sie die Insel passierten, sah Wade die Polkappe, die sich endlos nach Süden erstreckte. An der südlichsten Spitze der Insel drängte sich ein winziges Knäuel grüner, quadratischer Monopoly-Hausdächer zusammen. Die Dimensionen ließen ihn schwindeln: Er kam sich vor wie eine Mücke oder Mikrobe, als er die winzigen Gebäude hinter sich zurückfallen und den Nunatak niedriger und kleiner werden sah, bis sie sich draußen über dem Eis der Polkappe befanden – Eis, so weit das Auge reichte, auf einer Welt, die so groß geworden war wie der Jupiter oder die Sonne selbst. Dann ging der Hubschrauber wieder nach unten. Sie landeten auf dem Eis.

Der Gebäudekomplex, zu dem sie hinabsanken, war natürlich größer, als er von oben ausgesehen hatte. Als Wade aus dem Helikopter stieg, wirkte er – wie in der Antarktis üblich – völlig verlassen; alle waren drinnen. Der leere Kontinent, in der Tat.

Dann ging eine der Türen auf, und heraus kam der große, kräftige Mann, den Wade schon in McMurdo kennengelernt hatte, auf dem Ob Hill. Es kam ihm so vor, als sei das sehr lange her; in Wirklichkeit waren es keine zwei Wochen.

»Hi!« sagte Wade.

X schaute genauer hin und erkannte ihn dann ebenfalls. »Hi. Willkommen auf dem Eis.«

Wade nickte und ließ den Blick über die hell erleuchtete Szenerie schweifen. Flaches Weiß bis zum Horizont in allen Richtungen; in dieser Hinsicht sah es hier nicht viel anders aus als am Pol. Eine sanfte Brise schnitt ihm tief in den Leib. Das Hauptgebäude des Komplexes war ein kleines Zwischending zwischen Kühlraum und Wohnmobil; dahinter stand ein glänzender Ölbohrturm oder etwas dergleichen auf ausladenden Pontons, die nur auf der Südseite ein bißchen mit Schnee zugeweht waren. Eine Metallgittertreppe führte zu der üblichen Kühlraumtür hinauf, und nach einem kurzen Blick in die Runde gingen sie hinein.

Das Innere des Raums glich der Brücke eines unsichtbaren Schiffes. An den Wänden reihten sich die Konsolen namenloser Geräte. Aus dieser Höhe waren auf der Eisfläche ausgedehnte, flache Becken und niedrige Hügel zu erkennen.

»Nett«, meinte Wade.

»Ja«, sagte X und rief etwas in den Raum nebenan. Ein Mann kam herein. »Das ist Carlos, der Leiter der Gruppe hier.«

»Freut mich, Sie kennenzulernen«, sagte Wade zu dem bärtigen Mann. Sie schüttelten sich die Hand.

»Ganz meinerseits«, erwiderte Carlos. »Schön, daß Sie hier sind. Also, lassen Sie uns eine Kleinigkeit essen, dann gehen wir raus und zeigen Ihnen alles.«

»Wunderbar.«

Das Essen bestand aus einem stark gewürzten chilenischen Eintopf aus Krabben und Muscheln. Es waren noch andere

Männer im Raum, Latinos und Afrikaner, die Eintopf aßen und sich in Spanisch oder Englisch unterhielten. Dann ging die ganze Gruppe zu den Maschinenräumen hinaus, und Carlos, X und Wade blieben an einem Labortisch unter einem der Fenster an den Schmalseiten sitzen, unterhielten sich und schauten hinaus. Wade berichtete von seiner Mission in der Antarktis und erzählte ihnen etwas darüber, was er am Südpol und in McMurdo entdeckt hatte. Carlos nickte und brachte dann seine Bewunderung für Phil Chase zum Ausdruck. »Er ist sehr wichtig jetzt, sehr wichtig.«

»Haben Sie was dagegen, wenn ich ihm unser Gespräch übertrage?« fragte Wade. »Er würde das bestimmt gern hören.«

»Oh, kein Problem, kein Problem.«

Wade drückte auf den Knopf an seinem Armbandtelefon, der die Verbindung zu dem Kongreßabgeordneten herstellte, und hoffte, daß es bei Chase - wo immer er sich gerade befinden mochte - nicht mitten in der Nacht war; und wenn doch, daß er wieder nicht schlafen konnte. Stimmen in der Nacht: So verbrachte Phil viele schlaflose Stunden.

»Erstens«, sagte Wade, »können Sie mir sagen, ob Ihr Luftkissenfahrzeug jemals zum Südpol gefahren ist, entweder mit Ihnen oder mit jemand anderem am Steuer?«

Carlos machte ein überraschtes Gesicht. »Zum Pol? Der ist über zweihundert Kilometer weit weg.«

»Könnte das Luftkissenfahrzeug ihn nicht erreichen?«

»Nicht ohne aufzutanken.«

»Wäre es nicht möglich, daß es da draußen Treibstoffdepots gibt?«

»Doch, ja, möglich schon. Ich meine, es gibt welche, in unseren Außenstationen. Aber die befinden sich alle in diesem Becken, unter dem Eis, das wir untersuchen - im Strudeltopf, wie wir's nennen. Wir fahren nicht oft Richtung Pol.«

»Und sonst hätte niemand das Luftkissenfahrzeug benutzen können?«

»Unmöglich.«

Wade nickte und überlegte. »Erzählen Sie mir mehr über diesen Ort hier.«

Carlos schilderte ihre Arbeit in der Station, wobei er hervorhob, daß es sich um Forschung handle, daß bei der Suche neue, hundertprozentig sichere Techniken eingesetzt würden und daß ihr Interesse zum gegenwärtigen Zeitpunkt in erster Linie Methanhydraten gelte, deren Verbrennung als Treibstoff sogar ein positiver Beitrag zum Szenario der globalen Erwärmung wäre, weil sie dann nicht in die Atmosphäre entweichen würden. Er zählte die Punkte des vorläufig ausgesetzten Antarktisvertrags auf und erklärte, sie würden gegen keinen einzigen davon verstoßen: »Schon gar nicht zum gegenwärtigen Zeitpunkt, wo die Bohrungen aus rein wissenschaftlichen Gründen durchgeführt werden.«

Wade nickte während dieser Schilderung, dann sagte er: »Das ist sehr interessant, aber Sie können doch wohl nicht bestreiten, daß Ihr Projekt heftig kritisiert wird und daß es erhebliche Widerstände dagegen gibt.«

»Die sind alle politischer Natur.«

»Nun ja, auch von seiten mancher antarktischer Wissenschaftler. Wenn das Projekt so harmlos und nützlich ist, wie Sie behaupten, weshalb erheben sie dann solche Einwände dagegen?«

Carlos verdrehte die Augen. »Leider gibt es eine ziemlich große Zahl von Wissenschaftlern, die nicht in allen Dingen wissenschaftlich denken. Sie sind keine guten Wissenschaftler, was das Leben außerhalb ihres Fachgebiets betrifft. Das ist Bestandteil einer umfassenderen Krise unter Wissenschaftlern in aller Welt, bei der es darum geht, wie man sich außerhalb seines Fachgebiets verhält. Sie sind ja schon eine Weile hier und haben hoffentlich bemerkt, Mr. Norton, daß die Wissenschaftler diesen Kontinent regieren, und zwar größtenteils zu ihrem eigenen Vorteil. Die Regierungen finanzieren ihren Aufenthalt hier, und sie bringen das bisher einzige Exportgut dieses Kontinents hervor, nämlich wissenschaftliche Abhandlungen. Wissen, könnte man sagen, aber auch Artikel, Karrieren, Pfründe.«

X hatte heftig genickt, während Carlos sprach, und Wade sah ihn auffordernd an, damit er erklärte, warum.

»Das Gefühl hatte ich in McMurdo auch«, sagte X. »Ein Beaker-Utopia. Und die anderen Leute hier sorgen dafür, daß die Beaker es gut haben und ihre Zeit nicht mit unwichtigem Krimskrams vergeuden müssen, aber für sie selbst springt dabei nicht mehr als der Arbeitslohn raus. Es ist ein Kastensystem.«

»Genau«, sagte Carlos. »Die meisten Wissenschaftler haben das Leben wissenschaftlich analysiert und erkannt, daß man eigentlich nur eine ausreichende Grundversorgung braucht und daß die Jagd nach noch mehr Geld bloß die Lebensqualität reduziert. Das Suffizienz-Prinzip. Daher ist es kein Zufall, daß sehr reiche Leute häufig Dummköpfe oder Verrückte sind, Wissenschaftler dagegen kluge Leute, die sich ihr kleines Utopia im System der Welt eingerichtet haben, indem sie nicht nach Geld, sondern nach Wissen streben. Denen ist klar, daß Wissen zu Macht werden kann, und mit der Macht, die die Wissenschaft in dieser Welt hat, üben sie Herrschaft aus. Sie beherrschen sogar das Reich der Politik, mischen aber im politischen Zirkus selber nicht mit. Sie erklären den Entscheidungsträgern nur, was möglich und ratsam ist, bitten um Geld, gehen dann ihres Weges und tun, was sie wollen.«

»Sie meinen also, die Wissenschaftler beherrschen nicht nur die Antarktis, sondern auch die ganze übrige Welt?« fragte Wade.

Carlos stand auf und ging mit ihren Schüsseln zum Herd, um sie nachzufüllen. »Absolut! Das illustriert einen sehr wichtigen Grundsatz, den ich vertrete, nämlich: Was in der Antarktis gilt, gilt auch überall sonst in der Welt. Nur daß es in der Antarktis keine... keine...« – er machte eine Handbewegung zu der leeren, einförmigen weißen Ebene draußen vor dem Fenster – »keine Ablenkungen gibt. Keine

Bäume oder Reklametafeln. Hier draußen sieht man die nackte Wahrheit. Wenn man also herkommt und feststellt, daß der Kontinent von Wissenschaftlern regiert wird, die ihre Herrschaft zu ihrem eigenen Vorteil ausnutzen, dann ist das auch auf allen anderen Kontinenten der Fall.«

Wade sagte: »Ja, aber, ich weiß nicht... ich bin's nicht gewohnt, Wissenschaftler als die eigentlichen Machthaber zu betrachten. Und die meisten Wissenschaftler würden sich wohl auch nicht so sehen. Ich bezweifle, daß sie überhaupt den Wunsch hätten, an der Macht zu sein.«

»O nein, nicht explizit! Natürlich nicht! Wer will das schon, wo es doch offensichtlich so ein Zirkus ist! Politiker...« Er sah Wade an und hob ein wenig hilflos die Hand, weil er nicht die richtigen Worte fand. »Kein normaler Mensch will das, Senator Chase möge mir verzeihen. Es widerspräche dem Suffizienz-Prinzip. Aber sagen Sie mir, was glauben Sie, wer die Welt regiert?«

»Regierungen«, sagte Wade.

»Okay, aber nicht Politiker an sich. Regierungen als Ganzes.«

»Ja.«

»Also Sie. Ich meine, Politiker werden gewählt, aber sie haben ihre Stäbe, die wissen, wie das System funktioniert, und damit umgehen können. Wenn die Politiker etwas machen wollen, fragen sie ihren Stab, wie sie es machen können, und wenn diesen Mitarbeitern das Projekt gefällt, sagen sie dem Politiker, wie es geht, und wenn es ihnen nicht gefällt, sabotieren sie es.«

»Wie in *Yes, Minister*«, sagte X. »Tolle Serie.«

Wade mußte ihm beipflichten. »Ich habe meinen Politiker jedenfalls total in der Hand«, wandte er sich betont an sein Armbandtelefon. »Sir Humphrey aus *Yes, Minister* ist nichts gegen mich.«

»Aber wie treffen Sie denn Ihre Entscheidungen«, fragte Carlos, »wen ziehen Sie zu Rate? Würden Sie sich als Bürokraten bezeichnen?«

»Nein, eigentlich nicht.«

»Weil das nur Funktionäre sind, bestimmen sie nicht die Politik?«

»Richtig.«

»Und was ist mit den Technokraten? Was ist mit den wissenschaftlichen Mitarbeitern, die den Politikern erklären, was machbar ist und was nicht? Sind Sie ein Technokrat?«

»Vielleicht«, sagte Wade. »Aber normalerweise nicht. Ich besitze ein gewisses Fachwissen, denke ich, aber ich bin kein Wissenschaftler.«

»Also ein Bürokrat! Oder ein Stabsmitarbeiter oder politischer Berater. Wie immer man es auch bezeichnet. Nennen wir's halt ›Regierung‹, wie Sie es anfangs getan haben. Aber Sie treffen Ihre Entscheidungen, indem sie sich mit einem technischen Stab beraten, den Technokraten, und die treffen ihre Entscheidungen, indem sie sich mit den wissenschaftlichen Gremien beraten, den Wissenschaftlern. Also bestimmen die Wissenschaftler, wo es langgeht!«

Wade und X sahen einander konsterniert an.

»Und jetzt haben wir die ökologische Tragfähigkeit der Erde überschritten«, fuhr Carlos fort, während er ihnen die vollen Schüsseln reichte. »Es gibt vielleicht zwei, drei Milliarden Menschen mehr, als wir ernähren können. Und diese globale Erwärmung, das schlechte Wetter. Wir befinden uns in einer Notstandssituation. Die Regierungen müssen uns durch diese historische Krise führen, wenn wir ohne Superkatastrophen aus ihr herauskommen wollen. Aber wie werden sie das machen? Wer wird ihnen sagen, wie sie es machen sollen?«

»Beaker«, sagte X.

Carlos nickte.

»Aber sie versuchen es ja nicht mal!« wandte X ein. »Die haben ihre Utopia-Insel, wie Sie gesagt haben, und deshalb kommen sie einfach hierher oder sonstwohin und hängen im Gelände oder im Labor rum und machen ihr Ding, aber sie unternehmen rein gar nichts, um die Welt zu retten, soweit ich sehe. Sie sind bloß Rädchen in der kapitalistischen Maschinerie.«

»Ja und nein«, sagte Carlos. »Der Kapitalismus ist die vorherrschende Wirtschaftsordnung, und er hat die Tendenz, sich alles andere unterzuordnen, er will sich alles andere unterordnen. Aber der große Außenseiter, jenes System, das der Kapitalismus nicht besiegen kann, ist die Wissenschaft. Die beiden liegen wirklich im Streit miteinander - jedes versucht, das andere zu bezwingen. Das ist der große Krieg unserer Zeit!«

»Kapitalismus gegen Wissenschaft?« fragte Wade skeptisch.

»Aber ja. Zuerst hieß es Kapitalismus gegen Sozialismus, dann Kapitalismus gegen Demokratie, und jetzt ist als einziges noch die Wissenschaft übrig! Und die Wissenschaft ist selber ein Teil des Schlachtfeldes und kann korrumpiert werden. Aber ich sage euch, im Kern ist sie ein utopisches Projekt, davon bin ich als Wissenschaftler zutiefst überzeugt. Sie versucht, in sich selbst ein Utopia zu erschaffen, in den Regeln des wissenschaftlichen Verhaltens und der wissenschaftlichen Vorgehensweise, und sie versucht auch, die Welt insgesamt in eine utopische Richtung zu bewegen. Nein, das stimmt!« rief er, als er Wades und X's skeptische Mienen sah. »Hier, habt ihr dieses Buch schon gelesen?« Er beugte sich über den Labortisch und zog ein Buch unter einem Stapel schmutzigen Geschirrs hervor. »Kennt ihr es? Das ist die spanische Version, es ist von Chilenen geschrieben. *Los Elementos Eticos, Políticos y Utópicos Incorporados en la Estructura de la Ciencia Moderna.* Vor kurzem ist es natürlich ins Englische übersetzt worden, weil das die Sprache der Wissenschaft ist. Im Englischen heißt es so ähnlich wie *The Ethical, Political, and Utopian Elements Embodied in the Structure of Modern Science.* Und dieses Buch hat tatsächlich einiges bewirkt, es ist eine echte Revolution in wissenschaftlichen Kreisen. Es zeigt nämlich sehr deutlich, daß das, was wir für neutrale, objektive Wissenschaft halten, in Wirklichkeit bereits eine utopische Politik, ein utopisches Weltbild ist. Das Buch enthält einen umfangreichen historischen Teil, der die Entstehung und den

Aufstieg der Wissenschaft beschreibt und zeigt, daß es zu den Regeln der Wissenschaft gehört, sich selbst zu organisieren, sich permanent auf den neuesten Stand zu bringen und immer noch besser und noch wissenschaftlicher zu werden. In einem ausführlichen Mittelteil wird herausgearbeitet, daß verschiedene Elemente der alltäglichen wissenschaftlichen Praxis - die Methodologie und so weiter - in Wirklichkeit ethische Positionen sind. Dinge wie Reproduzierbarkeit, Occams Skalpell oder die fachliche Überprüfung von Artikeln vor der Veröffentlichung - fast alles in der Wissenschaft, was sie spezifisch wissenschaftlich macht, ist utopisch, wie die Autoren zeigen. Der letzte Teil beschäftigt sich dann mit den Folgerungen, die sich daraus ergeben, und legt dar, wie Wissenschaftler sich verhalten sollen, sobald sie diese Wahrheit erkennen. Und das Buch ist eine Art Underground-Bestseller! Es geht von Labor zu Labor, die Jungakademiker lesen es alle, ebenso die älteren Wissenschaftler, die ihren Kopf noch gebrauchen - alle! Das ist die Ursache der jüngsten Explosion entsprechender Techniken, wenn ihr mich fragt, der sogenannten Werkstoffrevolution, der Bewegung für ökologische Effizienz, der Permakultur, all dieser wissenschaftlichen Bewegungen und Richtungen, die samt und sonders natürlich miteinander vernetzt und von der Philosophie dieses Buches durchdrungen sind!«

»Das würde ich gern lesen«, sagte X und tippte wie wild auf seiner E-Books-Konsole herum, um festzustellen, ob es bereits darin enthalten war.

»Ich auch«, sagte Wade.

Carlos nickte. »Es müßte in den meisten E-Books wie dem von X hier drin sein, außer wenn man ein altes hat, das nicht ergänzt wird. Die Übersetzung ist jetzt ungefähr fünf Jahre alt. Jedenfalls, was ich da gesagt habe, ist eine utopische Situationsbeschreibung, verstehen Sie. In Wirklichkeit gibt es eine große Zahl von Wissenschaftlern, die nicht an den Gründen für ihr Handeln interessiert sind. Deshalb sind sie in dieser Hinsicht schlechte Wissenschaftler, aber so ist es nun mal. Schlechte Arbeit gibt es freilich auf jedem Gebiet. Na ja, wissen Sie, hier gibt's einige Wissenschaftler, die noch an die früheren Zustände gewöhnt sind, als die eingesetzte Technik alles andere als umweltverträglich war. Denken Sie zum Beispiel an den Atomreaktor, den amerikanische Wissenschaftler nach McMurdo gebracht haben.«

»Einen Atomreaktor?« sagte Wade.

»Er ist inzwischen weg. Zusammen mit einem großen Stück vom Observation Hill, das kontaminiert war. Hunderttausend Tonnen Erde, die man mit dem Schiff nach Norden gebracht hat, zu einer Endlagerstätte in South Carolina. Nukey Poo, wie sie genannt wird.«

»Man kann immer noch ein Dosimeter zum Klingeln bringen, wenn man es an den richtigen Stellen in den Boden steckt«, bestätigte X. »Manche Leute haben das nur so zum Spaß gemacht.«

»Zum Spaß?« sagte Wade.

»McMurdo«, erklärte X.

»Jedenfalls«, sagte Carlos, während er ihre geleerten Schüsseln zu einem schmalen Wandbord hinüberbrachte und sie dort stapelte, »wenn mehr Leute erkennen, was wir hier draußen tun – der hohe Sicherheitsfaktor, die Notwendigkeit, so viel Methan wie möglich abzufangen, bevor es als Treibhausgas freigesetzt wird, der dringende Energiebedarf in den Ländern des Konsortiums –, dann wird es diesen ignoranten Aufschrei der Empörung nicht mehr geben. In der Zwischenzeit« – er grinste Wade an und machte eine Handbewegung zur Tür – »würden wir Ihnen gern einiges zeigen.«

■

**Hey, ihr, hört ihr mich?**

Wir hören dich.

Kann es losgehen?

Es kann losgehen. Die Knallbonbons sind an Ort und Stelle, und wir haben uns mit den Freunden in Verbindung gesetzt, die alle Leute von den Zielorten wegschaffen werden. Sie haben ihre Positionen bezogen, so daß wir den Plan wie vereinbart ausführen können.

Prima. Wissen die auch wirklich genau, wo jedermann ist?

Ja. Sind alle in ihren Außenlagern.

Bestens. Okay, dann gehen wir nach Plan vor, sehr gut. Gute Heimreise allerseits, und denkt dran, kein Wort zu irgend jemandem. Niemals. Öko-radikal, nicht ego-radikal. Für die meisten von uns ist dies wahrscheinlich das letzte Mal, daß wir miteinander sprechen, also will ich euch allen sagen, daß es schön war, mit euch zusammenzuarbeiten.

Gleichfalls.

Gleichfalls.

Over and out.

**Draußen machten die anderen beiden Männer drei Schneemobile bereit.** Während Wade ihnen zusah, rief er noch einmal Phil Chase an. »Hast du mitgehört, Phil?«

»Ja, hab ich. Ich hab geschlafen, als du angerufen hast, und vielleicht bin ich ab und zu wieder eingenickt, aber ich hab das Telefon ans Ohr gehalten, und es war sehr interessant. Sir Humphrey, daß ich nicht lache. Und ich will dieses Buch lesen. Es klingt gut. Wär schön, wenn es stimmen würde, was dieser Mann gesagt hat. Aber ich glaube nicht, daß er die wahre Macht der Macht in Betracht zieht. Die haben Knarren unter dem Tisch, Wade. Der gesellschaftliche Organismus hat Krebs, und die Tumorzellen sind die Gehirne dieser gottverdammten Götterdämmerungsmanager, die uns über die Klippe führen und sich dann auf ihre karibische Insel absetzen. Ich würde mir gern eine neue Chemotherapie ausdenken... ich schätze, die würde so ähnlich aussehen wie in *Eraserhead*...« Entweder brach die Verbindung ab, oder Phil war wieder eingeschlafen.

Dann waren Carlos und X fertig, und Wade bekam eine einminütige Einführung in die Bedienung eines Skidoos, eines kleinen Schneemobils mit einem breiten Ski anstelle des Vorderrads. Gleich darauf waren sie unterwegs und brummten alle drei hintereinander über die weiße Fläche, Wade in der Mitte. Er hatte noch nie ein Schneemobil gefahren, kam aber ohne große Probleme damit zurecht; es hatte einen Gashebel, der mit dem Daumen bedient wurde, keine Bremsen und eine Art Fahrradlenker für den vorderen Ski. Es war, als säße man auf einer riesigen, schwerfälligen, überbreiten Harley Davidson, nahm er an; auf einem Motorrad hatte er nämlich auch noch nie gesessen. Jedenfalls war es kein Problem, das Ding im Gleichgewicht zu halten, nur daß es hin und wieder schwankend in Bodensenken tauchte, die er nicht sah, was er ungeschickt überkompensierte, indem er sich nervös in die andere Richtung lehnte und das Fahrzeug dorthin lenkte. Doch im großen und ganzen bereitete ihm die Fahrt so gut wie keine Mühe, vor allem nachdem er den schraubstockartigen Griff lokkerte, mit dem er die Lenkstange umklammert hielt, die beheizt war, um seine Hände warmzuhalten. Seine Hände wie auch seine Handgelenke steckten in riesigen, geliehenen Fäustlingen, die sich ›Bärentatzen‹ nannten, aber ohne die Wärme des Lenkers hätte er trotzdem kalte Finger gehabt.

Nachdem er noch ein paar Minuten länger über den weißen Firn gebraust war, erlaubte er sich, den Blick von Carlos' Rücken zu lösen und sich ein bißchen umzuschauen. Weit entfernt zu ihrer Linken durchbrach ein schwarzer, gezackter Felsenkamm den Horizont. Carlos folgte einer kaum wahrnehmbaren Reihe grüner Fähnchen, die schlaff am oberen Ende von Bambusstangen flatterten. Bei einer davon ging er mit dem Tempo herunter, bog nach links ab und raste weiter, auf eine neue Manifestation der nun direkt vor ihnen liegenden schwarzen Gebirgsformation am Horizont zu. Als sie näher kamen, konnte Wade mehr Einzelheiten des Berges erkennen, der über die weiße Ebene aufragte: ein schwarzbrauner Felsausläufer, der parallel zum Horizont verlief. Ein Berg, der bis zum Hals im Eis begraben war. Aus unmittelbarer Nähe sah er, daß der Fels das Eis drum herum in Ringe gefrorener Wirbel und sogar so etwas wie gefrorene Sturzwellen zersprengte, die für immer drauf und dran waren, über die unteren Hänge der Felsenklippe hereinzubrechen.

Als sie außerhalb der Turbulenz anhielten, zog Wade eine der Bärentatzen aus, um einen Blick auf das GPS an seinem Handgelenk zu werfen. Sie befanden sich im Mohn-Becken, wie es schien; der Felsausläufer war offenbar der D'Angelo Bluff; dahinter die schwarze Spitze des Mount Howe. Das Eis zwischen diesen Nunataks war geborsten und von kompletten blauen Trümmerstädten gesäumt. Carlos fuhr wieder an und hielt direkt auf eine dieser Bruchzonen zu. Zuletzt ließ er sein Fahrzeug weite Bögen beschreiben, bis er genau in das offene Ende einer breiten Eisrinne zu fahren schien. Blau schimmernde Eiszacken hingen über eine Wand; darüber türmte sich schwarzes Gestein bis in den Himmel.

*blauer Himmel*
*schwarzer Stein*
*blaues Eis*

Glücklicherweise hielt Carlos an dieser Stelle der tiefer werdenden Schlucht an und stellte den Motor seines Schneemobils ab. X und Wade taten das gleiche. Mit einemmal umgab sie dort draußen eine so vollständige Stille, daß sie geradezu lärmend wirkte.

Und dann doch ein Laut; eine Brise seufzte übers Eis. Debussy wäre der richtige Komponist für diesen Kontinent gewesen, dachte Wade. Debussy oder Satie, vielleicht auch Sibelius, der mystische Geist des verschneiten Finnland. Sibelius der Komponist und Dalí der Maler. Oder Escher. Oder Rockwell Kent, die kanadische Group of Seven oder Nisbet aus der Antarktis. Nur ein paar hätten es einfangen können. Leerer blauer Himmel. Es war ein merkwürdiger Ort für Menschen.

Carlos und X kamen von beiden Seiten auf Wade zu, und Carlos zeigte auf einen großen Schneeblock. »Sehen Sie's?«

Wade starrte den weißen Schnee an. »Was soll ich sehen?«

Sie lachten über ihn. »Kommen Sie mit.«

Knirschend stapften sie über Firn. Er gab unter ihren Füßen nicht nach, und sie hinterließen keine Spuren. Ganz nah an der Eiswand deutete Carlos wieder auf etwas. »Da, sehen Sie?«

Wade schaute mit zusammengekniffenen Augen hin. Ein weißer Umriß zeichnete sich gegen das Weiß ab. Dann sprang er wie eins dieser chaotischen 3-D-Bilder auf ihn zu, die schlagartig ihren Umriß preisgaben: eine weiße Metallkiste auf Raupenketten, ein bißchen wie der alte Hägglunds, den er in McMurdo gesehen hatte, aber kleiner; nur zwei bis zweieinhalb Meter hoch. Man würde sich ducken müssen, um durch die Tür einzusteigen.

»Wow!« sagte Wade.

Sie gingen näher heran. Die Seiten waren von Rauhreif oder herbeigewehtem Schneeputz überzogen, schienen darunter jedoch ebenfalls weiß lackiert zu sein. Die Metallketten liefen über kleine metallene Kettenräder. Alles war so weiß lackiert wie das Fahrerhaus. Die drei Männer standen davor. X konnte direkt in eins der halb zugewehten Fenster schauen.

»Was ist das?«

Carlos und X sahen ihn an.

»Es hat lange gedauert, bis wir diese Frage beantworten konnten«, sagte Carlos. »Wir haben ihn letztes Jahr zufällig hier gefunden, als wir ein Netz aus Geophonen angelegt haben. Diese Gegend hier liegt eigentlich ziemlich abseits von allem, wissen Sie. Und die Amerikaner haben keine Fahrzeuge vermißt, jedenfalls damals nicht. Wie dem auch sei, das ist ein Weasel, in England in den fünfziger Jahren des letzten Jahrhunderts gebaut. Edmund Hillarys Gruppe hatte einen Weasel dabei, als sie 1958 mit Traktoren zum Pol fuhren. Die meisten ihrer Traktoren waren Fergusons, aber sie hatten einen Weasel - den fuhren sie, bis er auseinanderfiel, und ließen ihn dann auf der Polkappe stehen.«

»Aber...«

»Er muß vollständig begraben gewesen sein. Vielleicht bis zu zehn Meter tief im Eis, und das hier draußen auf der Kappe, wo es im Umkreis von Hunderten von Kilometern nichts gibt.«

»Wow! Wer könnte ihn gefunden haben?«

Ein ausdrucksvolles Achselzucken von Carlos.

»Jemand mit einem Metalldetektor«, meinte X.

»Und einem Bulldozer«, fügte Carlos hinzu.

»Und den neuen Eisbohrern.«

»Jemand, der Hillarys Route kannte«, deutete Wade an.

»Das wäre kein Problem«, sagte Carlos. »Hillary hat ein Buch über seine Reise geschrieben.«

»Ich habe noch nie von dieser Expedition gehört«, gestand Wade.

»Wer hat das schon? Eine Traktorfahrt zum Südpol?«

»War bestimmt hart«, bemerkte X.

»Ja, aber wozu soll das gut sein? Man hockt auf dem Fahrersitz, versucht, sich warm zu halten, und hält Ausschau nach Gletscherspalten.«

»War bestimmt hart.«

»Glaube ich auch. Aber nicht die richtige Methode, die Aufmerksamkeit der Leute zu erregen. Wir könnten mit diesen Schneemobilen zum Pol fahren, hm? Aber wozu?«

Wade sagte: »Können wir reinschauen?«

»Klar, klar.« Carlos ging zur Tür der Kabine, drehte einen Griff - kein Schloß - und zog eine dünne Metalltür auf. In dem Weasel war es zweifelsohne nicht sehr warm gewesen. Eine Kiste aus dünnem Metall, primitive Steuerelemente für den Fahrer, Bänke an den Seiten. Es war wohl ausschließlich mit der Hitze des Motors gegangen.

»Wer immer das Ding ausgegraben hat, scheint es nicht aufgemöbelt zu haben«, bemerkte Wade und strich mit der Hand über eine hölzerne Bank.

»Nein. Bis auf die weiße Farbe, denke ich. Aber es gibt keinen Hinweis auf die Identität dieser Leute. Als hätten sie den Weasel für irgendwas benutzt und dann aufgegeben.«

»Oder hier untergestellt«, sagte X.

»Kann sein. Jedenfalls ist er hier.«

»Fährt er noch?«

»Ja. Der Tank ist halbvoll.«

»Das Benzin verdunstet durch den Deckel«, erklärte X. »Vor nicht allzulanger Zeit war er vielleicht noch voll.«

Sie traten aus dem Schatten der Schlucht ins helle Licht. Wades Sonnenbrille schaltete wieder auf volle Leistung. Er schaute sich um; noch immer die leere Landschaft, der wolkenlose blaue Himmel. Hillarys Weasel stand an der Eiswand - eine weiße Kuriosität, die hier fehl am Platz war, so wie der prähistorische Mensch, den man in Österreich im Eis gefunden hatte. Vom Eis ausgespuckt. Oder ausgegraben. Irgend jemand war hier draußen und machte irgendwas, dachte Wade. Jemand, der Freude daran hatte, Stücke der Vergangenheit zu retten. Nützliche Geräte zu bergen und zu sehen, ob man noch etwas mit ihnen anfangen konnte. Sie vielleicht aufzugeben, wenn sie nicht funktionierten, und als Ausstellungsstücke in einer Art Freilichtmuseum oder Kunstgalerie stehenzulassen. Oder was auch immer. Kopfschüttelnd stieg er wieder auf sein Skidoo.

Sie fuhren mit den Schneemobilen auf ihrer eigenen Spur zurück, und als Wades Skidoo sich irgendwo auf einmal zur Seite neigte und ausscherte, brachte er es beiläufig und mühelos wieder auf Kurs und merkte, daß das Fahrzeug nicht umkippen würde, ganz gleich, was er tat. Ganz plötzlich vergaß er all seine Sorgen und all die Rätsel und fuhr einfach nur mit einem großen Motorradding, einem wundervollen Stück antarktischer Technik, das selbst reif war für ein Museum oder eine Kunstgalerie, über den Schnee am Grund der Welt. Er summte etwas von Wagner und taufte es »Der Valerienritt«, weil er wieder an Val dachte. Das hier hätte ihr gefallen, und vielleicht fühlte sie sich so, wenn sie draußen auf dem Eis war. Das war es, wofür sie lebte. Überschwengliche Freude ist Schönheit! Und diese fernen, niedrigen schwarzen Berge am weißen Horizont, dieser Himmel! Eine Begeisterung überkam ihn: Wade auf dem Eis, mit Wagner auf den hinter dem Stoff seiner Skimaske verborgenen Lippen.

Solche Momente sind flüchtig. Wade überlegte bereits, wieviel die dröhnende Kraft des Skidoos mit seiner Euphorie zu tun hatte, ob seine Gefühle nicht eher von der überragenden Technik erzeugt wurden als von der Pracht der Antarktis an sich, als vor Carlos ein Blitz aufzuckte, wie von einem Spiegel, der das Sonnenlicht reflektierte. Gleich darauf stieg eine schwarze Rauchfahne in die Luft, dünn und dunkel, und riß plötzlich ab. Eine große Wolke, die von der Brise davongetragen wurde.

Carlos' Skidoo raste los. Anscheinend hatte er sich wegen Wades Unerfahrenheit bisher höflich zurückgehalten, aber nun hatte er nur noch eins im Kopf, nämlich so schnell wie möglich wieder zur Station zu gelangen, und er ließ Wade und X rasch hinter sich zurück. Wade drückte seinen müden Daumen noch fester auf den Gashebel, und sein Skidoo schoß schneller als zuvor über den Schnee. Trotz der Beschleunigung war X kurz darauf neben ihm, bretterte außerhalb der Spur über die Sastrugis. Die Stöße schien er gar nicht wahrzunehmen; er war mit all seinen Sinnen auf die Rauchwolke vor ihm konzentriert. Er überholte Wade und brachte sein Skidoo brutal in die Spur vor ihm, so daß er noch schneller fahren konnte.

Dann hielten sowohl Carlos als auch X an. Wade löste seinen sich verkrampfenden Daumen vom Gashebel, und sein Skidoo schlitterte noch ein Stück dahin und kam dann rasch zum Stehen. Breitbeinig stand er über seinem Schneemobil und blickte zu der Station vor ihnen hinüber. Das Hauptgebäude war eingestürzt; überall lagen Trümmerteile auf dem Eis. Ein Propangastank brannte noch; im Sonnenschein wirkten die unruhigen, blau-orangefarbenen Flammen kraftlos und matt. Sonst rührte sich nichts. Die Zelte waren flachgelegt, das Jamesway und die Maschinenräume zerrissen. Die Bohrplattform lag auf der Seite, die Basis war zertrümmert. Es war niemand zu sehen.

Zögernd gingen sie auf das Trümmerfeld zu. Gott sei Dank sahen sie nirgends Leichen; seltsam, aber wahr; die Wände des Hauptgebäudes und der Maschinenräume waren aufgerissen, so daß sie hineinschauen konnten, und sie waren zum Zeitpunkt der Sprengung offenbar leer gewesen, denn es war keine Spur von Menschen zu entdecken.

Trotz dieser guten Nachricht rannte Carlos wütend neben den Überresten des Hauptgebäudes herum, schüttelte im wahrsten Sinn des Wortes die Faust und fluchte wild, *»Hijo de puta«* und so weiter - das giftigste Spanisch, das Wade je gehört hatte. X lief durch die Gegend und sagte: »Wo sind die alle? Wo sind die alle? Es ist niemand da. Das ist total merkwürdig. Wie kann das angehen, daß keiner da ist? Wo sind die alle hin? O Gott, ich hoffe, sie liegen nicht unter der Wand...« Er sank auf die Knie und schaute unter eins der größeren Fragmente des Hauptgebäudes.

Er stand wieder auf. Die drei sahen einander an. Es war wirklich niemand da. Wade hatte den Eindruck, daß die Gebäude zum Zeitpunkt der Explosion verlassen gewesen sein mußten. Vielleicht hatten die Leute Zeit gehabt wegzulaufen? Aber wo waren sie dann jetzt?

»Es ist total merkwürdig, daß keiner da ist«, sagte X zu Wade. »Genau wie damals, als ich in der SPOT-Kolonne überfallen worden bin. So was wie... ich weiß nicht. Irgend 'ne Gruppe hier draußen.«

»Diejenigen, die Hillarys Weasel ausgegraben haben?« überlegte Wade laut. »Oder die die alte Polstation ausgeschlachtet haben?«

X hörte auf, hin und her zu laufen. »Jemand hat die alte Polstation ausgeschlachtet?«

»Ja.«

»Ich dachte, die würden sie noch als Lagerraum benutzen.«

»Nicht die alte Polstation. Die alte alte Polstation.«

X starrte ihn an. »Ist ja 'n Ding«, sagte er.

Die drei gingen zusammen zu der umgestürzten Bohranlage hinüber. Keiner von ihnen wollte sich allzuweit von den anderen beiden entfernen. Am Fuß des umgestürzten Bauwerks war ein Klumpen aus gesprengtem und geschmolzenem Metall, verformte Umrisse unter dem umgekippten Überbau. Natürlich kein Anzeichen von austretendem Methanhydrat. Die Explosion hatte das Loch irgendwo da unten zweifelsohne versiegelt. Carlos fluchte erneut. »Das wäre *nie* passiert, nie, nie, nie, es war sicher, wir haben es sicher gemacht, alles war mehrfach abgesichert, da konnte nichts schiefgehen, sie mußten es *in die Luft sprengen*, damit das passiert, diese *hijos de putas*«, er sprang herum, weinte, schrie und brüllte. »Ich *lebe* hier, ich bin hier *geboren*, das ist *mein Land*, ich weiß, wie ich es schützen muß, ich bringe diese Kerle um, diese Terroristen, ich mach sie kalt, mach sie kalt, mach sie *kalt!*«

Wade und X nickten neutral, aber mitfühlend.

»Wie kommen wir jetzt heim?« fragte X.

»Heim?« sagte Wade.

»Nach McMurdo. Oder auch nur nach Roberts.«

»Laßt euch einen Helo herschicken«, sagte Wade. »Oder dieses Luftkissenfahrzeug, von dem vorhin die Rede war.«

X nickte. »Aber was ist, wenn in Roberts das gleiche passiert ist?«

Wade merkte, wie er in der eisigen Kälte blinzelte. Daran hatte er nicht gedacht.

X zuckte die Achseln. »Könnte doch sein.«

Wade wählte Chases Nummer an seinem Armband. Sie konnten auch gleich versuchen, Hilfe von ganz oben anzufordern.

Aber er bekam keine Verbindung. Rasch gab er all seine anderen regelmäßig benutzten Nummern ein, wählte sogar den Operator an, alles. Sämtliche Verbindungen waren unterbrochen. Er verspürte einen leisen Schauer, der nichts mit der Kälte zu tun hatte, der überhaupt nicht körperlich war. Einen metaphysischen Schauer, einen informationellen Schauer. Einer seiner Sinne war durchtrennt worden.

»Das Telefon funktioniert nicht«, sagte er zu den anderen.

Carlos hörte schlagartig auf, vor sich hinzuschimpfen. »Wirklich?«

Er eilte zu seinem Skidoo und holte ein aktenkoffergroßes Funkgerät aus dem Kasten hinter dem Sitz. Er stellte es auf den Sitz und legte die Antennenkabel zu einem breiten V aus, stöpselte dann etliche der winzigen, farbigen Stecker zusammen, die in regelmäßigen Abständen an dem Antennendraht saßen. Er schaltete das Gerät ein und begann, andere Stationen zu rufen.

Zuerst Roberts; nur atmosphärisches Rauschen. Dann direkt McMurdo.

Wieder nur atmosphärisches Rauschen.

»*Madre.*« Carlos sah X und Wade an. »Sie scheinen die Funkzentrale in Mac Town lahmgelegt zu haben. Und die Satelliten auch.«

Er veränderte die Lage der Antennenkabel, so daß das breite V, das sie bildeten, in eine andere Richtung zeigte, stöpselte ein paar Stecker neu zusammen und versuchte es noch einmal auf einem anderen Kanal. »Ah. Das klingt zumindest wie das normale Funkrauschen. Aber die Halbinsel ist zu weit entfernt für dieses Ding. Ich kann sie beinahe hören, aber sie werden uns nicht hören.« Trotzdem versuchte er erneut zu senden, erst auf Spanisch, dann auf Englisch. Keine Antwort.

Die drei Männer sahen einander an; ihre Skimasken und Sonnenbrillen verbargen ihre Gesichter. Für Wade sahen die Schneemobile jetzt wie dicke Motorräder aus, ihre Reservekanister wie Ein-Gallonen-Milchkanister aus dem Supermarkt. Als ob sie ihrer Aufgabe gar nicht gewachsen wären. Carlos nahm an seinem Armband Berechnungen vor. »Wenn wir die Skidoos mit der Maximallast beladen, kommen wir mit dem Benzin bis nach Roberts. Oder falls es uns vorher ausgeht, sind wir nur noch ein paar Kilometer entfernt und können von da aus zu Fuß gehen.«

Er sah die anderen beiden an.

X zuckte die Achseln. »Dann mal los!«

Er und Carlos holten kurze Schaufeln aus den Kästen in ihren Skidoos und gingen zu einer Stelle im Schnee, ein Stück abseits vom Camp. Hier hatte Carlos für den Fall eines Brandes in der Station ein Versteck angelegt, in dem er Notfallausrüstung vergraben hatte. »Ich war mal in einem Jamesway, das Feuer gefangen hatte und in sieben Minuten bis zum Eis runtergebrannt ist. In sieben Minuten! Wenn wir keine Küchenmesser unter unseren Betten gehabt hätten, um die Wand durchzuschneiden, hätten wir's nicht geschafft. Aber sobald man draußen ist, braucht man eine Ersatzunterkunft, sonst erfriert man, statt zu verbrennen. Ich schätze, das verbessert unsere Lage. Verdammte Scheißkerle.«

In den Trümmern fand X eine der kleinen Handpumpen, mit denen sie Treibstoff aus stählernen Zweihundertliterfässern in die Fahrzeuge und Skidoos transferierten. Er brachte sie mit, steckte einen Schlauch in einen Benzinkanister, den Carlos aus dem Versteck im Boden geholt hatte, den anderen in die Benzintanks der Schneemobile und pumpte den Kanister leer. In der Zwischenzeit band Carlos ein Zelt, einen Kocher, Beutel mit Lebensmitteln, Skier, Steigeisen und so weiter an den Skidoos fest.

»Gut, daß wir diese Sachen haben«, bemerkte Wade.

Carlos nickte. »Das ist das vierte Mal, daß ich auf einen Notfallbeutel zurückgreifen muß. Erinnert einen jedesmal dran, es nie zu vergessen.«

Bevor sie losfuhren, versuchte es Carlos ein letztes Mal mit dem Funkgerät. Wieder meldete sich niemand, auf keiner Frequenz. Jede Menge Funkrauschen. »Was ist da bloß *los?*« rief er.

Die anderen beiden faßten das als rhetorische Frage auf. Sie zogen ihre Bärentatzen an; Wade sah vorher noch einmal auf die Uhr. Vor drei Stunden hatten sie die Explosion gesehen; Wade hätte geschätzt, daß es gerade mal eine Dreiviertelstunde her war. Sie starteten die Skidoos mit einem kräftigen Zug am Starterkabel und schauten ein letztes Mal zum Camp zurück; aber Wade konnte die Mienen der anderen hinter den Masken und Sonnenbrillen nicht erkennen.

Dann fuhren sie mit den Schneemobilen los.

*kobaltblauer Himmel*
*türkises Eis*

**Als sie wieder draußen in der Sonne war,** befahl Val den anderen, ihr den Rest der Rampe hinauf zu folgen, die - natürlich - breiter und flacher wurde und so mühelos zu bewältigen war, wie man es sich nur wünschen konnte, bis sie oben anlangten, auf der weißen, mit Firn bedeckten Eismasse unmittelbar südlich der Hansen-Schulter; auf der Polkappe, mit anderen Worten. Ja, aber unter ganz anderen Umständen, als sie erwartet hatten.

Sie ließ die anderen auf Felsbrocken Platz nehmen, die von der Schulter aufs Eis gefallen waren, trat ein paar Meter beiseite und versuchte übers Armband, Mac Town zu rufen und eine Rettungsoperation einzuleiten. Es war peinlich, aber sie kam nicht drum herum.

Wütend, besorgt und beschämt gab sie die Kanalcodes ein und wartete. Sie hätte es nicht dazu kommen lassen dürfen. Natürlich konnte immer ein Unfall passieren. Aber es war ihr Job, dafür zu sorgen, daß die Gruppe jeden Unfall einigermaßen unbeschadet überstand. In Anbetracht der Veränderungen am Gletscherkopf hätte sie sich von Jack nicht dazu drängen lassen dürfen, die Amundsen-Route zu wählen. Sie hätte sich nicht unter diesen Eisblock wagen dürfen. Beides war dumm gewesen; daraus - und aus dem Südgeorgien-Desaster - würde nun ihr Eintrag im schmalen Bändchen der antarktischen Geschichte bestehen, die wie die Geschichte des Bergsteigens nichts weiter war als eine Liste von Expeditionen, wobei die Aufmerksamkeit insbesondere den ersten erfolgreichen Versuchen und den Fiaskos galt. Idiotisch!

Während dieses Anfalls von Selbstvorwürfen brauchte sie eine Weile, bis sie merkte, daß Mac Town sich nicht meldete. Randi war manchmal langsam, aber so langsam nun auch wieder nicht. Val drückte erneut auf die Taste und wiederholte ihre Botschaft. »Hallo, McMurdo, hier ist T-Nullzwodrei, bitte kommen. Over.«

Das Zischen der Radiowellen; weißes Rauschen. Kein McMurdo! Sie prüfte den Status ihres Armbandfunkgeräts. Es schien zu funktionieren, doch nirgends auf dem ganzen normalen Band kam eine Verbindung zustande. So etwas war noch nie vorgekommen! Sie schaltete rasch auf das Notfallband und ging dann sämtliche Kanäle durch. Nirgendwo meldete sich jemand. Kein Funk.

»Scheiße«, sagte sie und starrte auf das kleine Display. Sie drückte auf die Funktionstaste und checkte das Gerät durch. Das GPS funktionierte auch nicht.

»Hey, Leute«, sagte sie. »Würden ihr alle eure Armbandtelefone ausprobieren, und Sie, Ta Shu, Ihre Funkbrille? Ich komme nicht durch, und ich möchte gern wissen, ob es an meinem Telefon liegt.«

Einer nach dem anderen versuchte, jemanden zu erreichen, aber ohne Erfolg. Ta Shu nahm seine schwere Videobrille ab und sah sie alle mit zusammengekniffenen Augen an.

»Da hat jemand an den Satelliten rumgepfuscht«, schloß Val, den Blick auf ihr Armbanddisplay gerichtet. Natürlich kannte sie ihre gegenwärtige Position nur allzugut, aber trotzdem. Sämtliche Satellitenverbindungen schienen unterbrochen zu sein, was erstaunlich war, weil es da oben eine Menge Satelliten gab. Das GPS-System allein war darauf angewiesen, pro Ortung mit bis zu acht Satelliten Kontakt aufzunehmen. Sie versuchte es erneut mit dem Funkgerät. Wieder ohne Erfolg. Vielleicht Sonnenflecken? Aber die Satelliten hatten die durch Sonnenflecken verursachten Probleme im antarktischen Funkverkehr doch angeblich vermindert.

Möglicherweise hätte es mit dem großen Funkgerät im Schlitten besser geklappt; ihre kleinen Armbandfunkgeräte hatten nicht genug Leistung, um die geosynchronen Satelliten zu erreichen, und mit dem System der erdnäheren Satelliten gab es manchmal Probleme. Aber das ließ sich jetzt nicht mehr überprüfen. Der Schlitten war verkorkt, soviel stand fest.

»Hmm.« Sie überlegte. Touren mit nur einem Schlitten basierten auf dem Gedanken, daß man immer noch auf private Funkgeräte und die Hubschrauberrettung zurückgreifen konnte, wenn der Schlitten in eine Gletscherspalte stürzte und verlorenging (was schon öfter passiert war – mindestens dreimal, soweit Val wußte). Ohne die Möglichkeit, das Rettungssystem zu alarmieren, waren sie jedoch auf sich selbst angewiesen.

Das war eine üble Situation. Sie mußten unbedingt so schnell wie möglich zum nächsten Unterschlupf gelangen. In dieser Hinsicht waren sie immerhin viel besser dran als die alten Jungs damals; es gab eine ziemlich große Anzahl von Camps und Stationen im Transantarktischen Gebirge. Der nächste Zufluchtsort, stellte Val nach einem Blick auf die Karte aus Papier fest, die sie für Eventualitäten wie diese in ihrer Parkatasche mit sich führte, war das Basiscamp der SCAG-Ölsucher am Roberts-Massiv, genau auf der anderen Seite des Mohn-Beckens im Westen. Aber das war ungefähr hundert Kilometer entfernt.

Sie setzte sich auf einen Felsbrocken in die Mitte der anderen und brachte sie alle dazu, die Telefonierversuche einzustellen. »Hört schon auf, wir haben's doch bewiesen. Alle Satellitenverbindungen sind unterbrochen, soweit es uns betrifft, und wir kriegen auch kein GPS-Signal. Das heißt, wir müssen zur nächsten Station. Aber das ist kein Problem, ich weiß, wo die ist, wir müssen bloß ein Stück über die Eiskappe. Uns wird nichts passieren.«

»Wo ist die nächste Station?« fragte Elspeth ruhig.

»Im Westen, auf der anderen Seite des Mohn-Beckens.« Sie zeigte in die Richtung. »Eins dieser afrikanischen Ölcamps, an der Südseite des Roberts-Massivs. Wir kommen direkt darauf zu; wir brauchen nur das Eisplateau zu überqueren. Ein babyleichter Spaziergang über eine ebene Fläche.«

»Wie weit ist es?« fragte Jorge.

»Na ja, es sind rund hundert Kilometer«, sagte Val und sah sie der Reihe nach an. »Vielleicht ein bißchen mehr. Eine lange Strecke, klar, aber nicht zu lang. Wir können es schaffen. Wir geben uns selber das Tempo vor, ruhen uns aus, wenn es nötig ist, und gehen weiter, bis wir da sind.«

»Kein Problem«, sagte Jack. »Ich bin schon mal eine Fünfzig-Meilen-Strecke gelaufen.«

Val nickte und unterdrückte jeden Ärger. »Na also. Und wir haben es nicht besonders eilig. Unsere Anzüge sind wie wandelnde kleine Nothütten. Sie sind wärmer als nötig, es sind Notrationen eingenäht, und wir haben die Armflaschen, mit denen wir Schnee schmelzen können.« Sie tätschelte ihren Oberarm. »Schade, daß unsere Skier weg sind, aber wir haben unsere Steigeisen und Skistöcke, damit schaffen wir's schon. Zu Fuß Gehen ist sowieso leichter als Skifahren.«

Was nur unter bestimmten Voraussetzungen stimmte. Aber im Mohn-Becken würden sie wahrscheinlich auf Sastrugis und blaues Eis stoßen, außerdem auf die Supersastrugis, Schneedünen, die sich infolge des zunehmenden Niederschlags auf dem Eis bildeten; und in all diesen Gebieten würden die Skier ihnen nichts nützen. Deshalb war es teilweise richtig. Jedenfalls brauchten sie die Ermutigung, sagte sich Val. Nicht daß jemand einen besonders ängstlichen Eindruck machte; sie waren ernst, aber entschlossen. Jack, der sich die verletzte Hand hielt, schürzte finster und verbissen die Lippen, wirkte aber keineswegs besorgt.

Jedenfalls gab es keinen Grund, die Sache auf die lange Bank zu schieben. Je eher sie sich auf den Weg machten, desto besser. »Wir sollten jetzt aufbrechen«, sagte Val. »In jeder Ruhepause werden wir die Armbandfunkgeräte ausprobieren, und wahrscheinlich funktionieren sie bald wieder, und wir haben ein Rettungsteam hier, bevor wir sehr weit kommen. Und selbst wenn nicht, werden wir's trotzdem heil überstehen.« Sie stand auf. »Hey, das ist jetzt ein echtes Abenteuer.«

Verhaltenes Gelächter. Sie spürten die Situation körperlich viel zu deutlich, um sie auf die leichte Schulter zu nehmen; sie saßen im Wind, der von der Kappe kam und den Gletscher herunterfiel, und es war sehr kalt. Deshalb standen sie steif auf und marschierten unter Vals Führung los, um das Gestade der Hansen-Schulter herum. Dies war eigentlich der schwierigste Teil; das Eis setzte zu seinem Sturz in den Gletscher an, und dort, wo es sich um den kleinen Nunatak herum verformte, gab es viele Spaltenfelder und Scherzonen, denen man ausweichen mußte. Aber Val fand durchgängig flaches Eis, und bald darauf waren sie auf der weiten Firnebene im Westen des Nunataks – auf dem Eisplateau der großen Polkappe, soviel stand fest. Nichts vor ihnen als weißer Schnee, Eis und der dunkelblaue Himmel.

Sechs Menschen, allein in einer solch ungeheuren Weite; ein seltsamer Anblick; ein seltsames Gefühl. Weißer Schnee, blauer Himmel; in der extremen Schlichtheit der Polkappe wirkten die schwarzen Felswände des Transantarktischen Gebirges hinter und rechts von ihnen irgendwie tröstlich, so öde und zerklüftet sie waren. Im Vergleich zum Eisplateau waren sie vertraut, ja sogar heimelig. Aber dort gab es keine Hilfe für sie, nur Trümmereis und leere, zum Meer abfallende Gletscher. Darum würden sie auf die Eisfläche hinausgehen, bis die Berge unter den Horizont sanken und kein Land mehr in Sicht war, als ob sie weit draußen auf einem weißen Ozean wären.

Val setzte sich in Bewegung und begann, das Eis zu überqueren.

■

*blaue Kuppel*
*weiße Ebene*

**Jetzt war es ein anderes Gefühl,** mit dem Schneemobil über die Polkappe zu fahren. Wade wußte, daß die Veränderung psychologischen Ursprungs war, aber dadurch schwächte sich das Gefühl nicht ab; es war so ausgeprägt wie der Unterschied zwischen einem sonnigen und einem bewölkten Tag. Bei diesem Gedanken fiel ihm auf, daß nun einige wenige Zirruswolken das reine Blau über ihnen mähten. Sie standen eindeutig tiefer am Himmel, als es Zirruswolken normalerweise taten, ein Indiz für die große Höhe des Eisplateaus oder die veränderte Physik des Eisplaneten selbst; ein Effekt, der die Welt irgendwie riesengroß machte. Und es gelang ihm nicht, sie wieder auf ihre frühere Größe schrumpfen zu lassen.

Eine größere und leerere Welt. Der Boden auf dem Plateau war unebener. Das Schneemobil war nicht mehr so stabil, aber lauter - der Krach eines Motors, der sein Letztes gab, der immer wieder aussetzte und unregelmäßig lief, als könnte er jeden Moment den Geist aufgeben. Mit dem Ding umzukippen, konnte ein tödlicher Fehler sein, und es schaukelte heftig von einer Seite zur anderen. Die Sonne stand im üblichen Winkel über ihnen, eine blendende Scheibe in einer dunklen Unermeßlichkeit. Es kam ihm so vor, als würde er hin und wieder einen kurzen Blick auf den Weltraum hinter dem dunkelblauen Himmel dort oben erhaschen. Obendrein war es kälter; der Wind wehte ihm bitterkalt und betäubend ins Gesicht. Das Skidoo kippte zur Seite, und er korrigierte jedesmal zu stark. Sein Puls raste.

Er mußte es zugeben; er hatte Angst. Kalte Furcht. Vor ihnen war nichts, hinter ihnen auch nichts. Eine weiße Schneefläche in allen Richtungen. Keine andere Art des Ungeschütztseins kam dem gleich. Als ob sie allein auf der Welt wären, unter dem blendenden Auge eines kalten Gottes. Allein auf dem leeren weißen Dach des Universums.

Und ihm blieb nichts anderes übrig, als Carlos zu folgen und die Müdigkeit in seinem Daumen nach Möglichkeit zu ignorieren. Er machte sich Gedanken über die beiden Männer, mit denen er zusammen war, Männer, die er kaum kannte. Hier draußen hing alles von der Unterstützung der Kameraden ab. Ohne sie gab es hier nur die Kälte, und die konnte einen binnen ein paar Stunden töten – das spürte er in seinem Gesicht, er fühlte die steife Taubheit, die erst zu Erfrierungen und dann zum Tod führte. Die Unterkühlung versuchte, in ihn einzudringen und ihr Werk zu tun. Jede Kippbewegung des Schneemobils konnte die Abfolge einleiten, an deren Ende die Hypothermie stand; gebrochener Ski, gebrochenes Knie, was auch immer – es würde reichen. Also nach links ziehen! Nein, nach rechts! Nein, nach links!

Er fuhr weiter.

Drei sehr lange Stunden später – Wade hatte eher das Gefühl, daß es acht waren – winkte Carlos mit erhobenem Arm, und sein Skidoo kam rasch zum Stehen. Er war die ganze Zeit der Straße gefolgt, die das Luftkissenfahrzeug in den Schnee gewalzt hatte – die Sastrugis, die Wade so beeindruckten, waren tatsächlich weitgehend geglättet –, und jetzt stampften die drei auf der Kruste der Straße herum und versuchten, die Blutzirkulation in ihren Gliedmaßen wieder in Gang zu bringen. Carlos und X brachten Wade bei, die Arme schnell und wie Windmühlenflügel kreisen zu lassen, um die Rückkehr des Blutes und der Wärme in seine Hände zu beschleunigen. Für eine Weile standen sie da und ließen die Arme kreisen wie ein Haufen Pete Townshends. Dann holte Carlos eine Schaufel und einen ordinären Fuchsschwanz aus der Kiste hinten in seinem Skidoo. Er steckte die Säge in den Schnee und begann zu sägen.

»Sollten wir nicht lieber weiterfahren?« fragte Wade.

Carlos schüttelte den Kopf. »Wir brauchen was zu essen, damit wir warm bleiben. Roberts läuft uns nicht weg.«

Er sägte Schneeblöcke aus, und Wade hob sie mit der Schaufel heraus und gab sie X, der sie zur Südseite der Skidoos trug und dort eine gekrümmte Windschutzmauer zu errichten begann. Die großen Blöcke hatten die Konsistenz von Styropor, fühlten sich auch so an und waren nicht viel schwerer.

Dann saßen sie auf der windgeschützten Seite der Mauer, während Carlos den Primuskocher aufbaute, ein skelettartiges kleines Gerät, das offensichtlich noch aus der Frühzeit des Industriezeitalters stammte. Wade sah entsetzt und fasziniert zugleich zu, wie die Physik des Eisplaneten ein weiteres Mal zutage trat: Carlos führte die Flamme eines Feuerzeugs an eine Brennstoffpfütze unter dem Kocher, womit er eigentlich eine kleine Explosion hätte auslösen müssen, aber der Brennstoff lag träge unter der Flamme, bis er nach einiger Zeit bläulich flackerte, wie der brennende Brandy auf einem Crêpe Suzette. »Unglaublich«, sagte Wade. »Nicht möglich.«

Carlos warf ihm einen Blick zu. »Ja. Ein kalter Tag.« Er hatte sich vom ersten Schock angesichts der Zerstörung seiner Station erholt und war jetzt ruhig und gelassen, sogar einigermaßen fröhlich; auf jeden Fall schien er nicht die Furcht zu verspüren, die Wades Magen zu einem Eisblock machte. Er stopfte Schnee in einen Topf, ließ den Schnee über den größer werdenden Flammen des Kochers schmelzen und holte Pakete mit Limonadenpulver und Fertigsuppe. Ein Topf Schnee ergab nur einen Dritteltopf Schmelzwasser, und als dieses kochte, füllte Carlos Becher mit heißer Limonade und Suppe. Etliche Töpfe Schnee verwandelten sich mit der Zeit in Eintopf, heißen Kakao und schließlich schlammdicken Kaffee. Die dehydrierten Brokken im Eintopf wurden nicht vollständig rehydriert, so daß sie wie Kalkstückchen schmeckten, aber Wade beklagte sich nicht; er hatte beim ersten Happen festgestellt, daß er einen Bärenhunger hatte, und der Eintopf schmeckte ihm.

Die kalkigen Stückchen gaben ihm nur die erforderliche Substanz.

Nach dem Essen packten sie alles zusammen. Wade war es nun erheblich wärmer; sein Magen war das Zentrum, von dem die Wärme ausstrahlte. Carlos checkte erneut den Funk und das GPS, und obwohl die Funkgeräte immer noch nicht funktionierten, kamen anscheinend ein paar GPS-Satelliten wieder ans Netz, denn er bekam eine kurze Ortung, bevor das System erneut zusammenbrach. »Noch ungefähr drei Stunden«, erklärte er. »Nicht lange.« Sie warfen die Skidoos an - für Wade ein Augenblick großer Furcht, gefolgt von Erleichterung - und brachen wieder auf. Wade fuhr wie immer hinter Carlos her; die Gelassenheit des Mannes beim Essen beeindruckte ihn. Es war beruhigend, mit einem Einheimischen hier draußen zu sein.

Und dann waren sie wieder alle in ihrer Reihe - Carlos, Wade, dann X - und holperten über den festen Firn. Hin und wieder kamen sie an einigen der neuen Schneedünen vorbei, von denen die Leute redeten, Gebiete, in denen Felder sichelförmiger Dünen die glatte Fläche der Kappe verunstalteten; der Schnee sah genauso aus wie Sand, und die Dünen ähnelten einem sehr unberührten Teil von White Sands in New Mexico. Aus der Nähe waren diese Dünen wesentlich strukturierter und sastrugiähnlicher als jeder Sand, wie die stilisierten Dünen von Georgia O'Keeffe, dachte Wade, oder wie eine fraktalisierte, hyperrealistische Halluzination. Die Straße des Luftkissenfahrzeugs führte jedoch nie geradewegs durch welche hindurch.

Allzubald begann die Kälte wieder an Wades Knien, seinem Gesicht und seinen Händen zu nagen. Deutlicher als je zuvor spürte er den Kampf zwischen Wärme und Kälte in seinem Körper, eine Art Krieg, der an vielen Fronten mit unterschiedlichem Erfolg ausgetragen wurde, je nachdem, wie ungeschützt die jeweiligen Stellen waren. Die Wärme im Zentrum seines Körpers, ein Resultat des warmen Essens und Trinkens, war eindeutig noch da, strahlte weiterhin nach außen ab und schickte Verstärkungen gegen den

Vormarsch der Kälte an die fernen Fronten der Extremitäten. Dort draußen wurden die Kämpfe Kapillarie für Kapillarie ausgefochten.

Und verloren, zumindest an den äußersten Fronten. Nicht in seinem Rumpf; aber abseits von diesem Hochofen kam es zu langsam stärker werdenden Schmerzen, Gefühlsverlusten und Taubheit. Carlos legte eine kurze Pause ein, damit sie den Kampf mit größeren Erfolgschancen austragen konnten, und während die Motoren weiterliefen, stampften, tanzten und hampelten sie herum, spielten Pete Townshend, kneteten ihre schmerzenden Hintern und gemarterten rechten Daumen. Neue Wärme wurde von Mägen an die fernen Fronten entsandt. Dann brachen sie erneut auf.

Das nächste Mal stoppten sie, um ihre Benzintanks aufzufüllen, was selbst eine sehr kalte Tätigkeit war. Dann ging es wieder weiter, eine neue lange Phase der Fahrt auf den Schneemobilen, der Daumenschmerzen und des Frierens. Die Kälte durchdrang alles, bis Wade wegen der Starre in seinen kalten Armen nicht mehr so gut fahren konnte wie zu Beginn, obwohl er damals noch ungeschickt gewesen war.

Er erwog, zu Carlos aufzuschließen und ihn zu stoppen, damit sie eine neue Runde Aufwärmübungen einlegen und vielleicht ein heißes Getränk zu sich nehmen konnten, als sich die Sache sozusagen von selbst erledigte. Sein Motor stotterte, lief weiter, stotterte, lief weiter, stotterte, ging aus. Das Skidoo kam schlitternd zum Stehen. Carlos schaute zurück, weil er hörte oder auf irgendeine andere Weise spürte, daß sich etwas verändert hatte, und als er sich umdrehte, wurde sein Fahrzeug ebenfalls langsamer und hielt dann an. X rollte kopfschüttelnd neben Wade aus. Ihr Benzin war alle.

»Es ist nicht mehr weit«, sagte Carlos zu Wade. Die grünen Fähnchen, die die Route des Luftkissenfahrzeugs markierten, waren offenbar numeriert, und die letzte war Nummer

10 gewesen – das hieß, daß es bis zur Station nur noch zehn Kilometer waren. Die rostigen Berge, die den Horizont vor ihnen verunzierten, waren das Roberts-Massiv. Sehr bald würde die Station über dem Horizont auftauchen. Sie konnten auf Skiern hinfahren oder, falls Wade nicht skilaufen wollte, mit Steigeisen gehen.

»Ich probier's mit den Skiern«, sagte er. Zehn Kilometer waren nicht allzu schlimm. Vor seiner Ankunft in der Antarktis hätte er über eine solche Entfernung gelacht. Auf dem Highway brauchte man dafür vielleicht fünf Minuten; wie schlimm konnte das sein? Aber jetzt sagte ihm die Erinnerung an seinen Fußmarsch mit Val durch das Barwick-Tal, wie lang ihm die zehn Kilometer vorkommen würden. Tatsächlich zwickte es bei dem Gedanken daran immer noch ein bißchen in seinem linken Knie. Es war eine beträchtliche Distanz. Aber er konnte es schaffen.

Außerdem hatten sie gar keine andere Wahl. Deshalb tauschte er seine Bunny Boots gegen schwere Langlaufskistiefel ein, wobei er eiskalte Hände und Füße bekam. »Verdammt.« Es war schwierig, wenn nicht gar unmöglich, dic erforderlichen Handgriffe schneller auszuführen, so sehr er sich auch bemühte. Tatsächlich kostete es ihn erhebliche Anstrengung, sie überhaupt auszuführen, egal in welchem Tempo.

Er hatte es früher schon ein paarmal mit Skilanglauf versucht und war dabei oft hingefallen. Er würde schnell besser werden müssen. X's Skier sahen am unteren Ende seiner massiven, baumstammdicken Beine wie Eiskremstiele aus. Man konnte sich kaum vorstellen, daß sie ihn tragen würden. X schien ebenfalls nicht davon überzeugt zu sein; er schüttelte bei dem Anblick den Kopf. Merkwürdig, daß so viel herüberkam, obwohl ihre Gesichter hinter Skimasken und Sonnenbrillen verborgen waren. Körpersprache, wahrhaftig.

Als sie alle startklar waren, standen sie auf ihren Skiern wie ein Trio anonymer, insektenäugiger Bankräuber auf Eis; Wade und X stützten sich auf ihre Stöcke. Das Sonnenlicht brach sich an ihren Fotovoltaik-Handschuhen, Überhosen und Parkas, und Wade war dankbar für die Wärme, aber seine Nase, seine Fingerspitzen, Ohren und Füße waren kalt und wurden immer kälter.

Doch Carlos erklärte, daß die Anstrengung des Skilaufens das schon kurieren würde. Er fuhr mit einem Rucksack auf dem Rücken los, der vieles von dem enthielt, was man aus den Schneemobilen mitnehmen konnte. Wade folgte ihm.

X stieß gegen einen Höcker und stürzte wie ein Baum. Wie von seiner Bugwelle getroffen, stürzte Wade ebenfalls. Der Schnee war hart, und sein Ellbogen tat weh. Nervös stand er wieder auf, schneller als X, der auf seinen zu kurzen Skiern sehr unbeholfen war. Carlos fuhr mühelos voraus. Als er sich umschaute und sah, daß seine Kameraden hingefallen waren, kam er in einem schwungvollen Bogen zu ihnen zurück. »Fahrt mir nach. Ich suche den ebensten Teil der Spur, dann ist es leichter.«

Also fuhren sie ihm nach, und es war leichter, obwohl Wades Skier sich manchmal zu beiden Seiten eines kleinen Sastrugikammes verfingen und auseinanderdrifteten, ganz gleich, was er dagegen zu unternehmen versuchte. Er fiel oft hin, und X ebenfalls. Allein schon die Anstrengung, die es kostete, immer wieder aufzustehen, ermüdete ihn. Er begann zu schwitzen. Sein ganzer Körper war überhitzt, bis auf die erfrorenen äußersten Enden, die störrisch eiskalt blieben. Er erinnerte sich, in einem Artikel über die Probleme von Läufern im Winter schon einmal den Ausdruck ›peniale Erfrierung‹ gelesen zu haben. Hoffentlich würde das heiße Blut im Innern seines Körpers dieses und alle anderen eiskalten Glieder wärmen, während das kalte Blut in den Extremitäten sein heißes Inneres kühlen würde, wie Wasser in einem Radiator. Aber es schien nicht zu funktionieren; er schwitzte und fror zur gleichen Zeit. Er kämpfte sich weiter voran.

Es war ein gewisser Trost, daß X genauso oft oder noch öfter hinfiel als er. Sie schlugen beide wie Bowlingkegel hin. Als sie nach einem Sturz aufstanden und sich wieder abstießen, sagte X: »Schade, daß wir nicht solche Raumanzüge haben, wie sie die Trekkergruppen tragen.«

»Was soll das heißen?« fragte Wade. »Gibt es bessere Sachen als die hier?«

»Ja.«

»Es gibt bessere Sachen, und ich hab sie nicht an?«

»Ha.«

»Gibt es Super-DVs, die bessere Kleidung kriegen?«

»Das müßten Sie eher wissen als ich. Wahrscheinlich. Wir kriegen das normale, offizielle Zeug, aber man kann bessere Sachen kaufen. Diese Klamotten hier können die beim Laufen erzeugte piezoelektrische Energie nicht in Wärme umwandeln, können kein Wasser schmelzen, Sie nicht ernähren...«

Wade fiel wieder hin. »Und für mich skilaufen können sie auch nicht.«

»Und nicht skilaufen, stimmt. Gar nichts können die.«

»Warum nicht?«

»Warum was nicht?«

»Warum haben wir nicht das beste Material?«

»Teuer! Und unsere Sachen reichen ja auch für das, was wir hier draußen tun sollen. Wir sind nicht hier, um Skitouren zu unternehmen. Das tun eigentlich nur Trekker.«

»Wenn wir Val bei uns hätten, wäre also alles in Ordnung.«

»Wahrscheinlich.«

Sie fuhren nebeneinander her. Der Schnee wurde ebenmäßiger, und sie glitten eine Weile ohne weitere Zwischenfälle dahin. Carlos war ein schwarzer Fleck am Horizont vor ihnen; das Roberts-Massiv war größer, und sie konnten bis zur Uferlinie des Eises am Fuß des Felsgesteins schauen, wo die Station bald in Sicht kommen würde, obwohl bis jetzt noch nichts von ihr zu sehen war. Dann sagte X zu Wade: »Wenn das blaues Eis ist, sehen wir alt aus.«

»Wieso?«

»Es ist hart wie Stein und aalglatt. Holprig, aber aalglatt.«

»Oh.« Wades Mut sank. Er hatte ein einziges Mal versucht, Schlittschuh zu laufen, und sich dabei gleich das Steißbein gebrochen. Drei Monate lang hatte er auf einem aufgeblasenen Donut sitzen müssen.

»Scheiße. Das *ist* blaues Eis.«

Sie erreichten Carlos, der auf der letzten Halbinsel aus weißem Schnee stand, die in das blaue Eismeer hineinragte.

»Auf Eis kann ich nicht skilaufen«, sagte X.

»Das können nur wenige«, erwiderte Carlos. »Wir müssen die Steigeisen anlegen und laufen.«

Sie setzten sich hin, schnallten die Skier ab, holten Stiefel und Steigeisen aus ihren Rucksäcken, wechselten ihr Schuhwerk, schnallten die Steigeisen an, packten die Rucksäcke wieder, standen auf und gingen weiter, wobei sie mit der einen Hand die Skier samt einem Skistock auf der Schulter festhielten und mit der anderen den zweiten Skistock umklammerten, mit dem sie sich bei jedem Schritt auf dem Eis abstützten. Jede einzelne dieser Verrichtungen war bitterkalt, betäubend kalt.

Doch nach dem Skilaufen fühlte Wade sich auf den Steigeisen absurd sicher; es war, als ginge man auf Fliegenfängern. Das Knirschen des Eises unter ihren Füßen erinnerte Wade an das Geräusch, das Eiswürfelbehälter von sich gaben, wenn man sie verdrehte, um das Eis herauszulösen, und einen Moment lang fühlte er heftiges Heimweh nach einer Welt, in der es Eis nur in Gestalt von Würfeln mit zweieinhalb Zentimeter Kantenlänge gab. Der Wechsel des Schuhwerks hatte ihn dermaßen ausgekühlt, daß ihm die Beine zitterten. Seine Schenkel fühlten sich an wie Gelee. Und die Steigeisen ermüdeten seine Füße und Knöchel rasch, denn sie machten ihn *zu* sicher auf dem Eis. Erst zu wenig Bodenhaftung, dann zu viel; angenehm war das nicht.

»Wir sind gleich da«, rief Carlos zu ihnen zurück.

»Damit fängt er bei jedem Trip an, sobald man ungefähr die Hälfte geschafft hat«, warnte X Wade. »In der Beziehung ist er genau wie Val.«

»Aha.«

X schilderte sich selbst seine Reise; nach den Bruchstücken, die Wade aufschnappte, klang es, als würde ein unsichtbarer, reichlich zynischer Sportreporter unter X's Skimaske hervorlugen. Hinter einer sanften Anhöhe war das nackte blaue Eis erneut von Schnee bedeckt. Nach einer kurzen Beratung setzten sie sich hin und wechselten wieder zu den Skiern, was Wade einerseits ganz recht war, weil das Gewicht der Skier allmählich immer schwerer auf seiner Schulter lastete; andererseits kühlte ihn der Wechsel noch stärker aus. Seine Hände wollten sich kaum noch bewegen. Carlos gab ihnen Schokoriegel zu essen. Wade grub die Zähne völlig ausgehungert in einen gefrorenen Riegel, und ein bestialischer Schmerz durchfuhr eine Zahnfüllung, als er auf etwas in der Schokolade biß, das sich wie ein Steinchen anfühlte. »Aua, aua, verdammt noch mal, aua!«

»Passen Sie auf die gefrorenen Rosinen auf!« warnten ihn X und Carlos gleichzeitig.

»Oh, ganz herzlichen Dank!«

»'tschuldigung. Die sind wie Kieselsteine, wenn sie gefrieren.«

»Was Sie nicht sagen.«

»Ich hasse diese Art Schokolade, genau aus diesem Grund.«

Handschuhe an, mit tauben, ungeschickten Händen. Eisige Luft, die bis auf die Knochen schnitt. Aufstehen und weiter. Wade glaubte zu fühlen, wie Teile seines Geistes ebenso taub zu werden begannen wie seine Finger; die äußeren Schichten des Kortex, die zarten Lappen hinter der Nase, alle kühlten aus und schalteten ab. Eine jungfräulich weiße Ebene in einem klaren blauen Himmel. Auf und ab, über glücklicherweise sanfte Anhöhen und Senken. Er war so ungeschickt auf den Skiern wie eh und je, oder noch ungeschickter. Über ihnen der düster drohende Himmel. Ein Blick nach links, wo die Sonne stand, und es war Mittag; der Schnee gleißte wie von einem Ventilator aufgewirbelte Silberfolienschnipsel. Ein Blick nach vorn über die sonnenbeschienene Fläche, und es war früher Morgen; zahllose kleine Schatten ließen die Sastrugis in deutlichem Relief hervortreten. Ein Blick nach rechts, und es war Mitternacht; die geschichtete, körnige Streu des Schnees schimmerte dunkel. Der Einfallwinkel des Lichts war die einzige Landschaft. Oder vielmehr, die Landschaften waren alle stiefelhoch, so daß sie über sie hinwegbrobdingnagten, links, rechts, links, rechts, in der Kälte, an die man sich nie gewöhnen konnte, während die eiskalte Luft ihnen wie eine gefährliche Droge durch die Nase direkt ins Gehirn fuhr, eine Droge, die man brauchte, aber fürchtete; die unausweichliche Sauerstoffsucht war nun so etwas wie eine tödliche Notwendigkeit. Kälter und kälter, ganz gleich, wie anstrengend das Skilaufen war. Weitere Teile des Gehirns zogen sich zurück, büßten ihre Fähigkeit ein, zu sprechen oder auch nur zu denken, so daß all die Worte verblichen wie Sterne im Morgengrauen. Der Fels vor ihnen schien näher gerückt zu sein, und Wade sah Farbschimmer an der Küstenlinie; vermutlich die Station. Bei diesem Anblick fühlte er sich auf dumpfe Weise besser. Sie würden es schaffen.

Kurz darauf kippte der Schnee zum Massiv hin ab, und er kam mit Hilfe der Stöcke vorwärts, ohne die Beine zu bewegen, eine willkommene Erleichterung. Doch dann wurde der Schnee zu weißem Eis, und er glitt hinunter, ohne sich überhaupt abzustoßen - ein Abfahrtslauf, mit anderen Worten, und er wurde immer schneller, als säße er auf einem Fahrrad ohne Bremsen. Seine Skier klapperten, und er ging in die Knie und kauerte sich zusammen, klemmte sich die Stöcke unter die Arme und schoß in der grimmigen Parodie eines echten Skiläufers abwärts, bis ihn ein unsichtbarer Hubbel von den Füßen stieß, und er landete wieder auf dem Hintern und rutschte auf dem Rücken fast genauso schnell wie zuvor den Hang hinunter, wobei er sich wie ein Wagenrad um sich selbst drehte. Seine Skier hatten sich gelöst und waren verschwunden, aber die Skistöcke tanzten immer noch um ihn herum, und als der linke wieder einmal über ihn wegsprang, packte er dessen Ende mit seinem rechten Fäustling, drehte sich auf die Seite und stemmte die Spitze ins Eis. Sie ritzte kaum eine Furche hinein, bremste ihn aber ein bißchen, wie Kreide auf einer Tafel kratzend, und bald darauf rutschte er so langsam bergab, daß er die Stiefelkanten ins Eis stemmen konnte, ohne sich auf der Stelle die Beine zu brechen. Etwa hundert Meter von dem Luftkissenfahrzeug und einem kleinen Kai entfernt, der vom Fels ins Eis hinausragte, blieb er nach ein paar letzten holprigen Metern schließlich liegen. Danach stieß er sich mit seinen Fäustlingen vorsichtig ab und rutschte eine sanfte Schrägung hinab, jeweils zehn Meter pro Stoß. Hinter ihm kamen Carlos und X aufrecht den Hang heruntergestapft; sie hatten oben angehalten und ihre Skier abgeschnallt, um das letzte Stück zu Fuß abzusteigen. Wade winkte ihnen schwach zu, und sie jubelten, weil er noch am Leben war.

Ihre Freude hielt jedoch nicht lange vor, denn die Roberts-Station war ebenfalls zerstört - in Stücke gesprengt und niedergebrannt. Sie traten auf Felsgestein und kletterten zum Rand des Trümmerfeldes empor. Carlos stieß wieder spanische Flüche aus, aber es klang jetzt beinahe geistesabwesend, als er sich in den Ruinen auf die Suche nach den Sachen machte, die sie brauchen würden, um nicht zu erfrieren. Ein starker Wind heulte übers Gestein, und sie taumelten wie Streichholzmännchen umher, ohne etwas zu finden; die Ruinen ließen erkennen, wie klein die Gebäude gewesen waren, wie Wohnwagen in einem Wohnwagenpark, und jetzt bestanden sie nur noch aus schwarzen Gestängen und Klumpen. »Wo sind die alle?« krächzte X immer wieder. Wade stolperte bei jedem Schritt. Seine Stiefel wollten sich nicht weit genug vom Boden lösen.

»Sie sind weg«, sagte Carlos. »Kommt, gehen wir ins Luftkissenfahrzeug.«

Das Luftkissenfahrzeug lag zwei bis zweieinhalb Meter vom Kai entfernt auf dem Eis, offenbar von der Explosion dort hinausgetrieben, die die Station dem Erdboden gleichgemacht hatte. X fand ein versengtes Stück Wandverkleidung, trug es hinüber und legte es als Laufplanke über die Lücke, und sie taumelten aufs Deck des Fahrzeugs hinüber und fielen durch die Tür in die Kabine. Drinnen war es genauso kalt wie draußen. Wade konnte sich kaum bewegen. Carlos riß einen Schrank auf und holte einen grünen Coleman-Kocher heraus, stellte ihn auf das Bord unter den Fenstern und klappte ihn auf. Sorgfältig schraubte er einen Gaskanister an die Muffe seitlich am Kocher, wühlte dann in seinem Parka nach dem Feuerzeug und hielt es an einen Brenner. Er drehte einen Regler am Kocher auf und schnippte das Feuerzeug mehrmals an; das Kratzen des Feuersteins war ein urtümliches Geräusch. Dann ein lautes Zischen, und sie hatten Feuer.

ZEHNTES KAPITEL

# *Roberts-Massiv*

**An diesem Abend war Misha** wieder mit Kochen an der Reihe, und die himmlischen Düfte von Corned-beef-Haschee erfüllten das gelbe Scottzelt. Sie schlangen das Essen hinunter, ruhten sich dann aus und gingen gemächlich in die Abwasch- und Drambers-Phase des Abends über. Graham Forbes lehnte sich zurück, nahm die nassen Teller von Harry entgegen und trocknete sie ab, während Geoffrey Michelson halb im Liegen den Code von McMurdo in sein Armbandtelefon eingab, um das regelmäßige abendliche Gespräch mit Randi zu führen.

Doch an diesem Abend meldete Randi sich nicht. Mac Town meldete sich überhaupt nicht. Die ganze Skala rauf und runter nur atmosphärisches Rauschen.

»Was ist das denn«, sagte Michelson mit einem Blick auf sein Telefon.

»Versuchen Sie's mit der Kiste«, schlug Misha vor und zeigte auf das große alte Funkgerät in der Ecke des Zeltes.

»Gute Idee.« Michelson schaltete das Funkgerät ein, ging auf die McMurdo-Frequenz und schickte einen Funkruf hinaus. Wieder nichts als atmosphärisches Rauschen. Graham legte sein Geschirrhandtuch weg und beugte sich hinüber, um das Funkgerät zu inspizieren.

»Das ist aber komisch«, sagte Michelson.

»Mehr als komisch«, meinte Misha mit verwirrter Miene. »Es sind verschiedene Systeme. Daß beide zugleich ausfallen...« Kopfschüttelnd trank er einen Schluck von seinem Drambers.

»Wollen Sie damit sagen, das ist kein Zufall?« fragte Michelson.

»Für mich sieht's nicht nach einem Zufall aus.«

»Aber was ist es dann?«

»Keine Ahnung. Sabotage?«

Die vier dachten darüber nach und sahen einander an.

»Die Satellitenverbindungen sind verwundbar«, sagte Misha. »Man braucht bloß eine Tracking-Schüssel auf einen Satelliten zu richten und ein stärkeres Signal zu senden als dasjenige, das er bekommen soll, und schon hat man ihn im Sack.«

»Aber es gibt so viele Satelliten da oben«, wandte Michelson ein. »Das System ist enorm redundant, hätte ich gedacht.«

Harry und Misha schüttelten beide den Kopf.

»Es gibt eine Menge Satelliten, weil es eine Menge Funkverkehr gibt«, sagte Misha. »Und sie gehören alle zu diversen sich überschneidenden Netzen mit einer Menge Träger- und Zentralsatelliten, die Botschaften weiterleiten, bevor sie wieder zur Erde zurückgeschickt werden. Wenn man hier also seine Schüsseln hätte und die richtigen Zentralsatelliten aufs Korn nähme, sobald sie über dieses Gebiet kommen, könnte man einen großen Teil des Systems ausschalten.«

»Besonders hier unten«, sagte Harry. »Es gibt nicht so viele Satelliten, die direkt über den Pol laufen.«

»Aber wenn ein Satellit ausfällt, würden sie dann nicht auf einen anderen umschalten?«

»Klar«, sagte Misha. »Aber möglicherweise könnte man den Vorgang verfolgen und das Störsignal ebenfalls umleiten. Man bräuchte bloß den neuen Zentralsatelliten zu finden und die Schüssel darauf auszurichten. Ich wette, das könnte man alles mit einem einzigen Programm hinkriegen.«

»Das Problem ist nicht, das System zusammenbrechen zu lassen«, sagte Graham, der sich an ein Pub-Gespräch mit einem Freund aus dem Telekommunikationssektor erinnerte. »Das Problem ist, dafür zu sorgen, daß es überhaupt funktioniert.«

Michelson sah seine drei Kameraden an. »Tja«, sagte er. »Ich wäre Ihnen dankbar, Gentlemen, wenn Sie bitte nicht bei Greenpeace eintreten würden. Und ich nehme schokkiert zur Kenntnis, daß wir es mit einem derart verwundbaren System zu tun haben.«

»Die Satelliten sind da oben«, sagte Misha mit einer entsprechenden Handbewegung. »Leicht zu sehen, leicht zu stören. Jeder, der einen Sender mit vierzehn Gigahertz hat, ist dazu imstande.«

»Aber das erklärt nicht, was mit McMurdo los ist«, gab Graham zu bedenken.

Sie dachten schweigend darüber nach. »Vielleicht ist die ganze Funkzentrale ausgefallen?« schlug Misha schließlich vor.

»Aber in der Stadt wimmelt es nur so von Geräten wie dem hier«, sagte Harry. »Sie müßten bald wieder auf Sendung sein, ganz gleich, was passiert ist.«

Michelson nickte. »Und wir müßten jetzt trotzdem Kontakt mit Burt aufnehmen können. Probieren wir's damit.«

Er stellte den Drehschalter drei Positionen weiter und drückte die Sendetaste an dem Mikrophon, das er in der Hand hielt. »S-Dreisiebenvier, hier ist S-Dreisiebenfünf, seid ihr da, Burt und Crew, bitte kommen, over.«

Eine Pause, das leise Zischen einer Funkverbindung: »Wir hören Sie, Geoff! Aber wir konnten weder Kontakt mit Mac Town aufnehmen noch Telefonanrufe tätigen, und unser GPS funktioniert auch nicht!«

»Bei uns hier ist es genauso, Burt, obwohl wir das mit dem GPS noch nicht wußten.«

»Das sind noch mehr Satelliten«, sagte Misha.

»Nicht nur das, Geoff – der Helo, der uns abholen sollte, ist heute abend auch nicht aufgetaucht! Wir mußten zum Camp zurücklaufen, das war ziemlich haarig!«

»Da haben sie bestimmt ganz schön kalte Füße gekriegt«, witzelte Misha.

Michelson brachte ihn mit einer Handbewegung zum Schweigen und drückte auf die Sendetaste: »Ich befürchte, in Mac Town ist irgendwas passiert. Aber sie werden sicher bald wieder auf Sendung sein, deshalb schlage ich vor, wir bleiben hier draußen, wo wir sind, bis wir genauer wissen, was da los ist.«

»Einverstanden, Geoff. Wir wollen jedenfalls nicht den ganzen Weg bis nach Hause marschieren. Außerdem haben wir hier drüben ein paar tolle Sachen entdeckt. Wie steht's mit euch, habt ihr was gefunden?«

»Wir werkeln hier so vor uns hin, Burt. Bis jetzt nichts Außergewöhnliches.« Mit einem warnenden Blick zu Misha, nicht schallend loszulachen, während er auf Sendung war. »Wir sollten engen Kontakt halten, solange die Lage so bleibt, Burt. Um neun Uhr morgen früh sprechen wir uns wieder, okay? Und sagt uns sofort Bescheid, wenn ihr was von Randi oder sonst jemandem hört.«

»Natürlich, Geoff! Jede Wette, daß es wieder Greenpeace ist und daß sie's auf diese Ölcamps abgesehen haben!«

»Damit hätte die Sache mit Mac Town aber wohl kaum was zu tun. Aber wir werden's schon noch erfahren. Gute Nacht, Freunde. Over and out.«

»Gleichfalls. Over and out.«

Michelson legte das Mikrophon weg. Sie saßen im Zischen des Coleman-Kochers und nippten an ihrem Drambuie.

Misha sagte: »Sie wollten Ihrem Professorenkollegen also nichts von Ihrem Fund erzählen, hm?«

»Misha.« Michelson trank einen Schluck. »Nicht über Funk. Da könnte sonstwer mithören.«

»All diese Leute da draußen«, sagte Graham, um Michelson aufzuziehen, wie Misha es immer tat. Es war ein bißchen ansteckend.

»Da draußen *gibt's* andere Außenlager«, verteidigte sich Michelson. »Außerdem – selbst wenn es bloß Burt war, er könnte in Versuchung geraten, es Leuten in Mac Town oder im Norden weiterzuerzählen.«

Graham nickte. Michelsons Vorsicht in solchen Dingen gefiel ihm, weil er zu verstehen glaubte, was dahintersteckte. Eine verfrüht abgegebene Erklärung, bevor die Arbeit abgeschlossen war und die Ergebnisse zur Veröffentlichung angenommen waren, konnte diese Ergebnisse selbst ernsthaft gefährden. In dieser Hinsicht waren wissenschaftliche Veröffentlichungen im Internet und in der einschlägigen Fachpresse potentiell gleichermaßen gefährlich. Bei der Schicht aus abgestorbenem Buchenlaub, die sie im Apocalypse-Sirius entdeckt hatten, handelte es sich um einen Fund von entscheidender Bedeutung, da war Graham sicher; aber nur, wenn er ordentlich in ihre Theorie eingebaut und durch andere Funde bestätigt wurde. Dann würde er ein sehr fester Ziegel in der Mauer sein, vielleicht sogar das Zünglein an der Waage, das zur allgemeinen Akzeptanz der dynamizistischen Position führte. Aber davon waren sie zum gegenwärtigen Zeitpunkt noch sehr weit entfernt. Im Moment hatten sie nur einen rostrot-gelben organischen Stoff, mehr nicht; er konnte zweihundert Jahre alt sein, er konnte aber auch zweihundert Millionen Jahre alt sein. Die Stabilisten würden sie sicherlich in diesem wie auch in jedem anderen erdenklichen Punkt angreifen. Sie mußten sozusagen einen Rahmen für diese Einzelteile bauen und alle möglichen Einwände gegen ihre Interpretation dieser Elemente vorwegnehmen; denn Objekte blieben Objekte, bis die Einwände widerlegt waren. Man mußte sie in ein engmaschiges historisches Netz einordnen, um sie in Fakten zu verwandeln, in Fakten, die dann eine Theorie stützten. Dieser Teil des Prozesses war von entscheidender Bedeutung für jede nachhaltig wirksame, einflußreiche Arbeit. Und deshalb würde Michelson eine ganze Phalanx von Paläobotanikern, Paläobiologen, Geomorphologen, Geophysikern, Paläoklimatologen und Glaziologen wie Graham hinter sich scharen, die sich alle mit ihrem Fachwissen des Themas annehmen und deren Karrieren, sofern sie sich an dieser Arbeit beteiligten, zumindest in gewissem Umfang mit dem Sieg oder der Niederlage der dynamizistischen Theorie verbunden sein würden.

Das galt jedenfalls für Graham, der sich mit Fragen der

glazialen Sedimentologie befaßte. Er hatte sich natürlich schon längst eindeutig festgelegt; und jetzt war sein Schicksal weitgehend mit dem von Michelson verflochten. Deshalb beruhigte ihn Geoffs Stil, und er bewunderte ihn so sehr, daß er versuchte, ihm in seiner eigenen Arbeit nachzueifern - diese Zurückhaltung, dieses Gespür für die Geschichte der Geowissenschaften. Darüber hinaus versuchte Michelson so gut wie immer, Besonnenheit walten zu lassen und alles mit ein bißchen Humor zu nehmen; im Verlauf dieser Kontroverse war jedenfalls einiges geschehen, was Graham an Michelsons Stelle wütend gemacht hätte, und er konnte nur vermuten, daß Geoff damals tatsächlich wütend gewesen war. Doch wenn er nun von den Stabilisten sprach, dann betrachtete er sie nicht als Feinde, die zerschmettert werden mußten, sondern äußerte sich mit großer, beinahe übertriebener Höflichkeit über sie und brachte nebenbei einen grundsätzlichen Respekt für sie als Wissenschaftler zum Ausdruck, besonders für diejenigen, deren Arbeit er für die beste hielt und darum als Herausforderung betrachtete. Vielleicht spiegelte sich darin nur sein Gespür für die sicherste, man konnte vielleicht sogar sagen wissenschaftlichste Methode, sie so platt zu quetschen wie eine Schicht abgestorbener Blätter; jedenfalls nahm er diese Haltung ständig ein, selbst hier in seinem eigenen Camp. Möglicherweise war er privat - bei sich zu Hause - anders. Aber nach ein paar Wochen Geländearbeit in der Antarktis gewann man allmählich den Eindruck, daß man seine Kameraden recht gut kannte. Letztendlich lebten sie hier nicht so viel anders als in ihren eigenen vier Wänden.

Bevor sie also mit jemandem außerhalb ihrer Gruppe über ihre großartige Entdeckung sprachen, mußten die Proben im Labor eingehend untersucht werden, man mußte die Literatur durchforsten und vielleicht auch andere Wissenschaftler um Beiträge bitten; es mußten Artikel geschrieben und überarbeitet und den prominentesten entsprechenden Zeitschriften vorgelegt werden, wo anonyme

Wissenschaftlerkollegen zweifellos weitere Änderungen vorschlagen würden, die eine Argumentation oftmals stärkten und deshalb normalerweise eingearbeitet wurden; erst dann würden die Artikel veröffentlicht werden. Zu diesem Zeitpunkt würden die Schlußfolgerungen, die aus den im Gelände gefundenen physikalischen Objekten gezogen worden waren, so fest verankert sein, wie Misha ihre Schlafzelte verankerte, in einem redundant wirkenden Netzwerk aus Pflöcken und Stricken: bombensicher. Und in diesem Stadium würden die Artikel gelesen werden und zu dem Dialog unter den kleinen Gruppen beitragen, die das Fachwissen besaßen, die Argumente beurteilen und nach Schwächen abtasten zu können; diese Leute würden dann auch wirklich Urteile abgeben und Kritik üben; und später würden sie diesen neuen Tatsachenkomplex bei ihren eigenen wissenschaftlichen Thesen auf diesem Gebiet berücksichtigen, dabei auf die Theorie zurückgreifen und ihre eigenen neuen Projekte entsprechend planen; und draußen in der Welt andere Dinge sehen, als sie sonst gesehen hätten; und der Dialog würde weitergehen wie immer seit Lyell, Newton, Aristoteles oder den ersten sprechenden Primaten, je nachdem, wie weit man den Wissenschaftsbegriff fassen wollte. Im fundamentalsten Sinn, dachte Graham, lagen die Anfänge der Wissenschaft schon sehr, sehr lange zurück.

Es mochte also drei oder vier Jahre dauern, bis diese Artikel veröffentlicht wurden, und die Auswirkungen würden erst in den darauffolgenden Jahren spürbar werden. Dieses Tempo des Diskurses hatte dazu geführt, daß die Sirius-Geschichte jetzt seit über dreißig Jahren in der Diskussion war. Wie die Gletscher im Zentrum der Geschichte bewegte sie sich langsam, mahlte jedoch fein.

Und Michelson, der sich nicht in die Karten schauen lassen wollte, wechselte nun rasch das Thema und sprach darüber, was sie draußen im Gelände in den nächsten paar Tagen tun konnten, um sich die spätere Arbeit im Labor zu erleichtern. Denn wenn sie erst einmal wieder im Norden waren und einer von ihnen dann gern noch eine weitere Gesteinsprobe hätte, wäre das ein vergeblicher Wunsch; diese Proben mußten sie sich jetzt beschaffen.

Nachdem diese Dinge jedoch abgehakt waren, klappte Harry seinen Laptop auf und rief die Pliozänkarte der Antarktis auf, an der er nun schon seit einiger Zeit bastelte; er hatte sie unter Heranziehung sämtlicher Daten erstellt, die in den Jahrzehnten der dynamizistischen Forschungsarbeit gesammelt worden waren. Jetzt überarbeitete er die Linie, die den kleinen, von ihnen untersuchten Fjord darstellte. Michelson musterte sie über den Rand seiner Brille hinweg mit einem kleinen Lächeln. »Egal, was letzten Endes dabei herauskommt«, bemerkte er zufrieden, »die Geologie des antarktischen Känozoikums hat jedenfalls von der Sirius-Frage profitiert.«

Harry beendete seine Überarbeitung der Fjorde und Hügel. Das gesamte Gebiet, das jetzt das Transantarktische Gebirge einnahm, war auf seiner Karte viel niedriger und von tiefen Fjorden gekerbt - wie die gegenwärtige Küstenlinie Labradors oder Norwegens oder auch des südlichen Chile. Ein anderer Teil der Karte zeigte die Westantarktis als Archipel, das einige Ähnlichkeit mit den Philippinen hatte. Michelson ermutigte Harry stets, nach eventuellen Landbrükken Ausschau zu halten, welche die Halbinsel mit dem Transantarktischen Gebirge verbunden hatten, da *Nothofagus* nicht gut über Wasser wanderte; seiner Ansicht nach mußten Verbreitungswege über Land existiert haben, die erklärten, weshalb es Pliozänbuchenwälder bis hinunter zum fünfundachtzigsten Breitengrad gegeben hatte. Entweder hatten sich die Bäume im Verlauf der Klimaschwankungen auf bestimmten Wegen ausgebreitet und wieder zurückgezogen, oder es hatte Orte auf dem Kraton selbst gegeben, die sogar in den kältesten Phasen der letzten vierzehn Millionen Jahre Refugien für die Biome gewesen waren. »Wenn die Bäume mit dem Ansteigen der Temperaturen nach Süden zurückkehren konnten, dann steht eher zu erwarten, daß sie auf der Halbinsel Zuflucht gefunden hatten.«

Jenseits des Transantarktischen Gebirges, wo die gewaltige Eiskappe jetzt alles bedeckte, zeigte die Pliozänkarte ein kontinentales Festland, das einem stark angefressenen Australien ähnelte. Der Kraton hatte auseinanderzudriften begonnen wie das aus Senkungsbecken und Bergketten bestehende Gebiet Nordamerikas, so daß der gesamte Kontinent östlich des Transantarktischen Gebirges vom Weddell-Meer bis zum Indischen Ozean von Becken durchzogen war; diese mündeten im Süden in eine Bucht, die sogar noch größer war als das Ross-Meer. In diesen alten Binnenmeeren lagen viele jener Gebiete, an denen die Ölteams interessiert waren, denn wenn es dort lange genug Meere gegeben hatte, würden sich auf deren Boden höchstwahrscheinlich genug organische Stoffe abgelagert haben, um Öl zu erzeugen.

Der Paläofjord, den sie heute untersucht hatten, verlief durch das Transantarktische Gebirge bis zu dieser Wilkes-Bucht aus dem Pliozän; oder zumindest hatte Harry ihn so gezeichnet. Es war nicht leicht, dafür weitere Belege zu finden, denn das Gebiet, auf das es ankam, lag tief unter der Eiskappe. Aber die Hebungsgeschwindigkeiten, die sie nachgewiesen hatten, und die Tiefe des subglazialen Bekkens auf der anderen Seite der Bergkette sprachen mit großer Wahrscheinlichkeit dafür. Möglicherweise hatte es dort auch eine sattelförmige Halbinsel gegeben, welche die beiden Meere trennte, einen Sattel, von dem aus man ins Kopfende beider Fjorde hatte hinunterschauen können. Womit man eine von Geoffs kostbaren Landbrücken hätte.

Nachdem sie eine Weile mit der Karte herumgespielt und die entsprechenden Fragen erörtert hatten, schaltete Harry zu einem Foto eines Krummholz-Buchenwaldes um, das an den Hängen über einer Bucht in Südchile aufgenommen worden war. Der unaufhörliche Wind hatte die Wipfel der kleinen Bäume dauerhaft umgebogen. Sie waren alle zu einer verfilzten Masse zusammengewachsen, ähnlich einer Flechtenmatte, die man unter dem Mikroskop betrachtete. Hellgrüne und dunkelgrüne Moose bedeckten die untere Etage des Miniaturwaldes. Auf der antarktischen Halbinsel dienten solche Moosteppiche immer noch als Surrogatböden, und die Mikroumgebungen in diesen kleinen Biomen waren etliche Grade wärmer als die Außenluft. »Dieses Foto wurde unmittelbar nördlich von Tierra del Fuego gemacht«, erklärte Harry. »Das Magellansche Moorland-Biom deckt sich fast hundertprozentig mit der Liste der Arten, die wir hier gefunden haben.«

»Wahrscheinlich hat es hier im Pliozän ganz ähnlich ausgesehen«, meinte Michelson und schaute wieder über seine Brille hinweg. »Merkwürdiger Gedanke, daß die Temperaturen jetzt soweit gestiegen sind, daß so ein Wald hier wieder überleben könnte. Man müßte ihn anpflanzen, aber danach...«

Harry schüttelte den Kopf. »Der Vertrag verbietet es, exotische Pflanzen hierherzubringen.«

»Aber das wäre doch kein Exot, oder? Nur einheimische Vegetation, die nach eine Phase des Exils wieder nach Hause zurückgekehrt ist. Die Chilenen und Argentinier haben schon versucht, Buchen auf der Halbinsel zu züchten. Damals hat es nicht geklappt, aber jetzt ist es erheblich wärmer als zum Zeitpunkt ihres Experiments.«

Die anderen drei äußerten sich nicht weiter dazu. Sie würden niemals auf die Idee kommen, so etwas zu tun, und es war auch schwer zu erkennen, ob Michelson es ernst meinte oder nicht.

Nachdem sie das Foto auf dem Laptop eine Weile gedankenverloren angestarrt hatten, kam wieder Bewegung in sie, und sie schickten sich an, den kalten Weg zu ihren Schlafzelten anzutreten. »Ich möchte wissen, was in McMurdo los ist«, sagte Harry.

»Wir werden's bald erfahren«, gab Michelson zurück. »Randi ruft uns garantiert sofort an, wenn sie wieder auf Sendung ist. Einstweilen kommen wir hier gut ohne Hilfe von außen zurecht – mindestens solange, bis sich alles aufgeklärt hat. Während wir darauf warten, können wir also mit unserer Arbeit weitermachen.«

■

**Wade saß im Passagierabteil** des Luftkissenfahrzeugs, umklammerte das erwärmte Keramik eines Bechers mit heißem Kakao, trank hastig, verbrühte sich dabei den Gaumen und kam langsam, ganz langsam wieder aus den Tiefen der Hypothermie herauf. Noch nie in seinem Leben war ihm so kalt gewesen, aber jetzt wurde es allmählich besser, so daß er wieder zittern konnte und dann, nach heftigem Zittern, schließlich so weit war, daß ihn nur noch hin und wieder ein Schauer durchlief.

Carlos war draußen und unternahm einen weiteren Erkundungsgang durch die niedergebrannte Station. X saß Wade gegenüber, kauerte sich über dem Kocher zusammen, um möglichst viel von dessen Wärme einzufangen, und schlürfte ebenfalls einen heißen Kakao.

»Das wächst sich ja zu einem richtigen Trip für Sie aus«, sagte X.

»Ja.« Wade warf ihm einen Blick zu. »Ich wünschte, ich hätte Val noch als Führerin dabei. Dann wäre mir wohler.«

X grunzte. »Für die wären das kleine Fische.«

»Wirklich?«

»Sie müßten mal ein paar von den Stories hören, die sie erzählt.«

»Sie ist also eine außergewöhnliche Bergsteigerin.«

»Na ja, das weiß ich nicht. Ich glaube, viele Bergsteiger sind so wie sie. Alle haben sie jede Menge schauriger Geschichten auf Lager. Die gehen wirklich hart an die Grenze, sage ich Ihnen. Da kriegt man's echt mit der Angst.«

»Kommt mir dekadent vor.«

»Dekadent?«

»Na ja, also, ich höre eine gute Version von *La Mer*, und das gibt mir einen Kick. Ich meine, einen richtigen Kick. Deswegen... wenn man sein Leben aufs Spiel setzen muß, um seine Kicks zu kriegen... ich weiß nicht. Für mich hat das was von Übersättigung.«

»Kann sein. Ich weiß nicht recht, ob es dieselbe Art Kick ist wie die, von der Sie sprechen. Ich weiß auch nicht, ob es das Risiko selbst ist, worauf diese Leute abfahren. Es ist was anderes. Keine Ahnung. Ich hab's nie verstanden. Ich hab viel drüber nachgedacht und mich bemüht, es zu verstehen. Einmal hat Val mir erzählt, daß sie am Mount Cook von einer Lawine erfaßt und zum Bergschrund am Fuß des Hanges runtergerissen worden ist, zu dieser Spalte da unten, wissen Sie. Der sichere Tod. Aber die Lawine hat sie direkt drüber weggetragen. Hinterher haben sie auf der Ebene bis zur Hüfte im Schnee gesteckt, unverletzt, nur Val hatte sich eine Rippe gebrochen. Und sie hat gesagt, es habe teuflisch weh getan, aber sie hätten sechzehn Kilometer laufen müssen, um zum Anfang einer Straße zu kommen, und irgendwo unterwegs hätten sie alle angefangen, so heftig zu lachen, daß sie vor Schmerzen beinahe gestorben wäre, aber sie habe nicht aufhören können. Es sei der totale Wahnsinn gewesen, hat sie gesagt. Sie spricht dann manchmal mit so einem leichten Aussie-Akzent. Wie ein Aussie-Mädchen. Absolut furchteinflößend.«

»Ihr beiden wart also irgendwie...?«

»Ja, ja. Wir hatten eine Affäre, eine Eis-Romanze, wissen Sie. Ende des letzten Sommers.«

»Wow!«

»Ich weiß.« Er brütete vor sich hin. »Aber als wir in diesem Frühjahr nach Mac Town zurückgekommen sind, war sie nicht mehr interessiert.«

»Wie bitte?«

»Ja. Es war aus.«

»Nein.«

»Doch.«

»Oh, Mann. Ich hasse so was.«

»Tja, nun.« X trank einen Schluck von seinem heißen Kakao. »Jedenfalls haben Sie dadurch bessere Chancen bei ihr, stimmt's?«

»Quatsch!«

»Ich bitte Sie.«

»Ich bitte Sie!« Wade schüttelte den Kopf. »Warum sollte sie mich überhaupt in Betracht ziehen. Einen Bürokraten aus Washington, einen Funktionär.«

»Sie hat sie gemocht.«

»Ich kann nicht mal skilaufen.«

»Das stimmt.«

»Hey, hey. Sie können's auch nicht, und wie ich höre, war sie mit Ihnen zusammen.«

»Sehen Sie?«

»Oh, dann besteht ja vielleicht noch Hoffnung. Vielleicht hab ich Glück, und mir wird die gleiche Behandlung zuteil wie Ihnen.«

Sie lachten kurz.

»Träumen werden wir ja wohl noch dürfen«, sagte X.

Carlos kam hereingeplatzt und ging zum Kocher. »Sieht schlecht aus«, erklärte er ihnen. Anscheinend hatte die Explosion alle Gebäude zerstört und die Treibstoffblasen in Brand gesteckt, und danach hatte beinahe alles gebrannt. Die Wucht der Explosion hatte offenbar die Seile zerrissen, mit denen das Luftkissenfahrzeug vertäut gewesen war, es ein paar Meter übers Eis geschoben und dadurch vor weiterem Schaden bewahrt. Carlos wühlte in dem Beutel mit seinen Funden und fluchte erneut auf Spanisch, doch es klang jetzt noch geistesabwesender.

»Aber wo sind sie alle hin?« fragte X erneut, wie schon draußen in der Station auf der Eiskappe. Es kam Wade so vor, als hätten sie das Polarplateau nur überquert, um sich in derselben Lage wiederzufinden wie zuvor, nur daß sie jetzt noch viel müder, kaputter, durchgefrorener und hungriger waren. Seine Beine lagen wie zwei längliche Gelatine-Ballons vor ihm, und sein Steißbein schmerzte, obwohl er nicht glaubte, daß er es sich bei seinem spektakulären Sturz erneut gebrochen hatte.

Carlos goß sich heißes Wasser aus dem Topf auf dem Kocher in einen Becher mit Kakaopulver. Einen Moment lang stieg Wade der süße, starke Geruch in die Nase. Es war geradezu eine Erlösung für ihn, daß er sich nicht mehr im Freien befand. Sie waren immer noch auf sich selbst gestellt, im tiefsten Innern der Antarktis, mitten in einem umfassenden terroristischen Angriff, wie es schien; aber zumindest waren sie nicht mehr draußen im Freien.

»Zuerst essen wir mal noch was«, sagte Carlos, während er weiteres Eis in den Topf packte, um es zu schmelzen. »Und wärmen uns ein bißchen auf. Dann werden wir noch mal das Funkgerät ausprobieren und sehen, ob wir Kontakt mit Shackleton oder McMurdo aufnehmen können. Oder mit sonstwem.«

Die anderen beiden nickten und starrten die Töpfe auf dem Kocher an. Sie waren jetzt alle in dicke Schlafsäcke gehüllt, die Carlos aus den Schränken des Luftkissenfahrzeugs geholt hatte; das rote Nylon, das sich um sie bauschte, ging ihnen bis zur Brust. Jetzt, wo sie ihre Skimasken zu Mützen mit dicken Krempen aufgerollt hatten, sahen sie beinahe menschlich aus.

»Ist viel zu essen da?« fragte Wade. »Falls wir auf Rettung warten müssen?«

Carlos machte ein finsteres Gesicht. »Die Messe ist abgebrannt. In den anderen Gebäuden liegt noch einiges in Notfallbeuteln herum. Und hier ist auch noch was an Bord. Es dürfte jedenfalls für ein bis zwei Wochen reichen.«

»So lange wird es doch wohl nicht dauern, bis sie uns holen kommen.«

»Sollte man meinen. Hoffentlich finden wir's per Funk raus.«

»Könnten wir mit diesem Ding den Gletscher hinunter zum Shackleton-Camp fahren?«

Carlos und X sahen einander an.

»Daran habe ich auch schon gedacht«, gab Carlos zu. »Ich hab es ein paarmal gefahren, ich weiß, wie es funktioniert, aber es geht nur zu zweit...« Er sah X an.

»Ich hab zugesehen«, sagte X und hob die Hand. »Ich könnte den Copiloten machen, glaube ich. Wir könnten es probieren, wenn es sein müßte.«

»Vielleicht könnten wir's uns selber beibringen«, sagte Wade. »So schwer kann es doch nicht sein, oder?«

Die anderen beiden tauschten wieder einen Blick.

»Vielleicht«, sagte Carlos. »Sehen wir erst mal, was Mac Town sagt. Wenn wir durchkommen.«

Da hörten sie Rufe draußen.

**Eis wie weißes Papier** vor dem ersten Pinselstrich. Die ursprüngliche Leere, aus der alles entsteht. Ein fünftes Element jenseits von Raum und Zeit, Leere höchsten Grades.

Eis und Stein. Das Bewußtsein von Weiß, das Potential von Schwarz.

Ewiger Winter. Der Planet Winter. Ein Tag, eine Nacht. Das Yin und Yang von Dunkelheit und Licht. Kamera, bitte speichere diese Bilder und den Kommentar zwecks späterer Übertragung.

Ein weißes Meer. Weit in der Ferne der Rücken eines Drachen, begraben im Eis. Wir gehen in einer geraden Linie, aber es ist dennoch eine Bewegung, die in sich selbst zurückführt und sich zugleich der Unendlichkeit öffnet. Spiralförmige Entwicklung. Wir sind in eine seltsame Lage geraten, wie ihr erfahren werdet, wenn diese Sendung euch erreicht. In vielerlei Hinsicht ist es eine Klarstellung unseres Ziels. Wir müssen eine Zuflucht erreichen und etwas Eßbares finden, sonst sterben wir. Alle anderen Aufgaben sind aufgeschoben, da diese eine - zu überleben - Vorrang hat.

Unsere Situation ähnelt auf seltsame Weise derjenigen, in die Shackletons *Endurance*-Expedition geriet, zu der er 1914 aufbrach, nachdem Amundsen und Scott ihren schicksalhaften Wettlauf zum Pol beendet hatten. Nachdem der Pol nun erreicht war, mußte man für die späteren Expeditionen neue Begründungen finden, und zur damaligen Zeit war das nicht so leicht. Shackleton nannte seine Reise British Imperial Transantarctic Expedition, aber dieser hochtrabende Titel verbarg nur zum Teil, daß die Reise kein richtiges Ziel hatte. Die Überquerung des Kontinents war eine reine Kopfgeburt, ein Ersatz für das Erreichen des Pols; niemand hatte zuvor jemals daran gedacht. Es war der Vorwand eines Menschen, der dort unten sein wollte, einfach um dort zu sein. Forschung, Wissenschaft - das interessierte Shackleton eigentlich beides nicht; ihn interessierte nur, in der Antarktis zu leben. Dort hatte er zum ersten Mal jenes In-der-Welt-Sein erfahren, das unsere elementare Wirklichkeit ist, unsere einzige, wahre Heimat; und statt diese Erfahrung auch in der Wildnis zu suchen, die England ist, kehrte er immer wieder in den Süden zurück.

Er begann also mit seinen Männern ein ganz neuartiges Unternehmen, das in vieler Hinsicht unseren heutigen Abenteuerreisen in die Wildnis ähnelt. Wie zum Beispiel der Reise, auf der wir uns in diesem Augenblick befinden.

Jede Expedition hat einen anderen Charakter, nicht wahr, und erfüllt unterschiedliche karmische Schicksale. Tatsächlich enthalten viele Expeditionen vollständige karmische Lebenszeiten. Karmische Leben sind nämlich kürzer als Menschenleben, und jeder von uns durchläuft während einer einzigen biologischen Lebensspanne viele verschiedene karmische Leben. Diese Tatsache ist im Westen nicht sehr bekannt, wie ich festgestellt habe, obwohl jedermann sie anhand der Geschichte seines eigenen Lebens nachvollziehen kann.

Jedenfalls segelten Shackleton und seine Männer mit der *Endurance* ins Weddell-Meer, das sich auf der dem Ross-Meer gegenüberliegenden Seite der Antarktis befindet. Das Weddell-Meer ist in weitaus größerem Ausmaß von Packeis bedeckt als das Ross-Meer; Shackletons Schiff wurde von diesem Eis gefangen, und sie mußten zehn Monate lang auf dem Schiff bleiben, während es im langsamen Tanz des Eises durch die riesige Bucht getragen wurde; und dann zerquetschte das Eis ihr Schiff und versenkte es, und sie verbrachten weitere fünf Monate in Lagern auf dem Eis, wobei sie nach wie vor nach Norden und Westen trieben.

Die Reise, die Shackleton geplant hatte, war endgültig undurchführbar geworden. Ihnen blieb nichts anderes übrig, als auf dem Eis zu kampieren, während dieses aufs Meer hinaustrieb, und darauf zu warten, daß es aufbrach, denn dann konnten sie versuchen, mit drei sehr kleinen Rettungsbooten festes Land zu erreichen. Zu diesem Zeitpunkt würden sie eine der großartigsten Reisen der Geschichte antreten. Aber das Warten, Monat um Monat, das war sehr schwer. Solch eine erzwungene Inaktivität hatte andere Expeditionen in den Wahnsinn getrieben.

Shackletons Männer bezeugen jedoch allesamt, daß er beim Warten ruhig und sogar heiter war und daß seine niemals versiegende gute Laune und die Wertschätzung, die er ihnen entgegenbrachte, ihnen halfen, das Warten zu ertragen. Er erschuf eine Gemeinschaft der Zuversicht. Mag sein, daß diese Monate des Wartens in spiritueller Hinsicht die größte Leistung der Gruppe waren – eine außergewöhnliche Erfahrung des In-der-Welt-Seins, die sie grundlegend und ein für allemal veränderte: auf dem Eis zu leben, sich ihr kollektives paläolithisches Unbewußtes zunutze zu machen. »Wir erkannten, daß unser gegenwärtiges Dasein nur eine Phase war«, wie Worsley es formulierte. Und da dies immer und überall gilt, hatten sie eine sehr wertvolle Erkenntnis gewonnen. Und Shackleton hatte ihnen das ermöglicht. Er verlor nie den Mut.

Wir brauchen uns jedoch über Shackletons Fähigkeit, in dieser Zeit den Mut zu bewahren, nicht zu wundern. Auch wenn sie von der Außenwelt abgeschnitten waren, so befand er sich doch genau dort, wo er sein wollte. Er war in der Antarktis und erlebte ein schwieriges Abenteuer – genau das, was er sich wünschte! Darum war er fähig, seine Männer bei Laune zu halten: weil er voller Lebensfreude war. Er war an seinem Platz. Das macht einen großen Teil von Shackletons Größe aus: Er fand seinen Platz, er ging dorthin, und er genoß es. Und er teilte diese Freude auf eine Art, daß andere sie mitempfinden konnten.

Für uns ist es nun besonders wichtig, uns das ins Gedächtnis zu rufen. Wir haben unsere Reise auf Amundsens Spuren begonnen, aber wir müssen sie im Geiste Shackletons beenden. Bisher hat Valerie, unsere Führerin, diesen

Shackletonschen Optimismus ausgestrahlt, der so wichtig sein wird, wenn wir Erfolg haben wollen, und ich vertraue vollständig darauf, daß sie das auch weiterhin tun und dafür sorgen wird, daß wir alles heil überstehen. Wie ich ihre ruhige Fröhlichkeit bewundere, die Stärke, die sie als unsere Führerin zeigt. Und wir haben Glück; über das Eis zu gehen ist nicht so schwer, wie darauf zu leben und zu warten. Wir haben ein Ziel, zu dem wir unterwegs sind, und es liegt gleich hinter dem Horizont.

Eine Stunde unseres Lebens verstreicht, und es ist immer dasselbe. Keine Ablenkungen für den Geist. Eine weiße Ebene, bis in die Unendlichkeit. Eigentlich keine sensorische Deprivation, sondern eher eine Art sensorischer Überlastung im Bereich sehr weniger kraftvoller Elemente: Sonne, Himmel, Eis, Licht, Kälte; alle geradezu überwältigend intensiv. Doch dann vergeht die Zeit, und wir sind immer noch hier. Wir gehen weiter. Die Mikroformen des Schnees unter meinen Füßen sind eine wahre Unendlichkeit von Welten. Der Himmel weist etliche verschiedene Blautöne auf. Die Sonne ist ein Stern.

Alles ist so klar in diesem Moment. Keine Vergangenheit, keine Zukunft. Messners Mantra: Wir kommen von weit her, wir haben einen weiten Weg vor uns. Irgendwo dazwischen sind wir.

Nur dieser Moment, immer. Die Vergangenheit können wir nicht verändern. Über die Zukunft werden wir nie etwas erfahren. Es gibt keinen Grund, irgendeinen Ort einem anderen vorzuziehen; keinen Grund zu sagen, ich wünschte, ich wäre zu Hause, oder ich wünschte, ich wäre an einem exotischen neuen Ort, der nicht mein Zuhause ist. Es wird überall genauso sein wie hier. Hier wird klar, wie es ist, zu leben. Diese Welt ist unser Körper.

Jetzt müssen wir eine gewisse Strecke darüber laufen. Unsere Vorräte sind im Eis zerquetscht worden, genauso wie die von Shackletons Männern. Und obgleich die einstündige Wartezeit, die für uns verstrichen ist, nichts gegen ihre fünfzehn Monate war, sitzen wir letztendlich im selben Boot. Wir müssen diese weiße Unermeßlichkeit jetzt durchqueren. Wir müssen an etwas Eßbares und zu einer Zuflucht gelangen. Wir machen unseren Pinselstrich auf das leere Papier. Wir sind in derselben Lage wie sie damals, als das Eis unter ihnen aufbrach und der wahrhaft gefährliche Teil ihres Abenteuers begann.

■

*blauer Himmel*
*weißes Eis*

**Zuerst gingen sie auf Firn,** der ihr Gewicht wie ein Trottoir trug. Natürlich gab es Sastrugis, aber sie konnten mühelos über sie hinwegsteigen, und der unterschiedlich geneigte feste Schnee, auf dem ihre Stiefel auftrafen, verschaffte ihren Füßen, Knöcheln und Beinen eine gewisse Abwechslung bei der Arbeit, so daß keine einzelne Gruppe von Muskeln und Sehnen ermüdete, wie bei einem ausgedehnten Spaziergang auf städtischen Straßen oder durch die endlosen Gänge eines Museums. In diesen Abschnitten ließ es sich also gut marschieren.

Sie verteilten sich in kleinen Grüppchen: Val an der Spitze mit Jim und Jack, der sehr gut in Form war und sogar ein bißchen drängelte; hinter ihnen Jorge und Elspeth; noch weiter hinten Ta Shu, der wie vor ihrem Unfall beständig in alle Richtungen schaute. Val gab das Tempo vor und ließ sich von Jack nicht antreiben. »Hören Sie auf damit«, sagte sie einmal ein bißchen scharf zu ihm, als sie ihn direkt hinter sich spürte. »Wir haben noch einen langen Weg vor uns, also teilen Sie sich Ihre Kräfte ein.«

»Tu ich doch.«

Aber er fiel ein bißchen zurück, und sie gingen weiter. Sie kamen gut voran. Wie immer bei langen Märschen ließ Val die Gruppe jedesmal eine Viertelstunde Pause machen, wenn sie neunzig Minuten gelaufen waren, ein System, das eine gewisse Ähnlichkeit mit dem von Shackleton hatte. Nach neunzig Minuten hatten ihre Armflaschen die Füllung aus Schnee und Eisstückchen geschmolzen, so daß jeder zwei große Tassen Wasser zu trinken bekam. Sie konnten auch ein paar Zentimeter von ihren Gürteln essen, wie Elspeth es formulierte; der Notvorrat ihrer Anzüge war in eine Innentasche eingenäht, die ganz um ihre Taille herumlief. Diese Nahrung – eine Art Triathleten-Kraftriegel, so flach und gestreckt, daß er tatsächlich große Ähnlichkeit mit einem breiten Gürtel aufwies – war in ihrer Lage genau das Richtige. In manchen Pausen kauten sie heißhungrig; in anderen hatte Val den Eindruck, daß ihr Appetit gedämpft war, was zweifellos von der Höhe oder der Anstrengung herrührte. Sie achtete darauf, daß sie nicht zwanghaft aßen. In Wahrheit war bei diesem Marsch das Wasser von entscheidender Bedeutung; in der eiskalten, hyperariden Luft atmeten sie es literweise weg und schwitzten es auch ein wenig aus. Zwei Flaschen alle neunzig Minuten war viel zu wenig, aber es verhinderte jedenfalls die schlimmsten Austrocknungserscheinungen, die einen Menschen noch schneller zugrunderichten konnten als die Kälte und ihn zugleich auch anfälliger für die Kälte machten.

Mit dieser Kombination aus Marschphasen und Pausen kamen sie also stetig voran. Doch nachdem sie mehrere davon hinter sich gebracht hatten, stießen sie auf Senken mit weicherem Schnee, den die Winde zu Sastrugis geformt hatten, die kreuzschraffierten Dünenfeldern glichen. Die Schneewehen waren neu, das Resultat ungewöhnlich starker Schneefälle an den Rändern der Polkappe in den letzten Jahren; diese Schneefälle wurden weithin als Folge der globalen Erwärmung im allgemeinen und der verkürzten Meereseis-Saison im besonderen betrachtet. Die Klimatologen diskutierten noch darüber, was all die verschiedenartigen Superstürme verursachte, abgesehen vom generellen Anstieg der thermischen Energie in der Atmosphäre. Jedenfalls war der Schnee nun da – eine weitere Manifestation der veränderten Wetterverhältnisse.

Val machte halt, um sich mit den anderen abzusprechen. »Folgt mir und tretet genau in meine Fußstapfen, Leute, dann geht es erheblich leichter.«

»Wir sollten uns an der Spitze abwechseln, damit alle gleich viel Energie sparen«, sagte Jack.

»Nein, nein, ich übernehme die Führung.«

»Ach, kommen Sie. Ich weiß, daß wir noch einen weiten

Weg vor uns haben, aber deswegen brauchen Sie uns nicht auf die Macho-Tour zu kommen.«

Val sah ihn eine Weile an und zählte darauf, daß die Skimaske und die Sonnenbrille ihren Gesichtsausdruck verbargen. Als ihre zusammengebissenen Zähne sich wieder voneinander lösten, sagte sie: »Ich habe den Spaltendetektor.«

»Den könnten wir ja abwechselnd übernehmen.«

»Danke, aber den benutze ich lieber selbst. Ich kenne seine ganzen kleinen Macken. Es wäre gar nicht gut, wenn jetzt jemand abstürzen würde.«

»Daß Sie das Radar hatten, hat es letztes Mal auch nicht verhindert.«

Sie standen sich unter dem niedrigen, dunklen Himmel gegenüber.

»Gehen als zweiter, machen ihre Stapfen besser für uns«, schlug Ta Shu Jack vor.

»Keiner von uns sollte mehr Energie verlieren als die anderen.«

»Ich habe von vornherein schon mal mehr Energie als alle anderen«, sagte Val. »Außer Ihnen vielleicht, aber Sie sind verletzt. Sie haben sich in die Hand geschnitten. Sie sind gegen die Wand der Spalte geprallt. Verschwenden wir nicht noch mehr Energie mit dieser Diskussion. Es wird schon klappen.«

Es fiel ihr sehr schwer, höflich zu ihm zu sein. Da sie nicht wußte, was sie noch sagen sollte, ging sie los, bevor ihr etwas Garstiges über die Lippen kam.

Er blieb direkt hinter ihr, wie eine Art Pirschjäger. Sie konnte seinen Atem und das trockene Knirschen seiner Stiefel im Schnee hören. Unzuverlässig, illoyal, ungefällig, feindselig, unhöflich, unfreundlich...

Sie folgten ihr im Gänsemarsch durch die weichen Schneedünen. Val ließ es ruhig angehen und widerstand dem Druck, den Jack auf sie ausübte. Der Schnee war natürlich auch nicht annähernd so weich wie der Pulverschnee in den Rockies, aber er war extrem trocken und vom Wind bereits abgelagert worden, so daß er nun auf dem besten Wege war, zu Firn zu werden. Er hatte mehr Ähnlichkeit mit lockerem Sand als jeder Schnee in den Staaten – mit lockerem Sand, der unter ihren Füßen nachgab und deshalb viel mehr Kraft kostete als der Firn. Außerdem mußte Val dort, wo er haften blieb, die Stiefel nach jedem Schritt aus den Löchern ziehen und für den nächsten Schritt höher heben, was ebenfalls Kraft kostete. Aber sie hatte schon eine Menge solcher Touren gemacht – so viele, daß es für ein ganzes Leben reichte – und konnte noch viele, viele Stunden lang so weitergehen, ehe sie müde wurde. Nein, sie würde schon klarkommen; sie konnte ewig laufen. Ihre Sorge galt den Kunden. Sie war verantwortlich für sie, und sie hatte sie in Schwierigkeiten gebracht, wie Jack betont hatte; aber sie konnte sie ja nicht tragen, laufen mußten sie schon selbst. Doch das mußte sie ihnen so leicht wie möglich machen.

Sie tat also, was sie konnte. Doch als sie unter der Sonne, die in einem permanenten nachmittäglichen Tiefstand um sie kreiste, Stunde um Stunde dahinmarschierten, wurden die Mitglieder ihrer Gruppe allmählich immer langsamer und blieben zunehmend weiter zurück. Jack trat nicht mehr in ihre Stiefelspuren, kaum daß sie die Füße herausgezogen hatte, und er kam auch in den Pausen nicht mehr darauf zu sprechen, daß er die Führung übernehmen wollte. Tatsächlich verbrachte er die Ruhepausen jetzt schweigend, eine stumme Gestalt unter der Kapuze seines Parkas, hinter der Skimaske und der Sonnenbrille. Er aß auch nicht viel von seinem Gürtel. Das beunruhigte Val, und sie versuchte herauszufinden, wie es ihm ging, indem sie sich in allgemeiner Form nach dem Befinden der Gruppe erkundigte. Sie erhielt von jedem einen Zustandsbericht: Elspeth glaubte, Blasen an den Fersen zu bekommen; Jorge machte sein schlimmes Knie zu schaffen; Jim und Ta Shu sagten nichts von irgendwelchen speziellen Problemen, meinten aber wie alle anderen, sie seien müde, und insbesondere ihre Quadrizeps-Muskeln würden bei all dem lockeren, weichen Schnee ein bißchen gummiartig. Jack sagte jedoch nur: »Mir geht's prima. Ich ›teile mir meine Kräfte ein‹.«

Also gut. Pause zu Ende. Sie gingen weiter.

Ihr GPS funktionierte immer noch nicht, aber wenn sie es einschaltete, flackerte es hin und wieder auf und zeigte etwas an, erlosch dann jedoch wieder. Die letzte Anzeige ließ darauf schließen, daß sie ungefähr drei Kilometer pro Stunde schafften, was auf dem Plateau normal war; im weichen Schnee zweifellos ein bißchen weniger, auf dem festen Schnee hoffentlich ein bißchen mehr.

Dann gelangten sie an eine Fläche aus blauem Eis, und Val stöhnte innerlich. Sie mußten anhalten, Steigeisen anlegen und dann vorsichtig über das Eis gritschen, das hier zernarbt und von großen, polierten Sonnenmulden eingedellt war. Auf der huckeligen Oberfläche mußten ihre Knöchel wirklich Schwerarbeit leisten, weil sie den Fuß wegen der Steigeisenzacken flach aufsetzen mußten, ganz gleich, in welchem Winkel der Boden geneigt war. Am besten trat man genau auf die Höcker und Grate zwischen den kleinen Mulden, so daß sich die Steigeisen in die Hänge zu beiden Seiten gruben und den Fuß waagerecht hielten; aber das verlangte viel Aufmerksamkeit und präzise Fußarbeit. So stiefelten sie dahin - *gritsch, gritsch, gritsch* - und schafften bestenfalls an die zwei Kilometer pro Stunde. Val hielt direkt auf das nächste Schneefeld in der Ferne zu, so daß sie auf schnellstem Wege die andere Seite des blauen Eises erreichten und sich stöhnend vor Erleichterung hinsetzen, die Steigeisen wieder abnehmen, das Schmelzwasser am Boden ihrer Flaschen trinken und dann die Flaschen mit zerhackten Stückchen des blauen Eises nachfüllen konnten, die mehr Wasser ergeben würden als Schnee. Dann standen sie auf und machten sich wieder auf den Weg, und es kam ihnen so vor, als hätten sie gerade eine gefährliche Wasserfläche überquert und nun wieder festen Boden unter den Füßen.

Jorge und Elspeth schwanden jetzt eindeutig die Kräfte, obwohl sie sich nicht beklagten. Jim wurde ebenfalls müde, und Jack blieb bei ihm, die Arme vor der Brust verschränkt. Im Vergleich zu den anderen aß Jack immer noch nicht viel, aber er reagierte auch immer noch nicht, wenn sie ihn darauf ansprach.

»Haben Sie keinen Hunger?«

»Mir geht's gut.«

»Wir verbrennen wahrscheinlich drei- bis vierhundert Kalorien pro Stunde.«

»Mir geht's gut.« Laß mich in Ruhe.

Also brach sie achselzuckend wieder auf. Sie waren erneut auf gutem Firn und kamen mit minimaler Anstrengung rasch voran. Einfach nur marschieren, eine große Erleichterung nach der vorherigen Wegstrecke.

Doch als sie sich jetzt umschaute, sah sie, daß Jim und Jack hinter Ta Shu zurückgefallen waren; sie bildeten die Nachhut und verloren allen anderen gegenüber ein paar hundert Meter pro Stunde. Das schien nicht viel zu sein, doch es summierte sich. Und es beunruhigte sie. Aber sie konnte nichts anderes tun, als weiterzugehen und das Tempo ein bißchen zu drosseln, damit niemand sich überanstrengte, vor allem nicht jene, die die Nachhut bildeten.

Sie waren zehn Stunden gelaufen, als Val eine weitere GPS-Ortung erhielt. Sie hatten rund dreißig Kilometer zurückgelegt, ein gutes Tempo; aber sie hatte die Gruppe nach Süden geführt, um die Spalten am höchsten Punkt der Hump-Passage am Kopf des Liv-Gletschers zu umgehen. Darum hatten sie noch mindestens siebzig Kilometer vor sich, schätzte sie, je nachdem, wie weit sie nach Süden um den Eiskamm herum ausweichen mußten, der sich vom Last Cache Nunatak südwärts erstreckte. Jenseits dieses Eiskamms befand sich der stark von Spalten durchsetzte Kopf des Zaneveld-Gletschers; sie würden südlich davon bleiben müssen; und auf der anderen Seite des Zaneveld war dann das Roberts-Massiv. All diese Landschaftsmerkmale lagen natürlich hinter dem Horizont; sie konnten nur ungefähr zehn Kilometer weit in alle Richtungen schauen, was bedeutete, daß man nur die Eisebene und hin und wieder mal die Gipfel der Queen Maud Range sah, die rechts von ihnen über den Horizont lugten.

Sie fiel in ihren Rhythmus, schlug ein gemächliches Tempo an. Bisher schien Ta Shu von all ihren Kunden am wenigsten unter dem langen Marsch zu leiden. Er verbrachte seine Pausen ausschließlich damit, die fernen Gipfel der Queen Maud Range zu betrachten. Zweifellos entzifferte er ihre Feng-Shui-Botschaft. Wenn sie unterwegs waren, stapfte er in stetem Tempo dahin, holte sie hin und wieder ein und ging neben ihr her. »Wir kommen gut voran!«

»Ja.«

Er zeigte auf die Berge, das einzige, was den vollkommenen weißen/blauen Kreis des Horizonts verschandelte. »Das ist guter Ort«, sagte er und deutete auf einen Gipfel, der über die Westseite der Hump-Passage aufragte; Val hoffte, daß es der Barnum Peak war. »Nach Süden offen. Im Norden von Bergen geschützt. Das ist gut.«

»Ist das in der südlichen Hemisphäre nicht alles umgekehrt?«

»Nein. Überall gleich. Ist Drachenrückgrat-Bergkette da drüben. Feuer über Wasser. Manchmal schlechte Gesundheit. Ich müßte mehr untersuchen.«

»Dafür ist keine Zeit«, sagte Val höflich. »Jedenfalls sieht es so aus, als ob mit Ihrer Gesundheit alles in bester Ordnung wäre. Sie sind wirklich gut in Form.«

»Vielen Dank«, sagte er. Er marschierte mit freiem Gesicht, und als er jetzt lächelte, brachen ein paar Eiszapfen in seinem grauen Schurrbart ab und fielen zu Boden. »Kein Problem bisher. Ich kann gehen; eins von wenige Dinge, ich kann. In meiner Kindheit ich habe bei Reisernte gearbeitet. Bin zu Fuß in Stadt gegangen. Bin zu Fuß zu Schule gegangen, wenn ich gegangen bin. Ein Bauernleben. Dann einen Platz an Universität bekommen, großes Glück. Dann, kurz nachdem ich dort war – Umerziehung!« Er lachte. »Also zurück auf die Felder für noch mehr Jahre.«

»Gute Methode, sich in Form zu bringen.«

»Oh, gibt bessere, ich versichere Ihnen.« Er lachte sie an. »Wirklich, gibt bessere. Nicht genug zu essen, verstehen Sie. Aber hat mich stark gemacht. Jetzt ich bin alt, aber die Art Kraft, ha – man muß viele Jahre sitzen, bis sie ganz fort ist.«

Val nickte. Sie wußte, was er meinte; in Nepal, wo die Leute ein Durchhaltevermögen besaßen, an das kein Westler heranreichte, hatte sie diese Kraft oft gesehen. Ein paar Sherpas, die sie kannte, waren in drei Tagen vom Everest-Basiscamp nach Kathmandu gelaufen, nur um zu sehen, wie schnell sie es schafften – ein Treck, für den selbst die besten Bergsteiger aus dem Westen zwei Wochen gebraucht hatten, damals, als sie diese Strecke überhaupt noch zu Fuß zurückgelegt hatten. Nein, Val war viele Kilometer mit den Sherpa- und Rawang-Trägern gelaufen, und sie hatte gesehen, daß sie zwar meistens sehr fröhliche Menschen gewesen waren, aber im Grunde doch nur Packtiere, wie Zugpferde oder Esel – so verdienten sie sich ihren Lebensunterhalt, als Lasttiere, die schwer schufteten, nachmittags müde wurden und jeden Abend wie halb verhungerte Hunde aßen. Val hatte viele dieser Burschen für ihre Arbeitsweise bewundert und sie von ganzem Herzen geliebt, obwohl sie viel größer gewesen war als sie und ihre Sprache nicht gesprochen hatte. Es war nicht die Art Liebe gewesen, bei der es eine reale Verbindung gab. Doch wenn sie sie beobachtete, hatte sie sich manchmal gewünscht, ein großgewachsener Westler besäße diesen Elan, diese fröhliche Zähigkeit, so wie Ta Shu. Solche Leuten wollte sie auf ihren Touren dabeihaben.

Statt dessen also nun diese kleine Gruppe von Kunden mit nur einem Ta Shu, und den anderen ging allmählich die Puste aus. Tatsächlich fielen Jack und Jim mehr denn je zurück. Verwirrt machte Val halt und beobachtete sie eine Weile aufmerksam. Der Bremser war nicht Jim: Jack war derjenige, der an seine Grenzen gelangt war, wie es schien. »Verdammt«, sagte sie. Vielleicht hatte er sich am Anfang zu sehr ins Zeug gelegt und war dann ausgebrannt. Oder er litt unter dem Blutverlust von dem Schnitt in der Hand. Oder beides. Jedenfalls wurde er merklich langsamer.

Val ließ die Gruppe früh Pause machen und wartete stumm in sich hineinfluchend auf die beiden Männer. Sie kamen zwanzig Minuten nach Jorge und Elspeth an, und in dieser Zeit hatten die anderen bereits gegessen und ihre Flaschen leergetrunken und nachgefüllt, und nun begannen sie zu frieren. Das war ein ernstes Problem, und sie konnte nicht umhin, Jack die Schuld daran zu geben. Es kam so oft vor, daß Männer wie er im Adrenalinschub zu schnell losgingen, weil sie ihre Kraftreserven für unerschöpflich hielten, und dann als erste an ihre Grenzen stießen. Es erforderte eine Menge Selbstdisziplin, sich die Kräfte richtig einzuteilen. Und große, muskulöse Männer waren bei Marathontouren generell nicht so gut: Sie mußten zu viele Muskeln versorgen, und wenn die tägliche Kohlehydratladung aufgebraucht war, hatten sie zu wenig Körperfett, das sie aufs Feuer werfen konnten.

Als Jim und Jack angestapft kamen, schlug Val deshalb vor, daß sie einen Happen von ihren Gürteln aßen, um neue Energie zu tanken. Jim nickte, zog ein Stück von seinem Gürtel heraus, riß es ab und stopfte es sich unter der Skimaske in den Mund, bevor es gefror.

Jack schüttelte nur gereizt den Kopf. »Ich teile mir nur meine Kräfte ein«, fauchte er. »Das wollten Sie doch. Kriegen Sie bloß keine Neurose deswegen, das ist das Letzte, was wir brauchen. Lassen Sie die Leute in ihrem eigenen Tempo gehen.«

»Klar, klar. Versuchen Sie trotzdem, was zu essen. Die Gruppe muß halbwegs zusammenbleiben, sonst frieren sich die Leute an der Spitze zu Tode, während sie auf die Nachhut warten.«

»Dann wartet doch nicht!«

Sie starrte ihn an. »Sie sollten was essen«, sagte sie

schließlich. »Und trinken Sie um Himmels willen Ihre Armflaschen leer und füllen Sie sie auf.«

Und noch ein wenig später war sie wieder aufgebrochen, und bald darauf war sie den anderen ein gutes Stück voraus. Kein Piepsen, Gott sei Dank; sie befanden sich jetzt draußen auf dem großen Eiswürfel, einer kompakten Masse mit glücklicherweise sehr geringer Spaltenbildung. Sie mußten also nur laufen. Sich die Kräfte einteilen, ja, und laufen. Stunde um Stunde. Sie ging dazu über, stündlich zehn Minuten Pause zu machen, genau wie Shackleton. Sie schaute sich häufig um. Jack fiel immer noch zurück, vielleicht sogar noch rascher als zuvor; und Jim blieb bei ihm.

Irgendwann, als sie gerade nicht hinschaute, tauchte buchstäblich wie aus heiterem Himmel eine dünne Wolkenschicht auf und streifte die Sonne. Eine weiße Schicht, die von ihrer Sonnenbrille allerdings stark polarisiert wurde, so daß sie sich in Spektralfarbenbänder auflöste.

Wie üblich reichte schon eine hauchdünne Wolkendecke, und der vorher blendend helle, heiße Tag wurde unheilverkündend und eiskalt. Sie zogen sich bereits alle die Skimasken übers Gesicht und schlossen die Reißverschlüsse ihrer Parkas; und währenddessen wurde die Wolke dicker und entwickelte sich zu einem dünnen, gekräuselten Fleck genau vor der Sonne, als hätte jemand sie absichtlich dort hingehängt. Das passierte immer wieder; die Wolke hätte sonstwo am Himmel auftauchen können, aber sie landete genau zwischen Val und der Sonne. Es geschah so häufig, daß Val es eher für eine perspektivische Täuschung als für ein reales Phänomen hielt. Jedenfalls war es nun wieder passiert.

Das war höchst unerfreulich. Es hatte zunächst einmal zur Folge, daß ihre Anzüge nicht mehr so warm und - noch schlimmer - ihre Armflaschen beim Schmelzen von Eis und Schnee weitaus weniger effizient sein würden. Jetzt würde es zweimal, vielleicht dreimal so lange dauern, den Schnee zu schmelzen. Sie würden also Durst bekommen.

Die seelischen Auswirkungen der Wolke waren ebenfalls negativ. Statt greller, schmerzhafter Helligkeit nun unheilschwangeres Halbdunkel. Die wunderbar kunstvollen Kreuzschraffierungen des Schnees unter ihren Füßen traten jetzt deutlicher denn je zutage, eine granulierte, fraktale Unendlichkeit scharfkantiger Mikroterrassen. Diese komplexe Welt unter ihnen war so prismatisch wie jede Wolke, sofern sie flach genug war, und als Val jetzt in Richtung der Sonne schaute, sah sie durchscheinende Eisbogen, die sich sowohl in der Wolke als auch auf dem Schnee krümmten. Sie gingen in eine geometrische Welt aus Regenbogen hinein. Val schaute zu Ta Shu zurück, und er hob kurz einen Skistock zum Zeichen, daß er die Phänomene bemerkt hatte und es zu schätzen wußte, daß sie daran gedacht hatte, ihn darauf aufmerksam zu machen.

Ein wunderschöner Anblick; und dennoch wirkte die Welt trübe und bösartig. Auf der Polkappe waren Wolken jedweder Art natürlich oftmals Vorboten noch schlechteren Wetters, und vielleicht lag es auch daran, daß sie eine solche Stimmung verursachten. Hoffentlich wußten ihre Kunden das nicht und würden darum weniger stark davon betroffen sein. Bis Roberts war es noch ein Fußmarsch von vielen Stunden, und in dieser Zeit konnte mit dem antarktischen Wetter alles mögliche passieren.

Natürlich blieb ihnen ohnehin nichts anderes übrig, als weiterzumarschieren, in eine fremdartig gewordene Landschaft hinein; in den paar Minuten, die eine dünne Wolke gebraucht hatte, um sich zu formen, hatte sich das Ehrfurchtgebietende in etwas Furchterregendes verwandelt. Und danach waren sie nur noch Pünktchen auf einer Hochebene des Eisplaneten, an einem Ort, wo Menschen nur in Raumanzügen überleben konnten. Und in der durchdringenden Kälte war das deutlich zu spüren.

In der nächsten Pause aßen und tranken sie schweigend. Es hatte keinen Zweck, sie anzuspornen, sagte sich Val. Sie hätte ihnen erneut erzählen können, daß sie endlich ein

Abenteuer erlebten, nachdem sie es so oft versucht und so viel Geld dafür ausgegeben hatten. Aber sie glaubte nicht, daß das jetzt sehr gut ankommen würde. Eines der typischen Merkmale echter Abenteuer war, wie sie festgestellt hatte, daß sie oftmals überhaupt nicht amüsant waren, während sie stattfanden. Und bei einem ihrer Gespräche im Camp hatte Jim sinngemäß Amundsen zitiert, daß Abenteuer bloß schlechte Planung seien. Wenn sie also von einem Abenteuer sprach, würden sie ihr vielleicht Vorwürfe machen. Jack war garantiert bereit dazu.

Und sie machte sich selbst Vorwürfe. Es war eindeutig ein Fehler gewesen, die rechte Route zu wählen. Doch als sie beim Gehen darüber nachdachte und sich selbst aufzumuntern versuchte, schien ihr das, was passiert war, trotzdem zu zeigen, daß Amundsen sich irrte und daß es nicht nur an schlechter Planung lag, wenn man ein Abenteuer erlebte - es konnte auch einfach Pech sein. Man konnte alles zur Genüge geplant haben und trotzdem von schierem Pech niedergestreckt werden. So etwas kam dauernd vor. Der Zufall konnte einen zu Boden strecken; das war es, was solche Aktivitäten gefährlich machte. Das war es, was das ganze Leben gefährlich machte. Aus einigen Situationen kam man mit Planung nicht heraus - da mußte man schon die Füße benutzen, wenn man konnte.

Jedenfalls gab es zwar keine naheliegende Methode, sie in den Pausen aufzumuntern, aber dafür mußte man sie auch nicht drängen oder beschwatzen, weiterzugehen. Die Lage war klar; entweder sie gingen weiter oder sie starben. Die eisige Kälte um sie herum erinnerte sie jede Sekunde daran.

Sie probierte ihr GPS aus und bekam eine Anzeige; sie befanden sich auf dem 172. Längengrad. Also hatten sie ungefähr die Hälfte der Strecke hinter sich. Gar nicht schlecht, nur daß die Mitglieder ihrer Gruppe allmählich sehr müde wurden. Sie waren immerhin fast fünfzig Kilometer gelaufen, und so langsam gingen sie auf dem Zahnfleisch; Val sah es daran, wie sie sich bewegten. Jorge hinkte ein wenig. Elspeth ließ ihre Skistöcke hin und wieder schleifen, zweifellos, um die Arme auszuruhen. Jack ebenfalls; außerdem bewegte er sich wie ein Sargträger. Jim versuchte, sich dem langsamen Tempo seines Freundes anzupassen, obwohl er häufig vorging und dann stehenblieb und wartete. Keine gute Technik. Nur Ta Shu verfügte noch über jene kontrollierte Effizienz, die zeigte, daß er nach wie vor Kraft in den Beinen hatte; er trat bei jedem Schritt genau in ihre Fußstapfen und schwang seine Skistöcke in leichten, kurzen Stößen. Er sah aus, als könnte er lange Zeit so dahinstapfen.

Val selbst spürte die Strapaze, war jedoch voll in ihrem Langstreckenrhythmus, einem Gefühl permanenter Bewegung, nicht unbedingt mühelos, sondern eher eine beherrschte, geringfügige Anstrengung, die sie ewig aufrechterhalten konnte; so kam es ihr zumindest vor. Selbstverständlich würde sich dieses Gefühl irgendwann einmal abnutzen. Aber diese Phase hatte sie bisher nur selten erreicht - erst recht, wenn sie Kunden führte -, und jetzt lag sie noch weit in der Zukunft.

Um ihre Ausdauer ging es jedoch nicht. Das schwächste Mitglied des Teams bestimmte, wie schnell sie vorankamen, und sie konnte nichts für die anderen tun. Nun ja; sie konnte ihnen ihr Schmelzwasser geben. Das tat sie in der nächsten Pause. Sie gab Jack eine Tasse und Elspeth ebenfalls, trotz ihrer Einwände. »Trinkt«, befahl sie in einem gebieterischen Ton, den sie bis jetzt vermieden hatte. »Ich hab keinen Durst.«

Aber hinterher war sie natürlich doch durstig. Die Trokkenheit in Mund und Hals erinnerte sie an mehrtägige Kletterpartien in den Staaten, bei denen sie alle tagelang nur ein oder zwei knappe Liter täglich mitgenommen, die letzen paar Tage krank vor Durst an sonnigen Granitwänden gehangen und sich - weißen Schweiß absondernd - trotzdem hochgezogen hatten. Trockener Mund, trockener Hals, die Zunge so dick, daß sie schon ein Fremdkörper wurde, der im Mund steckte und die Atmung behinderte;

die physische Realität, daß man ein Wassergeschöpf war, das austrocknete und deshalb Masse verlor; dünn wurde. Man konnte an Austrocknung sterben. Sie war weitaus schmerzhafter als Kälte, obwohl sie sich hier unten oft mit der Kälte verband und ihr ein rascheres Eindringen ermöglichte, so daß man am Ende gefriergetrocknet wurde, wie die mumifizierten Robben in den Trockentälern.

Na schön. Aber genauso, wie sie es an den großen Wänden getan hatte, biß sie die Zähne zusammen, biß sich leicht auf die Innenseiten der Wangen und arbeitete sich weiter voran. Sie würde eine Flasche ihres nächsten Schmelzwassers trinken und danach wieder beide abgeben. Ihr ging es gut. Sie konnte ewig laufen. Aber die Kunden nicht.

Die kleine Wolke wurde immer dicker, eine weiße Decke, die direkt über die Sonne geworfen worden war und ihre Position mit aufreizender Beständigkeit beibehielt. Man konnte über die Viktorianer und ihren ›Kampf mit der Natur‹ lachen, aber wenn man sah, wie eine Wolke trotz des auffrischenden Windes, der die Gruppe nun traf, ihre Position auf diese Weise beibehielt, konnte man sich nur schwer des Gefühls erwehren, daß dort eine gewisse bösartige Perversität am Werk war, eine puckartige Freude daran, Menschenwesen zu quälen. Vielleicht war dies die pathetische Täuschung – die Vermenschlichung der Natur –, aber wenn man solchen Durst hatte wie Val, kam sie einem tragisch vor.

Sie ließ sich zurückfallen, um der Reihe nach mit den anderen zu gehen und sich nach ihrem Befinden zu erkundigen. Außer Ta Shu und vielleicht Jim hatten sie alle Schmerzen; sie waren fast am Ende ihrer Kräfte, wie es schien, und dabei hatten sie noch über dreißig Kilometer vor sich. Nun, sie würde sie schon ans Ziel führen. Sie nach Hause bringen. Ihnen ihr Wasser geben, ihnen ihre seelische Energie geben. Sich auf diese Weise um Kunden zu kümmern, war irgendwie ein tolles Gefühl. Erst die anderen, dann man selbst. Der Geschäfts-Buddhismus der Sherpas, ihre Ethik des Dienens. Ein Hirte sein, oder ein Hütehund. Seine Schützlinge fürsorglich betreuen.

Beim nächsten Halt versuchte sie jedoch erneut, Jack ihr Wasser zu geben, und schlug ihm vor, etwas zu essen, und er lehnte das Wasser ab, zerrte den Kraftriegel aus seinem Gürtel und riß wütend ein Stück ab. »Lassen Sie's gut sein, Herrgott noch mal«, murmelte er. »Wir tun unser Bestes.«

Jim, Elspeth und Jorge nickten. »Das ist schwer für uns«, sagte Elspeth müde zu Val.

»Natürlich«, sagte Val. »Ich weiß. Es ist schwer für jeden. Ihr haltet euch großartig. Wir sind auf einem sehr langen Fußmarsch, und wir kommen prima voran. Kein Problem. Wenn wir's weiter so ruhig angehen lassen, schaffen wir's schon.«

Und sie gab so bald wie möglich wieder das Zeichen zum Aufbruch, obwohl Elspeth vorschlug, eine längere Pause zu machen. Dies hätte nur zur Folge gehabt, daß die Muskeln steif wurden; außerdem war es schon allein wegen der beißenden Kälte unmöglich. Sie mußten in Bewegung bleiben, um sich warm zu halten.

Deshalb ging sie los und bemühte sich, weder ein zu schnelles Tempo anzuschlagen, bei dem sie ermüdeten, noch ein zu langsames, bei dem sie froren – ein schmaler Grat. Die Ethik des Dienens und alles, was sie auf der letzten Etappe angefeuert hatte, büßte an Kraft ein; nun übernahm etwas anderes in ihr das Ruder, und sie begann sich über diese Leute zu ärgern, weil sie so schnell derart müde wurden. Sicher, sie selbst hätte verhindern müssen, daß sie überhaupt in diese Lage kamen. Aber die anderen hatten kein Recht, hier auf eine solche Tour zu gehen, wenn sie nicht in Form waren. Selbst diese sogenannten Outdoor-Leute waren immer noch kaum mehr als Gehirne in Flaschen – bestenfalls Wochenendkrieger, die während ihrer Arbeitszeit nur die Fingerspitzen trainierten, während ihr übriger Körper so weich wurde wie Sofakissen. Sie blickten auf Computerbildschirme, hockten in Autos, sahen fern, es war alles dasselbe – sie sahen zu. Gehirne in Flaschen, mit großen Augen. Und ihre Kunden gehörten schon zu den Fittesten von allen, sie waren das Beste, was die Welt zu bieten hatte! Das Beste der westlichen Wohlstandsgesellschaft jedenfalls. Und selbst die pfiffen schon auf dem letzten Loch, nachdem sie bloße siebzig Kilometer gelaufen waren. Und fanden es echt schwer, was sie da taten.

Aber wenn sie mal lernen würden, ihre Körpertemperatur anständig zu regulieren, dann wäre das Leidensniveau in ihren Raumanzügen wirklich nicht gar so hoch. In der Tat hielt Val die Vorstellung, eine Antarktisreise sei mit schrecklichen Leiden verbunden und erfordere ungeheuren Mut, jetzt mehr denn je für komplett dummes Zeug. Das war alles mit diesem Footsteps-Phänomen verquickt – die Leute gingen schlecht vorbereitet los, um frühere Expeditionen von Leuten zu wiederholen, die schlecht vorbereitet losgegangen waren, und glaubten deshalb, sie täten etwas Schwieriges und bewiesen großen Mut, obwohl es bloß dumm war, mehr nicht. Gefährlich war es, das schon; aber nicht mutig. Gefährliches Handeln hatte nämlich nicht automatisch etwas mit Mut zu tun, ebensowenig wie Leiden automatisch etwas mit Tugend zu tun hatte. Wenn man natürlich mit einer Pfadfinderausrüstung ans Werk ging wie Scott damals, dann mußte man leiden. Aber das war keine Tugend, und es war es auch kein Mut.

In Wahrheit kamen die meisten Leute, die in der Antarktis Abenteuer suchten und etwas Schweres tun wollten, gerade deshalb hierher, weil es so viel *leichter* war, als zu Hause zu bleiben und sich dem zu stellen, womit sie es dort zu tun hatten, dachte Val, während sie vor sich hinstapfte. Im Vergleich zum Leben in den Staaten erforderte es überhaupt keinen Mut, über die Polkappe zu latschen; es war einfach, es war sicher, es war berauschend. Nein, es erforderte Mut, zu Hause zu bleiben und sich dem zu stellen, womit man dort konfrontiert war: die Großmutter zu überreden, von der Leiter am Baum herunterzukommen, die Stellenanzeigen zu lesen, obwohl man weiß, daß nichts drinsteht, um die Ecke des Hauses zu rennen, wenn man das Krachen hört. Oder auf Untersuchungsergebnisse aus dem Krankenhaus zu warten. Oder mit einem Hund zum Tierarzt zu gehen, um ihn einschläfern zu lassen. Oder mit einer Gruppe leukämiekranker Kinder ins Football- oder Baseball-Stadion zu gehen. Oder abzuwarten, ob der Lebensgefährte in dieser Nacht betrunken nach Hause kommt oder nicht. Oder der gestürzten Mutter bzw. dem gestürzten Vater um vier Uhr morgens vom Fußboden im Bad aufzuhelfen. Oder einem Paar zu erklären, daß ihr Kind ums Leben gekommen ist. Oder einfach auf dem Fußboden zu sitzen und den ganzen langen Nachmittag hindurch ein Brettspiel zu machen. Nein, die Liste könnte endlos so weitergehen: Die Welt war voller Dinge, die schwerer waren, als in der Antarktis herumzustiefeln. Und verglichen mit solchen Dingen war es ein Klacks, über die polare Eiskappe zu laufen, um am Leben zu bleiben. Es machte *Spaß*. Es konnte einen umbringen, aber *es würde trotzdem Spaß machen*, es würde ein *amüsanter Tod* sein. Es gab Dutzende unermeßlich viel schlimmerer Todesarten, als zu erfrieren; tatsächlich war Erfrieren einer der leichtesten Tode. Nein, das ganze Abenteuerreisespiel war im Grunde eine Flucht vor den schweren Dingen. Darum war es nicht unbedingt schlecht; es war ein Bewältigungsmechanismus, den Val sich ihr Leben lang selber ausführlich zunutze gemacht hatte; aber nichts, was man jemals fälschlicherweise für schwer oder heroisch halten sollte. Das tägliche Leben war schwer, und sich nicht unterkriegen zu lassen war heroisch.

Bei diesem düsteren Gedankengang lief Val ein Schauer über den Rücken, und sie blieb abrupt stehen. Sie blickte sich um; sie war zu schnell gegangen, und ihre Schützlinge waren weit zurückgefallen. »Kommt schon, verdammt noch mal!« sagte sie, zu ihnen gewandt. »Ihr seid so verflucht langsam. Das macht doch Spaß! Das ist euer Abenteuer! Amüsieren wir uns schon?« Sie schrie es ihnen fast entgegen. Aber sie waren so weit weg, daß sie es unmöglich hören konnten.

Die anderen hatten zuwenig Energie, und Val hatte zuviel. Und wenn man stundenlang so dahinstapfte, dann hatte man furchtbar viel Zeit zum Nachdenken. Manchmal war das gut, manchmal schlecht. Wenn es schlecht war, kostete es eine kleine Anstrengung, der fröhliche, optimistische Mensch zu bleiben, der man war.

Sie schaute auf die Uhr und stellte fest, daß eine halbe Stunde vergangen war; das Eis und der Schnee in ihrer Armflasche waren beinahe geschmolzen. Sie ging zu den anderen zurück und riß sich zusammen, um Cheerleader zu spielen, was ihr jetzt sehr schwer fiel. O Gott, was hatte sie für miese Laune! Niemandem hätte die Führerrolle in diesem Augenblick ferner liegen können als ihr; sie fühlte sich ausgetrocknet, aber stark, voll und ganz in Langstreckenstimmung, und es nervte sie ungeheuer, daß diese Leute keine Langstreckenstimmung hatten, in die sie verfallen konnten. Ihr Rachen war so trocken, daß ihr das Sprechen weh tat; aber wenn sie solchen Durst hatte, dann waren die Kunden garantiert in noch schlimmerer Verfassung; sie brauchten ihre Hilfe; in dieser Situation also ihre Worte, weil sie sonst kaum etwas tun konnte. Deshalb zog sie die Skimaske hoch, damit die anderen ihr Lächeln sehen konnten, und sagte: »Das Roberts-Massiv muß jetzt jede Minute über dem Horizont auftauchen! Wir sind fast da!« Was zweifellos selbst in ihrer eigenen berühmt-berüchtigten Karriere des Mißbrauchs dieser Phrase – *Wir sind fast da* – den Langstreckenrekord bedeutete, weil sie noch mindestens fünfundzwanzig Kilometer von dem Ölcamp entfernt waren. Aber ihrer Ansicht nach mußte es gesagt werden; und daher sagte sie es. Und es half ihnen, weiterzugehen.

Nur bei Jack funktionierte es nicht. Als er sich zu den anderen geschleppt hatte, starrte er Val mit ihrer guten Nachricht nur an, und als sie wieder aufbrachen, fiel er rasch wieder zurück.

Dann schaute Val sich um und sah ihn auf den Fersen hocken, eine grauenhafte Stellung zum Ausruhen, weil dabei so viel Blut unterhalb der Knie gestaut wurde. Es sah aus, als hätte er das Bewußtsein verloren. Jim kam mit schnellen Schritten heran und versuchte, ihre Aufmerksamkeit darauf zu lenken.

Sie traf Jim auf dem Weg zu Jack, gab ihm den Spaltendetektor und befahl ihm, mit den anderen weiterzugehen. Gut möglich, daß es nun an der Zeit war, Jack mit der Fascho-Führernummer zu kommen und ihn mit der Peitsche seines eigenen Machismo weiterzutreiben, dachte sie, um seinetwillen wie auch um der ganzen Gruppe willen; und recht geschah es ihm. Aber sie wollte keine Zeugen dabeihaben.

Als sie Jack erreichte, blieb sie über ihm stehen. Er schaute auf und senkte den Blick dann wieder.

»Na«, sagte sie, »wie sieht's aus?«

Er wedelte mit einer Hand: Geh weg! Laß mich in Ruhe!

»Kommen Sie schon«, sagte sie scharf. »Wir können nicht weggehen. Wir können Sie nicht zurücklassen. Wir sind mit Ihnen zusammen und Sie mit uns, also bleiben wir auch zusammen. Sonst sind alle in Schwierigkeiten. Sagen Sie mir, was Sie brauchen, um sich besser zu fühlen. Sind Sie verletzt?«

Er senkte den Blick und schaute weg. »Mir geht's gut. Ich komm schon wieder auf die Beine. Ich muß mich nur eine Weile ausruhen.«

»Sind Sie sehr hart gegen das Eis geprallt, als wir in die Spalte gestürzt sind? Glauben Sie, Sie haben eine Gehirnerschütterung?«

»Weiß ich nicht.«

»Erinnern Sie sich an den Sturz?«

»Ja.«

»Ist Ihnen übel?«

Keine Antwort.

»Glauben Sie, daß Sie eine Gehirnerschütterung oder einen Schock haben?«

»Ich weiß es nicht! Lassen Sie mich einfach ausruhen, ja? Sie treiben uns dauernd an. Ich brauche bloß ein bißchen Ruhe.«

»Okay, ruhen wir uns aus.« Sie setzte sich hin.

»Nein, nein! Gehen Sie weiter. Sie haben das Radar, Sie sollten da vorn sein, was machen Sie denn?«

»Ich warte auf Sie. Das Radar habe ich Jim gegeben. Wir können ohne Sie nicht weitergehen, sonst werden wir getrennt.«

»Ich folge euren Spuren«, sagte er. »Lassen Sie mich in Ruhe.«

Val starrte ihn wütend, aber auch besorgt an. Er klang für sie ziemlich irrational. Aber sie mußte ihn irgendwie auf Touren bringen. »Nun kommen Sie schon«, wiederholte sie und stand auf. »Wir können nicht ohne Sie weitergehen! Sie bringen alle anderen in Gefahr, verstehen Sie? Gottverdammt – warum sind es immer die Macho-Typen, die als erste schlappmachen.«

»Sie sind doch der Macho-Typ hier!« rief er. »Andauernd sitzen Sie uns im Nacken! Und Sie sorgen immer dafür, daß wir schlecht aussehen!«

»Genau«, sagte sie. »Wie zum Beispiel, als ich darauf bestanden habe, Amundsens Route zu nehmen, obwohl das Eis sich verändert hatte. Also wirklich! Und stehen Sie um Himmels willen entweder auf oder setzen Sie sich hin, Herrgott noch mal, wenn Sie so dahocken, stauen Sie nur eine Menge Blut unter den Knien. Sie müssen ja nicht zu allem anderen auch noch dumm sein.«

Er setzte sich schwer hin. »Geht einfach weiter. Ich hole euch schon ein.«

»Wir *können* nicht weitergehen. Was ist bloß los mit Ihnen! Sie haben Blut verloren, Sie haben einen Schlag abgekriegt, okay! Für mich klingt es, als hätten Sie einen Schock, und Sie sind jedenfalls an Ihren Grenzen angelangt. Aber es ist unbedingt nötig, daß Sie weitergehen. Stehen Sie einfach auf und setzen Sie einen Fuß vor den anderen. Versuchen Sie's wenigstens! Wir können Sie nicht tragen, und wir können nicht ohne Sie weitergehen. Sie müssen es also einfach tun. Nehmen Sie sich zusammen und zeigen Sie ausnahmsweise mal, daß Sie Mumm haben.«

Und sie drehte sich um und ging ein paar Meter weg, die Lippen zu einem schmalen Strich des Abscheus geschürzt. High-School-Trainer-Mist, klarer Fall; aber sie wußte noch, daß die rüden Aufmunterungen ihres Volleyball-Coachs an der High School sie zur Berserkerin hatten werden lassen, und wenn überhaupt noch jemand auf diese Nummer hereinfiel, dann war Jack garantiert der Typ dafür.

Sie blieb stehen und schaute zurück. Er rappelte sich mühsam auf. Irgend etwas stimmte nicht mit ihm, das war klar; vielleicht doch eine Gehirnerschütterung? Er ähnelte dem Matrosen Evans, dachte sie nervös, dem ersten Mitglied von Scotts Mannschaft, das auf dem Rückmarsch vom Pol gestorben war - ein großer, schwerer Mann, der einmal hinfiel und anschließend einfach vor die Hunde ging. Große Männer kamen hier unten nicht gut zurecht. Machos oftmals schon, mußte sie zugeben; aber der Machismo selbst war eine Schwäche und konnte in einer Situation wie dieser, wo man sich die Kräfte langfristig einteilen mußte, abgestreift werden. Vielleicht lag es nur daran; er bevorzugte die Hitze des Adrenalinschubs, war schnell ausgebrannt und suchte dann nach jemand oder etwas anderem, dem er die Schuld geben konnte.

Sie holte Jim ein, der auf sie beide wartete. Die anderen verteilten sich weiter vorn in großen Abständen und kämpften sich ein gutes Stück vor dem Spaltendetektor mühsam voran, was nicht gut war, auch wenn sie sich auf dem großen Eiswürfel befanden. Es war wolkiger denn je und bitter, bitter kalt.

»Sie sollten doch vorn an der Spitze sein.«

»Hören Sie mal, er ist verletzt«, sagte Jim zornig. »Er hat Blut verloren.«

»Ich weiß. Er muß trotzdem laufen. Wir können ihn nicht tragen.«

Jim starrte sie an – zornig, störrisch und frustriert, soviel stand fest. Maske an Maske im pfeifenden Wind.

Val schaute sich um. Jack kam jetzt langsam, aber stetig auf sie zu; er stieß sich mit seinen Skistöcken ab und schonte dabei seine verletzte Hand. »Da kommt er. Helfen Sie ihm, so gut Sie können, damit er weitergeht. Geben Sie mir das Radar.«

Sie nahm den Spaltendetektor wieder an sich, ging vor ihnen her und versuchte, sich ihrem Tempo anzupassen, obwohl sie mit dem Radar eigentlich ganz vorn hätte sein müssen, sicheres Eis hin oder her. Während sie weiterstapfte, fühlte sie sich immer schlechter. Es hatte natürlich einen gewissen Spaß gemacht, Jack mit ein paar giftigen Sprüchen auf Touren zu bringen, nachdem sie sich in der vergangenen Woche so viele Bemerkungen verkniffen hatte. Vielleicht zu viel Spaß. Jedenfalls hatte sie einen üblen Nachgeschmack im Mund. Shackleton hätte das besser gemacht. Obwohl – nachdem die *Endurance* gesunken war, hatte McNeish sich einmal geweigert, die Boote weiter übers Eis zu ziehen, und Shackleton hatte ihn beiseitegenommen und ihn vor die Wahl gestellt; entweder er zog weiter, oder Shackleton würde ihn erschießen. McNeish hatte weitergezogen.

Nett, wenn man so was machen konnte. Und in gewissem Sinn sauberer, als einem Mann ein Messer ins Selbstwertgefühl zu rammen. Aber Val hatte diese Möglichkeit nicht gehabt. Es war für sie alle wichtig, daß Jack weiterging; und das tat er jetzt. Aber sie hatte einen schlechten Geschmack im trockenen Mund – den Übelkeit erregenden, salzigen Geschmack von Südgeorgien –, und sie wollte sich nicht mehr zu diesen speziellen Kunden umschauen.

Weiter ging es. Val behielt das Tempo der Nachzügler bei. Sie gelangten zu einem langen, niedrigen Hügel mit scharfem Kamm im Eis, einer Verlängerung des Höhenzugs, der vom Last Cache Nunatak aus nach Süden verlief, und sie setzte sich eilig an die Spitze der Gruppe. Es war gut, daß sie so weit gekommen waren, aber hier konnten sie wirklich auf Spalten stoßen, und der Schnee an der Hangseite war tief und vom Wind in hohe Sastrugis zerschnitten. Val trat eine möglichst tiefe Spur aus und ermahnte alle, ihr darin im Gänsemarsch zu folgen. Da sich das Eis über einen begrabenen Felsgrat ergoß, tastete sie es immer wieder mit dem Pulsradar ab und hielt aufmerksam Ausschau nach verräterischen Senken oder Veränderungen in der Textur des Schnees. Es waren keine zu sehen, und es gelang ihnen, den Kamm ohne Zwischenfälle zu überqueren. Schon diese leicht ansteigende Strecke machte Val jedoch klar, daß ihre Beine müde wurden. Das hieß, daß ihre Kunden völlig fertig sein mußten. Sie warf einen Blick auf ihre Armbanduhr und rechnete zurück; sie waren seit sechsundzwanzig Stunden unterwegs. Val schätzte, daß sie noch zwanzig Kilometer vor sich hatten.

Dann hörte sie einen kaum vernehmlichen Ruf und schaute sich rasch um. Jack war auf dem Schnee zusammengebrochen, und die anderen standen oder kauerten dicht zusammengedrängt über ihm. Val rannte den Hang hinab zu ihnen zurück. Jack war höchstens halb bei Bewußtsein; er versuchte aufzustehen, aber die anderen drückten ihn zu Boden.

»Bleiben Sie unten!« sagte Val scharf, beinahe flehend zu ihm. Sie fühlte ihm den Puls und untersuchte ihn, so gut sie konnte. Ihr schien, daß er an Unterkühlung litt, zusammen mit dem, was ihn außerdem gebremst hatte; sie tippte auf einen Schock, einen Schock vom Blutverlust und dem Sturz allgemein.

Sie stand da und überlegte. Dann nahm sie Jacks Skistöcke und ihre eigenen und band sie Jack mit dem Seil in einem doppelten X auf den Rücken. Es war eine lausige Bahre, aber wenn sie das Seil an ihren Gurten befestigte, konnte sie ihn hinter sich herziehen. Es war schwerer, als den Schlitten zu ziehen, aber nur Jacks Po und seine Absätze kamen hin und wieder mit dem Schnee in Berührung, und sein Kopf und sein Nacken wurden von den Skistöcken und einem Netz aus Seil gestützt. Da er sich nun nicht mehr bewegte, würde er natürlich rasch auskühlen, aber dagegen war sie machtlos; sie konnte nur das Fotovoltaik-System seines Anzugs auf maximale Leistung stellen und zusehen, daß sie so schnell wie möglich nach Roberts kam. »Bleibt bei mir, wenn ihr könnt«, befahl sie den anderen, als die Konstruktion fertig war. »Und bleibt auf jeden Fall in meiner Spur.« Sie setzte sich in Bewegung.

Und dann begann sie wirklich zu arbeiten. Ohne ihre Skistöcke war es besonders schwer, denn die waren beim Marschieren im Schnee eine große Hilfe. Aber es ging nun einmal nicht anders. So lange sie nicht auf nacktes Eis stießen, wollte sie so schnell wie irgend möglich bis zum Roberts-Camp gehen, ohne eine Pause zu machen. Die anderen würden sich an ihren Stiefelabdrücken orientieren können, wenn sie zu weit zurückfielen, und Jacks Absätze würden die größten Sastrugis zerstören und eine noch deutlichere Spur hinterlassen. Mit etwas Glück würde dieser Notfall bei den anderen einen neuen Energieschub auslösen, wie er es auch bei ihr getan hatte, so daß es ihnen gelang, in Sichtweite zu bleiben. Und sobald sie nach Roberts kam, konnte sie Jack absetzen und sie holen gehen.

Also marschierte sie dahin und legte sich so sehr ins Zeug, wie sie es in Anbetracht der restlichen Distanz nur konnte. Sie hatte noch reichlich Reserven, und es war ein schönes Gefühl, daß sie sich endlich nicht mehr ans Tempo ihrer Kunden halten mußte, sondern einfach *loslaufen* konnte. Das, dachte sie finster, war das einzige an ihrer Rolle als Führerin, worin sie gut war.

*weißer Himmel*
*rostroter Stein*
*weißes Eis*

Ein paar Stunden später waren die vordersten Kunden am Horizont hinter ihr; sie lagen vielleicht sechs bis acht Kilometer zurück. Val hielt kurz an und beobachtete sie, während sie ihr Schmelzwasser trank und sich verschnaufte; sie glaubte, daß Ta Shu und Jim nun die Führung übernommen hatten. Jack war immer noch halb ohnmächtig, aber er schien sich seiner mißlichen Lage immerhin soweit bewußt zu sein, daß er sich in seinem Schleppzeug nicht rührte. Wenn sie es sich recht überlegte, glaubte Val, daß er bei ihrem Sturz vielleicht doch eine Gehirnerschütterung davongetragen hatte. Obwohl er danach eine Zeitlang reichlich aufgedreht gewesen war. Vielleicht hatte er aber auch einen Schock vom Blutverlust bekommen - zuerst einen leichten, dann einen schweren. Sie konnte es nicht sagen. Jetzt würde die Kälte der Hauptfaktor sein; es würde sicherlich nicht mehr lange dauern, bis er ernsthaft unterkühlt war. Nur die Fotovoltaik-Elemente in seinem Anzug bewahrten ihn davor, und da sich die Sonne hinter Wolken verbarg, waren sie weitaus weniger wirksam.

Doch das Roberts-Massiv war jetzt bis hin zu seiner Basis zu sehen; sie waren also keine zehn Kilometer mehr entfernt. Das Ölcamp lag direkt am südlichsten Punkt des Massivs. Sie hatten das Gröbste hinter sich. Als die anderen näher kamen, deutete sie in der Hoffnung auf Roberts, ihnen den kleinen Adrenalinschub zu geben, den sie sicher kriegen würden, wenn sie das Ziel vor Augen sahen. Dann war sie wieder unterwegs, schneller denn je. Bei keinem echten Langstreckenmarsch hat man am Ende noch große Kraftreserven, aber sie war in der ersten Hälfte extrem langsam gegangen, so daß ein richtiger Endspurt jetzt durchaus im Bereich des Möglichen lag. Jedenfalls würde sie ihr Bestes tun; die anderen konnten so schnell folgen, wie sie es schafften. Obwohl sie völlig fertig ausgesehen hatten, schienen sie doch bis zum Ende durchhalten zu können. Ta Shu hatte sich sogar einmal um sich selbst gedreht, um seinen Film oder seine Geomantie zu machen, vielleicht auch beides. Val gefiel seine Unerschütterlichkeit.

Der rote Dolerit von Roberts türmte sich vor ihr auf. Dann stapfte sie die nackte Eisfläche hinab, die zum Massiv hin abfiel, und sie mußte Jack herumziehen und ihn vor sich hinunterlassen. Sie beugte sich vor, um einen Blick auf sein Gesicht zu werfen; er schien zu schlafen. »Wir sind gleich da«, sagte sie. »Dort bekommen Sie Hilfe.«

Dann bog sie um die letzte Ecke und sah, daß die kleine Station niedergebrannt war. Völlig zerstört. Sie spürte einen eisigen Stachel der Furcht, einer neuen Art von Furcht. Auf ihre Rufe hin rührte sich nichts in den Ruinen. Doch dann erschien eine Gestalt an Deck des Luftkissenfahrzeugs, das immer noch in der Nähe des Kais lag.

ELFTES KAPITEL

# *Extremes Wetterereignis*

*roter*
*Stein   weißes Eis*

**X öffnete die Tür und antwortete auf die Rufe** der näher kommenden Fremden. Eine hochgewachsene Frau, die einen verletzten Mann auf einer Art Travail aus Skistöcken und Kletterseil hinter sich herzog. Erstaunt, ohne zu wissen warum, schaute X genauer hin. Es war Val. Sein Herz machte vor Freude einen Sprung: »Hey!« rief er. Sie schaute zu ihm herüber, sah ihn auf dem Luftkissenfahrzeug und machte sich müde auf den Weg zum Kai. X überquerte das breite Stück Wandverkleidung, das er zur Laufplanke umfunktioniert hatte, und half ihr, den Kranken an Bord zu bringen. Probleme auf ihrem Treck, und keine Helo-Unterstützung aus Mac. Die Fragilität ihrer Präsenz auf dem Eis, etwas, worüber er während der Schneemobilfahrt nach Roberts viel nachgedacht hatte, kam ihm erneut zu Bewußtsein. Sie hatten geglaubt, sie würden hier draußen aus eigener Kraft überleben, aber in Wirklichkeit waren sie vollständig von äußerer Unterstützung abhängig gewesen.

»X, bist du das?« sagte sie und starrte ihn durch Skimaske und Sonnenbrille hindurch an.

»Ja.«

Er half ihr, den Mann über die Bordwand des Luftkissenfahrzeugs und ins Innere zu transportieren. Sie legten ihn rücklings auf den Boden. »Wasser«, krächzte sie und zog ihre Maske herunter; ihre Miene war um ein Vielfaches grimmiger denn je. »Irgendwelche Ärzte bei euch?«

»Nein.« Er ging zum Kocher, schenkte ihr einen Becher warmes Wasser ein und brachte ihn ihr. »Wir sind selber gerade mal hier.«

»Mmh.« Sie trank einen Schluck Wasser und schaute aus einem Fenster auf die Station. »Was ist passiert?«

»Wir wissen es nicht genau. Außer uns ist niemand da. Wir sind selbst erst vor kurzem angekommen und haben die Station so vorgefunden.«

»Sie ist in die Luft gejagt worden«, sagte Wade vom Kocher her, eine ziemlich überflüssige Bemerkung, wie X fand, weil es keine konkurrierenden Erklärungen gab.

Val sah Wade genauer an und war erneut überrascht. »Wade! Meine Güte, was machen Sie denn hier? Ich dachte, Sie wären am Pol.«

»War ich auch.«

»Aha.« Sie hielt dem Kranken den Becher an die Lippen. Dadurch abgelenkt, fragte sie automatisch im Plauderton: »Und wie war's?«

»Interessant.«

Val hörte nicht zu. Es gelang ihr nicht, dem Mann Wasser einzuflößen; er war bewußtlos. Sie blickte zu X auf. »Aber dann seid ihr beiden hier gelandet?«

»Das Bohrcamp, in dem wir waren, ist auch in die Luft gejagt worden«, erklärte X. »Und als wir hierher gekommen sind, haben wir alles so vorgefunden, wie du's siehst. Wir nehmen an, daß es einen terroristischen Angriff auf die Ölcamps gegeben hat.«

»Ihr nehmt an?« sagte Val.

»Wir konnten mit niemandem Funkkontakt aufnehmen.«

»Ach wirklich! Wir auch nicht.«

»Was ist Ihnen denn zugestoßen?« fragte Wade.

»Wir haben unseren Schlitten verloren. Ein Eisblock ist draufgefallen. Deshalb sind wir hierher gekommen. Ich hätte auf einen Rettungseinsatz gewartet, wenn ich irgend jemanden per Funk erreicht hätte, aber Fehlanzeige. Komische Sache.«

»Wo waren Sie noch mal?« fragte Wade.

»Oben auf dem Axel Heiberg.«

»Wie weit ist das?«

»So zirka hundert Kilometer.«

Die Männer starrten sie an.

»Ich hab noch vier Kunden da draußen, die mir folgen«, sagte sie.

»Ich geh raus und hole sie rein«, sagte X.

»Danke.«

Während X in die Stiefel und die Outdoor-Ausrüstung schlüpfte, erklärte Wade in seinem trockenen Stil, was den dreien seit ihrem Ausflug zu Hillarys Weasel zugestoßen war; dabei beschlich X das Gefühl, als wäre das alles schon ein paar Wochen her, obwohl es in Wirklichkeit am Vortag passiert war. »Vermutlich sind die Leute in diesen beiden Lagern irgendwie gewarnt worden und haben es geschafft, sie noch rechtzeitig zu verlassen. Oder man hat sie weggebracht. Wie auch immer, die beiden Camps waren jedenfalls völlig menschenleer - ich meine, keine Leichen, und es lief auch niemand herum.«

»Was ist mit den Funkgeräten hier?« fragte Val. Ihre Miene war ernst, als sie Wades Geschichte verdaute und sich ihrer Tragweite bewußt wurde.

»Es gibt nur das eine hier an Bord, glaube ich. Wir haben's noch nicht ausprobiert.«

»Wie steht's mit Notfallbeuteln?«

»Ich habe ein paar gefunden.« Carlos kam herein und schleifte einen hinter sich her. »Und es gibt ein Funkgerät an Bord. Aber ich glaube nicht, daß es an den Funkgeräten liegt.«

»Ich weiß. Aber wir hatten nur unsere Armbänder, und ich würde es gern mit was Stärkerem probieren.«

»Ich auch.«

Er und Val begannen, über die Basis und deren Reserven zu diskutieren. Da der Hauptkomplex zerstört war, hielten sich letztere wahrlich in engen Grenzen; bisher zwei Notfallbeutel für neun Leute. Das würde sie ein paar Tage ernähren, und Carlos sagte, im Luftkissenfahrzeug sei auch noch etwas zu essen. Unter normalen Umständen hätte das gereicht, um sie am Leben zu erhalten, bis sie von Mac Town gerettet wurden; aber offensichtlich waren das keine normalen Umstände.

X ließ sie diskutieren und ging in die Kälte hinaus. Er stieg mit Steigeisen den Eishang zum eigentlichen Plateau hinauf und winkte dann den vier Nachzüglern zu, die auf ihn zukamen. Der erste von ihnen, ein kleiner Orientale, der keine Skimaske trug, lächelte und runzelte dann die Stirn, als er die Station erblickte. »O je! Noch mehr Probleme, ich sehe!«

»Ja. Wir sind in dem Luftkissenfahrzeug da unten, das ist noch in Ordnung.«

»Luftkissenfahrzeug, okay. Heißer Kakao?«

»Klar, gehen Sie schon rein. Ich warte auf die anderen.«

»Ich auch. Sie werden bald bei uns sein. Halten sich sehr gut.«

In X's Augen sahen sie total erledigt aus, aber sie waren heilfroh, daß sie es geschafft hatten, und obwohl der Anblick der niedergebrannten Station ihnen einen Schock versetzte, arbeiteten sie sich ohne weitere Probleme den Hang zum Luftkissenfahrzeug hinunter. Über die Laufplanke und ins Innere des Gefährts, wo es nach dem langen Aufenthalt im Freien angenehm und behaglich war, obwohl der Temperaturunterschied kaum mehr als zehn oder zwanzig Grad betrug. Aber es war ein Dach über dem Kopf.

Drinnen ging es eine Weile recht laut zu, als sie sich miteinander bekanntmachten und Erklärungen austauschten. Die Neuankömmlinge begriffen nur langsam, daß sie noch nicht aus dem Schneider waren; aber selbst dann herrschte die Freude darüber vor, daß es ihnen gelungen war, in einem Zug ein über hundert Kilometer langes Stück der Polkappe zu überqueren. X ging wieder an den Kocher und bereitete den Neuankömmlingen einen Becher heißen Kakao nach dem anderen zu, wobei er registrierte, daß sie allein schon dafür ungefähr die Hälfte der heißen Schokolade aufbrauchen würden, die sie hatten. Val bedankte sich, als er ihr den letzten Becher gab, aber abgesehen davon galt ihr Augenmerk ausschließlich dem Verletzten. Carlos untersuchte den Mann mit der möglicherweise nur vorgetäuschten Kompetenz eines Sanitäters; von solchen Dingen hatte X nicht die geringste Ahnung. Er beschloß, bei nächster Gelegenheit einen Erste-Hilfe-Kurs zu machen. Er wollte Val irgendwie trösten (sie irgendwie beeindrucken), aber er wußte nicht, wie; er konnte nichts für den Kranken tun, der, wie ihm plötzlich bewußt wurde, wahrscheinlich Vals neueste Eroberung war. Ach, und wenn schon.

Er ging den Gang hinter dem Passagierabteil entlang und fing an, in den Wandschränken herumzustöbern. Sie waren mit Schachteln vollgestopft, die hauptsächlich Maschinenteile und dergleichen enthielten. »Ich glaube, der Bursche ist jetzt einfach unterkühlt«, hörte er Carlos zu Val sagen. »Selbst eine starke Gehirnerschütterung dürfte eigentlich nicht zu einem solch komatösen Zustand führen, und wie Sie sagen, war es ohnehin keine starke Gehirnerschütterung.«

»Meiner Ansicht nach jedenfalls nicht«, sagte Val.

»Tja, bei Hypothermie kann das durchaus passieren. Wie lange haben Sie ihn gezogen?«

»Rund vier Stunden, schätze ich. Sein Anzug war auf maximale Wärme eingestellt.«

»Aber es war bedeckt. Das ist eine lange Zeit, wenn man hier draußen nichts tut. Wir sollten seine Körperkerntemperatur messen und ihn dann langsam aufwärmen.«

»Und wie?«

»Im Luftkissenfahrzeug müßte es einen Körpersack geben.«

X entdeckte das Ding in einem der Schränke im Gang und brachte es ins Passagierabteil. Er hatte nur einmal gesehen, wie so ein Körpersack benutzt wurde – bei einer Vorführung von ASL in Christchurch –, aber Carlos sagte: »Ah, da ist er ja«, nahm X das Päckchen ab, öffnete es rasch und faltete eine Art Schlafsack aus Luftpolsterfolie auseinander. Soweit X sich erinnerte, funktionierte er auf ähnliche Weise wie die antiquierten Handwärmer, die einige alte Iceheads in Mac Town immer noch in ihren Carhartts mit sich herumschleppten; wenn man jemanden in den Sack steckte, wurden dabei die Innentaschen im Luftpolstergewebe zerstört, wodurch sich verschiedene in getrennten Taschen enthaltene Chemikalien vermischten, und es kam zu einer chemischen Reaktion, die Wärme erzeugte. Hinterher steckte der Betreffende in einem Schlafsack, der die Wärme eines lauwarmen Bades abgab; mehr konnte jemand, der an Unterkühlung litt, auch gar nicht vertragen. »Zuerst müssen wir ihm mal die Kleider vom Leib schneiden«, erklärte Carlos und machte sich mit einer großen Schere ans Werk, die er in einem der Notfallbeutel gefunden hatte. »Es ist sehr gefährlich, einen Menschen mit Hypothermie zu schnell aufzuwärmen«, sagte er. »Er bekommt einen sogenannten Aufwärmschock. Die ganzen geschlossenen Kapillargefäße öffnen sich alle auf einmal, und der plötzlich absinkende Blutdruck führt zum Herzversagen.« Dann erzählte er ihnen mit fragwürdigem Vergnügen, wie X fand, er sei in seiner Jugend einmal auf einem Schiff gewesen, das sechs argentinische Seeleute aus dem Meer vor Terra del Fuego gerettet habe; die Crew habe die Leute abgetrocknet, ihnen in der Kabine warmes Essen und heiße Getränke gegeben und dann mitangesehen, wie alle sechs tot umfielen. Aber er verstummte, als er auf die kleine, in den Sack eingebettete Computerdoc-Konsole starrte. »Achtundsechzig Grad? Was ist das, Fahrenheit?« Er drückte auf Knöpfe. »Ah ja. Dreißig Grad. Also, unterkühlt ist er, keine Frage. Aber ich habe schon Schlimmeres gesehen.« Der Mann in dem Sack sah wie ein schlafender Filmstar aus. Der hoffentlich Lazarus spielte. Carlos wies sie auf die ausgeklügelte Temperaturregulierung hin, zu welcher der Sack mit seinem Sortiment von Thermometern, Regelwiderständen, Dämpfern und zusätzlichen Heizelementen imstande war, als er plötzlich abbrach. »Herrje. Sehen Sie sich das an. Er hat sich verletzt, hm?«

»Na ja, eine Schnittwunde an der Hand«, sagte Val. »Und

ein Schlag an den Kopf, glaube ich. Unmittelbar nach dem Unfall schien mit ihm alles in Ordnung zu sein, aber später hat er dann schlappgemacht.«

»Ja, aber schauen Sie sich sein Schlüsselbein an. Sehen Sie diesen Knick da? Ich glaube, er hat sich auch das Schlüsselbein gebrochen.«

X warf Val einen raschen Blick zu; ihre Augen waren rund.

»Davon hat er kein Wort gesagt«, erwiderte sie. »Das wußte ich nicht.«

»Er hat doch keine Skistöcke benutzt, oder?«

»Doch, meistens schon. Manchmal hat er sie an den Seiten hängen lassen. Ich dachte, er wäre bloß müde. Herrgott noch mal - warum hat er denn nichts gesagt?«

Carlos zuckte die Achseln. »Tja, ich glaube, er wird schon wieder. Ein gebrochenes Schlüsselbein ist nichts Gravierendes, und wenn er sich noch eine Weile gut gehalten hat, nachdem er gegen das Eis geschlagen ist, kann es nicht gar so schlimm sein. Wir werden sehen. Anscheinend schläft er jetzt nur. Sobald es geht, werden wir versuchen, ihm was Heißes zu trinken zu geben.«

Danach konnten sie kaum noch etwas für den Mann tun, und Val und Carlos übernahmen es, das Luftkissenfahrzeug zu durchsuchen und die verfügbaren Vorräte zu sichten. X widerstand der Tendenz, sich auf den Kundenstatus der restlichen Gruppe hinabzubegeben, und machte sich ebenfalls auf die Suche. Er hatte nur ein paar Tage in der Station verbracht, erinnerte sich aber noch gut genug, um wieder in die Kälte hinauszugehen und eilig nach allem zu suchen, was die Explosion und das Feuer im Hauptkomplex überstanden haben könnte.

Leider ohne Erfolg. Das Feuer hatte nichts verschont. Er kehrte dankbar in den Schutz des Luftkissenfahrzeugs zurück und pustete in seine Fäuste, um die Hände aufzuwärmen. Drinnen war es immer noch fast genauso kalt wie draußen, aber das Entscheidende war, daß die Kabine Schutz vor dem Wind bot. Allmählich wurde es auch ein bißchen wärmer. Vals Kunden saßen auf den Bänken und aßen und tranken in einem fort. Val und Carlos fummelten am Funkgerät des Luftkissenfahrzeugs herum. »Misery Peak ist im Weg«, sagte Carlos gerade. »Wir kriegen bestimmt keine gute Verbindung.«

»Misery Peak, Dismal Bluff«, sagte Val mit einem Blick auf die Karte. »Der Elendsgipfel und das Trübsinnskliff. Hört sich an, als wäre es den Namensgebern dieses Gebiets genauso schlecht gegangen wie uns.«

»Aber nein, das waren die Namen ihrer Hunde.«

»Ah.«

»Können die Funkwellen nicht von der... der Ionosphäre abprallen?« fragte X.

»Hier unten nicht. Wir sind sozusagen am Ende des Magneten. Die Funkwellen sausen einfach die Linien rauf.«

»Aha.«

»Aber vielleicht erwischen wir einen Repeater. Ist jedenfalls einen Versuch wert. Dieses Funkgerät ist viel stärker als das, mit dem wir's vorher probiert haben.«

Das Funkgerät hatte einen telefonähnlichen Hörer, der durch ein Spiralkabel mit der großen Konsole verbunden war. Carlos nahm den Hörer in die Hand und drückte auf die Sendetaste daran, und ein durchdringendes hohes Summen erfüllte die Luft. Carlos ließ die Taste los, und der Lärm verstummte; er versuchte es erneut, mit dem gleichen Ergebnis. »Scheiße. Irgendwas ist mit dem Apparat nicht in Ordnung.«

Er drückte heftig auf die Anschlüsse des Spiralkabels an beiden Enden, hämmerte mit dem Hörer gegen die Konsole und schlug mit der flachen Hand auf das Armaturenbrett, in dem sie saß. Immer noch das ohrenbetäubende Summen, wenn er zu senden versuchte. »Autsch. Vermutlich hat die Wucht der Explosion irgendwas beschädigt. Na, mal sehen, ob es trotzdem sendet.« Er drückte auf die Taste, deckte die Ohrmuschel dabei mit der anderen Hand ab, so daß das hohe Summen etwas gedämpft wurde, und sprach laut ins Mundstück: »Mac Coms, hier ist die Roberts-Station, Mac Coms, hier ist die Roberts-Station, bitte kommen, over.«

Nach ein paar Sekunden lauter atmosphärischer Störungen hörten sie eine leise Stimme unter dem Lärm, ein Geräusch, bei dem sie alle wie Spürhunde die Ohren spitzten: »*Kkkkk* Roberts-Station, hier ist Mac Coms *kkkkkkkk* sehr verstümmelt *kkkkkkkkkkkk* wiederholen, könnt ihr *kkkkkkkkk*.«

»Das ist Randi«, sagte Val. »Sagen Sie ihr, daß T-Nullzwodrei auch hier ist.«

»Okay.« Carlos drückte wieder auf die Taste und rief durch das gedämpfte Geheul: »Mac Coms, wir hören euch, hier sind die Roberts-Station und T-Nullzwodrei, over!«

Weitere atmosphärische Störungen. Dann: »*Kkkkk* Sie sagen T-Nullzwodrei *kkkkkkkkkkk* dachte, Sie hätten gesagt, Sie seien die Roberts-Station, over.«

Carlos rief: »Ja, Mac Coms, hier *ist* die Roberts-Station, und wir haben T-Nullzwodrei bei uns! Wir brauchen einen Rettungshubschrauber für T-Nullzwodrei in der Roberts-Station, over!«

»*Kkkkkkkkkkkkkkk* braucht einen Rettungshubschrauber? Over.«

Carlos nahm sich die Zeit, die Augen zu verdrehen. Jetzt, wo sie Kontakt hergestellt hatten, war er besserer Laune, sah X; und Val auch.

»*Ja*, Mac Coms, wir brauchen einen Rettungshubschrauber. Wiederhole, wir brauchen einen Rettungshubschrauber, over!«

»*Kkkkkkk* fast überall in Antarktika braucht jemand einen Rettungshubschrauber, Roberts!« X merkte trotz der atmosphärischen Störungen, daß Randi ebenfalls froh über den Kontakt war. »Was habt ihr für ein Problem? Wo ist Val? Was macht T-Nullzwodrei überhaupt in Roberts? Over.«

Carlos rief: »T-Nullzwodrei ist hierher gelaufen, Mac Coms. Die Roberts-Station ist zerstört, sie ist abgebrannt. Das Camp im Mohn-Becken auch. Sie sind beide in die Luft gesprengt worden. Wir haben neun Leute hier, von denen einer an Unterkühlung leidet, und sehr wenig Lebensmittel. Könnt ihr uns helfen, over?«

»*Kkkkkkkkkk* Helo verloren, und wir organisieren die Evakuierung. Viele Camps sind beschädigt worden, wiederhole, *kkkkkkkkkkkkkk* Rettungsteam ist voll ausgelastet, wir haben nicht alle Helos, und der Funk ist auch *kkkkkkkkkkk* aus eigener Kraft nach Shackleton kommen, over?«

»Randi, ich wiederhole, wir haben hier jemanden, der an Unterkühlung leidet, over.«

»Na, dann wärmt ihn auf, Herrgott noch mal! Over!«

»Er ist obendrein auch noch verletzt, Randi. Wann könnt ihr uns einen Rettungshubschrauber schicken? Over!«

»*Kkkkkkk* ihr nicht zum Shackleton-Camp kommen? Over!«

Carlos und Val starrten einander an. Schließlich nahm Val den Hörer, drückte auf die Taste und sagte laut in das Geheul hinein: »Randi, hier ist Val. Ich glaube nicht, daß wir zu Fuß bis zum Shackleton-Camp kommen! Wir mußten schon vom Axel Heiberg hierher laufen, und die Leute sind völlig erschöpft. Ihr müßt uns abholen, over!«

»Das hab ich nicht verstanden, Val. Du kommst stark verstümmelt rüber, kannst du *kkkkkkkkk*.«

Val ging mitten in dem Störgeräusch auf Sendung und rief: »Ihr müßt uns hier abholen, over!«

»Am Pol? Ich weiß nicht, was am Pol los ist, Val, aber das Rettungsteam ist überlastet! Wir hatten zweiundzwanzig Hilferufe, und alle anderen melden sich hier und wollen wissen, was mit dem Funk *kkkkkkkkkkk* sechs oder sieben Gruppen. Wir sind gerade erst wieder auf Sendung und warten noch auf Treibstoffnachschub! Wir sind froh, von euch zu hören, aber wenn ihr nicht zum Shackleton-Camp kommen könnt, müßt ihr ein paar Tage oder vielleicht auch länger bleiben, wo ihr seid, over!«

Val und Carlos sahen sich an. »Okay, Randi«, rief Val, »wir haben verstanden! Was ist mit McMurdo passiert, over?«

»*Kkkkkkk* Schwierigkeiten, dich zu verstehen, Val, und ich hab hier einen Anruf von *kkkkkkk* unser nächstes Gespräch auf neunzehn Uhr, kannst du *kkkkkkkk.*«

»Wir haben verstanden, Randi, nächster Funkkontakt um neunzehn Uhr, wir sprechen uns dann, over!«

»Neunzehn Uhr, over and out!«

Carlos schaltete das Funkgerät aus, holte tief Luft und stieß sie aus. »Das Ding macht vielleicht einen Krach!«

Doch trotz der Frustration und des ohrenbetäubenden Lärms hatte der Anruf ihnen allen sehr gut getan. Selbst schlechte Nachrichten waren besser als gar keine; völlig abgeschnitten zu sein, war bedrückend gewesen, ja sogar furchteinflößend. Jetzt war die Verbindung wiederhergestellt, und sie konnten sich auf ein weiteres fest verabredetes Gespräch freuen. Und der Gedanke, daß sie nicht die einzigen in der Antarktis waren, die Probleme hatten, war ebenfalls tröstlich, sah X. Elend liebt elende Gesellschaft; und sie befanden sich ja auch direkt am Fuß des Elendsgipfels.

Als Jim also fragte: »Was machen wir nun? Wie wollen wir zum Shackleton-Camp kommen?«, wedelte Carlos nur mit der Hand und sagte: »Darüber sollten wir uns jetzt noch nicht den Kopf zerbrechen. Zuerst nehmen wir mal eine ordentliche warme Mahlzeit zu uns, und dann sehe ich noch ein letztes Mal nach, was genau wir hier haben. Dann können wir uns überlegen, was als nächstes kommt. Außerdem erfahren wir beim nächsten Funkgespräch vielleicht mehr, obwohl...« Er warf einen Blick zum Funkgerät und runzelte die Stirn. »Nun, wir werden sehen.«

Wade, Ta Shu und Elspeth wühlten in den Notfallbeuteln herum und förderten zwei weitere Coleman-Kocher zutage, die sie auf dem breiten Bord aufstellten, das an der Kabinenwand entlanglief. Sie setzten Wasser für Eintopf und weitere heiße Getränke auf. »Wir essen Hoosh«, erklärte Carlos, »wie Shackleton und Scott!«

»Wie Amundsen«, verbesserte Ta Shu. »Wir sind Spuren-von-Amundsen-Expedition.«

»Okay. Norwegischen Hoosh. Mit Rentierstücken«, gakkerte er, während er die uralten Etiketten der Nahrungsmittel in den Notfallbeuteln inspizierte. X sah ihm zu, und ihm ging der Gedanke durch den Kopf, daß Carlos sich nicht nur über den wiederhergestellten Kontakt mit McMurdo freute, sondern auch darüber, daß dieses Projekt nicht als einziges in der Antarktis zum Ziel eines Angriffs geworden war. Nun brauchte er es nicht mehr so persönlich zu nehmen. Doch auch als er es noch persönlich genommen hatte, schien er nie das Gefühl gehabt zu haben, sie selbst seien in schrecklichen Schwierigkeiten, weil sie hier draußen allein waren. X und vermutlich auch die meisten anderen hier kamen sich völlig von der Außenwelt abgeschnitten vor; für sie war es eine Art aufgeschobenes Todesurteil. Aber Carlos fühlte sich hier zu Hause - es war gefährlich, machte ihm aber keine Angst. Gut, daß sie ihn dabeihatten.

Val war in die kleine Vorratskammer hinter dem Passagierabteil gegangen, um nach ihrem verletzten Kunden zu schauen, und X folgte ihr, um zu sehen, ob er irgend etwas tun konnte. Als er an die Tür kam, beugte sie sich gerade über den gutaussehenden Mann und hielt dabei den Kopf schräg, um auf seine Atemzüge zu lauschen, einen Ausdruck tiefer Besorgnis im Gesicht. Sie blickte zu X auf, und er blieb stehen und hob die Hand: »Tut mir leid«, sagte er leise, »ich wollte nicht stören.«

»Du störst nicht«, gab sie ruhig zurück.

»Na ja«, sagte X mit einer Geste zu dem Mann. »Er... er bedeutet dir viel.«

»Was?« sagte sie. Dann verstand sie, was er meinte, und schaute dermaßen verblüfft drein, daß X sofort wußte, seine Mutmaßungen waren falsch gewesen. Und tatsächlich starrte sie ihn jetzt an, als ob er nicht alle Tassen im Schrank hätte. X hob die andere Hand, so daß nun beide Hände oben waren, die Handflächen nach außen, wie um einen Schlag abzuwehren.

»Entschuldige«, sagte er hastig. »Ich wollte nicht...«

»Oh, X«, sagte sie kopfschüttelnd, »du bist so ein...« Sie suchte vergebens nach dem richtigen Wort.

X zog den Kopf ein und seufzte. Es stimmte.

»Wie geht's ihm?« fragte er, um das Thema zu wechseln.

Sie schaute wieder auf den Mann hinunter. »Sieht so aus, als würde er jetzt bloß schlafen. Den Thermometern zufolge hat er eine Körperkerntemperatur von etwas über vierunddreißig Grad. Jedenfalls wärmt ihn der Sack jetzt kaum noch auf.«

Carlos erschien hinter X. »Wie geht es ihm?« Er kam herein und warf einen Blick auf die Zahlen an der Konsole. »Das ist gut. Langsamer, stetiger Temperaturanstieg. Puls und Blutdruck in Ordnung.« Er sah dem Mann ins Gesicht. »Hallo! Hallo!« Er schüttelte den Kopf. »Immer noch weg. Na ja, kommt«, mit einer Handbewegung zum anderen Raum, »es gibt was Heißes zu trinken, und das Abendessen steht auch bald auf dem Tisch.«

Nach dem Essen zogen sich Carlos und X wieder an, gingen hinaus und durchsuchten die zerstörte Station noch einmal richtig gründlich. Sie fanden keine weiteren Nahrungsmittelvorräte. »Hmm, hmm«, murmelte Carlos auf dem Rückweg zum Luftkissenfahrzeug. »In Bernardo O'Higgins gab es immer ein großes, unterirdisches Depot mit Lebensmitteln und Vorräten im Schnee draußen, falls im Winter mal ein Feuer ausbrechen würde. Hier hätte ich auch so eins anlegen sollen. Ich habe mir mehr Gedanken übers Mohn-Becken gemacht, muß ich zugeben. Kaum zu glauben, daß das Transportsystem heutzutage für so lange Zeit und in einem solchen Ausmaß zusammenbrechen kann. Das werden wir uns für die Zukunft merken müssen.«

»Und was machen wir jetzt?« fragte X.

»Tja, was haben wir. Vier, nein, fünf Notfallbeutel... neun Leute...« Er dachte darüber nach, während sie über die Laufplanke eilig auf das schützende Innere des Luftkissenfahrzeugs zusteuerten. »Wir müßten es eigentlich bis zum Shackleton-Camp schaffen.«

»Das ist ein langer Marsch.«

»Besser, als zu verhungern. Außerdem brauchen wir vielleicht nicht zu Fuß zu gehen.«

»Was heißt das?«

Carlos schlug gegen die Wand des Luftkissenfahrzeugs.

»Können Sie's wirklich fahren?«

»Ja, klar. Ich glaube schon.« Ein breites Grinsen für X, ein Schlag auf die Schulter; dann waren sie wieder drinnen, wo es trotz der achtzehn Grad unter Null eindeutig warm und behaglich war. Es wäre schön, wenn sie zum Shackleton-Camp gelangen könnten, ohne eine solche Zuflucht verlassen zu müssen, das stand außer Frage.

»Ich finde, wir sollten es mit dem Luftkissenfahrzeug probieren«, sagte Carlos zu den anderen, als sie wieder in der Kabine saßen und einen weiteren Becher heiße Limonade in sich hineinschütteten. »Die Tanks sind voll; wir haben also mehr als genug Treibstoff, um damit nach Shackleton zu kommen.«

»Können Sie das Ding fahren?« fragte Val.

»Ja. Ich habe sehr oft zugesehen und mich auch als Copilot betätigt, und es ist nicht schwer. Man braucht zwei Leute, aber ich kann das Steuer übernehmen und X erklären, was er als Copilot zu tun hat.«

»X?«

»X hat dem Piloten ebenfalls zugesehen, also ist er am ehesten damit vertraut, wie es funktioniert. Stimmt's?«

X nickte. »Der Copilot bedient nur das Liftsystem und die Ausleger. Während der Fahrt tut er meistens gar nichts.«

Val machte ein skeptisches Gesicht; die anderen Mitglieder ihrer Gruppe schauten hoffnungsvoll drein. »Wieviel Nahrungsmittel haben wir hier?« fragte sie.

»Wir haben fünf Notfallbeutel«, antwortete Carlos. »Bei neun Leuten reicht das für eine Woche, vielleicht für zehn Tage, wenn wir hungern. Das ist nicht schlecht, aber es klingt, als würden sie uns in McMurdo nicht gerade höchste Priorität einräumen. Kann sein, daß es nicht reicht.«

»Wir könnten abwarten«, sagte Wade, »und am letzten oder vorletzten Tag hinfahren.«

»Ja, könnten wir. Aber dann ist das Shackleton-Camp möglicherweise schon evakuiert, und wir stehen wieder ganz unten auf der Prioritätenliste. Ich würde lieber sofort was unternehmen. Und außerdem habt ihr diesen Mann dabei, der zwar wieder aufgewärmt, aber noch nicht ganz bei Bewußtsein ist. Ich weiß nicht, was das bedeutet, aber...«

Val nickte nachdenklich.

»Es wäre gut, wenn wir ihn bald nach McMurdo bringen würden«, meinte Jim.

»Ja, ganz recht«, pflichtete Val ihm bei.

Jorge und Elspeth schienen einverstanden zu sein. Ta Shu beobachtete sie nur, als ginge ihn das alles überhaupt nichts an.

»Wir sollten uns auf den Weg zum Shackleton-Camp machen«, erklärte Val schließlich ihrer Gruppe.

»Ich glaube nicht, daß wir so weit laufen können«, sagte Elspeth.

»Nein. Aber wir haben das Luftkissenfahrzeug.«

Sie blickte sie alle der Reihe nach an, und sie nickten zum Zeichen, daß sie verstanden hatten. Sie hatten schon einiges durchgemacht, sah X, und sie vertrauten Val.

»Ich sage euch was«, verkündete Carlos, »ich starte das Ding, und wir machen eine Testfahrt gleich hier draußen vor dem Kai und vergewissern uns, daß wir damit zurechtkommen. Wenn ihr findet, daß es sich gut anläßt, können wir's riskieren.«

X und Carlos gingen also nach vorn an die Kontrollen, nahmen auf den beiden Pilotensitzen Platz und sahen sich die einschüchternden Reihen von Bedienungselementen an. X kam sich im ersten Moment wie im Cockpit eines Flugzeugs vor. Er hatte Geraldo und German zugesehen, als sie das Fahrzeug nach Mohn und zurück gefahren hatten, aber jetzt merkte er, daß das nicht reichte.

Während sie die Bedienungselemente gemeinsam durchgingen, wurde X klar, daß es eine stillschweigende Vereinbarung zwischen ihnen gab, nicht über die vielen Reihen von Dreh- und Kippschaltern, Meßinstrumenten und Skalen zu sprechen, von deren Bedeutung und Funktion sie nicht die blasseste Ahnung hatten. Statt dessen konzentrierten sie sich auf die wenigen Dinge, die sie kannten und ohne die es auf keinen Fall ging: Zündung, Steuer, Gashebel, die Steuerung des Liftsystems, die Schalter zum Herunterlassen der Ausleger. X nickte, während Carlos die jeweiligen Bezeichnungen ansagte. Der Copilot war nur fürs Liftsystem und die Ausleger zuständig. Das glaubte er schaffen zu können.

Die beiden Männer grinsten einander nervös an. »Kein Problem«, erklärte Carlos.

»Probieren wir's«, sagte X.

Carlos warf die Motoren an. Gedämpftes Dröhnen von hinten und unten; das Metall des Fahrzeugs vibrierte. Sie warteten, während die Motoren warmliefen. Dieses Luftkissenfahrzeug war alt, sah X mit einem Blick auf die von Fingern glattpolierten Oberflächen der Drehschalter. Ein Hake 1500a. Irgendwann in seinem Leben, zweifellos während seiner Zeit bei Corrosion Corner, waren die Ausleger eingebaut worden, um dem Fahrzeug mehr Stabilität bei Seitenwind und auf leichten Schrägungen zu verleihen. Im großen und ganzen war es nur für ebene Flächen wie Wasser oder Meereseis gedacht; bei starkem Wind - oder wenn es einen Hang querte - neigte es dazu, ziemlich stark seitwärts wegzurutschen, weil es nur auf seinem Luftkissen schwebte und wenig oder gar keinen Kontakt mit dem Boden hatte. Die erfindungsreichen Umrüster hatten deshalb Kufen an die Seiten geschweißt und geschraubt und ein Hydrauliksystem eingebaut, mit dem man sie aufs Eis herunterlassen und wieder hochhieven konnte. Am Ende der Kufen waren aufs Notwendigste reduzierte Schneemobile angebracht; wenn die Kufen heruntergelassen und die Motoren der Schneemobile gestartet wurden, fraßen sich ihre Gleisketten ins Eis und gaben sich alle Mühe, das ganze Fahrzeug in die entsprechende Richtung zu ziehen, so daß es auf dieser Seite eine gewisse Bodenhaftung bekam. X hatte gesehen, wie sie eingesetzt worden waren, und das System funktionierte ziemlich gut; das Luftkissenfahrzeug konnte mit seiner Hilfe über die sanften Wellen des Polareises hinweggleiten, ohne seitwärts in irgendwelche Mulden abzurutschen.

Carlos war mit Geraldo und German auf einer von ihnen ausgearbeiteten Route die steileren Abschnitte des Zaneveld-Gletschers hinunter zum Shackleton-Camp gefahren, und jetzt fand er ihre Karten mit dieser Route im Computer des Fahrzeugs, der nachträglich am Armaturenbrett angebracht und eingestöpselt worden war, wie X sah.

»Okay, probier das Hubgebläse aus.«

X stellte fest, daß die Hebel dafür extrem schwergängig waren und mit roher Gewalt nach vorn gestoßen werden mußten; doch als er das tat, summten die Luftansauger im Dach hinter ihnen, die Gebläsemotoren heulten, die Luftpolsterschürzen blähten sich auf, und der Rumpf des Luftkissenfahrzeugs hob sich vom Eis, wobei die Metallwanne nur ein einziges Mal mit einem dumpfen Schlag aufsetzte.

Als das Luftpolster seinen vollen Umfang erreicht hatte, stieß Carlos den Gashebel für das Axialgebläse nach vorn. Wie sich herausstellte, lief der Motor pro Zentimeter, den er den Hebel bewegte, etliche tausend Umdrehungen pro Minute schneller, so daß das Fahrzeug ruckartig vorwärts übers Eis rutschte, wobei es sich ein bißchen schräglegte.

»Du lieber Himmel«, sagte X, »wer hat denn die Ergonomie dieser Steuerung verbrochen?«

»Ein Idiot«, sagte Carlos. »Wo sind bloß Geraldo und German? Gottverdammte Argentinier...«

»Ich dachte, sie wären Chilenen.«

»Na, jetzt sind sie Argentinier.«

Carlos drehte behutsam am Steuerrad. In diesem Fall reagierte das Fahrzeug nicht so empfindlich; erst nach einer nahezu vollständigen Umdrehung änderte es geringfügig die Richtung.

»Ein Vollidiot. Trotzdem können wir's schaffen. Siehst du, wir fahren im Kreis. Lassen wir's lieber ein bißchen langsamer angehen.« Er zog den Gashebel zurück in den Leerlauf.

»Was ist mit Bremsen?« fragte X.

»Gibt's nicht. Wenn man wirklich bremsen will, dreht man das Fahrzeug um und gibt Gas, dann wird es langsamer.«

»Klasse.«

»Wie willst du denn bremsen, wenn du den Boden gar nicht berührst? Vermutlich würden wir langsamer werden, wenn wir beide Ausleger runterlassen.«

X schüttelte den Kopf.

»Wird schon klappen«, sagte Carlos. »Wir können umdrehen und die steilsten Abschnitte rückwärts runterfahren.«

»Aha.«

Für X klang das nicht sehr vertrauenerweckend, aber andererseits ließ Carlos das Fahrzeug jetzt mit weiten, schwungvollen Bewegungen übers Eis vor der Roberts-Station gleiten, als wüßte er genau, was er tat.

Val trat hinter sie. »Sieht so aus, als hättet ihr das Ding im Griff.«

»Kein Problem«, sagten Carlos und X unisono.

»Jack kommt anscheinend wieder ein bißchen zu sich.«

»Gut, gut! Und es ist fast Zeit für das verabredete Gespräch mit McMurdo. Wir können ihnen erzählen, was wir vorhaben. Und erinnern Sie mich daran, daß ich nach German und Geraldo und den anderen frage.«

Sie fuhren das Fahrzeug wieder an den Kai, X zog den Hebel fürs Hubgebläse zurück, und die Wanne schlug hart aufs Eis.

Carlos stand auf. »Sehen wir zu, daß wir rasch fertig werden und uns auf den Weg machen, solange die Maschinen noch warm sind.«

Sie gingen in den hinteren Teil der Kabine. Der verletzte Trekker, Jack, war von den Geräuschen der Probefahrt aufgewacht. Ta Shu und Jim hockten links und rechts neben ihm und flößten ihm heiße Flüssigkeiten ein; die anderen drängten sich im Eingang, um zu sehen, wie es ihm ging. X stand ganz hinten. Während Jack mit kleinen Schlucken trank, stellten Val und Carlos ihm Fragen. Er war ein bißchen groggy und konnte sich nicht an den Unfall erinnern, bei dem er verletzt worden war; aber er erinnere sich noch gut an den Marsch hierher, sagte er mit einem raschen Blick zu Val, den X nicht deuten konnte. Seine Schulter tue weh, sagte er, aber ansonsten gehe es ihm gut. X hatte den Eindruck, daß er total genervt war, aber nicht darüber reden wollte. Irgend etwas war dort draußen auf dem Eis passiert. Val schien sich in Jacks Gegenwart äußerst unwohl zu fühlen, was in deutlichem Kontrast zu ihrem Benehmen den anderen Kunden gegenüber stand.

»Okay«, sagte Carlos, als Jack ausgetrunken hatte. »Wird Zeit, daß wir's noch mal mit Randi versuchen.«

Er ging ans Funkgerät und schaltete es ein, schloß dann eine Faust um die kreischende Ohrmuschel und begann, den Anruf zu tätigen. »McMurdo, hier ist die Roberts-Station! Roberts-Station um neunzehn Uhr, wie vereinbart, over!«

Der Empfang war - wenn überhaupt - noch schlechter als letztes Mal. Aber dann kam Randis Stimme deutlich durch. »*Kkkkkkkkkkkkk* höre euch, Roberts! Wie ist *kkkkkkkkkk*ver?«

Carlos gelang es, fast einen kompletten Lagebericht durchzugeben, und Randi erzählte ihnen ein bißchen mehr darüber, was geschehen war. Soweit sie es trotz der atmosphärischen Störungen verstehen konnten, waren die großen Treibstofftanks von McMurdo - vielleicht nur einer, vielleicht auch alle - irgendwie verunreinigt worden. »Die Navy fliegt Treibstoff ein, und ein Tanker ist auch unterwegs, aber bis dahin filtern die Jungs den Dreck aus den Überresten, und wir verbrennen das Zeug, sobald sie's saubergemacht haben. Wirklich schade, daß Ron nicht mehr da ist und die Filterarbeiten organisiert. Deshalb werden nach wie vor nur die unbedingt notwendigen Rettungseinsätze geflogen, over.«

»Selektion nach Hilfsbedürftigkeit«, kommentierte Wade.

Carlos brachte ihn mit einer Handbewegung zum Schweigen. »Randi, heißt das, ihr könnt uns nicht mit dem Hubschrauber abholen, over?«

»Momentan keine Helo-Operationen im Shackleton-Camp, T-Nullzwodrei! Deren Treibstoff ist hin. Braucht bei euch immer noch jemand einen Rettungshubschrauber?«

»Na ja, er hat ein gebrochenes Schlüsselbein.«

»*Kkkkkkkkkk* weit unten auf der Liste. Ihr solltet zum Shackleton-Camp kommen, wenn ihr könnt. Wir wollen morgen eine Herc dorthin schicken und alle evakuieren. Anscheinend sind viele Roberts-Leute dort gelandet, wußtet ihr das, Roberts? Von der Roberts-Station und auch von der Mohn-Station.«

»Hey!« sagten X und Carlos und umarmten einander kurz.

»... nach Shackleton, oder ihr bleibt in Roberts und wartet, bis wir zu euch kommen.«

»Wir haben nicht genug zu essen, um lange zu warten«, sagte Carlos in das Gekreisch hinein und langte über Jorge hinweg, um auch Wade die Hand zu schütteln.

»Dann macht euch auf den Weg nach Shack*kkkkkkkkkk*.«

»Okay, okay«, sagte Carlos, »aber wer hat das alles getan, wißt ihr das, over?«

»Ich habe nicht verstanden, Roberts, könnt ihr das wiederholen, over?«

»Wer hat das alles getan!«

»*Kkkkkkkkkkkk*.«

»Mac Coms, hier ist Roberts, hört ihr mich?«

»Roberts, seid ihr da, wiederhole, Roberts, hört ihr mich, over?«

»*Ja*, Mac Coms, roger, roger, wir hören euch!«

»Wir hören euch auch, Roberts, over!«

»Wiederhole – wer hat das alles getan!«

»Darüber haben wir keine Informationen, Roberts. Irgendwelche Saboteure, nehmen wir an, aber *kkkkkkkkkkk*.«

»Wie aufschlußreich«, sagte Carlos kopfschüttelnd und starrte den Hörer an. »Randi, hör zu! Wir haben vor, mit dem Luftkissenfahrzeug nach Shackleton zu fahren! Könnt ihr uns bitte die Wettervorhersage durchgeben, over!«

»*Kkkkkkkkk* ihr die Wettervorhersage haben, Roberts?«

»Ja, Randi, ja! Bestätige, roger, over!«

»Roberts, ich wiederhole, wollt ihr die Wettervorhersage haben, over!«

»*Ja*, Mac Coms! Ja! Ja! Roger! Bestätige! Ro-ger ro-ger ro-ger!«

»Ich höre euch nicht mehr, aber ich schalte euch zum Wetterdienst durch, Roberts. Hört mal, wißt ihr eigentlich, daß mit eurem Funkgerät was nicht in Ordnung ist, over?«

Carlos schwenkte den Hörer mit hervorquellenden Augen über dem Kopf durch die Luft. Dann brüllte er hinein: »Roger, Mac Coms, das wissen wir! Over!«

»Hört mal, Roberts, könnt ihr in einer halben Stunde noch mal anrufen? Das Wetter ist gerade zum Essen, und ich kriege einen *kkkkkkkkkk*.«

»Roger, Mac Coms! Wir versuchen es in einer halben Stunde noch mal, aber wir brechen jetzt nach Shackleton auf! Over!«

»Entschuldigung, Roberts, was habt ihr gesagt, over?«

»Wir BLEIBEN IN RUFBEREITSCHAFT und melden uns in EINER HALBEN STUNDE noch mal. Over.«

»Roberts, ich höre euch nicht mehr. Bitte bleibt in Rufbereitschaft, over.«

»Okay, verdammt noch mal! Roger! Wir bleiben in Rufbereitschaft!« Carlos begann wie ein Irrer zu lachen.

»*Kkkkkkkkkk* was?«

»Nein, was ist auf der zweiten!« rief Carlos. »*Wer* ist auf der ersten!«

»Was?«

»Nein! *Was* ist auf der *zweiten* Base! *Wer* ist auf der ersten!«

»*Was?* Oh! Oh, hahaha! Sehr komisch, Roberts! Ich sag euch was, macht eure Abbott-und-Costello-Nummer allein, ich muß mich jetzt um die Three Stooges kümmern! Ruft in einer halben Stunde noch mal durch, gottverdammt, over and out!«

Carlos schaltete das Funkgerät mit einem Schlag auf die Taste aus und schüttelte immer noch lachend den Hörer, als wollte er ihn zertrümmern. »Ah, hahaha! Als Kinder haben wir uns darüber kaputtgelacht! Das war der beste Englischunterricht, den wir je hatten. Ich weiß nicht ist auf der dritten!« brüllte er den Hörer an.

Er schaute sich zu den anderen um. »Na los, fahren wir! Shackleton-Camp, wir kommen!«

**Wade half Carlos, X und den anderen,** alles im Luftkissenfahrzeug für die Fahrt zum Shackleton-Camp zu sichern, als sein Armbandtelefon piepste. Er zuckte wie von einem Schuß getroffen zusammen und lief die kurze Treppe zur Heckkabine hinauf, um ungestörter zu sein und die Interferenzen zu reduzieren, dann drückte er auf den Empfangsknopf.

»Hallo!«

»Wade, Wade, bist du das?«

»Ich bin's, Phil! Wo bist du?«

»Ist doch egal, wo ich bin, Wade, wo bist du! Was geht da unten vor?«

»Tja, also, es hat einen Angriff auf das Ölcamp gegeben, in dem ich gerade zu Besuch war, und jetzt sind wir im Basislager der Ölgruppe am Roberts-Massiv, am oberen Ende des Shackleton-Gletschers, aber diese Basis ist ebenfalls zerstört worden, und deshalb fahren wir jetzt gleich mit einem Luftkissenfahrzeug zum NSF-Camp am Shackleton-Gletscher runter, um uns nach McMurdo zurückfliegen zu lassen.«

»Du machst Witze.«

»Nein, Phil, hör zu, was hast du gehört, was ist da los?«

»Na ja, ich weiß noch nicht alles, aber John hat mich angerufen und mir erzählt, daß die Satellitenverbindungen in die Antarktis unterbrochen sind und keine Nachrichten mehr rauskommen, da sei eindeutig irgendwas nicht in Ordnung, und dann habe ich sofort angefangen, dich anzurufen, aber ich bin nicht durchgekommen! Ich bin nicht durchgekommen!«

»Ich weiß.«

»Aber jetzt rufe ich dich mit Hilfe eines Pentagon-Codes an, den ich gekriegt habe. Offenbar haben die ihre eigenen Satelliten da oben, die ein bißchen zuverlässiger sind, aber da lassen sie andere ungern ran. Ich mußte John überreden, sich mit Andy im Pentagon in Verbindung zu setzen, um sich die Codes zu beschaffen, aber anscheinend funktioniert es ziemlich gut.«

»Besser als unsere Funkverbindung mit McMurdo, soviel steht fest. Könntest du mich nach McMurdo durchstellen, was meinst du?«

»Klar, ich kann's versuchen. Augenblick.«

Im nächsten Moment war die Leitung tot.

»Hey!« sagte Wade und drückte auf Phils Knopf an seinem Telefon. Nichts. Das Gerät blieb stumm, wie immer seit dem Moment, als sie den Rauch über der Mohn-Station aufsteigen sehen hatten. »Gott*verdammt.*«

»Was ist?« Val war heraufgekommen, um zu sehen, was los war.

»Ich habe gerade mit Phil Chase telefoniert. Er hat eine militärische Satellitenverbindung benutzt und gesagt, er würde mich nach McMurdo durchstellen.«

»Hat anscheinend nicht geklappt. Wir sind hier fast soweit, daß wir losfahren können.« Sie lehnte sich an die Rücklehne des Sitzes neben ihm und atmete tief aus.

»Sie müssen müde sein«, sagte Wade.

»Nein, müde eigentlich nicht.«

»Sie machen sich Sorgen um Ihre Gruppe. Um den Kranken.«

Sie nickte, dann schüttelte sie den Kopf. »Ich wußte, daß irgendwas mit ihm war, aber er wollte es mir nicht sagen. Er hatte ein gebrochenes Schlüsselbein, und er hat es mir nicht gesagt.«

»Manche Leute sind so. Aber vielleicht wußte er auch gar nicht genau, was los war. Wenn er benommen war.«

»Kann sein«, sagte sie düster und dachte darüber nach.

»In den Trockentälern hatte es den Anschein, als wäre er ein ziemlicher...«

Sie nickte. »Ja.«

»Und, ist irgendwas passiert, ich meine, hat es Schwierigkeiten gegeben? War er sauer auf Sie?«

»Kann sein.«

»Tja. Dann hat er Sie vielleicht bestraft. Aber das ist sein Problem, wirklich. Dagegen können Sie nichts tun.«

»Nein, ich weiß. Aber ich will nicht, daß er mir stirbt.«

Wade wagte es, ihr ganz sachte eine Hand an den Arm zu legen. »Carlos war anscheinend der Ansicht, daß er bloß einen Schock hatte und unterkühlt war. Wir bringen ihn zum Shackleton-Camp und nach McMurdo zurück. Er wird's überstehen. Außerdem hält er sich selbst für viel zu wichtig, um einfach so zu sterben, hab ich recht?«

Ein kleines Lächeln. Val warf ihm einen raschen Blick zu. Sie gingen ins Passagierabteil hinunter. »Versuchen Sie weiter, Ihren Senator zu fassen zu kriegen«, rief sie ihm in Erinnerung.

»O ja«, sagte Wade und schaute auf sein Armbandtelefon. »Ich stelle es auf Anrufwiederholung. Einmal pro Minute.«

*weißer Himmel*
*blaues Eis*

**Es gelang ihnen, das Luftkissenfahrzeug in Bewegung** zu setzen, wobei sie wieder ganz leicht mit der Wanne auf dem Eis aufschlugen; X vermutete, daß es an einem schwachen Hubgebläse hinten links am Heck lag, obwohl Carlos ihm einen zweifelnden Blick zuwarf, als würde er mit dem Liftsystem irgendwas falsch machen. Wie auch immer, sie waren unterwegs und fuhren übers Eis, und es gab keinen Grund, schwankend zu werden.

Zuerst glitt das Luftkissenfahrzeug sanft wie im Traum dahin, und X und Carlos grinsten einander an. Dann verließen sie die eingeebnete Straße zum Mohn-Camp und wagten sich auf den von Sastrugis bedeckten weißen Firn des jungfräulichen Gletschers hinaus. Hier draußen schwankte das Fahrzeug ein bißchen, erst in die eine, dann in die andere Richtung, als die Luft an verschiedenen Stellen unter der Schürze austrat, je nachdem, über was für Unebenheiten sie hinwegglitten. Trotzdem war es eine ziemlich ruhige Fahrt, beispielsweise verglichen mit einem Schneemobil, und als Carlos vorsichtig etwas mehr Schub aufs Axialgebläse gab, stellten sie fest, daß die Fahrt um so ruhiger war, je schneller sie fuhren. Bald dröhnten sie sanft übers Eis, zuerst weg vom Fluted Peak, dann auf der Ostseite ums Roberts-Massiv herum.

Wie X bei seinem Herflug aus der Luft bemerkt hatte, steckte das Massiv im Kopfende des Shackleton-Gletschers und verstopfte ihn beinahe. Es war wie eine Felseninsel inmitten von Stromschnellen, die sich aus einem See in einen Fluß ergossen. Die schmale Lücke auf der Westseite, zwischen Misery Peak und Dismal Buttress, bestand von einer Wand zur anderen aus zertrümmertem blauem Eis und war absolut unpassierbar. Ihre einzige Chance bestand also darin, östlich um Roberts herumzufahren, wo ein breiterer Eisstrom namens Zaneveld-Gletscher in einer sanften Krümmung dorthin abfiel, wo er mit dem westlichen Strom und dem eigentlichen Shackleton zusammentraf. Der Zaneveld war hier und dort ebenfalls ziemlich stark von Spalten durchsetzt, aber es gab glatte, ununterbrochene Rampen, die von einer Höhenstufe zur nächsten abfielen, und Carlos zufolge waren Geraldo und German mit dem Luftkissenfahrzeug mehrmals auf der von ihnen ausgearbeiteten Route hin und her gefahren.

Als sie sich von Roberts entfernten und auf eine Art Eisdamm zuhielten, der ebenmäßig zwischen zwei von Spalten durchzogenen Becken hindurchlief, bemerkten sie, daß das Luftkissenfahrzeug sich ein wenig wie ein fliegendes Flugzeug bewegte; der Wind traf es häufig von der Seite, und dann gierte der Bug und zeigte nicht immer genau in Fahrtrichtung, so daß sie in einem etwas schrägen Winkel dahinglitten. Und wie üblich war der Wind stark hier draußen, wo er zu seinem katabatischen Abfall über den Gletscher zum Meer hinunter ansetzte. Durch die ständige Abtrift, die dieser starke Wind erzeugte, gerieten sie in ein Spaltenbecken zu ihrer Rechten – nur ein kleines Stück weit, aber Carlos hielt zum Ausgleich ein bißchen mehr nach links. Das bewirkte nur, daß sie noch mehr zu dieser Seite gierten.

»Versuch's mit dem linken Ausleger«, sagte Carlos und strich sich den Bart.

»Okay.«

X drückte auf den Schalter. Als das kleine Schneemobil auf dem Eis aufsetzte und X damit Gas gab, flog zerkleinertes Eis vom hinteren Ende aufs Luftkissenfahrzeug zu, und sie sahen sofort, daß sie einen gewissen Widerstand gegen die Abtrift hatten.

»Das reicht«, sagte Carlos, und X hielt den Gashebel in dieser Position fest. Nach einer Weile: »Okay, wir sind dran vorbei. Der Wind müßte jetzt direkt von hinten kommen. Zieh den Ausleger hoch.«

»Linker Ausleger oben«, sagte X und genoß ihre Imitation der Pilot-Copilot-Prozeduren.

Dann begann das Impulsradar des Fahrzeugs laut und schnell zu pingen. Carlos schaute zum Radarschirm hinüber: Vor ihnen waren Spalten, im letzten Abschnitt ihrer Rampe zwischen den Becken. »Verdammt.« Er warf wieder einen Blick auf Geraldos Karte. »Ah ja. Deshalb sind sie hier abgebogen, siehst du? Wir müssen direkt an der Uferlinie des Massivs runter. Das ist blaues Eis, ohne Unterbrechung. An der Seite krümmt es sich zum Fels hin abwärts, also müssen wir aufpassen, daß wir nicht zu nah herankommen und über diese Krümmung rutschen. Wir fahren auf dem ebenen Teil runter.«

Er nahm Tempo weg und brachte das Fahrzeug wieder näher an Roberts heran. X sah, was er meinte; an der Uferlinie zog sich ein breites, sehr glattes und ununterbrochenes Band aus türkisfarbenem Eis entlang, als wären das ruhige Untiefen, wo der Gletscher sich nicht so schnell bewegte wie draußen in der Mitte des Stroms. Die einzige Komplikation bestand darin, daß die Hauptmasse des Gletschers erheblich höher lag als das Gestein der Uferlinie; sie wölbte sich auf eine Weise darüber auf, die das surreale Bild noch verstärkte: Der Gletscherhang fiel zum Ufer hin in einer glatten blauen Kurve ab, wie eine sich auftürmende Welle, die gleich einen Kamm bilden würde. Windabrieb des auf Grund gelaufenen Eises, sagte Carlos. Wenn sie auf diesen Hang gerieten, würden sie seitwärts wegrutschen und am Felsen zerschmettert werden.

Aber wie Carlos gesagt hatte, war das ebene, cremigblaue Eis oberhalb der Krümmung so breit, daß man darauf fahren konnte. Und so fuhren sie weiter den Gletscher hinunter. Links unten sahen sie die Uferlinie von Roberts, wo sich das Rot des zertrümmerten Dolerits sehr deutlich gegen das Blau des Eises abhob. Rechts von ihnen zerbrach eine häßliche Scherzone das Eis in eine Million glitzernder blauer Scherben. Weder rechts noch links war also viel Platz; aber sie hatten ihre Straße nach unten.

Sie brummten dahin. Links von ihnen tauchte ein kleiner Seiteneisstrom auf, der das eigentliche Roberts-Massiv von einer angrenzenden Felseninsel namens Everett-Nunatak trennte. Danach kamen sie an eine Stelle, die ihnen einen guten Ausblick über die weite Fläche des Zaneveld unter ihnen bot. Von hier oben aus war ihr Weg deutlich zu erkennen; sie konnten zwischen zwei der vielen parallel verlaufenden Geröllinien auf der Oberfläche des Gletschers hinunterfahren. Das Geröll bestand aus Felsbrocken und Kieselsteinen, die von Roberts heruntergefallen oder weggerissen worden waren und nun allmählich in die Mitte des Eises hinausgetragen wurden, wobei sie durch ihre Anordnung an der Oberfläche die Zeitlupenströmungen aufzeigten.

Val kam zur Brücke herauf. »Ich hab hier ein Handbuch gefunden, in dem steht, man soll mit dem Luftkissenfahrzeug nicht über Hänge mit mehr als drei Grad Steigung fahren.«

Carlos schüttelte den Kopf. »Dieses Handbuch ist nicht für die Antarktis geschrieben worden.«

»Dieses Luftkissenfahrzeug ist auch nicht für die Antarktis gebaut worden.«

»Stimmt. Aber es macht seine Sache gut. Wir fahren rückwärts runter, wir haben die Ausleger. Wir suchen uns eine Linie aus und halten uns daran.«

»Aha«, sagte Val skeptisch.

Dennoch hatte X das Gefühl, daß Carlos zu Recht optimistisch war. Majestätisch schwebten sie den Zaneveld hinab, glitten über das flache Eis neben einer der großen Geröllinien und schossen über kleine Spalten und Felsbrocken hinweg, die einem Schneemobil den Garaus gemacht hätten; mühelos und ruhig fuhren sie einen leicht geneigten Hang hinunter. Carlos und X lehnten sich einigermaßen selbstzufrieden zurück, während Val ihnen argwöhnisch über die Schultern spähte.

Dann neigte sich das Eis nur ein wenig mehr als zuvor, und auf einmal war das Luftkissenfahrzeug wie eine Kugel in der Demonstration des Schwerkraftschachts; es wurde deutlich schneller, und noch schlimmer, es rutschte nach rechts weg. Mit einem kurzen Rattern fuhr es direkt über die nächste Geröllinie hinweg, und dann flog es den Hang – den wahren Hang – hinab und direkt auf die zerklüftete Scherzone am Fuß des Wiest Bluff am anderen Ufer des Zaneveld zu.

Carlos beugte sich vor und lenkte das Fahrzeug nach links, und es reagierte, indem es sich in der Längsachse drehte; aber sie rutschten nur weiter seitwärts hinunter, in dieselbe Richtung wie zuvor. »Linker Ausleger«, sagte er knapp.

X brachte den Ausleger aufs Eis herunter und gab mit dem Schneemobil Vollgas. »Wie wär's, wenn wir rückwärts runterfahren würden, wie Sie gesagt haben?« schlug er vor.

»Ja, ja«, fauchte Carlos und wirbelte das Steuer herum.

»Warum bremst ihr nicht?« fragte Val.

»Es gibt keine Bremsen?«

»Keine Bremsen!«

»Das Ding ist wie ein Boot. Man stellt den Motor ab, und es wird langsamer.«

»Außer auf einem Hang wie diesem!«

»Wir müssen es umdrehen. Zieh den Ausleger hoch.«

Carlos drehte das Steuer noch weiter nach links, und das Fahrzeug kam herum, so daß sie mehr oder weniger rückwärts fuhren, aber sie rutschten weiterhin zum Wiest Bluff ab, ohne die generelle Bewegungsrichtung des Fahrzeugs im geringsten zu ändern. »Jetzt den rechten Ausleger.«

X ließ den rechten Ausleger herunter. Dann zeigte die Nase des Fahrzeugs einen Moment lang genau bergauf, sie rutschten rückwärts hinunter, und Carlos gab vollen Schub aufs Axialgebläse; im selben Moment faßten die Gleisketten von X's Auslegerkufen jedoch im Eis, und das Fahrzeug schwang herum und begann wieder, seitwärts zu rutschen. Carlos wirbelte das Steuer fluchend in die andere Richtung, aber er brauchte eine Weile, um die schwungvolle Drehbewegung zu stoppen, und als er das Fahrzeug in die andere Richtung lenkte, schwang es einfach wieder an der Rückwärtsposition vorbei.

»Ich versuche, die Wanne runterzulassen«, sagte X nervös, weil er dachte, sie würde als Bremse fungieren. Er stemmte sich mit seinem ganzen Gewicht gegen die schwergängigen Hebel des Liftsystems.

»Nicht«, sagte Carlos. »Das Eis ist zu rauh.« Während er sprach, begann das Fahrzeug unter ihnen fürchterlich zu klappern und zu rattern.

X riß die Hebel hastig wieder nach hinten.

»Und an einer glatten Stelle?« fragte er.

»Das war eine glatte Stelle.«

»Oh. Und wenn wir auf Schnee sind?«

»Klar.«

Aber der Gletscher bestand in allen Richtungen aus glänzendem blauen Eis, so weit das Auge reichte: eine riesige Überlaufrinne, in der sämtliche Wellen und Turbulenzen festgefroren waren, so daß sie sie beim Hinunterrutschen betrachten konnten.

»Wenn ich genau rückwärts fahre, läßt du beide Ausleger runter«, sagte Carlos. »Wenn wir dann nach links schwenken, beschleunigst du den linken, und den rechten, wenn wir nach rechts schwenken. Ich mache das gleiche mit dem Steuer.«

»Okay.«

»Und wenn wir langsam genug sind, läßt du schnell die Wanne runter.«

»Okay.«

»Gottverdammt, Jungs«, sagte Val und schaute hangabwärts. »Ihr steuert auf ein Spaltenfeld zu.«

»Das wissen wir.«

Carlos drehte wieder am Steuer. Er bekam den Kniff allmählich heraus, und nach einer Weile gelang es ihm, das Fahrzeug rückwärts den Hang hinunterfahren zu lassen und es so lange in der Spur zu halten, daß X beide Ausleger aufs Eis herunterbringen und in Gang setzen konnte, was ihnen etwas mehr Stabilität verlieh. Unglücklicherweise wurde der Eishang in diesem Moment noch steiler, und sie holperten knirschend über mehrere Geröllinien hinweg. Das Schneemobil am rechten Ausleger riß ab und wirbelte samt Kufe und allem davon. Das Luftkissenfahrzeug drehte sich erneut, sackte hin und wieder ab, wenn sie in furchteinflößenden Winkeln über Spalten hinwegflogen, schlug mit der Wanne auf und hob sich dann wieder auf seinem Luftkissen; wenn sie der Länge nach in so eine Gletscherspalte gerieten, würden sie hineinschießen und von ihr verschlungen werden. Carlos mühte sich ab, das Fahrzeug wieder senkrecht zum Hang zu stellen. Durch die Vorderfenster konnten sie die glitzernde blaue Flutwoge über sich erkennen, die sie heruntergefahren waren; sie lag völlig reglos da und wich dennoch in großem Tempo von ihnen zurück. Es war ein steiler Hang. »Wir steuern immer noch auf dieses Spaltenfeld zu«, sagte Val. In der Passagierkabine hinter ihnen waren die Jubelschreie und Jauchzer verstummt; dort herrschte jetzt Totenstille.

Carlos schaute sich um und drehte das Steuer dann nach rechts. »Rechter Ausleger Vollgas«, sagte er zu X. »Wir müssen so weit wie möglich nach links.« Er gab vollen Schub aufs Axialgebläse und packte das Steuerrad mit beiden Händen, blieb davor stehen und drehte den Kopf hin und her, als wollte er in alle Richtungen zugleich schauen. Und dann rasten sie seitwärts den Eishang hinunter, aber in schrägem Winkel, so daß sie ihn gleichzeitig querten. Wenn sie jetzt ins Trudeln kamen, waren sie dazu verurteilt, ins Spaltenfeld hinunterzurutschen und dort zu zerschellen. X ließ den Motor des rechten Auslegers schneller oder langsamer laufen, je nachdem, wie stark das Fahrzeug gierte, Carlos tat das gleiche mit dem Steuer, und auf einmal schien es, als wären sie zwei Teile eines Bewußtseins, das tatsächlich wußte, was es tat; sie querten den Zaneveld-Gletscher mit Höchstgeschwindigkeit wie ein Everglades-Gleitboot, nahmen an ihren Bedienungselementen winzige Korrekturen vor, voll und ganz auf die Szenerie konzentriert, die auf sie zuraste; die Gletscherfläche fiel hier mit einer sanften Krümmung ab, und direkt voraus waren einige kleine Spalten, über die sie einfach hinwegflogen; zu ihrer Rechten und unter ihnen schoß ein veritables Manhatten aus blauen Eiszacken vorbei. Sie umrundeten Wiest Bluff mit über hundertvierzig Stundenkilometern.

Doch als sie um die große Biegung kamen, türmte sich direkt vor ihnen ein weiteres Chaos aus blauem Eis auf, das sich über den gesamten sichtbaren Bereich des Gletschers erstreckte. Wortlos brachte Carlos das Luftkissenfahrzeug herum, so daß die Nase wieder bergauf zeigte, und X stabilisierte es mit dem verbliebenen Ausleger, so gut es ging; sie arbeiteten nach wie vor in perfekter Koordination zusammen, und das Fahrzeug raste weiterhin mit dem Heck voraus und vollem Gegenschub auf ihr Ziel zu und wurde langsamer, langsamer, langsamer; aber die Scherzone kam so schnell heran, daß Val zischend die Luft einsog. X warf sich auf die Hebel fürs Hubgebläse und drückte sie mit aller Kraft herunter, und das Luftkissen brach zusammen, die Wanne krachte aufs Eis, und sie wurden alle wie bei einem gewaltigen Erdbeben herumgeschleudert. Carlos und X klammerten sich mit aller Macht fest, um das Fahrzeug mit der Nase bergauf zu halten. Sie wurden langsamer, langsamer, langsamer. Dann fiel das Fahrzeug mit lautem metallischen Krachen rückwärts in die erste Spalte der Scherzone und kam in einem Winkel von ungefähr fünfundvierzig Grad ruckartig zum Stehen.

X stieß sich vom Boden ab. Carlos war schon wieder an die Kontrollen gesprungen, um die Motoren auszuschalten. Das Fahrzeug änderte seine Lage nicht. Es steckte mit dem Heck in einer Spalte, die zu ihrem Glück schmal und nicht tief war. Sie würden es zwar nie wieder herausbekommen, aber zumindest waren sie nicht ganz in einen Abgrund gestürzt. Carlos, X und Val sahen einander mit bleichem Gesicht und geweiteten Augen an.

»Alle in Ordnung da hinten?« rief Val den anderen zu.

Stöhnen, Flüche. »Was, zum *Teufel*, war das!« rief Jack.

»Freut mich zu hören, daß es Ihnen besser geht«, sagte Val.

»Hier ist alles in Ordnung!« rief Ta Shu. »Das ist guter Ort!«

Weitere Flüche.

»Machen wir, daß wir von dem Ding runterkommen, bevor es ganz hineinfällt«, sagte Val. »Von jetzt an müssen wir wieder laufen.«

Niemand erhob irgendwelche Einwände. Das Luftkissenfahrzeug war offensichtlich hinüber. Und es hatte sie den steilsten Teil des Gletschers hinuntergebracht, wie Val hervorhob, als sie zur Kabinentür zurücktaumelten. »Es sind noch höchstens dreißig Kilometer bis zum Shackleton-Camp, und es liegt nur ein paar hundert Meter unterhalb unserer jetzigen Höhe. Das schaffen wir spielend! Gar kein Problem! Wir sind fast schon da.«

»Wenn ihr nicht in diese Spalte reingerauscht wärt, wären wir in ungefähr einer halben Stunde dagewesen«, sagte Jack.

Val biß die Zähne so fest zusammen, daß X sah, wie sich alle Muskeln an dieser Seite ihres Gesichts wölbten. Carlos und X sahen einander nur an. Sie schüttelten sich die Hand. »Beeilen wir uns«, sagte Carlos.

*weißer Himmel*
*weißes Eis*

**Val lief mehrmals in größter Eile hin und her,** bis alle neben dem schrägstehenden Luftkissenfahrzeug auf dem Eis standen: neun Leute in voller Extremwettermontur und mit Steigeisen an den Stiefeln, von denen zwei mit Ausrüstungsgegenständen und Taschen beladene, bananenförmige Schlitten zogen. Sie hatten Skier und Skistöcke an die Schlitten gebunden, aber sie befanden sich hier auf nacktem Eis, und ohne Steigeisen ging es nicht. Hohe, dünne Wolken bedeckten den Himmel, und weiter unten an dem breiten Gletscher saß ein Flaum aus dicken Kumuluswolken zwischen den steil aufragenden Bergwänden direkt auf dem Eis. Es war windig, aber der Wind kam glücklicherweise von oben und würde darum auf ihrem Marsch von hinten kommen. Es war kalt. Niemand machte einen sonderlich glücklichen Eindruck.

Vor dem Aufbruch musterte Val die Gruppe noch einmal prüfend. »Wir gehen jetzt zum Shackleton-Camp hinunter, und unterwegs machen wir jede Stunde eine Pause«, sagte sie. »Es wird schon klappen.«

Keine Reaktion. Jack hatte kein Wort mehr gesagt, seit sie das Luftkissenfahrzeug verlassen hatten und wieder in den eiskalten, stürmischen Wind hinausgetreten waren. Wahrscheinlich hätten sie ihn gleich von vornherein auf einen der Bananenschlitten setzen und ziehen sollen, aber er hatte sich strikt geweigert, und der Schlitten war ja da, falls er gebraucht wurde; und überhaupt war es ein gutes Zeichen, daß er noch gut genug beieinander war, um er selbst zu sein. Alle Mitglieder ihrer Gruppe wirkten müde und angespannt, dachte sie, bis auf Ta Shu; der hielt sich abseits, drehte sich immer wieder langsam im Kreis und brabbelte dabei auf Chinesisch vor sich hin. Die anderen scharten sich um sie. Wade und X standen nebeneinander und beobachteten sie wie ein kleiner griechischer Chor. Wade hatte keine weiteren Anrufe bekommen oder tätigen können. Er schien sich damit abgefunden zu haben, das zu tun, was als nächstes kam; der Wind setzte ihm zu, aber er machte einen entschlossenen Eindruck. X wirkte so stoisch wie immer. Diese beiden waren zumindest frisch, verglichen mit ihren Kunden, die bereits weiter gelaufen waren, als ihre Kräfte es normalerweise zugelassen hätten. Noch mal dreißig Kilometer dranzuhängen war eine harte Sache. Aber sie mußten Jack in die Klinik von McMurdo bringen, und sie hatten nach wie vor sehr wenig zu essen. Ihnen blieb also gar nichts anderes übrig, als die restliche Strecke zu Fuß zu gehen.

Val setzte sich in Bewegung. Sie zog den Bananenschlitten und schlug ein gemäßigtes Tempo an, damit die anderen nicht zu weit zurückfielen. Carlos zog den zweiten Schlitten; zusammen hatten sie alles dabei, was sie ihrer Ansicht nach unterwegs vielleicht benötigen würden

Trotz der Schlitten waren die anderen sieben viel langsamer als Carlos und sie. Ihre Kunden waren steif und erschöpft; und Wade und X kamen auf dem höckrigen blauen Eis nicht sehr gut zurecht. Jim ging neben Jack, so daß dieser sich an etwas festhalten konnte, wenn er ausrutschte. Ein Mann, der ein gebrochenes Schlüsselbein verheimlicht hatte; was für ein Dummkopf! – falls er es gewußt hatte. Val seufzte und schüttelte den Kopf. Viele Bergsteiger waren geradezu versessen darauf, den Helden zu spielen. Sie kannten all die wilden Verletzungsgeschichten, zum Beispiel die von Doug Scott, der mit zwei gebrochenen Beinen vom Ogre abgestiegen war, oder die von Joe Simpson, der in Patagonien wie eine zerbrochene Puppe zu seinem Partner zurückgekrochen war; aber warum sollte jemand seinen Kameraden eine Verletzung verschweigen? Was erreichte man damit, außer vielleicht, daß sie hinterher ein schlechtes Gewissen hatten, weil sie sich gefragt hatten, weshalb man so langsam war? Das war doch dumm. Sie würde sich kein schlechtes Gewissen aufoktroyieren lassen. Es war so dumm, daß sie sich - auch angesichts von Jacks Bewußtlosigkeitsphasen - wieder Gedanken darüber machte, wie hart er in der Gletscherspalte gegen die Wand geschlagen war. Betäubt werden und verstummen, wie ein verletztes Tier. So etwas kam vor. Schon irgendwie traurig.

Aber sie ging schon wieder zu schnell, selbst für Carlos. Sie wartete, während die anderen auf sie zugewankt kamen. Am schlimmsten war der Wind. Draußen in der Welt sagten sie (viel zu oft), es liege nicht an der Hitze, sondern an der Feuchtigkeit. Und in der Antarktis sagten sie ebenso häufig, es liege nicht an der Kälte, sondern am Wind. Und das stimmte genauso. An einem windstillen Tag konnte man mit der richtigen Kleidung auch die kältesten Temperaturen ertragen, die die Antarktis zu bieten hatte - man konnte sich darin sogar überhitzen. Aber schon die kleinste Brise riß diese Wärme aus einem heraus und trug sie fort. Selbst die beste neue Raumanzug-Ausrüstung bot keinen großen Schutz gegen den Wind und seine eisige Kraft. Und wenn sich der Wind zum Sturm steigerte, war es unerträglich. Man konnte es einfach nicht aushalten.

Zu ihrem Leidwesen sah sie, daß ein solcher Wind nun aller Wahrscheinlichkeit nach von den tiefergelegenen Teilen des Gletschers zu ihnen heraufkam. Es war wie ein Eisenbahnzusammenstoß in Zeitlupe; der Wind von hinten war stark, aber er traf sie im Rücken, so daß sie sich ducken und ihn ertragen konnten, und auf gewisse Weise half er ihnen sogar ein bißchen, indem er die angehobenen Beine nach vorn schob; ein Rückenwind war nicht so schlecht, auch wenn er noch so kalt war. Doch trotz dieses katabatischen Windes kam die Kumuluswolke, die unten in der Nähe des NSF-Camps auf dem Gletscher lag, auf sie zu, was den Gesetzen der Physik vollständig zu widersprechen schien. »Gottverdammt!« sagte Val zu sich selbst, als sie die Wolke näher kommen sah. Dort unten geschah natürlich nicht das gleiche wie hier oben; die Wolke wurde von einem anderen Wind getrieben, einem offenbar vom Ross-

Meer hereinwehender Nordwind, der nach oben vorstieß und sich unter den Fallwind schob. Oder was auch immer. Stürme in der Antarktis waren beinahe zu allem fähig. Unter normalen Umständen hätte sie jetzt Satellitenfotos an ihrem Armband überprüft, um zu sehen, was los war, vielleicht Mac Coms angerufen und sich einen detaillierten Wetterbericht geben lassen, und wenn die Vorhersage schlecht gewesen wäre, hätte sie ihrer Gruppe wahrscheinlich befohlen, haltzumachen und die Zelte aufzubauen. So jedoch sah sie weiterhin zu, wie die Wolke auf sie zukam, hoffte, daß sie langsamer werden würde, und fluchte darüber, daß sie scheinbar imstande war, sich gegen den Wind zu bewegen. »Hol's der Teufel! Auf dieser Tour liegt ein Fluch.«

Sie schaute zurück. Der Abstand zu ihrer Gruppe wurde schon wieder zu groß. Carlos war hinter ihr und zog den anderen Bananenschlitten. Dann kamen X und Wade. Hinter ihnen Ta Shu, der sich noch immer alle paar Schritte umschaute und nach wie vor mit seinem fernen Publikum sprach, aber seinen Kommentar nun wohl aufzeichnete. Dann Jorge und Elspeth, die offenkundig total erledigt waren; und Jim blieb hinten bei Jack, der sich den rechten Ellbogen mit der linken Hand hielt. Für Val bewegten sich alle acht in Zeitlupe. Der Wind wurde böig – heftige Stöße, zwischen denen sich kein Lufthauch regte. Es fiel ihr schwer, kein Mitleid mit Jack zu haben; er war ein Vollidiot, kein Zweifel, aber sein Schlüsselbein mußte bei jedem falschen Schritt auf dem Eis geschmerzt haben. Er war eindeutig sauer auf Val, weil sie ihm im Mohn-Becken ständig im Nacken gesessen hatte. Und X war ebenfalls sauer auf sie, wegen der Sache in Mac Town. Natürlich. Auf dieser Tour lag wirklich ein Fluch.

Wade hatte das Handgelenk an den Mund gehoben und rief in einem weiteren fruchtlosen Versuch, die Welt draußen zu erreichen, irgendwas in sein Gerät; vielleicht hatte er es auch piepen hören und versuchte, sich zu melden. Dann rutschte er aus und stützte sich hastig wieder auf seinen Skistock. Sie würden sowieso keine Hilfe von außen bekommen, ob es ihm nun gelang, Kontakt aufzunehmen, oder nicht.

Völlig durchgefroren ging Val wieder los, froh darüber, daß sie nicht mehr mit dem Gesicht zum Wind stehen mußte. Der Gletscher war beinahe eben; es ging nur ganz leicht bergab. Das blaue Eis war wie üblich von unzähligen kleinen Dellen übersät, aber ansonsten leicht begehbar. Links von ihnen verlief eine Geröllinie aus schwarzen und rostfarbenen Steinen parallel zu ihrem Weg. Die schwarzen Steilwände, die den Gletscher zu beiden Seiten einfaßten, waren offenkundig von früheren, dem Augenschein nach rund dreihundert Meter höheren Versionen des Gletschers glattgehobelt worden, denn die senkrecht aufragenden Felswände waren bis zu dieser Höhe glatt und erhoben sich dann zu Bergspitzen im Himmel hoch über ihnen. Die Schlucht war nicht so eng und tief wie beim Axel Heiberg, wirkte aber durch die enorme Breite noch eindrucksvoller; als ob sie Ameisen wären. Alles war riesig. Das Shackleton Field Camp lag ungefähr siebenundzwanzig Kilometer vor ihnen, unten, wo der McGregor-Gletscher sich in den Shackleton ergoß, ein gigantischer Zusammenfluß am Fuß des Mount Wade. Doch all das lag unter den dicken Wolken verborgen, die aus der Schlucht heraufzogen. Nur der Mount Wade ragte hoch über alles auf – weißer Schnee über weißer Wolke. Der Sturm kam.

Diese Gruppe würde nicht imstande sein, in einem halbwegs schweren Sturm weiterzugehen. Val mußte unwillkürlich an Krakauers aufwühlenden Bericht über das berüchtigte Mount-Everest-Debakel denken, bei dem zehn Menschen an einem einzigen Tag den Tod gefunden hatten, und zwar hauptsächlich deswegen, weil die Führer ein bißchen zu selbstsicher gewesen waren; sie hatten absolute Amateure gegen saftige Honorare zum Gipfel des Mount Everest geführt und waren dabei mit allen möglichen Problemen fertig geworden – hatten sogar ohnmächtige Kunden wieder hinuntergeschleppt –, so daß sie der festen

Überzeugung gewesen waren, sie hätten jede denkbare Situation im Griff; aber sie waren noch nie bei einem Sturm auf dem Gipfelgrat gewesen. Und als dann das Unvermeidliche geschah und ein Schneesturm am Gipfeltag zuschlug, waren die meisten Kunden ums Leben gekommen, und der Hauptführer war in Gipfelnähe geblieben und bei dem Versuch, einen von ihnen zu retten, ebenfalls umgekommen. Am Schluß hatte das Basislager sein Funksignal aufs Satellitentelefon gelegt, so daß er ein letztes Mal mit seiner schwangeren Frau in Neuseeland sprechen konnte. Ein frühes Beispiel für die zweischneidigen Segnungen des totalen Kommunikationszeitalters.

Val hatte Krakauers Bericht in den Anfängen ihrer Karriere als Bergführerin gelesen und sich geschworen, nie die gleichen Fehler zu machen. Und das hatte sie auch nicht getan, wenigstens bis jetzt nicht. Sie hatte keine Gruppen auf die Achttausender geführt und auch keine anderen hochgefährlichen Kletterpartien oder Touren mit ihnen unternommen. Andere Führer brachten natürlich immer noch Amateure auf den Everest, und noch immer starben dort oben regelmäßig Menschen; heutzutage ähnelte der Südostgrat einem mittendurch gebrochenen Friedhof, der in die Stratosphäre ragte, und die Leichen (ein paar hundert mittlerweile) lagen überall zu beiden Seiten des Hangs. Aber sie hatte solche Aufträge immer abgelehnt. Sie hatte nur kompetente Kunden angenommen, sie hatte es nie übertrieben, wenn sie mit ihnen zusammen war, sie hatte dem Wetter sehr respektvolle Aufmerksamkeit geschenkt. In der Antarktis mußte man das auch tun. Sie hatte sehr, sehr oft auf das Ende von Stürmen gewartet, manchmal bis zu zwei Wochen lang, und allen Bitten der (in erster Linie gelangweilten) Kunden widerstanden, auf Teufel komm raus weiterzugehen. Und so fort. Sie war eine zuverlässige Führerin gewesen!

Aber nun war sie hier. Diese Tour schien wirklich mit einem Fluch behaftet zu sein, mit einer bösartigen Kombination von Problemen. Nun, genau das hatte Halls Gruppe auf dem Mount Everest ebenfalls den Garaus gemacht. Hier jedoch kam noch ein zusätzlicher und ihres Wissens noch nie dagewesener Faktor ins Spiel, nämlich menschliche Sabotage. Nach dem, was Carlos, X und Wade erzählt hatten, klang es, als hätten die Saboteure versucht, die Ölcamps zu zerstören, ohne daß es dabei Tote gab. Doch wenn hier unten etwas auch nur ganz geringfügig schiefging, stellt die Kälte sofort eine tödliche Gefahr dar.

Der Wind hörte auf. Val blieb stehen. Er verlagerte sich auf ihre linke Wange, wie eine Ohrfeige; erstarb, obwohl er überall um sie herum heulte; traf sie danach noch einmal von rechts. Dann traf er sie voll ins Gesicht, und das war der härteste Schlag von allen. Und auf einmal liefen sie gegen den Wind statt mit ihm.

Val fluchte in ihre Skimaske. Ihre Sonnenbrille vereiste bereits, und die Polarisation trübte die Welt schon bei minimaler Tönung in diverse Schattierungen zwischen strahlend hell und stumpfgrau. Trotzdem sah sie ganz genau, daß die Wolke, die den Gletscher heraufgekommen war, jetzt über ihnen lag.

Sie machte einen scharfen Schwenk nach links, zu der Geröllinie hin, schaute sich um und winkte, damit ihr auch wirklich alle folgten. In ihrem Wunsch, zum Shackleton-Camp zu gelangen, bevor der Sturm zuschlug, hatte sie fast schon zu spät haltgemacht, wie sie sah. Carlos hatte die Situation erfaßt und lief mit schnellen Schritten aufs Geröll zu. Schlechtes Wetter änderte alles. An einem windstillen, sonnigen Tag hätten sie stilvoll nach Shackleton hinuntermarschieren können. Aber heute nicht.

Dann waren sie mitten in der Wolke. Der Wind kreischte. Die Sicht reduzierte sich auf ein paar Dutzend Meter – keineswegs ein klassischer Whiteout, aber ein Blizzard. Der Eisstaub, aus dem die Wolke bestand, peitschte ihnen horizontal entgegen; es war, als wäre ein großer Sandstrahler auf ihre Gesichter gerichtet. Val klebte die Kleidung am Körper, und der Wind drang sofort durch das Gewebe. Was sie in der Wolke sehen konnte, war so etwas wie eine schnell fluktuierende Blase, die von unten beleuchtet zu werden schien, weil der Gletscher heller wirkte als die über sie hinwegjagende dunkle Wolke. Das Gesicht tat ihr weh, und jeder Schritt nach vorn kostete enorme Kraft. Windböen trafen sie wie Schläge eines unsichtbaren Schwergewichtlers. Das Kreischen war unglaublich laut, als wäre sie auf allen Seiten von Düsentriebwerken umgeben.

Aber sie erreichte die Geröllinie. Sie drehte sich um und winkte den anderen zu. Einer nach dem anderen kamen sie herbeigetaumelt. Val ging zu Jim zurück, half ihm, Jack auf den letzten fünfzig Metern zu stützen, und bemühte sich, nicht das Gleichgewicht zu verlieren. Jack war in sich zusammengekrümmt; es gelang ihm nicht, ihr den rechten Arm um die Schultern zu legen. Sie ging auf seiner dem Wind zugekehrten Seite, faßte ihn um die Taille und versuchte, ihn vor den stürmischen Böen zu schützen. Bei diesem eisigen Wind tat jede Verletzung mit Sicherheit weh, und das Schlüsselbein war viel zu nah an den zentralen Regionen. Der Lärm war wie ein Geschwader von Düsenmaschinen, es war zu laut, um zu reden.

Sie kamen bei der Geröllinie an, und Val sorgte dafür, daß Jack sich im Windschatten eines Felsblocks hinsetzte, der sie vielleicht um einen halben Meter überragte. Das war der beste Ansatzpunkt für ihren Unterstand, den sie mit einem raschen Blick ausmachen konnte, und deshalb ging sie der Reihe nach zu den anderen und veranlaßte sie alle mit Handzeichen, sich zu dem zusammengekauerten Jack zu begeben. Die Geröllinie war eine große Steinsammlung, von unförmigen Felsbrocken bis hin zu Kieseln und Sand; sie häuften sich alle in einer erstaunlich scharf umrissenen Linie auf dem Eis, das unter ihnen eine flache Mulde bildete. Auf den ersten Blick wirkten diese Geröllinien überraschend, weil man sie oftmals viele Kilometer von den Felswänden entfernt fand, die sie speisten; sie ähnelten den linienförmigen Ablagerungen, die sich um die Strudel in einem Strom sammelten. Val wußte nicht so genau über die dynamischen Abläufe Bescheid, aber sie glaubte sich zu erinnern, daß sie jene Teile des Eises markierten, die sich am schnellsten bewegten. Und wie es sich für einen der größten Gletscher der Erde gehörte, war diese Geröllinie ebenfalls groß, eine Art Schotterstraße, die mit Felsbrocken und Dolmen übersät war.

Val bückte sich, hob den größten Stein auf, den sie trotz der Körperschläge des Windes heben zu können glaubte, und gab X ein Zeichen, dasselbe zu tun. Sie begann, eine Lücke zwischen dem hohen Felsblock und einem brusthohen in der Nähe zu füllen, während sie gleichzeitig alle großen Steine aus dem Bereich auf der windgeschützten Seite wegräumte. Carlos begriff, was sie vorhatte, zog seinen Bananenschlitten zu der Lücke hinüber und kippte ihn auf die Seite, um am Fuß der Mauer einen Windschutz zu erzeugen. X hüpfte herum und sicherte ihn mit Steinen. Er bewegte sich schnell, im X-Overdrive. Er konnte Steine heben, an die sich die anderen nicht einmal versuchsweise herangetraut hätten. Während sie Steine zusammentrugen und einpaßten, stießen Val und er hart zusammen und hielten sich aneinander fest, um nicht hinzufallen. Er sah sie an, als wollte er eine Frage stellen, aber durch die Masken aus Sonnenbrillen und Kleidung konnten sie beide nichts vom Gesicht des anderen erkennen, und das Brüllen des Windes machte jedes Wort unmöglich. Sie hätten ebensogut auf verschiedenen Seiten des Gletschers sein können. Val fühlte sich, als würde sie vor Energie bersten, und machte sich im Brausen des Sturms, das hier womöglich noch lauter war als vorhin draußen auf dem Gletscher – der Wind fuhr kreischend über die Steine –, schweigend daran, einen weiteren Stein zu holen. Sie waren alle voneinander abgeschnitten. Neun Fremde in einem Sturm. Der Windchill mußte über siebzig Grad unter Null betragen; er fiel exponentiell mit der Windgeschwindigkeit. Zu windig, um Zelte aufzubauen. Aber die Steinmauer wuchs. Dabei war allerdings Vorsicht geboten, denn der Wind würde ihnen alle nicht ganz fest eingefügten Steine umgehend auf den Kopf werfen. Sie mußten richtig aufeinandergestapelt werden. Darauf mußte man sich konzentrieren, das lenkte sie ab; es war das einzige, was sie momentan tun konnte, um die Lage zu verbessern. Daher ging sie daran, eine so gute Steinmauer wie nur irgend möglich zu errichten. X war eine große Hilfe, es war erstaunlich, was für schwere Steine er heben konnte. Carlos und Wade halfen ebenfalls, auch Ta Shu beteiligte sich. Jorge, Elspeth und Jim holten Schlafsäcke vom Bananenschlitten und aus ihren Rucksäcken, rollten sie aus und legten große, flache Steine darauf, damit sie nicht wegflogen. Die Mauer reichte ihnen jetzt bis zum Oberschenkel und begann bereits Wirkung zu zeigen; obwohl es immer noch wahnwitzig laut war, gab es hinter Jacks Felsblock einen gewissen Schutz vor dem stürmischen Wind, und dieser verbesserte sich mit jeder neuen Reihe, die sie auf die darunterliegende stapeln konnten, und mit jedem Fuß der gerundeten Verlängerungen an den Seiten. Die Arbeit hielt sie nicht warm, sorgte aber zumindest dafür, daß sie funktionsfähig blieben, und es gab einen unerschöpflichen Vorrat von Steinen zur Auswahl. Zunächst eine u-förmige Mauer, später vielleicht ein volles Oval, um sicherzugehen, daß der Wind sie nicht von hinten erwischte, wenn er erneut die Richtung änderte. Danach würden sie innerhalb der Steinmauer vielleicht eins der Zelte aufbauen können und noch mehr Schutz haben – genug, um einen Kocher anzuzünden. Es sah eigentlich ganz gut aus, fand Val; wenn Jack nicht gewesen wäre, der zusammengesunken am Fuß des größten Felsblocks kauerte, hätte sie das Gefühl gehabt, die Situation unter den gegebenen Umständen einigermaßen im Griff zu haben. Jim und Jorge zogen Jack einen Schlafsack über Beine und Oberkörper. Sobald die Mauer fertig war, würden sie alle in Schlafsäcke schlüpfen können. Sie würden es schon überstehen. Nur daß sie nicht über genug Nahrungsmittel und Kochbenzin verfügten, um das Ende eines längeren Sturms abzuwarten. Hoffentlich funktionierte der Funk bald wieder, damit sie einen Wetterbericht bekamen. Merkwürdig, daß all dies in der stummen Einsamkeit des tosenden

Sturms geschah. Und das Licht war ebenfalls merkwürdig, es fluktuierte rasch, wenn dünnere oder dickere Wolken über sie hinwegrasten; trotz allem war es eine gut ausgeleuchtete Szene, die Sonne kreiste irgendwo über ihnen, obwohl es mitten in der Nacht war, dachte Val; aber das war unwichtig. Das Geflacker erweckte den Anschein, als wären sie in einem uralten Film. X kam mit dem Gesicht ganz nah an ihr Ohr heran: »Ist ein guter Schutz!«

Sie nickte zum Zeichen, daß sie verstanden hatte. Sie wußte die Geste zu schätzen. Die anderen saßen jetzt im Windschatten der Steinmauer, scharten sich um Jack und spendeten ihm mehr Wärme; er sah aus, als würde er wieder in einen Zustand der Unterkühlung verfallen, und das hätte sie nicht überrascht, so wie er dort lag, mit gebrochenem Schlüsselbein, zerschnittener Hand und seinem Blutverlust; mit einem Schock und obendrein vielleicht auch noch mit einer Gehirnerschütterung. Er war wirklich übel dran.

Das bedeutete, daß sie sich nicht ausruhen konnte. Der Unterstand nützte nichts; sie mußte zum Shackleton-Camp und ein Schneemobil und einen Schlitten holen, um Jack ins Camp zu bringen, wo er wirklich geschützt war und wo ihm jemand wenigstens erste Hilfe leisten konnte. Irgend etwas. Dazu war es erforderlich, daß der Sturm einen Moment lang ein bißchen abflaute, überlegte sie. Und sie würde eine GPS-Position brauchen, zu der sie zurückkommen konnte. Und sicherheitshalber vielleicht auch einen Begleiter; Carlos, obwohl es wohl besser war, wenn Carlos hierblieb und sich um die anderen kümmerte. Dann X. In Wahrheit wußte sie nicht, was sie tun sollte. Das Naheliegende war, an Ort und Stelle zu bleiben, aber da sie einen Kunden dabeihatte, dessen Zustand sich zusehends verschlechterte, würde sie das nicht tun. Außerdem hatten sie ohnehin zuwenig Nahrungsmittel und Brennstoff. Die Stürme konnten hier eine Woche und länger dauern. Mit Abwarten war es also nicht getan. Und sie war schon bei Stürmen wie diesem zu Fuß unterwegs gewesen, sie war bei Stürmen wie diesem sogar schon geklettert; harte Arbeit, aber nicht unmöglich, wenn man kühlen Kopf bewahrte.

Sie hockte sich zu den anderen, um sich laut schreiend mit ihnen zu beraten. Sie lenkte X's Aufmerksamkeit auf sich, und er kauerte sich neben sie. Ta Shu wieselte immer noch um die anderen herum und baute Steine in die Mauer ein; auf einmal wirkten sie für Val wie ein kleiner Haufen eng aneinander geschmiegter Leichen, über denen Ta Shu eine Gedenkpyramide errichtete.

*Weiße Wolke*

**X legte weitere Steine auf ihre Steinmauer,** bis er in der unmittelbaren Umgebung keine mehr fand, die sich stabil übereinanderstapeln ließen. Die Arbeit hatte ihn aufgewärmt, obwohl die Steine selbst kalt und so schwer gewesen waren, daß sie die Isolierung seiner Handschuhe zerquetscht hatten; daher waren seine Hände nun taub vor Kälte und müde. Val winkte ihn zu sich, und er hockte sich neben sie. Sie schlüpfte neben Wade in einen Schlafsack und gab X ein Zeichen, das gleiche zu tun. Er zwängte sich in einen Schlafsack, der ihm viel zu klein war, und lehnte sich neben Val an die Steinmauer.

Unten auf den Kieselsteinen war es erstaunlich windstill. Angesichts des Isolierungsvermögens ihrer Anzüge, der dicken, warmen, roten Schlafsäcke und des Schutzes, den dieser schicke, von ihnen errichtete Windschutz bot, hätte X sich eigentlich so geborgen fühlen müssen wie zu Hause im Bett, nahm er an; die Wirklichkeit sah jedoch ganz anders aus, denn jede heulende Windbö durchfuhr ihn wie ein mentaler Elektroschock. Er konnte sich nicht an diese Windstöße gewöhnen; sie waren derart heftig und ausgeprägt, daß sie nicht wie Wind wirkten, sondern wie die Stoßwellen starker Explosionen, von denen jede ihre Mauer zum Einsturz bringen konnte. Ein kurzes Abflauen des Sturms, Augenblicke relativer Windstille, und dann – WAMM – ein weiterer Aufprallschock.

Val krabbelte in ihrem Schlafsack durch die Gegend und unterhielt sich lauthals erst mit Carlos und dann mit Wade. Sie wirkte ruhig und bedächtig, ihre Körperhaltung war entspannt; die Wucht des Sturms schien ihr keine Angst zu machen, sie nahm sie offenbar einfach als gegeben hin. X hatte jedoch Angst. In Mac Town hatte er noch keinen Sturm der Stufe eins erlebt, bei dem der Wind auch nur annähernd so stark gewesen wäre wie jetzt. Er hatte nicht gewußt, daß sie so stark wurden.

Val kam zu ihm herübergekrabbelt und setzte sich neben ihn. Sie lehnte sich an ihn, legte ihm einen Arm um die Schultern und schrie ihm ins Ohr. »Kann sein, daß ich zum Shackleton-Camp runter muß! Um Hilfe für Jack zu holen!« Sie deutete auf Jack. »Ich mache mir Sorgen um ihn!«

»Was ist mit dem Sturm!« brüllte X zurück.

Sie schüttelte den Kopf und rief: »Er könnte zu lange dauern! Zu lange!«

»Aber kannst du denn dabei laufen?« Allein schon der Gedanke verblüffte ihn.

»Wenn man Steigeisen trägt – und sich in den schlimmsten Phasen hinlegt –, dann geht's! Kein Problem! Die Sachen, die wir anhaben, sind wie ein Raumanzug!«

X zog den Kopf zurück und starrte sie an. Kein Problem? Machte sie Witze?

Sie machte keine Witze. Sie war Bergsteigerin, und was diese Leute draußen in der Wildnis so alles tun zu können glaubten, hielt man im Kopf nicht aus. Sein Herz begann heftig zu klopfen. Carlos war der geeignetste Kandidat dafür, sie auf einem solchen Marsch zu begleiten. Aber sie wollte bestimmt, daß Carlos hierblieb und sich um die Zurückgelassenen kümmerte. Er beugte sich hinüber, und sie neigte ihm das Ohr entgegen. »Ich komme mit!«

Jetzt war sie diejenige, die den Kopf zurückzog und ihn ansah. Sonnenbrille, Maske; wer wußte, was sie dachte. Sie legte den Mund an sein Ohr: »Ich gehe schnell!«

Er nickte zum Zeichen, daß er verstanden hatte.

Sie sagte: »Carlos macht uns was Warmes zu essen.«

Das stimmte. Vor und teilweise unter dem Bananenschlitten brannte der Kocher; die blauen Flammen flackerten heftig hin und her, brannten aber trotzdem ungestüm. Er staunte darüber, daß es ihnen gelungen war, in diesem ungeheuren Tosen und Stürmen eine Lufttasche zu erzeugen, in der es windstill genug war, einen Kocher in Gang zu setzen.

»Wade hat eine GPS-Ortung gekriegt! Er sagt, das System funktioniert allmählich wieder. Sein Senator hat ihn über ein Militärsatellitensystem erreicht, das wir ebenfalls benutzen können. Sobald wir mit dem Essen fertig sind, sollten wir losgehen!«

Er nickte. Ihm wurde klar, daß er es tun würde. Sein Herz klopfte immer noch heftig.

Dann erschienen flackernde dunkle Umrisse über ihnen, wie Killerwale, die horizontal durch den Sturm flogen. X sprang verwundert auf, und der Wind blies ihn sofort aus ihrem Unterstand und warf ihn zu Boden. Er kam auf die Knie hoch; ja; wolkenfarbene, aber dennoch unleugbar reale Blimps – kleine Luftschiffe – zogen in raschem Tempo über sie hinweg. Angeleinte Harpunen schossen herab und bohrten sich mit kleinen Explosionen ins Eis. Die Blimps schwangen an diesen Ankerleinen herum und wurden auf den Gletscher unmittelbar neben der Geröllinie heruntergezogen, und sofort schossen weitere Harpunen herab und hielten die Luftschiffe auf dem Eis fest. Drei Stück in einer Reihe, vibrierend im Wind. Hinten an den Ballonhüllen saßen klobige Heckpartien mit runden Gehäusen, die Luftschrauben enthielten. Stummelige Tragflächen ragten seitlich aus den straff gewölbten Ballonhüllen, und darunter lagen schmale Gondeln direkt auf dem Eis. Türen in den Gondeln wurden gegen den Wind aufgestoßen, und heraus sprangen drei angeleinte Leute, deren Fotovoltaik-Bodysuits starke Ähnlichkeit mit denen der Trekker hatten.

»Na, wollt ihr mit?« rief die erste Person, die bei ihnen ankam. Es klang, als hätte sie einen Südstaaten-Akzent. Eine kleine junge Frau.

Hinter der schützenden Steinmauer waren sie alle aufgestanden; selbst Jack hatte den Kopf gehoben und machte große Augen. Die Frage der Frau war eindeutig rhetorisch gemeint. Val und Jim setzten Jack auf den freien Bananenschlitten, zogen ihn zum nächsten Blimp hinüber und verfrachteten ihn in die Gondel. Jim stieg zu ihm ein, dann Ta Shu.

»Drei Mann pro Blimp!« rief die Frau. »Wir treffen uns da oben!« Sie zeigte über die Geröllinie hinaus und sagte noch etwas, das X nicht verstand.

Val sah X an, als wollte sie ihn fragen, was sie tun sollten, und ihm wurde trotz allem warm ums Herz. Er antwortete mit einer Geste; was hatten sie für eine Wahl? Val nickte und ging zurück, um einen Teil ihrer Ausrüstung zu holen. X schloß sich ihr an, und als sie sich über den Bananenschlitten in der Mauer beugten, rief sie: »Wer sind die?«

»Keine Ahnung!« erwiderte X. »Aber das erinnert mich an den Raubüberfall auf meine SPOT-Kolonne!«

Sie starrte ihn verblüfft an. »Das ist nicht gut!«

»Nein, aber...« Er wußte nicht, was er noch sagen sollte. »Sieht so aus, als würden sie uns retten!«

»Das stimmt!«

Sie sahen einander an.

Sie kehrten zu ihren Besuchern zurück und halfen Carlos, Jorge und Elspeth in das zweite kleine Luftschiff. Dann quetschten sich Wade und Val auf die Rücksitze in der Gondelkabine des dritten Blimps, die X ans Innere eines Squirrel-Helikopters erinnerte; die beiden Vordersitze boten Ausblick durch große, gebogene Fenster, die Rücksitze klemmten an der Rückwand der Kabine, darunter war Stauraum für ihre Sachen. X setzte sich auf den Vordersitz neben die Pilotin. Sie las Instrumente ab, legte Schalter um und sprach ins Funkmikrophon eines Headsets. Sie drückte auf einen Knopf, und der Blimp begann heftig zu vibrieren, als sie an seinen Ankerleinen vom Eis aufstiegen; dann drückte sie auf einen anderen Knopf, und die Harpunen waren entweder freigesprengt oder abgeschnitten worden, denn auf einmal wurden sie vom Wind fortgetragen, es ging in der Wolke auf und davon, und das flackernde Licht changierte zwischen Dunkelgrau und Glasgespinst-Weiß mit sämtlichen Zwischenstufen und änderte sich jeden Moment. Anfangs war es enorm laut, dann wurde es ein bißchen leiser, und die Fahrt wurde sanfter.

Die Pilotin hielt den Blick auf Bildschirme vor sich gerichtet, die ihr Daten in diversen Falschfarbenbildern lieferten, deren Bedeutung X nicht verstand. Hinter ihnen surrten starke Motoren, und bei deren Lärm und dem Heulen des Windes war es immer noch zu laut, um sich zu unterhalten. Die Pilotin zeigte jedoch auf Headsets, die genau wie in einem Squirrel von Haken an der Decke der Gondel herabhingen, und X setzte seins auf und hörte Val über das nunmehr gedämpfte Dröhnen hinweg fragen: »...bringt ihr uns hin?«

Die Pilotin zeigte nach vorn. »Bennett's Other Platform.« Ihre Stimme kam laut und deutlich über das Headset, und sie hatte zweifelsfrei einen Südstaatenakzent. X nahm eine zusammengefaltete topographische Karte aus dem offenen Fach vor sich und studierte sie. Bennett's Platform war ein dreieckiges Plateau aus nacktem Stein über dem Shackleton-Gletscher, vom Shackleton-Camp aus gesehen auf der anderen Seite des Eises, unter einem Mount Black. Aber Bennett's Other Platform? Die Pilotin klärte sie nicht auf, und weder Val noch Wade oder X wollten sie weiter stören, denn sie schien auf einmal vollauf damit beschäftigt zu sein, das Luftschiff, das sich in einer besonders starken Turbulenz des Sturms wild hin und her warf, unter Kontrolle zu behalten. Sie murmelte vor sich hin, während sie unter Einsatz beider Hände und Füße fuhr und dabei mehr aus den Fenstern als auf ihre Bildschirme schaute, obwohl es dort draußen nichts als Nebel zu sehen gab.

»Ist das nicht gefährlich?« erkundigte sich X.

Die Pilotin sah ihn kurz an. »Was, das? Was soll schon passieren?« Ein hohes, nettes Lachen. Dann sprach sie wieder mit dem Blimp oder mit den Wolken: »Also ehrlich. Schluß damit. Ist doch albern. Hört schon auf. Kommt gar nicht in die Tüte.« Und so weiter.

»Wo kommen Sie her?« fragte X während einer Pause in diesem Monolog.

»Mobile, Alabama.«

»Nein«, sagte X. »Ich meine, hier unten.«

Die Pilotin zuckte die Achseln. Dann machte ihr ein weiterer heftiger Windstoß zu schaffen. »Nun gib doch mal 'nen Augenblick Ruhe. Ich sag's doch. Keine Chance.« Nach einem längeren Kampf mit den Kontrollen sagte sie: »Okay. Das hätten wir. Komm schon, du Biest. Benimm dich, wir haben Gäste hier.«

»Könnt ihr den Mann in dem anderen Blimp ärztlich versorgen?« fragte Val.

»Klar. Deshalb sind wir ja bei dem Sturm zu euch raus. Sah aus, als würdet ihr Hilfe brauchen.«

In den dahinjagenden Wolken unter ihnen tauchte schwarzes Gestein auf, und X bekam einen solchen Schreck, daß er in seinem Sitz zusammenzuckte.

»Keine Angst!« sagte die Pilotin und lachte wieder.

*weiß weiß*
*schwarz*
*weiß weiß*

X hatte Angst. Es war furchteinflößend, in einem solch fragilen Gefährt bei einem derartigen Sturm so nah am Felsen zu sein. Aber ihre Pilotin drehte den Blimp einfach nur mit viel Gefühl in den Wind und zerrte dann an den Kontrollen, um das Ding nach unten zu bringen, so schien es jedenfalls. Auf einmal ragte eine orangefarbene Stange aus der Wolke zu ihnen empor, und die Pilotin brach in das gleiche halblaute Selbstgespräch aus wie zuvor, während sie den Blimp hinter diesem Ankermast herunterbrachte. Sie bediente ein paar Steuerelemente direkt vor X, ein Metallarm erschien unter ihnen, und eine Klaue, die einer künstlichen Hand ähnelte, schloß sich um den Mast. »Hab dich!«

Danach sanken sie langsam hinunter. X hatte den Eindruck, daß das Luftschiff mit dem Heck irgendwoanders angedockt hatte, weil es nicht mehr so wild hin und her tanzte; und dann hingen sie unbeweglich gute drei Meter über dem flachen schwarzen Gestein, während auf allen

Seiten gefrorener Nebel vorbeihuschte. Die Pilotin langte an X vorbei und öffnete die Tür. »Alles aussteigen!« rief sie, und X löste seinen Sicherheitsgurt, setzte das Headset ab und stieg eine schaukelnde Leiter hinunter. Die Kälte der Metallstangen drang durch seine Fäustlinge und Fingerhandschuhe. Als er wieder auf dem Boden stand, merkte er, daß ihm die Knie zitterten. Er half Wade und Val herunter, dann stieg die Pilotin halb herab und schlug die Tür über ihr zu. Sie sprang neben ihnen auf den Boden und zeigte nach vorn. »Kommt rein!«

ZWÖLFTES KAPITEL

# *Transantarktika*

**Val folgte ihrer Pilotin durch den Wind;** X und Wade gingen links und rechts neben ihr. Ein Stück weiter vorn zeichnete sich in dem nadelfeinen Nebel, der an ihnen vorüberjagte, ein niedriger Steilabbruch aus rostfarbenem Felsen ab. Sie befanden sich auf einem Nunatak, vielleicht auch auf einer der größeren Bergketten mit freiliegendem Gestein. Was Val sehen konnte, hatte tatsächlich eine gewisse Ähnlichkeit mit Bennett's Platform, soweit sie sich erinnerte; sie war einmal mit einem Team von Paläontologen, die fossile Bäume mit Helikoptern an den Stümpfen herausgezogen hatten, auf dem Plateau gewesen. Der Fels unter ihren Füßen war wie ein grober Parkettfußboden, teils Stein, teils Eis.

Ein Stück weiter vorn gab es eine Art Einbuchtung in der Felswand, ungefähr so groß wie zwei nebeneinanderstehende Jamesways. In der Einbuchtung war die Luft klar, darüber tanzte der Nebel, und an ihrem Fuß sammelte er sich; der freie Raum war von einem durchsichtigen, sehr straffen und offenkundig sehr festen Gewebe überzogen. Eine Art Zelt.

In diesem nebelfreien Bereich, diesem Raum am Rand des Sturms, saßen mehrere Leute auf Steinen, die wie Bänke an den Seitenwänden angeordnet waren. Sie trugen Kleidung der unterschiedlichsten Stilrichtungen, von leuchtend bunten, schicken Trekking-Klamotten über dicke Pelzjacken bis hin zu verlotterter langer Unterwäsche, die Val an die Yak-Wolle der Sherpas erinnerte. Sie fragte sich erneut, ob dies die Saboteure waren.

Dann sah sie den Rest ihrer Gruppe aus der dahinjagenden Wolke herauskommen und eilte hinüber, um zu sehen, wie es Jack ging. Er lag ausgestreckt in dem Bananenschlitten, war jedoch bei Bewußtsein; er verrenkte sich den Hals, um zu sehen, wohin sie gingen, eine Bewegung, die ihm offenkundig Schmerzen bereitete; er wirkte verfroren und elend. »Hier soll's einen Arzt geben«, erklärte ihm Val, aber er starrte sie nur an.

Ihre Pilotin erreichte das Zelt, öffnete einen Reißverschluß in dem durchsichtigen Stoff direkt an der Felswand und winkte sie hindurch. Drinnen war eine durchsichtige Innenwand; sie befanden sich in einer Schleusenkammer oder einem Vorraum. Ihre Piloten zogen erst die Parkas und dann die Stiefel aus; zwei Frauen und ein Mann. Vals Sonnenbrille beschlug sich; sie nahm sie ab, zog ihre Skimaske herunter und schlüpfte dann aus ihrem Parka und ihren Stiefeln. In dem kleinen Vorraum rempelten sie sich alle gegenseitig an. Dann schloß einer der anderen Piloten die Außenwand, zog die Innenwand auf, und sie gingen hinein.

Die meisten Insassen des Zelts reagierten ziemlich gleichgültig auf ihre Ankunft. Ein rascher Blick, dann widmeten sie sich wieder ihren vorherigen Tätigkeiten: Sie aßen, werkelten an Kleidungstücken auf einem mit Stoffetzen und Pelzteilen übersäten Tisch herum, lasen und unterhielten sich neben einem offenbar ausgeschalteten Funkgerät. Für Val klang es, als würden die Leute beim Funkgerät deutsch sprechen.

»Der Arzt?« wandte sie sich an ihre Pilotin.

»Das ist May Lee«, erwiderte diese. Später erfuhr Val, daß es Mai-lis geschrieben wurde. »Mai, wir haben einen Patienten für dich.«

»Ich weiß«, sagte eine kleine, ältere Frau. Ihr rundes Gesicht war auffallend ledrig und runzlig, und Val nahm an, daß sie eine Eskimo war. »Bringt ihn hier rüber.«

Sie folgten der alten Frau. Jim und Jorge trugen den Bananenschlitten. Sie stellten ihn auf eine unebene Felsbank an der Doleritwand; Mai-lis zog sich einen hölzernen Deck-Chair herüber und nahm neben Jack Platz. »Wie geht es Ihnen?« fragte sie ihn, während sie eine große, längliche Tasche aufmachte und einen Monitor an seinem Arm befestigte.

»Hab mir das Schlüsselbein gebrochen«, sagte Jack.

»Ah. Das ist es also. Sind Sie unterkühlt?«

»Mir ist kalt. Aber nicht mehr so kalt wie vorhin. Die Lungen tun mir weh.«

»Die sehe ich mir gleich an.« Sie legte seinen Oberkörper frei; Jim half ihr. Es war so warm in der Zeltkammer, daß dies kein Problem darstellen würde. Der Wind heulte immer noch laut, war hier drinnen jedoch ein bißchen gedämpft, so daß sie einander verstehen konnten. »Ich spritze Ihnen ein Betäubungsmittel ums Schlüsselbein herum und richte dann den Knochen«, sagte die alte Frau. »Anschließend können Sie diesen Arm nicht mehr bewegen. Wir werden Ihnen eine Schlinge dafür besorgen.« Während sie sprach, packte sie eine Subkutannadel aus, und nachdem sie die Haut über dem gebrochenen Knochen vorsichtig abgetupft hatte, injizierte sie Jack den Inhalt einer Phiole. Dann den einer zweiten. Val war so froh über diese Demonstration echter ärztlicher Kunst, daß ihr die Knie weich wurden.

Danach sah sich die Frau die Daten auf dem Monitor an und horchte Jacks Lungen mit einem Stethoskop ab. »Ihre rechte Lunge ist ein bißchen voll. Haben Sie Blut gespuckt?«

»Ich glaube nicht.«

»Das werden wir im Auge behalten. Könnte sein, daß Sie eine leichte Lungenentzündung haben. Ihre Temperatur ist niedrig, aber Sie sind nicht mehr sehr stark unterkühlt.«

»Ich friere.«

»Das glaube ich gern. Sehen wir uns mal Ihre Füße an. Hmm... vielleicht ein paar Frostbeulen an den Zehen. Dagegen können wir was unternehmen.« Sie beschäftigte sich eine Weile mit seinen Füßen und applizierte Pflaster aus ihrem Verbandszeug. »Wie ist es, spüren Sie Ihr Schlüsselbein noch?«

»Nein.«

»Okay. Dann richte ich es jetzt. Sie werden die Berührung sicherlich spüren, aber sagen Sie mir Bescheid, wenn es weh tut, dann gebe ich Ihnen noch eine Spritze.«

»Ist gut«, sagte Jack. Er sah ihr gelassen ins Gesicht, als sie beide Hände an seine Schulter legte. »Addie«, wandte sie sich an Vals Pilotin, »hilf mir mal.«

»Na klar, Mai.«

»Halt seine Schulter fest, genau so. Nicht hinschauen, junger Mann. Kopf in die andere Richtung. Drehen Sie Ihre linke Schulter nach links. So ist es richtig. Okay. Jetzt spritze ich Ihnen ein Muskelrelaxans. Sie werden von nun an eine Beule in Ihrem Schlüsselbein haben, aber wenn Sie's in dieser Position halten können, wird es gut verheilen. Ah, prima, hier ist heißer Kakao für euch alle. Jetzt sollten Sie sich ausruhen, junger Mann. Wir werden Ihre Lungen unter Beobachtung halten. Wenn Sie Lungenentzündung haben, kriegen Sie Antibiotika. Aber erst wollen wir mal abwarten, bis wir Genaueres wissen. Schlafen Sie jetzt, aber bleiben Sie auf dem Rücken liegen. Addie und Elke werden Ihnen in einen Schlafsack helfen. Seid vorsichtig«, sagte sie zu den beiden Helferinnen. Dann führte sie Val und Jim in den hinteren Teil der Kammer, wo einem großen Topf auf einem ganz normalen grünen Coleman-Kocher köstliche Düfte entströmten. »Laßt uns was essen«, sagte sie.

Sie setzten sich auf doppelt gelegte Schlafmatten auf dem Boden und schauten zum Koch hinauf. Die warmen Essensdünste stiegen Val in die Nase, und ihr wurde bewußt, daß sie einen Bärenhunger hatte. »Wir wissen es zu schätzen, was Sie für uns tun«, sagte sie zu Mai-lis.

»Ach, Addie, Lars und Elke, die haben die Gelegenheit mit Freuden ergriffen. Sie machen gern verrückte Sachen – bei Sturm mit den Blimps fahren und so –, aber es ist ein bißchen zu gefährlich, deshalb dürfen sie's normalerweise nicht. Bei so einer Rettungsoperation haben sie endlich mal die Chance dazu. Sie waren hellauf begeistert.«

»Und ihr wußtet, daß wir in Schwierigkeiten waren?«

»Nun ja, wir haben euren Funk abgehört, Ausschau nach euch gehalten und euch den Gletscher runterkommen sehen. Und dann hat der Sturm zugeschlagen, und es sah nicht so aus, als hättet ihr sonderlich viel Schutz. Also sind sie losgefahren, um euch zu holen.«

Der Koch, ein großer, schwerer Mann mit tätowierten Armen, legte dicke weiße Fischsteaks in eine riesige Bratpfanne. Als sie brutzelten, kam Addie herüber und lachte über die andächtigen Mienen von Val und ihren Gefährten. »Du hast ein dankbares Publikum, Claude!«

»Das sehe ich.«

»Was gibt?« fragte Ta Shu, der herüberkam, um einen Blick in die Bratpfanne zu werfen. Er wirkte zufrieden und schien guter Dinge zu sein, als hätte er diese Leute schon früher getroffen und würde sich bereits zu Hause fühlen.

»Mawsoni«, sagte Claude. »In Robbenfett gebratenen Mawsoni, gewürzt mit Kräutern aus hiesigen Gewächshäusern. Ein Hauptgericht aus gänzlich regionalen Produkten. Und dazu Krillplätzchen, auch von hier. Dann Gemüseeintopf, der ist weniger regional«, mit einer Geste zum Topf.

Fische und Robben zu töten, war laut Antarktisvertrag verboten, soweit Val sich erinnerte. Aber sie kam zu dem Schluß, daß es jetzt nicht der richtige Zeitpunkt war, das zu erwähnen.

»Mawsoni?« sagte sie statt dessen. Sie hatte von dem großen antarktischen Fisch gehört, aber noch nie einen gesehen. Addie machte eine Schachtel auf und nahm den Kopf eines großen Fisches heraus.

»Ach, zeig ihnen das nicht, das verdirbt ihnen bloß den Appetit.« Claude lachte. Und in der Tat war das Fischgesicht ein monströs mit Stacheln bewehrtes, mißgestaltetes Ding mit riesigen Augen. »Antarktischer Kabeljau!« sagte Claude spöttisch. »So nennen sie ihn in den Lebensmittelläden, obwohl er überhaupt nicht mit dem Kabeljau verwandt ist. Sie nennen all die wirklich häßlichen Fische Kabeljau, um sie verkaufen zu können. Niemand würde Dissostichus mawsoni oder Pagotenia borchgrevinki kaufen, aber antarktischen Kabeljau! Schmatz, lecker!«

»Solange sie die Köpfe verstecken«, sagte Addie.

»Schmeckt wie Hühnchen«, scherzte jemand anders.

»Er schmeckt wie Fisch, aber nicht so fischig wie Pinguineier. Und groß sind die Biester. Wenn man eins fängt, ernährt es diese Gruppe eine geschlagene Woche.«

»Das eßt ihr also?« fragte Val und ließ den Blick wieder über die Leute schweifen. Vielleicht war das Robbenfell, in diesem Parka dort. Antarktische Fische...

»Klar, ist eine der wichtigsten Proteinquellen. Mawsoni, das Eiweiß von Pinguineiern - der Dotter ist fies, wie verfaulter Fisch -, manchmal Robbensteak. Dann Cerealien und Gemüse aus den Gewächshäusern und Terrarien, obwohl es nicht genug davon gibt. Wir führen immer noch eine Menge ein.«

»Woher?«

»Aus Neuseeland, genau wie alle anderen.«

Claude schwang Pfannenwender und Gabel wie ein Schnellimbiß-Maestro, und bald darauf schlangen alle das Essen wortlos hinunter. Viele ihrer Gastgeber schienen genauso hungrig zu sein wie Val und ihre Gruppe. Der gebratene Mawsoni war gut, das Fleisch fest und blättrig; besser als Kabeljau, trotz des Krakengesichts der Kreatur. Kabeljaus waren auch nicht besonders hübsch, wo sie jetzt darüber nachdachte.

Als sie fertig waren, lehnte sie schlaff neben Wade an der Felswand. Drüben auf der Bank lag Jack in seinem Schlitten. »Wird er wieder gesund?« fragte sie die Ärztin.

Die Frau nickte und schluckte. »Er ist außer Gefahr, soweit ich erkennen kann.«

»Er hat sich sehr merkwürdig benommen. Ich dachte, er hätte vielleicht einen Schock oder eine Gehirnerschütterung.«

»Wäre schon möglich. Aber seine Vitalitätsparameter sind stark.«

Val spürte, wie sie eine Woge der Erleichterung überlief, so warm und greifbar wie die Wärme des Essens. Jack würde am Leben bleiben; alle würden am Leben bleiben; sie würde nach Hause kommen, ohne einen einzigen Kunden verloren zu haben, und in diesem Augenblick machte es ihr nicht das geringste aus, daß dies nicht auf ihr Konto ging, und auch nicht, daß die Expedition dennoch total in die Hose gegangen war. In Wirklichkeit ging weder der Unfall noch die Rettung auf ihr Konto; aber wenn einer ihrer Kunden gestorben wäre, hätte sie sich das niemals verziehen. Denn sie hätte nicht zulassen dürfen, daß sie über die Hansen-Schulter aufstiegen.

Aber jetzt sah es so aus, als würde sich das nicht als tödlicher Fehler erweisen, und das erleichterte sie dermaßen, daß sie kaum einen klaren Gedanken fassen konnte. Und im selben Moment begann sie auch schon die emotionale Belastung zu vergessen, die das für sie bedeutet hatte; sie ließ den Kopf an den Felsen zurücksinken und spürte die Erschöpfung in jedem Muskel ihres Körpers. Wade wirkte ebenso entspannt; er schaute sich um, und seine Augen blitzten vor Interesse.

Dann setzte sich Mai-lis mit vollem Teller zu ihnen, und Wade fragte, ohne den Kopf zu bewegen: »Also, wer seid ihr?«

»Ich bin Mai-lis«, sagte die alte Frau. »Das ist Addie, das ist Lars...«

»Ja. Aber was macht ihr hier draußen?«

»Warum fragen Sie?« mischte sich Lars aggressiv von der anderen Seite des Zeltes her ein. »Wir retten euch vor dem Sturm, und Sie glauben, Sie können uns ins Verhör nehmen?«

»War nur eine Frage.«

»Sei still«, sagte Mai-lis zu Lars. »Das ist jetzt eine neue Lage wegen dieser Angriffe.« Sie wandte sich wieder an Wade und Val. »Wir sind eine Langzeitstudiengruppe.«

»Und was untersucht ihr?«

»Wir untersuchen, wie man hier leben kann.«

»Ganz allein?« fragte Val.

»Wir bekommen natürlich ein bißchen Hilfe aus dem Norden, wie jeder hier unten.«

»Aber ihr lebt hier. Im Transantarktischen Gebirge.«

»Ja. Im Grunde sind wir Nomaden. Wir ziehen umher.«

»Wie viele seid ihr?« fragte Wade.

»Das ist von Jahr zu Jahr verschieden. Ungefähr tausend, dieses Jahr.«

»Tausend!« rief Val aus.

»Ja. Nicht so viele für einen Kontinent.«

»Nein, aber... viele, wenn man bedenkt, daß niemand etwas von euch weiß. Sind die Leute in McMurdo nicht darüber im Bilde, daß ihr hier draußen seid?«

»Einige wenige. Wir haben dort ein paar Helfer. Aber die meisten nicht.«

»Kann man euch denn nicht aus der Luft sehen? Auf Satellitenfotos?«

»Ja, wir sind sichtbar, wenn man sich die Fotos sehr genau anschaut. Aber es gibt viele wissenschaftliche Camps, Erdölgruppen und Trekkinggruppen. Sehr wenige Fotoanalytiker suchen dort nach Gruppen, wo wir sind, und wir verstecken uns, so gut es geht. Außerdem haben wir auch unter den Analytikern ein paar Freunde. Und wir ziehen je nach Jahreszeit um, manchmal nachts, wenn es eine Nacht gibt, oder im Schutz der Wolken, wie heute. Deshalb ist nur wenig zu sehen.«

»Woher kommt ihr?« fragte Wade.

»Woher? Im Norden? Wir kommen von überallher. Ich bin aus Samiland.« Sie sah, daß Val und Wade sie anstarrten, und erklärte: »Lappland, wie ihr es vielleicht nennt. Im Norden von Skandinavien.« Sie machte eine Handbewegung zu den anderen. »Addie ist Amerikanerin, wie ihr wißt. Sie hat früher bei ASL gearbeitet. Lars ist Schwede, Elke Deutsche. Anna ist eine Inuit, aus Kanada. Es gibt auch noch andere Eskimos. John ist ein Kiwi. Wir haben jede Menge Aussies und Kiwis. Und so weiter.«

»Und ihr lebt hier unten«, wiederholte Wade.

»Richtig. Manche nennen das Zivilisationsflucht – ein Wort, das ich gar nicht mag – und bezeichnen uns als Wildlinge. Ich sage, wir studieren, wie man auf diesem Kontinent heimisch werden kann. Antarktiker. Es ist was Neues. Wie die arktischen Kulturen, aber auch wieder nicht. Wir sind nicht alle einer Meinung in bezug auf das, was wir hier tun.« Ihr Gesicht verdunkelte sich bei diesen Worten, und sie schaute zur Schleusentür, durch die gerade eine weitere Gruppe hereinkam. »Entschuldigt mich«, sagte sie und ging zu ihnen hinüber.

Val saß in der Mitte ihre Gruppe, zwischen Wade und X. Die Kunden sahen satt, gut aufgewärmt und schläfrig aus – bis auf Ta Shu, der sich mit einem anderen Asiaten unterhielt. Und Carlos redete lebhaft auf Spanisch mit einer kleinen Gruppe von Wildlingen. Jack schlief in seinem Schlittenbett. Val war so erleichtert, ja sogar froh, daß sie sich kaum ein Lächeln verkneifen konnte.

Doch als Mai-lis zurückkam, schaute sie immer noch genauso finster drein. »Diese Saboteure haben alles geändert«, sagte sie halb zu sich selbst. »Alles gefährdet.« Sie sah Val an. »Ich muß euch bitten, euch auf die Abreise vorzubereiten.«

»Jetzt?« fragte Val überrascht.

»Bald. Wir werden dafür sorgen, daß diese Leute ihre gerechte Strafe bekommen. Ich möchte, daß ihr das miterlebt, damit ihr in McMurdo erzählen könnt, was hier oben geschieht.«

Sie setzte sich auf ihre Matte, nahm ihren Teller auf und aß weiter. Zwischendurch erklärte sie: »Ihr müßt wissen, daß es bei uns viele verschiedene Untergruppen gibt. Zum Teil ist das ganz normal. Wir haben die Fundis und die Prags – die Fundis sind die Fundamentalisten, die hier ohne Hilfe aus dem Norden leben und beim Essen, bei der Kleidung und bei den Unterkünften auf Eskimo- und Sami-Methoden zurückgreifen wollen. Die Prags sind die Pragmatiker, die gern bereit sind, die allerneuesten Errungenschaften aus dem Norden auszuprobieren, um zu sehen, ob sie hier unten von Nutzen sein können. Wie ihr seht, sind wir hier größtenteils Prags, aber wie bei den meisten Wildlingsgruppen sind auch bei uns beide Richtungen vertreten. Die meisten von uns sind schon rein individuell eine Mischung aus beidem. Wie gesagt, das ist ganz normal. So was gehört nun mal dazu, wenn man versucht, eine antarktische Lebensweise zu entwickeln.«

Sie hielt inne, um ein paar Happen zu essen, und schüttelte dann den Kopf, während sie überlegte. »Andere Untergruppen sind gefährlicher. Es gibt einige unter uns, die alle anderen Menschen in der Antarktis verachten – die Ölteams, die Abenteuer-Trekker, sogar die Wissenschaftler. Sie helfen diesen Leuten nie. Manchmal behindern sie sie bei der Arbeit. Und sie finden nichts dabei, sie zu bestehlen.«

»Meine SPOT-Kolonne«, sagte X.

Mai-lis nickte. »Ja, eine dieser Gruppen – die extremste von allen – hat ein SPOT-Fahrzeug gestohlen.«

»Haben die auch den alten Generator aus der begrabenen Südpolstation geholt?« fragte Wade.

»Nein.« Sie sah Wade ziemlich überrascht an. »Das waren wir. Für uns gibt es einen Unterschied zwischen Bergung und Diebstahl. In der Antarktis sind viele vollauf funktionsfähige Ausrüstungsgegenstände zurückgelassen worden, und wenn sie nie wieder von jemandem benutzt werden und wir sie brauchen können, dann graben wir sie aus dem Eis und benutzen sie. Der alte Polgenerator beheizt jetzt eine Treibhausfarm auf einem der Nunataks ganz in der Nähe.«

»Und der Weasel von Hillarys Expedition«, sagte Wade mit einem zufriedenen Nicken, als hätte er gerade ein Rätsel gelöst.

»Ganz recht. Wir haben ihn als Schlepper benutzt und werden das in diesem Gebiet vielleicht auch wieder tun – in Situationen, in denen Blimps weniger geeignet wären.«

»Ihr habt den Generator mit einem Blimp abtransportiert?«

»Ja. Wir haben Ausrüstungsgegenstände aus Siple Dome, Wostok, den Byrd-Stationen, der Station am Unzugänglichkeitspol und so weiter geborgen. Alles aufgegebene Sachen, die im Eis begraben waren. Aber die neuen Eisbohrer sind sehr stark. Die neuen Fernerkundungsgeräte auch. Wir wissen sogar, wo das Zelt ist, das Amundsen am Pol zurückgelassen hat. Das haben wir dort gelassen, wo es war. Andere Dinge, die nützlicher und nicht so... nicht so historisch sind, haben wir ausgegraben.«

Sie aß wieder einen Happen. »Aber das ist alles Bergung. Und Bergung ist kein Diebstahl. Diebstahl finden wir nicht gut. Die Leute hier unten, die Sachen stehlen, sagen, das sei ein und dasselbe. Sie nennen alles, was wir bergen und was sie stehlen, ›requiriert‹. Aber das ist pure Frechheit. Sie machen uns allen Schwierigkeiten.« Ihr Gesicht verfinsterte sich, und sie schaute einen Moment lang grimmig drein. »Und deshalb bringen sie uns alle in Gefahr. Es könnte nämlich durchaus sein, daß Militär hierherkommt, um diese Ökotage-Geschichte aufzuklären, und uns alle wegen dieser Leute vom Eis wirft. Und das dürfen wir nicht zulassen.«

»Aber wie könnt ihr sie aufhalten?« fragte Wade.

»Tja, das ist die Frage. Wir haben hier unten nur sehr rudimentäre politische Strukturen. Die haben sie ebenfalls gefährdet. Insoweit es welche gibt, sind wir eine reine Demokratie.«

»Mai-lis hält das für eine Demokratie«, warf Lars hinter ihr mit einem abfälligen Grinsen ein. »In Wahrheit ist es ein Matriarchat, und sie ist die Hohepriesterin.«

»Und Lars ist der Hofnarr«, sagte Mai-lis, ohne ihn anzusehen. »In Wahrheit bin ich nur die Ärztin, aber damit habe ich schon genug Macht hier draußen. Jedenfalls versuchen wir, alles im Konsens zu regeln. Und vor ein paar Jahren haben wir uns geeinigt, daß einem Wildling, der einem anderen Wildling oder sonst jemandem in der Antarktis Schaden zufügt, von den übrigen in Abwesenheit der Prozeß gemacht werden kann.«

»Das sind also die Leute, die mein Camp sabotiert haben?« fragte Carlos.

Mehrere der herumsitzenden und zuhörenden Wildlinge schüttelten den Kopf, und Mai-lis sagte: »Nein«, wenn auch mit unsicherer Miene. »Wir wissen nicht, wer die Ökotage verübt hat. Ich wünschte, wir wüßten es, aber es ist leider nicht so. Die meisten Angriffsziele waren Ölcamps, und das Kommunikationssystem ist unterbrochen worden. Außerdem sind die Brennstofftanks von McMurdo verunreinigt worden. Aber wer das getan hat, wissen wir nicht. Fest steht, daß es nicht die anarchistischen Wildlinge waren, mit denen wir im Streit liegen, denn unter denen haben wir Informanten. Daher wissen wir, daß es nicht ihre Idee war. Aber einige von ihnen hatten anscheinend Kontakt mit diesen Ökoteuren und haben ihnen geholfen, die Leute aus den Ölcamps zu evakuieren, bevor sie zerstört wurden. Sie denken, wir wüßten das nicht. Sie denken, sie könnten tun, was sie wollen. Aber wir wissen es, und wir wissen auch, wo sie sind. Wir haben über sie zu Gericht gesessen und abgestimmt, und wir waren uns einig, daß sie bestraft werden müssen, und zwar mit der Höchststrafe in unserem System.«

»Und die wäre?« fragte Wade in eine ernste Stille hinein; Val sah, daß einige der Wildlinge zum ersten Mal etwas von dieser Entscheidung hörten.

»Verbannung aus der Antarktis.«

Mai-lis schaute alle Mitglieder ihrer Gruppe der Reihe nach an, als wollte sie den sehen, der es wagte, dieses Urteil in Frage zu stellen.

»Wurde auch Zeit«, meinte Addie. »Wir fliegen noch alle raus, wenn wir diese Scherzkekse nicht bald los werden.«

Mai-lis nickte. »Wir haben McMurdo abgehört, und daher wissen wir, daß die U.S. Navy kommt. Wir möchten, daß die Navy und die NSF sich darüber im klaren sind, was hier geschehen ist. Daß wir weder die Ökoteure noch die Diebe sind. Und daß die Diebe unter uns fort sind.«

»Was glauben Sie, wer die Ökoteure sind?« fragte Val.

Mai-lis zuckte die Achseln. »Irgendeine radikale Umweltschutzgruppe aus dem Norden, nehme ich an. Leute, die über Proteste im Greenpeace-Stil hinaus zu direktem Widerstand übergegangen sind, wie Earth First! oder die Sea Shepherds. Leute, die der Meinung sind, die Antarktis sollte eine unberührte Wildnis sein, ohne Menschen. Viele Weltpark-Befürworter wollen nicht einmal Wissenschaftler hier unten dulden.«

»Diese Leute hätten also nicht viel für Ihre Gruppe übrig«, sagte Val.

»Ganz und gar nicht. Wir haben sehr wenig mit ihnen gemein.«

»Radikalökologen«, sagte Lars verächtlich. »Sehr radikal! Und wir sind ja so brav!«

Mai-lis zuckte die Achseln. »Ihre Grundeinstellung ist in Ordnung. Es sollte weniger Menschen auf der Erde geben, und die sollten weniger Ressourcen verbrauchen. Wir versuchen das selbst. Aber einige Regionen der Erde zu kostbaren Wildnissen zu machen, während die Regionen, in denen wir leben, weiterhin wie seit eh und je verschmutzt werden können - nein. Es gibt kein heiliges oder profanes Land. Es ist alles bloß Land. Alles gleich wertvoll.«

Ta Shu, der Mai-lis aufmerksam beobachtete (für Val sahen sie wie Cousin und Cousine aus), nickte. »Alles heilig«, sagte er.

»Wir versuchen, hier einen anderen Weg zu finden«, fuhr Mai-lis mit einem Blick zu Ta Shu fort. »Wir sagen, das Land ist heilig, ja. Dann leben wir auf diesem heiligen Land. Und Diebstahl gehört nicht dazu.«

Lars schüttelte vehement den Kopf. »Eigentum derart zu glorifizieren, Leute nur wegen Eigentum vom Eis zu jagen...«

»Ihre Diebstähle werden dazu führen, daß wir alle vom Eis gejagt werden«, erwiderte Mai-lis scharf.

Lars stand auf und ging steifbeinig davon, und einige seiner Anhänger folgten ihm.

»Und der Antarktisvertrag?« sagte Wade.

»Ja?«

»Brecht ihr ihn nicht durch eure Anwesenheit?«

Ein paar verächtliche Laute von den Wildlingen, die noch zuhörten.

Mai-lis zuckte erneut die Achseln. »Brecht ihr ihn nicht auch durch eure Anwesenheit?« Sie stand auf. »Wir stören niemanden, und wir hinterlassen so gut wie keine Spuren auf dem Land. Allein schon die McMurdo-Station verändert die Antarktis zehnmal so stark wie wir. Von mir aus können wir die einzelnen Vertragspunkte vor dem Weltgerichtshof diskutieren, wenn Sie wollen. Aber jetzt müssen wir unser eigenes Haus aufräumen.« Sie blickte Lars nach. »Ich bin nämlich Pragmatikerin, und ich möchte hierbleiben dürfen.« Ihre Miene war finster. »Deshalb will ich euch als Zeugen dabeihaben.«

■

**Manchmal bietet uns das Leben solche Chancen.** Wenn Druck ausgeübt wird, fließt alles rasch in eine neue Richtung. Durch eine Öffnung in einem Berg, und schon sind wir in einem neuen Land. Quelle des Pfirsichblütenstroms, grünes Tal in einer Welt aus Eis, wie unser blaßblauer Punkt im All. Ich hoffe, daß ich euch jetzt erreiche, meine Freunde, aber sicher bin ich mir dessen nicht. Ich speichere oft, für alle Fälle. Wenn ihr bei mir seid, beachtet bitte, wie rasch wir diese kleine, in den Felsen gekerbte Zuflucht verlassen, wo sich Menschen ein Zuhause im Eis geschaffen haben. Mir kam es wie eine paläolithische Höhle vor. Alle dort drin hatten einen hellwachen Verstand. Ihr Geist schlafwandelte nicht mehr. Ich hätte lange Zeit dort bleiben können und wäre wunschlos glücklich gewesen. Dennoch, meine Gefährten haben sich bereit erklärt, den Unterschlupf zu verlassen, und ich gehe mit ihnen. Vielleicht gab es keine andere Möglichkeit.

Wolken-Berge, Berge-Wolken. Die Welt hat die Gabe, diese Winde hervorzubringen, es ist ein Geschenk, in solch einem Sturm zu reisen. Wie das Blut rast! Wie wach der Verstand wird! Manchmal scheint es mir, als wäre ich nur im Sturm wahrhaft lebendig, als trügen die Winde wahrhaftig meine Seele und erfüllten meinen Körper mit Freude.

Dem Wind ausgeliefert, fliegen wir dahin. Welch unheimliche Ähnlichkeit diese Reise mit der *Endurance*-Expedition hat! Ich denke jetzt so oft an diese Männer. Wie sie hatten wir jemanden, der uns getreu durch Dick und Dünn geführt hat. Wie sie haben wir Glück gehabt; alles in allem waren uns die Umstände freundlich gesonnen. Sie haben uns unsere Chance gegeben!

Als das Packeis unter dem Lager von Shackletons Männern schließlich aufzubrechen begann, mußten sie in ihre drei Boote steigen, wie wir in drei Luftschiffe. Sie befanden sich jedoch in einem Meer voller Eis, fuhren durch schmale Wasserrinnen und zogen die Boote immer wieder auf Eisschollen, wenn es den Anschein hatte, als könnten sie zwischen zusammenstoßenden Eisbergen zerquetscht werden. Hektische Tage voller wahnwitziger Anstrengungen, und dabei keine Sekunde Schlaf; geniale Seemannskunst, und immer ging es ums Ganze. Manchmal ist das Leben so!

Und am Ende dieser einwöchigen Fahrt gingen sie auf Elephant Island an Land. Besser, als zu ertrinken, gewiß; aber es war ein unbewohnter, von Eis bedeckter Felsbrokken an der Spitze der antarktischen Halbinsel, dem nur selten jemand einen Besuch abstattete. Niemand würde dort nach ihnen suchen, und im Winter würden sie wahrscheinlich verhungern. Nachdem sie sich also eine Weile ausgeruht und einige Reparaturen an ihrem größten Boot vorgenommen hatten, fuhren Shackleton, Worsley und vier weitere Männer zur Insel Südgeorgien, wo die Norweger eine ganzjährig besetzte Walfangstation unterhielten. Die Insel war zwölfhundert Kilometer entfernt, ungefähr in Windrichtung und in Richtung der vorherrschenden Strömungen - aber jenseits des Meeres, zwischen dem fünfundfünfzigsten und sechzigsten südlichen Breitengrad, wo es um die ganze Welt herum nichts als Wasser gibt und wo die riesigen Brecher der ewigen Dünung von den stärksten Stürmen des Planeten angenagt und aufgepeitscht werden.

Ihre Fahrt über dieses Meer war eine hervorragende Leistung des In-der-Welt-Seins. Der Mann, dessen seemännisches Geschick sie ermöglichte, war Frank Arthur Worsley. Shackleton hatte noch nie eine längere Fahrt mit einem kleinen Boot unternommen. Am zweiten Tag auf See sagte er zu Worsley: »Ist Ihnen klar, daß ich nichts vom Bootsfahren verstehe?« Worsley darauf: »In Ordnung, Boss. Ich schon, das ist meine dritte Bootsfahrt.« Und Shackleton erwiderte verärgert: »Wie gesagt, ich verstehe nichts davon.« Er sagte das, obwohl er der Boss war; von nun an trug Worsley die Verantwortung für ihren Erfolg oder für ihr Scheitern; Shackleton war jetzt der Schüler, Worsley der

Lehrer, und Shackleton wollte Worsley klarmachen, daß er das wußte.

Und Worsley stellte sich der Herausforderung. Er steuerte sie zwölfhundert Kilometer weit über eine endlose Wasserfläche zu einer kleinen, einsamen, keine hundert Kilometer langen Insel: britisches Feng Shui in seiner höchsten Form.

Nicht wegen der technischen Aspekte der Navigation, versteht ihr, zu denen mathematische Formeln gehören, die jedermann lernen kann; heutzutage könnte die erste Armbanduhr eines Kindes die Berechnungen ausführen. Aber vor den Berechnungen kommen erst einmal die Daten, und dazu muß man Messungen mit einem Sextanten vornehmen, um zu bestimmen, wie hoch die Sonne zu einer gegebenen Tageszeit über dem Horizont steht. Mit diesem Wissen kann man dann den Längen- und Breitengrad errechnen, auf dem man sich befindet. Aber die Berechnungen hängen ganz entscheidend davon ab, daß man überhaupt präzise Daten bekommt. Der Sextant muß auf gleicher Höhe mit dem kreisförmigen Horizont sein; tangential zu einem Punkt auf einer riesigen Kugel. Man muß die Welt und sich selbst darin mit außerordentlicher Genauigkeit sehen und fühlen! Und Worsley konnte seine Messungen nur vornehmen, indem er sich auf das bokkende Segeltuchdeck ihres von den Wellen hin und her geworfenen Bootes kniete, festgehalten von seinen Kameraden, weil er beide Hände für den Sextanten brauchte. Und das alles in den sehr wenigen Augenblicken der Reise, in denen die Sonne durch die Wolken schien, und bei permanent schwerer See. Was ist ›auf gleicher Höhe‹, wenn man sich auf einem in solch schwerer See tanzenden Korken befindet? Man könnte ebensogut von mir verlangen, daß ich es hier mache, während ich wie ein Vogel in den Wolken herumschwirre! Das ist der Aspekt von Worsleys Navigationskunst, der so erstaunlich und schön ist. Er mußte seinen Ort auf dem Planeten fühlen, er mußte sein Gespür für den Zug der Schwerkraft so stark verfeinern, daß er allein mit Hilfe eines auf und ab schwankenden Horizonts erkennen konnte, wann er senkrecht kniete und der Sextant auf gleicher Höhe mit dem Horizont war. In diesem Moment ›schoß er die Sonne‹, wie sie es nannten, mit einem raschen Blick auf die gekrümmte Skala des Instruments. Diese Zahl wurde dann zusammen mit der genauen Tageszeit in die grundlegenden Formeln eingesetzt – beachtet, daß ihre Uhr lebenswichtig für sie war, weil sie sich nur mit ihrer Hilfe im Fluß der Raumzeit orientieren konnten –, und mit dem Ergebnis ermittelten sie in einem Buch voller Tabellen den Längen- und Breitengrad. All das in Dunst, Nebel, Wolken, Regen und Graupelschauern, auf der wildbewegten Wasserfläche auf und ab tanzend.

Und trotzdem sichteten sie Land. Worsley schrieb: »Wunderbar, daß die Landsichtung ziemlich korrekt erfolgte, obwohl wir aufgrund der unvollkommenen Regulierung meines Chronometers auf Elephant Island ein bißchen nach achtern abgekommen waren.« Ha! Wegen des Chronometers! Aber diesen kleinen Anflug von Stolz sollten wir ihm mit Freuden zugestehen, so wohlverdient ist er. Wunderbar auch das ›wunderbar‹ unter diesen Umständen, nachdem seine Leistung ihnen das Leben gerettet hatte. Manchmal bekommen wir eine Chance, und wir nutzen sie und tun etwas Gutes, und die Geschichte, die davon erzählt, lebt bis in alle Ewigkeit fort; und so haben wir unseren Boddhisattva-Moment.

Nach ihrer wunderbaren Landung und der unglaublichen Überquerung von Südgeorgien brachten die dortigen Norweger die sechs Männer zu den Falkland-Inseln, und dort begann Shackleton mitten im Ersten Weltkrieg, als es kaum jemanden interessierte, was aus seinen zwanzig Männern wurde, wie ein Wahnsinniger zu verhandeln; nicht weniger als vier Schiffe kamen ihm zu Hilfe, bis es einem schließlich gelang, das Packeis zu durchdringen und die von der Außenwelt Abgeschnittenen zu retten, bevor der Winter über sie hereinbrach. Und so fand der größte Kampf mit der Antarktis in der gesamten Geschichte ein Ende.

Anschließend kehrten diese Männer in eine Welt zurück, die sich selbst in Stücke riß. Sie sahen ihr verlorenes Paradies nie wieder. Wohin wir als nächstes gehen, wissen wir nicht; Pläne sind nur Pläne. Ich erinnere mich vage an eine Geschichte, die ich schon ewig kenne, wie mir scheint; vielleicht bin ich ihr auf den knallbunten Seiten eines alten Kinderbuches begegnet. Sie handelt von eine Gruppe von Reisenden, die sich in polaren Regionen verirrt haben. Nachdem sie unter großen Mühen vereiste Pässe überquert haben, stoßen sie auf ein grünes Tal inmitten von Gletschern, das von einer heißen Quelle erwärmt wird; sie stellen fest, daß diese Oase das Zuhause von Menschen ist, die von Eskimos und Norwegern abstammen und abgeschnitten von der Welt in Frieden leben; und sie verlassen das Tal - warum, weiß ich nicht mehr, vielleicht, um mit Angehörigen und Freunden dorthin zurückzukehren -, können ihre verwehten Spuren jedoch anschließend nicht mehr wiederfinden. Nur die Geschichte überlebt.

In diesem Moment sind wir nun unterwegs in der Leere, und der Wind trägt uns dahin, bis wir abermals Land sichten, nachdem wir diesen Hort des Friedens in der Gewißheit, den einmal begangenen Weg jederzeit von neuem begehen zu können, so rasch wieder verlassen haben. Aber Gletscher und Berge bleiben nicht dieselben Gletscher und Berge. Selbst wenn wir unser ganzes restliches Leben lang suchen, wie sollen wir ihn erkennen, diesen Hort des Friedens, wo werden wir ihn je wiederfinden?

■

**»Wade! Bist du da, Wade?«**

»Ich bin hier, Phil. Sprich lauter, wenn du kannst, es ist ziemlich laut hier.«

»Wo bist du?«

»In einem Luftschiff.«

»Einem Luftschiff! Wessen Luftschiff?«

»Addies Luftschiff. Wir sind gerade in einer Wolke, Phil, es ist ganz schön windig. Du mußt wirklich lauter sprechen, wenn ich dich verstehen soll.«

»Was ist das?«

»Sprich lauter!«

»Wo bist du, Wade? Wo ist dieses Luftschiff?«

»Wir sind irgendwo in der Antarktis, Phil. Mehr kann ich dir nicht sagen. Wir haben versucht, mit dem Luftkissenfahrzeug zum Shackleton-Camp zu fahren, aber es ist in eine Gletscherspalte gefallen. Dann wollten wir zu Fuß dorthin gehen, sind aber von einem Sturm überrascht worden. Einem ziemlich stürmischen Sturm. Du hörst ja, wie das klingt. Dann haben wir in einer Geröllinie Schutz gesucht, und danach sind wir von ein paar Leuten gerettet worden, die ganz allein hier draußen im Transantarktischen Gebirge leben.«

»Menschenskind, Wade, das hört sich ja toll an! Sind das die Leute, die die Ökotage verübt und all die verschwundenen Sachen genommen haben?«

»Sie sagen nein. Anscheinend gibt's hier draußen mehrere Fraktionen...«

»Da nicht auch noch!«

»...doch, das bleibt nicht aus, und die Leute von der Gruppe, die uns gerettet hat, behaupten, eine andere Fraktion hätte Sachen gestohlen, und sie wüßten nichts von der Ökotage, obwohl die andere Fraktion anscheinend den Ökoteuren irgendwie geholfen hat. Wir wissen immer noch nicht, was eigentlich passiert ist.«

»Also, ich muß schon sagen, das sind tolle Neuigkeiten,

Wade. Ich habe den gestrigen Tag über alle fünf Minuten versucht, dich telefonisch zu erreichen!«

»Tut mir leid, daß die Verbindung unterbrochen war.«

»Nicht deine Schuld. Also, wo fliegst du jetzt hin? Was hast du vor?«

»Ich weiß nicht, wo wir hinfliegen, aber ich glaube, wir sollen Zeugen werden, wie diese Außenseiterfraktion aus der Antarktis verbannt wird.«

»Oh-oh. Das klingt, als könnte es da Ärger geben, Wade. Paß auf dich auf!«

»Mach ich.«

»Dann erzähl mir, was du gerade siehst, wenn du schon nicht weißt, wo du bist.«

»Also, wir sind in Addies Blimp, und im Moment sind wir über den Wolken. Es ist sehr sonnig hier oben. Wir schauen auf eine Wolkendecke hinunter, die sich über das Land erstreckt, soweit das Auge reicht. Es ist windig. Rechts von uns ragen ein paar Gipfel aus den Wolken.«

»In Ordnung!« sagte Addie über Bordfunk. »Schnappen wir sie uns!«

Wade steckte sein Armbandtelefon unter die rechte Seite seines Headsets. »Wie wollt ihr jemanden aus der Antarktis rauswerfen?« fragte er Addie.

»Oh, wir haben unsere Mittel und Wege.«

»Und welche?«

»Wir spüren sie auf und überfallen sie aus dem Hinterhalt.«

»Wird das gefährlich werden?« fragte Val, die neben Addie saß. Sie klang überrascht.

»Gefährlich? O nein, ganz und gar nicht!« Wieder Addies nettes Lachen. »Nichts, was wir hier unten tun, ist gefährlich, du liebe Güte, nein!«

Val sagte scharf: »Ich möchte nicht, daß meine Gruppe in einen Kampf verwickelt wird.«

»Nein, nein. Wenn wir dort ankommen, ist alles schon gelaufen. Mai-lis möchte nur, daß ihr die Resultate seht, damit ihr in McMurdo für sie aussagen könnt, falls nötig. In der Hinsicht ist sie eine sehr praktische Lady.«

»Sie scheint eine Autoritätsperson zu sein«, meinte Wade.

»Ja, sie ist die Chefin hier, ganz gleich, was sie über Demokratie sagt. In dem Punkt hat Lars weitgehend recht.«

»Wie hat sie diesen Status erreicht?«

»Na ja, sie ist am längsten hier, und sie hat mehr drauf als jeder andere. Sie weiß, wie man hier unten überlebt. Die Samen kennen sich mit Schnee und Wetter aus. Und sie ist technisch auf dem allerneuesten Stand. Sie blickt bei der Fotovoltaik, den Batterien und den Hydrokulturen voll durch. Bei allem. Mehr als die meisten von uns jedenfalls. Wir haben alle unsere Spezialgebiete, aber wissen Sie, das entwickelt sich ja erst alles. Es ist ein Experiment, wie sie gesagt hat. Deshalb ist niemand besonders gut in allem. Es kann also schon mal ein bißchen gefährlich sein.«

»Zum Beispiel, wenn man diese Blimps bei Sturm fliegt?« fragte Wade.

»O nein. Das ist völlig ungefährlich.« Sie grinste. »Eigentlich ist es gar nicht so schlimm. Die Dinger schweben wirklich gut, es ist schwierig, sie runterzukriegen. In der Hinsicht sind sie fast das Gegenteil von den Helos.«

»Und was ist, wenn man gegen eine Bergwand getrieben wird?«

»Na ja, da muß man aufpassen, aber wenn man oben drüber bleibt, kann einem nichts passieren. Sind schon tolle Maschinen. Dreihundert Stundenkilometer Höchstgeschwindigkeit, man kommt also für gewöhnlich sogar voran, wenn man frontal in einen ausgewachsenen Sturm reinfährt. Turbulent, das habt ihr ja gesehen, aber nicht unmöglich. Nein, Luftschiffe sind das einzige vernünftige Fortbewegungsmittel hier unten. Zu Fuß gehen ist einfach zu anstrengend, das wißt ihr ja wohl mittlerweile. Am besten geht's durch die Luft. Aber Flugzeuge und Helos sind zu umständlich. Und viel gefährlicher als diese Dinger hier.«

»Wer baut sie?« fragte X.

»Eine japanische Firma.«

»Wie bezahlt ihr sie?« fragte Wade.

»Mit Geld.«

»Aber wie verdient ihr das Geld? Ihr verkauft doch keine Mawsoni-Koteletts und Robbenpelzmäntel.«

»Nein. Einige von uns überwintern draußen in der Welt und verdienen da ganz gut. Andere machen ihre Jobs im Norden von hier aus, wie jeder andere mobile Telearbeiter.«

»Machen Sie das auch?« fragte Wade.

»Ich? Nein, überhaupt nicht. Ich bin kein Telearbeiter. Ich fühl mich hier wohl. Echte Zeit, echter Raum, vierundzwanzig Stunden pro Tag.«

Dann drückte sie die Nase des Blimps nach unten. Wade schaute zu den Fenstern hinaus und sah, daß andere Luftschiffe vor und hinter ihnen waren, die genauso schnell hinuntergingen wie sie. Er lehnte sich in seinem Sitz zurück und zog das Armbandtelefon aus seinem Headset.

»Hast du was mitgekriegt, Phil?«

»Teilweise - dich hab ich nicht gehört, nur ein paar von den anderen. Aber es ist ziemlich windig da, hm? Ganz schöner Krach im Hintergrund.«

»Ja. Hey, Phil, wir sind wieder in der Wolke, auf dem Weg nach unten. Willst du dranbleiben oder nicht?«

»Dranbleiben, ist doch klar! Laß die Leitung einfach offen, das ist prima! Ich wüßte gern, warum diese Leute Fraktionen gebildet haben, ich meine, das ist wirklich das Problem, nicht, da hat man Leute, die das gleiche wollen, und am Schluß gehen sie einander trotzdem an die Kehle, ich versteh das einfach nicht...«

»Hey, Phil, entschuldige, wir sind... hier ist jetzt ziemlich was los, ich kann mich nicht richtig konzentrieren...«

»Oh, hey, tu, was du tun mußt, ich denke nur laut!«

Der Blimp wurde von seiner großen Luftschraube nach unten getrieben und dabei von Windböen durchgeschüttelt. Addie begann wieder, mit dem Wind zu reden. Wade verspürte gerade die ersten Anzeichen von Luftkrankheit, als der Blimp auf einmal zu einem blauen Gletscherhang hinabraste, seine Harpunenanker hineinschoß und sich dann mit einem letzten Aufbäumen selbst hinunterzog. Sobald sie festgemacht hatten, nahm Addie ihr Headset ab, öffnete die Tür und sprang hinaus. »Wartet hier einen Moment«, rief sie ihnen zu, und schon war sie weg. Sie lief zu einer großen Spalte mit durchsichtigem Dach in einer riesigen Ausbuchtung des Gletschereises hinüber – zweifellos eine Zuflucht wie diejenige, die sie gerade verlassen hatten. Etliche andere Blimps lagen bereits vor Anker, und ihre Besatzungen standen vor dieser Zuflucht und richteten irgendein Gerät darauf. »Was machen sie mit ihnen!« rief Val aus. Sie wollte gerade ihre Tür öffnen, als X sie am Arm packte.

»Schau«, sagte er und zeigte zur Seite. »Was immer sie tun, sie haben nicht alle von denen da drin erwischt, siehst du?«

»Wade, sieh dich vor«, kam Phils blecherne Stimme von Wades Handgelenk, »halt die Augen offen – gefällt mir nicht, wie das klingt. Schau in alle Richtungen, sage ich immer...«

Weiße, kaum wahrnehmbare Bewegungen; winzige schwarze Punkte vor einem Feld blauer Eiszacken; das waren Sonnenbrillen, sah Wade und erkannte, daß ihre Wildlinge aus dem Hinterhalt überfallen wurden, vielleicht von Leuten aus der Zuflucht, denen es gelungen war, nach draußen zu entwischen.

»Kommt«, sagte Val, machte die Tür auf und sprang hinunter. X folgte ihr, und nach einem Sekundenbruchteil ängstlichen Zögerns sprang Wade ebenfalls aus dem Blimp.

Val lief zu einem Anker des Blimps und hob zwei große Eisklumpen auf, die dort lagen. Einen davon warf sie nach den Wildlingen vor dem Eingang der Zuflucht, um ihre Aufmerksamkeit auf sich zu lenken; den anderen schleuderte sie den weißen Gestalten entgegen, die auf sie zukamen. Das erregte die Aufmerksamkeit der weißen Gestalten, und eine davon zeigte in ihre Richtung – sie zielten mit

Schußwaffen auf sie, sah Wade schockiert. Von Panik erfüllt, rannte er los, erwischte Val und X mit einem Hechtsprung an den Knöcheln und riß sie von den Beinen, so daß sie auf ihn stürzten. Leise, knallende Geräusche im Wind ließen seinen Magen auf die Größe einer Walnuß schrumpfen; Schüsse! Er preßte sich ans Eis, blickte auf und sah gerade noch rechtzeitig, wie die Wildlinge am Eingang der Zuflucht ihre merkwürdig aussehenden Waffen auf die Angreifer richteten. Die Gestalten in Weiß taumelten spastisch und fielen um wie Marionetten, deren Fäden durchgeschnitten worden waren.

Einen Moment lang bewegte sich nichts außer dem Wind. Phils Stimme zirpte wie eine Grille an Wades Handgelenk. Nur ein paar kurze Augenblicke waren vergangen, aber für Wade hatte sich die Zeit ausgedehnt, aufgebläht von seiner Panik; er hätte einen langen, detaillierten Bericht über jede soeben verstrichene Sekunde geben können. Sein Herz klopfte wie der schnellste Kesselpaukenwirbel im vorprogrammierten Klangspektrum des Maestro.

Val und X erhoben sich von ihm. Sie waren beide nicht gerade die Kleinsten und Leichtesten.

Schließlich bewegte sich etwas vorn beim durchsichtigen Zelt der Zuflucht. Mai-lis und Addie kamen heraus und gingen zu den Nachzüglern hinüber. Wade hob das Handgelenk an den Mund. »Jetzt hör zu, Phil.«

Als Mai-lis und Addie zu ihnen kamen, standen sie alle wieder auf den Beinen. Wütend rief Val: »Sie haben gesagt, das wäre ungefährlich! Was, zum Teufel, habt ihr gemacht?«

»Tut mir leid«, sagte Mai-lis knapp, mit einem raschen Blick zu Addie, den diese ignorierte. »Ihr hättet erst herkommen sollen, wenn die Operation vorbei war. Danke für eure Hilfe.«

Andere Mitglieder ihrer Gruppe sammelten die Gestürzten ein und zerrten sie ruppig übers Eis zu dem größten Blimp. Weitere Bewußtlose oder Gelähmte wurden aus der Zuflucht selbst geschleift. Alles in allem vielleicht ein Dutzend oder fünfzehn Personen. Der Blimp, in den sie geladen wurden, war erheblich größer als die anderen, aber es würde trotzdem ziemlich eng darin sein.

Addies Gesicht war gerötet. »Das ist eine verschließbare Gondel«, erklärte sie Wade, Val und X. »Da drin können sie nichts machen. Der Blimp ist ferngesteuert und darauf programmiert, eine Basis auf der Halbinsel anzusteuern, dort aufzutanken und dann über die Drake Strait nach Chile zu fahren.«

»Was habt ihr mit ihnen gemacht?« fragte Val.

»Wir haben sie mit einem Ding beschossen, mit dem sich japanische Banken gegen Raubüberfälle verteidigen oder so. Ultraschall oder Taser, ich weiß nicht genau. Man verliert die Kontrolle über die Muskeln. Ein Lähmungsgewehr.«

»Die haben so was aber nicht benutzt«, bemerkte X.

»Nein, das waren echte Knarren, mit denen die geschossen haben! Bin ich froh, daß sie euch nicht getroffen haben! Hübsch übrigens, die Aktion vom Senator. So, kommt rüber, Mai-lis wird das Urteil verkünden und sie auf die Reise schicken.«

Die gesamte Gruppe hatte sich um den großen Blimp versammelt. Carlos beschimpfte die Eingesperrten hinter den Fenstern der Gondel und drohte ihnen mit der Faust. Während sie hinübergingen, sagte Wade in sein Armbandtelefon: »Kommt das bei dir an, Phil?«

Er hielt sich das Telefon ans Ohr. »Schwer zu verstehen, Wade, aber leg nicht auf.«

Einige der gefangenen Outlaws hatten sich von ihrer neuromuskulären Lähmung erholt, standen an den Fenstern und brüllten wütend und mit rotem Gesicht zu Carlos und den anderen herunter; einer von ihnen weinte; einer schrie; eine Frau hämmerte mit aller Kraft ans Fenster – sie hätte die Scheibe glatt eingeschlagen, wenn sie gekonnt hätte, und zur Hölle mit den Konsequenzen. Und nichts von alledem war im Wind und dem Lärm der Luftschrauben des Blimps durch das Glas zu hören.

»Da ist Ron!« rief X und zeigte zum Fenster der Gondel. »Das ist Ron Jasper da drin! Er hat sich den Eispiraten angeschlossen!«

Mai-lis sprach nun in ein Walkie-Talkie; vermutlich redete sie über Funk mit den Leuten im Luftschiff. Wade lief zu ihr hinüber und hielt sein Armbandtelefon direkt ans Mundstück ihres Walkie-Talkies. Mai-lis nickte ihm zu, während sie weitersprach.

»...neunzig Prozent haben für Verbannung gestimmt, und darum werdet ihr nun verbannt. Die Rückkehr ist euch bei Todesstrafe verboten. Merkt euch diese Lektion in eurem neuen Leben im Norden.« Sie schaute zu ihnen hinauf. Der Blick ihrer kleinen Samen-Augen war kalt. Sie machte eine Handbewegung, und einer aus ihrer Gruppe bediente ein weiteres Mobiltelefon, und der große Blimp löste sich von seiner Verankerung, schoß in den Wind empor und trug seine Gefangenen in die Wolken.

Anschließend wurden Val, X und Wade ins Piratennest geführt, wie Addie es nannte. Es war viel tiefer als die Zuflucht, zu der sie zuerst gebracht worden waren, und erstreckte sich weit ins Eis hinein, ein gigantischer Tunnel aus reinstem Blau. Dort fanden sie haufenweise Kisten, die an den Wänden gestapelt waren, und Ausrüstungsgegenstände aller Art. Im hinteren Teil des Tunnels stand ein großes gelbes Fahrzeug, das Wade an einen Flachbagger für Straßenbauarbeiten erinnerte.

»Da ist er!« schrie X. »Das ist der Wagen von meiner SPOT-Kolonne!«

»Hab ich euch doch gesagt«, meinte Addie. »Kommt, verschwinden wir von hier. Wir geben euch die GPS-Koordinaten für diesen Ort, dann kann Mac Town sich die Sachen zurückholen.«

Als sie wieder in der Luft waren, sagte sie über Bordfunk: »Puh! Ich bin froh, daß das vorbei ist! Danke für eure Hilfe. Tut mir leid, daß ich euch zu früh hingebracht habe, aber ich wollte mit dabei sein, um die Wahrheit zu sagen.

Ich hasse diese Mistkerle, die und ihre ›Requirierungen‹. Als ob sie tun könnten, was sie wollten.«

»Und, werdet ihr sie töten, wenn sie zurückkommen?« fragte Wade.

»Nee. Wohl kaum. Möglich wär's zwar schon, aber in Wirklichkeit würden wir ihnen wahrscheinlich bloß eins auf die Nase geben und sie wieder abtransportieren. Die Wahrheit ist, daß sie wahrscheinlich nicht zurückkommen werden. Sie würden keine Unterstützung kriegen, von niemandem, und man muß schon zu der Wildlingsszene hier unten gehören, wenn man's wirklich versuchen will. Also, selbst wenn sie zurückkämen, wären sie bloß so 'ne Art Trekker und würden ganz allein da draußen rumlaufen. Das ist ganz was anderes, als sich hier unten sein tägliches Brot zu verdienen.«

»Aber ich verstehe nicht, wie ihr das macht«, beharrte Wade. »Die Ausrüstung, die ihr hier habt, muß erheblich mehr kosten, als ihr verdienen könnt.«

Eine lange Pause, angefüllt von den Geräuschen des Windes und dem Summen der Luftschraube. »Na ja, wissen Sie«, sagte Addie, »wir haben unser Publikum, wie die meisten Gruppen hier unten. Ein Sponsoren-Publikum, meine ich. Hatten Sie nicht auch Kunden dabei, die Berichte über den Treck rausgeschickt haben?« fragte sie Val.

»Ja, klar«, sagte Val. »Ta Shu. Er tut es immer noch, nehme ich an, falls er senden kann.«

»Ein bißchen was in der Art machen wir auch. Und einige der Firmen, die diese Sachen herstellen, möchten, daß die Prototypen einem richtigen Härtetest unterzogen werden. Wir haben also ein paar Verbündete.«

»Aber der Antarktisvertrag«, wiederholte Wade. Er hatte das Armbandtelefon wieder zwischen das rechte Ohr und das Headset geklemmt und versuchte sich vorzustellen, was Phil wohl gern fragen würde. Vermutlich hätte Phil sogar seine eigenen Fragen stellen können, aber er blieb stumm, und Wade begriff, daß dies vielleicht die einfachste Art war, Dinge zu tun.

»Ja, ja, der Vertrag. Ist zur Zeit ausgesetzt, stimmt's? Und selbst als er noch in Kraft war, war er bloß ein Stück Papier. Seine Werte waren so rein, weil es um so wenig ging! Seit die Forschung nach Erdöl rentabel geworden ist, sind die Nichtvertragsstaaten hier und schnüffeln rum, und oben drüber versuchen die Regierungen der Vertragsstaaten, sich in eine gute Position zu drängeln. Der Vertrag ist ohnehin nie durchgesetzt worden, wissen Sie. Niemand ist hier runterkommen, hat den Übeltätern eins auf die Nase gegeben und sie abtransportiert, wie wir's gerade getan haben. Die Franzosen haben den Vertrag unterschrieben und dann mit Bulldozern eine große Flugpiste mitten durch eine Pinguinkolonie in der Nähe ihrer Station angelegt. Greenpeace ist hingegangen und hat sich direkt am Fuß des Hangs aufgebaut, wo die Bulldozer Felsbrocken rumgeschoben haben, und die Bulldozerfahrer sind einfach weitergefahren. Hätten fast ein paar Greenpeace-Leute umgebracht. Das war das Gefährlichste, was sie je gemacht haben, glaube ich, viel schlimmer, als mit Schlauchbooten vor diesen großen japanischen Walfängern rumzukurven. Greenpeace hat hier unten ein paar tolle Sachen gemacht, wenn ihr mich fragt, das hat echt was gebracht. Und ohne Leute in die Luft zu sprengen, wie diese Kerle, mit denen wir's jetzt zu tun haben. Aber sie konnten nicht alles machen, weil nämlich jeder den Vertrag gebrochen hat. Die Russen haben den Vertrag gebrochen, die Polen haben den Vertrag gebrochen, die Amerikaner haben den Vertrag gebrochen, Sie sollten sich mal den Grund der Bucht vor McMurdo ansehen! Wir waren genauso schlimm wie alle anderen, bis Greenpeace mitten in einer wichtigen Konferenz Müll von der Deponie auf den Boden des Chalets gekippt hat. Das war einfach super. Der NSF-Vertreter ist total ausgerastet und hat uns allen verboten, mit Greenpeace-Leuten zu sprechen, und am Ende der Saison ist er zurückgetreten. Aber es hat dazu geführt, daß die NSF mal über die Sache nachgedacht hat. Zur gleichen Zeit ist sie nämlich auch vom Environmental Defense Fund in Washington verklagt worden, weil sie die nationalen Umweltschutzgesetze gebrochen hat. Man hat sie so richtig in die Zange genommen. Die NSF ist damals also vernünftig geworden, aber das war das Werk von Greenpeace, von Greenpeace und vom EDF. O ja, der Vertrag ist verletzt worden, mein Wort darauf! Aber in der Welt sind zu viele andere Sachen passiert, als daß jemand riskiert hätte, irgendwen wegen einer Kleinigkeit wie der Antarktis zu verärgern. Der Vertrag war also in Kraft, aber niemand hat sich groß drum geschert, außer wenn's ihm gerade in den Kram paßte. Tja, so sieht's aus. Mai-lis sorgt wie eine Kindergärtnerin dafür, daß wir den Vertrag einhalten, besser als die meisten Länder, wenn man sich wirklich mal ansieht, was eigentlich drinsteht. Wir registrieren alle Tiere, die wir töten, um sie zu essen, und nehmen wissenschaftliche Untersuchungen an ihnen vor. Im Grunde machen wir also nichts anderes als die Wissenschaftler, nur daß wir die Untersuchungsobjekte essen, wenn wir damit fertig sind. Art Devries tut das auch, wenn er seine antarktischen Fische erforscht. Also, Sie können nicht von uns erwarten, daß wir den Vertrag allzu ernst nehmen.«

»Außer wenn ihr seinetwegen vom Kontinent verjagt werdet.«

»Tja, wohl wahr.« Sie schüttelte den Kopf. »Deshalb sind diese Mistkerle, die wir weggeschafft haben, und wer immer die Ölstationen in die Luft gejagt und die Kommunikationseinrichtungen lahmgelegt hat...« Eine Windbö wirbelte den Blimp herum, und Addie rang mit der Steuerung und führte den Gedanken nicht zu Ende. »Komm schon.«

»Was hat Sie hierhergebracht?« fragte Wade.

»'n Flugzeug.« Ein weiteres Lachen. »Nein, nein, ich weiß. Ich komme aus Alabama, verstehn Sie? Ich hatte in meinem ganzen Leben noch keinen Gedanken an die Antarktis verschwendet. Wenn man mich gefragt hätte, was das ist, hätte ich gesagt, eine Kühlflüssigkeit. Aber ich hab 'n Stück Land verkauft, ein Mann hat es sich angesehen, und wir haben uns eine Weile unterhalten. Ich bin Klempnerin, seit ich zehn war, außerdem Tischlerin, Elektrikerin - mein Daddy war Bauunternehmer, und ich hab alles gemacht. Und nach meiner Zeit bei der Army war ich bei Lousiana Pacific und hab da Helos geflogen. Das hab ich dem Mann also alles erzählt, ich hab ihm einen Brunnen und ein Pumpenhaus gezeigt, das wir gebaut hatten, und ihm von uns erzählt, und er hat gesagt, haben Sie schon mal dran gedacht, in der Antarktis zu arbeiten? Und ich hab gesagt, nein, hab ich nicht.« Das Lachen. »Es hat sich rausgestellt, daß er von ASL war, und er dachte, ich würde einen guten Carhartt abgeben. Und so war's auch - eine Zeitlang.«

»In McMurdo?« fragte X.

»Und am Pol. Fünf Sommer und zwei Überwinterungen. Dann hat man mir in meinem zweiten Winter am Pol ein paar Sachen gezeigt...«

»Zum Beispiel die Wasserrutsche?« fragte Wade.

»Ja, woher kennen Sie die? Wer sind Sie gleich noch mal? O ja, der Senator.«

»Nein, der Senator bin ich eigentlich nicht.«

»Wasserrutsche?« sagte X. Er und Val sahen Wade an.

»Und dann sind sie zu den Wildlingen gegangen«, gab Wade Addie das Stichwort.

»Ja. Eines Tages war ich draußen und hab total genervt eine Herc ausgeräumt, und ich schau nach oben, und da fliegt ein Skua rum. Ab und zu trägt der Wind die bis zum Pol, aber das wußte ich damals noch nicht, und als ich ihn gesehen habe, dachte ich, es wäre... ich weiß nicht. Gott. Und genau an diesem Abend hat Herb mich gefragt, ob ich nicht Lust hätte, mich ins Terretorium zu verdrücken, und ich hab an diesen Skua gedacht und gesagt, na klar, und ich hab's nie bereut.«

»Finden Sie's nicht schade, daß Sie...« - eine laute Windbö übertönte seine Stimme - »...verloren haben?«

»Was hab ich verloren?«

»Die Welt!«

Dieses nette Lachen. »Was sollte einem da fehlen? Die Welt ist doch bloß ein großes ASL. In Kisten fahren, um in anderen Kisten zu hocken und auf kleine Kisten zu glotzen – das ist doch kein Leben. Selbst die Kisten zu bauen ist nicht besonders prickelnd, wenn man mal die ersten fünfzig oder so hinter sich hat. Nein, mir fehlt die Welt nicht im geringsten. Außer Tahiti, natürlich.« Das Lachen. »Da bin ich jeden Winter.«

»Sie überwintern nicht hier?«

»Kommt gar nicht in Frage. Ich hab's zweimal gemacht, und das ist mindestens einmal zuviel. Das Leben ist zu kurz. Natürlich hab ich mich bereit erklärt, alle sieben Jahre einmal zu überwintern, um zu helfen, daß alles weiterläuft. Aber ich hab die sieben noch nicht voll, und wenn, dann werd ich noch mal drüber nachdenken müssen. Mal sehen, ob ich mich nicht freikaufen kann. Vielleicht steig ich sogar aus. Nee, aber mir wird schon was einfallen. Vielleicht übernehme ich einen Einsatz, für den sie Paare suchen, wenn ich den Richtigen finde, nur so geht's, einfach Winterschlaf machen, den ganzen Winter im Bett verbringen und sich warmhalten.«

»Also überwintern die meisten von euch nicht«, sagte Val.

»Nein. Nur ein Wartungsteam, wie in Mac Town oder am Pol. Wir sind Antarktiker, okay, aber keine Masochisten, außer ein paar, die ich euch namentlich nennen könnte. Wir tun es, weil es Spaß macht. Das Entscheidende bei der Sache ist, daß man flexibel bleibt. Nomaden, wißt ihr. So machen die Eskimos und die Samen es auch. Im Winter sind die meisten von uns auf Tahiti, in Neuseeland oder Alaska oder sonstwo. Aber zum Teufel, klar werd ich hier noch mal überwintern, wenn's sein muß, damit die Sache vorankommt.«

Unter ihnen tat sich ein Riß in den Wolken auf, und sie konnten Teile eines riesigen, breiten Gletschers sehen, der von schwarzen Bergen flankiert wurde. »Das sieht wie der Beardmore aus«, sagte Val.

»Reden wir nicht drüber. Und ich fänd's gut, wenn Sie drauf verzichten würden, Ihr GPS zu checken«, setzte sie mit einem Blick nach hinten zu Wade hinzu.

»Wohin bringen Sie uns?« fragte Wade.

»Euer endgültiges Ziel ist natürlich Mac Town. Aber zuerst fahren wir nach Quviannikumut, um aufzutanken. Und ich glaube, Mai-lis möchte, daß ihr noch was anderes seht als unsere dunkle Seite, wenn ich mal so sagen darf. Schmutzige Wäsche - Strafvollzug.« Sie schüttelte den Kopf. »Diese Mistkerle.«

»Klingt, als wäre Mai-lis wirklich eine ziemliche Autoritätsperson«, bemerkte Wade.

»Na ja, irgend jemand muß es ja sein. Sie ist die große Mama, soviel steht fest. Der Demokratiekram hat irgendwo Grenzen, sonst artet's in Chaos aus. Jemand muß das letzte Wort haben, oder meinetwegen auch das erste, und das ist Mai-lis.«

»Ich möchte wissen, weshalb sie hierhergekommen ist.«

»Das müssen Sie sie selber fragen. Aber ich glaube, sie hat mal gesagt, sie hätte die Norweger mächtig satt. Sie behandeln die Samen genauso wie wir die Indianer, verstehn Sie? Ah - da ist Quviannikumut, sehen Sie?«

Wade sah nur weiße Wolken.

»Heißt ›zutiefst glücklich sein‹. Hübscher Name, hm? Okay, wir gehen runter. Komm schon, du häßlicher Vogel. Runter, Junge! Runter!«

*weiß weiß weiß*
*weiß grün weiß*
*weiß weiß weiß*

**Val ging staunend ins Quviannikumut hinein.** Es war ein großer Unterschlupf, viel größer als die erste Zuflucht, in die sie gebracht worden waren: eine modulare Ansammlung etlicher zerklüfteter, mit durchsichtigem Zeltstoff überdachter Einbuchtungen eines Dolerithangs, der sanft in eine Eisfläche auslief, die sich dann über das Ufer erhob, so daß sich Finger aus Stein und Eis verschränkten. Der Fels hatte etwas von einem Irrgarten, ähnlich wie das Labyrinth im Wright-Tal; kleine Schluchten führten kreuz und quer in den Hang hinauf und wurden zu unterirdischen Räumen. Die Halbinseln aus glattem blauem Eis, die sich in die Einbuchtungen schoben, gehörten zu einem größeren Gletscher oder der Polkappe selbst - im dahinjagenden Nebel des Sturms konnte man das unmöglich erkennen -, und das Eis hatte man ebenfalls in den Unterschlupf integriert; es war von Tunneln, nach oben hin offenen Kammern und langen blauen Stollen durchsetzt. Und alles unter der klagend darüber hinwegziehenden weißen Wolke, so daß es wie ein Dorf unter Glas wirkte. Es war wunderschön.

Vals Kunden aus den anderen Blimps hatten sich alle schon in einer Art Speiseraum versammelt; soweit war also alles in Ordnung, und sie entspannte sich. Oder vielmehr, sie begann, sich zu entspannen; es würde einige Zeit dauern, bis sie richtig abschalten konnte. Anscheinend gab es wieder eine umfangreiche Mahlzeit; sie tunkten Krillplätzchen in Dip-Soße und unterhielten sich mit anderen Essenden um sie herum. Jack schien sich allmählich zu erholen; er trug eine Schlinge und traktierte eine der Wildlingsfrauen, eine hochgewachsende skandinavische Blondine, mit der Geschichte ihrer Durchquerung des Mohn-Beckens. »Das Entscheidende war, daß man sich seine Kräfte einteilte.« Jim, Jorge und Elspeth horchten den Koch aus. Carlos unterhielt sich auf Spanisch mit einem weiteren Latino-Kontingent; Ta Shu schaute in die Eislandschaft draußen vor der Zuflucht hinaus und nickte begeistert. »Ein sehr guter Ort!« X und Wade drängten sich hinter ihr herein; sie schwatzten immer noch mit Addie. Es war laut, und als sie die Verbannung der Eispiraten feierten, begann es richtig hoch herzugehen.

»Ganz schön hart«, sagte Val zu Mai-lis. »Wahrscheinlich waren sie gern hier unten.«

Mai-lis zuckte die Achseln. »Das haben sie sich selbst zuzuschreiben. Und es ist ja nicht so, als hätten wir sie ins Gefängnis gesteckt.«

Sie führte Val, Wade und X in dem Unterschlupf herum, und Ta Shu gesellte sich zu ihnen. Mehrere der kleinen Rinnen, die vom Eis nach oben in den Hang hinein liefen, waren in Wirklichkeit Treibhäuser und durch dreifache Schleusentüren vom Rest des Camps getrennt. In diesen kleinen Schluchten waren Boden und Wände von Gemüse und Getreide bedeckt, die größtenteils in Hydrokulturen, aber auch in Kisten mit Erde und großen Glasterrarien angebaut wurden. Die Dächer waren durchsichtig. »An sonnigen Tagen wird der Stoff weiß. Von oben kann es niemand sehen«, sagte Mai-lis. »Wir verlagern die Produktion ständig, um der Sonne zu folgen. Wir versuchen, so viel anzubauen, wie wir nur können. Natürlich reicht es nicht, aber wir kommen diesem Ziel immer näher. Es ist schon toll, wie ertragreich moderne Gewächshäuser sein können.«

Wade stellte ihr eine Menge Fragen, genauso wie vorher Addie; er war eindeutig fasziniert von dem ganzen Phänomen. »Was sind denn die wesentlichen Grundbestandteile eurer Nahrung?«

»Fisch natürlich. Und Krillplätzchen. In der Antarktis zu Hause zu sein, heißt, daß man die meiste Zeit an den Küsten und vom Meer lebt, denn landeinwärts gibt es nichts, wovon man leben kann. Glücklicherweise ist das Transantarktische Gebirge selbst eine Küstenregion, nachdem das Ross-Schelfeis verschwunden ist, und das ist gut. Wir können hier ebensogut leben wie überall sonst an der Küste. Und oben auf der Kappe auch, im Sommer, wenn wir zu den weiter entfernten Küsten ziehen. Oder einfach, wenn wir dort oben sein wollen.«

»Aber warum?« fragte Wade.

»Weil es uns nun mal gefällt.« Val sah sie zum ersten Mal lächeln. »Es bringt einiges, draußen in der Welt zu sein. Und die Technik ist mittlerweile derart fortgeschritten, daß wir alle eine sehr ausgefeilte Form des Nomadendaseins pflegen können. Nicht Jagen und Sammeln, sondern Jagen und mobiler Ackerbau. Und die Kleidung ist so hochentwickelt, daß sie in fast jeder Hinsicht als Haus fungiert. Das ist eine gute Sache. Es bedeutet, daß man auf dem Land herumreisen kann, ohne große Spuren zu hinterlassen, und trotzdem geschützt ist. Man ist den Unbilden der Witterung nicht mehr schutzlos ausgesetzt. Das habt ihr ja gemerkt, nicht wahr?«

»Ich hab mich trotzdem ziemlich schutzlos gefühlt«, sagte X.

»Ja, aber das liegt teilweise daran, daß man sich erst dran gewöhnen muß, wie gut die Kleidung funktioniert. Und lernen muß, ihr zu vertrauen. Denkt daran, wie es früher war! Hin und wieder rufen wir uns das selbst ins Gedächtnis, indem wir in der alten Ausrüstung rausgehen, nur damit uns klar wird, was wir jetzt haben. Außerdem ehren wir damit die ersten Forscher, denn es erinnert uns daran, was sie ertragen haben. Sie waren die ersten Antarktiker, wißt ihr. Sie haben den Kontinent auch geliebt.«

Val sagte: »Ihr habt Kleidungsstücke von ihnen?«

»Faksimiles ihrer Kleidungsstücke, hergestellt für Abenteuerreisegruppen, die die alten Expeditionen bis ins kleinste Detail reproduziert haben.«

»Ah ja«, sagte Val. »Das kenne ich. Ich hab ein paar solche Trips gemacht.«

»Wir haben sie zu einem stark reduzierten Preis erstanden.«

»Glaub ich gern.«

Mai-lis führte sie in das nächste Modul des Unterschlupfs – Felswände unter einem steingrauen Zeltdach. Dies war der Schlafraum; die Schlafkammern waren kleine, mit Vorhängen abgeteilte Einzelkabinen zu beiden Seiten des Gangs.

»Sieht ziemlich eng aus«, bemerkte Wade.

»Wenn wir drinnen sind, ist es eng«, sagte Mai-lis. »Eine Übung in Effizienz. Aber wir verbringen nicht so viel Zeit an einem Ort, deshalb stört es uns nicht. Und es macht Spaß, eine neue Lebensweise zu entwickeln. Die verschiedensten Möglichkeiten tun sich vor einem auf. In einer Welt wie der unseren ist es wichtig, sie auszuprobieren. Lars spricht immer von der Freibordmarke. Kennt ihr diesen Begriff? Das ist die Linie an einem Schiffsrumpf, die die maximal zulässige Fracht bezeichnet. Er sagt, die Welt liegt unter der Last ihrer Menschenfracht schon über ihre Freibordmarke hinaus im Wasser. Er hat ausgerechnet, wieviel Energie jeder heute lebende Mensch verbrauchen könnte, ohne daß die Welt bis über die Freibordmarke hinaus eintauchen würde. Es ist nicht sehr viel. Weniger, als man meinen würde.«

»Lebt ihr deshalb hier?« fragte Wade. »Um den Bevölkerungsdruck im Norden zu verringern?«

»O nein. Dazu ist Antarktika außerstande. Die ökologische Tragfähigkeit des Kontinents ist um ein Vielfaches kleiner als das Ausmaß des Problems. Die Menschen müssen überall ihre Anzahl verringern, das ist im Augenblick die einzige Lösung. Bevölkerungsreduktion und Klimastabilisierung sind heutzutage dasselbe. Nein, wir leben hier, weil es uns hier gefällt. Und vielleicht ist es auch eine Anregung, darüber nachzudenken, wie Menschen überall auf der Welt leben sollten. Aber wir tun es, weil es uns Freude macht.«

»Ihr verfeuert doch bestimmt Brennstoff, um hier alles in Gang zu halten«, sagte X. »Ich höre einen Generator.«

Mai-lis lächelte. »Du klingst wie ein Fundi. Und wenn

wir ihn nun mit Walöl betreiben würden, wärst du dann zufrieden? Mit einer einheimischen, erneuerbaren Ressource?«

X zuckte die Achseln.

»An manchen Stellen haben wir eine noch bessere Methode«, sagte Mai-lis. »Dort, wo es geothermische Zonen gibt, haben wir sie angebohrt und heizen diese Zuflüchte nun mit heißen Quellen. Das sind die allerbesten.«

Wade sagte: »Ist der Generator, den wir hören, der aus der alten alten Polstation?«

Mai-lis nickte. »Ja. Und er stellt ein Problem dar, weil der Brennstoff für ihn eine uralte Mischung ist, die wir extra anfertigen müssen. Aber er ist durchaus zu gebrauchen, wie ihr hört.«

Am Ende dieses Rinnengangs schloß der Zeltstoff am Boden ab und bildete die Tür zu einem Vorraum. Dahinter befanden sich weitere Räume, die in die blaue Masse des Gletschers hineinführten; dort war das Eis zu kunstvollen Säulen und Decken behauen. Ihr Blimp-Pilot Lars war dort, und als er sie sah, winkte er ihnen zu, daß sie zu ihm herauskommen sollten. »Ja, sehen wir uns das an«, sagte Mai-lis. »Wir sind warm genug angezogen. Die Temperatur dort draußen liegt immer knapp unter dem Gefrierpunkt. Ihr werdet schon sehen.«

Sie passierten den Vorraum und gingen in den Eisstollen hinaus, und in der Tat war es dort nicht sehr viel kälter als in den Räumen mit Felswänden. Als sie weiter in den Stollen vordrangen, sahen sie, wie viele Räume und Kammern ins Eis gehauen worden waren; es wirkte, als wäre eine komplette Ausbuchtung des Gletschers durchlöchert worden. Einige Räume waren mit Zeltstoff überspannt, die anderen lagen frei, und alles waren künstlerisch gestaltet wie eines der großen, zu festlichen Anlässen errichteten Eisdörfer in Skandinavien, aber in einem wahrhaft riesigen Maßstab. Es gab sogar einen enorm großen Hof, in dem nur glattwandige Statuen aus blauem Eis standen.

»Wie faszinierend!« Wade drückte sich an eine durchsichtige Wand und schaute in den freiliegenden Skulpturengarten hinaus. »Wer... wie...?«

Lars trat zu Wade an die Wand. Er war freundlicher als zuvor. »Das ist nicht unsere Art des Zeitvertreibs, sondern das Werk eines Künstlers aus McMurdo. Er hat bei der NSF beantragt, so etwas mit den neuen Eisbohrern am Ende des Kanada-Gletschers in den Trockentälern machen zu dürfen, aber die haben seinen Antrag abgelehnt. Deshalb hat er in McMurdo immer nur Schneemänner gebaut und so getan, als würde er nichts anderes machen, aber währenddessen ist er dreimal hierhergekommen und hat das hier geschaffen. Niemand achtet sonderlich darauf, was diese Woos tun, wenn sie erst mal draußen im Gelände sind. Irgendwie hat er uns gefunden, und wir haben ihn hergebracht, als wir diese Zuflucht gebaut haben. Ich war dabei, als er das gemacht hat, und ich kam mir vor wie Rilke bei Rodin, sage ich Ihnen.«

»Das kann ich verstehen«, sagte Wade, die Nase an den durchsichtigen Stoff gedrückt. »Was für ein Sinn für Formen.«

»Ja. Er war ein echter Künstler. Der Eisbohrer war wie seine Finger. Und Sie müssen wissen, das Eis hat nicht so ausgesehen wie jetzt, als er damit fertig war. Er ist davon ausgegangen, daß das Eis abgetragen werden würde, so daß sich die Skulpturen durch den Abschmelzungsprozeß mit der Zeit verändern würden. Da man unmöglich vorhersagen kann, wie das genau vonstatten geht, ist ein Zufallselement dabei. Aber er wollte wissen, welches die vorherrschenden Winde seien, um den Prozeß nach seinen Vorstellungen zu gestalten. Und so sieht es jetzt aus. Noch ein paar Jahre, dann hat der Wind alles weggeweht.«

»Wow!«

»Er hat unsere Einstellung zu den Eisbohrern verändert. Und unsere Ansichten darüber, was wir hier draußen mit den Zuflüchten machen sollten.«

Ta Shu schlug sich grinsend an die Brust. »Ich auch ein Woo.«

»Wirklich?« fragte Lars interessiert.

X zeigte über den Gletscher hinweg zu der nächsten mit Zeltstoff überspannten Einbuchtung, die innen vollständig vernebelt zu sein schien. »Was ist das?«

»Das ist die Sauna«, sagte Mai-lis. »Dort drin kann man sich nach einem Tag im Freien entspannen und aufwärmen. Mein nächstes Ziel, wenn es euch recht ist. Ihr könnt mich gern begleiten, wenn ihr wollt.«

Sie führte sie wieder zurück, am Schlafzelt vorbei, zur Tür eines großen, feuchten Umkleideraums, wo ein Haufen Kleidungsstücke mehr oder weniger ordentlich auf einer Steinbank an einer Felswand aufgestapelt waren. Sie ging hinein, zog sich bis auf ihre lange blaue Smartfabric-Unterwäsche aus und betrat dann durch eine Reißverschlußtür in einer durchsichtigen Wand einen langgestreckten, total vernebelten Raum mit einem dampfenden Schwimmbassin darin. Die meisten Leute im Unterschlupf schienen bereits dort zu sein. Das Schwimmbassin befand sich an der tiefsten Stelle des Raums, in dem die Felseinbuchtung zu einem Becken abfiel, das mit heißem Wasser gefüllt war. Jenseits des Schwimmbassins zog sich die durchsichtige Zeltwand bis zum Boden herab, direkt vor dem Eis des Gletschers, das sich wie eine blaue Welle auftürmte, die gleich auf sie herabstürzen würde.

Val zog sich bis auf die Unterwäsche und das Jogger-Top aus, ohne X oder Wade anzusehen, die angestrengt woanders hinschauten und taumelnd gegeneinanderstießen, als sie ebenfalls ihre Kleidung ablegten. Sie ging durch die Innentür in den Raum mit dem Schwimmbassin. Die Hitze und Feuchtigkeit darin waren wie ein Schock. Hier konnte man den blauen Gletscher, der über dem anderen Ende des Raums hing, kaum noch sehen; der Dunst auf jener Seite des Raums war einfach blauer als der Dunst um sie herum. Sie stieg ins Schwimmbassin, versank bis zum Hals und setzte sich dann auf eine Steinbank, die ein bißchen höher eingesetzt war. Heiß! Heiß! Und oh, was für ein Luxus! Auf einmal kam es ihr so vor, als hätte sie monatelang nur gefroren.

Die Sauna befand sich oberhalb des Schwimmbassins - ein paar Bänke in einem kleinen Zelt um einen Saunaofen herum. Die ganze Luft bestand aus Dampf; da drin mußte der Dampf einfach noch heißer sein. Die Stimmen wurden von den Felswänden zurückgeworfen, und das wäßrige Hallen war laut. Val saß da und sah sich die Gesichter an. Sie hatte schon drei oder vier Tage nicht mehr geschlafen - so lange, daß es ihr zu anstrengend war, genau auszurechnen, wie lange - und befand sich daher tief in jenem Zustand erschöpfter, aufgedrehter Schlaflosigkeit, in den alle Antarktiker von Zeit zu Zeit gerieten, wenn man aus dem einen oder anderen Grund so lange wach blieb, daß man das Gefühl hatte, nie wieder einschlafen zu können. Benommen, losgelöst, körperlos; obwohl überall im Wasser und in dem Dunst Körper waren, rosafarbene und braune Umrisse vor dem verschwommenen blauen Eis; darunter auch ihr eigener Körper, der sich nun endlich entspannte. Ihre Hand pulsierte rosafarben vor ihrem Gesicht, jedes Detail so deutlich erkennbar wie unter dem Mikroskop; die Haut war ganz offensichtlich halb transparent. Aber ihr Bewußtsein war völlig losgelöst von diesem rosafarbenen Ding. Viele der Wildlinge waren nackt; andere trugen Badeanzüge, Unterwäsche oder lange Unterhosen, und das Smartfabric war so gut, daß es fast augenblicklich am Körper trocknete, wenn man aus dem Bassin stieg; selbst unter Wasser spürte Val dort, wo sie bekleidet war, eine warme, trockene Stoffschicht auf ihrer Haut. Sie schaute aus einem Blickwinkel, der ein gutes Stück oberhalb ihres Kopfes zu liegen schien, auf ihre rosafarbene Haut hinab und war froh, daß sie halbwegs bekleidet war; trotzdem hatte sie das Gefühl, daß sie einen schockierenden Anblick bot, weil sie bei ihren beiden Stürzen üble Schürf- und Schnittwunden davongetragen und auch zuvor schon andere Unfälle und Operationen gehabt hatte - überall Narben, so daß es ihr vorkam, als hätte sie einen Körper wie Frankensteins Braut, zusammengenäht aus diversen nicht sehr gut zusammenpassenden Teilen. Na schön. X saß in seiner langen

Unterhose neben ihr, der perfekte Frankenstein zu ihrer Braut; groß, massiv, linkisch. Es war ein Trost, daß er da war. Sie bildeten eine Art Paar, wie zwei Footballspieler – Linebacker und Noseguard –, die nach einem harten Spiel ihre blauen Flecken einweichten.

Wade hingegen war sehr schlank und geschmeidig. Jetzt schwamm er wie ein Otter in dem heißen Bad herum. Ein gutaussehender Mann. Lars war ebenfalls sehr attraktiv, er hatte etwas von einem norwegischen Gott; ein Gesicht, das sie an Sting erinnerte. Kein Gramm Fett am Leib. Man sah den Körpern der Wildlinge an, daß sie hier draußen hart arbeiteten, was Val nicht im geringsten überraschte.

Mai-lis stand in der Mitte des Bades, rund und runzlig, und hörte Carlos und Ta Shu zu. Die große Mama. Die drei zogen langsam ihre Kreise, passierten dabei andere Gesprächsgruppen und kamen allmählich auf Val und X zu. Sie lebten hier draußen. Verdienten sich ihren Lebensunterhalt hier draußen. X beugte sich zu Val und zeigte auf die drei, die sich ihnen näherten. »Wir haben so ein verdammtes Glück. Da unterhalten sich ein Chilene, ein Chinese und eine Lappländerin, und sie tun es auf Englisch.«

»Dafür kannst du dich bei den Briten bedanken.«

»Glaub ich auch.«

»Es ist so«, beharrte Carlos gegenüber Ta Shu und Mai-lis, »und wenn es in der Antarktis gilt, dann gilt es überall, das ist meine Meinung!«

Ta Shu blinzelte unsicher. »Kälter hier. Leute können nicht so leicht von Land leben.«

»Stimmt«, sagte Carlos, »aber die Leute können nirgends leicht vom Land leben! Also, was hier gilt, gilt auch dort, wie gesagt! Wo in aller Welt kann denn jemand draußen in der freien Natur mühelos und bequem vom Land leben? Das ist nicht so leicht!«

»Nein, wohl nicht«, gab Ta Shu zu und dachte darüber nach. »In Savanne vielleicht.«

»Aber wenn es uns hier gelingt«, sagte Mai-lis, »dann kann es überall anders nur leichter sein. Deshalb finde ich im Gegensatz zu den Fundis, daß wir nicht nur Dinge benutzen sollten, die wir hier selbst herstellen können. Es gibt keinen Grund für so eine künstliche Übung. Es sind die neuesten Techniken, die das ermöglichen, was wir hier tun. Wenn die Kleidung ein Haus ist und das Zelt eine Farm, dann kann man gehen, wohin man will. Selbst die Antarktis kann besiedelt werden, wie ihr seht.«

Höhere Stimmen schnitten durch den hallenden Lärm, und Carlos blickte zum Eingang. »Sind das Kinder, was ich da höre? Hey, schaut! Da sind Jungen und Mädchen!«

Er hatte recht; ein Haufen Kinder stürzten sich wie wilde Tiere ins Wasser und fingen an, einander zu bespritzen, ohne die Erwachsenen im Bad zu beachten.

»Das wußte ich nicht!« sagte Carlos. »Davon haben Sie uns nichts erzählt!«

»O ja«, sagte Mai-lis. »Wir haben eine ganze Menge Familien hier unten, und sie tun sich gern zusammen, damit die Kinder Gesellschaft haben. Diese Zuflucht ist ein großes Familienlager.«

»Na, genau das ist es, was man braucht!« rief Carlos. »Das sind Antarktiker, versteht ihr? Die kennen nichts anderes. So bin ich auch aufgewachsen – so ein heißes Bad hatten wir natürlich nicht, schon wär's gewesen, aber in Bernardo O'Higgins gab es in meiner Jugend fünfzehn Kinder, ich weiß noch bis auf den heutigen Tag, wie die alle hießen, und ich könnte euch alles über sie erzählen! Sie sind meine Brüder und Schwestern, das sage ich euch. X, X, so bin ich aufgewachsen, sieh sie dir an!«

»Mach ich ja«, versicherte ihm X.

»Sie müssen haben viele Erinnerungen an diesen Ort«, sagte Ta Shu.

»O mein Gott. Mein Gott, ja. Einmal, zum Beispiel«, sagte Carlos – seine Worte waren jetzt an sie alle gerichtet, auch an Jim, der sich zu ihnen gesellt hatte und ihn aufmerksam ansah –, »da war ich vier Jahre alt, und ich war fasziniert von dem Bulldozer, den wir als Schneepflug benutzten, ich habe mit Vorliebe beim Fahrer auf dem Schoß gesessen und ihn gefahren, versteht ihr. Und eines Tages bin ich allein rausgegangen und reingestiegen, nur um so zu tun, als würde ich fahren, und ihr wißt ja, wenn der Schlüssel noch steckt, braucht man bloß auf die Zündung zu drücken, damit so ein Bulldozer startet - also, ich hab auf den Knopf gedrückt, der Motor ist angesprungen, und weil ein niedriger Gang eingelegt war, bin ich tatsächlich losgefahren. Ich wußte nicht, was ich tun sollte, ich war vor Angst wie gelähmt. Und der Bulldozer stand mit der Nase zu einer Klippe, die direkt zum Meereseis abfiel, und das war dünn. Der Bulldozer fuhr also auf die Klippe zu, und ich sah, wie der Abgrund auf mich zukam, aber ich wußte einfach nicht, was ich tun sollte, und dann hat mich jemand im Speisesaal durchs Fenster gesehen, und sie sind alle rausgerannt gekommen und hinter mir hergelaufen, so schnell sie konnten, mein Vater vorneweg, ich hab sein Gesicht ganz deutlich gesehen, ich sehe es immer noch. Aber sie hätten mich trotzdem nicht mehr rechtzeitig erreicht, weil der Bulldozer sehr nah an der Klippe war. Und dann blieb der Bulldozer stehen. Der Motor gab den Geist auf, versteht ihr, er hatte eine Fehlzündung und ging aus. Sie haben ihn sich später angesehen, und er hatte genug Treibstoff und lief problemlos und alles. Aber er blieb am Rand der Klippe stehen! Und sie haben mich alle zurückgetragen. Das ist praktisch meine erste Erinnerung.«

»Sie sind echter Antarktiker!« erklärte Ta Shu.

»Ja, ja ja ja ja. Antarktika hat zu mir gesagt: ›Okay, du kannst am Leben bleiben, Carlos. Aber du mußt dir das merken. Du mußt mir dienen.‹«

Dann rannte ein Haufen Leute aus der Sauna durchs Schwimmbassin zur Schleuse am Ende des Zeltes, der Schleuse, die nach draußen führte. »Kommt mit!« sagte Addie zu ihnen, als sie vorbeikam (in einem Badeanzug mit Blumenmuster, pinkfarben, sexy), »kommt alle mit, in der Sauna sind's fünfundsechzig Grad und draußen minus fünfundvierzig, wenn man den Windchill mit einrechnet! In Fahrenheit sind das hundertfünfzig Grad über und fünfzig Grad unter Null, also könnt ihr dem Zweihunderter-Club mit Sternchen beitreten. Für den Dreihunderter-Club reicht's nicht ganz, ist aber trotzdem sehr exklusiv!«

»O Gott«, sagte X, ohne sich zu bewegen.

»Ich hab davon gehört«, sagte Val. »Ist wie das Eistauchen in Mac Town.«

»Der schnellste Weg zum Herzinfarkt.« Er warf ihr einen Blick zu. »Willst du's versuchen?«

»Nein... ach, zum Teufel, warum nicht. Ich bin dermaßen rammdösig, vielleicht weckt's mich ja auf.«

Er grinste. »Wenn es *das* nicht schafft, dann gar nichts.«

Sie standen auf, und bei dieser Bewegung merkte Val auf einmal, daß er entspannt war. Während sie durch das Bassin wateten, dachte sie auf unzusammenhängende Weise darüber nach. Im Grunde war er schon die ganze Zeit so, seit sie ihn und die anderen in Roberts getroffen hatte. Nicht trübsinnig und vorwurfsvoll wie in McMurdo. Obwohl er durchaus Grund dazu gehabt hätte! Ja, wirklich. Und immer noch hatte. Aber er schien ihr verziehen zu haben. Und dabei hatte sie sich nicht mal entschuldigt. Sie hielt sich an seinem Arm fest, als sie bei der Schleuse in kalte Tennisschuhe schlüpften, und packte ihn noch fester, als sie sich mit anderen in die Schleuse drängten. »Laß die Hand an der Sicherheitsleine«, sagte sie zu ihm. »In dem Spalt zwischen dem Zelt und dem Eis könnte es extrem windig sein.«

»Glaubst du, die haben eine Sicherheitsleine?«

»Scheiße.«

Sie quollen mit den anderen zur Tür hinaus.

Sofortige Kälte, ein brutaler Schlag gegen den ganzen Körper. Der Wind fuhr direkt durch Val hindurch, und ihre Haut gefror im Nu. Alle brüllten, und sie merkte, daß sie ebenfalls schrie. Dampf brach aus ihnen hervor und wurde vom Wind weggerissen; sie waren rosafarbene Feuerwerkskörper, die in einer Dampfwolke explodierten! Die Kälte war ungeheuerlich. Val verspürte einen Moment lang nackte Angst, als ihr durch den Kopf ging, daß es sich so anfühlen würde, wenn in der Antarktis das Ende kam; das war der Tod; dann lachte sie über den Wahnwitz der ganzen Sache - Leute, die Schneebälle aus einer betonharten Schneeverwehung zu graben versuchten, das Geschrei, all die dampfende rosafarbene Haut, die in dem trüben, aus allen Richtungen zugleich kommenden Licht schimmerte; sie sah das alles ohne Sonnenbrille, durch einen Strom von Tränen, der an ihren Wangen festfror; ihre Unterwäsche und das Jogger-Top gefroren und wurden hart. Ein Messing-BH, wie eine Amazone. Verblüfftes Gelächter.

Dann drängelten sie sich mit einem Mal alle wieder in die Schleuse, stürzten sich wie die Wilden ins Wasser und kreischten noch lauter, weil es so heiß war. Vals Haut loderte überall von der heiß-kalten Attacke auf ihr betäubtes Kapillariensystem, die Gefühle, zu erfrieren und bei lebendigem Leibe gekocht zu werden, verschmolzen zu einem einzigen Brennen. Überall Gekreisch und Gejuchze. Sie mußte lachen. »Was für ein Kick.«

Nach dieser sensorischen Explosion war alles überdeutlich. Ihre Haut prickelte und brannte, und ihre Sehschärfe schien erheblich gestiegen zu sein. Die Schläfrigkeit war völlig verflogen, und sie fühlte sich, als würde sie nie wieder Schlaf finden. Alle Muskeln schmolzen in ihr, aber ihr Geist blieb wach, so hypersensitiv wie ihre Haut.

Wahrhaftig eine sehr seltsame Verfassung, in der sie nun die Wildlinge und ihre Zuflucht betrachtete. Sie stieg aus dem Schwimmbassin, bevor sie ganz und gar schmolz, zog Unterhemd und Hose an, schlenderte umher und schaute sich nur um, von jeder Verantwortung befreit. In allen Räumen war es jetzt wärmer, und die Leute waren in unterschiedlichem Grad bekleidet; viele trugen immer noch nicht mehr als ihre trocknende lange Unterwäsche. In einigen Räumen sah es aus wie bei einem Foto-Shooting für die Antarktis-Sonderausgabe eines Dessous-Katalogs, und Jack hatte einen dieser Räume entdeckt und beglückte zwei von den skandinavischen Frauen mit seinen Erzählungen. Jim saß am Tisch im Speiseraum, in ein ernsthaftes Gespräch mit Ta Shu und Carlos vertieft: Mein Fachgebiet ist Sozialrecht, und da wird einem klar, daß erst, wenn das System selbst sich ändert... Jorge und Elspeth unterhielten sich schon wieder mit dem Koch, und Jorge machte sich Notizen auf einem kleinen Block. Rezepte für einen Artikel. Die Wildlinge würden nicht mehr sehr lange im Verborgenen leben.

Es gab ungefähr genauso viele Frauen wie Männer unter ihnen, bemerkte Val, während sie herumspazierte. Wenn das überall der Fall war, dann hatten sie damit eine Vorreiterrolle in der Geschichte der Antarktis inne. Es gab also doch noch ein paar Dinge, bei denen man Erster sein konnte.

Und die Frauen machten allesamt einen tüchtigen und kompetenten Eindruck; sie erinnerten Val in vieler Hinsicht an ihre Lunchgruppe in Mac Town. Skandinavierinnen, Japanerinnen, Eskimos, Kiwis, was auch immer. Muskulös oder rundlich, hochgewachsen, klein, zernarbt und zerschlagen, unterernährt oder mit reichlich Blubber; sehr wenige klassische Schönheiten darunter, obwohl es auch ein paar Gegenstücke zu Lars gab. In Vals Augen sahen sie alle gut aus. Sie verbrachten ihre Zeit gern draußen in der Wildnis und arbeiteten hart. Und dabei waren sie kein Bestandteil der Tourismusindustrie. Eine Art polares High-Tech-Jäger- und Bauernleben. Was machen Sie beruflich? Ich jage und betreibe Landwirtschaft. Eiswirtschaft. Sie mußte lachen.

Und als sie stehenblieb und eine der Frauen danach fragte – danach, wie sie hier lebten –, war die Frau sofort freundlich. Sie hatte einen deutschen Akzent; sie sagte: »Komm mit, wir gehen Fallen in der Bucht leeren.« Val schwappte immer noch in ihrer Haut herum, weil ihre Muskeln sich in Gelee verwandelt hatten; aber das war ihre Chance, so etwas zu tun, und eine zweite würde sie vielleicht nie bekommen.

Deshalb sagte sie Ta Shu und Jim Bescheid, wohin sie

ging, zog sich wieder an und verließ das Zelt mit einer Gruppe von fünf Frauen. Wieder hinaus in den dahinjagenden, eisigen Nebel; aber in ihren Kleidern war es gar nicht so schlimm, nach ihrem halbnackten, nassen Streifzug ins Freie machte sich der Raumanzugeffekt nun deutlich bemerkbar; sie war dem Wind ausgesetzt, dabei jedoch geschützt, warm und für sich. Gerüstet und zu allem bereit! Es war wirklich erstaunlich, wieviel Schutz die Kleidung bot. Außerdem war es hier keineswegs so windig wie auf dem Shackleton-Gletscher.

Sie folgten einem Seil - einem Ariadnefaden, wie die Frau es nannte - gletscherabwärts bis zu einer sehr breiten, mit einem Laserbohrer seitlich in den Eishang geschnittenen Eistreppe. Val sah, daß sie auf einem Piedmontgletscher oder einem Überrest des Ross-Schelfeises selbst waren. Dieses Camp befand sich also dort, wo das Transantarktische Gebirge ins Ross-Meer abfiel, eingebettet in einen Felsauswurf wie Mount Betty. Eisbergstücke des alten Schelfs sprenkelten das im Dunst liegende Meereseis vor der Küste; es sah aus wie eine riesige Stadt aus weißen Gebäuden, die sich langsam in der Ferne verloren. In der Wolke änderte sich die Sicht permanent; manchmal konnte sie nur ein paar Meter weit sehen, dann wieder ein paar Kilometer, aber alles lag unter der dahinjagenden Wolke.

Auf der schrundigen Oberfläche des Meereseises unten stand eine kleine Fischerhütte neben einem kreisrunden Loch, das wieder zugefroren war. Sie bearbeiteten das neue Eis abwechselnd mit einer Brechstange, um es aufzubrechen; Val führte nur einen einzigen Schlag und gab das Eisen dann weiter, weil sie glaubte, daß sie eine Gefahr für sie alle darstellte. Dann half sie, eine Kette heraufzuziehen. Ihre Hände in den Fingerhandschuhen wurden rasch kalt; zuerst pochte ein dumpfer, kalter Schmerz in ihnen, dann wurden sie so taub, daß sie nur noch dicke, behandschuhte Klumpen vorn an ihren Armen waren. Sie ließ die Arme wie Windmühlenflügel kreisen, um wieder Gefühl in die Hände zu bekommen, und half den anderen Frauen dann, die metallene Falle am Ende der Kette heraufzubefördern. Sie kam aus dem Loch heraus, und das von ihr herabströmende Wasser gefror binnen Sekunden auf dem Eis. Drinnen war ein großer Mawsoni, und sie traten zurück und sahen stumm und aufmerksam zu, wie er zappelnd sein Leben aushauchte. »Was für ein Drache«, sagte eine von ihnen mit Nachdruck, als er tot war. Sie öffneten die Falle, die wie eine verlängerte Hummerfalle mit einer von Menschenhand zu öffnenden Klappe aussah, zogen das tote Ungeheuer heraus und legten es auf einen Bananenschlitten. Val nahm ein Ende des Schlittens und half den urdeutsch wirkenden Frauen, die sie mitgenommen hatten, den Schlitten die in den rissigen Hang des Schelfeises gehauenen Stufen hinaufzutragen. Sie spürte die Erschöpfung des langen Marsches durchs Mohn-Becken in den Beinen; sie war müde, sehr müde.

Dann stapften sie langsam, Schritt für Schritt, wieder zum Camp hinauf und zogen den Fisch übers Eis. Wieder im Geschirr, vor einen Schlitten gespannt. Der Weg kam ihr sehr lang vor, weil sie bergauf und gegen den Wind gingen. Die Wolke flog übers Eis direkt auf sie zu; alles war weiß; kein klassischer Whiteout, bei dem der Horizont verschwand und man jedes Gefühl für Entfernungen verlor, aber ein stürmischer, wie mit feinen Nadeln pieksender Nebel, der unmittelbar auf dem weißen Gletscher dahinströmte. Val war am Ende ihrer Kräfte, ihre Beine zitterten und zwickten; nicht mehr lange, dann würde sie Krämpfe bekommen. Aber ihr Verstand war scharf, er kribbelte wie ihre auftauenden Hände. Sie fühlte sich erfüllt. Das Schlittenziehen im weißen Wind blähte sich plötzlich auf wie ein Ballon: Es dauerte ewig, es war die ganze Welt, und sie war vollständig darin, sah alles bis in die feinsten Details, die Oberfläche des Gletschers, von der gleichen Struktur wie ihre Haut im Schwimmbecken und auch genauso halbtransparent, alles im Fluß, aber reglos, alles an seinem Ort. Sie fiel in ihren Schritt und zog bis in alle Ewigkeit.

Zurück in der Zuflucht saß sie wieder im Speiseraum, wärmte sich am Kocher auf und lauschte den Gesprächen der Leute um sich herum. »Alle Eskimos, die ich gesehen habe, mußten erst wieder lernen, sich im Schnee zu bewegen, die hatten in Pick-ups oder von ihren staatlichen Zuwendungen gelebt. Waren entweder zu arm oder zu reich. Aber was ihnen geblieben ist, sind ihre Werte. Für Eskimos ist es wichtig, glücklich zu sein. Auf schwierige Situationen soll man heiter reagieren. Einen glücklichen Menschen halten sie für einen fähigen Menschen, einen guten Menschen. Unglückliche Menschen sind für sie in einem wichtigen Punkt unzulänglich. Unglücklich sein gilt nicht als angemessene Reaktion. Man muß sich Naartsuk stellen - das war ihr Sturmgeist, der größte Gott in ihrem Pantheon. Heutzutage sind sie offenbar nicht mehr religiös, aber an Naartsuk glauben sie eindeutig immer noch.«

Carlos erzählte den Leuten an Vals Tisch von den auf der Halbinsel gefundenen Pfeilspitzen, die darauf hindeuteten, daß prähistorische Menschen - zweifellos aus Chile - die Halbinsel mit Booten besucht hatten, und berichtete von uralten Karten, die verblüffend genau die antarktische Küstenlinie zeigten; auf einigen schien sogar die eisfreie Küstenlinie verzeichnet zu sein, als ob sie von einer unbekannten Zivilisation aus grauer Vorzeit stammten. Ta Shu schüttelte den Kopf und murmelte: »Nein, nein. Von Däniken, sehr schlecht. Wir sind erste hier, wir haben diese Pflicht.« Wade schien ebenfalls nicht so recht an die Existenz früherer antarktischer Menschen zu glauben: »Ist nicht möglich«, wiederholte er mehr als einmal. »Ist nicht möglich.«

Viele Wildlinge schienen jedoch anderer Meinung zu sein. »Hier hat es Jahrmillionen lang Buchenwälder gegeben«, sagte eine der deutschen Frauen. Sie hatte eine Nähmaschine mit Fußantrieb an den Tisch gezogen und nähte mit Lars' Hilfe Stücke zusammen, die wie Robbenpelz aussahen. »Wer weiß, was hier sonst noch gelebt haben könnte?«

»Wir werden dafür sorgen, daß sich die Buchenwälder von neuem hier ansiedeln«, sagte Lars. »Das Klima ist heute wieder genau richtig für sie. Man muß sie nur anpflanzen. Prähistorisch und posthistorisch. Unsere Kinder werden in diesen Wäldern Zuflucht finden. Sie können das Holz schlagen und daraus machen, was sie brauchen, und sie können im Schutz der Wälder Terrarien anlegen. Die Fjorde werden auch zurückkehren.«

Dann stellte der Koch einen Teller mit Fischkoteletts und Reis vor Val hin, dazu einen großen Salat aus gemischten Blattsalaten und kleingeschnittenem Kohl, und nachdem sie alles hinuntergeschlungen hatte, kam Mai-lis herein und sagte zu ihr: »Wir würden euch jetzt gern nach McMurdo bringen.«

»Jetzt?« Sie war überrascht; draußen stürmte es noch, die Wolken lagen direkt auf dem Eis, und es war sehr windig. Natürlich hatte sie das bisher auch nicht aufgehalten.

»Ja, jetzt, bitte. Es ist am besten für uns, wenn sich unsere Wege trennen, bevor in McMurdo wieder alles seinen normalen Gang geht. Die Ökotage hat sie veranlaßt, die U.S. Navy zu holen. Der Sturm hält die Flugzeuge im Augenblick noch in Christchurch fest, aber wenn sie eintreffen, möchten wir fort sein.«

»Was macht das schon? Es ist doch jetzt bekannt, daß ihr hier seid. Sobald man anfängt, euch zu suchen, wird man euch garantiert finden.«

Mai-lis nickte. »Wir haben noch keine Entscheidung getroffen, was wir tun werden. Menschen zu retten war wichtiger, als unsichtbar zu bleiben, das war klar. Wir glauben nicht, daß irgend jemand wirklich versuchen wird, uns von hier zu vertreiben, daher... nun, wir werden sehen. Aber wir wollen mit einem gewissen Abstand in diese nächste Phase eintreten. Wenn Sie und Ihre Gruppe sich also jetzt fertigmachen würden, dann bringen wir euch zur Ross-Insel.«

»Natürlich, natürlich. Ganz wie Sie wollen.« In Wahrheit hätte Val sich am liebsten ein Bett gesucht; der Gedanke an

Schlaf war zurückgekommen, ein Zeichen dafür, daß sie einen oder vielleicht zwei ganze Tage lang kein Auge mehr auftun würde, wenn es ihr gelang, sich sozusagen die Decke über die Ohren zu ziehen. Absolut kein angenehmes Gefühl. Aber sie wollte nicht mit ihren Gastgebern streiten.

Sie machte einen Rundgang durch die Kammern der Zuflucht und trommelte ihre Gruppe sowie Carlos, Wade und X zusammen. Viele von ihnen schienen genauso erschöpft zu sein wie sie; in ihren Augen stand der klassische, leicht entrückte antarktische Blick, und Val mußte sie mit den Worten aufrütteln: »Los, beeilt euch, sie bringen uns nach McMurdo!«

Und eine halbe Stunde später waren sie mitsamt ihrer wenigen Habseligkeiten an Bord von zwei großen Blimps, und Addie steuerte wieder denjenigen, in dem Val saß. Dann trug sie der stürmische Wind in die Wolken, und sie waren erneut unterwegs.

Danach wurde für Val alles ein bißchen unscharf. Trotz ihrer Situation und obwohl der Wind heulte und pfiff und der Blimp auf und ab tanzte, baute sie rapide ab und schlief ein, als wäre sie von einer Klippe gesprungen; früher oder später - eher früher - würde sie aufschlagen und sofort weg sein. Wegen der Lage, in der sie sich befanden, versuchte sie, gegen den Absturz anzukämpfen, und die Seltsamkeit der Geschehnisse half ihr dabei, so daß sie schließlich in einen sonderbaren, mühsamen Halbschlaf fiel, als hätte sie Sand in den Augen, eine Art Wachtraum oder Klarschlaf; der direkte Kontakt der Realität mit ihrem Unterbewußtsein. In dieser Verfassung bekam sie mit, daß X, Wade, Ta Shu und Addie sich per Headset unterhielten und daß sie in einem wunderbaren Luftschiff über das Transantarktische Gebirge hinwegfuhren; aber es war alles wahllos vermischt und unzusammenhängend. Kurze Traumbilder von steilen Bergen, die in Wolkenlücken auftauchten, wie in einem chinesischen Landschaftsgemälde. Nunataks in einem Meer aus weißem Baiser. Dann wieder ein flüchtiger Blick auf etwas

Grünes in der Tiefe. Addie sagte, ja, das ist Shangri-la, hier halten wir nicht.

»Warum fahren wir nicht direkt nach Mac?« Das war X. Ihr Freund.

»Tja, wißt ihr, wenn das Schelfeis noch da wäre, ginge das. Aber jetzt bricht das Meereseis auf, und es gibt viel offenes Wasser in der Bucht, und ich fliege immer noch nicht gern über offenes Wasser, nicht mal mit den Blimps. Falls ein Skua ein Loch in die Ballonhülle pickt, oder weshalb auch immer. Wir fahren also an der Bergkette entlang und schauen uns die Sehenswürdigkeiten an. Sind sowieso die schönsten Berge der Welt. Falls ihr sie sehen könntet.«

»Wach auf, Val, da ist wieder eins ihrer Camps.«

Das war Wade. Netter Mann. Sie mochte ihn. Er dachte an sie.

»Ähh...«

Sie bemühte sich aufzuwachen. Als würde man sich in einem Sirupmeer nach oben strampeln. Sie schlug sich sogar ins Gesicht. X beobachtete das mit einem eigenartigen Gesichtsausdruck, als würde er ihr nicht ungern dabei helfen. Ein Teil von ihm. Natürlich. Obwohl er sie gern hatte. Sie hätte ihn nicht so abservieren sollen, das war gemein gewesen. Es war gemein gewesen, daß sie mit anderen Männern rumgemacht hatte. Der Blimp sackte ab, und sie schluckte ihren Magen wieder hinunter und schaute benommen nach unten: fliegende Wolken, dann ein Fleckchen Grün in einem Glasgespinst; eine weitere Zuflucht. Grünes Tal im Eis. Dann wieder weiße Wolken, und Val schüttelte den Kopf, zu groggy, um sich richtig zu merken, was sie gerade gesehen hatte. Ein Wachtraum.

»Das ist Norumbega.«

»Wie viele leben dort?« fragte Wade.

»Ach, das ist eher ein Treffpunkt als eine Stadt. Johan und Friedrich halten dort alles zusammen, vielleicht ein Dutzend weitere.«

»Haben Sie was dagegen, wenn ich mich mit Senator Chase in Verbindung setze?«

»Oh, normalerweise nicht, aber lassen Sie's jetzt bitte bleiben, okay? Ich will nicht, daß uns jemand während des Anflugs hört. Außerdem sind *Sie* der Senator, wissen Sie das nicht?«

X und Wade sahen einander in gespieltem Erstaunen über diese Nachricht mit großen Augen an. Sie waren Freunde. Val lehnte die Stirn an die kalte Fensterscheibe und schaute hinunter, ohne etwas zu sehen. Bis sie richtigen Schlaf bekam, würde sie nicht ganz da sein, auch wenn sie sich noch so sehr anstrengte. Sie schloß die Augen und fiel in einen leichten Schlaf voller Träume, ohne die Veränderung zu bemerken. Der Raum der tausend Formen, der verkorkte Schlitten. Dahinjagende Wolken, die den Zaneveld hinunterflogen, ein Haufen Körper im Schnee. Sie tauchte kurz auf und stöhnte. Dann war sie wieder weg.

Da ist Shambala.

Da ist Ultima Thule.

Da ist Happy Valley.

Da ist der Byrd-Gletscher, der größte Gletscher der Welt, seht euch das Riesending an. Dieser Gletscher ist breiter, als der längste Gletscher in Europa lang ist. Was für ein mächtiger Strom.

Ein wildes Gerüttel und Geschüttel, als sie von einem Abwind hin und her geworfen wurden. Das ist der Skelton-Gletscher, der saugt wie üblich einen katabatischen Wind runter. Komm schon, du häßlicher Vogel.

Skelton? Den bin ich mit der SPOT-Kolonne raufgefahren.

Ja. Da geht's höllisch runter.

Dann sind wir ja fast schon da.

Ja. Aber paßt auf, wir bringen euch nicht direkt nach Mac Town, versteht ihr. Da gehen wir nicht so gern hin. Nicht in den besten Zeiten, und schon gar nicht jetzt, wo die Marines gelandet sind.

Und wo setzt ihr uns ab?

Na ja, ich war für Black Island, aber Mai-lis ist eine Romantikerin.

Durch die Wolken, eine Landschaft in krassem Schwarz-Weiß. Das Meer schwarz, von strahlenden weißen Eisbergen getüpfelt. Eine Insel wie eine schwarze Burg, die sich aus schwarzem Wasser erhob.

Dann brachte Addie den Blimp hinunter, immer tiefer hinunter, und Val stemmte sich mit aller Kraft gegen die Membran des Schlafs und durchstieß sie erneut, groggy und desorientiert. Ein Nickerchen brachte es jetzt nicht mehr, und sie mußte wach sein. Addie klemmte den Blimp an einen großen Rostanker, der halb in schwarzem Sand begraben war.

»Okay!« sagte sie. »Jetzt müßtet ihr Mac Town mit euren Funkgeräten problemlos erreichen können.«

Sie machte die Gondeltür auf und gab ihnen dann einen Schlüssel. »Damit kommt ihr in die Hütte. Hat mich gefreut, euch alle kennenzulernen.«

Sie stiegen auf den schwarzen Sandstrand hinunter. Der andere Blimp hatte an Felsen oben auf dem Windvane Hill geankert. Vals Trekker standen herum, als wären sie gerade zusammen aus einem Zug gestiegen. Dann lösten sich die Blimps von ihren Verankerungen, segelten mit dem Wind davon, stiegen rasch in die Wolken und verschwanden.
»Wo sind wir hier?« fragte Wade.

»Auf Cape Evans«, sagte Val. »Gehen wir rein! Raus aus dem Wind.«

■

**Vor euch seht ihr die Hütte auf Cape Evans,** meine Freunde. Diese Hütte haben die Teilnehmer an Scotts Expedition im Sommer 1910/1911 erbaut. In dieser Hütte haben sie im Herbst und im Winter 1911 gewohnt. Von hier aus sind Wilson, Bowers und Cherry-Garrard zu ihrer Winterreise aufgebrochen, und hierher sind sie zurückgekehrt. Im folgenden Frühling machten sich Scott und seine Männer dann auf den Weg zum Pol. Zu Sechzehnt gingen sie los; fünf kamen nicht zurück. In jenem Herbst und dem anschließenden Winter - den langen Monaten der ewigen Dunkelheit - wohnten die Überlebenden weiterhin in dieser Hütte, und dabei wußten sie, daß ihre Kameraden nicht mehr zurückkehren würden. Als der Frühling und die Sonne wiederkamen, gingen sie in der Hoffnung, die Leichen ihrer Freunde zu finden, noch einmal nach Süden. Und sie fanden sie - die letzten drei jedenfalls. Sie lagen steifgefroren in ihrem Zelt, mit ihrer Ausrüstung, ihren zwanzig Kilo geologischer Proben, den Tagebüchern und Briefen mit ihren Geschichten darin. Sie hatten den Pol erreicht und dort ein Zelt und eine norwegische Fahne vorgefunden; Amundsens Gruppe war einige Zeit vorher dort gewesen. Und auf dem Rückweg starben sic alle: Evans, Oates, Wilson, Scott und Bowers.

Die Überlebenden ließen die drei Leichen, die sie gefunden hatten, im Zelt auf dem Schelfeis liegen und kehrten zu dieser Hütte zurück. Schließlich kam das Schiff, das sie abholen sollte, und sie fuhren ein für allemal davon.

Und nun stehen wir vor dieser Hütte. Schaut hinein. Sie sind tot; ihre Geschichten leben. Und doch bleiben so viele Fragen. Warum sind sie hergekommen? Wie können wir hier leben? Wie sollen wir überhaupt auf dieser Erde leben?

Unsere Orte sprechen für uns. Unsere Räume sprechen durch uns. Diese Hütte erzählt immer noch die Geschichte jener Männer. Ich gehe jetzt hinein und schweige, damit ihr sie hören könnt.

*graues Licht*
*brauner Raum*

**Die neun Mitglieder der Gruppe versammelten sich** vor Scotts grauer, verwitterter Hütte. X steckte den Schlüssel, den Addie ihm gegeben hatte, in das massive Vorhängeschloß an der Tür und entriegelte es. Sie gingen einer nach dem anderen hinein, bis auf Ta Shu, der den Hang des Windvane Hill hinaufstieg, vermutlich, um eine Außenaufnahme zu machen. Val winkte ihm zu, und er winkte zurück; er würde gleich nachkommen. Sie folgte den anderen hinein.

Sie durchquerte den dunklen Vorraum. Die Innentür zum halbdunklen Wohnraum stand offen; die anderen waren bereits drin. Diese Diele war ihre Version einer Schleuse. Und auch ein Lagerraum: Dicke Scheiben Robbenblubber stapelten sich auf dem Boden. In einer Ecke hingen geschlachtete Schafe. Pferdegeschirre an der Wand.

Hinein in den großen Raum. Die Wände der vorderen Hälfte bestanden aus Kistenstapeln, nicht benutzten Vorräten für jene verhängnisvolle Expedition im Jahre 1911. Die hintere Hälfte verengte sich, weil hölzerne Etagenbetten auf beiden Seiten von den Wänden in den Raum ragten. Hinter dem großen Tisch in der Mitte standen Werkbänke unter dem Südfenster, und hinten in der Ecke auf der anderen Seite war Scotts und Wilsons Bereich. An der rückwärtigen Wand der schwarze Schrank von Pontings Dunkelkammer. Alles im grauen Licht nur undeutlich erkennbar.

Jack, Jim und Carlos hatten sich müde ans hintere Ende des großen Tisches gesetzt, und als Val sie sah, kam ihr sofort Pontings Foto von Wilson, Bowers und Cherry-Garrard nach ihrer Rückkehr von der ›schlimmsten Reise‹ in den Sinn. Sie hatten an derselben Stelle gesessen, am selben Tisch. Nach sechsunddreißig Tagen im Freien, mitten im tiefsten Winter. Val erschauerte. Es war kalt hier drin, so kalt wie draußen oder sogar noch kälter. Sie hatten in Unwissenheit geurteilt.

»Jemand Appetit auf einen Schluck Heinz-Ketchup?« fragte Jorge, der vor einem der Kistenstapel stand.

Wade gesellte sich zu ihm. »Wie merkwürdig«, sagte er und berührte eine der Flaschen, die auf der obersten Kiste aufgestellt waren. »Die gleichen Ketchupflaschen hab ich in der alten Polstation gesehen, und in der alten alten Station auch. Der einzige Unterschied ist, daß die hier einen Korken hat und keinen Schraubverschluß.« Nachdenklich strich er mit einem Finger über die Flasche. Diese Dinge, die uns gehören und die Zeiten überdauern, dachte Val. Kleine Gegenstände, die wir benutzen. An ihnen werden die Menschen der Zukunft merken, daß wir ebenfalls real waren. Weil wir Heinz-Ketchup benutzt haben.

»Ich rufe McMurdo an«, sagte sie und ging in die Diele hinaus. Ta Shu kam gerade herein, und sie gab ihm mit einer Handbewegung zu verstehen, daß er an ihr vorbeigehen sollte. Dann probierte sie ihr Armbandtelefon. »McMurdo, hier ist T-Nullzwodrei, hier ist T-Nullzwodrei, bitte kommen, over.«

Zu ihrer Überraschung kam eine Antwort, schnell und klar. »T-Nullzwodrei, hier ist McMurdo, wieder in Kontakt mit der ganzen Welt. Hey, Val, wo steckst du?«

»Hi, Randi. Wir sind in der Hütte auf Cape Evans.«

»Cape Evans! Wie seid ihr denn da hingekommen?«

»Wir hatten Hilfe.«

»Ah, ich verstehe! Na, ihr seid nicht die einzigen, das will ich dir sagen. Haben unsere Hinterlandbewohner euch hingebracht?«

»Ja. Hör zu, könnt ihr ein Boot rüberschicken, das uns abholt? Ich glaube nicht, daß wir zu Fuß nach Hause laufen können.«

»Oh, klar, klar, kein Problem. Wie viele seid ihr?«

»Neun.«

»Wie geht's dem Schlüsselbein?«

»Alles okay mit ihm.«

»Gut. Okay, ich sage sofort Bescheid, daß sie euch ein Schlauchboot schicken.«

In der Hütte hielt Jim ein Glas Marmelade ins Licht. »Ich hab gelesen, daß den Kiwis in der Scott-Basis mal die Marmelade ausgegangen ist, und da hat sich einer von ihnen auf ein Schneemobil gesetzt, ist hier rübergefahren und hat was von der Marmelade hier mitgenommen. Sie haben sie auf ihren Scones gegessen.« Er lächelte Ta Shu an, der neben ihm stand. »War rund fünfzig Jahre lang gefroren.«

»Sehr schmackhaft.«

»Ich glaube nicht, daß es jetzt anders wäre.«

Trotzdem ließen sie die Finger von den Nahrungsmitteln. Jim erzählte Ta Shu und den anderen noch mehr über die Hütte: daß Scott eine Kistenmauer quer durch den Raum hatte ziehen lassen, um die Offiziere von den Vollmatrosen zu trennen; daß sie ein automatisches Klavier gehabt und damit Musik gemacht hatten; daß die Hütte während der IGJ-Jahre von Souvenirjägern geplündert worden und vor ihrer Restaurierung bis unters Dach mit Treibschnee und Eis gefüllt gewesen war.

Val wanderte rastlos umher und hörte nur mit halbem Ohr zu. Die Bank unter dem Südfenster sah wie ein Alchimistenlabor aus. Kleine dunkle Fläschchen, weiße Pülverchen, Retorten, das ganze stolze Brimborium der viktorianischen Wissenschaft; antik, primitiv, handgefertigt. Das gleiche auf dem Bord über Wilsons Feldbett und in der Dunkelkammer. Die verschiedensten Dinge. Und alles makellos; keine Spinnweben, kein Staub. Scotts Bücherregale, eigentlich das Gerippe der Wand über seinem Bett, waren leer. Quer über seinem Schreibtisch lag ein toter Kaiserpinguin auf dem Rücken. Der Raum sah irgendwie aus wie der von Scott. Ausdruckslos, verschlossen, karg; ein bißchen wichtigtuerisch; aber nicht nur.

Die Etagenbetten um die Ecke kamen ihr viel menschlicher vor. Hier hatten ihre Lieblinge übereinander geschlafen, Birdie Bowers und Apsley Cherry-Garrard. Ihre Spindfotos aus irgendwelchen Zeitschriften hingen noch an der Holzwand über den Betten: die von Cherry zeigten junge Damen aus dem ersten Jahrzehnt des zwanzigsten Jahrhunderts, verträumt, tadellos gekleidet, Spitze am Hals; keine Leute, die jemals in die Antarktis kommen würden. Auf Bowers' Bildern waren Hunde zu sehen.

Im schummrigen Halbdunkel beschlich Val allmählich das Gefühl, als wäre sie gar nicht aufgewacht, sondern wandele noch in der trüben Raumzeit der Träume, und diese Männer könnten jeden Moment in die Diele gestapft kommen. Aber sie waren dort draußen gestorben. Scott hatte auf dem letzten Abschnitt der Reise fünf Mann mitgenommen statt vier, und sie waren gestorben. Wenn er den Matrosen Evans mit Lieutenant Evans zurückgeschickt hätte, wäre vielleicht alles gut ausgegangen. So nah am Überleben; eine einzige Entscheidung; achtzehn Kilometer von zweitausendfünfhundert. Und dennoch verachteten sie Scott für seine Inkompetenz, sie machten sich über ihn lustig. Über ihn, der einen Schlitten so weit gezogen hatte und es fast geschafft hätte. Einen falschen Befehl, mehr brauchte es nicht. Und niemand war angeflogen gekommen, um sie zu retten.

Nun saßen die Mitglieder ihrer Gruppe da oder wanderten in dem Raum herum und begannen in dem grauen Licht allmählich zu frieren. Das verfilzte Rentierhaar der Schlafsäcke sah jämmerlich unzulänglich aus. Val ging wieder um die Ecke und setzte sich auf Wilsons Feldbett. Sie schaute auf Scotts leeres Bett. Sie hatte diese Männer falsch eingeschätzt; sie hatte die lässig hingeworfenen, überheblichen Urteile anderer übernommen und akzeptiert. Als ob die Menschen der Vergangenheit irgendwie kleiner wären, weil sie vor ihnen gelebt hatten. Man schaute durchs falsche Ende eines Teleskops und sagte: »Aber die sind ja alle so klein.« Man folgte ihren Spuren und hielt dann das, was sie getan hatten, für ebenso sinnlos, wie in die Fußstapfen anderer Leute zu treten. Als ob sie nicht genauso intelligent und kultiviert gewesen wären wie die Menschen der Gegenwart, und in vieler Hinsicht weitaus tüchtiger. Wenn man in der Antarktis zweitausendfünfhundert Kilometer gelaufen war, konnte man sich ein Urteil über sie erlauben, dachte sie schläfrig, den Kopf an die Holzwand gelehnt. Sie hörte die Stimmen der Mitglieder ihrer Gruppe, und es klang wie die Unterhaltung dieser merkwürdigen Briten, dieser puritanischen jungen Männer, starken Tiere, komplexen Einfaltspinsel, die vor der Realität der Zeit Eduards VII. weggelaufen waren, um sich ihre eigene zu erschaffen. Angenommen, es war eine Flucht, nicht zuletzt auch eine vor dem Erwachsenwerden; warum nicht? Warum nicht? Warum sollte man sich der Realität Anfang des zwanzigsten Jahrhunderts fügen, warum sollte man in die Schützengräben marschieren, um dort ohne ein Wort der Klage zu sterben? In diesem kleinen Raum hatten sie ihre eigene Welt erschaffen. Die erste antarktische Ortsgruppe des ›Normal-wozu?‹-Clubs. Froh über die Rückkehr eines weit entfernten Trupps, mit dem sie wochen- oder monatelang keinen Kontakt gehabt hatten, unterwegs auf einem irrwitzigen Ausflug nach dem anderen, allesamt zwecklos und absurd – der pure Existenzialismus der Antarktis, wo sie die Realität erschufen oder zumindest das, was ›Realität‹ im Innersten bedeutete. Die pathetische Täuschung der Menschen um die Jahrhundertwende oder die pathetische Exaktheit der postmodernen Menschen; eins nicht viel besser als das andere; mit Sicherheit genossen weder die heroischen Wegbereiter noch die allwissenden Nachfolger Vorrang vor den anderen. Sie waren alle bloß Menschen, die hier unten etwas taten. Sie stürzten sich in die Weiten hinaus, die ihnen Luft zum Atmen ließen, um dieses eine kurze Leben in der Welt, das ihnen vergönnt war, zu leben, wirklich zu leben. Sie waren in niemandes Fußstapfen getreten.

DREIZEHNTES KAPITEL

# Die McMurdo-Konvergenz

*blauer Himmel*
*schwarzes Wasser*

**Die Wolken lichteten sich und flogen nach Norden davon.** Zwischen den letzten tiefhängenden weißen Nachzüglern brach sich strahlend die Sonne Bahn und polierte das graue Innere der Hütte. Wade folgte den anderen nach draußen in die Sonne und schaute blinzelnd zum Erebus hinauf. Das Meereseis draußen vor der Küste war fort, und Wellen stri-chelten das Wasser. Hungrig blickte er aufs offene Meer hinaus, dorthin, wo die Landschaft in Bewegung geraten war. Was für eine Abwechslung nach all diesen Tagen in einer Welt aus Schnee und Eis! Das Meer hier war schwarz, obwohl der Himmel darüber blau war; so etwas hatte er noch nie gesehen.

Einige Zeit später kam ein schnelles Motorboot aus Gummi mit wulstigem Bordrand Gischt verspritzend übers sonnenbeschienene Wasser im Süden und lief in einer Woge treibender Eisbrocken unter ihnen auf den Strand. Die dreiköpfige Besatzung des Bootes schien nicht überrascht über Vals Gruppe zu sein; ihr Benehmen ließ erkennen, daß sie in der letzten Woche so viele in Schwierigkeiten geratene Gruppen an den Küsten des Ross-Meeres aufgelesen hatten, daß solch ein Rettungseinsatz ihnen nichts mehr bedeutete; sie waren inzwischen abgestumpft und gingen die Sache rein routinemäßig an. Soweit sie wüßten, sei niemand ums Leben gekommen, sagten sie. Aber häufig habe nicht viel gefehlt.

Die neun verabschiedeten sich also von Scott und seinen Männern, verschlossen die Hütte auf Cape Evans und stiegen mit ihren fast leeren Rucksäcken ins Boot, und schon waren sie unterwegs und schnurrten über das schwarze Wasser. Zwischen den steil aufragenden, zerklüfteten Dellbridge-Inseln hindurch, am abgebrochenen Stummel der Erebus-Eiszunge vorbei. Links erhob sich dampfend der Erebus. Rechts, jenseits des schwarzen Wassers, ragten die Western Mountains zwei- oder dreimal so hoch auf wie sonst, von einer Fata Morgana zu einer Art Fantasy-Bergkette erhöht, dem Super-Himalaya des Eisplaneten.

Wade saß im Bug des Schlauchboots und schaute sich um. Er war müde, durchgeschüttelt und ein bißchen weggetreten. Ein bitterkalter Wind wirbelte Sonnensplitter auf. Die Antarktis war ihm noch nie so surreal, so erhaben erschienen; ob es an der Schönheit des Anblicks lag oder daran, daß sein Abenteuer dem Ende entgegenging, war schwer zu sagen. Er war losgelöst und zugleich gefesselt, in einem buddhistischen Sinn glücklich: wunschlos. Geläutert. Das Dröhnen des Bootsmotors war so laut, daß er in voller Lautstärke vor sich hinsummen konnte, ohne daß man es hörte, und so summte er - gedankenlos und ohne andere Möglichkeiten in Erwägung zu ziehen - fröhlich seinen Soundtrack für die Szene, die Musik vibrierte in ihm, als würde sie durch die Landschaft übertragen, als wäre er bloß ein Funkempfänger - der Schluß von Beethovens Streichquartett op. 131, dann die Baßmelodie aus dem Geistertrio und der Neunten, die Berlioz das Werk eines Wahnsinnigen genannt hatte -, Wade summte sie immer wieder und fühlte sich umso prächtiger, je prächtiger er sich fühlte, die kraftvollen Melodien sprangen mit dem Boot über die niedrigen Wellen, Melodien so voller Bedeutung, daß sie Landschaften in sich waren, Landschaften, die große Ähnlichkeit mit derjenigen hatten, durch die sie gerade brausten, gewaltig und klar und mit präzisen Konturen. Konnten sie selbst der Großartigkeit dieser Melodien gerecht werden, der Großartigkeit dieses gewaltigen, wunderschönen Planeten?

Als sie auf die Einbuchtung hinter Hut Point zusteuerten, deren Ufer bereits von McMurdos Gebäudesammelsurium erobert worden war, bemerkte Wade seine eigene Nervosität. Die Sache würde ein Nachspiel haben, soviel war klar. Aber die Melodien sprudelten immer noch aus ihm hervor. Eine Art Plan begann in seinem Kopf Gestalt anzunehmen.

Sie kamen an einem großen, abgebrochenen Stück Meereseis vorbei, einem flachen Eisberg, der fast von den Wellen überspült wurde. Eine Schar Adelie-Pinguine stand darauf und beobachtete das vorbeifahrende Schlauchboot; einige von ihnen winkten mit ihren Flossen. Wade winkte zurück. Er sah, daß andere Pinguine aus dem Wasser heraufschossen und bäuchlings auf dem Eis landeten, wie große Hockey-Pucks drüber wegrutschten und manchmal mit anderen Pinguinen zusammenstießen, die bereits dort oben waren. Jähe Eruptionen sonnengetränkten Wassers, und dann hing ein glatter, glänzender Pinguin in der Luft über dem Eis; noch ein Escher-Moment mehr, Fisch-zu-Vogel, Metamorphose. Wade lachte bei dem Anblick.

McMurdo kam ihm jetzt wie eine Großstadt vor, eine Metropole, so groß und aufgeputzt wie jedes Kaff in den Staaten, durch das ein Freeway hindurchführte. Nein, dort spürte man so gut wie nichts von der grandiosen Schönheit. Dafür konnte man sich bei einem Blick zurück zu der Fata Morgana und dann nach vorn auf Mac Town kaum des Gefühls erwehren, daß die Welt schrumpfte. Er würde einen Weg finden müssen, diesen Moment der Gnade festzuhalten.

Der Mann am Ruder ließ das Boot langsam an den Kai tuckern, und die Besatzung machte es an den Klauen fest. Die Mitglieder der Expedition betraten wieder den Boden von Little America.

Auf jede Wirklichkeit folgt eine weitere, die noch seltsamer ist. Nach diesem Trip, der nur... nun... Wade war zu müde, um nachzurechnen, aber er konnte nicht länger als eine runde Woche gedauert haben, nach diesem Trip jedenfalls brannte sich McMurdo in seiner ganzen Merkwürdigkeit in seine Netzhaut wie der viel zu grelle Sonnenschein, Bild auf Bild traf ihn wie ein Schlag vor die Brust. Scotts Discovery-Hütte, die große Ähnlichkeit mit der Hütte auf Cape Evans hatte, zwergenhaft klein und leer auf ihrer Landspitze jenseits der Hafenanlagen und des Einkaufszentrums. Die Gebäude der kleinen Stadt, verstreut auf dem vulkanischen Schutt, alle vom letzten Sturm mit Schnee verputzt; aber der Schnee taute bereits, und alle Straßen waren von gefrorenen Rinnsalen aus eisverkrustetem Schlamm durchzogen.

Die Besatzung des Schlauchboots führte die neun Reisenden in ein großes Gebäude hinter den Hafenanlagen, neben dem kleinen Einkaufszentrum. Drinnen empfing sie eine Gruppe Offiziere der U.S. Navy mit Pappbechern voller heißem Kakao und Kaffee. Die Offiziere baten sie, auf Klappstühlen Platz zu nehmen, gingen mit Tonbandgeräten und Clipboards ihre Geschichte durch und stellten eine Frage nach der anderen. Sie beantworteten alles so exakt, wie sie konnten, und erzählten ihnen die ganze Geschichte, obwohl man an den Ungereimtheiten, Wiederholungen und Verwechslungen deutlich merkte, daß sie müde waren. Aber die Leute von der Navy waren sachlich und freundlich, und sie verfrachteten Jack bald darauf in einen Kleintransporter, der ihn zur Klinik bringen sollte, damit man dort seine Schulter und seinen generellen Gesundheitszustand durchchecken konnte. Die anderen baten sie unter vielen Entschuldigungen, sich im Chalet zu melden, wo Sylvia und ihr Team ihnen etliche Fragen noch einmal stellen würden, bevor sie auf ihre Zimmer gehen und sich ein bißchen ausruhen könnten. Diejenigen, die ihr Zimmer bei der Abreise aufgegeben hatten, bekamen Schlüssel für ein neues, und dann machten sie sich auf den Weg.

Beeker Street, Crary Lab, das Chalet. Die acht übriggebliebenen Reisenden wurden langsamer und scharten sich dann in dem schlammigen, freien Gelände oberhalb des Chalets zusammen.

Wade wandte sich an Val, die ihren Blick über die Stadt schweifen ließ; sie war mindestens genauso weggetreten wie alle anderen. »Was haltet ihr davon, wenn ich mich stellvertretend für uns alle im Chalet melde und denen erkläre, daß ihr euch nur rasch frisch macht und dann gleich rüberkommt?«

»Klar«, sagte Val.

Ta Shu zog langsam und verdutzt seine Kreise. »Dieser Ort«, sagte er. Jorge und Elspeth gingen zum Hotel California. X brachte Carlos zum Berg Field Center. Jim machte sich auf den Weg zum Holiday Inn. Wade schlenderte zum Chalet hinüber und stieg mühsam die Stufen zur Veranda hinauf. Er schaute sich um; die Gruppe, die gemeinsam eine so weite Reise gemacht hatte, die Gruppe, die auf dem Shackleton-Gletscher gekauert hatte und schutzlos dem Sturm ausgesetzt gewesen war, hatte sich sang- und klanglos in alle Winde verstreut.

Wade zog die schwere Tür des Chalets auf. Drinnen sah alles noch genauso aus wie beim letzten Mal, und ihm wurde mit leiser Wehmut klar, daß er erwartet hatte, überall hätte sich alles verändert.

Aber das war natürlich nicht so. Paxman führte ihn durch den Hauptraum zu Sylvias Büro. Sie stand hinter ihrem Schreibtisch und hörte einem kleinen Mann zu, der mit leiser Stimme auf sie einredete. Sie sah Wade und winkte ihn herein, ohne ihre Aufmerksamkeit von dem Mann abzuwenden, der leise und mit monotoner Stimme weitersprach, ohne auch nur mit einem kurzen Blick von Wade Notiz zu nehmen. Etwas an Sylvias Aussehen sagte Wade, daß sie ihm schon eine ganze Weile zuhörte.

»Meine Mandanten haben nichts mit Earth First!, den Sea Shepherds oder der Arctic Peoples' Defense League zu tun, auch nicht mit der Antarctic World Park Emergency Rescue Action oder dem Voluntary Human Extinction Movement, ebensowenig mit einer der großen Umweltschutzgruppen oder irgendeiner Untergrundorganisation.«

»Okay«, sagte Sylvia. »Wer sind sie dann?«

»Das sagen sie mir nicht«, antwortete der Mann ruhig. »Sie haben mir mitgeteilt, daß sie unabhängige Privatleute sind, die beschlossen haben, bürgerlichen Ungehorsam und direkte Aktion in Form von zielgerichteter, nicht tödlicher Ökotage zu praktizieren, um all den Verstößen gegen den Antarktisvertrag - bis zu seinem Auslaufen das einzige Gesetz auf diesem Kontinent - Widerstand entgegenzusetzen und ihnen hoffentlich auch ein Ende zu machen. Sie sind der Ansicht, daß die anderen Umweltschutzgruppen, die in der Sache mit ihnen an einem Strang ziehen, die Argumente, das Juristische, die Publicity und den ganzen übrigen Widerstandsapparat beisteuern können - alles wichtige Dinge -, daß ihre eigene Funktion jedoch darin besteht, direkte Aktionen zu unternehmen und dann unsichtbar und unentdeckt zu bleiben. Nur in diesem besonderen Fall sind sie so weit gegangen, mich zu engagieren, damit ich hier in ihrem Namen mit Ihnen spreche, weil keine der anderen Gruppen, mit denen sie Kontakt aufgenommen haben, sich bereit erklären wollte, das zu tun.«

Sylvia sah ihn scharf an; Wade hätte nicht derjenige sein mögen, der diesem steinharten Blick ausgesetzt war. Sie war garantiert alles andere als glücklich darüber, daß die Navy wieder da war, dachte Wade. Und dieser Mann vertrat die Leute, die sie hierhergebracht hatten.

Der Mann schien ihren Blick nicht zu bemerken. Sylvia sagte: »Mr. Smith, das ist Wade Norton, ein Assistent von Senator Chase aus Kalifornien.«

»Hallo«, sagte Mr. Smith und schüttelte Wade die Hand. »Ich bewundere vieles von dem, was Senator Chase getan hat.«

Sylvia nickte, als wollte sie »natürlich« sagen. »Wade, das ist Mr. Smith. Er ist unangekündigt vom Meer her hier in McMurdo aufgetaucht.«

»Ich bin privat gekommen«, erklärte Mr. Smith. »Ich bin von Smith, Jones and Robinson, Umweltrecht.«

»Ich verstehe«, sagte Wade.

»Wade war draußen im Gelände, und ich glaube, er hat die Auswirkungen der Aktionen Ihrer Mandanten miterlebt. Stimmt das, Wade?«

Wade nickte. »Wir haben's überlebt«, sagte er.

Mr. Smith trug die übliche Trekker-Kleidung, was bedeutete, daß es ihm im Chalet zu warm war. Trotz des prismatischen blauen Fotovoltaik-Anzugs wirkte er harmlos, wie ein Kleinstadt-Anwalt; er hatte die Semiotik der Konfrontationsvermeidung derart eingeübt, daß er beinahe unsichtbar geworden war. Bloß eine Marionette, sagte seine Erscheinung; ein Sprecher für seine Mandanten, das war alles; keine eigenen Meinungen, keine eigenen Gedanken, nur ein Übermittlungsmedium, wie ein wandelndes Telefon oder eine Relaisstelle.

Natürlich war das unter Garantie eine Fassade, und zwar eine, die Wade durchaus vertraut war; tatsächlich war es in Washington momentan ein beliebter Stil, der für gewöhnlich von sehr cleveren Anwälten praktiziert wurde. »Wie treten Sie mit Ihren Mandanten in Verbindung?« fragte er.

»Ich bin nicht befugt, darüber Auskunft zu geben. Ich kann jedoch sagen, daß ich noch keinem von ihnen persönlich begegnet bin.«

»Einige von ihnen könnten also hier unter uns sein, und Sie wüßten es nicht.«

»Das ist richtig.«

»Ich könnte einer von ihnen sein, und Sie wüßten es nicht.«

»Das ist richtig.«

Der unverbindlich-höfliche kleine Mann sah Wade zum ersten Mal eingehend an, als wollte er herausfinden, ob das tatsächlich der Fall war.

Wade überlegte. »Da alle Beteiligten an den jüngsten Ereignissen hier sind«, sagte er zu Sylvia, »hat Senator Chase angeregt, daß Sie vielleicht in Erwägung ziehen könnten, eine Konferenz zu veranstalten, um die Themen, um die es geht, offen zu erörtern. Daraus könnte dann ein Bericht für die Ermittler resultieren, die bestimmt zu uns unterwegs oder sogar schon hier sind.«

»Die meisten von ihnen werden morgen eintreffen, sofern es das Wetter erlaubt«, sagte Sylvia. »Die Stürme haben sie in Christchurch aufgehalten.«

»Der Senator überlegt, ob wir nicht sogar ein paar Empfehlungen für die zukünftige Politik aussprechen könnten, die dazu beitragen würden, eine Wiederholung solcher Vorfälle zu vermeiden. Und ich denke, Mr. Smiths Anwesenheit bedeutet, daß bei dieser Konferenz möglicherweise ein noch größeres Teilnehmerspektrum vertreten wäre, als Senator Chase es sich vorgestellt hat. Ich könnte außerdem einige Freunde einladen, in die Stadt zu kommen und ebenfalls daran teilzunehmen - die Leute, die uns geholfen haben, hierher zurückzukommen.«

»Wildlinge?« fragte Sylvia scharf.

»Ja, richtig«, sagte Wade. »Sie wissen also über sie Bescheid.«

Sie begegnete ruhig seinem Blick. »Ich habe Gerüchte gehört. Es würde mich interessieren zu hören, was sie zu sagen haben. Ich habe schon früher versucht, Kontakt mit ihnen aufzunehmen. Aber nie eine Antwort bekommen.«

»Nein. Aber jetzt wären sie vielleicht bereit, zu kommen. In Anbetracht dessen, was geschehen ist.«

Sylvia nickte nachdenklich.

»Wenn aus all dem irgend etwas Positives herauskommen soll«, sagte Wade, »wird es hier stattfinden müssen, glaube ich. Oben im Norden wird es in allem anderen untergehen.«

»Schon möglich«, meinte Sylvia. »Obwohl SCAR, der Vertragsverhandlungsausschuß und - so wie es jetzt aussieht - auch ein UN-Ausschuß sich mit der Angelegenheit befassen werden, genauso wie unser Kongreß und andere Regierungen.«

»Zweifellos. Aber je umfassender unser Bericht ist, mit desto mehr Material können sie arbeiten.«

»Meine Mandanten würden eine solche Konferenz begrüßen«, erklärte Mr. Smith.

»Woher wissen Sie das?« fragten Wade und Sylvia gleichzeitig.

Mr. Smith erwiderte ihre Blicke ausdruckslos. Die Rolle des Sprechers war vieldeutig, wie Wade sehr wohl wußte, nachdem er Phil Chase gerade so einiges in den Mund gelegt hatte. Wandelndes Telefon oder führender Kopf? Es gab keine Möglichkeit, das zu erkennen.

»Haben Sie alle gestrandeten Gruppen wieder in Sicherheit gebracht?« erkundigte sich Wade bei Sylvia. »Ich meine, ist es vertretbar, jetzt eine solche Konferenz einzuberufen?«

Sylvia nickte. »S-Dreisiebenfünf ist per Helo aus den Trockentälern zurückgeholt worden, und ich habe gerade von Palmer und Pioneer Hills gehört, daß das ganze betroffene Ölpersonal wiedergefunden worden ist. Alle sind wieder da.«

»Niemand ist bei den Aktionen meiner Mandanten verletzt worden«, bemerkte Mr. Smith.

»Das war Glück«, sagte Wade. »Pures Glück, das kann ich Ihnen persönlich sagen. Wenn uns nicht Leute geholfen hätten, von denen Ihre Mandanten nicht mal etwas wissen, wären etliche von uns gestorben. Lebenserhaltungssysteme auf der Polkappe zu zerstören ist sehr, sehr gefährlich. Zuallermindest eine grob fahrlässige Gefährdung.«

»Trotzdem«, sagte Mr. Smith. »Die Tatsache bleibt bestehen.«

»Das sollten wir jetzt nicht weiter vertiefen«, meinte Sylvia. »Tatsache ist, daß Mr. Smiths Mandanten hochgradig kriminelle und für die Menschen hier unten sehr gefährliche Handlungen begangen haben, und das wird mit Sicherheit in Betracht gezogen werden.« Sie sah den Mann an. »Hoffentlich sind Sie darauf vorbereitet, für die Taten Ihrer Mandanten Rede und Antwort zu stehen, Mr. Smith. Es könnte auf Mißachtung des Gerichts und noch mehr hinauslaufen, glaube ich, falls Sie beschließen sollten, sie vor dem Gesetz zu schützen.«

»Ich bin noch nie wegen Mißachtung des Gerichts belangt

worden, und das soll auch so bleiben«, sagte Mr. Smith. »Aber natürlich bin ich auf alles vorbereitet. Ich habe meine Zahnbürste dabei.«

Sylvia und Wade sahen sich an.

»Ich muß mich frisch machen«, meinte Wade. »Einen Happen essen und sehen, ob ich Kontakt mit den Wildlingen aufnehmen kann. Und mit dem Senator sprechen.« Oder auch nicht. Er war ebenfalls ein Sprecher. *Sie* sind der Senator, wie sie am Pol dauernd gesagt hatten. Oder wo auch immer.

Sylvia erklärte: »Ich werde mit ein paar von den anderen sprechen. Nach dem Essen sollten wir uns wiedertreffen, und zwar zunächst einmal mit allen, die gerade erreichbar sind. Wir haben keine Zeit zu verlieren, wie man so schön sagt.«

**Val klopfte sich den schlammigen Schnee** von den Stiefeln, stapfte die Treppe von Wohnheim 308 hinauf und schleppte sich durch den Flur zu ihrem Zimmer im obersten Stockwerk. Sie machte die Tür auf, ging hinein und setzte sich schwer aufs Bett. Alles war an seinem Platz, so wie immer. Ein funktioneller kleiner Raum, wie eine Schiffskabine. Georgia, ihre Zimmergenossin in diesem Sommer, war offenbar selber gerade unterwegs; ihre Taschen waren weg, ihre Schranktüren geschlossen. Sie hatten sich bisher kaum auch nur zu Gesicht bekommen.

Val fühlte sich total ausgelaugt. Hohl. McMurdo sah schrecklich aus. Ihre Trekkinggruppe hatte sich nahezu wortlos in Richtung Wohnheim oder Hotel zerstreut, ohne Pläne für ein letztes gemeinsames Essen an diesem Abend, nichts. Sie hatte sie zwar alle nach Hause gebracht, nachdem sie den Schlitten in der Gletscherspalte verloren hatten, aber eigentlich war das nicht ihr Werk gewesen. Ohne die Wildlinge wäre Jack höchstwahrscheinlich auf dem Shackleton-Gletscher gestorben, und keiner von ihnen konnte sicher sein, daß er den Sturm überlebt hätte; dem Wetterbericht zufolge wütete er dort draußen immer noch. Außerdem: *Wieder daheim, ohne daß es Tote gegeben hatte* – nicht gerade eine erfreuliche Charakterisierung für einen Trip, wenn man bedachte, daß es eine des Vergnügens wegen unternommene Expedition gewesen war. ›Lebendig zurückgekommen‹ konnte doch wohl nicht alles gewesen sein.

Nächstesmal hast du mehr Glück, sagte sie sich jedesmal nach einem schlechten Trip. Es gab schlechte und gute. Es hatte auch schon gute Trips gegeben. Und es würde auch in Zukunft welche geben. Daran bestand kein Zweifel.

Trotzdem konnte sie die Niedergeschlagenheit nicht abschütteln. Postexpeditionsblues, Schlafmangel, polares T-3-Syndrom, was auch immer; sie fühlte sich mies. Am Rande der Tränen. Es war eine Stimmung, die sie haßte. Jedesmal, wenn sie sie kommen sah, kämpfte sie mit Zähnen und

Klauen dagegen an, wollte sie nicht zulassen. Das Gegenmittel war Aktivität. Sie stand auf und verließ das Zimmer, das ihr in diesem Augenblick wie eine finstere Falle vorkam. Sie zog ihren Parka an, stapfte die Metalltreppe am Ende des Wohnheims hinunter und ging wieder hinaus in den eisigen Wind.

Schäbiges altes Mac Town. Es gab nichts, wohin sie hätte gehen können. Sie war hundemüde, ihre Muskeln waren steif und schmerzten - ein Gefühl, das sie normalerweise angenehm fand, aber jetzt nicht. Diesmal ging es darüber hinaus. Sie hatte Hunger, aber die Kantine war geschlossen. Sie ging am Chalet vorbei, aber es war schon Feierabend, und Sylvia und Wade waren bereits fort. Im BFC würden Freunde sein, mit denen sie reden konnte, obwohl sie bestimmt noch damit beschäftigt waren, das Chaos zu beseitigen, das die Ökoteure angerichtet hatten.

Inzwischen würde das Erebus View jedoch aufhaben. Sie ging am Holiday Inn vorbei, stieg mit knurrendem Magen, fast ohnmächtig vor Hunger, die Treppe zu dem privaten Restaurant hinauf und trat durch die Tür in ein Ambrosia von Essensdüften. Sah sich nach einem freien Tisch um.

Und da saßen Jim, Jack, Jorge und Elspeth und aßen zu Abend. Als Jack sie erblickte, schaute er rasch und mit finsterer Miene weg. Elspeth sah, wie er den Kopf abwandte, und drehte sich um. »Oh, hi, Val«, überspielte sie jede Verlegenheit, »setzen Sie sich zu uns.«

Aber Jack blickte immer noch finster drein, und nachdem Jim rasch zu ihm hinübergeschaut hatte, wich er Vals Blick aus. Elspeth und Jorge, die sich den Hals verrenkten, um Val über die Rückenlehne ihrer Nische hinweg anzuschauen, sahen die anderen beiden nicht.

Val winkte ab: »Bin gerade auf der Suche nach Joyce, ich muß mit ihr reden. Vielleicht schaue ich zum Nachtisch noch mal vorbei.« Und sie trat den Rückzug aus dem Restaurant an.

Draußen stand sie in der Kälte von McMurdo. Wolkenschatten huschten durch die Stadt. Blindlings stapfte sie die

Straße hinter dem Hafen entlang, dachte hilflos an all die schlechten Expeditionen, an denen sie teilgenommen hatte, jene, nach denen die Leute wütend, beschämt oder krank im Herzen fortgegangen waren. So etwas kam vor, o ja, es kam vor; hin und wieder brach jemand unter dem Stress dieser radikalen Unternehmungen zusammen, und dann kam die Wahrheit ans Licht. Und die war manchmal häßlich. Jacks häßliche finstere Miene – Val sah diesen Gesichtsausdruck nicht zum ersten Mal. Einmal hatte sie diesen Blick eine ganze Woche lang ertragen müssen, auf dem Schiff, das sie von Südgeorgien zu den Falkland-Inseln zurückbrachte. Nach jener einzigen, einmaligen ›Im Kielwasser von Shackleton‹-Expedition.

Es war eine der Gruppen gewesen, die zeitgenössische Kleidung getragen hatten, eine besonders verrückte Idee bei der Wiederholung dieser Bootsreise, weil das Outfit der ›alten Jungs‹ lächerlich unzulänglich gewesen war, und darum waren sie ständig patschnaß gewesen, hatten erbärmlich gefroren und sich jämmerlich elend gefühlt. In einem Boot wie der *James Caird* wären sie unterwegs viele Male gestorben; und obwohl ihr ultramodernes Zweiundzwanzig-Fuß-Schiff eher einem schwimmenden U-Boot geähnelt hatte als Shackletons genauso langem kleinem Rettungsboot und sie daher selbst bei furchteinflößender See über Wasser gehalten hatte, war die Tour ein kompletter Alptraum gewesen: alle Mann seekrank, ohne jede Orientierung, bis sie das für den Notfall mitgenommene GPS einschalteten, verfroren und naß in den schrecklichen Klamotten, mit einer ganzen Ansammlung schmerzender Verletzungen, die von den hohen, erbarmungslos auf sie einprügelnden Wellen herrührten. Als sie mit Hilfe des GPS endlich in Südgeorgien ankamen, waren sie alle total fertig.

Und dabei stand ihnen das Schlimmste erst noch bevor. Shackleton und seine Männer waren nämlich gezwungen gewesen, auf der Westseite der Insel zu landen, obwohl die Walfangstationen der Norweger allesamt auf der Ostseite lagen. Und die Insel bestand aus einer Bergkette, die aus dem Südatlantik emporragte.

Shackleton, Worsley und Crean hatten diese Bergkette jedoch überwunden, und Vals drei Kunden waren fest entschlossen, es ihnen gleichzutun. Also waren sie von der König-Haakon-Bucht aus aufgebrochen, um das Rückgrat der Insel in einem Zug zu überqueren - ein Marsch von sechzig Kilometern. Das war eine weite Strecke, wenn man bedachte, in welcher Verfassung sie waren, und sie führte über eine steile, eintausendfünfhundert Meter hohe Bergkette hinweg - keine geringe Höhe, da Ausgangspunkt und Ziel ihres Weges auf Meereshöhe lagen und die Insel sich mitten in der Sturmbahn der Furious Fifties befand, der ›Rasenden Fünfziger‹. Und sie hatten nur die Mindestausrüstung für den Marsch dabei, nämlich genau das, was Shackleton, Worsley und Crean 1916 dabeigehabt hatten. Es war ein radikaler Trip; eine echte Prüfung.

Als sie jedoch immer weiter hinaufstiegen, die hohen, leeren Gletscher der Insel zu überqueren begannen und sich durch den tiefen Schnee kämpften, war Eve rasch ermüdet. Sie war während der Bootsreise am häufigsten seekrank gewesen, und es stellte sich heraus, daß sie einfach kein Benzin mehr im Tank hatte. Die beiden Männer waren beinahe genauso schwach, und selbst Val verspürte nicht den üblichen Dynamo-Effekt, den ein harter Marsch auf sie hatte; es kam sie wirklich hart an, die Sache mit ihrer üblichen Power anzupacken. Sie waren also in schlechter Verfassung, als sie sich dem kritischen Punkt der Reise näherten, einem Berggrat namens Dreizack, der ihnen unmittelbar den Weg versperrte. Sie konnten unter vier Höhenpässen wählen, die sozusagen zwischen den fünf Zinken lagen. Shackleton, Worsley und Crean hatten beim rechten angefangen, waren der Reihe nach zu jedem der Pässe hinaufgeklettert, hatten auf der anderen Seite hinuntergeschaut und festgestellt, daß die Felswände für den Abstieg zu steil waren; dann hatten sie unter den Felstürmen zum nächsten Paß gequert, jedesmal eine fürchterliche Anstrengung.

Ohne Diskussion verzichtete Vals Gruppe darauf, dieser Route bis ins Detail zu folgen, und ging gleich zum vierten Paß, den Shackleton und seine Männer schließlich gezwungenermaßen genommen hatten. Als sie nicht mehr weit entfernt waren, verschlechterte sich das Wetter. Sie hatten weder Zelt noch Schlafsäcke dabei, nur wenig zu essen und kaum zusätzliche Kleidung. Außerdem brach die Dunkelheit rasch herein, und es bestand durchaus die Möglichkeit, daß der Mond hinter einer Wolkendecke verschwand und sie vielleicht sogar in einen Sturm gerieten. Und dann war Eve beim Aufstieg zu diesem Paß, der selbst auf dieser Seite sehr steil war, auf den letzten Metern ausgerutscht, hatte von Val arretiert werden müssen und sich bei dem Ruck irgendwie ziemlich übel den Knöchel verdreht.

Als sie den vierten Paß endlich erreichten und auf die andere Seite schauten, bekamen sie einen schrecklichen Schock: Der Hang dort war wahnwitzig steil. Er fiel so jählings ab, daß ein großer Teil im mittleren Bereich ihren Blicken völlig entzogen war. Nach allem, was sie zu erkennen vermochten, konnte er dort durchaus senkrecht abfallen. Erst ganze sechshundert Meter weiter unten wurde der Steilhang wieder flacher.

Shackleton, ein vorsichtiger Mann, war nur deshalb das Risiko eingegangen, über diesen Hang abzusteigen, weil sie zu diesem Zeitpunkt keine andere Wahl mehr gehabt hatten. Die drei hatten sich darum in einer Reihe an ihrem Seil hingesetzt, hatten die Beine um den Vordermann gelegt und waren auf dem Hosenboden den Hang hinuntergerutscht; sechshundert Meter innerhalb von ein paar Sekunden, ein Sturz, der sie sicherlich hätte umbringen können, da sie keine Ahnung gehabt hatten, was der nicht einsehbare Abschnitt unter ihnen bringen würde. Worsley sagte später, er habe in seinem ganzen Leben nie solche Angst gehabt, und er hatte eine Menge furchteinflößender Dinge getan. Aber sie hatten überlebt.

Als sie nun diese Steilwand hinunterschauten, flippte Eve aus. Sie weigerte sich, den Sprung ins Ungewisse zu tun. Das ist Wahnsinn, schrie sie, das ist *Wahnsinn*. Die Schneebedingungen könnten jetzt ganz anders aussehen, vielleicht ist viel mehr Eis da! Das kann nicht der richtige Paß sein, wir müssen die Karte falsch interpretiert haben! Das überleben wir nicht, wenn wir da runtergehen!

Absolut möglich. Aber das war der richtige Paß, es wurde dunkel, und ein Sturm kam auf. Und sie waren schon so weit gegangen, daß sie nur noch vorwärts konnten - ein Dilemma, das Bergsteigern nur allzu vertraut war. Eve zitterte und weinte, bekam vielleicht gerade einen Schock, der von ihrem Sturz und dem verrenkten Knöchel verursacht wurde. Und sie hatten kein Zelt, auch nicht viel zu essen - ja, sie steckten in derselben Klemme wie Shackleton - das war schließlich der Plan gewesen, sich in dieselbe Klemme zu bringen! Sie hatten es so organisiert! Sie hatten ebenfalls keine Wahl.

Aber Eve weigerte sich. Ihr Freund Mike flehte sie an, es zu versuchen, er brüllte sie an; sie schrie zurück und weinte noch lauter; Brett, der dritte im Bunde, versuchte, vernünftig mit ihr zu reden, aber ohne Erfolg. Wimmernd, in reiner, unverhüllter, tierischer Todesangst, weigerte sie sich, den Sprung zu machen. Und während sie dasaßen und diskutierten, wurde es immer dunkler, und sie kühlten auf wahrhaft gefährliche Weise aus.

Schließlich war Val der Geduldsfaden gerissen. Sie sagte: »Hör zu, wir *müssen* es tun«, packte Eve, die um sich trat und schrie wie ein tobsüchtiges Kind, zog sie vorn an sich und sprang über das Sims, wobei sie Mike und Brett zurief, ihnen auf die gleiche Weise zu folgen.

Die Rutschpartie beschleunigte sich rasch zu einer Art freiem Fall. Val preßte Eve fest an sich, und sie schlitterten auf Vals Rücken hinunter, verloren dabei manchmal die Bodenberührung und wurden immer schneller, bis Val überzeugt war, daß sie zum Tode verurteilt waren; dazu brauchte es nur einen Felsbrocken in ihrer Bahn. Aber sie prallten gegen keinen Felsbrocken, verloren auch nicht das Gleichgewicht und stürzten nicht sich überschlagend in die Tiefe, um als blutige Masse mit zertrümmerten Knochen zu enden... Und eine zeitlose Weile später, wahrscheinlich weniger als eine Minute, rutschten sie am Fuß des Hangs auf flachen, dicken Schnee und kamen zum Stillstand. Mike und Brett kamen Sekunden später an. Vals Hose war zerfetzt, ihre Beine und ihr Hintern waren blutig.

Danach hatten sie Eve, die die ganze Zeit hilflos weinte, helfen müssen; einer auf jeder Seite, immer abwechselnd, obwohl meistens Mike und Brett sie stützten, während Val im Dunkeln den Weg suchte, fast die ganze Nacht über. Und sie erreichten Stromness, kurz bevor ein gewaltiger Sturm auf die Insel einhämmerte.

Tolles Abenteuer. Aber Eve sprach nie wieder ein Wort mit ihr.

Jetzt ließ Val den Blick über McMurdo schweifen und dachte daran zurück, wie Jack im Restaurant rasch weggeschaut hatte, mit finsterer Miene. Und an diesen waidwunden Blick, als er zusammengekauert draußen auf dem Eis gehockt hatte. Sie hatte es wieder getan.

»Ich bin keine gute Führerin«, erklärte sie der leeren Stadt. »Ich bin im Arsch. Verbrannt wie ein Stück Toast.«

Obwohl den Tränen nahe, erinnerte sie das Wort Toast daran, wie hungrig sie nach wie vor war. Mit wackligen Beinen machte sie sich auf den Weg zum BFC. Dort konnte sie sich auf eine Schachtel Camp-Cracker stürzen, sich Geschichten über die anderen Rettungseinsätze der letzten Woche anhören und am Heizgerät hocken, um sich aufzuwärmen. »Ich bin das kälteste Stück verbrannter Toast in der Stadt«, sagte sie, blieb stehen und weinte eine Minute lang, bevor sie weiterging.

■

**»Hallo, Phil?«**

»Ja, wer ist da? Wade, bist du das? Wo bist du?«

»Ich bin's, Phil. Ich bin in der Antarktis.«

»*Wo?* O ja. Ich hab geschlafen, Wade.«

»Gut.«

»Was sagst du da?«

»Hast du geträumt, Phil? Was hast du geträumt?«

»Was? Was ist los, du rufst mich an und weckst mich auf, um mich zu fragen, was ich geträumt habe?«

»Das hast du bei mir häufig so gemacht, erinnerst du dich?«

»Ja... nein... aber jetzt tu ich's doch nicht, oder?«

»Du weißt nicht mehr, was du geträumt hast?«

»Mal sehen. Laß mich nachdenken. Nein, ich glaube, es ist weg. Moment, irgendwas mit Fahrradfahren. Nein, es war ein Einrad. Ich bin mit einem Einrad die Treppe des Capitols runtergefahren, das war's - nein, des Lincoln Memorials, weil ich das Capitol am anderen Ende der Mall sehen konnte. Da waren Leute, als ob ich eine Rede halten würde, eine richtige Menschenmenge, riesengroß, aber ich hab gar keine Rede gehalten, ich bin mit dem Einrad die Treppe rauf und runter gefahren, hab die Hüpfer in beide Richtungen gemacht und eine Menge Applaus gekriegt. Es war toll. Niemand wußte, wie ich's geschafft habe, die Stufen raufzuhüpfen, nicht mal ich selber. Es war rätselhaft, hat aber Spaß gemacht. Alle Republikaner, die ich mag, waren da und haben gesagt: ›Scheiße, Phil, wie sollen wir dagegen ankommen, wenn du mit einem Einrad Treppen rauffahren kannst.‹«

»Mark und Colin?«

»Ja, die waren stinksauer. Und dann sind alle Republikaner, die ich nicht leiden kann, in die spiegelnden Teiche unten geworfen worden.«

»Eine Massenszene.«

»Wie im Guppy-Bassin im Spielwarenladen. Ich wollte

mit dem Einrad über ihre Rücken fahren, sobald sie alle drin waren, und die Balance halten, ganz gleich, was sie taten. Dann hast du mich aufgeweckt, du Trottel, das hätte einen Mordsspaß gemacht.«

»Du genießt deine Träume, stimmt's, Phil?«

»Ja, tu ich. Na ja, nicht immer. Aber die meisten Träume sind Wunscherfüllungsphantasien, ich glaube, das wirst du auch feststellen.«

»Bei dir vielleicht. Bei mir geht's meistens um furchtbar komplizierte Probleme, die ich unmöglich lösen kann.«

»Das ist schade, Wade. Tut mir leid, das zu hören.«

»Danke. Also, wo bist du gerade?«

»In Kirgisien, glaube ich. Ja. Ich sehe das kirgisische Licht.«

»Sehr schön. Okay. Ich sollte dich weiterschlafen lassen.«

»Das würde ich gern tun, Wade.«

»In Ordnung. Danke für deinen Anruf, Phil.«

»Gern geschehen.«

»Ach, und übrigens, noch eins.«

»... ja?«

»Ich werde in den nächsten ein, zwei Tagen hier ein paar Vorschläge und so weiter in deinem Namen machen, Phil, ich schlüpfe einfach in die Rolle des Botschafters, weil hier alles so schnell geht und ich nicht sicher bin, daß ich Zeit habe, mich mit dir abzusprechen, aber ich würde gern deinen Namen benutzen, als ob alles, was ich vorschlage, von dir käme, okay? Einverstanden?«

»Was ist denn daran anders als sonst?«

»Gar nichts, ich wollte es nur noch mal bestätigt haben.«

»Bestätigt. Nacht, Nacht.«

»Nacht, Phil.«

**Der Antarktisvertrag war schon immer** eine fragile Angelegenheit gewesen, ein komplexes Gebilde aus Spinnfäden und geblasenem Glas, das sich wie ein schönes Mobile im Licht der Geschichte gedreht hatte - ein utopisches Projekt, das in der wirklichen Welt tatsächlich in die Praxis umgesetzt worden war, ein Modell dafür, wie Menschen das Land überall behandeln sollten -, bis es sich in den Zwängen des neuen Jahrhunderts verfangen hatte und bei der ersten kräftigen Torsion in tausend Stücke zerbrochen war.

Jetzt herrschte Sylvia über die Trümmer und hoffte immer noch, alles wieder zusammenleimen zu können. Sie arbeitete mit einem ebensogroßen Schlafdefizit wie jeder andere in der Stadt, vielleicht sogar mit dem größten; sie hatte fast jede Stunde der Krise in ihrem Büro oder beim Rettungsdienst verbracht und mit vielfältigen Notfällen fertigzuwerden versucht. Es war der Alptraum eines Krisenmanagers gewesen. Doch gleichzeitig machte sich in einem Teil von ihr (zweifellos in jenem Teil, der am meisten vom Schlafmangel angegriffen war) der Gedanke breit, daß es auch die ultimative Herausforderung für einen Krisenmanager war, vielleicht sogar eine Chance: nicht nur an der Abfolge kleiner Notlösungen zu werkeln, die ihre normale Arbeit darstellten, sondern wirklich die Frage ins Auge zu fassen, wie man alles wieder ins Lot bringen könnte.

Sie stand vorn im großen zentralen Raum des Chalets und sah zu, wie die Leute der Reihe nach hereinkamen. Viele wollten mit ihr sprechen, und sie hatte allen gesagt, sie sollten ins Chalet kommen. Sie war gespannt, was sie zu sagen hatten, nicht zuletzt auch, um sich selbst eine klare Meinung über die Lage bilden zu können. Was würde als nächstes passieren, was sollte als nächstes passieren? Ohne Gesetze, ohne Souveränität, ohne Militär, ohne Polizei, ohne Ökonomie, ohne Autonomie, ohne die Möglichkeit, sich in ausreichendem Maße selbst zu versorgen - ohne all die Eigenschaften, die man draußen in der Welt brauchte, um das Leben real werden zu lassen... Es war, als wären sie eine kleine Gruppe Reisender im All, die auf dem Eisplaneten gestrandet waren und nun alles wieder ganz von vorne erfinden mußten.

Nur daß die Welt natürlich noch da war. Jetzt, wo die Verbindungen wiederhergestellt waren, hatte Sylvia mit Anrufen aus aller Welt jongliert; die wichtigsten waren von der NSF-Zentrale in Virginia gekommen, wo man um einen schnellen Bericht über die letzte Woche, Identifikation der Ökoteure, wenn möglich, und - zu ihrem Glück - um etwaige Empfehlungen bat, wie man solche Vorkommnisse in Zukunft vermeiden könne. Außerdem hegte die Zentrale eindeutig ebensosehr wie sie den Wunsch, das Problem einzudämmen, es zu minimieren und zu einer isolierten Anomalie zu erklären, einer Art Streich, damit das Militär nicht endgültig zurückkehrte und die Antarktis der NSF weggenommen wurde. Sylvias Meinung nach war das alles absolut angebracht; aber eine Navy-Maschine war bereits hergekommen - mit erheblichem Risiko -, und natürlich würde bald eine große Spezialeinheit folgen, um in der Ökotage-Sache zu ermitteln; und was dann passieren würde, darüber konnte man nur Mutmaßungen anstellen. Der große Sturm (in der US-Boulevardpresse unvermeidlich der ›Supersturm‹) hatte jedoch all diese Außenstehenden bisher in Christchurch festgehalten, und so bot sich ihr diese kleine Chance, ihre eigene Untersuchung durchzuführen.

Und hier waren sie nun, kamen einer nach dem anderen in den großen Raum. Die ASL-Manager; Geoff Michelson und einige seiner Kollegen, die soeben aus den Trockentälern zurückgekehrt waren; etliche Kiwis von der Scott-Basis; Ta Shu; Mr. Smith; Wade Norton; Carlos, X und einige von Carlos' Kollegen vom SCAG-Konsortium; Val und ein paar von ihren Kunden. Andere standen auf der Empore oder in den Büros, die vom Hauptraum abgingen. Das Chalet hatte selten eine solche Menschenmenge gesehen.

»Danke, daß Sie gekommen sind«, begann Sylvia. »Wir sind hier, um über die Geschehnisse der letzten Woche zu sprechen und festzustellen, ob wir unseren diversen Kontaktleuten im Norden irgendwelche Empfehlungen geben können, welchen Weg wir nun einschlagen und auf welche Weise wir Wiederholungen solcher Dinge vorbeugen können. Ich würde dies gern wie eine kleine, informelle wissenschaftliche Konferenz durchführen, mit kurzen Vorträgen, gefolgt von Fragen und Diskussionen, und ich hoffe, daß wir am Ende vielleicht gemeinsam ein allgemeines Statement erarbeiten können. Das wird alles natürlich nur ein - hoffentlich nützlicher - Zusatz zu den umfassenden offiziellen Untersuchungen sein. Ta Shu hat vorgeschlagen, daß wir unsere Stühle für eine solche Konferenz im Kreis aufstellen sollten, damit wir einander alle sehen können, wenn wir sprechen - zweifellos gibt es auch noch mehr gute Gründe dafür«, wobei sie Ta Shu, der etwas sagen wollte, mit einer Handbewegung zum Schweigen brachte, »und ich finde, das ist eine gute Idee, dann müssen wir uns nicht den Hals verrenken, um zu sehen, wer gerade spricht. Also, warum tun wir das nicht zuerst und fangen dann an.«

Als sie sich zu einem groben Kreis gruppiert und dabei die Stühle ganz an die Wände gerückt hatten, so daß jeder jeden sehen konnte (es war wirklich eine gute Idee gewesen), fuhr Sylvia fort. »Mr. Smith hier ist privat mit dem Boot gekommen, und seinen Angaben zufolge vertritt er die... die Ökoteure, die die Arbeit hier und in verschiedenen Außenlagern gestört haben. Ohne ihm Vorrang einzuräumen oder diese Angriffe irgendwie zu legitimieren - tatsächlich verurteile ich sie hier und jetzt als kriminell, gefährlich und sinnlos -, denke ich trotzdem, wir könnten uns zu Beginn anhören, was Mr. Smith über die Aktionen seiner Mandanten zu sagen hat.«

Mr. Smith nickte und stand auf. »Meine Mandanten sind Privatleute, aber in gewissem Sinn mit der Antarctic World Park Emergency Rescue Action und mehr als hundert anderen großen Organisationen und Bürgerinitiativen aus dem Umweltschutzbereich verbündet, die über die Nichtverlängerung des Antarktisvertrags und die flagranten Verletzungen seiner Prinzipien in den letzten zwei Jahren besorgt sind. Abgesehen davon wünschen meine Mandanten anonym zu bleiben. Sie haben sich der Aufgabe unterzogen, bestimmte besonders empörende Beispiele von Vertragsbrüchen für gewisse Zeit zu beeinträchtigen, um gegen diese Operationen zu protestieren und die weltweite Aufmerksamkeit auf sie zu lenken. Sie möchten niemandem etwas zuleide tun, sie haben sich große Mühe gegeben, sicherzustellen, daß niemand verletzt oder getötet werden würde, und dieses Ziel haben sie auch erreicht, worüber sie sehr froh sind, weil ihnen bewußt ist, daß die Zerstörung von Eigentum in der Antarktis immer ein gewisses Risiko für Leib und Leben mit sich bringt.«

»Das kann man wohl sagen, verdammt noch mal«, warf jemand unter diversem anderen Gemurmel ein. Eine Menge wütender Blicke trafen Mr. Smith, besonders aus Carlos' Kontingent, aber Sylvias Aufmerksamkeit blieb auf ihn gerichtet, und er sah sie an, als er fortfuhr, ohne die anderen zu beachten.

»Nun ist ihnen natürlich klar, daß sie Gegenstand einer großangelegten Menschenjagd seitens staatlicher Behörden sind, was sie nicht überrascht, aber sie möchten betonen, daß es typisch für das Vorgehen der Justiz ist, mit blindem Eifer Einzelpersonen zu verfolgen, die Akte zivilen Ungehorsams oder andere Protestaktionen durchführen, während Hunderte oder sogar Tausende hochrangiger Manager von Großunternehmen die Gesetze ungehindert und in großem Maßstab brechen dürfen, oft sogar mit Hilfe und unter dem Schutz der sogenannten Justiz. Große Konzerne und die Regierungen vieler Länder haben diesen letzten Kontinent der Wildnis in völliger Mißachtung internationaler Gesetze ausgeplündert, und deshalb ist es eine Farce, daß die U.S. Navy und das FBI jetzt herkommen und meine Mandanten suchen – es ist, als würde man diejenigen verhaften, die gegen ein Verbrechen protestieren, während die Verbrecher direkt danebenstehen. Daher sind dies keine Polizeikräfte, sondern eher private Sicherheitsdienste, die ebensogut direkt von den ausländischen Regierungen und multinationalen Konzernen bezahlt werden könnten, denen sie dienen. Für private Sicherheitsdienste von Großunternehmen ist es durchaus sinnvoll, bei schweren strafbaren Handlungen ihrer Herren beide Augen zuzudrücken und zugleich kleine, individuelle Protestaktionen, die für die Konzerne tatsächlich viel gefährlicher sind, brutal zu verfolgen. Die kleinen spontanen Proteste von Einzelpersonen deuten schließlich darauf hin, daß Demokratie etwas Reales sein könnte und nicht nur eine fabrizierte Legende, die man Leuten erzählt, um sie an ihren Plätzen in der ökonomischen Hierarchie festzuhalten. Daß Demokratie etwas Reales sein könnte, ist wahrhaftig eine viel zu gefährliche Idee, als daß man zulassen könnte, daß sie sich allzuweit ausbreitet, denn wenn sie das täte und jeder nach wahrhaft demokratischen Prinzipien handeln, also auch gegen offenkundige Gesetzesverstöße protestieren würde, dann gäbe es keine soziale Kontrolle mehr, und die krassen Ungleichheiten der gegenwärtigen Wirtschaftsordnung, in der fünf Prozent der Weltbevölkerung neunzig Prozent des weltweiten Reichtums besitzen, würden als die heuchlerische, umweltzerstörende Ungerechtigkeit entlarvt, die sie sind. Darum ist die Demokratie in den Vereinigten Staaten und im größten Teil des übrigen industrialisierten Westens eine potemkinsche Fassade an der Villa eines Reichen, ein fauler Zauber, bei dem die Menschen eine politische Stimme erhalten, dann jedoch Tag für Tag in einem Wirtschaftssystem an die Stechuhr gehen, in dem ihr ganzes Leben von einer kleinen Gruppe von Managern reglementiert wird, die eifrig alle Arbeitsschutzrechte beschneiden, die die Menschen in jahrhundertelangen Kämpfen errungen haben. Die Leute können also ihre Stimme abgeben, das schon, aber nur für Politiker, die von den das System beherrschenden Großunternehmen finanziert werden – das heißt, man kann entweder für den Teil der besitzenden Klasse stimmen, der glaubt, man müsse seine Arbeiter und Angestellten gut behandeln, oder für jenen Teil, der nur daran interessiert ist, seine Arbeiter und Angestellten bis aufs Blut auszubeuten, aber in jedem Fall muß man für den Fortbestand des Systems und damit der besitzenden Klasse stimmen. Das Wahlrecht ist also bedeutungslos. Und in solch einer Situation, einer undemokratischen Situation, sind ziviler Ungehorsam und direkter, nicht tödlicher Widerstand die einzigen echten Möglichkeiten zur Teilhabe innerhalb dieses auf Eigentum gegründeten Systems. Und als die einzigen echten Widerstandsmöglichkeiten werden sie, wo immer sie auftauchen, vom Staat natürlich gnadenlos ausgemerzt, um die Ausbreitung des Protests durch pure Einschüchterung zu verhindern. In der Vergangenheit hat das für gewöhnlich funktioniert, denn nur sehr wenige sind bereit, ihre bürgerliche Existenz aufs Spiel zu setzen, um gegen eine Ungerechtigkeit zu protestieren, die massiv verwurzelt ist, als die natürliche Ordnung der Dinge erscheinen soll und sich wohl kaum durch irgendeine individuelle Tat beseitigen läßt.

In dieser Situation bleibt einem also nur, unter Einsatz moderner Technik aus einer gewissen Distanz heraus und mit absoluter Anonymität zu handeln. Diesen Weg haben meine Mandanten eingeschlagen. Die Art, wie sie ihre Aktion organisiert haben, macht ihre Identifizierung unmöglich, und Sie können sicher sein, daß ich ihre Vertraulichkeit wahren werde, und zwar nicht nur wegen der juristischen Ethik, sondern auch aus dem praktischen Grund, daß ich selbst nicht weiß, wer sie sind. Ich weiß nur eins: Sie möchten Ihnen klarmachen, daß beim gegenwärtigen Stand der Werkstoffwissenschaften und der Balkanisierung der Kommunikationstechnik nun die Mittel vorhanden sind, die Identität von Aktivisten so wasserdicht zu verschlüsseln und geheimzuhalten, daß niemand je erfährt, wer sie waren. Und dies gilt auch für künftige Protestaktionen, falls es welche gibt. Unter diesen Umständen wird man wieder auf die Stimme der Entmündigten hören müssen; die herrschende Ordnung wird die Umwelt und die Entmündigten dieser Welt wieder für mündig erklären müssen, ja, sie wird sich überhaupt ändern müssen, weil sonst anonyme und nicht zurückzuverfolgende gewaltlose Protest- und Ökotage-Aktionen zum Zusammenbruch des Systems führen werden. Die letzte Woche in der Antarktis ist ein Beweis und ein Signal dafür.«

Er hielt inne, um Luft zu holen, und Sylvia hob die Hand. »Danke, Mr. Smith! Vielleicht können wir jetzt ganz kurz jemand anderem die Möglichkeit zu einer Erwiderung geben, und dann kommen wir wieder zu Ihnen zurück.«

»Gut«, sagte Mr. Smith gelassen. Er setzte sich.

»Carlos? Sie und Ihre Kollegen von der Southern Club Antarctic Group waren am stärksten von der Ökotage betroffen, die Mr. Smiths Mandanten verübt haben. Möchten Sie auf Mr. Smiths... äh... Bemerkungen antworten?«

Carlos sprang auf. »Aber mit Vergnügen! Im Gegensatz zu dem, was Mr. Smith gerade gesagt hat, und obwohl ich mich einigen seiner allgemeinen Ausführungen durchaus anschließen kann, steht außer Zweifel, daß unsere Probebohrungen nach Erdöl und Erdgas wie auch die Gewinnung von Erdöl und Methanhydrat aus der Polkappe erstens legal sind und zweitens keinerlei Gefahr für die Umwelt darstellen!«

Er drohte Mr. Smith, der rein optisch kaum weniger zum Objekt der Verachtung hätte taugen können, mit dem Finger. »Der Antarktisvertrag hat die Erschließung von Bodenschätzen verboten, das stimmt, aber Japan und Rußland haben das Umweltschutzprotokoll von 1991 nie unterzeichnet, und selbst in Vertragsstaaten beheimatete Erdölfirmen haben trotzdem nach Öl gesucht. Und nun ist der Antarktisvertrag ausgelaufen, und wie jeder weiß, ist die Erneuerung hauptsächlich aufgrund des Widerstands in den Vereinigten Staaten ansässiger Großkonzerne gegen den Vertrag blockiert worden. Sie wollen mit Hilfe ihrer Bündnispartner in der amerikanischen Regierung die Annahme des Vertrags solange verhindern, bis Änderungen darin aufgenommen werden, die *ihnen* Schürfrechte gewähren. Deshalb haben wir die letzten zwei Jahre in einem Vakuum operiert. Und die Southern Club Antarctic Group, eine Gruppierung, die sich aus Staaten der südlichen Hemisphäre zusammensetzt, die den Antarktisvertrag nie unterzeichnet haben und nie zu den Vertragsverhandlungen eingeladen worden sind - diese Gruppierung hat einmütig beschlossen, den Weg der sauberen Förderung wichtiger Rohstoffe - insbesondere Methanhydrat - zu beschreiten, sobald das für technisch machbar erachtet wird, ohne die Umwelt in der Antarktis auf irgendeine Weise zu schädigen. Gegen diese Politik hat es Proteste von Umweltschutzgruppen im Norden gegeben, aber diese Proteste haben in Staaten stattgefunden, die die weltweiten Ressourcen fünf- bis zwanzigmal so schnell verbrauchen wie die Mitglieder der Southern Club Antarctic Group. Daher bin ich persönlich der Meinung, daß es sehr anmaßend von diesen Menschen des Nordens ist, zu protestieren, wo doch der Norden, historisch gesehen, in Wirklichkeit den Süden erobert, alles, was nicht niet- und nagelfest war, in den Norden mitgenommen, die Landschaft im Süden zerstört, die Menschen des Südens ins Elend gestürzt und als Folge aus alledem einen solchen Wohlstand angehäuft hat, daß er sich eine Oberschicht von Müßiggängern leisten kann, die den solchermaßen ruinierten und alleingelassenen Ländern jetzt auch noch eine Umweltethik vorschreiben will! Die Heuchelei des Nordens in dieser wie in so vielen anderen Fragen ist *grenzenlos* und durch nichts zu rechtfertigen. Sie spottet jeder Beschreibung. Das zentrale Faktum der letzten fünfhundert Jahre Weltgeschichte ist der Kolonialismus, der niemals wirklich aufgehört, sondern nur sein Gesicht verändert hat.«

Mr. Smith sagte: »Das Risiko der Erdölförderung...«

»Nein nein nein nein nein! Das Risiko ist mittlerweile *so klein*«, rief Carlos aus und preßte Daumen und Zeigefinger zusammen, bis sie weiß wurden, »so *winzig*, daß es in der wirklichen Welt völlig unbedeutend ist! Und zwar dank der modernen Fördertechnik, wie wir jedem erklärt haben, der bereit war, uns zuzuhören. Wenn man keine *Sprengsätze* bei uns gelegt hätte, wäre nie etwas Schlimmes *passiert*. Wir sind schließlich nicht mehr im zwanzigsten Jahrhundert. In den letzten dreißig Jahren hat es keine größere Ölkatastrophe mehr gegeben, und das ist kein Zufall, sondern es liegt daran, daß so etwas dank der Techniken und Verfahren der Erdölindustrie heute gar nicht mehr vorkommen kann.«

»Panama-Kanal«, sagte Mr. Smith. »San Francisco. Djakarta.«

»Das waren alles *Sabotageakte!*« schrie Carlos und hüpfte ein bißchen, um nicht die Beherrschung zu verlieren. »Für diese Ölkatastrophen tragen Ihre Mandanten die Verantwortung, nicht wir!«

»Meine Mandanten hatten mit keinem dieser Vorfälle etwas zu tun«, sagte Mr. Smith rasch.

»Wie können Sie da so sicher sein«, fragte Wade, »wenn Sie nicht wissen, wer sie sind?«

»Ich habe sie gefragt.«

»Leute wie Ihre Mandanten«, fuhr Carlos fort und verzog dabei das Gesicht, »fahren im industrialisierten Norden in ihren BMWs herum und träumen davon, Tiger mit den Zähnen zu töten, sie roh zu essen und dann uns anderen zu erzählen, was wir tun sollen, das ist die *lächerlichste Phantasie, die man sich vorstellen kann*, es gibt zehn Milliarden Menschen auf dieser Erde, von denen die Hälfte hungert, und kein reicher, wohlgenährter, vornehmer Hurensohn von einem Sammler-Jäger-Disneyland-Wildnis-Advokaten wird diesen Leuten oder ihren Kindern zu essen geben! Wir müssen sie mit Lebensmitteln und der erforderlichen Energie zur Herstellung von Nahrung, Unterkünften, Kleidung, Schulen und Krankenhäusern versorgen, und das *könnt ihr nicht* mit eurem radikalökologischen Wildnis-Traum, ich hasse euch Heuchler für diesen selbstgerechten antihumanen Unsinn!«

»Erdölleute hassen Umweltschützer immer«, erwiderte Mr. Smith ruhig. »Das besagt gar nichts, außer daß Ihr Denken viel zu stark von Ihrer strukturell bedingten Position in der globalen Hierarchie bestimmt ist. Tatsache ist doch, daß man ohne die Erde auf Dauer weder Energie, Nahrung und Kleidung noch die anderen Lebensmittel bereitstellen kann. Das Problem wird nicht von den Wertvorstellungen der Radikalökologie verursacht, sondern von der ausbeuterischen Ökonomie eines weltumspannenden Systems, in dem die winzige Aristokratie der Reichen Raubbau an den natürlichen und menschlichen Ressourcen der Welt betreibt, sich mit der Beute in ihre festungsähnlich ausgebauten Herrenhäuser oder auf ihre Inseln zurückzieht und es dem Rest von uns überläßt, so gut es geht in den Trümmern zu überleben, denen sie entflohen sind. Das ist Götterdämmerungskapitalismus, das ist die Welt, in der wir heute leben, und so wie Sie sagen, daß der Kolonialismus nie aufgehört hat, hat auch dieser Feudalismus nie aufgehört, und das hat nichts, aber auch gar nichts mit den sogenannten demokratischen Werten zu tun, mit denen man die Massen einlullt. Tatsächlich ist das gesamte Militär der Welt gegenwärtig damit beschäftigt, diesem System gegen jede Gruppe zum Sieg zu verhelfen, die die Idee der Demokratie ernst nimmt.«

»An dieser Sabotage war nichts demokratisch«, sagte Carlos. »Es gibt nur ein paar solche Ökoteure, und die meisten Menschen verurteilen, was sie tun, aber sie tun es trotzdem. Wenn sie für Demokratie wären, hätten sie sich nach der Meinung der Mehrheit zu dieser Angelegenheit gerichtet, und die Menschen wollen Strom, sie wollen Licht in der Nacht, sie wollen Kühlschränke, damit ihre Kinder nicht an verdorbener Nahrung erkranken.«

Mr. Smith schürzte die Lippen, sein bisher heftigstes Mienenspiel. »Wenn es tatsächlich um eine ausreichende Grundversorgung ginge, könnte man mit Hilfe der aktuellen und im Entstehen begriffenen Techniken die Bedürfnisse der Welt befriedigen und noch einiges mehr. Aber die wahren Ziele dieser Gesellschaft sind Wirtschaftswachstum und die Bereicherung der feudalistisch-kapitalistischen Oberschicht, und die Massen sind in Wahrheit nicht mit diesen ihren eigenen Interessen widersprechenden Zielen einverstanden, aber sie sind weitgehend eingeschüchtert und dazu gebracht worden, in einem ungerechten System soviel wie möglich hinzunehmen, weil sie sonst gefeuert, ins Gefängnis gesteckt oder erschossen werden. Deshalb setzen sich meine Mandanten für weitverbreiteten demokratischen Widerstand gegen die heutige Zerstörung der Erde ein, bei der ein paar hunderttausend Menschen im Übermaß profitieren, während Milliarden leiden und den künftigen Generationen eine verbrannte und ausgeplünderte Welt hinterlassen wird.«

»Werden wir doch bitte konkreter«, mahnte Sylvia.

»Die Antarktis ist die letzte saubere Wildnis«, trumpfte Mr. Smith auf. »Als solche steht sie für das, was wir tun könnten, wenn wir in einem echten Gleichgewicht mit der Natur leben würden.«

»Die Antarktis ist sauber, weil niemand hier lebt!« gab Carlos zurück. »Reinheit ist kein Problem, wenn keine Menschen da sind. Was den Rest der Welt betrifft, so muß man die bestmöglichen Strategien anwenden, um die Menschen am Leben zu erhalten.«

»Meine Herren«, sagte Sylvia und starrte Carlos und Mr. Smith an. »Wir könnten wahrscheinlich bis ans Ende aller Tage über allgemeine Prinzipien diskutieren. Ich würde gern hören, was dabei herauskommt, wenn wir unsere Diskussion auf die Antarktis konzentrieren.« Sie warf Geoff einen Blick zu, weil sie auf seine Hilfe hoffte, aber er starrte ins Leere. Er war mit den Gedanken zweifellos tief im Pliozän.

»Aber sie diskutieren über Antarktis«, sagte Ta Shu. Er war dem Wortwechsel gefolgt, als wäre er bei einem Tennismatch, hatte den Kopf von einer Seite zur anderen gedreht und beiden Sprechern zugenickt, als würde er ihre Ansichten vollständig und umfassend billigen. Jetzt sagte er: »Leute hier reden über das Eis und die Welt. Als wären wir hier nicht in Welt. Aber das ist nicht so. Um wahr von diesem Ort zu sprechen, wir müssen alles andere hereinbringen. Und deshalb es ist nicht falsch von diesen Gentlemen, wenn sie allgemein sprechen. Was sie sagen, ist einfach grundlegendes Problem unserer Zeit - die Erde muß leben dürfen, während gleichzeitig Menschen ernährt werden müssen. Der eine betont eines, der andere betont anderes. Aber beides muß getan werden.«

»Meine Mandanten treten nicht nur dafür ein, daß die Antarktis zum Weltpark erklärt wird«, betonte Mr. Smith. »Die ganze Welt muß als eine Wildnis behandelt werden, in der wir leben müssen - und wir dürfen sie überall nur im geringstmöglichen Umfang belasten.«

»Zum Beispiel in Manhattan«, sagte Carlos.

»Selbst Manhattan kann in gewissem Sinn zu einer Wildnis werden.«

»Und selbst die Antarktis kann bewohnt werden«, sagte eine kleine alte Frau an der Tür.

»Mai-lis!« sagte Sylvia überrascht. »Sie sind also doch noch zu unserer Konferenz gekommen!«

Mai-lis kam herein und trat in den Stuhlkreis. »Ja. Ich bin Mai-lis«, sagte sie. »Meine Kollegen und ich leben im Transantarktischen Gebirge.«

Die Leute im Raum starrten sie an, und sie fing ihre Blicke ruhig auf, wie eine Geschichtenerzählerin, die sich abends am Feuer bereit macht. Sylvia streckte die Hand aus, als wollte sie ihr das Wort erteilen; und Mai-lis nickte.

»Ich bin hier, um für meine Kollegen und Kolleginnen, meine Freunde und Freundinnen zu sprechen, eine Gruppe von Antarktikern, die beschlossen haben, auf diesem Kontinent heimisch zu werden. Manche nennen das ›Zivilisationsflucht‹ und bezeichnen uns als ›Wildlinge‹. Dieses Projekt basiert auf einer Mischung von Weltanschauungen; wir tun es aus verschiedenen Gründen, die sich aus unterschiedlichen Wertesystemen ergeben, und wir sind uns selbst nicht immer einig. Aber im großen und ganzen kann ich sagen, daß die Antarktis für uns eine schöne, heilige Landschaft ist, die es wert ist, auf heilige Weise bewohnt zu werden. Das heißt für uns, mit Freude und auf ehrerbietige Weise in einem Land zu leben – der menschliche Ausdruck dieses Landes und Teil seines Bewußtseins zu sein, zusammen mit dem Bewußtsein all seiner anderen Tiere und Pflanzen.

Um dies in einem so rauhen Klima zu tun, muß man Techniken und Fertigkeiten aus vielen Zeiten und von vielen Orten benutzen, von den Samen und Inuit und den anderen indigenen Völkern der Arktis bis zu den besten kommunalistischen Gesellschaftstheorien und den neuesten geeigneten technischen Errungenschaften. Wir nehmen, was uns richtig erscheint, vom Paläolithikum bis zur Postmoderne, und die meisten von uns machen sich nicht allzuviele Gedanken über Reinheit. Wir leben demokratisch. Wir halten es für wichtig, so weit wie möglich vom Land zu leben, aber auf nachhaltige Weise, ohne dem Land Schaden zuzufügen. In der Antarktis heißt das, daß wir unsere Anzahl gering halten und jenen Teilen der nördlichen Wirtschaftssysteme helfen, deren Hilfe wir wiederum brauchen. Wir betrachten unsere Lebensweise als ein Experiment unter extremen Bedingungen. Wenn es hier funktioniert, müßte es überall funktionieren, solange die Anzahl der Beteiligten nicht zu groß für das Land ist, auf dem sie leben.«

»Ihr glaubt also auch nicht an den Antarktisvertrag«, warf Wade ein.

»O doch. Wir halten uns auf unsere ganz eigene Weise an den Vertrag. Wir töten einige Tiere als Nahrungsquelle, aber wir studieren sie wissenschaftlich, bevor wir sie essen, also befolgen wir den Vertrag im technischen Sinn. Wir stimmen mit seinen Zielen überein. Die meisten von uns haben allerdings keine grundlegenden Einwände gegen die Förderung von Erdöl und Erdgas, sofern sie keine Umweltschäden zur Folge hat. Das ist die Frage, nicht wahr: Wie sauber kann diese Förderung erfolgen? Ist man willens und in der Lage, jeden Unfall als Kritikalitätsstörfall zu behandeln? Läßt sich die Technik so redundant machen, daß die Risiken zu vernachlässigen sind? Und wenn solch eine Technik eingesetzt wird, lohnt sich die Förderung für die

Förderer dann noch? Das sind Fragen, die beantwortet werden müssen. Es geht darum, eine echte Kosten-Nutzen-Analyse vorzunehmen, das heißt eine, bei der *alle* Kosten und Nutzen berücksichtigt werden, auch die sogenannten externen Kosten, und bei der auch die nicht exakt quantifizierbaren Aspekte der Situation zur Kenntnis genommen und einbezogen werden. Wir versuchen dies in unserem eigenen Leben hier zu tun, und wir sprechen oft darüber, ob eine solche Aufwands- und Ertragsrechnung nicht überall in der Welt machbar wäre. Umweltschonende Techniken, grüne Techniken entsprechend einer am menschlichen Wohl orientierten grünen Analyse der Kosten und Nutzen unserer diversen Aktivitäten einzusetzen - und dabei genau zu kalkulieren, welche Wünsche und Bedürfnisse vorliegen und welche Methoden und Techniken man zu ihrer Befriedigung braucht -, das ist eine Aufgabe, der sich die Menschen überall in der Welt widmen müssen. Dieses Thema beherrscht viele Abende in unseren Camps, an den Tischen und am Computer. Die meisten von uns glauben, daß es überall möglich wäre, wenn - und das sind große Wenns - wenn die menschliche Population abnähme und wenn die Menschen überall wie Wildlinge leben würden.«

Sylvia seufzte und machte eine kleine lenkende Handbewegung. »Wir sollten versuchen, uns jetzt speziell auf die Antarktis zu konzentrieren. Wenn auch nur zu Übungszwecken. Vielleicht kann es als eine Art Experiment dienen, wie Sie's genannt haben. Jedenfalls können wir uns im Moment nur damit befassen. Und wie man sieht, ist es eine offene Frage, ob wir wenigstens das schaffen.«

Tatsächlich brachen überall im Kreis kleine, halblaute Diskussionen und Wortgefechte aus, Nachbarn palaverten begeistert über Permakultur, Survival und was nicht alles, und für Sylvia wirkte der ganze Haufen einen Moment lang wie ein trauriger Debattierclub in einer Irrenanstalt, lauter Leute, die mit geröteten Augen ins Blaue hineindiskutierten.

Sie klatschte laut in die Hände, und sie verstummten. »Machen wir eine Pause«, schlug sie vor. »Wir müssen das, was wir hier tun, ein bißchen besser organisieren, glaube ich. Essen Sie etwas und lassen Sie uns später wieder zusammenkommen. Dann würde ich gern ein paar spezifische Protokolle ausarbeiten« – mit sehr großem Nachdruck –, »die unser Verhalten in der Antarktis regeln und nach denen sich alle, die hier vertreten sind, richten könnten. Ob das möglich ist, weiß ich noch nicht, aber ich möchte, daß wir es versuchen, sonst ist diese Konferenz nichts als leeres Gerede. Und ich will mehr als leeres Gerede. Ich will einen Bericht« – ein rascher Blick zu Wade, der nickte – »und ich will, daß wir eine Liste von Vorschlägen erarbeiten, vielleicht sogar ein komplettes Protokoll. Verstehen Sie? Mr. Smith, können Sie hier für Ihre Mandanten sprechen?«

»Das kann ich.«

»Dann gehen Sie bitte mit Carlos zum Essen und lassen Sie sich von ihm die Techniken der Erdöl- und Methanförderung erläutern. Ich fände es auch gut, wenn ein paar von unseren Leuten bei diesem Treffen dabei wären. Die anderen können sich vielleicht mit Mai-lis zusammensetzen und mehr darüber erfahren, wie die Wildlinge ihre Siedlungen organisieren. Wir kommen wieder zusammen, wenn wir soweit sind, spätestens jedoch morgen früh. Ich werde Sie alle per Telefon und Beeper auf dem laufenden halten.«

VIERZEHNTES KAPITEL

# *Vom Grund auf*

**X verfolgte Sylvias Konferenz** mit zunehmender Besorgnis. Er sah eine potentielle Vereinbarung kommen, in der das Ölkonsortium eine Änderung seiner Praktiken zusagte, um den Maßstäben zu genügen, die von Mr. Smiths zu einer Art Gewissen des Projekts werdenden Ökoteuren aufgestellt wurden; alles würde so weitergehen wie zuvor; und niemandem würde auffallen, daß beide Männer in ihrer Diskussion die Machenschaften des Götterdämmerungskapitalismus attackiert hatten, offenbar ohne zu bemerken, daß sie einander ergänzten, statt dessen im festen Glauben, sie würden einander widersprechen. Und X würde ein für allemal aus ASL und folglich aus McMurdo ausgeixt werden. Zweifellos konnte er sich wieder Carlos und den Ölteams anschließen, aber dann würde er endgültig ein Exilant werden, ein echter Mann ohne Vaterland, die Hierarchien würden allesamt bestehenbleiben, und er würde Val nie wiedersehen. Nach allem, was er durchgemacht hatte, hätte er ebensogut wieder auf dem Boden der Werkstatt knien können. Im Exil, ohne jemals irgendwo gewesen zu sein - nirgends als in der Antarktis und in Amerika, aber die Antarktis war ein anderer Planet, und Amerika war ein Traum. Er hatte kein Zuhause; er hatte kein Vaterland. Wenn er nicht endgültig zum Mann ohne Vaterland werden wollte, der im ewigen Exil auf der Erde umherstreifte, mußte er etwas dagegen unternehmen. Er mußte sich selbst ein Zuhause schaffen.

Als die Konferenzteilnehmer aus dem Chalet ins frische, helle Licht hinausströmten - die meisten gingen zum Crary oder zum Erebus View –, wanderte er deshalb enttäuscht, frustriert, verwirrt und ratlos auf den schlammigen Straßen von McMurdo umher.

Als er tief in Gedanken versunken am BFC vorbeikam, traf er auf den Beaker, für den er in den Trockentälern gearbeitet hatte. Graham Forbes. X hatte Forbes' älteren Kollegen bei der Konferenz im Chalet gesehen und war darum jetzt nicht allzu überrascht. Er erinnerte sich lebhaft an den Tag mit Forbes; bei all seinen Abenteuern seither hatte er nie mehr so schlimm gefroren wie damals. »Hey«, sagte er, »wie geht's Ihnen?«

»Gut. Und Ihnen?«

»Mir auch. Wie ist es mit Ihren Forschungen da draußen gelaufen?«

»Ganz gut, danke.«

»Irgendwelche großen Entdeckungen gemacht?«

»Nun ja…« Forbes zögerte; er schien nicht recht zu wissen, was er sagen sollte. »Ja, in der Tat.« Er hob rasch die Hand: »Natürlich noch nichts absolut Definitives.«

»Keine Messingplakette mit der Aufschrift ›Hier ruht der Pliozän-Fjord‹.«

»Nein.« Ein kleines Lächeln. »Aber wir haben eine Schicht aus abgestorbenem Buchenlaub gefunden – Blätter, Zweige und andere organische Stoffe. Sie hat gewisse Ähnlichkeit mit Schichten, die man anderswo gefunden hat, aber in diesem Gebiet ist das etwas Neues, und sie ist sehr gut erhalten.«

»Also haben auch die merkwürdigen Trockentäler in Ihrer Geschichte eine Rolle gespielt.«

»Ja, scheint so.«

»Das wird eine große Neuigkeit sein, schätze ich. Hält einer von Ihnen einen Vortrag im Crary?«

»O nein. Nicht in dieser Saison, nein. Das wäre verfrüht.«

X nickte und dachte darüber nach.

Forbes entschuldigte sich; er mußte zu einer Besprechung ins Crary. Er wandte sich ab, hielt dann jedoch plötzlich inne und sagte: »Übrigens, danke für Ihre Hilfe neulich. Das war ein fürchterlich kalter Tag.«

»Oh, hey«, sagte X verblüfft. »War mir ein Vergnügen.«

Forbes bog in Richtung zum Crary-Labor ab.

X lief weiter auf den Straßen herum. Er dachte intensiver nach denn je, nahm sich aber auch die Zeit, innezuhalten und sich anzuschauen, woran er vorbeiging. Das hier war eine Zeitlang seine Stadt gewesen. Und in vieler Hinsicht hatte er sie gemocht. Dort drüben beim Postgebäude hatten die Kiwis, die von der Scott-Basis rübergekommen waren, ein *hangi* und *haaka* für Mac Town veranstaltet, dabei ganze Schweine gegrillt und einen zeremoniellen Maori-Kriegstanz aufgeführt - zwanzig weiße Kiwi-Männer mit nacktem Oberkörper, die martialisch zu den rauh herausgebellten Kommandos eines weiblichen Maori-Offiziers der Kiwi-Air-Force tanzten. Solche Sachen bekam man in Mac Town zu sehen.

Aber er hatte alle Brücken hinter sich abgebrochen, und jetzt fühlte er das ungeheure Heimweh des Exilanten, der seine alte Heimat für kurze Zeit wiedersieht. Heimweh, ja; ein physischer Schmerz. Herzeleid, wie die Deutschen sagten.

Er stieß mit Randi zusammen. »Menschenskind, Randi, du bist ja gar nicht in der Funkbude.«

»Sie haben mich für eine Stunde rausgelassen, nachdem wir jetzt alle zurückgeholt haben.« Ihre Stimme war heiser, und der wilde Blick und die rotgeränderten Augen zeugten von Schlaflosigkeit, wie bei allen anderen in der Stadt. »Du siehst aus, als hättest du dich verirrt, X.«

»Hab ich auch.« Es war merkwürdig, ihr Gesicht wiederzusehen, er war so daran gewöhnt, daß sie nur eine Stimme im Funk war. Nett. Eine von Vals Kantinengang. Schon an ihrem Gesichtsausdruck sah man, wieviel sie lachte. »Ich weiß nicht, was ich machen soll«, sagte er. »Mir ist klar, daß ASL mich garantiert nicht wieder einstellen wird, also seh ich echt alt aus, schätze ich.«

Sie nickte. »Garantiert, wenn du auf ASL angewiesen bist. Aber hör zu, deren Vertrag steht zur Erneuerung an, nicht? Und einige von uns haben darüber gesprochen, ob wir uns nicht selber bewerben sollten.«

»Was heißt das?«

»Geh zu Joyce und sprich mit ihr, die wird dir alles erklären.«

Sie scheuchte ihn fort, zum BFC, und er ging mit schnellen Schritten hinüber. Unterwegs fiel ihm wieder ein, daß Joyce etwas in dieser Richtung gesagt hatte, als er vor seiner Abreise zum Mohn-Becken zu ihr gekommen war, um sich zu verabschieden. Sein Kummer wegen Val hatte ihn damals so abgelenkt, daß er nicht richtig zugehört hatte; außerdem hatte er sich ohnehin schon entschieden gehabt und auch gar nicht mehr zuhören wollen. Aber jetzt wollte er. Joyce würde ihm garantiert wieder mal eine Strafpredigt halten, aber das war ihm egal. Wenn es denn sein mußte...

Rauf zu den BFC-Büros.

»Hallo, Joyce. Ich bin wieder da.«

»Ja, hab dich bei der Konferenz im Chalet gesehen.«

»Oh, ja. Was hältst du von der Sache?«

»Interessant.« Sie sah ihn scharf an. »Du willst deinen Job wiederhaben, stimmt's?«

Er ließ sich auf einen Stuhl fallen und hob die Hand, um ihr zuvorzukommen. »Ja, will ich, und ich weiß, daß ich ziemlich in den Arsch gekniffen bin.«

»Da hast du recht.«

»Aber Randi hat mich an die Sache mit dieser Bewerbung erinnert, von der du mir letztesmal was erzählen wolltest. Ich weiß, ich hab damals nicht zugehört. Tut mir leid. Jetzt hör ich aber zu, also erzähl's mir noch mal.«

Sie nickte und akzeptierte seine Entschuldigung. »Die NSF zwingt ASL, einigen potentiellen Konkurrenten Nebenverträge anzubieten, damit sie genug wissen, um konkurrenzfähige Angebote machen zu können, wenn der Vertrag erneuert werden muß. Es ist dasselbe System, das ASL sich letztesmal zunutze gemacht hat, um ASA aus dem Feld zu schlagen. Diesmal werden sie in PetHelo und GE starke Mitbewerber um den Gesamtvertrag kriegen, und ich wäre nicht überrascht, wenn PetHelo sie rauskickt, denn du kennst ja ASL, die sind so effizient, daß sie auf den Tod keiner ausstehen kann, nicht mal die NSF, um die Wahrheit zu sagen. Tatsächlich gibt's ein Gerücht, daß die NSF versucht, ASA dazu zu bringen, sich wieder zu bewerben. Jetzt sehen sie, was sie da Gutes hatten. Jedenfalls dachte eine Gruppe von uns, wir sollten versuchen, eine Genossenschaft zu gründen und uns um den Nebenvertrag für die Kommunikationseinrichtungen und das BFC zu bewerben.«

»Wirklich?« sagte X und spürte, wie sich sein Herzschlag beschleunigte.

»Ja, wirklich.« Sie lachte über seinen Gesichtsausdruck. »Ich nehme an, diesmal bist du interessiert.«

»O Gott.«

Sie lachte wieder. »Na also. Und du bist ja unser großer Gesellschaftstheoretiker hier. Da gibt's ein paar Leute, die sind noch unschlüssig, und ich glaube, auf die könnte man dich ohne großes Risiko mal ansetzen. Ich sag dir, wen ich meine, und du kannst ihnen die theoretischen Grundlagen für das erklären, was wir tun.«

»Na klar kann ich das! Nenn mir nur die Namen.«

»Okay, okay. Abgesehen davon solltest du's auf die dezente Tour machen, X. Ich will nicht, daß du zu weit gehst, klar? Zieh bei den Leuten bitte, bitte keine Mister-Smith-Nummer ab. Wir wollen niemandem Angst einjagen, das würde nur unsere Chancen verringern, den Vertrag zu bekommen. Aber wir haben schon eine Menge Leute, und im Kommunikationsbereich und beim technischen Hilfsdienst ist es wirklich die Erfahrung, die zählt. ASL hat uns immer damit gedroht, sie könnten jederzeit neue Leute einstellen, die unseren Platz einnehmen, und das können sie auch, aber wenn wir alle an einem Strang ziehen und eine Bewerbung einreichen, dann sind wir diejenigen mit der Erfahrung vor Ort, und ASL wird der NSF gegenüber nur ihre

Seattle-Erfahrung und ein paar Grünschnäbel zum Vorzeigen haben. Die Leute, mit denen die NSF während der letzten paar Jahre in der Praxis zusammengearbeitet hat, werden größtenteils auf unserer Seite sein. Es könnte also klappen. Und je mehr wir sind, desto besser.«

»Na klar, klingt vernünftig«, sagte X. »Die NSF engagiert einfach eine Gruppe, die ihre Infrastruktur in Schuß hält. Das beseitigt in gewissem Maße das Problem der finanziellen Konkurrenzfähigkeit mit der alten Firma.«

»Richtig.«

»Das ist *spitze*«, rief X. »Wieso hab ich nichts davon erfahren? Warum hast du mir erst was davon erzählt, als ich praktisch schon weg war?«

»Na ja, in solche Sachen werden GFAs normalerweise nicht eingeweiht.« Sie zuckte die Achseln. »So ist es nun mal. Es war ein bißchen heikel, darüber zu sprechen, weil wir momentan alle noch ASL-Angestellte sind. Meuterei, verstehst du. Vertragsbruch. Die Leute hatten Angst, rausgegriffen und gefeuert zu werden. Deshalb haben wir uns nur mit denjenigen drüber unterhalten, denen wir vertraut haben, und das heißt, daß wir sie wirklich gut kennen mußten. Und als du dann kamst, gab es zwar Vorschläge, dich auch mitmachen zu lassen, weil wir ja wußten, daß du dich mit solchen Sachen beschäftigt hast. Aber dann warst du weg. Wir dachten, du hättest zu schnell von ASL die Nase voll gehabt und dich außerdem noch mit Val verkracht, und das war's.«

»Aber jetzt bin ich wieder da.«

»Jetzt bist du wieder da. Also, ich sag dir was, warum sprichst du nicht mit Nancy, Spec, Harold und George… ich weiß, es gibt noch ein paar – ach ja, Mac; geh zuerst zu dem, er wird dir erzählen, was wir ausgearbeitet haben, und dann kannst du mit den anderen sprechen, ob sie nicht einsteigen wollen. Erzähl ihnen was über Genossenschaften und wie toll die sind und sieh zu, ob du sie dazu bringen kannst, sich zu engagieren. Sie sagen, sie überlegen es sich, aber ich glaube, sie machen mit, wenn man es ihnen auf die richtige Weise verklickert. Und wenn wir alle kriegen, die wir haben wollen, dann haben wir echt eine gute Chance, glaube ich.«

»O ja, ja, ja. Ich werd mir überlegen, wen wir noch dabeihaben sollten.«

Sie nickte und tätschelte ihn am Arm. »Sprich das aber vorher mit mir ab. Und denk dran, daß du's ruhig angehen läßt, X. Hier geht's ums Geschäft. Die Sache wird viel Planung und harte Arbeit erfordern, und es wird eine Weile dauern, bis wir irgendwas wissen.«

»Ja, ja, klar. Ganz ruhig. Rein geschäftlich.«

Er grinste sie an, und sie mußte lachen. Und dann war er wieder draußen.

Von Schlaf war keine Rede mehr, aber in Wahrheit hatte er ohnehin nicht mehr daran gedacht, ins Bett zu gehen. Sie waren alle total überdreht, schossen in McMurdo herum wie Wassertropfen auf einer heißen Herdplatte, schlaflos bis zum Wahnsinn; aber wann war das je anders gewesen? Im Sommer war in Mac Town der Teufel los. X ging in die Kantine, um sich noch einmal vollzustopfen, sich für die nächste Runde Schlaflosigkeit zu rüsten. Dort sah er Spec und Harold, und er ging zu ihnen hinüber und aß mit ihnen, und nach dem Essen brachte er die Genossenschaftsidee zur Sprache. Sie hatten schon davon gehört. Ihre Gefühle zu der Sache waren zwiespältig. Also diskutierten sie eine Weile darüber; X vertrat die Position, daß Unternehmen prinzipiell in Arbeiterhand sein sollten, ohne weiter auf die Besonderheiten ihrer Lage in McMurdo einzugehen, die diese beiden viel besser kannten als er. Danach machte er sich auf und drehte seine Runde, besuchte alle Büros, die er früher als ›Gut Für Alles‹ besucht hatte, sprach mit den Leuten, die Joyce ihm genannt hatte, und mit anderen, die er selber gemocht hatte, und bat sie, sich zu überlegen, ob sie nicht mitmachen wollten.

Viele schüttelten den Kopf, während sie ihm zuhörten, und ihm wurde allmählich klar, daß man ihn wegen seiner früheren Tiraden und seines kürzlichen Verschwindens für einen Spinner hielt - oder genauer: für einen ziemlichen Naivling. Natürlich habe er recht, besagten die Mienen der alten Iceheads, natürlich verarschen sie uns, aber die Idee, es könne eine Veränderung des Systems geben, sei albern. Die gegenwärtige Organisationsstruktur, die Hierarchie von Arbeitgeber und Arbeitnehmern, das sei nun mal die - wenn auch schlechte - Realität, besagten ihre Mienen; da könne man nichts machen, es werde immer Eigentümer und Arbeiter geben, ganz gleich, wie vehement man diese Situation anprangere. Bestimmte Menschen besäßen eben die Unternehmen, das Kapital, die Regierungen, die Gesetze, das Militär; und das genüge, um das gegenwärtige System zu stützen, auch wenn es noch so schlecht sei. Das stand in ihren Mienen zu lesen, dachte X, als er von Büro zu Werkstatt lief, so freundlich, nachsichtig, verärgert oder verächtlich diese Mienen ansonsten auch sein mochten. Viele der alten Iceheads dachten, er hätte nur Scheiße im Kopf. Oder wäre bestenfalls ein hoffnungslos verrückter Träumer.

X nickte zu dieser Einschätzung und lernte weiter dazu. Er versuchte, konkreter zu werden, bei den speziellen Dingen zu bleiben, die sie hier auf Hut Point ändern konnten. Er beschrieb die anderen Genossenschaftskomplexe, die er kannte, für gewöhnlich die baskische Stadt Mondragon, wo alles genossenschaftlich organisiert war. Diese Gespräche machten ihm mehr Spaß, aber sie waren auch schwer. Er schürte die Revolution und wahrte seine Chance auf ein Vaterland und eine Heimat, es war unglaublich aufregend und so weiter, aber der Teufel steckte im Detail... Na ja. Er mußte die Genossenschaft beschreiben, die entstehen sollte, eine Genossenschaft von Menschen, die jahrelange Erfahrung in der Antarktis und das entsprechende Fachwissen besaßen und dieses Fachwissen benutzten, um die Arbeitsabläufe im technischen Service besser zu organisieren; sie waren normalen Unternehmen gegenüber durchaus konkurrenzfähig; die NSF würde einräumen müssen, daß sie selbst nach den NSF-Kriterien die Besten waren; und dann würden sie ihr Unternehmen für sich selbst behalten, statt damit an die Börse zu gehen, würden den Gewinn unter sich aufteilen, ohne gierig zu sein, so daß sie der NSF ein günstiges Angebot unterbreiten und sich trotzdem ihren Lebensunterhalt verdienen konnten, denn wenn sie Aktionären draußen in der Welt keinen großen Profit auszahlen mußten, hatten sie mehr Geld für sich selbst und ihre Bedürfnisse.

Es war vollkommen einleuchtend. Das grundlegend Vernünftige am Genossenschaftssystem: Es war gerechter, würde daher die Motivation und Loyalität der Mitarbeiter steigern und auf diese Weise für bessere Arbeit sorgen, was wiederum zu mehr Effizienz führte, selbst nach den Maßstäben der Rationalisierer. X fand es kinderleicht, überzeugende Argumente dafür zu liefern. Es ließ sich schlüssig mit den Grundwerten vereinbaren, die man den meisten Amerikanern als Kinder beigebracht hatte – Fairness, Gerechtigkeit, Demokratie –, und es ließ sich mit diesen Grundwerten auch leicht verteidigen. Deshalb schilderte er seinen alten Freunden und Bekannten ein McMurdo, das eine Art Miniatur-Mondragon geworden war – jeder Betrieb eine Genossenschaft in Arbeiterhand, verankert in einem eng verzahnten System von Genossenschaften, einschließlich der Banken. In einem solchen McMurdo, sagte X und legte großen Nachdruck auf diesen Punkt, könnten die Menschen schließlich selber über ihre berufliche Laufbahn in der Antarktis bestimmen und müßten ihr Leben nicht auf fatale Weise zwischen ihrer Liebe zum Land und den Launen des einen und einzigen Chefs in der Stadt aufteilen.

Das brachte sie zum Nachdenken. Und obwohl es eine Menge Skeptiker gab, nickten auch viele und sagten: »Klingt gut. Ich bin dabei.«

Auf dem Rückweg von der letzten derartigen Zusammenkunft traf er auf Wade, und sie blieben stehen, um miteinander zu reden, ohne daß sie es aussprechen mußten, wie zwei Brüder, deren Wege sich in einer Stadt kreuzten. »Hören Sie«, sagte X, »Sie sollten mal mit Professor Michelson darüber sprechen, was sein Team in diesem Sommer draußen in den Trockentälern gefunden hat. Dieser Graham Forbes hat mir erzählt, sie hätten da was Tolles entdeckt – mehr wollte er nicht sagen, aber ich hab den Eindruck, Ihr Senator könnte dieses dynamizistische Szenario benutzen, um klarzumachen, wie gefährlich die globale Erwärmung ist. Dann könnte er sein Programm mit viel mehr Nachdruck vertreten.«

»Daran habe ich auch schon gedacht«, gestand Wade. »Ich frage Michelson, sobald ich ihn sehe, danke. Wie läuft's sonst so?«

»Ziemlich gut. Ich helfe Joyce und Randi und ein paar anderen, eine Bewerbung um den Nebenvertrag für den technischen Hilfsdienst einzureichen. Wir bilden eine Genossenschaft mit allen Leuten in der Stadt, die unserer Ansicht nach gut reinpassen würden, und das sind viele der Besten hier.«

»Phil wird begeistert sein, das ist momentan eine seiner Lieblingsideen. Macht weiter so, dann will ich sehen, was ich von meiner Seite aus für euch tun kann.«

»Okay.«

Ein kurzes Schulterklopfen, dann waren sie wieder unterwegs, jeder in seine eigene Richtung.

**Wade beackerte die Stadt** seinerseits fast genauso wie X. Kurz nach der Konferenz ging er wieder ins Chalet zurück, traf Sylvia in ihrem Büro an - sie telefonierte gerade - und klopfte an die offene Tür. Sie winkte ihn herein, und er trat an die große Wandkarte der Antarktis und sah sich Sylvias Markierungen an. Er hatte ihren Code vergessen, und die Muster der bunten Punkte sagten ihm nach wie vor nichts.

Sie legte den Hörer auf. »Das war Christchurch. Der Sturm vor Cape Adare legt sich endlich. Sie werden den ganzen Haufen also wohl demnächst losschicken.«

»Das heißt, wir haben noch acht Stunden Zeit?«

»Ja.« Der Gedanke an all die offiziellen Ermittler, die bald über sie herfallen würden, schien sie nicht gerade glücklich zu stimmen.

Er zeigte auf die Karte. »Stimmen die Punkte denn nun mit den Ökotage-Aktionen überein, soweit Sie erkennen können?«

»Manche von ihnen entsprechen den Standorten der Satellitenschüsseln, die das Kommunikationssystem gestört haben«, sagte sie, kam um den Schreibtisch herum und deutete auf einige der orangefarbenen Punkte, die sich über den ganzen Kontinent verteilten. »Andere markieren anscheinend Camps der Wildlinge, die Sie ja bereits kennengelernt haben.«

»Gar nicht so leicht, Muster zu erkennen, wenn mehr als eine Sache gleichzeitig stattfindet.«

»Stimmt.«

»Sind Sie sicher, daß Ihr Satellitenfoto-Analytiker Sie über all seine Sichtungen informiert?«

Sie machte ein überraschtes Gesicht. »Sicher bin ich nicht, nein. Ich bin wohl davon ausgegangen, daß er's tut, aber ich habe nicht die nötigen Mittel, ihn zu überprüfen.«

»Hätten Sie was dagegen, wenn ich ihn anrufen und ihm ein paar Fragen stellen würde? Ich möchte ein paar Ideen mit ihm besprechen, die ich hatte, und wenn ich mich auf

Sie berufen kann, erklärt er sich vielleicht bereit, mit mir zu reden.«

Sie sah ihn an. In ihrem Blick stand eine unausgesprochene Frage.

»Ich würde gern helfen, wenn ich kann«, erklärte Wade. »Damit die Vertragsverhandlungen endlich wieder in Schwung kommen. Damit die NSF die Kontrolle über das amerikanische Antarktisprogramm behält. Und so weiter. Das paßt alles zu dem, was Phil Chase zu tun versucht. Zu dem, was ich zu tun versuche.«

Sie dachte darüber nach. »Na, schaden kann es ja wohl nichts. Er ist bei den Sicherheitsdiensten - sie teilen ihn sich, sozusagen -, aber er kann jederzeit einen Anruf entgegennehmen und dann selbst eine Entscheidung treffen. Ich gebe Ihnen seine Telefonnummer.« Sie ging zu ihrem Schreibtisch, um sie herauszusuchen und aufzuschreiben.

»Und wie heißt er?«

»Fragen Sie nach Sam.«

Wade nickte. »Danke. Jetzt zur Ökotage. Können Sie mir sagen, wo...?«

»Ich habe hier eine Übersicht des Rettungsdienstes.« Sie hob ein weiteres Blatt Papier von ihrem Schreibtisch auf. »Anscheinend ist alles so abgestimmt worden, daß sie am fünfzehnten Oktober losschlagen konnten - das heißt, genau vor sechs Tagen. Meine Güte. Mir kommt es viel länger vor.«

»Mir auch.«

»Ob sie auf einen Sturm der Stufe eins gewartet haben oder ob es nur ein Zufall war, kann ich nicht sagen. Automatische Satellitenverfolgungsschüsseln, gekoppelt mit starken Funkgeräten - wir haben siebzehn Stück gefunden, von der Halbinsel übers Transantarktische Gebirge bis zum Cape Adare, fünf weitere draußen auf der Polkappe jenseits des Pols. Es ist zu vermuten, daß es noch mehr gibt, die wir noch nicht gefunden haben. Erste Untersuchungen haben ergeben, daß sie offenbar von irgendeiner Hinterhofwerkstatt mit Materialien aus ostasiatischen Quellen etwa aus der Zeit der Jahrhundertwende zusammengebastelt worden sind. Die Schüsseln waren auf Trägersatelliten gerichtet, meistens Ku-band, vierzehn Gigahertz, heißt es in dem Bericht, und auf ein paar Zwanzig-Gigahertz-Zentralsatelliten. Unmodulierte Signale gingen auf Frequenzen raus, auf denen man diese Satelliten übernehmen konnte. Als der Funkverkehr der übernommenen Satelliten umgeleitet wurde, haben die Schüsseln die neuen Träger ebenfalls gefunden und übernommen. Die Unterbrechung hat achtundvierzig Stunden gedauert, dann war mit all diesen Aktivitäten Schluß. Gleich zu Anfang sind jedoch sieben Probebohranlagen des SCAG-Konsortiums zerstört worden, außerdem die Basiscamps am Roberts-Massiv und bei Pioneer Hills. Den ersten Untersuchungsergebnissen zufolge sind die Bomben selbstgebaut und enthalten keine Markersubstanzen. Bevor sie hochgingen, sind die kompletten Belegschaften der Ölstationen von maskierten Teams mit Sturmgewehren zusammengetrieben und per Schneemobil oder Blimp« – sie zog die Augenbrauen hoch – »zu den nächsten wissenschaftlichen Außenlagern gebracht worden. Die meisten zum Shackleton-Gletscher, einige zum Byrd, andere zum italienischen Camp in der Ellsworth Range.«

»Und uns haben sie übersehen, weil wir gerade unterwegs waren«, sagte Wade.

»Ja. Anscheinend haben sie aber alle anderen erwischt. Es wurden keine Todesfälle gemeldet. Bis jetzt ist keiner der Kidnapper identifiziert worden.«

Wade erzählte, was er bei den Wildlingen gesehen hatte. »Also, nach allem, was ich weiß – und das ist nicht sehr viel –, hatten die Wildlinge, die noch da draußen sind, nichts mit der Sache zu tun, und diejenigen, die was damit zu tun hatten, sind jetzt irgendwo in Südamerika.«

»Hmm.«

»Dann ist also kein Eigentum der NSF beschädigt worden, nehme ich an?«

»Doch, doch, wir haben schon was abgekriegt. Kleine, aber sorgfältig plazierte Treffer, die uns stark geschwächt haben. Daraus gibt's zweifellos einiges zu lernen. Ein kleiner Sprengsatz auf dem Dach der Funkbude und ein weiterer beim Repeater auf Crater Hill, noch zusätzlich zum Ausfall der Satelliten. Und schließlich sind sechzehn Brennstofftanks, darunter alle großen im Gap, und mehrere Helotreibstoffblasen draußen mit einer Variante eines ölfressenden Bakteriums verunreinigt worden, das zur Reinigung von Ölteppichen auf dem Wasser gedacht ist. Diese spezielle Art ist zu Tausenden kleiner Klümpchen herangewachsen, bevor sie starb, so daß es gefährlich war, den Brennstoff und Treibstoff zu benutzen, der sich noch in diesen Tanks befand. Das war ein echter Alptraum - wir mußten uns überlegen, wie wir den Brennstoff filtern konnten, und ihn dann auf seine Zuverlässigkeit testen.«

»Das müssen hier ziemlich schlimme achtundvierzig Stunden gewesen sein.«

»Ja.«

»Das FBI wird lange Zeit hierbleiben.«

»Ja. Sie haben natürlich so einige Ansatzpunkte für ihre Arbeit. Die Satelliten-Hardware, die Bomben, die Bakterien, diese verbannten Eispiraten, die in Chile herumlaufen, Mr. Smith selbst... Ich frage mich, ob er recht hat mit seiner Zuversicht, daß seine Mandanten anonym bleiben werden. Natürlich waren sie vorsichtig, aber trotzdem...«

»Ja. Kommt drauf an, *wie* vorsichtig sie waren. Ich könnte mir vorstellen, daß eine Gruppe mit Erfahrung und Weitsicht diesen Ermittlern ganz schön zu schaffen machen würde. Und da niemand ums Leben gekommen ist und das FBI alle Hände voll mit gewalttätigeren terroristischen Aktivitäten in den Staaten zu tun hat, bei denen auch Menschen ums Leben gekommen sind, werden sie sich vielleicht nicht jahrelang mit dieser Sache abmühen.«

»Hmm.«

Sie saßen beide da und starrten auf den Schreibtisch. Wenn man zusammenrechnete, wieviel Schlaf sie beide in der letzten Woche bekommen hatten, hätte das wohl nicht einmal eine einzige Nacht ergeben. Wade merkte, wie er urplötzlich wegdöste und dann mit einem Ruck wieder zu sich kam; er stand abrupt auf, bevor er vor Sylvias Nase einschlief. »Danke für die Informationen. Ich werde alles, was ich erfahren habe, an Senator Chase weitergeben, und wir werden unser Möglichstes tun, um Ihnen zu helfen.«

Sylvia nickte. Sie überlegte immer noch.

Wade erschauerte in dem brutalen, beißenden Wind, der durch den Gap kam, und taumelte dann durch den Morast zur Kantine und ein paar Bechern Kaffee hinüber. Unmittelbar vor dem großen Gebäude traf er Professor Michelson, der ebenfalls dorthin unterwegs war.

»Professor! Hallo!«

»Ah, hallo«, sagte Michelson, als er ihn erkannte. Dann sah er Wade genauer an. »Sie besuchen uns in interessanten Zeiten, wie ich sehe.«

»Sehr interessanten. Wie fanden Sie die Konferenz im Chalet?«

»Tja, offensichtlich ist es wichtig, über diese Dinge zu sprechen. Nach dem, was diese Woche passiert ist, wird es viele solche Diskussionen geben.«

»Auch bei SCAR?«

»Oh, unter Garantie.«

»Ja. Das wäre wohl auch ganz sinnvoll. Also... Wie ist es mit Ihrer Arbeit in den Trockentälern gelaufen?«

»Na ja, wir haben weitergemacht.«

Sie standen in der Sonne; die Kantine schützte sie vor dem Wind. Michelson sah ihn neugierig an. Schließlich sagte Wade: »Mein Freund X hat einen Tag bei Ihrem Team verbracht und dort für Graham gearbeitet. Seinen Worten zufolge hat Graham ihm erzählt, daß Sie dort draußen eine bedeutende Entdeckung gemacht haben.«

»So, wirklich? Ja, ich glaube schon. Im Grunde sind alle Entdeckungen bedeutend, oder? Wenn man bedenkt, wie riesig das Reich des Nichterforschen ist?«

»Ja, bestimmt. Aber...« Wade versuchte, sich darüber

klarzuwerden, wie er es formulieren sollte. »Aber wenn Sie eine Entdeckung gemacht haben, die die dynamizistische Position unzweideutig bestärkt, ist das ein klarer Hinweis darauf, daß das Eisschild der Ostantarktis instabil ist, daß es vor drei Millionen Jahren noch nicht da war und möglicherweise wieder verschwinden wird, wenn die globale Erwärmung voranschreitet. Stimmt's? Es ist also wichtig, und... na, Sie wissen schon. Falls Sie einen richtigen Knaller von einem Beweisstück haben, dann sollten Sie damit sofort an die Öffentlichkeit gehen, damit die Politik es so schnell wie möglich in ihre Überlegungen einbeziehen kann.«

Das kleine V eines Lächelns unter dem Schnurrbart. »Ich glaube, ganz so dramatisch brauchen wir die Sache nicht zu sehen.«

Sie vielleicht nicht, dachte Wade.

»Ich bin nicht sicher, ob auch nur die Möglichkeit besteht, daß es sich um einen ›Knaller‹ handelt, wie Sie es nennen. Unser Fund muß untersucht und interpretiert und in ein viel größeres Muster eingepaßt werden. Für sich genommen bedeutet er gar nichts. Seine Bedeutung ist anfechtbar, und sie wird angefochten werden, glauben Sie mir. Sirius zu datieren ist kein Kinderspiel. Vor allem deshalb nicht, weil verschiedene Sirius-Auswürfe aus verschiedenen Warmzeiten stammen können. Wir müssen also behutsam vorgehen.«

»Es ist also kein richtiger ›Knaller‹.«

»Nein, es ist eine Buchenlaubschicht. Buchenlaub und andere abgestorbene organische Stoffe von einem Waldboden, die dazugehören.« Er zuckte die Achseln. »Wir hoffen, daß es ein weiteres Indiz ist.«

»Aber Sie selbst sind jetzt mehr denn je davon überzeugt, daß das Eisschild im Pliozän nicht vorhanden war?«

»O ja, das kann man sagen. Was wir momentan in den Sirius-Formationen finden, ähnelt dem Küstenbiom von Südchile. Die Buchenwälder, die Insekten, die Mikroorganismen, alles paßt zusammen. Und es stellt sich mit zunehmender Deutlichkeit heraus, daß es auf ungefähr zwei bis drei Millionen Jahre zurückdatiert werden kann. Wir werden also weiterarbeiten und sehen, was passiert.«

»Also keine Pressekonferenzen über die Entdeckungen dieser Saison.«

Michelson lachte kurz. »Nein, keine Pressekonferenzen. Nicht viel Dramatik, so leid es mir tut. Nur Indizien.«

»Und die werden Sie wann vorstellen?«

»Oh, ziemlich bald, ziemlich bald.«

»In zweihundert Jahren?«

»Ha, nein, ganz so lang wird es nicht dauern. Erste Vorberichte nächstes Jahr, dann mal sehen, wie die Laborarbeit läuft... umfassende Publikation vielleicht ein oder zwei Jahre später.«

»Das geht so langsam.«

»Ziemlich langsam. Die Proben werden per Schiff nach Norden gebracht, wissen Sie, so daß sie erst im nächsten Frühling für Untersuchungen verfügbar sind.«

Das Fach begann allmählich selbst, geologische Zeitmaßstäbe zu imitieren, dachte Wade gereizt. Während die Politik immer schneller dahinsauste, wurde die Wissenschaft immer langsamer; die beiden zusammenzubringen war so, als wollte man mit der Erde Neutrinos einfangen. Kleine Funken blauen Lichts, das war alles. »Aber... aber ich meine... die Menschen müssen diese Sachen *bald* erfahren! Sie müssen in die aktuelle politische Diskussion einfließen.«

Der Professor schenkte ihm einen freundlichen Blick. »Aber das ist Ihr Job, stimmt's?«

Wade dachte darüber nach.

»Hören Sie«, sagte Michelson mit einem Blick auf seine Uhr, »ich bin da drin mit Mai-lis verabredet. Ich habe sie seit ungefähr zwanzig Jahren nicht mehr gesehen.«

»Oh, tut mir leid. Natürlich. Ich würde eigentlich auch gern mit ihr sprechen. Ihre Gruppe hat uns auf dem Shackleton-Gletscher aus dem schlimmsten Schlamassel gerettet.«

»Wirklich? Sie mußten gerettet werden?«

»Ja. Der Supersturm hatte uns festgenagelt, und einer aus unserer Gruppe war krank. Mai-lis' Leute haben uns abgeholt und in ihr Camp gebracht.«

»Das sieht ihr ähnlich.«

»Sie haben sie schon vor zwanzig Jahren kennengelernt?«

»Ja. Sie war Ärztin und Biologin im norwegischen Programm. Ungewöhnlich. Sylvia kennt sie auch von daher. Mal sehen, ob wir sie finden.«

Sie betraten die Kantine. Auf den Gängen und in den Speisesälen herrschte reges Leben; Leute, die es eilig hatten, sich aber ungeschickt bewegten, wie manische Zombies. Mai-lis saß an einem der runden Tische im großen Saal. Es dauerte lange, bis Wade Gelegenheit bekam, mit ihr zu sprechen, aber einmal stand sie auf, um ihre Schüssel an der Softeis-Maschine nachzufüllen, und Wade folgte ihr. Sie begrüßte ihn freundlich und gab ihm eine leere Schüssel.

»Danke«, sagte er.

»Danke, daß Sie mich angerufen und über diese Konferenz informiert haben. Aus reiner Gewohnheit wollte ich unseren alten Abstand wahren, aber wenn ich's mir recht überlege, glaube ich, daß es eine gute Idee war, herzukommen und unsere Sache selbst zu vertreten.«

»O ja, gar keine Frage. Ich bin ganz Ihrer Meinung. Wir brauchen Ihren Beitrag, wenn wir mehr erreichen wollen als eine Art Patt oder eine Teillösung – eine technische Lösung, wie Sie es vielleicht nennen würden.«

»Ja.« Sie sah ihn eingehend an. »Und deshalb...«

»Ich habe über die Situation nachgedacht, und ich glaube, Senator Chase wäre vielleicht imstande, etwas für euch zu tun, bezüglich der Erneuerung des Vertrags und so weiter; möglicherweise wäre sogar eine finanzielle Unterstützung für euer Projekt drin. Zu diesem Zweck – damit er mehr in der Hand hat, sozusagen – wüßte ich gern, ob Sie mich wohl mit dem Satellitenfoto-Analytiker in Kontakt bringen könnten, den Sie in Ihrem Camp erwähnt haben – Sie wissen schon, mit dem, der euch ebenfalls geholfen hat.«

»Sagen Sie mir, was Sie von ihm wollen.«

Er legte ihr seine Gründe dar, ermutigt von Mai-lis' Nicken, während er sprach. Als er fertig war, nickte sie weiterhin und dachte darüber nach.

»Ich würde besonders gern mit ihm reden, wenn sein Name Sam ist«, wagte Wade sich vor. »In dem Fall macht er auch Analysen für Sylvia, und ich könnte mit einer zweifachen Empfehlung zu ihm kommen.«

»Sieh an!« sagte sie überrascht. »Tja... unser Kontakt ist vertraulich, verstehen Sie, und er will bestimmt, daß es so bleibt. Aber in Anbetracht dessen, was Sie vorhaben, wäre er wohl bereit, mit Ihnen zu reden, denke ich. Ich rufe ihn vorher an, um mich zu vergewissern, wenn Sie nichts dagegen haben. Und wenn er einverstanden ist, gebe ich Ihnen die Nummer, unter der wir ihn erreichen, und seine Verschlüsselungscodes.«

»Danke, vielen Dank. Ich bin sicher, das wird helfen.«

Mai-lis ging an ihren Tisch zurück, und Wade schaute auf die leere Schüssel in seiner Hand, stellte sie dann wieder weg und ging zu der Schlange hinüber, die beim warmen Essen anstand. Auf einmal hatte er einen Bärenhunger; aber er glaubte nicht, daß ihm jemals wieder warm genug sein würde, um Eiskrem zu essen.

Als er fast fertig war mit seiner Mahlzeit, kam Mai-lis vorbei und gab ihm einen Telefonchip. »Sam sagt, Sie sollen ihn anrufen.«

»Danke, Mai-lis. Danke für alles.«

»Kein Problem. Wir Antarktiker müssen zusammenhalten.«

»Ja.«

Wade aß auf und ging in sein Zimmer im Hotel California zurück. Er steckte den Chip in sein Armbandtelefon und drückte dann auf den Anrufknopf.

»Hallo.«

»Hallo. Ich bin Wade Norton, ein Freund von Mai-lis. Ich bin Assistent von Phil Chase...«

»Und Sie sind in der Antarktis, ja. Im Hotel California, nehme ich an.«

»Ja, stimmt«, sagte Wade und suchte mit den Augen die Decke ab. »Und Sie müssen Sam sein. Hallo. Hören Sie, ich habe mit Mai-lis und mit Sylvia gesprochen und über die Lage hier unten nachgedacht, und ich habe ein paar Fragen an Sie.«

»Ich habe auch ein paar Fragen an Sie.«

»Oh, gut, gut.«

Wade holte einen Notizblock aus seinem Aktenkoffer.

**Wir sind wieder in McMurdo, meine Freunde,** oben auf dem Observation Hill, aber unsere Reise ist noch nicht zu Ende. Jetzt müssen wir Räume durchqueren, die sogar noch kälter sind als die Antarktis; die Raumzeit der menschlichen Geschichte und unser gemeinsames Leben in dieser Zeit des Bevölkerungsüberschusses. Es gibt mehr Menschen auf diesem Planeten, als er aufnehmen kann, und was wir heute tun, wird einen Gutteil der nächsten tausend Jahre formen, im Guten wie im Schlechten. Dies ist ein Engpaß in der Geschichte; das Zeitalter, in dem die ökologische Tragfähigkeit des Planeten überschritten wurde; die Zeit des Bevölkerungsüberschusses; die Reise in einem offenen Boot, das über seine Freibordmarke hinaus beladen ist. Möglich, daß es zu einer gewaltigen Tragödie kommt, der größten, die es je gegeben hat.

Aber um Tragödien geht es jetzt nicht. Wir müssen diese Erde so genau und so vollständig kennenlernen, wie unsere paläolithischen Vorfahren in der Savanne sie kannten; wir müssen sie auf die gleiche Weise kennenlernen wie sie, als Wissenschaftler und Liebende in einem. Als liebende Wissende. Wir müssen das Paläolithikum und die Postmoderne zu einem einheitlichen Konzept verknüpfen. Ich spüre, daß die Drachenadern auf diesem Vorgebirge sich auf eine Weise verknäuelt haben, die es uns erlaubt, einen frühen Vorgängerblick auf diesen Liebende-Wissende-Knoten zu werfen. Denn die Menschen kommen hierher, um diesen Ort zu studieren, und dabei verlieben sie sich unweigerlich in ihn.

Warum bloß, mögt ihr fragen, wenn ihr nur die kalten Bilder seht, die ich euch gesendet habe. Wie kann man sich in etwas verlieben, das so kahl und nackt ist. Ich wünschte, ich könnte es genauer erklären. Aber dieser Ort ist im wahrsten Sinn des Wortes unbeschreiblich.

Trotzdem, ich muß es ein letztes Mal versuchen. Die Luft ist so rein, wißt ihr. Die Berge – so fern, aber dennoch scharf umrissen und detailliert; als ob das Auge zum Teleskop geworden wäre. Das Wasser liegt glänzend und kompakt da, wie changierende Seide in der Sonne. Solch eine Klarheit habt ihr noch nie erblickt; hier lädt die spirituelle Landschaft die sichtbare auf, bis sie vor innerem Leuchten birst. Wenn man alles mit solcher Klarheit sieht, stellt sich einem die Frage, wie die übrige Welt in solch sauberer Luft aussehen würde. Nicht daß nördlichere Luft jemals so klar sein könnte wie diese, so kalt und trocken, so staublos - aber an gewissen Tagen, früh am Morgen, muß es einst überall auf der Welt diese Klarheit gegeben haben, und wir müssen die Augen gehabt haben, sie zu sehen, und den Wunsch, hinzuschauen. Wunderschön muß das gewesen sein.

Außerdem ist alles so groß, wie man von diesem herrlichen *P'ing-yan*-Aussichtspunkt auf dem Observation Hill aus wieder einmal sieht. Groß, riesig, ungeheuer weit, phantastisch, gigantisch - ich weiß, ich habe diese Wort schon oft gesagt, und dennoch muß ich sie immer wieder aussprechen, bis sie in euren Köpfen reagieren wie Papierblumen, die man in Wasser taucht, so daß sie sich dort zu ihrer ursprünglichen Größe ausdehnen. Wirklich sehr groß! Ein Hauch von Unendlichkeit. Immense Schlichtheit und Schwung, wie in den Pinselstrichen eines kühnen, weisen Malers. Alles in sämtlichen fünf Dimensionen, allesamt gleichzeitig sichtbar. Auch das ist bezaubernd.

Und was für ein Arsenal winziger, kunstvoller Gebilde der Eismantel selbst ist, so klein, daß ihr sie in meinen Bildern kaum sehen könnt, daß man sie selbst nur wahrnehmen kann, wenn man beim Laufen auf seine Füße schaut - Visionen einer unendlichen Vielfalt eingebetteter, planierter, schraffierter und konturierter Strukturen aus Schnee und Eis, die überall in den Farben des Regenbogens erstrahlen, eine spiralförmige Bewegung nach innen zu den kristallinen Mustern der Schneeflocken und nach außen zu den massiven, plastischen Massen der Tafelberge, jede ein Meisterwerk. Schönheit ist fraktal bis unendlich, in beiden Richtungen.

Sauber, groß, eisig, prismatisch - irgendwie spüre ich, daß ich es immer noch nicht erfasse. Gewiß sind das nicht die Eigenschaften, die diesen Ort so betörend schön machen. Vielleicht birgt alle Schönheit ein Geheimnis in sich, das nicht erklärt werden kann. Denn dieser Ort *ist* schön; und einst war die ganze Welt genauso schön. Wenn wir ersteren sehen, wird uns letzteres klar. Wir begreifen, wie schön die ganze Erde einst war.

Und wir können dafür sorgen, daß sie es wieder wird. Am fernen Ende unserer schweren Zeit sehe ich diese Klarheit zurückkehren, wenn weniger von uns ihr Leben auf klügere Weise meistern, wenn unsere Technik und unsere Gesellschaftssysteme miteinander und mit dieser heiligen Erde in der wachsenden Klarheit einer dynamischen und sich stets weiterentwickelnden Permakultur verzahnt sind. Dann wird die Luft sauber sein, nicht nur, damit wir länger leben, sondern auch, damit wir wieder sehen können. Großes und Kleines, alles an seinem Platz. So wird es kommen. Wir sind die Primitiven einer unbekannten Zivilisation. Und hier wird das so klar. Diese urtümliche Eislandschaft strotzt nur so von dem lebensspendenden Atem von *chi*, ihre Winde fegen jeden Winkel in unserem Gehirn aus, blähen es auf wie bei der ursprünglichen Koevolution; und darum erfüllt uns Liebe, wenn wir hier sind, das ist alles.

Dann erblüht und entfaltet sich diese Liebe zur Landschaft, die unser kollektives Unbewußtes ist, diese Wahrnehmung der göttlichen Schwingung des Landes durch den liebenden Wissenden, greift aus nach Norden und erfaßt den ganzen restlichen Planeten. Liebe zu dem Planeten strahlt vom Grund auf, wie ein Umsturz in der Seele.

So war es immer, Liebe und Wissen, untrennbar vereint; und von dem Augenblick an, als Menschen zum ersten Mal den Fuß auf diesen Kontinent gesetzt haben, waren es darum die Wissenschaftler, die vorgetreten sind und gesagt haben: Dies ist unser Ort.

Und jetzt müssen sie erneut entscheiden, ob es wirklich so ist.

Dies ist eine Phase eines Prozesses, der seit langer Zeit stattfindet. Schaut euch zum Beispiel die Stadt unter uns an. Eine amerikanische Stadt, wie in Alaska. Seit Generationen bewohnt. Ein wichtiger Bestandteil der antarktischen Geschichte.

Erst jetzt jedoch wird sie zu einem Ort an und für sich. Die Amerikaner, die sie im Internationalen Geophysikalischen Jahr gegründet haben - ein sehr bedeutendes Feng-Shui-Ereignis -, waren nämlich Militärs. Sie waren dort, um die Wissenschaftler zu unterstützen, und an ihnen lag es, daß die antarktische Kultur eine Militärkultur wurde. Die Soldaten und Seeleute waren junge Männer in einer frauenlosen Welt, befehligt von älteren Männern, die einen Großteil ihres Lebens ebenfalls in einer frauenlosen Welt verbracht hatten, in einer sozialen Struktur, die auf die Hierarchien einer früheren Zeit zurückging. Um es mit den einfachsten Worten zu formulieren, dort war zu viel Yang.

In der Geschichte der meisten Völker gehen wir davon aus, daß jene Welt im Ersten Weltkrieg unterging und von unserer wißbegierigen und hermaphroditischen Moderne ersetzt wurde. Aber bei Byrds Expeditionen und in den ersten amerikanischen Stationen trifft man auf Männer, die im Stil des neunzehnten Jahrhunderts lebten, in der gleichen Peter-Pan-Welt wie Scotts Männer einige Jahrzehnte zuvor, obwohl diese vom größten Teil der übrigen Gesellschaft längst aufgegeben worden war.

Und es wurde mit der Zeit immer schwieriger, diese Lebensweise aufrechtzuerhalten. Als Scotts Männer aus dem Eis zurückkamen und von ihren Taten berichteten, sagten die Leute: wunderbar, phantastisch. Doch als die Navy-Soldaten der Vereinigten Staaten nach Norden zurückkamen, trafen sie auf Unverständnis und ein Desinteresse, das schon an Verachtung grenzte. Was soll's, fragten die Menschen. Und die Männer selbst, die der entwurzelten, ortlosen Kultur Amerikas in der Zeit des Kalten Krieges entstammten, waren nicht imstande, über ihre Erfahrungen auf diesem außergewöhnlichen Kontinent zu sprechen.

Wie gesagt, es ist in jeder Sprache schwer, die richtigen Worte dafür zu finden. Aber diese Männer waren in dreifacher Hinsicht aus ihrer Welt herausgefallen, bezüglich Sprache, Raum und Zeit; sie glichen den Leuten in den Geschichten über Reisen durchs All, die so schnell fliegen, daß Relativitätseffekte ins Spiel kommen, und obwohl sie aus ihrer Sicht nur zwei Jahre fort sind, kehren sie in eine Welt zurück, in der mehrere Jahrhunderte verstrichen sind. Sie waren Zeitflüchtlinge.

Diese Tatsache, das Ergebnis der absoluten, aber rückständigen Vorherrschaft von Yang, erklärt vielleicht, weshalb ihre Kultur mit den Jahren immer rauher wurde. Die Wände der amerikanischen Antarktisstationen wurden mit Fotos nackter Frauen tapeziert. Die Tische in den Kantinen, wo sie aßen, waren mit Bildern nackter Frauen übersät. Die dort stationierten Seeleute waren von ziemlich schlichter Denkungsart, soweit man es nach den wenigen Aufzeichnungen, die sie hinterließen, beurteilen kann. Ihre Traditionen waren simpel und brutal. Es gab einen Brauch, demzufolge Gruppen von Männern auf Neuankömmlinge losgingen, ihnen die Kleider vom Leib rissen und sie in ein Loch im Schnee steckten. Der Dreihunderter-Club, dessen Mitglieder aus einer zweihundert Grad Fahrenheit heißen Sauna in eine hundert Minusgrade kalte Nacht hinauslaufen, stammt auch aus dieser Periode, ebenso wie das rituelle Schwimmen in Löchern, die man ins Meereseis oder ins Eis von Seen geschnitten hatte. Zu den besten Elementen dieser Kultur gehören zweifellos die Versuche, die Erfahrung der Kälte zu ritualisieren und die Erfahrung der Isolation zu zelebrieren, zum Beispiel wenn die Überwinterer-Crew am Pol splitternackt – und von einem Bad in aufgelösten Gentianaviolett-Kristallen lila gefärbt – winkend an der Flugpiste Aufstellung nahm, um die erste Hercules des Frühlings willkommen zu heißen. Doch im großen und ganzen sind ihre Lebensgeschichten eine traurige Litanei der Verwandlung von Peter Pans in lauter Rip van Winkles.

Dann kam eine Wegscheide, an der sich die Waage des

Musters in eine neue Richtung neigte. Zunächst war es nur eine symbolische Geste des Kalten Krieges. Die Russen hatten eine ihrer Frauen ins All geschickt, und in China nahmen wir sechs Tibetanerinnen in unser Gipfelstürmerteam auf, das den Chomolungma bezwingen sollte. In jenem geopolitischen Kontext damals wurden sechs Amerikanerinnen zur Südpolstation geflogen; sie waren folglich die ersten Frauen, die jemals dorthin gelangten. Am 11. November 1969. Ein Tag des Friedens in einem Jahr voller Konflikte. Für manche eine politische Geste, ja - eine symbolische Geste. Aber die Bedeutung des Symbols spaltete sich auf, und das lag daran, was die Frauen taten.

Denkt an die Bootsladung raufender Männer, die zuerst auf dem Kontinent landeten. Eine Farce - auf ihre Weise liebenswert, aber trotzdem eine Farce. An jenem Tag im Jahre 1969 - es war der Armistice Day, der an den Tag des Waffenstillstands im Ersten Weltkrieg erinnerte - fanden diese sechs amerikanischen Frauen jedoch eine andere Lösung; sie faßten sich an den Händen und stiegen gemeinsam aus dem Flugzeug, das sie zum Pol gebracht hatte, so daß keine von ihnen als erste bezeichnet werden konnte. Sie waren der Ansicht, so sei es am besten. Das war ihre neue Geschichte. Dieser Akt war der Anfang vom Ende der Yang-Vorherrschaft in der Antarktis, die so militarisiert und peterpanisiert war, und ihr erster Schritt in die vollkommen menschliche Welt, hin zu einem Gleichgewicht von Yin und Yang, von Männern und Frauen, das seither seine Dynamik entfaltet, selbst jetzt, in diesem Augenblick, in dem ich zu euch spreche.

Diese sechs Frauen waren Lois Jones, Eileen McSaveney, Kay Lindsay, Terry Lee Tickhill und Pam Young. Moment, das sind nur fünf. Wie hieß die sechste Frau? Ich weiß es nicht mehr. Es wird mir schon noch einfallen. Und selbst wenn nicht, sie ist immer noch dort.

Jedenfalls trat der Kontinent damals in sein goldenes Zeitalter ein, wie einige es genannt haben, das Zeitalter des »Kontinents für die Wissenschaft«, in dem man Antarktika als eine Version des wissenschaftlichen Utopia begreifen muß - ein goldenes Zeitalter, das von der Ankunft der Frauen und dem damit einhergehenden Abzug des Militärs bis zur Nichtverlängerung des Antarktisvertrags vor zwei Jahren dauerte. Der Vertrag war ein Versuch, eine wissenschaftliche und utopische Beziehung der Menschheit zum Land zu beschreiben, eine Beziehung, in der es keine Oberherrschaft gibt, sondern vielmehr eine *terra communis*, eine Neuauflage des Konzepts der gemeinschaftlich genutzten Flächen und der Gemeindeselbstverwaltung, wobei Wissenschaftler aus aller Herren Länder, darunter auch solche, die einander im Norden an die Gurgel gingen, zum Nutzen der Allgemeinheit friedlich kooperierten. Das war in der Tat ein goldener Moment in der Geschichte. Und obwohl die Männer dabei anfangs eine sehr dominante Rolle spielten, wie auch in der Wissenschaft selbst, wurde das zahlenmäßige Verhältnis von Männern und Frauen mit jedem Jahr ausgeglichener.

Natürlich ist das Gleichgewicht noch nicht da. Es gibt überhaupt kein Gleichgewicht in menschlichen Dingen, ebensowenig wie im ganzen Universum. Also, falls ihr jemals aufgefordert werdet, euch zwischen Fixisten und Mobilisten zu entscheiden, wie die beiden Richtungen in der Kontroverse um die Plattentektonik genannt wurden - oder zwischen den Stabilisten und den Dynamikern in der gegenwärtigen Sirius-Debatte -, wählt immer die Dynamiker. Die Geschichte ist auf eurer Seite.

Und nun stehen wir hier und heute, im unablässigen Voranschreiten der Zeit, vor einer weiteren Wegscheide in der Geschichte. Es gibt sie so oft! Die Leute, die sich im Chalet versammelt haben, diskutieren darüber, was sie der Welt nach den Ereignissen dieser ungewöhnlichen Woche vorschlagen sollen. Wir werden versuchen, der Welt zu erklären, wie man besser leben kann. Ein sinnloses Unterfangen, sagt ihr! Gib der Welt einen Tritt, und du brichst dir den Fuß! Aber wie mir aufgefallen ist, tut es trotzdem jeder. Und wir sind hier in Klein-Amerika, und Amerika ist sehr groß. Und wie ihr unseren neuen Freund Carlos habt sagen hören, was in der Antarktis gilt, gilt auch überall sonst. Deshalb müssen wir sehr genau aufpassen, was wir jetzt an diesem Ort tun.

Ich glaube, es ist eine offene Frage, ob die Amerikaner schnell genug die Fähigkeit zur Kooperation und eine gewisse Genügsamkeit entwickeln können, um die Katastrophe zu vermeiden. Wir in China, die wir in unserem Reich der Mitte auf so engem Raum leben, haben vor langer Zeit gelernt, daß Leben Kooperation bedeutet, daß Leben heißt, einander zum Wohle aller und damit auch zum eigenen Wohl zu helfen. Wir haben die kontinuierlich gesammelten Erfahrungen einer mehrtausendjährigen Geschichte, die uns leiten; und aus dem letzten Jahrhundert haben wir unmittelbare Erfahrung mit dem Aufbau einer funktionierenden, gemeinschaftlich orientierten Gesellschaft – im Guten wie im Schlechten. Vieles in diesem letzten Jahrhundert verdanken wir dem Beispiel des großen Vorsitzenden Mao, der ein großer Feng-Shui-Meister war. Ich weiß, was jeder sagt – ich sage es selbst –, was Mao getan hat, war zu sechzig Prozent gut und zu vierzig Prozent schlecht. Ich habe den neuesten Scherz der Witzbolde in Beijing gehört, daß die Zahlen in diesem geflügelten Wort weiter aufeinander zuwandern werden, bis es 50,1 Prozent Gutes und 49,9 Prozent Schlechtes sind. Und ich kenne auch das andere Sprichwort, daß alles Gute bei Mao vom Tao kommt. Wir werden diese Geschichte in ihren verschiedenen Varianten bis in alle Ewigkeit erzählen. Welcher Version man auch glaubt, es ist nach wie vor eine Tatsache, daß wir zum Teil dank Mao ein bißchen früher als die übrige Welt mit strukturell angelegter Kooperation begonnen haben, und das hat den Grundstein für unsere große Macht im einundzwanzigsten Jahrhundert gelegt. Es hat uns auch darauf vorbereitet, daß wir uns um der Erde willen ändern müssen; wir haben bereits drei Ein-Kind-Familie-Kampagnen hinter uns und profitieren nun allmählich von den Vorteilen der daraus resultierenden stabilen, ja sogar schrumpfenden Bevölkerungszahl. Und wir arbeiten an der Herstellung saubererer Techniken; wir sind uns des Übervölkerungsproblems so bewußt, wie es nur wenige andere sein können, weil wir es täglich so deutlich auf unseren verstopften Straßen sehen. Das heißt nicht, daß wir keine Fehler machen. Der Drei-Schluchten-Damm am Jangtse zum Beispiel ist ein schrecklicher Fehler. Wir müssen diesen Damm niederreißen und den großen Gelben Fluß wieder fließen lassen, sonst wird die Ökologie wie auch das Feng Shui unseres Landes nie wieder in Ordnung sein. Dieser Damm vergiftet unser Land und verstopft unser Denken.

Und natürlich müssen wir Tibet den Tibetern zurückgeben und sie in Frieden auf ihrer Hochebene leben lassen. Das ist schlimmer als ein Fehler; das ist ein Verbrechen. Wie ich euch bereits während unserer gemeinsamen Märsche über dieses heilige Dach der Welt erzählt habe, verlängert sich unsere Sühne für jeden Tag, den die Besetzung von Tibet andauert, um hundert karmische Leben; es wird jetzt schon Millionen karmischer Generationen dauern, bis wir gesühnt haben, was wir ihnen angetan haben. Je eher wir damit anfangen, desto besser.

Und natürlich gibt es noch viele andere Katastrophen von geringerer Größenordnung, einige, die speziell uns als Chinesen, andere, die die ganze Welt gemeinsam betreffen. Aber wir können uns ihnen stellen. Jeder hat zumindest teilweise die Fähigkeit zur Kooperation. Das gehört ebenfalls zum liebenden Wissen. Die Wissenschaft ist nämlich vor allem eine Gemeinschaft des Vertrauens. Der echte Wissenschaftler muß auf Kooperation in einem gemeinschaftlichen Unterfangen bedacht sein, sonst wird er keinen Erfolg haben. Und insofern, als wir vieles wissen und tiefe Liebe empfinden, sind wir alle echte Wissenschaftler. Darum werden wir weiterhin daran arbeiten, diese Gemeinschaft des Vertrauens entstehen zu lassen.

FÜNFZEHNTES KAPITEL

# *Shackletons Sprung*

**Als die nächste Konferenz im Chalet begann,** hatte X immer noch nicht geschlafen. Viele andere Teilnehmer auch nicht, stellte er fest, als sie einzeln oder in kleinen Grüppchen hereinkamen. Es waren nicht mehr so viele wie zuvor, und viele steckten noch die Köpfe zusammen und erörterten spezielle Fragen. Sylvia bat sie, in dem großen Kreis Platz zu nehmen, und ließ sich die Ergebnisse einiger kleinerer Gesprächsrunden schildern, die seit der Sitzung am Vorabend stattgefunden hatten. Als sie damit fertig waren, hob X die Hand (auf einmal war er nervös wie ein Schuljunge, ausgelöst allein durch diese Geste).

Sylvia erteilte ihm in ihrem strengen Lehrerinnenstil das Wort, und er begann: »Ich möchte hervorheben, Sylvia, daß es hier nicht nur um die Frage geht, welche Technik wir in der Antarktis einsetzen oder ob wir uns strikt nach den Buchstaben des Vertrages richten oder nicht. Es wird keinen respektvollen und umweltbewußten Umgang mit der Antarktis geben, wenn die Menschen, die hier leben, weiterhin so organisiert sind wie bisher - soll heißen, in Hierarchien, in denen die Arbeitenden in ihrer großen Mehrheit weder Macht noch Verantwortung haben und nur Befehle ausführen, weil sie dafür Lohn bekommen, sonst nichts. Wie die Dinge jetzt liegen, werden wir von irgendwelchen Leuten draußen in der Welt nach Lust und Laune geheuert und gefeuert, und diejenigen, die die Antarktis am meisten lieben, leiden schließlich auch am meisten, weil sie immer wieder hierher zurückkommen, obwohl es ihnen die gesamte Struktur ihres Lebens ruiniert; es ist ein ewiges Hin und Her, ohne Kontinuität oder Sicherheit, ohne Aufstiegsmöglichkeiten sozusagen. Daraus resultiert ein Gefühl der Hilflosigkeit, das wiederum eine Achtlosigkeit erzeugt, die viele von uns nicht an den Tag legen würden, wenn wir mehr Kontrolle über unser Schicksal hätten. Ich weiß das, weil ich hier General Field Assistant war, und machtloser kann man hier unten gar nicht sein. Aus dieser Erfahrung weiß ich sehr gut, daß ASL uns ausnutzt, um Profit zu machen - wir werden erbärmlich bezahlt, wir haben keinen festen Job, und wenn uns das nicht paßt, dann stellen sie eben einfach jemand anderen ein. Und ich bitte um Verzeihung, aber diese Praktiken im Umgang mit Mitarbeitern haben hier - direkt vor der Nase der NSF, und in gewissem Maße mit ihrer Billigung - schreiende soziale Mißstände zur Folge gehabt. Ich nenne nur die Abschaffung der Vierzigstundenwoche, aber das ist bei weitem nicht das einzige. Die NSF hat die Augen davor verschlossen und ihren Vertragspartner tun lassen, was immer nötig war, damit die Beaker ungestört arbeiten konnten und trotzdem ein Profit für die Besitzer des Dienstleistungsunternehmens draußen in der Welt heraussprang. Und die Mitarbeiter haben jahrelang die schlimmen Folgen dieser Vogel-Strauß-Politik tragen müssen. Völlig unmöglich, daß man der Antarktis unter diesen Umständen die angemessene Aufmerksamkeit als Projekt oder Lebensmittelpunkt schenken kann. Unsere Jobs sind nicht *unsere* Jobs, und dieser Ort ist nicht unser Zuhause, also behandeln wir ihn natürlich wie Fremde.«

Sylvia beobachtete ihn jetzt sehr aufmerksam, sah X; es war keine schlechte Idee gewesen, der NSF eine Mitschuld an den Sklavenhalterpraktiken von ASL zuzuschreiben. »Was schlägst du also vor?« fragte sie.

»Der Dienstleistungsvertrag wird bald neu ausgeschrieben«, sagte X. »Ihr könntet neue Dienstleister engagieren, sowohl für den Gesamtvertrag als auch für die Nebenverträge. Beauftragt ein Dienstleistungsunternehmen, das aus ehemaligen ASL-Mitarbeitern besteht, die sich als Genossenschaft in Arbeiterhand reorganisiert haben und besonderen Wert auf die Durchführung einer wirklich rigorosen Umweltschutzpolitik legen. Wie Mai-lis über die Arbeit ihrer Gruppe gesagt hat, könnte man es als Experiment betrachten - als wissenschaftliches Experiment, das sich mit der Frage befaßt, wie eine Genossenschaft, die über Löhne und Gehälter und so weiter hinaus keinen Profit macht, bezüglich der hier geforderten Service-Leistungen mit einem normalen Unternehmen konkurrieren und zugleich Verbesserungen im Umweltschutz und dergleichen zuwege bringen kann.«

»Wir erwarten ohnehin, daß unsere antarktischen Dienstleister sich an die Maßgaben der staatlichen Umweltschutzgesetze und aller spezifischen Vorschriften halten, die wir erlassen haben«, erwiderte Sylvia. »Was die Art des Unternehmens betrifft, so erscheint es mir weniger klar, daß wir das eigenständig entscheiden können - ich meine, daß wir eine Art von Unternehmen der anderen gegenüber bevorzugen können. Der Kongreß ist uns gegenüber in diesen Dingen leider weisungsbefugt, und das Budget setzt uns enge Grenzen.«

X nickte. »Sicher, das verstehe ich. Aber eine Genossenschaft in Mitarbeiterhand, die keinen Gewinn für Aktionäre zu erwirtschaften braucht, müßte dieselbe Arbeit doch eigentlich für weniger Geld leisten können. In dieser Hinsicht dürfte der Kongreß also wohl keine Einwände erheben.«

Sylvia nickte zweifelnd.

Wade sagte: »Einige wichtige Gesetze stehen zur Revision durch den Haushaltsausschuß des Kongresses und die Regierung an. Senator Chase hat schon oft angeregt, Verträge der öffentlichen Hand mit Genossenschaften in Arbeitnehmerhand zu bevorzugen, und es gibt zwar Widerstand gegen diese Idee, aber sie findet auch beträchtliche Unterstützung. Zunehmende Unterstützung.«

»Widerstand seitens der besitzenden Klasse, Unterstützung durch das Volk«, sagte Mr. Smith. »Die Vorstellung, jedes Unternehmen könnte im Innern eine feudale Monarchie sein und sich nach außen dennoch wie ein demokratischer Bürger verhalten, der sich um die Welt sorgt, in der wir leben, ist eine der großen Absurditäten unserer Zeit...«

»Ja, ja«, fuhr ihm Sylvia dazwischen, bevor er in Fahrt kam. »Aber was heißt das speziell für unsere Situation hier? Die Verträge für Dienstleistungsorganisationen stehen schon bald zur Erneuerung an...«

Wade sagte: »Vielleicht könnte die NSF ihre Entscheidungen ja auf der Grundlage ihrer gegenwärtigen Umweltschutzvorschriften treffen, so daß sie gar nicht auf die definitiven Entscheidungen des Kongresses über die Bevorzugung bestimmter privater Dienstleister zu warten braucht. Vor allem in Situationen, in denen die NSF im Besitz der Infrastruktur ist, so wie hier. Das wäre ein Feld, auf dem eine neue Mitarbeiter-Genossenschaft vielleicht nicht mit Problemen der Kapitalausstattung zu kämpfen hätte. Und wenn ihre Bewerbung auch einen fundierten Plan zur Steigerung des Umweltbewußtseins enthalten würde, und das zu einem niedrigeren Preis, dann sollte es für die NSF doch eigentlich kein Problem sein, die sozial verantwortungsbewußtere Organisation zu unterstützen, würde ich meinen.«

»Beides gehört untrennbar zusammen«, beharrte X und klopfte sich aufs Knie. »Soziale Gerechtigkeit ist ein *notwendiger Bestandteil* jedes funktionierenden Umweltschutzprogramms.«

»Ja«, sagte Sylvia bedächtig. »Na schön. Zumindest können wir das als eine Empfehlung in unseren kleinen Bericht aufnehmen.«

X lehnte sich auf seinem Klappstuhl zurück. Sein Herz klopfte schnell; es fühlte sich an, als schlüge drin ein Pinguin mit den Flossen. Such die rubinroten Pantoffeln, wie Dorothy im *Zauberer von Oz*, schlüpf hinein, schlag dreimal die Hacken zusammen, und vielleicht darfst du dann zurück in die Heimat, die du noch nie gehabt hast.

**Val merkte, daß sie stolz auf X war,** als sie ihn bei seiner Rede an die im Chalet Versammelten beobachtete. Er war ernst und konzentriert; es war schwer, ihn und seine Worte zu ignorieren.

Trotzdem sah sie schon vor sich, wie alles ausgehen würde. Sylvia würde versuchen, eine Vereinbarung zustande zu bringen, so absurd dieses Ziel angesichts der Verhältnisse in der Welt auch erscheinen mochte. Washington und die anderen Hauptstädte würden den Ton angeben. Die Jagd nach Öl, Kohle, Methanhydrate und Süßwasser würde weitergehen, abgepuffert von der ganzen hypermodernen Technik, die die Wissenschaft anzubieten hatte, während Mr. Smiths unsichtbare Mandanten abseits der Bühne blieben, zusahen, sich ihr Urteil bildeten und zweifellos wieder zuschlugen, wenn ihnen etwas nicht paßte. In McMurdo würde auch alles so weitergehen, vielleicht mit neuen Dienstleistungsunternehmen, darunter womöglich ein paar Genossenschaften, die ihre Mitarbeiter anständig behandelten; aber es würde alles so bleiben, wie es war, selbst während sich alles veränderte; weitere Tourgruppen würden kommen, per Schiff und per Flugzeug, und Adventure-Trekker würden mit allem Notwendigen ausgestattet und ins Hinterland hinausgebracht werden, um sich dort umzusehen, geführt von ihren Führern und Führerinnen.

Am Führen würde sich nie etwas ändern.

Und währenddessen würden die Wildlinge weiterhin draußen im Transantarktischen Gebirge umherziehen und ihr Leben dort zubringen. Würden versuchen, diesem kargen Land ihre Nahrung abzuringen und auf eine Art Autarkie hinarbeiten, auch wenn sie dabei von der unsichtbaren Welt hinter dem Horizont unterstützt wurden; nicht auf eine Autarkie der Mittel, sondern auf eine Autarkie im höheren Sinn.

Val dachte darüber nach, als die zweite Konferenz sich in

mehrere Kleingruppen aufteilte, die an spezifischen Themen arbeiteten. Sie ging in ihr Zimmer zurück, wusch ihre Wäsche, duschte, ging in die Kantine und aß eine große Mahlzeit. Schließlich klappte sie ihr Armbandtelefon auf und bekam Joyce an den Apparat. »Joyce, wo hast du die Wildlinge untergebracht, die bei uns zu Besuch sind?«

»Nirgends. Glaubst du wirklich, die würden im Hotel California oder vielleicht im Holiday Inn wohnen?«

Natürlich nicht. »Wo sind sie dann?«

»Ich glaube, sie haben sich ein paar Zelte oben auf Ob Hill aufgebaut, knapp unter dem Gipfel. Kannst du sie von dir aus sehen?«

Val schaute zu dem spitzen Kegel hinauf, der über der Stadt stand. Ja, da war die Rundung eines Zelts. »Danke, Joyce. Ich sehe sie.«

Sie ging die Straße zum BFC-Gebäude hinauf. Auf dem Weg dorthin gesellte sich Wade zu ihr, schnaufend und keuchend.

»Hallo, Val.«

»Oh... hallo.«

»Wie fanden Sie die Konferenzen?«

»Sehr interessant.«

Sie blieben draußen vor dem BFC stehen.

»Und was halten Sie von Mr. Smith?«

Val zog die Augenbrauen hoch. »Ich persönlich glaube, er ist derjenige, welcher.«

»Der führende Kopf?«

»Ja. Oder vielleicht sogar die gesamte Operation. Es wäre zumindest möglich. Schließlich waren für die ganze Sache nur ein paar Bomben, Funkgeräte und Satellitenschüsseln erforderlich. Er hätte es von Neuseeland oder seinem Boot aus machen können.«

»Ich weiß nicht«, sagte Wade. »Er hätte ziemlich viele Orte aufsuchen müssen.«

»Kann schon sein. Wahrscheinlich hat er ein paar Freunde, die mit ihm zusammenarbeiten, klar. Aber er ist nicht nur ein Anwalt, das glaub ich jedenfalls nicht.« Sie zuckte die Achseln. »Oder vielleicht doch. Ich bezweifle, daß wir's jemals rausfinden werden.«

»Ja.«

Er blickte zu ihr auf, konzentriert und ernst; überlegte, ob er ihr etwas sagen sollte. Er zögerte; zeigte zum Ob Hill hinauf. »Wollen Sie da rauf, um sich umzuschauen?«

»Ich will zu den Wildlingen.«

»Ah.«

Er registrierte sofort, daß er nicht eingeladen war. Viele Männer hätten erheblich länger gebraucht, um das zu merken. Na schön. Sie mochte ihn; aber er würde in den nächsten Tagen abreisen, und dann war er wieder draußen in der Welt, wo wer weiß was passieren würde. Deshalb betrachtete sie nun sein pelzgerahmtes Gesicht, diese eulenhafte Miene, die alles verbarg.

»Wissen Sie, wir werden in Washington Leute brauchen, die die Antarktis gut kennen. Um ein Protokoll auszuarbeiten, das eine Chance hat, von allen beteiligten Parteien akzeptiert zu werden. Ganz gleich, was hier im Chalet passiert, es wird trotzdem noch eine Menge Arbeit sein.«

»Ja. Ich bin sicher, Sie werden unsere Interessen da oben sehr gut vertreten.«

Aber das war es nicht, was er gemeint hatte, das sah sie sofort.

»Oh«, sagte sie und hob die Brauen.

Er sah, daß sie ihn verstand, und starrte sie an. Wind pfiff durch den Gap zu ihnen herab.

Sie schüttelte den Kopf. »Das könnte ich nicht«, sagte sie. Und dann: »Ich mag Sie zwar sehr« – er blinzelte, lächelte nur ein kleines bißchen – »aber ich wäre nicht glücklich in Washington. Und außerdem, na ja…«

Er runzelte die Stirn. »Die Bürokratie ist da auch nicht schlimmer als hier. Sie könnten draußen leben – mein Boss tut das auch.«

Sie schüttelte den Kopf. »Ich werde die Wildlinge fragen, ob ich mich ihnen anschließen kann.«

»Ah.«

Sie sagte ein wenig boshaft: »Das könnten Sie auch tun! Sie könnten Ihren Job von hier aus erledigen, als mobiler Telearbeiter, wie Ihr Boss.«

Er mußte eine Sekunde lang lächeln. Sie lachten beide kurz.

»Hab schon verstanden«, sagte er. Dann: »Kann ich Sie ein Stück begleiten?«

»Sicher. Sehr gern.«

Sie gingen zusammen den Bergrücken hinauf, kreuz und quer über die zerklüfteten Lavastufen der Kammlinie. Keine hundert Meter unterhalb des Gipfels blieb Val stehen, und Wade holte sie ein. Sie trat einen Schritt nach unten zurück, so daß er auf dem Bergrücken direkt über ihr stand und sie sich nicht herunterbeugen mußte, um ihn zu küssen. Zwei kalte Münder und Nasen. Er legte den Arm um sie, um sich abzustützen. Sie hatte vor langer Zeit gelernt, daß es Momente gab, in denen man wußte, daß es bei einem einzigen Kuß bleiben würde; und daß dieses Wissen etwas veränderte. Er küßte gut.

Dann ließ er sie los. Sein Gesicht war gerötet. Er sah sie an, als würde er nie wieder die Chance dazu haben.

»Das war schön«, sagte sie. Eis um ihr heißes Herz.

»Du mußt irgendwann mal nach Norden kommen«, sagte er, »selbst wenn du zu den Wildlingen gehst.«

»Vielleicht. Irgendwann mal.«

»Besuchst du mich?«

»Ich weiß nicht. Ich fliege nach Neuseeland, schätze ich. Keine Ahnung.« Wieder versuchte sie, den Spieß umzudrehen. »Du wirst einer der Antarktisexperten in Washington sein - da wirst du ab und zu mal einen VIP-Trip hier runter machen müssen, richtig?«

»Richtig. Das stimmt.«

Sie nickte. »Wir bleiben in Verbindung.«

Er nickte und dachte darüber nach. Seine Miene war ein wenig betrübt. Sie zuckte die Achseln. Er nickte erneut. Eine letzte, kurze Umarmung. Dann war er weg, den unebenen Pfad hinunter, mit schweren Schritten, schaute aufs

Rossmeer und die Western Mountains hinaus: die perfekte Art, zu stolpern und hinzusegeln. Aber er blieb auf den Beinen. Val drehte sich um und ging das letzte Stück hinauf. Sie ging schnell. Beinahe wäre sie selber gestolpert.

Sie stand vor dem kleinen Zelt der Wildlinge, einem geflickten alten Northface-Kuppelzelt für Bergsteiger, dessen blaues Nylon fast zu Weiß verblichen war. Es sah so vertraut aus, daß sie kurz innehielt. Sich alles, was sie zum Leben brauchte, irgendwo beschaffen zu müssen: War sie dazu bereit?

»Hallo?« sagte sie.

Jemand streckte den Kopf heraus. Lars.

»Ist Mai-lis da?« fragte Val.

»Moment.«

Er zog sich zurück, und Mai-lis erschien im Eingang.

»Ich wüßte gern, ob ich zu euch kommen kann«, sagte Val.

Mai-lis verstand, was sie meinte. »Einen Moment«, sagte sie, und die Zeltklappe schloß sich. Geraschel im Innern; sie zog sich an. Val schaute auf McMurdo hinunter, das sich unter ihr ausbreitete, und fühlte sich wie ausgebleicht. Sie erkannte, daß Mai-lis' Gesicht sie an das ihrer Großmutter Annie erinnerte. Sie sahen sich überhaupt nicht ähnlich, aber trotzdem.

Mai-lis zog den Reißverschluß der Zeltklappe auf und kroch heraus. Sie stand auf und machte eine Handbewegung zum Gipfel über ihnen. Sie stiegen zusammen schweigend hinauf, wie Pilger. Auf dem Gipfel blieben sie unter dem alten Holzkreuz stehen, im Wind.

»Von hier aus hat man eine tolle Aussicht«, bemerkte Mai-lis und schaute übers Meer zum Mount Discovery und der Royal Society Range, Black Island und White Island, den riesigen Eisbergen des zusammenbrechenden Schelfs hinüber.

»Ja.«

Sie standen da und ließen den Blick schweifen.

»Es ist kein leichtes Leben«, sagte Mai-lis.

»Ich weiß. Das suche ich auch nicht.«

»Was suchst du dann?«

Val bemühte sich, es mit Worten auszudrücken. Sie deutete auf McMurdo hinunter. »Ich will das alles los werden. Alles außer meinen Freunden und Freundinnen. Ich will in der Antarktis sein, aber nicht auf diese Weise. Ich will es auf eure Art versuchen.«

»Es ist kein leichtes Leben«, warnte Mai-lis sie erneut. »Es ist anders, als auf Expeditionen zu gehen. Du müßtest eine Menge lernen, trotz allem, was du schon weißt.«

»Das ist gut.«

»Es ist nicht alles gut.«

»Nein, das weiß ich. Ich bin bereit dazu.«

»Es ist kein leichtes Leben.« Dreimal, wie bei einem Ritual, einem Aufnahmeritus.

»Ich weiß«, sagte Val. »Ich bin bereit.«

Daraufhin nickte Mai-lis. »In Ordnung. Wir haben schon über dich gesprochen. Wir haben gehofft, daß du interessiert wärst. Wir wollten dich fragen.«

»Wirklich?«

Mai-lis nickte. »Du bist Bergsteigerin.«

»Ja.«

»Wir brauchen mehr Leute, die sich mit den Bergen auskennen. Davon gibt es nie genug.«

Mai-lis nahm Vals behandschuhte Hand und legte sie an den Pfosten des Kreuzes. »Sie haben gesagt, man soll streben, suchen und finden, und niemals aufgeben.«

»Streben, suchen und finden, und niemals aufgeben.«

Niemals aufgeben. Wie Annie, die auf ihre Leiter stieg. Val schluckte und versuchte, Mai-lis anzulächeln. Fortzugehen mit Fremden, hinaus in die eisige Wildnis: ein seltsames Schicksal, das sie sich da aussuchte, wahrhaftig. Sie wußte das.

»Geh wieder runter und bring deine Angelegenheiten in Ordnung«, sagte Mai-lis. »Vergewissere dich, ob du ein gutes Gefühl bei der Sache hast. Niemand wird dir böse sein, wenn du zu dem Schluß kommst, daß es ein Fehler war. Du schlägst damit einen schweren Weg für dein Leben ein.«

»Ich weiß. Ich will es so. Ich hab eigentlich immer schon so was gewollt. Das Führen kam der Sache in meinen Augen einfach noch am nächsten. Ich schätze, in ein, zwei Tagen bin ich soweit.«

»Dann sind wir noch hier. Es gibt eine Menge mit den Leuten im Chalet zu bereden.«

»Wohl wahr.«

Und so machte Val sich auf den Rückweg, den Observation Hill hinab.

**Angespornt von der Möglichkeit,** zurückkehren zu können, endlich eine Heimat zu haben, zog X weiterhin durch seine kleine Stadt und sprach mit einem Bekannten oder Freund nach dem anderen. Er machte im Coffee Hut Pause und verleibte sich vierfache Espressos ein, während er am Tresen mit allen sprach, die gerade da waren, und sogar mit Pfeilen nach dem Dartboard warf, als er dazu aufgefordert wurde. Man kürte ihn zum schlechtesten Dartspieler aller Zeiten, der für jeden im Umkreis von 360 Grad eine Gefahr darstellte. Niemand störte sich jedoch daran, außer dem einen, der blutete; es war eher ein Grund zum Feiern. »Wißt ihr, ich bin außerdem auch der schlechteste Basketballspieler der Welt«, sagte X und warf fröhlich Dartpfeile in die Wand oder in die Espressomaschine. »Man müßte mich wohl als Biathleten bezeichnen.« Und die Spieler unterhielten sich während all der Spiele und der Schichtwechsel, angeregt von Koffein, Schlafmangel, frustiertem Haß auf ASL und enttäuschter Liebe zur Antarktis, bis der heiser werdende X, dem allmählich schwindlig wurde, den Eindruck hatte, daß sie auf jeden Fall mit der Unterstützung der meisten Koffeinsüchtigen in der Stadt rechnen konnten; und koffeinsüchtig war hier schließlich jeder, oder? Vielleicht sollten sie sogar in Erwägung ziehen, sich um den Gesamtvertrag und nicht nur um einen Teil davon zu bewerben. Obwohl das ein logistischer Alptraum sein würde. Aber er glaubte, daß sie mit Fug und Recht behaupten konnten, die besten Leute und das beste System für den technischen Hilfsdienst zu haben, was die rein ökonomische Rationalität ihrer Erfahrung und Effizienz durch den antarktischen Faktor verstärkte, wie X ihn jetzt nannte – nicht den Größenordnungssprung in Murphys Gesetz, den man früher immer damit gemeint hatte, sondern vielmehr die Tatsache, daß die neue Genossenschaft weitaus besser mit den ökologischen Aufgaben fertigwerden konnte als ASL, und zwar wegen der längeren Dienstzeit der Arbeiter, ihres intensiveren Engagements und ihrer wachsenden Zufriedenheit, des gesteigerten Bewußtseins, des gestärkten Corpsgeists und so weiter. Die Leute wie Erwachsene zu behandeln, wie freie Menschen: Das konnte die NSF wahrhaftig als eine Art Experiment betrachten.

Natürlich war nicht jeder interessiert, selbst dann nicht, als sich herumsprach, daß Sylvia das Projekt billigte, und es schälte sich immer deutlicher heraus, daß ihnen nichts anderes übrig blieb, als es einfach zu versuchen. Einigen war es bei ASL sehr gut gegangen; sie waren ins Management aufgerückt oder glaubten das zumindest, obwohl sie sich da sicher irrten, weil sie in McMurdo waren und nicht in Seattle. Andere hatten ihre Lebensperpektive inzwischen wieder draußen in der Welt und waren nur auf dem Eis, um so schnell wie möglich so viel Geld wie möglich zu machen, und daher wollten sie nicht, daß dieses Vorhaben durch die Verantwortung und das Risiko eines neuartigen Non-Profit-Systems kompliziert wurde. Wieder andere hatten sich früher unaufhörlich über ASL beklagt, waren aber - wie Joyce es formulierte - zu große Hasenfüße, um es mit einer Genossenschaft zu probieren, oder zu zynisch, um daran zu glauben, daß es etwas brachte. Und schließlich gab es noch jene, die überhaupt keine Veränderung wollten, weil sie Veränderungen nicht mochten. Oder auch ohne jeden Grund, zumindest soweit X erkennen konnte. Vor vier Monaten hätte ihn diese Haltung schockiert; aber da war er noch jung gewesen und hatte nicht vollständig begriffen, wie weitgehend Menschen ihren besten Interessen zuwiderhandeln konnten.

Hier in McMurdo waren jedoch so viele Leute von dem Eine-Firma-für-die-Stadt-Syndrom verbrannt worden, daß es einen riesigen Pool fähiger Leute gab, die auf eine Chance warteten, etwas zu unternehmen. Es waren genug, die genug hatten. Und Joyce, Debbie, Alan, Randi und Tom, die schon seit einer Ewigkeit hier waren, voll durchblickten und so hart daran gearbeitet hatten, kleine Gemeinschaften unter dem Schirm ihres jeweiligen Aufgabenbereichs zu erschaffen und ihre Zonen dadurch zu humanisieren, obwohl von oben ein ständiger Druck auf sie ausgeübt wurde, Personal abzubauen und zu rationalisieren – sie warteten nur darauf, losschlagen zu können. Und jetzt war es soweit. X war nur ein Bote.

Und wie er es genoß. Er schien das Bedürfnis oder die Fähigkeit zu schlafen eingebüßt zu haben, entweder das eine oder das andere; soweit er sich erinnern konnte, hatte er seit ihrer Rückkehr nach McMurdo und auch schon eine ganze Weile vorher kein Auge mehr zugetan; alles in allem mußte es fast eine Woche sein, und nun eilte er unter einer niemals untergehenden Sonne mit sandigen Augen von einer Krise zur nächsten, verbrachte die kurze Ruhephase der Stadt gegen drei Uhr früh am Telefon und sprach mit der Co-op Aid Co-op in den Staaten wie auch mit allen anderen Gruppen und Organisationen, die ihnen bei der Vorbereitung ihrer Bewerbung helfen konnten, redete, bis der Sonnenschein über Erebus hinwegsprühte, die Kantine aufmachte und X einen Heißhunger auf Frühstück hatte, genauso wie am schlaflosen Tag zuvor, nur daß seine Augen um vierundzwanzig Stunden sandiger waren und sein Geist unter vierundzwanzig weiteren Stunden Schlafmangel litt. Er befand sich in einem hyperluziden mentalen Taumel hochgespannter Hoffnungen und Befürchtungen.

Und in diesem Zustand traf er Val, als er die Kantine verließ und spürte, wie die Möglichkeit des Schlafs in sein Leben zurückkehrte: Er war ungeheuer müde; hundemüde; total am Ende. Aber da war sie, starrte ihn mit einem komischen Gesichtsausdruck an. Nach dem Rückzug über den Shackleton-Gletscher und der Zeit bei den Wildlingen hatte er das Gefühl, sie viel besser zu kennen als während der Wochen, in denen sie zusammengewesen waren – besser, als er seine eigenen Familienangehörigen kannte, um der Wahrheit die Ehre zu geben. Wie Cherry-Garrard gesagt hatte, in der Antarktis lernte man die Menschen so gut kennen, daß man die Menschen in der zivilisierten Welt im Vergleich dazu überhaupt nicht zu kennen schien. Aber X hatte seit ihrer Rückkehr praktisch keine Gelegenheit mehr gehabt, mit Val zu sprechen, und jetzt, sah er, hatte sie etwas auf dem Herzen.

»Na, wie läuft's?« sagte sie mit schwankender Stimme.

»Prima! Ich glaube, wir haben die Leute, die wir brauchen, um ein gutes Angebot für den technischen Hilfsdienst vorlegen zu können. Und bei dir?«

»Oh, mir geht's gut.«

Sie standen da und schauten auf den McMurdo-Schlamm unter ihren Füßen.

»Du glaubst also, daß es eine Genossenschaft geben wird?« fragte sie.

»Na klar! Ich will's jedenfalls stark hoffen. Ist meine einzige Chance, hierzubleiben.«

Sie nickte.

»Was ist mit dir, Val? Denkst du, daß du mitmachen wirst?«

Sie schüttelte den Kopf. Für X war es wie ein Schlag. Er wurde innerlich leer, so wie damals, als sie sich von ihm getrennt hatte.

Sie legte ihm die Hand auf den Arm. »Ich gehe mit den Wildlingen weg.«

»Oh, Val.«

Er wußte nicht, was er sagen sollte. Ihm waren die Wildlinge wie Außerirdische vorgekommen.

»Ich kann nicht hierbleiben, X. Selbst wenn es mit der Genossenschaft klappt, wäre mein Job immer noch der einer Führerin. Und ich kann das nicht mehr. Diese Trips ziehen mich jedesmal so runter, daß ich auf der Ebene desjenigen Teilnehmers lande, dem es dabei am schlechtesten geht.«

»Auf der Jack-Ebene.«

»Ja, genau. Aber es liegt nicht nur an ihm. Irgendwas ist immer. Ich bin eine beschissene Führerin.«

»Bist du nicht!«

»*Doch.* Ich bin *keine* gute Führerin. Du hast keine Ahnung.«

»Habe ich wohl. Ich hab dich erlebt! Du solltest dich von diesem Kerl nicht fertigmachen lassen, der war ein Arschloch. Zu verheimlichen, daß er verletzt war – so was Dämliches. Er hat es dir angehängt.«

Sie schüttelte den Kopf. »Es liegt nicht an ihm. Das heißt, auch, ja, aber auf diesen Trips gibt's immer Typen wie ihn. Hör mir zu, X. Ich kann die Kunden nicht mehr leiden. Ich finde, dieses Footsteps-Ding ist Quatsch. Ich sehe die Antarktis nicht mal mehr, wenn ich führe. Ich könnte ebensogut gar nicht hier sein! Wenn ich in Jackson Hole leben würde, hätte ich auch nicht mehr Stress. Ich bin ausgebrannt, X. Total ausgebrannt. Aber ich will in der Antarktis bleiben. Unbedingt. Ich will hier leben und arbeiten, aber nicht als Führerin.«

»Was ist mit dem Rettungsteam, könntest du da nicht einsteigen?«

Sie schüttelte den Kopf und warf ihm einen harten Blick zu. »Mit den Rettungen klappt es nicht immer. Oft sammelt man nur noch Leichen ein. Warst du schon mal draußen am Schauplatz eines Absturzes, bei dem alle verbrannt sind?«

»Nein«, sagte X schockiert.

»Ich schon. Ich will nicht ins Rettungsteam, ich will keine Expeditionen leiten, ich will keine Führerin sein. Ich will nur in den Bergen leben. Und mir hat's gefallen, wie's bei den Wildlingen aussah, wirklich. Ich möchte versuchen, das gleiche zu tun wie sie. Ich möchte versuchen, hier zu *leben*.«

»Ah.«

Er dachte darüber nach. *Hör mir zu*, hatte sie gesagt, so scharf, als hätte er das nie getan. Sie war immer eine Bergsteigerin gewesen, seit er sie kennengelernt hatte; darauf versessen, draußen in der eisigen Landschaft zu sein und dort herumzukraxeln. Er war anders, aber jetzt wollte er sie verstehen, sie wirklich verstehen; und das hieß, diesen wilden Drang zu verstehen, diesen Irrsinn in ihr, von dem er nicht genau wußte, ob er ihn überhaupt gut fand. Er mußte das kapieren, sonst würde er sie verlieren.

»Was ist mit dir?« fragte sie auf einmal gespannt und drückte seinen Arm. »Du könntest auch mitkommen, weißt du. Du könntest dich anschließen.«

»Wem, den Wildlingen oder dir?«

»Das weiß ich nicht! Wer weiß schon, wie es da draußen sein wird! Ich jedenfalls ganz bestimmt nicht. Aber wenn wir beide da draußen wären, dann...«

Dann hätten sie eine Chance. Oder sie hätte zumindest Gesellschaft unter all diesen Fremden.

»Ach, Val«, wehrte er ab. »Ich wüßte gar nicht, was ich da draußen tun sollte. Und ich... mich interessiert, was hier gerade so läuft.« Er machte eine umfassende Handbewegung – das schlammige alte Mac Town, eisig kalt unter einem düster drohenden Himmel, und der übliche Wind durch den Gap – es war selbst in den besten Zeiten schwer, gute Argumente für diesen Ort vorzubringen. Und dieser Vormittag gehörte eindeutig nicht zu den besten Zeiten.

Sie sahen einander an. Sehnsüchtig: voller Wünsche.

»Ich bleibe hier«, sagte er schließlich. »Aber, na ja. Vielleicht kommst du hin und wieder mal vorbei. Wenn die Wildlinge...« Er sah es. »Wenn Sylvia einen Deal hinkriegt, in den die Wildlinge einbezogen sind, und wenn die Wildlinge ihr erzählen, daß sie es lieber mit einer Genossenschaft zu tun hätten als mit ASL, dann hilft uns das vielleicht, eine Bewerbung durchzukriegen, und dann sind wir hier, und wir werden zumindest eine Verbindungsperson zu den Wildlingen brauchen, um darüber zu sprechen, was sie da draußen tun. Und deshalb...«

Sie nickte. Sie lächelte; ihr schienen sogar Tränen in den Augen zu stehen, obwohl das am pfeifenden Wind liegen konnte. Sie trat ganz dicht an ihn heran und drückte ihn fest an sich. Dann küßten sie sich, wie damals auf dem Bealey Spur, die einzige Frau, die er je geküßt hatte, bei der er nicht seine Buckelnummer machen oder sie vom Boden hochheben mußte. Jemand von seiner Größe.

»Ich spreche mit Mai-lis«, sagte sie, als sich ihre Lippen voneinander lösten. »Oh, X - es wird klappen. Es wird schon irgendwie klappen.«

Er nickte. Sein Herz war zu voll, als daß er etwas hätte sagen können. Sie würden dafür sorgen, daß es klappte, sie würden die Welt von den Oberherren zurückerobern, sie würden eine anständige Permakultur erschaffen, von Grund auf. Nun ja - oder zumindest an ihrem großen Augenblick arbeiten, hier und jetzt, in McMurdo.

Mit ein paar weiteren zusammenhanglosen Worten trennten sie sich.

X ging davon. Er hatte vergessen, wohin er gewollt hatte, falls er wirklich ein Ziel gehabt hatte. Er war jetzt auf einer anderen Ebene, erschöpft, aber in Hochstimmung. Mac Town war in einem solchen Moment nicht genug. Er konnte zum Discovery Point gehen und sich in die alte Hütte setzen, wie er es schon oft getan hatte, aber das wäre auch nicht das Richtige. Hier ging es um etwas anderes als um diese alten Geister und ihre Keystone-Kops-Nummern. Streben, suchen, nicht aufgeben... etwas in dieser Art. Aber nicht jetzt. Er konnte verstehen, warum Val aus diesem ganzen Footsteps-Spiel aussteigen und wieder ins Land hinaus wollte, so wie es vor Scotts Ankunft gewesen war, Antarktika selbst, geschichtslos, bereit für einen neuen Anfang.

Nun denn. Erschöpft, glücklich, ohne Ziel. Sein Zimmer war nicht sein Zimmer, und diese Stadt war nicht seine Stadt. Er versuchte sich auszumalen, was aus ihr werden würde, wenn sie es richtig anstellten; auf dem ganzen Hut Point würde eine neue Ästhetik einkehren, so daß es wichtig war, wie es dort aussah und wie sie dort lebten. Sie würden nicht nur ihren Müll recyceln, sondern etwas erschaffen, das wie ein Zuhause aussah. Diese Städte in Grönland und Lappland waren wie kleine Kunstwerke, die Häuser in bunten Grundfarben bemalt, in Reihen und Diagonalen angeordnet... Die Stadt selbst würde ein Kunstwerk werden. Vielleicht war die NSF empfänglich für solche Ideen. Sie hatte sich schon früher infolge der Arbeit von Aktivisten verändert, zum Beispiel, nachdem Greenpeace den Müll von McMurdo auf dem Boden des Chalets abgeladen hatte. Die NSF war eine vernünftige Organisation; ein Haufen Wissenschafter, Bürokraten, Technokraten, was auch immer; vernünftige, der Vernunft verpflichtete Leute, die im universalen Chaos eine Gemeinschaft des Vertrauens zu erschaffen versuchten. Das wissenschaftliche Projekt; Ethik, Politik, allesamt feste Bestandteile des Unternehmens. Wer wußte, was sie als nächstes tun würden?

Aber einstweilen, genau jetzt, in diesem Moment, war er hier. Und er wollte irgendwie weg - wollte fliegen und feiern! Vielleicht ein Ausflug, die Küste entlang. Ein Ausflug nach Cape Royds, um zu sehen, wie Vals Held Shackleton es gemacht hatte. Eine kuschelige kleine Blockhütte an der Küste...

Auf einmal sah er es vor sich. Eine Vision: Er konnte es ebenfalls tun, wie Shackleton oder Val, nur auf seine eigene Weise. Ein McMurdo-Wildling. Ein indigener Bewohner der Ross-Insel. Dessen Job darin bestand, dafür zu sorgen, daß für die Beaker alles reibungslos lief, klar, der jedoch an seinem eigenen Ort lebte, so sauber, ordentlich und umweltschonend, wie man es nur verlangen konnte; ein Zelthaus irgendwo, etwas richtig Gemütliches und Kleines. Nichts als Fußspuren. Es würde sicher näher bei Mac sein müssen als Cape Royds, näher bei der Stadt und der Arbeit. Vielleicht auf der anderen Seite von Hut Point, nach Norden und folglich zur Sonne gelegen. Val konnte ihn irgendwann besuchen. Oder er konnte im Urlaub mit den Wildlingen rausgehen. Wie sie leben, aber auch mithelfen, McMurdo zu reorganisieren.

Er ging zum BFC und sagte zu Joyce: »Kann ich mit ’nem Schlauchboot zu den Dellbridges rausfahren?«

»Geht nicht, X. Die Pinguin-Cowboys benutzen die Dinger gerade. Was willst du denn da?«

Dann klingelte das Telefon. Sie gab ihm ein Zeichen, daß er warten sollte, und nahm den Hörer ab. »Oh, hallo, Ta Shu. Mhm...« Sie warf X einen raschen Blick zu. »Tja, also, wo Sie's gerade ansprechen - ich glaube, das ließe sich machen. Klar, kein Problem. X bringt Sie hin. Er holt sie unten am Kai ab.«

Sie legte auf. »Du hast Glück. Ta Shu hat das Gefühl, daß ihm die Zeit davonläuft, und er will Cape Evans und Cape Royds noch mal sehen, bevor er abreist.«

»Prima!«

»Sollte wohl so sein.«

»Ja ja ja.«

*schwarzer*
*Stein  schwarzes Wasser*

**Es sollte so sein.** X schnappte sich seinen Parka und seine Stiefel und ging zum Hafen hinunter, trank noch eine Tasse gräßlichen Kaffee und machte ein Schlauchboot fertig. Ta Shu erschien, und X rief den Wetterdienst an, bekam die Freigabe, und sie fuhren los.

Über das Tuckern des Motors und das Klatschen der vom Wind aufgewühlten schwarzen Wellen hinweg erzählte X Ta Shu von seinem Plan, und Ta Shu hörte gleichmütig zu.

Schließlich sagte Ta Shu: »Gute Idee. Halten wir jetzt Ausschau nach Platz für dich, ja?«

»Wollen Sie das wirklich?«

Ta Shu blinzelte ihn an. »Ist mein Beruf, weißt du.«

»Natürlich.«

Jetzt hatte er also einen weltberühmten Geomantiker dabei, der den Standort seines Hauses nach uralten Feng-Shui-Prinzipien bestimmte. Es sollte wirklich so sein!

Sie bogen um die Spitze von Discovery Point und fuhren langsam an der langen, geraden Nordküste der Hut-Point-Halbinsel entlang, auf die stummelförmige Eiszunge des Erebus zu. Die gesamte Halbinsel erhob sich ziemlich steil aus dem Wasser; die schwarzen Bergspitzen, die ganz oben aus dem Schnee ragten, waren ein paar hundert Meter über dem Meeresspiegel. Während sie dahintuckerten, schauten sie zurück und sahen eine glänzende neue Funkkugel auf der Spitze des letzten Gipfels, auf dessen anderer Seite McMurdo lag. Die ins Meer abfallenden Hänge bestanden etwa zur einen Hälfte aus schwarzem Gestein, zur anderen aus verkrusteten Schneefeldern.

Sie fuhren langsam an Arrival Heights vorbei, dann an Danger Slopes, wo Scotts Matrose Vince bei einer der

Eiskaskaden im ersten Jahr abgerutscht und in den Tod gestürzt war. Dann passierten sie eine Felsnase namens Knob Point; dahinter lag ein größtenteils felsiger Abschnitt der Halbinsel mit einem glattem Bergrücken, dessen Hang wie eine riesige, sanft ins eisgesäumte Wasser hinabführende Berme wirkte. An diesem Teil des Hanges schien es auf halber Höhe ein paar eingekerbte Simse zu geben, die wie in die Höhe gewanderte Strände aus einer Zeit aussahen, als der Meeresspiegel viel höher gewesen war, obwohl X keine Ahnung hatte, ob sie wirklich auf diese Weise entstanden waren. Vom Wasser aus wirkten sie sehr schmal, wie bloße Striche, aber Ta Shu zeigte darauf; und in der Tat schienen sie die einzigen ebenen Flecken auf dieser ganzen Seite der Halbinsel zu sein.

Sie tuckerten also zum vereisten Ufer und landeten an einem steilen schwarzen Kiesstrand. »Du kannst hier Boot haben«, sagte Ta Shu, als sie über den Bug ausstiegen. »Zur Stadt rudern, wenn Wasser da ist. Mit Rad übers Eis fahren, wenn gefroren. Oder skifahren. Oder laufen.«

»Stimmt«, sagte X.

Sie stiegen hinauf. Das schwarze Geröll war steil und locker, aber eventuell ließ sich darin durch häufiges Auf- und Absteigen ein unauffälliger Pfad aus stabilisierten Stufen anlegen.

Als sie das erste Sims erreichten, stellten sie fest, daß es viel breiter war, als es von unten ausgesehen hatte; vielleicht fünfzig Meter breit; eine lange, ebene Terrasse in einem steilen Hang; man hätte sogar mehrere große Häuser darauf unterbringen können. Und wenn man ganz hinten auf der Terrasse etwas Kleines und Gemütliches errichtete, würde man es vom Wasser aus nicht einmal sehen können. Und es wäre windgeschützt.

Als sie übers Meer nach Norden schauten, sahen sie die zerfurchten kleinen Dellbridge-Inseln, dahinter die dunklen Spitzen von Cape Evans und Cape Royds. »Das war anderer Vulkankegel«, sagte Ta Shu und zeigte auf die Dellbridges. »Siehst du, wie Inseln Stücke von Kreis bilden?«

»Ah«, sagte X. »Ja.«

Er wanderte umher und sah sich den Boden an. Unter der Geröllschicht war geborstener vulkanischer Basalt, so hart, wie er nur sein konnte. Grundgestein. Er stellte sich mit dem Rücken zum Hang und schaute wieder nach Norden. Zu seiner Linken sah er die Berge der Trockentäler jenseits des schwarzen Wassers des McMurdo-Sunds. Zu seiner Rechten erhob sich der Erebus wie eine weiße Burg, und von seiner Spitze stieg wie üblich Rauch auf. Wenn er auf den Kamm der Halbinsel hinter ihm stieg, würde er in der Nähe des Castle Peak sein, in dem Gebiet, das ›japanischer Steingarten‹ genannt wurde. Eine mit Fähnchen gekennzeichnete Loipe führte vom Castle Peak nach McMurdo.

Ta Shu saß im Schneidersitz am Rand des großen Simses und schien intensiv zu meditieren. Schließlich erwachte er aus seiner Trance und drehte sich zu X um.

»Das ist guter Ort«, sagte er.

Danach machten sie sich einen schönen Tag, tuckerten langsam zwischen den Dellbridges hindurch nach Cape Evans und Cape Royds. Ta Shu hegte wie Val eine große Bewunderung für Shackleton, und auf Cape Royds ging er um Shackletons Hütte herum und stieß entzückte Ausrufe über ihre Lage und ihre Größe aus – alles an ihr war anscheinend perfekt, aus der Feng-Shui-Perspektive gesehen. Währenddessen ging X hinaus, um einen Blick auf die Kolonie von Adelie-Pinguinen am Ende des Kaps zu werfen, und während er dort war, reckte eines der Männchen den Kopf gen Himmel, quakte wie wild und versuchte allem Anschein nach, senkrecht in die Höhe zu steigen, ohne jedoch auch nur einen Zentimeter vom Boden abzuheben. Die Ekstase-Show, wie die Beaker es nannten. X wußte genau, wie es sich fühlte.

Und am Ende des Tages fuhr X das Schlauchboot gemächlich wieder in den Hafen von McMurdo und sah ein großes Kontingent von Leuten mit roten Parkas am Eingang des Einkaufszentrums stehen; die Ermittler aus dem Norden, kein Zweifel.

Ta Shu blinzelte zur Stadt hinauf:

*grauer Himmel*
*brauner Dreck*

»Dies könnte guter Ort sein«, sagte er.

**1. Der Antarktisvertrag sollte so bald wie möglich** erneuert werden, d. h. nach Abschluß sämtlicher Neuverhandlungen, die erforderlich sind, damit ihn alle Parteien akzeptieren und unterzeichnen können. Es müssen gesetzliche Regelungen in Kraft treten. Frei nach dem ursprünglichen Vorschlag für einen Antarktisvertrag, der 1958 von Mitarbeitern des amerikanischen State Department vorgelegt wurde: »Es wäre wünschenswert, eine Einigung auf ein Programm zu erzielen, das die Fortsetzung der fruchtbaren wissenschaftlichen Zusammenarbeit auf diesem Kontinent gewährleistet und unnötige und unerwünschte politische Rivalitäten sowie den unwirtschaftlichen Einsatz von Mitteln zum Schutz partikularer Interessen verhindert und die immer wieder auftauchende Gefahr von Mißverständnissen bannt. Wenn es gelingen sollte, ein harmonisches Übereinkommen bezüglich einer freundschaftlichen Zusammenarbeit in der Antarktis zu erreichen, wäre das auch für alle anderen Länder von Vorteil.«

2. In diesem erneuerten Vertrag wie auch durch eine allgemeinere Proklamation der Vereinten Nationen sollte die Antarktis zu einer der weltweit wichtigsten Landschaften von besonderem wissenschaftlichem Interesse erklärt werden. Einige möchten dies vielleicht dahingehend interpretieren, daß die Antarktis ein heiliger, ritueller Raum ist, in dem menschliche Handlungen eine spirituelle Bedeutung annehmen.

3. In der Antarktis gibt es Erdöl, Erdgas, Methanhydrate, Mineralien und Süßwasser, manchmal in Konzentrationen, die ihre Erschließung und Nutzung technisch möglich machen. (Um in bezug auf den umstrittensten Bodenschatz – das Erdöl – genau zu sein, so gibt es zwar keine superriesigen Erdölfelder, aber drei oder vier riesige Felder und viele kleinere, insgesamt annähernd fünfzig Milliarden Barrel).

Vorausgesetzt, dies trifft zu - und angesichts der Tatsache, daß die weltweiten Vorräte an einigen dieser nicht erneuerbaren Ressourcen schnell aufgebraucht werden -, muß die Möglichkeit der Erschließung dieser Bodenschätze nicht nur von den Staaten des Antarktisvertrags, sondern auch von den Vereinten Nationen ausdrücklich in Erwägung gezogen werden.

Nichtvertragsstaaten, besonders in der südlichen Hemisphäre, betrachten die Möglichkeit der Erdölförderung in der Antarktis als einen Weg zur Lösung von Energieversorgungsproblemen und zur Bewältigung der nicht enden wollenden Schuldenkrisen. Gleichzeitig ist die gegenwärtige Erdölfördertechnik mit einem kleinen, aber nicht zu vernachlässigenden Risiko der Umweltverschmutzung infolge eines Unfalls behaftet. Erstens werden die Techniken wahrscheinlich in Zukunft sicherer werden, und zweitens schwinden die weltweiten Erdölvorräte derart rasch, daß alle noch nicht erschlossenen Vorkommen, deren Nutzung künftigen Generationen - die Öl vielleicht für andere Zwecke als zur Herstellung von Treibstoff brauchen werden - vorbehalten bleibt, möglicherweise extrem wertvoll sind. Diese Trends legen den Gedanken nahe, bestimmte Ölfelder zwecks zukünftiger Nutzung zu sperren oder unter Treuhandverwaltung zu stellen. Staaten der südlichen Hemisphäre, die kurzfristig Hilfe brauchen, könnten vielleicht Vereinbarungen nach Art der bereits getätigten Debt-for-Nature-Tauschgeschäfte treffen; in diesem Fall könnten die Weltbank oder einzelne Länder des Nordens den Staaten des Südens zukünftige Rechte auf antarktisches Öl abkaufen, wobei die Zahlungen jetzt beginnen, das Öl jedoch unter Treuhandverwaltung verbleibt und die Förderung solange aufgeschoben wird, bis die Sicherheit der Fördertechnik sie erlauben und der Erdölbedarf die Erschließung notwendig macht.

Währenddessen könnten die nachweislich sicheren Bohrungen nach Methanhydraten weitergehen, die den Förderstaaten eine weniger konzentrierte, aber trotzdem wertvolle Treibstoff- und Einkommensquelle liefern und gleichzeitig als Experimentierfeld für Bohrtechniken dienen, die für den späteren Einsatz bei der Erdölförderung in Betracht gezogen werden könnten.

4. Der Antarktisvertrag hebt sämtliche Hoheitsansprüche auf den Kontinent auf, gewährt gleichzeitig freien Zugang für jedermann und erläßt ein generelles Verbot jeder Form militärischer Präsenz außer unbewaffneter logistischer Unterstützung. Der Kontinent ist ein Land ohne Besitzrechte, eine *terra communis*; er ist kein Eigentum, sondern Gemeinbesitz in der Verwaltung der ganzen Menschheit. Er ist auch die größte verbliebene Wildnis auf diesem Planeten. Als solche befindet er sich in einem experimentellen rechtlichen Status, der es nicht erlaubt, Besuchern den Zugang zu verwehren. Falls Menschen in der Antarktis leben möchten und bereit sind, die Verantwortung und die Kosten dafür zu tragen, ist es deshalb ihr Recht, dies zu tun, selbst wenn sämtliche staatlichen und anderen offiziellen Organisationen es mißbilligen und ihnen jede Unterstützung verweigern.

Da die Umwelt der Antarktis jedoch derart empfindlich ist, sollte von Einzelpersonen wie auch von Staaten verlangt werden, sich nach den Grundsätzen des Antarktisvertrags in seiner aktuellen Form zu richten und den Status des Kontinents als Wildnis zu respektieren. Daraus folgt, daß die Anzahl einheimischer Tiere, die internationalen Konventionen und Gesetzen zufolge legal getötet werden dürfen, streng begrenzt ist; folglich ist die natürliche Tragfähigkeit des Kontinents für Menschen sehr niedrig. Wer sich so sehr für die Antarktis interessiert, daß er dort zu leben gedenkt, sollte das berücksichtigen. Überdies sollte eine wissenschaftlich definierte ›menschliche Tragfähigkeit‹ für Antarktika und seine lokalen Bioregionen ermittelt werden, und die menschliche Bevölkerung des Kontinents und der Bioregionen sollte diese Tragfähigkeit nicht überschreiten. Aktuelle vorläufige Berechnungen deuten darauf hin, daß sie sich in der Größenordnung von dreihunderttausend bis sechshunderttausend Personen bewegt, aber die menschliche Tragfähigkeit ist bekanntlich generell ein vieldiskutiertes Thema, und die Einschätzungen der lokalen wie globalen Tragfähigkeit unterscheiden sich je nach den angewandten Methoden um mehrere Größenordnungen; für die Antarktis sind beispielsweise Zahlen genannt worden, die von Null bis zu zehn Millionen reichen. Möglicherweise könnte die Arbeit an diesem Thema in der Antarktis den Begriff der menschlichen Tragfähigkeit klarer definieren.

5. Wenn Menschen tatsächlich beschließen, sich in der Antarktis anzusiedeln, müssen spezielle Vorsichtsmaßnahmen zum Schutz vor Umweltverschmutzung ergriffen werden, denn die Sauberkeit der Antarktis dient als Referenzwert für Studien in aller Welt, und in der kalten, trockenen Umgebung werden viele Verunreinigungen nur sehr langsam abgebaut. Einige möchten anfügen, daß wir die Pflicht haben, den Kontinent sauberzuhalten, weil er ein heiliger Ort ist.

Auch hier muß der gesamte Kontinent wieder als Landschaft von besonderem wissenschaftlichem Interesse betrachtet werden, weil er in diesem Fall zum Träger eines Langzeitexperiments im Einsatz sauberer Techniken und umweltschonender Verhaltensweisen wird. Das umfaßt auch Fragen wie die Minimalvoraussetzungen einer ausreichenden Grundversorgung, Wiederaufbereitung, Abfallvermeidung und -verarbeitung etc. Das Ziel sollte eine Lebensweise sein, die keinerlei nachteilige Auswirkungen auf die Umwelt hat, und die Realität darf sich nicht sehr weit von diesem Ziel entfernen.

Das im Vertrag festgelegte Verbot der Einfuhr fremder Pflanzen, Tiere und Erden bedeutet, daß eine von den Einwohnern entwickelte lokale Landwirtschaft hydroponisch oder aquakulturell gestaltet sein muß, in hermetisch abgeschlossenen Gewächshäusern und Terrarien oder in streng kontrollierten Aquakultur-Boxen, die ausschließlich indigene Meerestiere und Wasserpflanzen enthalten. Diese Beschränkung wird ein Faktor der Tragfähigkeitsberechnungen sein und deutet auch darauf hin, daß Autarkie für eine indigene antarktische Gesellschaft insgesamt wie auch für alle einzelnen Gemeinschaften unpraktikabel wäre, überdies eine Gefahr für die Umwelt darstellen würde und von einer solchen Gesellschaft bzw. solchen Gemeinschaften nicht als Ziel betrachtet werden sollte. Die Abhängigkeit von auswärtiger Hilfe sollte als gegeben hingenommen werden.

Die anthropogene Wiedereinführung von Arten, die es früher einmal in der Antarktis gegeben hat, ist ein Thema, das wir späteren Diskussionen an anderem Ort anheimstellen.

6. Bei der Frage, wie man in der Antarktis zu sauberen, der Situation angemessenen Lebensweisen ohne nachteilige Auswirkungen auf die Umwelt gelangen kann, geht es nicht nur um die dazu erforderlichen Techniken, sondern auch um die gesellschaftlichen Strukturen, in denen sowohl diese Techniken angewendet als auch Nachfolgetechniken entwickelt werden, um die Eigenbedürfnisse dieser Gesellschaft zu befriedigen. Darum sollten sich alle Einwohner der Antarktis nach den diversen Menschenrechtsdokumenten der Vereinten Nationen richten, und besonderes Augenmerk sollte genossenschaftlichen, nichtausbeuterischen Wirtschaftsmodellen gelten, deren Schwerpunkt auf einer nachhaltigen Permakultur in einem gesunden biophysikalischen Kontext liegt; Wachstumsmodelle und ungerechte Hierarchien, die in der Antarktis nicht nur die Menschenwürde antasten, sondern sehr schnell auch die empfindliche Umwelt schädigen, sollten ad acta gelegt werden.

7. In solch einer rauhen Umwelt sind alle Angriffe auf Personen oder Ausrüstungsgegenstände lebensbedrohlich und können nicht zugelassen werden. All jene, die sich so sehr für die Antarktis interessieren, daß sie hierherkommen, müssen der Gewalt gegen Menschen und deren Werke entsagen und auf friedliche Weise miteinander umgehen.

8. Was in der Antarktis gilt, gilt auch überall sonst.

■

Wieder im antiken Innenraum einer Herc, einem Ding wie eine Rakete aus einem Buch von Jules Verne, die sie heulend und vibrierend zur Erde des einundzwanzigsten Jahrhunderts zurückbrachte. Draußen vor den Tauchkugelfenstern das endlose blaue Meer mit seinem Gazefilter aus weißen Wolken, zehntausend Meter unter ihnen, aber rasch näher kommend. Eine sehr große Welt. Wade schlief, solange er konnte.

Er träumte von seinem letzten Gespräch mit Sylvia. Der Traumrückstand dieses Tages war in diesem Fall nur eine leicht veränderte Wiederholung oder Fortsetzung der ruhigen Unterhaltung in ihrem Büro mit Blick auf die Beeker Street. Er hatte ihr von seinem Gespräch mit Sam erzählt und seinen Plan dargelegt, und sie hatte nachdenklich genickt. Zwei Bürokraten, die über das Schicksal eines Kontinents entschieden. Ein leerer Kontinent war das natürlich, der unwichtigste Kontinent; aber trotzdem. Ein Kontinent, der von Wissenschaftlern regiert wurde, sagte Sylvia. Das konnte nicht von Dauer sein. Wissenschaftliche Regierung. Der Versuch, Neutrinos zu fangen. Wir versuchen, Dinge zu erforschen, sagte sie. Das zu tun, was auf lange Sicht das Beste ist. Die Wildlinge, die Ölleute – beide schauen auf die Wissenschaftler und warten auf ihre Antworten. Beide sehen in der Lebensweise eines Wissenschaftlers in der Antarktis ihr Ideal. Eine Möglichkeit, von dem Land zu leben. Nichts von ihm zu wollen, außer daß es ihnen Fragen stellt. Vielleicht klappt es, sagte Wade noch einmal in seinem Traum, vielleicht haben Technokraten in der Welt die Macht übernommen, vielleicht haben Wissenschaftler in der Welt die Macht übernommen. Vielleicht würde der höchste, trockenste, kälteste, unwichtigste aller Kontinente den Weg weisen. Wir werden sehen, sagte Sylvia. Das Wetter hat aufgeklart. Das FBI ist unterwegs und schon über den Punkt hinaus, an dem noch eine sichere Umkehr möglich ist. Wir sind alle schon über den Punkt hinaus, an dem noch eine sichere Umkehr möglich ist.

Dann weckte ihn abrupt ein Bild von Val in ihrer langen Unterwäsche, wie sie einen Coleman-Kocher anzündete. Widerstrebend sah er sich um, ließ den Blick über die anderen schlafenden Passagiere mit ihren dicken Parkas schweifen, die Köpfe auf den Schultern von Fremden, die Knie gespreizt, um das Gleichgewicht zu halten, die Bunny Boots kurzerhand zwischen die Beine anderer Leute geschoben. Die Antarktis hatte sie zusammengezwängt und zu einer Familie gemacht, hatte den körperlichen Nahbereich prinzipiell abgeschafft, und nun schliefen sie alle zusammen in dem viktorianischen Gedröhn wie die Jungen eines Wurfs.

Dann kam die Besatzung durch, weckte sie auf und zeigte auf die Sicherheitsgurte. Sie setzten zur Landung an. Es gab wieder irgendwelche Schwierigkeiten, jemand rief etwas in Wades verstöpseltes Ohr: Das Fahrwerk ließ sich nicht ausfahren oder die Kufen ließen sich nicht einfahren, eins von beidem, er konnte es nicht verstehen. Jedenfalls würden sie auf den Kufen landen müssen.

Wade stöhnte. Die Passagiere sahen einander an und verdrehten die Augen. Mit Kufen auf einer Betonpiste zu landen, das klang nicht gut. Aber was sollten sie machen. Sie waren in einer Herc, da konnte alles passieren. Wade lüpfte den Hintern, um ein letztes Mal aus dem Fenster über sich zu schauen: blaues Meer, weiße Wolke. Hinunter zur Erde.

Vermutlich schmierten sie die Landebahn jetzt gerade mit diesem Notfallschaum ein. Flugzeuge hatten auf diesem Zeug eine problemlose Bauchlandung gemacht; mit Kufen würde es bestimmt auch gehen. Ein Kinderspiel. Wenn die Kiwi-Hubschraubercrew hiergewesen wäre, hätte sie sich eins gelacht. Diesmal hatten sie sogar Landeklappen. Konnten zweifellos eine filmreife Landung hinlegen.

Touchdown, Abpraller, noch mal runter, ausschlittern. Hinterher keine Fahrt zum Ausstiegspunkt, aber abgesehen davon genauso wie jede andere Landung. Die Leute grinsten und zeigten sich gegenseitig den hochgereckten Daumen. Die Familie hatte wieder mal einen Herc-Flug überlebt. Bitte sitzenbleiben, bis Sie mit dem Aussteigen dran seid.

Dann raus, in die schockierende Hitze eines Frühlingstages in Christchurch. Vielleicht zehn, vielleicht sogar fünfzehn Grad – unglaublich. Sie standen auf der Landebahn, die tatsächlich eingeschäumt worden war. Ein Bus, der sie zu den Flughafengebäuden brachte. Sie hatten ihr eigenes Gebäude, und niemand war da, der ihnen sagte, was sie tun sollten.

Wade folgte den anderen, als sie ihre orangefarbenen Taschen durchs Gebäude und dann die Straße entlang zum Antarktiszentrum schleppten. Er schwitzte beim Gehen. Der Geruch von Gras, so intensiv. Überall diese leuchtenden Grüntöne. Tiefhängende Wolken, die eindeutig aus flüssigem Wasser bestanden. Kinder kamen lachend auf ihn zugelaufen. Ein kleines Mädchen mit einem blauen Kleid, ihr älterer Bruder, der sie neckte. Ihre hohen Stimmen in der feuchten, nach Gras duftenden Luft.

Im Kleidungszentrum zog Wade seine Antarktissachen aus und inspizierte sie Stück für Stück, bevor er sie zu Boden fallen ließ: der Handschuh mit der aufgerissenen Fingernaht, derentwegen dieser Finger überall, wohin Wade gegangen war, kälter geworden war als die anderen; der Reißverschluß des Parkas, der sich nicht mehr ganz bis zum Hals zuziehen ließ. Die schimmernde blaue Überhose, der rote Parka, seine frühlingsweißen Bunny Boots. Alles auf einem Haufen auf dem Betonboden, als er gemächlich die Straßenkleidung anzog, die er hiergelassen hatte. Seine Arme und Beine waren klebrig von Schweiß. Dieses Leben war vorbei. Ein junger Kiwi überprüfte all seine Sachen und gab ihm einen pinkfarbenen Empfangsschein. Wieder zurück in der Welt.

Die NSF hatte ihm einen Heimflug am nächsten Tag gebucht. Also checkte er ins Flughafenhotel ein, saß dort eine Zeitlang vibrierend auf dem Bett und dachte über alles nach. Zurück nach Washington; zurück in sein Leben.

Er ging ans Telefon und rief Phil Chase an.

»Hallo, Wade! Wo bist du gerade?«

»In Christchurch.«

»Guten Rückflug gehabt?«

»Er war interessant.«

»Gut. Hey, ich habe den Bericht über die Ökotage gekriegt, den du mir geschickt hast, und auch diese Protokolle, die fand ich ganz großartig. Aus denen könnte man ohne weiteres ein globaleres Programm machen. Ich bin total begeistert und würde gern versuchen, damit etwas Weitergehendes zu unternehmen. Ich sehe deine Handschrift in diesem Dokument, Wade.«

»Nur insofern, als ich angeregt habe, es zu erarbeiten, und das war deine Idee. Es war größtenteils Sylvias Werk. Wobei natürlich alle anderen mit ihren Beiträgen daran mitgewirkt haben. Am meisten hat ihr Ta Shu geholfen, würde ich sagen.«

»Wie auch immer. Kann durchaus sein, daß sie sich damit einen Namen gemacht hat, das kann ich dir sagen.«

»Ich glaube, sie denkt, es ist einfach ein Bericht.«

»Ist doch egal, was sie denkt. Es liegt jetzt nicht mehr in ihren Händen.«

Das schien Wade eine Art höherer Wahrheit zu sein, und er erwiderte nichts.

»Du klingst müde, Wade. Nun bist du also von deinem großen Abenteuer zurück.«

»Ja. Aber hör zu, Phil - ich glaube, jetzt bist du an der Reihe.«

»Mit dem großen Abenteuer? Mein ganzes Leben ist eins, Wade. Ein großes Abenteuer nach dem anderen.«

»Das weiß ich. Aber diesmal mußt du was Neues ausprobieren. Du mußt nach Washington kommen.«

»Haha.«

»Nein, ich mein's ernst. Es ist der richtige Zeitpunkt. Hör zu, du weißt doch, daß die Wildlinge in der Antarktis einen Helfer bei den amerikanischen Sicherheitsdiensten hatten, nicht? Einen Satellitenfoto-Analytiker, der ihnen

Informationen gegeben und ihre Spuren ein bißchen verwischt hat.«

»Stimmt, ich erinnere mich vage, daß du mir das erzählt hast. Du hast mich dauernd angerufen, wenn ich gerade geschlafen habe.«

»Ich habe mit ihm gesprochen. Er arbeitet für die National Oceanic and Atmospheric Administration und für einen der Sicherheitsdienste, und es ist gar nicht so leicht, an ihn ranzukommen, aber da ich Empfehlungen von Sylvia und Mai-lis vorweisen konnte, hat er sich bereit erklärt, mit mir zu reden.«

»Sylvia kennt er auch?«

»Ihre Fotos hat er ebenfalls analysiert.«

»Ist das gut?«

»Ganz ohne Frage. Ich hatte ein langes Gespräch mit ihm, und es war sehr interessant. Er hat solide fotografische Beweise, die er an uns weiterzugeben bereit wäre, daß in diesem Sommer nicht nur die Ölgruppe des Southern Club in der Antarktis nach Erdöl gesucht hat. Er sagt, er kann zweifelsfrei beweisen, daß einige der großen, in Amerika beheimateten Unternehmen ebenfalls da unten gewesen sind. Sie haben das Südkartell praktisch als Tarnung benutzt und darauf gezählt, daß es die Aufmerksamkeit und die Empörung auf sich lenken würde, während sie ganz unauffällig ebenfalls ein paar rasche Stichproben vorgenommen haben, um das superriesige Feld zu finden, das Gerüchten zufolge in der Bransfield Strait oder im Weddell-Meer liegen soll. Und eine von ihnen ist Texacon.«

»Aha. Überrascht uns das, Wade?«

»Nein, nein, natürlich nicht, aber es ist nicht *bekannt*, es wird geheimgehalten, und dieser Bursche liefert uns Beweise dafür. Und du weißt ja, Texacon ist einer von Winstons größten Wahlspendern.«

Das war eine extrem kurzlebige Sensation in Winstons letztem Wahlkampf gewesen; der *Washington Post* war es gelungen, in einem Beitrag aufzudecken, daß Paul Winston trotz der letzten Kampagne zur Erschwerung der Wahlkampffinanzierung übermäßig hohe Wahlspenden von Texacon wie auch von etlichen anderen Großkonzernen bekommen hatte. Es stimmte, daß die Spenden genügend gewaschen worden waren, um den Maßgaben der Wahlkampffinanzierungsreform zu entsprechen, und Winstons Umfragewerte waren nach der Enthüllung eher gestiegen als gefallen, aber die Beschuldigungen standen im Raum, und Winston hatte sie nie abgestritten.

»Hmmmm«, summte Phil, »hmmm, hmmmmm, und das soll heißen?«

»Winston bekommt große Wahlspenden von Texacon, die nur so gerade eben legal sind. Er blockiert die erneute Ratifizierung des Antarktisvertrags im Ausschuß. Das im Vertrag festgeschriebene Verbot der Ausbeutung von Bodenschätzen bleibt bis auf weiteres ausgesetzt. Dann findet man Texacon in der Antarktis, wo sie nach Erdöl bohren!«

Phil lachte schallend und sagte: »Du weißt so gut wie ich, daß es da keine Verbindung gibt, Wade, du weißt es. Sie sind absolut unschuldig. Winston blockiert den Vertrag, weil er den Präsidenten ärgern will, und Texacon hat ihm Geld gegeben, weil sie solche Typen wie ihn nun mal gern unterstützen. Und sie bohren in der Antarktis, weil sie überall bohren. Ich wette, daß da niemand ein explizites Quidproquo-Geschäft betreibt, weder auf der einen noch auf der anderen Seite. Es ist einfach *business as usual,* Burschen im selben Team, die ihre Sache durchziehen.«

»Aber der äußere Anschein...«

»Ja, klar. Große Gefälligkeiten für großes Geld. Bestechung werden wir das nennen. Ich werde das ganz offen im Plenarsaal des Senats sagen. Bei dem Thema kann ich ordentlich zur Sache gehen, weil ich selber so sauber bin. Meine Spenden kommen alle in Münzrollen.«

Phil hatte einen Wahlkampf tatsächlich einmal dadurch finanziert, daß er all seine Unterstützer bat, ihm die Münzen zu schicken, die sich bei ihnen zu Hause anhäuften, eine Aktion, die eine Menge Geld eingebracht und eine Million Witze und politische Karikaturen über Bettelgeld und dergleichen ausgelöst hatte, alle um so anzüglicher, als Phil in einer seiner AWA-Phasen tatsächlich drei Monate als Bettler auf der Straße gelebt hatte.

»Damit hast du eine Brechstange, mit der du ihm zu Leibe rücken kannst«, sagte Wade.

»Ja.« Stille, während Phil darüber nachdachte. »Ist aber schlechtes Timing, muß ich sagen, wenn man bedenkt, wieviel ich hier zu tun habe.«

»Du mußt mit der Sache nach Washington gehen«, sagte Wade fest. »Du mußt wie eine Bombe auf die Stadt runterkommen und dir Winston vorknöpfen. Mal sehen, ob du ihn mit dieser Ölsache so unter Druck setzen kannst, daß er den Vertrag aus dem Ausschuß entläßt. Zum Teufel, vielleicht kannst du ihn sogar von seinem Stuhl jagen. Oder gleich ganz aus dem Senat!«

»Mordschance.«

»Aber es ist eine Chance! Könnte sein, daß es im Ausschuß für Standesfragen ein großes Tohuwabohu gibt und daß sie umschwenken und ihn rauswerfen. Das ist der richtige Moment, Phil, und es ist wichtig.«

»Was ich hier draußen mache, ist auch wichtig.«

»Natürlich, Phil, natürlich! Aber du müßtest ja nicht lange bleiben. Das heißt, es kommt drauf an. Wenn du erst mal ein bißchen in Schwung kommst, dann willst du vielleicht gar nicht mehr weg. Hier hängt momentan alles am seidenen Faden.« Wade fiel es wunderbar leicht, Phil mit dessen eigenem mitternächtlichem Geschwafel zu kommen. »Wir sind an einem Wendepunkt der Geschichte, die Schaukel steht genau in der Mitte, Genossenschaftsbildung gegen Götterdämmerung, sie haben die Waffen, aber wir haben die Massen! Die Zeit ist reif, Phil, reif dafür, daß du aus dem Weltraum auf unsere Seite der Schaukel fällst und die anderen hier rauskatapultierst!«

»Hmm, ja, kann schon sein. Es wäre jedenfalls nett, Winston zumindest mal anzupieksen.«

»Und ob! Dieser Mistkerl. Der würde platzen wie ein Ballon.«

»In der Tat. Hmm, ja - aber ich hab eine Menge Verpflichtungen hier draußen. Ich weiß nicht, wie ich das regeln soll.«

»Ich vertrete dich, wo ich nur kann, Phil. Im Moment überlege ich, ob ich nicht noch ein bißchen in Neuseeland bleibe und bei dieser Antarktissache ein paar Lücken zu schließen versuche - mal sehen, was ich tun kann. Danach könnte ich dich da draußen vertreten und natürlich diese Antarktisgeschichte für dich im Auge behalten, und ich kann dir weiterhin Berichte zukommen lassen, sozusagen deine Augen sein, so wie hier, während du ihnen in Washington in den Arsch trittst.«

»Hmm, ja... Du hast also hieb- und stichfeste Beweise dafür, daß Texacon nach dem letzten Wahlkampf in der Antarktis Erdöl gesucht hat?«

»Farbfotos, hat Sam gesagt. Fotos aus dem All, auf denen du ihre Telefonnummern von den Displays ihrer Armbandtelefone ablesen kannst.«

»Cool. Interessant. Wie 'ne Bombe wieder auf sie runterkommen. Ihnen das Hirn wegpusten. Das würde Spaß machen, was? Vielleicht kriege ich's sogar hin, daß der Antarktisvertrag ratifiziert wird. Das wäre ein Coup. Obwohl es komisch ist - wenn es klappt, muß man zugeben, daß es die Ökoteure waren, die das bewirkt haben. Sie haben den richtigen Teil des Systems gefunden und ihm eins verpaßt, ist schon irgendwie bewundernswert.«

»Sag das nicht im Plenarsaal des Senats.«

»Ich soll es nicht sagen?«

»Gesetzgeber, die Gesetzesbruch befürworten? Nein. Das gehört sich nicht.«

»Ach komm, Wade! Gesetzgeber wissen besser als jeder andere, daß es bei Gesetzen eher um pragmatische Kompromisse als um einen irgendwie gearteten moralischen Imperativ geht.«

»Sag das bloß nicht im Plenarsaal des Senats.«

»Mal sehen. Ich weiß nie genau, was ich sagen werde, wenn es soweit ist. Aber ganz unter uns, ich bewundere diese Ökoteure.«

»Weil sie was getan haben.«

»Okay, Wade, okay. Ich komme nach Washington. Ich spreche mit Glen und Colleen hier und mit John im Büro, wir werden versuchen, alles zu arrangieren. Sieh zu, daß ich diese Fotos kriege, dann gehen wir's an.«

»Sind schon unterwegs. Ich schicke sie ins Büro.«

»Ich bin in Samarkand, Wade. Schick sie auch hierher. Und versuch, während der Arbeitszeit anzurufen. Ruf mich morgen an, dann reden wir weiter.«

»Alles klar.«

Wade saß auf seinem Hotelbett und fühlte, wie er innerlich vibrierte. Er mochte Phil Chase; er wollte weiterhin für ihn arbeiten. Und die genossenschaftliche Umstrukturierung würde eine lange, harte Kampagne werden. Aber wenn er dafür sorgen konnte, daß Phil sich auch künftig am Rande des Sieges oder zumindest inmitten des heftigsten Schlachtengetümmels glaubte, dann würde Phil in Washington bleiben, und Wade würde in der Weltgeschichte herumreisen und als seine Augen fungieren können. Das hieß, daß er weiterhin Dinge finden mußte, die wichtig genug waren, um Phil in Washington festzuhalten, damit er selbst herumreisen konnte und die Chance hatte, gelegentlich nach Christchurch zu kommen. Kurz, er mußte Phil dazu bringen, die Welt zu retten, damit er selbst die vage Chance bekam, in die Antarktis zurückzukehren. Es ergab fast einen Sinn.

Nach einer Weile hatte er auf einmal das Gefühl, daß ihm die Zeit zwischen den Fingern zerrann, und er ging hinaus und fuhr mit dem Flughafenbus in die Innenstadt von Christchurch. Er schaute zu den Fenstern hinaus, auf die Bäume und die tiefhängenden Wolken, benommen von den Grüntönen und der warmen, feuchten Luft. Fünfzehn Grad, sagten sie. Er konnte sich nicht vorstellen, wie es in

D.C. sein würde. Oh, aber es war Oktober. Es würde kalt sein in D.C. Kalt, nun ja - es würde kühl sein.

Er wanderte in der Innenstadt von Christchurch herum. Wohin er auch kam, alles überwältigte ihn. Der Geruch von Kaffee und warmem Essen, Kiwi-Stimmen. Die Gesichter wie aus dem Masterpiece Theatre. Beim Avon River eine Statue von Scott, auf ewig in Beton; die Ausrüstung, die er trug, war einfach lächerlich, wie Wade jetzt sah. Auf dem Piedestal: streben, suchen, finden und niemals aufgeben. Tennysons unsterblicher Beton. Ta Shu hatte ihm erzählt, daß ziemlich genau zum Zeitpunkt von Scotts Tod dessen zweijähriger Sohn in England ins Schlafzimmer seiner Mutter gelaufen war und gesagt hatte: »Daddy kommt nicht mehr nach Hause.« Man konnte in Beton unsterblich gemacht werden oder seinen Sohn aufwachsen sehen. Lieber ein lebendiger Esel als ein toter Löwe, hatte Shackleton gesagt. Scott war anderer Meinung gewesen. Aber wofür würde sich die Welt entscheiden? Welche Geschichte gefiel ihr besser?

Wade spazierte in den riesigen botanischen Garten am Südrand der kleinen Innenstadt. Dort gab es so viele Grüntöne! Und alle möglichen Pflanzen. All diese Arten hatten sich aus Flechten und Moosen entwickelt, es war erstaunlich, was die warme Welt hervorgebracht hatte. Innerlich vibrierte er noch immer von den Propellern. Er sah, daß unter den großen Bäumen in diesen Gärten Menschen zu wohnen schienen. Wildlinge, auch hier.

In einer Anlage aus mehreren Fußballplätzen südlich des botanischen Gartens scharte sich eine große Menschenmenge um eine Gruppe, die riesige, bunte Ballons aufblies - sie sahen aus wie Heißluftballons, wurden allerdings aus Gaskanistern gefüllt. Einige der Ballons erinnerten Wade an die Blimps, mit denen sie übers Transantarktische Gebirge geflogen waren. Andere waren wirklich riesig; ihre Gondeln glichen dreistöckigen Amsterdamer Häusern. Eine festliche Atmosphäre. Leute mit Picknickkörben, die den startenden Ballonfahrern nachwinkten.

»Wo fahren die hin?« fragte Wade einen von ihnen.

Wohin der Wind sie trug. Blieb einem nicht viel anderes übrig, in so einem Ballon. Waren so gut ausgerüstet, daß sie bis zu einem Jahr obenbleiben konnten, jedenfalls manche. Machten Forschungsurlaub in den Wolken oder arbeiteten da oben. Fuhren ein paarmal um die Welt. Auf einer Wanderung. Himmelswandern nannten sie's.

»Flucht aus der Zivilisation?«

So nennen's die Aussies.

»Kommt so was hier oft vor?«

Ja klar. Die meisten Kinder hauen ab, in die Wildnis. Die Ballons sind eher so was wie 'ne Familie. Wie Bootfahren. Koppeln sich haufenweise aneinander, sobald sie in der Luft sind. So waren wir hier schon immer ein bißchen. Nicht sehr viele Menschen. Viel Land. Nichts Neues für uns in diesen McMurdo-Protokollen, von denen man in der Zeitung liest. Wir haben unsere Bezirksgrenzen alle neu gezogen, damit sie zu den Stromgebietsgrenzen paßten. Schon vor langer Zeit.

Dann waren die Ballons und Blimps alle aufgeblasen. Einer nach dem anderen, hinauf, hinauf, fort mit dem Wind, mit den niedrigen, flüssigen Wolken verschmelzend. Es war erstaunlich, wie deutlich man flüssige Wolken von gefrorenen unterscheiden konnte. Diese hier waren so naß wie ein Bad und ließen ein bißchen Regen auf sie alle fallen. Niemand achtete darauf.

Als die Ballons weg waren, schlenderte Wade davon. Er hatte kein bestimmtes Ziel, und er vibrierte immer noch. Christchurch sah wie eine kalifornische Stadt aus.

In seinem Hotel brachten die Fernsehnachrichten an diesem Abend kein Sterbenswörtchen über den Start der Ballons. Es mußten mindestens ein paar hundert Leute gewesen sein, die da aufgebrochen waren. Doch wenn es nach den Nachrichten ging, war es nicht passiert. Wade war verwirrt. Er zappte herum, um irgendwo etwas darüber zu erfahren. Gute Bilder, eine perfekte Story fürs Fernsehen. Nichts. Es war nicht passiert. Aber wenn man etwas mit eigenen Augen gesehen hat und es dann in den Nachrichten totgeschwiegen wird, wem wird man glauben?

In der Schwebe zwischen den Welten. Auf einem Hotelbett vibrierend wie ein Hercules-Triebwerk im Leerlauf, vor einem stummgeschalteten Fernseher, die Bilder vertraut, aber jeder Bedeutung entleert. Während Wade sie betrachtete, fiel ihm wieder ein, daß Ta Shu ihm bei seiner Abreise aus McMurdo einen TV-Chip gegeben hatte, mit dem er sich in Ta Shus Sendung in China einklinken konnte. Nun wühlte er in seinem Aktenkoffer herum, bis er die kleine Kunststoff-Minidisk fand, ging zum Fernseher und steckte die Scheibe in den Schacht im Bedienungsfeld des Fernsehers.

Nach einigem Geflimmer wurden die Kiwi-Bilder von einer strahlend weißen Landschaft ersetzt: die Royal Society Range, von der anderen Seite des Ross-Meeres aus gesehen. »Hey!« sagte Wade, beugte sich auf dem Bettrand vor und starrte auf das Bild. Das war der Ausblick vom Observation Hill!

Ta Shus Kommentar war natürlich auf Chinesisch, überdies sehr schnell und flüssig, ganz anders als sein Englisch. Natürlich. Nachdem Wade seiner Stimme ein paar Minuten lang gelauscht hatte, wuchs seine Neugier. Er wollte wissen, worüber Ta Shu sich so ausführlich und mit solch unverkennbarer Eindringlichkeit verbreitete. Er stand auf und ging zu seinem Aktenkoffer, holte seinen Laptop heraus und rief das Menü für die Übersetzungsprogramme auf der Festplatte des Laptops auf. Er hatte gehört, daß die Chinesisch-Englisch-Programme noch immer die schlechtesten aller großen Sprachprogramme waren, aber es würde trotzdem besser sein als nichts.

Er stellte den Laptop neben den Fernseher und gab den Code für das Übersetzungsprogramm ein. Nach einer kurzen Pause begann der Laptop auf Englisch zu sprechen, fast so schnell wie Ta Shu selbst, mit mechanischer, monotoner Stimme.

»Nun meine Freunde wir sind gekommen zu Ende unseres Abenteuers in Antarktis. Bald ich werde verlassen dieses Land, ich werde fliegen Norden über das Südmeer, nach Neuseeland. Es war eine wahre ereignisreiche Zeit, ich bin sicher, ihr stimmt zu. Viele Unterbrechungen, viele Entdeckungen. Voller Länder so mächtig, Handlungen so seltsam, ihr müßt wundern ob ich sende von anderer Welt. Aber ich erinnere euch, all dies geschieht auf Erde. Auch das ist Erde. Eine Welt jenseits alles Beschreibens. Für mich es ist ein tiefgreifendes Sein gewesen, ein Trip. Für euch zu Hause in China, sehend, was ich gesehen habe, mit Gesichtsmasken oder auf Fernsehschirmen, nicht so sehr. Ohne Raum, ohne Räumlichkeit, wie es gehört. Wie eine Geschichte erzählt, oder ein Traum, den ihr gehabt habt. Natürlich das muß so sein. Wo dann sind wir zusammen gewesen? In einer Vision wir teilen eine Geschichte. Lehne sagt, Geschichten sind falsche Lösungen für echte Probleme. Lehm ergänzt, Geschichten von anderen Planeten müssen folglich sein falsche Lösungen für falsche Probleme. Was also haben wir getan zusammen? Seht euch um. Ist es alles nur ein Traum? Oder sind all die Welten eine Welt. Blick sagt, Träume beginnen Verpflichtung zu Welt. Schelle sagt, Dichter sind die unbekannte Regierung der Welt. Und wir sind alle Dichter. Darum wir sagen der Welt jetzt was als nächstes zu tun ist.«

Auf dem Fernsehschirm erfolgte ein Schwenk nach links, zu einer weiten Fläche aus weißem Eis; der Bildschirm wurde horizontal genau in der Mitte geteilt, oben Blau, unten Weiß, wie ein kraftvoller Rothko. Der Blick direkt nach Süden. Ta Shu begann erneut zu sprechen, und nach einer Pause gab der Laptop-Computer seine Worte wieder. »Ah ja. Sehr schöner Blick. Jetzt wir kommen zu Ende unserer Zeit zusammen, und ich bitte um eine Sache von euch, meine Freunde, die lang und treu sind bei mir geblieben. Wenn meine Übertragung geendet hat, geht hinaus. Macht einen Spaziergang draußen in frischer Luft. Wo immer ihr euch befindet auf dem Gesicht dieses Planeten, es ist ein guter Ort. Atmet tief den Atem der Welt. Schaut alle zusammen zum Himmel über euren Köpfen. Fühlt euch beim Gehen; auch das ist Denken. Fühlt den Wind in eurem Gesicht. Fühlt die Art wie ihr Tier seid, im Seelenwind atmend. Wenn unsere Zeit zusammen gibt euch nicht mehr als diesen Spaziergang, dann es hat trotzdem noch gut getan. Nun adieu, meine Freunde, bis zu unserer nächsten Reise zusammen.«

Der Blick vom Ob Hill verschwand. Schnitt auf einen chinesischen Werbespot. »Sie haben Probleme mit Säubern von Küchenutensilien?«

Wade schaltete den Fernseher aus. Er ging nach unten. Vorsichtig öffnete er eine Glastür, aber es war immer noch warm. Zur Tür hinaus, in den Innenhof des Hotels. Es war Nacht, die Dunkelheit streichelte seine Augen. Er fühlte, wie seine Pupillen aufblühten. Warme, feuchte Luft an seiner Haut – so warm, so gutartig. Die sanfte Berührung der Brise. Vielleicht würde es doch funktionieren. Er ging zum Rasen am Pool hinüber, setzte sich ins warme, duftende Gras. Er strich mit den Händen darüber. Er legte sich hinein, auf den Rücken, und schaute zu den Sternen hinauf.

■

**Im nächsten Frühling traf X** all seine Vorbereitungen und brach zu einem Fußmarsch über die Ross-Insel auf.

Es war ein arbeitsreicher Winter gewesen. Die McMurdo Field Services Co-op, für gewöhnlich MacCoop genannt, hatte den Nebenvertrag für den technischen Hilfsdienst bekommen, PetHelo den Hauptvertrag; ASL war weg vom Fenster. Nach den ersten Feiern hatte es endlose organisatorische Treffen in Mac Town gegeben, und sie hatten einen Haufen Papierkram bewältigen müssen. Währenddessen hatte X auf dem Sims in der Nähe von Knob Point mit Hilfe von Freunden eine kleine Hütte gebaut, hauptsächlich aus weggeworfenen Materialien vom Bauhof in McMurdo: im wesentlichen drei Bögen eines alten Jamesway-Rahmens mit neuer Isolierung, ein Dreifachfenster, bei dem zwei Scheiben gesprungen waren, und Fotovoltaik-Platten, die für die kommenden sonnigen Monate außen angebracht worden waren. Drinnen gab es einen kleinen Propangaskocher, der als Heizung und Herd diente. Ein Bett, einen Schreibtisch, einen Stuhl. Es war sehr behaglich, aber X gefiel es so. Es war sein Platz. Hinten an den Hang geschmiegt, windgeschützt, von unten nicht zu sehen. Natürlich schon gar nicht in diesen sonnenlosen Monaten.

Jeden Tag, an dem das Wetter es erlaubte, fuhr er auf Skiern durch den Felsengarten zur Loipe hinauf und in die Stadt hinunter und arbeitete im Büro der Genossenschaft. Entweder übernachtete er dann im BFC-Büro auf der Couch, oder er fuhr nach Hause zurück. Manchmal nahm er dabei den Weg übers Meereseis um Discovery Point herum. Es kam darauf an, wieviel Mondschein er hatte. In dunklen Nächten war es am besten, übers Meereseis zu fahren, in mondhellen Nächten machte es Spaß, oben auf dem Kamm zu bleiben. Er stellte fest, daß es auf dem verschneiten Land bei Vollmond hell genug war, um zu lesen, und erst recht, um Ski zu fahren. Auf diesen Märschen und an seinen freien Tagen arbeitete er hart daran, den richtigen Umgang mit Skiern und Schneeschuhen zu lernen. Er beschloß, die Ross-Insel mit ihren drei Vulkanen zu überqueren und nach Cape Crozier hinunterzugehen, um sich die ›Wiederkehr der Sonne‹-Zeremonie anzusehen, die George Tremont dort inszenieren wollte. Das würde eine große Reise für ihn werden, wie X sehr wohl wußte, und er bereitete sich den ganzen Winter hindurch darauf vor. Er stellte fest, daß Bergsteigen im Gegensatz zu vielen anderen Sportarten vor allem mit Gehen zu tun hatte. Man mußte nur gehen, ohne hinzufallen, dann war man ein erfolgreicher Bergsteiger. Es ging eher um das Finden des richtigen Weges als um sportliche Fähigkeiten - zumindest auf der Ebene, auf der er es versuchte, und er wollte ja nur auf die andere Seite der Ross-Insel gelangen. Darum hatte er seine Fortschritte erfreut registriert. Unzählige Male war er die Felstreppe vom Meereseis zu seiner Hütte hinauf- und hinuntergestiegen, um Kraft und Ausdauer zu entwickeln. Er hatte daran gearbeitet, immer steilere Schneehänge zu überwinden, in beide Richtungen; er hatte mit Schneeschuhen auf Schnee und mit Steigeisen auf Eis geübt. Er stellte fest, daß er Schneeschuhe lieber mochte als Skier, selbst wenn es anstrengender war, sich damit fortzubewegen; sie waren leichter zu handhaben, eigentlich ging es sich mit ihnen fast genauso wie mit Stiefeln. Er lernte, mit dem GPS und dem Spaltendetektor umzugehen. Der Spaltendetektor war von entscheidender Bedeutung; ohne ihn hätte X nicht den Mut gehabt, allein herumzuwandern. So jedoch blieb er jedesmal, wenn das Ding piepste, wie Lots Weib stehen, orientierte sich sorgfältig, wo er sich befand und wo die Spalte war, und ging dann drum herum. Er machte übertriebene Umwege, kam meilenweit vom Weg ab, um nur ja keine Spalte überqueren zu müssen, so stabil die Schneebrücken darüber auch aussehen mochten. Keine Piep-pieps überqueren, dann würde ihm nichts passieren. Und so war er allmählich immer weiter umhergeschweift, hatte Nächte draußen im

Zelt und im Schlafsack verbracht und allmählich gelernt, mit der Ausrüstung zurechtzukommen und darauf zu vertrauen, daß sie ihn am Leben erhielt und ihn wärmte. Die Tage - die endlose Abfolge sonnenloser Stunden - waren rasch vergangen.

In seiner kleinen Hütte waren die Stunden ebenso rasch verstrichen. Er hatte Heraklit studiert und sich mit den betriebswirtschaftlichen Grundlagen von Genossenschaften befaßt. Ab und zu meldete sich Carlos aus Santiago. Wade meldete sich häufiger; er schickte ihm e-mails aus aller Welt. Offenbar hatte er mit seinem Senator den Platz getauscht (und X glaubte zu wissen, warum). Der Senator war nach Washington zurückgekehrt und hatte einem Rivalen im Senatsausschuß für Standesfragen wegen Wahlspenden die Hölle heiß gemacht, und als indirekte Fünfzig-Dominosteine-später-Folge sah es so aus, als würde die Neuauflage des Antarktisvertrags nun bald ratifiziert werden. Wade schien vorsichtig optimistisch zu sein. Die beiden Nachrichten, die er bei seinem Besuch in Washington geschickt hatte, waren kurz und vieldeutig gewesen: »Wir lassen die Fetzen fliegen«, und »Dies ist kein guter Ort«.

Zusammen mit seinen Nachrichtenschnipseln schickte er X viel Musik, die X noch nie gehört hatte. Wie sich herausstellte, war Wade ein fanatischer Heim-DJ, der Freunde mit Musik traktierte; aber da X so viele Stunden in der kleinen Hütte hockte, beschwerte er sich nicht; im Gegenteil, er hörte sich diese Geschenke immer wieder an. Oftmals legte er Wades Musik auf, während er sich Ta Shus neueste Sendung auf seinem Computermonitor ansah. Ta Shu machte gerade eine Bootsfahrt auf dem Jangtse. Sein Kommentar klang in der Wiedergabe durch X's Übersetzungsprogramm wie eine lange Reihe zusammenhangloser Glückskekstexte, aber es war trotzdem interessant zu sehen, wie er sich mit dem chinesischen Gegenstück der amerikanischen Behörde zur Finanzierung von Bewässerungsvorhaben anlegte. Nach dieser Reise wollte X sich eine Kopie von Ta Shus Antarktis-Abenteuer ansehen; das würde noch interessanter sein als der Jangtse, und beinahe mit Sicherheit würde auch Val darin vorkommen. Es gab Aufnahmen von ihr in den Happy-Camper-Videos des Rettungsteams, hatte X entdeckt, und einmal sah er sich diese Bilder fast einen ganzen Sonntag lang immer wieder aufs neue an. Dann löschte er die Datei und hörte auf, nach solchen Dingen zu suchen. Aber wenn er in Ta Shus Programm ein paar kurze Blicke von ihr erhaschte, dann war das in Ordnung.

Gegen Ende des Winters heuerte die Genossenschaft trotz X's Warnungen und Protesten Ron an; er sollte wiederkommen und die Werkstatt leiten. X fluchte, als er das Abstimmungsergebnis erfuhr: »Verdammt, er ist ein Pirat! Er hat sich den Eispiraten angeschlossen!«

»Er war verzweifelt«, erwiderte Joyce. »Das ist jetzt ohne Bedeutung. Finde dich damit ab.«

Als X später in seiner Hütte darüber nachdachte, kam er zu dem Schluß, daß er sich damit abfinden konnte. Schließlich hatte er sich nicht wohl bei dem Gedanken gefühlt, daß Ron in Chile auf Rache sann oder sich in irgendeiner Strandkaschemme in Florida die Hucke vollsoff. Sicher würde er herkommen und versuchen, das Regiment an sich zu reißen, und dann würde es halt ein Riesenarschloch in ihrer tollen neuen Genossenschaft geben; aber zumindest war es ein Arschloch, das X schon kannte. Und er würde ihm nicht unterstellt sein. Außerdem würde Mac-Coop ihn schon überleben.

X bekam auch zwei e-mails von Val; eine an seinem Geburtstag, eine zur Sonnenwende. Sie waren zwar nur kurz, aber immerhin, da waren sie, direkt dort auf seinem Bildschirm. Ihr Winter war offenbar nicht viel anders als seiner. Wie all die anderen Tiere, die hier unten überwinterten, mußten die Wildlinge im Kalten und Dunkeln hocken und sich wie die Kaiserpinguine zusammendrängen. Sie unternahmen anscheinend ein paar Expeditionen, aber niemand konnte die Winterkälte lange aushalten. Interessant war jedoch, daß sie eine Zuflucht in der Eiskappe selbst angelegt, sie den halben Tag über hell beleuchtet und in dieser künstlichen Oase mehrere Wochen gelebt hatten, ohne viele Ausflüge zu machen. Val hielt also ebenfalls Winterschlaf.

X hatte sorgfältig auf ihre Nachrichten geantwortet und sich dann wieder seinem Heraklit zugewandt. Der Weg aufwärts und abwärts ist ein und derselbe. Vielwisserei verleiht nicht Verstand. Aus dem Verschiedenen ergibt sich die schönste Harmonie. Die Sonne als Wächterin des Jahreslaufs bringt die Veränderungen zum Vorschein. Des Menschen Sinnesart ist ein göttliches Geschick.

Und nun standen der Frühling und George Tremonts Feier vor der Tür, und darum brach er auf und verabschiedete sich mit einem liebevollen Winken von seiner verriegelten und verrammelten kleinen Hütte. Der erste Sonnenaufgang des Jahres war so nah, daß es vor und nach der Mittagszeit täglich ein paar Stunden klaren Dämmerlichts gab, und in diesem klaren, grauen Licht machte er sich auf den Weg. Außerdem war Vollmond, und nachdem das Dämmerlicht erloschen war, konnte er den Schnee unter seinen Füßen im Mondschein problemlos sehen. Hinauf auf den Kamm von Hut Point, um Castle Rock herum und weiter die lange Flanke des Erebus hinauf. Immer höher, Schritt für Schritt. Weiter oben am Vulkan wurde der Hang steiler, aber er mußte nie etwas anderes tun, als weiterzugehen und die Piep-pieps zu umrunden. Ein Schildvulkan ohne gefährliche Steilhänge. Ein Schritt nach dem anderen. Immer höher hinauf, ein Schritt nach dem anderen. In der Peripherie des Kreises fällt Anfang und Ende zusammen. Schneeschuhe waren doch etwas Wunderbares.

Er schaute in regelmäßigen Abständen auf die Uhr, und nachdem er sechs Stunden lang ununterbrochen emporgestiegen war, machte er halt, nahm seinen Rucksack ab, holte seinen Schlafsack und das winzige Biwakzelt heraus, schlüpfte hinein und bereitete sich auf seinem kleinen Kocher ein Abendessen zu. Danach versuchte er eine Weile zu schlafen. Er war zu aufgeregt, um sehr gut zu schlafen, aber nach ein oder zwei Stunden döste er ein, und als er mit eiskaltem Gesicht aufwachte, warf er den Kocher an und machte sich heißen Kakao und anschließend warme Hafergrütze. Er zog die Stiefel an, packte seinen Rucksack wieder, kroch hinaus und baute das Zelt ab. Dann machte er sich erneut auf den Weg. Er setzte methodisch seine Skistöcke ein, und seine Schneeschuhe klickten und quietschten. Links, rechts, links, rechts; den riesigen, geisterhaft weißen Berg hinauf, der selbst dann leuchtete, wenn nur Sterne am Himmel standen. Höher und immer höher.

Oben an den höchsten Hängen des Vulkans war es sehr kalt und sehr still. Kein Wind. Er hatte sich beim Wetterdienst erkundigt, bevor er aufgebrochen war, und das Wetter sollte eine Woche lang gut bleiben, aber die Luft war jetzt ungewöhnlich still. Kein Wind, kein Laut; nur Sternenlicht erhellte die Landschaft, die dennoch sehr gut zu sehen war, Weiß auf Schwarz. Nichts regte sich, soweit das Auge reichte, als wäre die Zeit selbst zu Eis erstarrt und X der auf ewiger Wanderschaft befindliche Golem, dem das Eis nichts anhaben konnte.

Aus dem Gipfelkrater des Erebus stieg jedoch noch Rauch empor; in der kalten, reglosen Luft rauchte er zweifellos stärker denn je. X ging rasch um den aktiven Krater herum, wobei er einigen Abstand vom Rand hielt; er fühlte sich sehr klein und verspürte eine unbestimmte Angst - als wäre es einfach *zu kühn* von einem einsamen menschlichen Wesen, in der Dunkelheit vor Tagesanbruch um den Gipfel des Erebus herumzumarschieren. Aber hier war er; und es kam wirklich nur darauf an, einen Fuß vor den anderen zu setzen. Das war alles; und doch, wie seltsam! War er das wirklich? Auf der Erde? In diesem Moment seines Lebens? Er konnte es kaum glauben. Aber er war hier. Als er die andere Seite des Kraters erreichte, drehte er sich sogar um und ging zum Rand hinauf, um in die aktive Caldera hinabzuschauen. Der wogende Rauch, der an ihm vorbei emporstieg, wurde von unten beleuchtet und glomm in einem rosa getönten Orange. Darunter brodelte orangefarbene Lava, die durch den Rauch kaum zu sehen war. Der aufsteigende Rauch rauschte hohl und dröhnte von hallenden Donnerschlägen. Der Anfang der Welt.

Er eilte weiter. Ihm war, als hätte er das Schicksal herausgefordert: Gase, Lavabomben, der Geist der ungeheuren Tiefe, etwas mußte ihn erwischen, weil er solch ein Risiko eingegangen war, um einen Blick in den Vulkan zu werfen. Aber er hatte es getan! Und jetzt ging es nur noch abwärts.

Auf dem Abstieg zum Mount Terra Nova machte er für ein paar weitere kräftigende Mahlzeiten und ein Nickerchen halt, und als er auch den Mount Terror überquert hatte, war der erste Sonnenaufgang schon sehr nahe gerückt. Im mittäglichen Zwielicht rutschte X wie auf Skiern den letzten Grat von Mount Terror zum Cape Crozier hinunter, und dabei wurde der Himmel beständig heller; es war, als käme er von dem dunklen Gipfel wieder in die Welt aus Licht, Bewegung und Wind hinab. Er hatte die Ross-Insel überquert, von Knob Point bis zum Cape Crozier, über die Gipfel der drei Vulkane hinweg! Daher fühlte er sich großartig, als er eine der langen, verschneiten Rinnen zwischen Lavakämmen hinunterrutschte, linker Schneeschuh, rechter, linker, rechter, den ganzen langen Weg nach Igloo Spur hinab.

Er war froh, als er über einen letzten Höcker kam und die kleine Gruppe von Menschen sah, die um die Steinhütte herumstand. Er ging hinunter, gesellte sich dazu und erklärte kurz, woher er kam. Sie gratulierten ihm und zeigten ihm dann, was sie gerade erst zu ihrer eigenen Überraschung entdeckt hatten, nämlich daß die kleine, im Vorjahr errichtete Museumshütte verschwunden war. Das hieß, das Bauwerk selbst war fort; die gesamte am Ort verbliebene Ausrüstung der drei damaligen Forscher war noch vorhanden, befand sich jetzt aber wieder in der Steinhütte selbst; die Sachen waren augenscheinlich wieder dorthin gebracht worden, wo sie von den drei Forschern zurückgelassen worden waren.

X ging hinüber, um sich das näher anzusehen. Ein schmaler Holzschlitten lag über dem Steinoval, und darunter, auf dem Boden der Hütte, bedeckt von einer Schneeschicht, lagen alle Objekte in einem wüsten Durcheinander – vermutlich genauso wie damals, als die drei ihren eiligen Rückzug angetreten hatten.

»Gute Idee«, meinte X.

»Der Meinung war George überhaupt nicht. Er hat sich beinahe den Bart ausgerissen.«

»Aber jetzt findet er sich so langsam damit ab, seht ihr?«

»Ich möchte wissen, wer das getan hat.«

»Pst! Sie fangen gleich an zu spielen.«

Da George die Zeremonie organisiert hatte, gab es natürlich Musik; und natürlich auch Mikros und Kameras, um sie aufzunehmen. Es waren tatsächlich eine ganze Menge Leute, die sich im Windschatten des Kamms unter der Steinhütte zusammenscharten.

X ging ein kleines Stück den Igloo Spur hinauf, um ein bißchen Abstand zu dem hektischen Treiben zu wahren. Dann warteten sie alle. George hatte offenbar vor, den Einsatz der Musik zeitlich so zu legen, daß das Stück mit der Ankunft der Sonne endete. X stand mit dem Rücken zum Wind und schaute die zerklüftete Küstenlinie nördlich von Cape Crozier hinauf. Ich lebe auf dieser Insel, dachte er. Ich bin gerade über meine Insel gelaufen. Ich lebe in dieser Welt. Eine Windbö kam über den Kamm. Der Himmel wurde mit jedem Moment heller. George hob seinen Taktstock und ließ ihn abrupt niederfahren, und sein kleines Orchester hob an, ›Nächtlicher Ritt und Sonnenaufgang‹ von Jean Sibelius zu spielen, wie einer der Feiergäste X erklärt hatte. Obwohl X sofort merkte, daß es sich bei dem nächtlichen Ritt, von dem im Titel die Rede war, um eine Zugfahrt handelte, fiel es ihm leichter, im rhythmischen Auf und Ab der Streichinstrumente eine stilisierte Version der über diesen Ort wehenden Winde zu hören als einen Zug, der Finnland durchquerte. Der Wind und die Musik paßten sogar sehr gut zusammen; manchmal war es schwer, die Töne und Geräusche voneinander zu unterscheiden. Natürlich waren die Instrumente, Finger und Lippen der Musiker zwangsläufig eiskalt, auch wenn sie sich noch so viel Mühe gegeben hatten, sich warm zu halten, und das kleine Ensemble hatte einen hohlen, rauhen, ungestimmten Klang, ähnlich wie ein Ensemble, das mittelalterliche Musik auf zeitgenössischen Instrumente spielte; aber es war trotzdem Musik, mit Streichern, Blech- und Holzblasinstrumenten, ein pulsierendes Auf und Ab, Auf und Ab, genau wie der Wind.

Und George, der beim Dirigieren andauernd nervös auf seine Armbanduhr schaute, hatte alles zeitlich so gut abgestimmt, daß die Klarinette genau in dem Moment zu ihrem plötzlichen Höhenflug über die Tonleiter ansetzte, als die Sonne den Horizont spaltete, ein sehr schöner Synchronismus, der George veranlaßte, triumphierend zu hüpfen, während er das auftauende Orchester durch die letzten vollen Akkorde führte. Die ganze weiße Welt war jetzt von kupfernem Licht erfüllt, das von dem grellen Sonnenschnitz am Horizont ausstrahlte; die Feiergäste auf dem Kamm waren wie verzaubert, und als die Musiker das Lied beendeten, brachen sie in Jubel aus. Dann zeigte einer von ihnen nach Süden und rief: »Schaut! Schaut!«

Schwarze Punkte an einem blassen, von der Sonne getünchten Himmel. Vielleicht eine Schar ferner Skuas; vielleicht noch weiter entfernte Blimps. Vielleicht Val, die gekommen war, um ihn über die Insel heimzubringen und sich sein neues Zuhause anzusehen. Das Herz hüpfte ihm in der Brust. Zuerst verliebt man sich. Dann kann alles Mögliche passieren.

## DANKSAGUNG

1995 bin ich mit freundlicher Genehmigung der National Science Foundation im Rahmen des U.S. Antarctic Program's Artists and Writers' Program in die Antarktis gereist. Ich danke den Mitgliedern der NSF und des U.S. Antarctic Program, die mir die Gelegenheit dazu gaben, und besonders Guy Guthridge vom U.S. Antarctic Program für seine Hilfe während dieser ganzen Zeit.

Des weiteren gilt mein Dank folgenden Personen:

Donald Blankenship, Christopher McKay, Bud Foote, John Clute, Fredric Jameson, Lou Aronica und Arthur C. Clarke.

In McMurdo: Lisa Mastro, Kristen Larson, Robin Abbott, Mimi Fujino, Ethan Dicks, Tim Meehan, Steven Kottmeier, Tom Callahan, Cheryl Hallam, Cathy Young, Melissa Rider, George Blaisdell, Sridhar Anandakrishnan und Jesse.

In den Trockentälern: Paula Atkins, John Schindler, Karen Lewis, Robert Collier, Peter Doran, Ray Kepner und Jeffrey Schmok.

Am Südpol: Ellen Mosely-Thompson, John Paskievitch, Bjorn Johns, Frank Brier, Tim Coffey und Harry Mahar; außerdem Paula, Karl, Jaime, Gloria, Tim, Sparky, Mark und allen anderen Mitgliedern der Polcrew 1995/96, die mir ein wundervolles Thanksgiving bereitet haben.

Im Gebiet des Shackleton-Gletschers: Allan Ashworth, Michael Hambrey, Derek Fabel, Lawrence Krissek und David Elliot.

Auf dem Erebus: Philip Kyle, Ray Dibble, Kurt Panter und dem Hubschrauberpiloten der U.S. Navy, Greg Robinson.

Ich danke den Flöhehütern Ross Virginia, Page Chamberlain, Melody Brown, Mary Kratz und Rich Alward für einen denkwürdigen Ausflug zum Cape Crozier. Dank auch an die Kiwi-Helo-Crew – Jim Finlayson, Jon Moore und Lisa Frankel – für diesen Ausflug und etliche andere.

Ebenso danke ich meinen Mit-Woos Jody Forster, Peter Nisbet, Anne Hawthorne und Sara Wheeler.

Daheim danke ich Charles Hess, Patsy Inouye, Steve Mallory, Peter Deleanis, Nigel Worrall, Sharma Gapanoff, Ricardo Amon, Terry Baier, Victor Salerno, Jennifer Hershey und Ralph Vicinanza.

Ein besonderes Dankeschön geht an Stephen Pyne, Robert Wharton, Tom Carver, Peter Webb und Buck Tilley.

Außerdem an Lisa Nowell, David und Tim Robinson sowie Don und Gloria Robinson.

## DANK DES ÜBERSETZERS

Ich danke Dr. Manfred Bölter vom Institut für Polarökologie der Universität Kiel und Gerd Haass vom Forschungszentrum für marine Geowissenschaften (Geomar) in Kiel, die mir kompetent und geduldig lange Listen von Fragen zum Themenkreis antarktische Geologie und glaziale Sedimentologie beantworteten. Die Verantwortung für alle etwa noch vorhandenen Fehler im vorliegenden Text liegt natürlich allein bei mir.